Wolfgang Kaes, geboren 1958 in Mayen (Eifel), Studium der Politikwissenschaft, Kulturanthropologie und Pädagogik in Bonn, freiberuflich tätig als Polizeireporter für den «Kölner Stadt-Anzeiger», Reportagen für den «Stern», das «Deutsche Allgemeine Sonntagsblatt» und andere. Lokalchef in Bonn für die «Rhein-Zeitung», Textchef der «Mainzer Rhein-Zeitung», anschließend Wechsel zum «Bonner General-Anzeiger», Leiter der Redaktion Panorama / Medien / Justiz.

Gleich mit seinem ersten Roman «Todfreunde» (rororo 23515) gelang ihm ein großer Erfolg. Die WELT urteilte begeistert: «Von diesem Hochgeschwindigkeitsritt durch die Bundesstadt kann man sich schwer losreißen.» Das HAMBURGER ABEND-BLATT schrieb: «Mit seinem Debüt ist Wolfgang Kaes ein höchst spannender und brisanter Polit-Thriller gelungen.» Inzwischen erschienen auch «Die Kette» (rororo 23873) und «Herbstjagd» (rororo 24183).

Infos zum Autor im Internet: www.wolfgang-kaes.de

Wolfgang Kaes **Das Feuermal** Thriller

Rowohlt Taschenbuch Verlag

Für Robert, meinen Bruder

3. Auflage September 2020

Originalausgabe
Veröffentlicht im Rowohlt Taschenbuch Verlag,
Reinbek bei Hamburg, Mai 2008
Copyright © 2008 by Rowohlt Verlag GmbH,
Reinbek bei Hamburg
Umschlaggestaltung any.way, Cathrin Günther
(Foto: getty images)
Gesamtherstellung CPI books GmbH, Leck, Germany
ISBN: 978 3 499 24615 9

Die Rowohlt Verlage haben sich zu einer nachhaltigen
Buchproduktion verpflichtet. Gemeinsam mit unseren Partnern
und Lieferanten setzen wir uns für eine klimaneutrale
Buchproduktion ein, die den Erwerb von Klimazertifikaten
zur Kompensation des CO_2-Ausstoßes einschließt.
www.klimaneutralerverlag.de

Und der Herr sah gnädig auf Abel und seine Opfergabe,
aber Kain und seine Opfergabe sah er nicht gnädig an.
Da ergrimmte Kain sehr und senkte finster seinen Blick.

ERSTES BUCH MOSE, GENESIS 4,4 – 4,5

Der Abend verhieß nicht die Spur von Abkühlung. Pelzer widerstand dennoch der Versuchung, das Jackett abzulegen, und trat stattdessen hinaus auf den schmalen Balkon. Pelzer atmete schwer. Er zwang sich, jetzt nicht mehr auf die Uhr zu schauen. Er stützte seine Hände auf die Brüstung aus grauem Beton, beugte sich vor und sah hinab, sieben Stockwerke hinab, auf das Ende der Straße. Das Ende der zivilisierten Welt. Er gehörte nicht hierher, so viel stand fest.

Der penetrante Geruch von Gebratenem stieg ihm in die Nase. Er hasste den Geruch, seit dem Magengeschwür. Unten, auf der Wiese neben dem Wendehammer, hatten sie wieder diesen Grill aufgestellt und Feuer gemacht. Als wäre das hier Albanien oder Anatolien oder sonst was. Männer, Frauen, Kinder. Es wurden immer mehr. Von Monat zu Monat mehr. Er hörte jedes Wort, bis hinauf in den siebten Stock, auch wenn er kein Wort verstand von dem, was sie redeten.

Drinnen war die Tagesschau zu Ende. Das Wetter. Das Wetter war seit zwei Wochen unverändert, als stünde die Zeit still. Heiß, nicht zum Aushalten heiß, Tag und Nacht.

Pelzer schaltete den Fernseher aus. Dann starrte er eine Weile die Wohnungstür am Ende der Diele an. Weil niemand klopfte, betrachtete er sich, nur um die Zeit totzuschlagen, zum wiederholten Mal durch die offenstehende Tür des Badezimmers im Spiegel über dem Waschbecken. Er lockerte den Krawattenknoten, nur eine winzige Spur, um besser atmen zu können, und zupfte ein hässliches Haar von der zerknautschten Schulterpolsterung des vom jahrelangen Tragen speckig glänzenden Jacketts.

So weit in Ordnung.

Im Vorbeigehen rückte er den Schnellhefter auf dem Esstisch zurecht, schob die Visitenkarte ein Stück näher an den Schnellhefter heran, sorgsam im rechten Winkel, bevor ihn die Unruhe erneut hinaus auf den Balkon trieb.

Der Schnellhefter war seine Zukunft. Ja, er hatte eine Zukunft, jetzt wieder, endlich. *Ihr alle, die ihr ihn schon abgeschrieben habt, ausgemustert habt, totgesagt habt, merkt euch: Klaus-Hinrich Pelzer ist wieder im Geschäft.*

Sie waren für acht Uhr verabredet. Jetzt war es zwanzig nach acht. Pelzer steckte sich eine Zigarette an. Das gehörte wohl zum Spiel. Manche Leute brauchten das. König Kunde. Das Spiel der Macht. Na und? Hauptsache, er spielte mit.

Pelzer rauchte so hastig, dass der Filter heiß wurde. Als Erstes würde er sich einen neuen Anzug kaufen. Kleider machen Leute. Er würde die noch ausstehende Miete für das Apartment bezahlen, den Rest vom Juli, und diesmal, pünktlich zum Monatsanfang, den kompletten August. Und endlich die Telefonrechnung.

Und dann?

Mal sehen.

Jemand klopfte an die Tür des Apartments.

Die Klingel war kaputt. Die Haustür stand ohnehin immer offen, im Sommer. Die kaputte Klingel hatte er dem Kunden vorsorglich schon am Telefon gebeichtet. Peinlich, aber nicht zu ändern. Man konnte der Hausverwaltung nicht Beine machen, wenn man mit der Miete im Rückstand war.

Klaus-Hinrich Pelzer ließ die Kippe auf den Beton fallen, trat sie mit der Schuhspitze aus, schloss die Balkontür hinter sich und im Vorbeigehen die Tür zum Badezimmer, atmete tief durch, straffte die Schultern, hob das Kinn, setzte ein Lächeln auf und öffnete.

Den Kunden hatte er sich ganz anders vorgestellt.

Pelzer hatte zwar bisher nur mit ihm telefoniert, das erste Mal vor vier Wochen, als er den Auftrag erhielt, das zweite Mal gestern, als sie den Termin für heute vereinbarten. Aber die Telefonstimme hatte er unbewusst, automatisch, ohne auch nur eine Sekunde darüber nachzudenken, einem erfolgreichen Geschäftsmann zugeordnet. Einem Mann, der wusste, was er wollte, und es auch bekam. Einem Mann, der es gewohnt war, Anweisungen zu erteilen. Einem Mann, der kein Wort zu viel verlor und jedes einzelne Wort mit Bedacht wählte. Auf alle Fälle einem Mann, der schicke Anzüge und frischpolierte Schuhe trug.

«Guten Abend. Sind Sie …»

Der Mann nickte nur.

«Bitte kommen Sie doch herein. Kann ich Ihnen etwas zu trinken anbieten? Nehmen Sie doch Platz.»

Der Mann, der mit einem Kopfschütteln signalisierte, dass er nichts trinken wollte, der nun mitten im Zimmer stand und den angebotenen Sitzplatz ignorierte, trug eine schwarze Maurerhose aus Englisch-Leder, unten mit Schlag und vorne mit doppeltem Reißverschluss, darüber ein verwaschenes Jeanshemd mit abgeschnittenen Ärmeln und unter dem linken Arm eine abgewetzte Schultasche, aus braunem Leder, mit Schnallen und Riemen, die Pelzer an seine Kindheit erinnerte, an die Arbeiter auf dem Heimweg. Außerdem trug der Mann eine Mütze auf dem Kopf, bei der Hitze, eine olivfarbene Mütze, wie sie Soldaten trugen, so eine Art Käppi, mit einem schmalen Schirm aus verknautschtem Baumwollstoff vorne, der fast senkrecht nach unten wies und einen Schatten auf das Gesicht des Mannes warf. Seine Augen waren nur zu sehen, wenn er den Kopf hob. So wie eben, als er binnen Sekunden das Zimmer und die Möbel und den schäbigen Teppichboden taxierte, und so wie jetzt, als er Pelzer in die Augen blickte und sagte:

«Ist das der Ordner?»

Unverkennbar die Stimme vom Telefon. Pelzer atmete auf. Na immerhin. Mehr wollte er gar nicht wissen. Wozu noch Fragen stellen, wenn man am Morgen nach dem ersten Anruf 1000 Euro Spesenvorschuss im Briefkasten findet? Zwanzig Fünfziger in einem unbeschrifteten, unfrankierten Briefumschlag.

«Ja, das ist er.» Pelzer mühte sich, seine Euphorie zu verbergen. «War ein gutes Stück Arbeit. Gar nicht so einfach. Ich hoffe, Sie sind zufrieden. Falls Sie mal wieder meine Dienste in Anspruch nehmen möchten … da liegt meine …»

Während der Mann mit der linken Hand die Schultasche auf Pelzers Esstisch abstellte, zog seine rechte Hand das Käppi vom Kopf, faltete es mit schnellen, geübten Fingern und klemmte es zwischen Gürtel und Hose. Dann nahm der Mann den Schnellhefter vom Tisch, ohne Pelzers Visitenkarte auch nur eines Blickes zu würdigen, und blätterte durch, was Pelzer zusammengetragen hatte, Seite für Seite. Pelzer glaubte, aus den Mundwinkeln des Mannes Zufriedenheit ablesen zu können, bemühte sich aber, den Kunden nicht allzu offensichtlich anzustarren. Wegen des hässlichen weinroten Feuermals, das sich vom Haaransatz des Mannes über die halbe Stirn zog und das linke Auge umrahmte.

Durst. Pelzer hatte Durst.

Der Mann ließ sich Zeit. An einer Stelle hielt er inne, blätterte zurück und runzelte die Stirn. Pelzer hielt das Runzeln und die Stille und die Hitze nicht mehr aus, räusperte sich und sagte:

«Es gibt natürlich die ein oder andere Lücke. Da hätte ich mehr Zeit gebraucht. Und mehr Geld. Aber ansonsten …»

Der Mann hob den Kopf und brachte Pelzer mit einem einzigen Blick zum Schweigen.

Pelzer wischte sich mit dem Handrücken die Schweißperlen von der Stirn und setzte sich auf den nächstbesten der vier Stühle am Tisch. Er spürte, wie sein Hemd unter den Achseln feucht wurde. Jetzt einen ordentlichen Schluck. Der Wodka stand im Kühlschrank. Sollte er einfach aufstehen und sich in der Küche bedienen? Er versuchte, den Gedanken zu verdrängen, und studierte das Gesicht des Mannes in der Hoffnung, darin erneut einen Anflug von Wohlwollen zu entdecken. Das Feuermal war von entstellender Hässlichkeit. Deshalb die Mütze. Ohne das Feuermal hätte er den Mann als attraktiv beschrieben. Das dichte silbergraue Haar war extrem kurz geschoren, das Gesicht wie aus Granit gemeißelt. Der Mann war mittelgroß und schlank, fast hager, dennoch beherrschte und füllte er den Raum. Sehniger Hals, muskulöse Unterarme. Vermutlich hatte er stets viel Sport getrieben. Pelzer zog den Bauch ein.

Wie alt? Ende vierzig vielleicht. Schwer zu schätzen. Die silbergrauen Haare. Der durchtrainierte Körper. Der Mann hatte etwas seltsam Zeitloses an sich, so wie die Männer in den Hochglanzprospekten der Herrenausstatter der Innenstadt, bei denen sich Pelzer gleich morgen mal umschauen wollte. Wenn nicht dieses hässliche Feuermal …

Der Mann hob den Kopf und fing Pelzers Blick ein.

«Ist was?»

«Nein … was soll sein? Heiß hier, finden Sie nicht auch? Das Haus ist leider miserabel isoliert. Im Sommer ist es zu heiß und im Winter zu kalt. Kein Wunder, dass hier nur noch Ausländer einziehen. Und? Sind Sie zufrieden?»

Der Mann nickte wortlos, öffnete seine Tasche und steckte den Schnellhefter kopfüber hinein.

«Das freut mich. Dann bekomme ich also jetzt noch meine restlichen Dreitausend von Ihnen.»

Der Mann entgegnete nichts, sondern zog eine zylinderförmige Thermoskanne aus mattgebürstetem Metall aus der Ledertasche und schraubte sie auf.

«Soll ich Ihnen eine Tasse aus der Küche holen?»

Der Mann antwortete nicht.

«Aber Sie werden sicher nichts dagegen haben, wenn ich mir zum Anstoßen auf unser erstes erfolgreiches Geschäft jetzt auch schnell mal was aus der Küche hole…»

«Bleiben Sie sitzen! Gibt es Kopien von dem Dossier? In Ihrem Computer vielleicht?»

Pelzer schüttelte energisch den Kopf und setzte ein unschuldiges Gesicht auf. «Natürlich nicht. Es gibt nur dieses eine Exemplar. Ich mache keine Mehrfachgeschäfte. Ich verkaufe meine Recherchen immer nur exklusiv an den Auftraggeber. Ich lösche grundsätzlich alles im Computer und…»

Der Röntgenblick ließ Pelzer augenblicklich verstummen und ahnen, dass der Kunde ihm kein Wort glaubte. Aus der offenen Thermoskanne stieg ein Geruch, der Pelzer an Krankenhausflure erinnerte. Jedenfalls roch das nicht nach Kaffee. Der Mann ging zu der Fensterbank neben der Balkontür und schüttete den Inhalt der Thermoskanne über die beiden Yuccapalmen und die Birkenfeige. Pelzer sprang vom Stuhl auf und starrte den Mann ungläubig an. Die glasklare Flüssigkeit tropfte von den Blättern in die Blumentöpfe, und auf der verstaubten Fensterbank aus Kunstmarmor bildeten sich unzählige kleine Pfützen.

«Was machen Sie da? Sind Sie verrückt geworden?»

Der Mann antwortete nicht, sondern schraubte schweigend die Thermoskanne wieder zu und verstaute sie in seiner Schultasche. Dann öffnete er die Balkontür sperrangelweit, nahm ein Streichholz aus der Schachtel, die er in seiner Hosentasche aufbewahrt hatte, zündete es an, trat einen Schritt zurück und schnippte das brennende Streichholz in die Birkenfeige.

Augenblicklich stand die gesamte Fensterfront in Flammen. Pelzer starrte in das Feuer, unfähig, sich auch nur einen Schritt zu bewegen. Seine Unterlippe zitterte.

«Was ist, Herr Pelzer? Wollen Sie das Feuer nicht löschen? Wollen Sie nicht Wasser aus der Küche holen und ...»

«Ich ... ich kann nicht ...»

«Ich weiß, Herr Pelzer. Ich weiß alles. Das können Sie nicht. Dann rufen Sie doch wenigstens die Feuerwehr.»

«Das Telefon ... ist ...»

Pelzer stand da wie in Trance. Der Schweiß rann ihm von der Stirn, während er in die Flammen starrte.

«Ach richtig, wie dumm von mir. Sie können momentan nur Anrufe empfangen, aber nicht selbst anrufen, weil Sie wieder mal Ihre Rechnung nicht bezahlt haben. Die Notrufnummer ist aber davon ausgenommen, wussten Sie das nicht?»

«Bitte ... helfen Sie mir. Ich ...»

«Ich habe eine viel bessere Idee, Herr Pelzer. Gehen Sie schnell auf den Balkon, bevor das Feuer nach Ihnen greift. Gehen Sie hinaus und rufen Sie ganz laut um Hilfe.»

Pelzer spürte, wie der Mann ihn an dem Feuer vorbei durch die offene Balkontür schob.

«Los, machen Sie schon!»

Pelzer beugte sich über die Brüstung. Er krallte seine Hände in den Beton und versuchte zu schreien. Aber da war nichts als ein atemloses Krächzen. Er versuchte es erneut und presste die Luft aus seinen Lungen.

«Feuer ...»

Mitten unter den Frauen mit den schwarzen Kopftüchern, die sich um den Grill scharten, stand ein junges Mädchen und schaute auf, unsicher, ob sie sich vielleicht verhört hatte. Ihr Blick glitt über die siebenstöckige Hausfassade, von Balkon zu Balkon.

«Feeeueeer!»

Jetzt hatte sie ihn entdeckt, ihn und die Flammen, die hinter ihm an der Fensterscheibe emporzüngelten. Sie schubste die alte Frau an, die neben ihr stand, sie redete ganz aufgeregt, während ihre kleine, schmale Hand hektisch nach oben deutete. Die alte Frau sah jetzt ebenfalls nach oben, schließlich starrten sie alle zu ihm hoch, etwa ein Dutzend von Pelzers 86 Hausnachbarn, mit denen er bis zu dieser Sekunde noch nie ein Wort gewechselt hatte. Drei, vier, fünf Männer lösten sich aus der Gruppe und rannten von der Wiese über den Wendehammer und verschwanden im Schatten des Hauseingangs. Die Frauen riefen ihm zu und ruderten mit den Armen, bis Pelzer begriff, was sie meinten: Er solle über die gemauerte schulterhohe Abtrennung links neben ihm hinüber auf den Balkon der Nachbarwohnung klettern.

Pelzer streckte die zitternden Hände aus, stützte die Unterarme auf die scharfkantige Blende aus verzinktem Blech und stemmte sich hoch. Seine Schuhsohlen kratzten über den Putz, ohne Halt zu finden. Pelzer strengte sich an. Schließlich schaffte er es, ein Bein auf das Blech zu schwingen. Er kniete hilflos auf der schmalen Trennmauer, unschlüssig, wie er sich nun drehen und auf der anderen Seite herablassen sollte. Ihm wurde schwindlig. Pelzer vermied es, in die Tiefe zu sehen, und starrte stattdessen in das lodernde Feuer jenseits der Scheibe.

In der offenen Balkontür erschien der Mann und lächelte. Pelzer konnte seine Augen nicht sehen, weil er wieder die Mütze trug. Der Mann hob den Kopf und wie in Zeitlupe den ausgestreckten Arm. Jetzt konnte Pelzer die Augen des Mannes sehen. Eines hatte er geschlossen. Der Mann krümmte den Zeigefinger. Das Projektil durchbohrte exakt zwischen Pelzers Augen die Schädeldecke und katapultierte seinen Kopf nach hinten.

Klaus-Hinrich Pelzer war tot, noch bevor sein Körper sieben Stockwerke tiefer auf den Asphalt klatschte.

Der Mini Cooper S heulte beim Zurückschalten auf, schoss aus der Kurve der Autobahnauffahrt, scherte erst auf den letzten Metern der Beschleunigungsspur haarscharf vor einem wild hupenden Sattelzug auf die rechte Fahrbahn, quetschte sich durch eine Lücke in der Karawane, die sich auf der mittleren Fahrbahn in Richtung Norden wälzte, und jagte über die linke Spur seinem Ziel und seiner Höchstgeschwindigkeit entgegen.

«Ganz schön viel Verkehr um diese Uhrzeit. Aber keine Sorge, Josef. Wir schaffen das noch.»

Antonia Dix ließ die Lichthupe aufflammen. Der Mercedes gab sich geschlagen und wechselte zurück auf die mittlere Fahrbahn. Antonia Dix schaltete in den sechsten Gang. Josef Morian rutschte noch tiefer in den engen schalenförmigen Beifahrersitz, der ihm das Gefühl vermittelte, mit seinem Hintern über den rauen, heißen Asphalt zu rutschen. Er rieb sich die schweißnassen Hände auf den Knien trocken und starrte auf den Tacho in der Mittelkonsole.

«Antonia, ich rechne jeden verdammten Tag damit, dass du deinen Führerschein loswirst. Hier ist Tempo 100. Wer kommt nur auf die Idee, in ein so winziges Auto so viel PS zu packen?»

«Josef, du hast die Wahl: Willst du dein Flugzeug noch kriegen, oder willst du, dass ich mich an die Verkehrsregeln halte?»

Morian schwieg. Schließlich war er selbst schuld, dass sie viel zu spät losgefahren waren. Er hatte seine Sonnenbrille nicht gefunden, die er zum letzten Mal vor vier Jahren benutzt hatte. Er war nicht sonderlich darin geübt, Urlaub zu machen. Er hatte das Hotel an der Costa de la Luz erst vor zwei Wochen gebucht. Nachdem ihn der Präsident unmissverständlich dazu aufgefordert hatte, endlich seinen Resturlaub aus dem Vorjahr zu nehmen. Er hatte bis zum heutigen Tag, bis zur zweiten Tasse Kaffee nach dem Frühstück, keinen einzigen Gedanken daran verschwendet, wo sich seine alte Sporttasche befand, die er als Ersatzkoffer benutzen musste, geschweige denn, womit er sie denn sinnvoll füllen sollte.

Jetzt fiel ihm siedend heiß ein, was er vergessen hatte. Auf dem Küchentisch. Sein Handy. Auch das noch.

«Josef, ich versuche gerade, mir vorzustellen, wie du in Bermudashorts und Hawaiihemd aussiehst.»

«Ich besitze weder Bermudashorts noch Hawaiihemden.»

«Du wirst doch wohl nicht die ganze Zeit in deinem ollen Trenchcoat am Strand rumlaufen, oder?»

«Doch! Aber ich werde nichts daruntertragen.»

Antonia Dix lachte. Morian liebte ihr Lachen. Deshalb brachte er sie so gern zum Lachen. Sie arbeiteten zwar erst vier Jahre zusammen, aber Antonias ständige Nähe war ihm längst zur angenehm wärmenden Gewohnheit geworden. Wie bei einem alten Ehepaar. Abgesehen von dem Altersunterschied. Josef Morian war 49 und fühlte sich manchmal ganz schön alt. Antonia Dix war 31. Wie alt oder wie jung sie sich fühlte, wusste Morian allerdings nicht. Aber vielleicht gehörte auch diese Unwissenheit zu einem ordentlich gealterten Ehepaar.

Antonia setzte den Blinker, verließ die Autobahn und bog auf den vierspurigen Flughafenzubringer ein. Morian glättete den Stoff des gefalteten Regenmantels auf seinem Schoß. Vielleicht war das wirklich eine Schnapsidee. Er hatte gar nicht darüber nachgedacht, welches Wetter ihn in Andalusien erwartete. Noch schwüler als hier würde es am Atlantik hoffentlich nicht sein. Morian hatte den Trenchcoat nur mitgenommen, weil er ihn immer trug. Im Sommer wie im Winter. Auch so eine Gewohnheit. Er packte das Bündel auf seinem Schoß, quetschte es durch die Lücke zwischen den beiden Sitzen und warf es auf die schmale Rückbank des Cooper.

«Du hast recht. Ich nehme ihn doch nicht mit.»

«Gute Entscheidung. Wie wirst du dir denn zwei Wochen lang die Langeweile vertreiben?»

«Ich werde keine Langeweile haben, Antonia. Keine Sorge. Ich werde mich am Hafen ins Café setzen und den Menschen bei der Arbeit zuschauen, ich werde stundenlang den Strand entlangspazieren, ich werde zwei Wochen lang das Nichtstun genießen. Ich habe nicht mal mein Handy eingepackt, was sagst du dazu? Aber wenn irgendwas ist, rufst du mich im Hotel an, ja?»

«Nein! Du hast Urlaub. Da wären wir.»

Antonia Dix parkte den Cooper unmittelbar vor der ersten Drehtür zum Terminal 2 und sprang aus dem Wagen. Während Morian sich noch aus dem engen Sitz zwängte, hatte sie bereits die Sporttasche auf den Bordstein gewuchtet und die Heckklappe des Cooper wieder geschlossen.

«Du meine Güte. Wie alt ist das Teil?»

«Diese Tasche hat meine Karriere als Amateurboxer überlebt. Dann wird sie auch diese Urlaubsreise überleben.»

Die Hitze traf Morian wie eine Keule, nach der Fahrt in dem klimatisierten Auto. Er streckte Antonia die Hand entgegen. «Meine Güte, es kühlt abends gar nicht mehr ab. Danke fürs Bringen. Pass gut auf dich auf. Bis in zwei Wochen.»

«Bist du verrückt? Ich komme noch mit zum Schalter. Oder meinst du, ich riskiere es, dass du dich noch auf den letzten Metern verläufst? Hast du dein Ticket?»

«Gut, dass du es sagst.» Morian öffnete die Beifahrertür, beugte sich in den Wagen, kniete sich umständlich auf die

Sitzfläche, lehnte sich über die Kopfstütze und kramte das Ticket aus dem Trenchcoat auf der Rückbank. Als er zum zweiten Mal aus dem Cooper kletterte, fiel sein Blick auf das vor dem rechten Vorderreifen in den Beton gerammte Straßenschild.

«Antonia, hier darfst du nicht parken.»

«Nerv mich nicht, Josef. Los jetzt.»

Als Antonia Dix zwanzig Minuten später wieder auf den Bürgersteig trat, geschahen zwei Dinge gleichzeitig: Ihr Handy klingelte, und ihr Auto wurde von einem Abschleppwagen an den Haken genommen. Antonia Dix sprintete los, baute sich vor dem Kühlergrill des Abschleppwagens auf, hob ihren Dienstausweis über den Kopf und das Handy ans Ohr.

«Beyer hier. Wo zum Teufel steckt Morian? Wieso geht er nicht an sein verdammtes Handy?»

«Er hat Urlaub. Wieso weiß die Kriminalwache das nicht? Steht doch genau vor deiner Nase am Schwarzen Brett.»

Schweigen. Pause. Antonia sah vor ihrem geistigen Auge, wie Oberkommissar Ludger Beyer von der Drogenfahndung, der heute Abend Schichtdienst in der Kriminalwache hatte, das Schwarze Brett studierte. Und sie wusste ganz genau, was er dort in den nächsten zwei Sekunden entdecken würde.

«Oh. Was sehe ich denn da? Herzlichen Glückwunsch zur Beförderung, Frau Oberkommissarin. Darauf müssen wir aber unbedingt anstoßen. Wie wär's denn kommendes Wochenende? Ich kenne da ein ganz reizendes …»

«Mit Sicherheit nicht, Herr Kollege. Also? Was ist los?»

«Wir haben eine Leiche. Bonn-Auerberg, Londoner Straße 34–44. Die Strehle ist übrigens längst draußen. Viel Spaß auch.»

Sie saßen zu dritt um den winzigen Tisch des Straßencafés und schwiegen. Theo rührte seit Minuten in seinem Milchkaffee, ohne auch nur ein einziges Mal aufzuschauen. Hurl war klar, was das bedeutete: Theo überließ die Sache ihm. Hurl strich sich mit der Hand über seinen riesigen schwarzen Schädel und ließ den Blick über den Wallrafplatz schweifen, als fände er in dem Gewimmel die Lösung. Zwanzig nach acht, und die Kölner Innenstadt war immer noch voller Menschen, die mit Einkaufstüten durch die Gegend hetzten. Schließlich brach Max das Schweigen:

«Was ist los mit euch?»

Theo sah nur kurz auf, senkte sofort wieder den Blick, rührte emsig weiter und überließ Hurl das Reden.

«Max, wir sollten das Ganze abblasen.»

«Warum?»

«Weil wir unsere Prinzipien verletzen.»

«Wieso?»

«Wir arbeiten nicht für anonyme Auftraggeber.»

«Hurl, er ist noch nicht unser Auftraggeber. Der Mann wollte seinen Namen nicht gleich am Telefon nennen, bevor klar ist, ob wir überhaupt miteinander ins Geschäft kommen. Wenn wir uns morgen bei dem Treffen mit ihm einig werden, dann wissen wir auch, wer er ist. Okay?»

Max gab der Kellnerin ein Zeichen. Die nickte, verschwand im Inneren des «Campi», parkte ihr Tablett auf dem Tresen neben der Kasse und hackte mit ihren lackierten Fingernägeln auf den durchsichtigen, gummiartigen Schonbezug der Tastatur ein.

«Außerdem … was soll schon passieren? Am helllichten Tag. An einem öffentlichen Ort. Mit euch beiden als Rückendeckung. Und außerdem mit Gottes Hilfe von oben …»

Die Kellnerin kam mit dem Kassenbon zurück und legte ihn auf den Tisch. Max griff blitzschnell danach, bevor ihn der plötzliche Windstoß vom Tisch fegen konnte. Als er die Hand wieder öffnete, starrte er ungläubig auf die fettgedruckten Ziffern am Ende der Zahlenkolonne auf dem zerknitterten Zettel: 13,40 Euro. Sie hatten gerade mal zwanzig Minuten an dem Tisch vor dem Café im Erdgeschoss des WDR-Funkhauses verbracht, etwas getrunken und nichts gegessen. Während er einen Zehner und einen Fünfer aus seiner Geldbörse zupfte, starrte die junge Frau unentwegt Hurl an, der das ignorierte und stattdessen durch den schmalen Spalt zwischen den Nachkriegshäusern den Dom betrachtete, der sich schwarz und bedrohlich und 157 Meter hoch dem tiefblauen Himmel entgegenreckte. Max wartete geduldig, bis die Kellnerin sich für das Trinkgeld bedankt, die 15 Euro eingesteckt, sich an Hurl sattgesehen und ihnen noch einen schönen Abend gewünscht hatte, doch Theo kam ihm zuvor:

«Max, ich bin übrigens derselben Meinung wie Hurl. Ist nur so ein Bauchgefühl. Was soll diese dämliche Nummer mit dem Dom als Treffpunkt? Was hat der Typ vor? Man kann den Dom nicht observieren. Unmöglich!»

«Du wirst mich verdrahten, Bruderherz. Und wenn uns die Sache zu brenzlig wird, dann brechen wir sie eben ab. Einverstanden, Theo? Ich muss mal aufs Klo.»

Theo und Hurl sahen Max nach, wie er im Inneren des «Campi» verschwand. Theo schüttelte resigniert den Kopf, beugte sich über den Tisch und rührte wieder in seinem Milchkaffee.

«Theo, ich weiß genau, was das Kopfschütteln bedeutet.»

«So?»

«Ja. Dein Kopfschütteln bedeutet: Er ist stur wie ein Maulesel, aber er ist schließlich dein Bruder, also bist du morgen dabei.»

«So ist es, Hurl. Und du?»

Sie quetschte den Cooper vor dem Wendehammer am Ende der Sackgasse zwischen zwei verlassene Streifenwagen, deren Blaulichter in den blassgrauen Abendhimmel zuckten. Links und rechts von den beiden Streifenwagen hatten die Leute vom Erkennungsdienst Flutlichtmasten aufgebaut. Der gigantische Wohnkomplex am Kopf des Wendehammers wirkte in dem gleißenden Licht wie eine Filmkulisse. Mitten auf der kreisrunden Fläche aus Asphalt knieten drei Kriminaltechniker. Sie trugen schneeweiße Synthetik-Overalls, die das Flutlicht reflektierten, und Handschuhe aus hauchdünnem Latex. Antonia Dix umrundete das rot-weiße Absperrband, nahm den Weg über die verdorrte Wiese, vorbei an einem Grill, dessen Holzkohle ungenutzt vor sich hin glühte.

Sechs Haustüren. Vor dem Eingang mit der Nummer 38 hatte sich ein uniformierter Polizeibeamter aufgebaut. Antonia Dix steuerte auf ihn zu. Er war noch jung. Sehr jung. Er straffte die Schultern und versuchte, seiner Stimme durch Lautstärke Autorität zu verleihen, als er sie anraunzte:

«Wohnen Sie hier?»

«Nein», entgegnete sie, während sie das Ledermäppchen mit dem Dienstausweis aufschnappen ließ. «Ich arbeite hier.»

«Oh. Entschuldigen Sie bitte.»

«Wo?»

«Siebter Stock. Wenn Sie aus dem Aufzug kommen, nach rechts, und dann ist es gleich die erste Wohnungstür links. Quasi der oberste Balkon gleich hier über uns.»

«Danke.»

Sie wusste, dass er ihr nachstarren würde, bis sich die Aufzugtür hinter ihr schloss. Der Aufzug rumpelte mit ihr nach oben, als hätte er alle Zeit der Welt.

Der Flur im siebten Stock war genauso schäbig wie die Eingangshalle. Ihre Augen suchten nach dem Namensschild an der offenstehenden Wohnungstür, aber das wurde von dem breiten Rücken eines älteren Uniformierten verdeckt, der sie kannte und grüßte. Noch bevor sie durch die Tür trat, roch sie Feuer. Nein, das war keine Sinnestäuschung. Das kam auch nicht von dem Grill unten auf der Wiese, dessen Geruch ihr Gehirn erst vor wenigen Minuten abgespeichert hatte.

Eine kurze, schmale Diele, von der rechts zwei Türen abgingen. Ein enges Duschbad, nicht besonders sauber. Eine winzige Küche, in der schon lange nicht mehr aufgeräumt worden war. Der Rest des Apartments bestand aus einem einzigen Zimmer.

Ein kreisrunder Esstisch aus billigem schwarzlasiertem Kiefernholz, vier wacklige Holzstühle, die Sitzflächen aus Bast-Imitat. Ein aufklappbares Schlafsofa aus schwarzem Kunstleder. Ein Bücherregal, zur Hälfte gefüllt. Ein winziger Schreibtisch ohne Schubladen, wie aus der Kinderabteilung bei Ikea. Darauf ein Computer, ein Röhrenmonitor, Tastatur und Maus. Neben dem Schreibtisch, auf dem Fußboden, ein Fernseher. Kein einziges Bild an den Wänden.

Wie ein weiteres Möbelstück stand mittendrin Erwin Keusen im weißen Overall, der bedenklich über seinem Bauch spannte, schob die Kapuze vom verschwitzten Kopf, als er Antonia sah, drehte die Handflächen nach außen und zuckte mit den Schultern, was hieß: Ich habe bisher so gut wie nichts, was ich dir anbieten kann. Seine vier Mitarbeiter waren schon dabei, ihr Werkzeug in den Alukoffern zu verstauen. Antonia hob die Augenbrauen, was Erwin Keusen dazu veranlasste, seinen Kopf in Richtung der Balkontür am Kopfende des Zimmers zu bewegen.

Staatsanwältin Ulrike Strehle stand an der Brüstung und blickte hinunter auf die Straße. Elegantes sandfarbenes Kostüm. Der Rock war gerade lang genug, um nicht unseriös zu wirken, aber kurz genug, um ihre schönen Beine hinreichend zur Geltung zu bringen. Das galt ebenso für die Höhe der Absätze ihrer schwarzen Pumps. Das blondgesträhnte Haar war mit einer scheinbaren Nachlässigkeit zu einer Hochsteckfrisur arrangiert, wie das gewöhnlich nur sehr gute und sehr teure Friseure hinkriegen. Sie trug ein Klemmbrett aus Plexiglas unter dem Arm. Das oberste Blatt des eingespannten Papiers war noch jungfräulich weiß. Antonia Dix hatte noch nicht ganz die Schwelle überschritten, da fragte sie, ohne sich umzudrehen:

«Wo ist Morian?»

«In Urlaub.»

Antonia Dix stellte sich ebenfalls an die Brüstung, neben sie, mit mehr Abstand als nötig, und folgte ihrem Blick hinunter auf den grellerleuchteten Wendehammer. Sie wusste genau, was jetzt hinter ihrem Rücken vor sich ging: Keusens Männer würden eine Pause einlegen, die beiden Frauen durch die Fensterscheibe beobachten und sich dabei angrinsen und zunicken. Das hatte zum einen mit der unsäglichen Geschichte zu tun, die vor zwei Wochen in der Rheinland-Ausgabe der Bild-Zeitung erschienen war:

Ermittler-Anmut im Doppelpack:
So schön kann Verbrecher-Jagd sein.

Den Text hatten zwei Fotos garniert. Eines zeigte Staatsanwältin Ulrike Strehle von der Abteilung für Kapitalverbrechen während einer Pressekonferenz. Wie aus dem Ei gepellt. Das andere Foto zeigte Oberkommissarin Antonia Dix, als sie noch Kommissarin war und gerade das Präsidium verließ:

… Bauarbeiter-Schuhe mit Stahlkappen. Schwarze Military-Hosen. Hautenges schwarzes T-Shirt. Das Schulterholster

mit der großkalibrigen Pistole verborgen unter einer alten schwarzen Kradmelder-Lederjacke, so steif und so schwer wie eine Bleiweste. Und so zäh wie ihre Besitzerin: Antonia Dix. Als zöge sie in den Krieg. In den täglichen Krieg gegen das Verbrechen. Aber selbst ihre typische Arbeitskluft und das raspelkurz gestutzte pechschwarze Haar können ihre Schönheit und das Blut Brasiliens, das in ihren Adern pocht, nicht verbergen…

«Und Sie? Weshalb kommen Sie erst so spät?» Ulrike Strehle warf Antonia Dix einen Blick von oben herab zu, eine leichte Übung für sie, bei 1,80 Metern Körpergröße.

«Ich hatte Morian zum Flughafen gefahren. Danach musste ich meinen Wagen erst einmal aus den Krallen eines geldgeilen Abschleppunternehmers befreien.»

Ulrike Strehle starrte sie verständnislos an, als läge das Parken im Parkverbot außerhalb ihrer Vorstellungskraft.

«So, nachdem auch dieser wichtige Punkt geklärt wäre, könnten Sie mich vielleicht kurz ins Bild setzen, Frau Staatsanwältin.»

«Normalerweise verhält sich das umgekehrt, Frau Dix: Die ermittelnde Polizei setzt die Staatsanwaltschaft ins Bild. Aber gut. Alles spricht bisher für einen Suizid.»

Alles.

Ulrike Strehle widmete sich wieder dem Wendehammer sieben Stockwerke unter ihr. Der zweite Grund, warum Keusens Männer feixend und erwartungsfroh durch die Fensterscheibe starrten, war die allseits bekannte Tatsache, dass sich die Staatsanwältin und die Oberkommissarin nicht besonders gut leiden mochten.

Stutenbissigkeit nannten das die Männer beider Behörden in völliger Selbstüberschätzung. Stuten bissen sich in Konkurrenz um den Hengst. Antonia Dix war noch kein einziger Hengst in den beiden Behörden begegnet, der es nur annähernd wert gewesen wäre, deshalb mit einer Frau in Dauerfeindschaft zu treten. Antonia Dix war einfach nur der Meinung, dass die Einser-Juristin Ulrike Strehle nicht den geringsten Schimmer von polizeilicher Ermittlungsarbeit hatte, in den zwei Jahren ihrer Amtszeit auch nichts dazugelernt hatte und diese erhebliche Schwäche mit maßloser Arroganz tarnte.

«Aha. Suizid also. Na, dann ist ja alles klar, nicht wahr? Haben Sie die Leiche gesehen?»

«Natürlich. Sie lag ja lange genug da unten. Man hat sie erst vor fünf Minuten abtransportiert.»

«Und? Ist Ihnen an der Leiche etwas aufgefallen?»

Ulrike Strehle stockte. Mehr hatte Antonia Dix nicht gewollt. Weil sie geahnt hatte, dass die Staatsanwältin der Leiche garantiert nicht näher als fünf Meter gekommen war. Die Strehle war im ganzen Präsidium dafür bekannt, dass sie gerne einen großen Bogen um Leichen machte und sich mit der späteren aseptischen Papierversion begnügte.

«Morgen früh haben wir von der Rechtsmedizin das Ergebnis der Obduktion. Dann wissen wir sicherlich mehr, Frau Dix.»

«Zeugen?»

«Jede Menge. Da unten wurde wohl ein Grillfest gefeiert, als der Mann sprang. Ich habe sie alle ins Präsidium bringen lassen. Ihr Kollege Beyer vernimmt sie gerade auf der Kriminalwache mit Hilfe eines irakischen Dolmetschers.»

Fehler. Großer Fehler. Zeugenaussagen mussten frisch sein. Schon alleine die Fahrt ins Präsidium konnte die Erinnerungen verwischen, die Unterhaltung im Polizeibus individuelle Eindrücke auslöschen, zugunsten eines kollektiven Einheitsbreis. Antonia Dix seufzte und schwieg.

«Eigenartig ist nur die Sache mit dem Feuer.»

«Feuer?»

Antonia Dix wurde hellhörig.

«Ja, Feuer. Alle Zeugen schwören, hier oben habe es gebrannt. Die Wohnung habe in Flammen gestanden, als der Mann sprang. Aber wie Sie selbst sehen, ist die Wohnung völlig unversehrt, Frau Oberkommissarin. Wenn es hier oben lichterloh gebrannt hätte, stünden wir jetzt unten auf der Straße und würden der Feuerwehr beim Löschen des gesamten Gebäudes zusehen. Das bedeutet also leider: Die Aussagen der Teilnehmer dieses Grillfestes sind insgesamt wohl nur von höchst eingeschränktem Wert.»

«Kaltes Feuer.»

«Wie bitte?»

«Riechen Sie denn nicht, dass es hier gebrannt hat? Kaltes Feuer. Erwin? Kannst du mal kommen?»

Als hätte der Leiter des Erkennungsdienstes nur auf sein Stichwort gewartet, erschien Erwin Keusen auf dem Balkon und hob in rheinischem Singsang zu einem seiner ebenso brillanten wie berüchtigten Monologe an:

«Ganz einfach. Du nimmst Alkohol, aber nicht irgendeinen, sondern einen, der sich gut mit Wasser vermischen lässt und sich nicht anschließend im Ruhezustand wieder vom Wasser absondert. Ethanol zum Beispiel. Oder Isopropanol. Den verdünnst du also stark mit Wasser, grob gesagt im Verhältnis eins zu eins. Wasser hat eine hohe Wärmekapazität. Das bedeutet, dass sehr viel Energie verbraucht wird, um das Wasser zu erwärmen. Das geht der Verbrennungsenergie verloren. Zum anderen liegt der Siedepunkt von Wasser ideal, und die Verdampfungsenthalpie ist extrem hoch, ungefähr 2,2 Kilojoule pro Gramm.»

«Erwin, erkläre der Staatsanwältin doch bitte mal in einfachen Worten, was das bedeutet.»

«Das bedeutet, dass bei der Verbrennung des Gemischs das dabei verdampfende Wasser automatisch die dabei kontaktete feste Materie kühlt, weil die Energie, die zum Verdunsten des Wassers aufgebracht werden muss, eben nicht zur Temperatursteigerung der Umgebung zur Verfügung steht. Das Wasser hat ja selbst keinen Brennwert, es wirkt also nicht energieliefernd, sondern quasi kontraproduktiv für den Verbrennungsvorgang.»

«Herr Keusen, ich verstehe noch nicht ganz.»

Juristen, dachte Erwin Keusen. Fachidioten.

«Kaltes Feuer. Das Zeug wird auf Theaterbühnen benutzt. Oder beim Zirkus. Der Begriff ist etwas irreführend, weil auch dieses Feuer ganz schön heiß ist. Aber es richtet keinen Schaden an. Es kann sich nicht ausweiten. Weil das verdampfende Wasser den scheinbar brennenden Gegenstand abschirmt. So verbrennt nicht der Gegenstand, sondern nur der Alkoholdunst. Frau Strehle, Sie könnten also jetzt getrost einen der 100-Euro-Scheine aus Ihrem Portemonnaie zücken, mit diesem Gemisch tränken und anzünden. Es gäbe zwar ein hübsch ansehnliches Feuerchen. Doch sobald der Anteil des verdunstenden Alkohols unter einen bestimmten Grenzwert sinkt, erlischt die Flamme. Und der Geldschein ist unversehrt, abgesehen vielleicht von ein paar schwach bräunlichen Verfärbungen. Solche Verfärbungen haben wir an den Pflanzen gefunden. Wir nehmen die Pflanzen jetzt mit und untersuchen sie im Labor. Das ist nur eine Vermutung, und es wird wohl auch eine Vermutung bleiben, weil das Gemisch leider ohne Rückstände verbrennt. Aber ich glaube, dass die Zeugen sich nichts eingebildet haben: Auf dieser Fensterbank hat es ein ordentliches und weithin leuchtendes Feuerchen gegeben.»

Erwin Keusen drehte sich grußlos um und zog mit seinen Männern ab. Ulrike Strehle klapperte eine Weile mit ihren Fingernägeln auf dem Klemmbrett herum.

«Halten Sie mich auf dem Laufenden, Frau Dix.»

Dann verschwand auch sie.

Endlich allein. Antonia Dix atmete erleichtert auf. Sie musste sich zunächst ein Bild machen von dem Menschen, der hier gewohnt hatte. Wie hieß er noch gleich? Ihr Blick fiel auf die Visitenkarte, die auf dem Esstisch lag:

KLAUS-HINRICH PELZER
INVESTIGATIVER JOURNALISMUS

Wenn die Visitenkarte dem Toten gehört hatte, dann musste sich Antonia Dix kein Bild mehr von ihm machen. Denn sie wusste, wer Klaus-Hinrich Pelzer war. Sie durchquerte die Diele und sah auf dem Messingschild außen an der Wohnungstür nach. Er war es. Klaus-Hinrich Pelzer. Sein Name war ihr zuletzt vor zwei Wochen begegnet: in der Autorenzeile des Bild-Artikels über die schönen Bonner Verbrecher-Jägerinnen.

Wenn man Geld in die winzige Schale zu ihren schönen, nackten Füßen warf, erwachte sie schlagartig zum Leben. Dann machte sie zuerst ein erstauntes Gesicht und dann ein paar ungelenke Schritte, als müsste sie sich erst an das Leben gewöhnen. Schließlich drehte sie anmutig Pirouetten, schneller und immer schneller, bis sich ihr feuerrotes Hexenkleid aufblähte und den Blick auf ihre schlanken Beine freigab. Dabei klapperte sie in kindlicher Freude mit ihren Kastagnetten, bis ihr Puppenlächeln plötzlich erstarb und sie wieder erstarrte, als sei sie kein Mensch, sondern ein Exponat aus dem benachbarten Museum Ludwig für zeitgenössische Kunst. Entnervte Eltern zerrten ihre um weitere Münzen bettelnden Kinder weiter, und die Chinesen hörten auf, sie zu knipsen, nahmen sich wieder den Dom vor und versuchten verzweifelt, das 157 Meter hohe Motiv hochkant in die Displays ihrer Digitalkameras zu quetschen.

Max Maifeld sah dem Spektakel auf der Domplatte eine Weile zu, bis er entdeckte, wonach er suchte: eine Reisegruppe, die auf das Petersportal im Südturm zustrebte. Ideal, um sich vor der Zeit unerkannt und in Ruhe umzusehen. Max warf der erstarrten Tänzerin zwei Euromünzen in die Schale, ignorierte ihre sofortige Wiederauferstehung und mischte sich unter die verschwitzten Senioren, die in der sengenden Mittagssonne quer über den Platz trotteten, brav ihrer Stadtführerin folgten, ängstlich darauf bedacht, den Anschluss nicht zu verlieren, sichtlich erschöpft vom schier endlos langen Fußmarsch durch die große, fremde, brütend heiße Stadt, aber dennoch wild entschlossen, sich die wichtigste Sehenswürdigkeit Kölns unter keinen Umständen entgehen zu lassen, bevor der unten am Rheinufer wartende Omnibus sie wieder abtransportieren würde.

Im Inneren des Doms herrschte eine angenehme Kühle. Kollektives, geräuschvolles Aufatmen, gefolgt von maßlosem Staunen über eines der größten sakralen Bauwerke der Welt. Stumme Blicke nach oben, in schier endlose Höhen, die jeden Menschen auf der Stelle zur Bedeutungslosigkeit schrumpfen ließen und doch zugleich dem Himmel näher brachten. Eben das, was die Architektur der Gotik bezweckt hatte und den rheinischen Katholizismus perfekt beschrieb: die harmonische, nur scheinbar paradoxe Allianz aus Demut und Größenwahn.

«Meine Damen und Herren, Sie befinden sich mitten in der ältesten Baustelle der Welt.»

Dankbares Nicken. Besuchergruppen liebten Superlative. Sie folgten der Stadtführerin durch den Mittelgang des Hauptschiffes. Gedränge, Geschiebe, als in der Vierung eine zweite Gruppe kreuzte: Jugendliche, die lachten und respektlos laut miteinander redeten. Die Domschweizer in den roten Talaren waren ihnen bereits auf den Fersen, um ihnen klarzumachen, dass man im Gotteshaus die Baseballkappe vom Kopf nimmt. Verständnisloses Achselzucken, weil die Jugendlichen kein Deutsch verstanden und ohnehin nichts hören konnten, wegen der MP3-Player-Stöpsel in ihren Ohren.

Die resolute Stadtführerin stoppte ihre Senioren, indem sie kurz und energisch die Hand hob, und ließ die Baseballkappenträger sowie die sie verfolgenden Domschweizer passieren. Die Stadtführerin war eine kleine, zerbrechlich wirkende ältere Dame in einem dunkelblauen Kostüm, das an die Uniformen von Lufthansa-Stewardessen aus der Propeller-Zeit erinnerte, und sie verfügte über die seltene Gabe, langsam und leise zu sprechen und dennoch alle Aufmerksamkeit auf sich zu ziehen.

«Als Erzbischof Reinald von Dassel am 23. Juli 1164 mit den Gebeinen der Heiligen Drei Könige in Köln eintraf, war bald entschieden, dass die sterblichen Überreste von Kaspar, Melchior und Balthasar, der drei Weisen aus dem Morgenland, eine angemessene Unterkunft bekommen sollten. Eine Kathedrale, wie sie die Welt noch nicht gesehen hatte.»

Alle nickten und starrten den goldenen Schrein im inneren Chor an. Scheinwerfer ließen die bunten Edelsteine funkeln. Max brauchte eine Weile, bis er Theo entdeckte: Im nördlichen Querhaus, hinter einem Meer brennender Kerzen, kniete er zwischen den betenden Frauen in der Kirchenbank; die gefalteten Hände ruhten auf dem abgegriffenen Holz.

Wo war Hurl?

«… drei Jahrhunderte lang wurde gebaut und gebaut. Bis das Geld ausging. Da stand also nun der fertige Chor, und am anderen Ende der halbfertige Glockenturm mit dem hölzernen Arbeitskran obendrauf. Ein Fragment, das Napoleons Re-

volutionstruppen nach der Invasion im Jahr 1794 als Waffen-
lager benutzten.»

Entsetztes Kopfschütteln und empörtes Raunen. Diese
Franzosen. Diese Gottlosen. Wo steckte Hurl?

«... erst 1842 wurde weitergebaut, und am 15. Oktober
1880 wurde in Anwesenheit Seiner Majestät des Kaisers
Wilhelm I. feierlich der letzte Stein auf die Kreuzblume des
Südturms gesetzt. Die Hohe Domkirche zu Köln war nach
632 Jahren Bauzeit vollendet. Aber schon 1905 wurde die
Dombauhütte wieder geöffnet, um erste Schäden zu beheben
und marode Bauteile zu ersetzen. Daran hat sich bis heute
nichts geändert. Der Dom bleibt wohl eine Baustelle bis in
alle Ewigkeit. Der ätzende Taubenkot, der saure Regen, die
Abgase der Autos und der Industrie: Niemand von Ihnen
wird den Dom jemals ohne Gerüst sehen.»

«Max? Hörst du mich?»

Theos Flüstern drang aus dem Stöpsel im linken Ohr. Max
nickte unmerklich in Richtung seines Bruders.

«Weißt du noch? Ferrari-Hein hat immer gesagt: Wenn der
Dom fertig ist, geht die Welt unter.»

Max nickte erneut. Natürlich wusste er noch, was der Altgeselle ihres Vaters gesagt hatte. Das und alles andere, was
Ferrari-Hein ihnen gesagt hatte, als sie noch Kinder waren.

Die Senioren applaudierten. Die Führung war beendet.
Max sah auf die Uhr. Höchste Zeit.

Hauptschiff, rechte Bankreihe, die vierte Bank, von vorne
gezählt, der Platz ganz außen am Mittelgang, so wie vereinbart. Max setzte sich und wartete. Hier wollte sich der Auftraggeber mit Max treffen. In genau zweieinhalb Minuten.

Seine Augen hielten weiter diskret Ausschau nach Hurl.
Sein Blick wanderte schließlich die filigranen Pfeiler empor,
bis zu der Klais-Orgel, die wie ein Schwalbennest an der
Nordwand unter der 43 Meter hohen Decke des Langhauses

klebte. Max atmete erleichtert auf. Nur der gewaltige polierte Schädel war zu sehen. Und das Fernglas vor Hurls Augen. Das Fernglas schwenkte wieder nach oben, wanderte entlang der Galerie in der Südwand des Langhauses, hielt plötzlich inne. Blitzschnell verschwand das Fernglas mitsamt Hurls Kopf.

«Sind Sie Max Maifeld?»

Neben ihm, im Mittelgang, standen zwei Mädchen. Max schätzte sie auf vierzehn, vielleicht auch jünger. Die beiden Mädchen trugen Jeans, Turnschuhe und knappe T-Shirts, deren Saum weit über dem Bauchnabel endete. Sie wirkten verlegen, sie tauschten Blicke und kicherten albern, während sie auf eine Antwort warteten.

«Ja. Warum?»

«Sie sollen mal auf Seite 584 nachschauen.»

Sie rannten davon, als sei der Teufel hinter ihnen her, auf das Seitenportal im nördlichen Querhaus zu.

«Theo? Siehst du die beiden? Schnapp sie dir.»

Theo rührte sich nicht, bis die Mädchen an ihm vorbei zum Ausgang rannten. Dann bekreuzigte er sich, erhob sich aus der Bank und schlenderte hinaus.

Vielleicht ein Arbeiter. Hurl konnte sein Gesicht nicht erkennen. Der Mann trug einen Schutzhelm und blickte angestrengt in die Tiefe. Kein Irrtum: Der Mann im Schatten der Pfeiler der jenseitigen Galerie hatte Max im Visier. Jetzt hob der Mann den Kopf, als ahnte er, dass er von der gegenüberliegenden Galerie beobachtet wurde. Ihre Blicke kreuzten sich. Eine Sekunde später hatte sich der Mann mit dem Helm in Luft aufgelöst.

Hurl stopfte das Fernglas in seinen Rucksack, kletterte die Leiter hinauf zum Zwischendach, stieß die Luke auf, zwängte sich durch die enge Öffnung, balancierte über den schmalen Außensteg zwischen Himmel und Erde, kletterte durch das Strebewerk, trat die provisorische Tür zur elektronischen Steuerungszentrale des Uhrwerks auf, öffnete lautlos die nächste Tür zu dem gigantischen Hohlraum zwischen Gewölbe und Spitzdach und sprintete los, über Gänge und Treppen, vorbei an den Aufenthaltsräumen und Toiletten und Werkstätten und kreischenden Maschinen und dem Lager mit den tausend Gipskopien der wasserspeienden, fratzenschneidenden Höllengeschöpfe, vorbei an den verdutzten Gesichtern der Steinmetze, Dachdecker, Tischler, Zimmerer, Schmiede, Maler und Glaser, für sich und vor allem für sie hoffend, dass sich ihm niemand in den Weg stellen und den Helden markieren würde, auch nicht der Falkner, der in diesem Moment um die Ecke bog und den er fast umgerannt hätte, mitsamt dem hysterisch aufschreienden, flügelschlagenden Taubenjäger auf der behandschuhten Faust.

Nur der Mann mit dem Helm begegnete ihm nicht. Zwei Minuten später stellte Hurl fest, dass er sich verlaufen hatte. Er kehrte um, hastete zurück, bis er schließlich die richtige Treppe hinunter zu der Galerie fand, wo er den Mann mit dem Helm gesehen hatte.

Nichts. Niemand.

Hurl beugte sich vor und sah in die Tiefe.

Der Platz in der vierten Reihe.

Max war verschwunden.

Seite 584. Auf jedem Platz in der Kirchenbank lag ein rotes Buch. Max Maifeld griff nach dem Exemplar auf seinem Platz. *GOTTESLOB* stand darauf, in goldenen Buchstaben. Max schlug das Buch auf. Kirchenlieder. Hauchdünnes Papier, stockig und fleckig von unzähligen mit der Zunge befeuchteten Zeigefingern.

Seite 584.

Christi Mutter stand mit Schmerzen / bei dem Kreuz und weint von Herzen / als ihr lieber Sohn da hing …

Darunter hatte jemand mit Kugelschreiber in blauer, kantiger Schrift vier Ziffern und ein Ausrufezeichen notiert: *1266!*

Und jetzt?

Max schaute auf die Uhr. So viel war klar: Der Auftraggeber würde nicht mehr erscheinen. 1266! Max riss die Seite aus dem Gesangbuch und verließ die Bank.

«Max? Ich hab die Mädels. Aber die wissen nix. Die schlottern zwar jetzt vor Angst, weil ich …»

Der Empfang wurde schlechter. Max schirmte das winzige Mikro in seinem Ohr mit der hohlen Hand ab.

«… sie sagen, ein fremder Mann hat sie angesprochen und ihnen fünfzig Euro gegeben, damit sie dir zwei Sätze sagen und dann abhauen. Sie erinnern sich nur, dass der Mann wie ein Bauarbeiter aussah. Was soll ich machen, Max? Ihr Bus mit der ganzen Klasse wartet schon und hupt hier wild rum, und die Lehrerin wird langsam hysterisch. Soll ich …»

«Lass sie laufen, Theo. Lass sie einfach laufen.»

«Mach ich. Alles in Ordnung bei dir?»

«Alles in Ordnung. Bis später.»

Max Maifeld versuchte sich vorzustellen, wie sein Bruder zwei halbwüchsigen Mädchen Angst einjagte, damit sie mit der Wahrheit herausrückten. Theo war zwar fast 1,90 Meter groß und ein beeindruckendes Muskelpaket, wenn auch lange nicht so groß und breit wie Hurl, aber Theo konnte man die grenzenlose Gutmütigkeit schon von der Nasenspitze ablesen.

Im Souvenir-Shop gleich neben der Treppe zur Schatz-kammer durchkämmte Max die Broschüren und Bildbände über den Dom. 1266. Was war das? Eine Entfernungsangabe? Länge, Höhe, Breite. Das Gewicht der Glocken. Nichts von dem, was er in den Büchern fand, passte. Eine Jahreszahl?

«Kann ich Ihnen helfen?» Der ältere Herr hinter dem Tresen beobachtete ihn über den Rand seiner Brille hinweg.

«Nein, danke.» Oder vielleicht doch?

«Sagt Ihnen die Zahl 1266 etwas?»

«Eintausendzweihundertsechsundsechzig?» Der Mann zuckte ratlos mit den Schultern.

«Oder vielleicht Zwölfhundertsechsundsechzig?»

«Warum sagen Sie das nicht gleich? Das Judenprivileg.»

«Das was?»

Der Mann kam hinter der Theke hervor, nahm Max die Broschüre aus der Hand und blätterte darin, bis er fand, was er suchte.

«Hier!» Energisch tippte er mit dem Zeigefinger auf die Seite. «Hier steht's doch: 1266. Das Judenprivileg. Aber da können Sie jetzt nicht hin. Wegen der Beichte.»

Nach mehreren gewalttätigen Ausschreitungen gegen die Kölner Juden erließ Erzbischof Engelbert von Falkenburg im Jahr 1266 ein Privileg, das die Juden der Stadt fortan unter seinen persönlichen Schutz stellte und ihnen das Recht zur ungestörten und zollfreien Bestattung ihrer Toten gewährte. Das geschah weniger aus christlicher Nächstenliebe als vielmehr aus dem Kalkül, dass die Steuern der Juden eine nicht unbeträchtliche Einnahmequelle für den Erzbischof darstellten.

Das Judenprivileg von 1266 wurde in Stein gemeißelt und später mit Hilfe eines Sockels und eines abschließenden Zinnenkranzes an der südlichen Wand des Chorumgangs platziert ...

Ein Domschweizer mit breitem Kreuz stand vor dem schmiedeeisernen Gitter und versperrte den Weg.

«Können Sie nicht lesen? Da! Das Schild! Da steht's doch groß und breit: Kein Durchgang für Touristen …»

«Ich bin kein Tourist. Ich will zur Beichte.»

Der Domschweizer, dessen fleckig-rote Gesichtsfarbe eine ungesunde Neigung zu Bluthochdruck und cholerischen Wutausbrüchen erahnen ließ, musterte Max, als habe ihm soeben erst ein Anruf aus dem Vatikan bestätigt, dass ausschließlich Großmütterchen mit gramgebeugtem Rücken das heilige Sakrament der Versöhnung per Ohrenbeichte zuteil werden dürfe. Doch dann ließ er Max passieren und starrte ihm misstrauisch nach, bis ihn die Krümmung des Chors verschluckte.

Das perfekte Versteck. Max sah sich nach allen Seiten um, bis er sicher war, dass er nicht beobachtet wurde. Dann stellte er sich auf die Zehenspitzen. In der tiefen Mulde hinter dem Zinnenkranz ertasteten die Finger seines ausgestreckten Arms, wonach er suchte: einen großen braunen Umschlag.

Klaus-Hinrich Pelzer. Geboren 1946 im Ost-Berliner Bezirk Treptow. Erlernter Beruf: Schriftsetzer. Zuletzt ausgeübter Beruf: Journalist. Zuletzt wohnhaft in Bonn-Nord, Retorten-Stadtteil Auerberg, Londoner Straße 34 – 44. Geschieden. Kinderlos. Alkoholiker. Zwei von der Kasse finanzierte, aber erfolglose Entziehungskuren. Anfang des Jahres hatte sich Klaus-Hinrich Pelzer einen langen, demütigenden, am Ende aber vergeblichen Briefwechsel mit seiner Krankenkasse geliefert, in der Hoffnung, auch noch eine dritte Kur bezahlt zu bekommen.

Antonia Dix legte den Briefwechsel auf den linken Stapel, stützte die Ellbogen auf ihren Schreibtisch, unterdrückte ein

Gähnen und sah auf die Uhr. Erwin Keusens Leute hatten in der Wohnung alles für sie eingesammelt, was sie an Papier finden konnten, außerdem Pelzers Computer gefilzt und ihr die komplette Festplatte ausgedruckt. Seit zwei Stunden schon robbte sie sich auf der Suche nach dem Grund für Pelzers Tod durch Pelzers Leben, sofern es schriftlich fixiert war. Den linken Stapel hatte sie hinter sich, den rechten noch vor sich.

Der linke Stapel war auch nach zwei Stunden immer noch deprimierend mickrig, so deprimierend und so mickrig wie Pelzers verpfuschtes Leben. Der rechte Stapel schien unterdessen noch keinen Millimeter geschrumpft zu sein. Zwischen den beiden ungleichen Stapeln lag ihr Schreibblock, auf dem sie sich Notizen machte. Viel stand da noch nicht. Stichworte, manche wieder durchgestrichen, manche mit Ausrufezeichen oder inzwischen mit einem Häkchen für «erledigt» versehen, wie etwa:

Bild Köln anrufen!

Die letzten Jahre seines Lebens hatte ihm die Kölner Redaktion der Bild-Zeitung ein Gnadenbrot verschafft; solange er Geschichten lieferte, konnte er seine Miete bezahlen. Besser gesagt: solange sie seine gelieferten Geschichten druckten. Offenbar war Pelzers Mitarbeit aber nicht mehr sonderlich gefragt, wie Antonia Dix bei der Durchsicht der aus Pelzers Computer gefischten Honorarabrechnungen feststellte. Die letzte Geschichte, die sie ihm vergütet hatten, war ausgerechnet die von den schönen Bonner Verbrecher-Jägerinnen. Davor klaffte ein Loch von dreieinhalb Monaten. Und davor eines von fast fünf Monaten.

Wovon hatte der Mann nur gelebt?

Zuletzt hatte er seine Telekom-Rechnungen nicht mehr bezahlen können. Die Telekom hatte ihm die Leitung für Telefon und Internet gesperrt. Also ließen sich auch keine aktuellen E-Mails in seinem Computer finden. Pelzer war finanziell am Ende, als er starb. Das hatte ihr vor zwanzig Minuten der stellvertretende Leiter des Kölner Bild-Büros am Telefon bestätigt:

«Im Grunde war er ein armes Schwein.»

«Im Grunde?»

«Na, wie soll ich sagen? Sein Privatleben. Seine Spielsucht. Der Alkohol. Außerdem … man soll ja über Tote nicht schlecht reden, aber … um ehrlich zu sein: Seine Storys waren Schrott. Seit Jahren nur noch Müll. Dabei war Pelzer gar kein übler Rechercheur. Im Gegenteil. Er konnte sich festbeißen. Aber er konnte sein recherchiertes Material nicht adäquat umsetzen. Seine Schreibe war eine einzige Katastrophe. Hölzern. Furchtbar gedrechselt. Vor dreißig Jahren war das vielleicht mal angesagt. Wissen Sie, irgendwie hat er mich immer an eine dieser Figuren aus den klassischen griechischen Tragödien der Antike erinnert. Geboren, um zu verlieren. Sie verstehen sicher, was ich meine.»

Antonia Dix verstand zunächst einmal nur, dass der Mann von Bild Köln keine Ahnung von antiken Tragödien hatte.

«Nein. Wie meinen Sie das?»

«Nun ja, viel weiß ich nicht über sein Leben. Niemand hier weiß viel über ihn. Aufgewachsen im Osten Berlins. Also in der DDR. Einzelkind. Eltern früh verstorben, bei einem Brand. Heimkind. Schriftsetzerlehre bei einer der SED-Zeitungen. Später hat er sich rübergemacht in den Westen. Aber mehr…»

Antonia war plötzlich elektrisiert. «Moment mal. Was haben Sie da eben gesagt? Die Eltern sind …»

«Ja. Bei einem Wohnungsbrand. Da war er wohl noch ein kleiner Junge. Hat als Einziger überlebt, weil ihn die Mutter rechtzeitig aus dem Fenster warf, aus dem vierten Stock, direkt ins Sprungtuch der Feuerwehr. Seine Eltern aber sind jämmerlich verbrannt. Das hat er wohl nie verwunden. Jedenfalls: Feuer versetzte ihn augenblicklich in Panik. Manche Kollegen hier haben sich schon mal einen Scherz daraus gemacht. War aber nie böse gemeint. Wissen Sie, der Pelzer zuckte schon zusammen und wurde panisch, wenn man nur ein Streichholz in seiner Nähe anzündete.»

«Ich dachte, Pelzer war selbst Raucher?»

«War er auch. Kettenraucher. Allerdings benutzte er immer nur diese billigen Wegwerffeuerzeuge und stellte sie auf ganz kleine Flamme. Er sah auch nie hin, wenn er sich eine Zigarette anzündete. Aber auf Streichhölzer reagierte er geradezu hysterisch. Wieso ist das für Sie so wichtig?»

«Ist es nicht. Vielen Dank für die Auskunft.»

Antonia Dix realisierte plötzlich, mit wem sie sprach. Sie hatte keine Lust, dass die Strehle oder der Präsident die Unterhaltung morgen in der Bild-Zeitung nachlesen konnte.

«Keine Ursache. Eine Hand wäscht die andere. Sagen Sie mal … Dix … Antonia Dix … Hatten wir nicht kürzlich mal was über Sie im Blatt? Natürlich! Sie und diese Staatsanwältin. Wie hieß sie noch gleich? Sehr fotogen jedenfalls. War die Geschichte nicht sogar von Pelzer?»

«Keine Ahnung. Wiederhören.»

Sie legte auf.

Was für ein Leben.

Was für ein Tod.

Die Hitze war schon am Vormittag nicht mehr zum Aushalten. Sie öffnete das Fenster. Die Klimaanlage streikte seit Tagen. Und die Lamellen vor den Fenstern, die sich angeblich automatisch dem Sonnenstand anpassen sollten, passten sich wem auch immer an, nur nicht dem Sonnenstand. Dafür hatte im vergangenen Winter, kurz nach dem Umzug über den Rhein vom alten ins neue Polizeipräsidium die Heizung gestreikt. War das vor oder nach dem Wasserrohrbruch gewesen?

Offiziell hatten sie in den Neubau nach Ramersdorf umziehen müssen, weil das alte Gebäude inzwischen viel zu groß geworden war. Seit dem Hauptstadt-Umzug nach Berlin hatte man das Bonner Präsidium von einst 2500 auf jetzt 1400 Beamte schrumpfen lassen. In Wahrheit hatten sie umziehen müssen, um dem rasanten Wachstum von Telekom-City im ehemaligen Regierungsviertel nicht länger im Weg zu stehen. Das Grundstück mit dem grauen Betonbunker an der einstigen Diplomaten-Rennbahn ließ sich nun mühelos in Gold aufwiegen, und deshalb hatte die Düsseldorfer Landesregierung der Bonner Polizei in Windeseile für 55 Millionen Euro einen Neubau ans jenseitige Rheinufer gesetzt. «Das modernste Präsidium in Nordrhein-Westfalen, wenn nicht gar der gesamten Republik», hatte Antonia Dix in der Zeitung gelesen. Der Innenminister hatte das bei der Einweihung gesagt. Nichts gesagt hatte der Innenminister zu dem Umstand, dass in dem hinter dem neuen Präsidium gebauten Parkhaus mal eben Platz für 391 Dienstfahrzeuge und Privatwagen war, ein Großteil der Beamten also zum Ärger der Nachbarschaft die angrenzenden Wohnstraßen zuparkte. Eine Fußgängerbrücke verband das Parkhaus mit dem Dienstgebäude. Weil die Gitterroste nicht ordentlich befestigt worden waren, waren dort vergangenen Herbst zwei Beamte fünf Meter in die Tiefe gestürzt und schwerverletzt im Krankenhaus gelandet. Vier Wochen später war der Besucherparkplatz vor dem Gebäude einen halben Meter tief im Erdreich versunken, weil die Drainage unter dem Verbundpflaster falsch berechnet worden war. Kurz darauf wurde ein Beamter der Fahrradstreife vom Rolltor eingeklemmt. Das Rolltor hatte sich einfach selbständig gemacht und war lautlos und hinterhältig, wie in einem Roman von Stephen King, auf den Beamten zugerollt. Drei gebrochene Rippen. Die Kollegen fanden mittags in der Kantine fast täglich ein neues Gesprächsthema. Vielleicht sollte sich das Kommissariat Wirtschaftskriminalität mal mit dem Neubau des Bonner Präsidiums befassen.

Das Läuten des Telefons schreckte sie aus ihren Gedanken.

«Friedrich hier. Wo ist Morian?»

«Guten Tag, Doktor. Morian ist in Urlaub.»

«In Urlaub?»

«In Urlaub.»

Langsam ging ihr die ständige Fragerei nach Morians Verbleib auf die Nerven. Aber das behielt sie für sich. Denn die Fledermaus verärgerte man besser nicht. Alle nannten Dr. Ernst Friedrich nur die Fledermaus. Solange er nicht in der Nähe war. Denn die Fledermaus hatte nicht einen Funken Humor.

«Was macht die Obduktion, Doktor?»

Dr. Ernst Friedrich schnappte hörbar nach Luft. «Was meinen Sie wohl, weswegen ich anrufe?»

Die Fledermaus war schnell beleidigt. Also schaltete Antonia Dix einen Gang zurück.

«Sie sind ein Genie, Doktor.»

«Behalten Sie Ihre Komplimente für sich. Denn sie sind ebenso plump wie durchschaubar. Das ist jetzt zunächst nur eine kurze Vorabinformation. Ohne Gewähr. Wir warten auf das Ergebnis der feingeweblichen sowie der toxikologischen Untersuchung, bevor das abschließende rechtsmedizinische Gutachten in Schriftform Ihnen und natürlich auch Frau Strehle zugeht. Also: Der Tote … wie hieß er noch gleich …»

«Klaus-Hinrich Pelzer.»

«Klaus-Hinrich Pelzer, genau. Alkoholiker. Seine Leber war am Ende. Lange hätte der ohnehin nicht mehr gelebt, so viel ist sicher. Vielleicht noch drei, vier Jahre. Wahrscheinlich hat er das nicht gewusst. Die Leber erzeugt keine Schmerzen, und Alkoholiker sind Meister der Verdrängung.

Solange sie nicht zum Arzt gehen und sich untersuchen lassen, sind sie auch nicht krank.»

«Woran ist er gestorben, Doktor?»

«Jedenfalls nicht an dem Sturz vom Balkon. Er wurde erschossen. Aus etwa zwei Metern Entfernung, schätze ich. Er war schon tot, als er unten aufschlug. Eintrittsöffnung Stirn, Austrittsöffnung Hinterkopf. Erwin Keusen steht übrigens gerade neben mir. Er sagt, er hat keine Hülse gefunden. Er sagt, der Täter hätte sich vermutlich bewusst so hingestellt, dass die Hülse beim automatischen Auswurf in die Wohnung flog statt vom Balkon. Damit er sie anschließend einsammeln und mitnehmen konnte. Das Geschoss ging übrigens durch den Schädel wie Butter. Ein richtiger Kunstschütze, unser Unbekannter: Das Loch in der Stirn befindet sich exakt zwischen den Augen. Was? ... Ach so! ... Verstehe! ... Hören Sie, Frau Dix? Erwin Keusen unterbrach mich gerade und meinte, aus dem siebten Stock und bei zunächst waagerechter oder vermutlich sogar leicht ansteigender Schussbahn, das Opfer turnte ja auf der Brüstung rum, also da fliege so ein Projektil trotz der Bremswirkung des Schädels wohl noch gut und gerne 800 Meter weit. Und da das Gebäude ja am Kopfende einer Sackgasse steht, wurde das Projektil so schnell auch nicht durch eine Mauer oder irgendwas gestoppt. Und solange er weder Hülse noch Projektil hat, kann er natürlich auch nichts zur Waffe sagen. Da haben Sie aber jetzt ganz schön was zu knabbern, nicht wahr, Frau Dix?»

«Ja. Danke, Doktor.»

Antonia Dix legte auf.

Keine Spuren, keine brauchbaren Zeugen, kein Motiv.

Ludger Beyer und drei Kollegen von der Kriminalwache hatten bis in die Nacht mit Hilfe des Dolmetschers sämtliche Teilnehmer des Grillfestes vernommen. Sie hätten sich auch nur einen einzigen beliebigen Teilnehmer herauspicken können, denn die Antwort war immer dieselbe: Ein Mann schrie, weil seine Wohnung brannte, und dann fiel er vom Balkon.

Niemand hatte eine zweite Person auf dem Balkon gesehen, niemand hatte einen Schuss gehört.

Das konnte bedeuten, dass der Täter einen Schalldämpfer benutzt hatte. Andererseits kannte Antonia Dix das Problem mit Zeugenaussagen nach dramatischen Ereignissen:

Feuer im siebten Stock, ein Mensch schreit um Hilfe, ohnmächtig müssen die Zeugen miterleben, wie er vom Balkon stürzt und vor ihren Füßen auf den Asphalt klatscht, wie sich ein verzweifelter, um Hilfe schreiender Mensch binnen Sekunden in eine leblose, blutende Masse verwandelt.

Wer erinnert sich da noch an einen Schuss?

Pelzer hatte also seit seiner frühen Kindheit, seit dem Brand in der elterlichen Wohnung, eine Feuerphobie. Warum quälte ihn der Täter erst mit dieser Zirkusnummer, bevor er ihn tötete? Um ihn leiden zu sehen? Warum schoss der Täter nicht vorher in der Wohnung, sondern wartete damit, bis Pelzer auf der Brüstung des Balkons herumturnte? Weil Pelzer ihn überrumpeln und auf den Balkon fliehen konnte? Sehr unwahrscheinlich. Denn dieser Mörder wusste offenbar alles über sein Opfer. Er war bestens vorbereitet, und er war ein erfahrener, treffsicherer Schütze.

Dieser Mörder war ein Profi.

Ein Profi, der ein völlig unnötiges Risiko einging?

Wenn er Pelzer in der Wohnung statt auf dem Balkon getötet hätte, einen Schalldämpfer oder Pelzers Brotmesser benutzt hätte, wäre die Leiche vermutlich erst nach Wochen entdeckt worden.

Was also bezweckte er mit dem ganzen Zauber?

Er?

Sie?

Mehrere Täter?

Niemand der Bewohner hatte an diesem Abend einen fremden Menschen im Haus gesehen. Was allerdings ebenfalls nichts bedeuten musste, nach dem ganzen Durcheinander. Das Kurzzeitgedächtnis von Zeugen in überraschenden, stressenden Ausnahmesituationen ähnelte gewöhnlich einem Sieb.

War der Mörder vielleicht gar kein Fremder? Lebte er womöglich sogar im Haus? Antonia Dix machte sich eine weitere Notiz. Aber sie glaubte nicht an diese Variante. Um sie jedoch auszuschließen, würden sie sämtliche Hausbewohner unter die Lupe nehmen müssen. Berufe, Waffenscheine, Vorstrafen.

Die Wohnungstür war unbeschädigt. Pelzer hatte also seinem Mörder bereitwillig die Tür geöffnet. Trotz der Hitze hatte Pelzer einen vollständigen Anzug mit Krawatte getragen. Als erwarte er wichtigen Besuch. Offiziellen Besuch.

Ebenso wie in der gesamten Wohnung wurden auf der Visitenkarte, die einsam auf dem Esstisch gelegen hatte, ausschließlich Pelzers Fingerabdrücke gefunden. War sie für seinen Mörder bestimmt gewesen?

Klaus-Hinrich Pelzer – Investigativer Journalismus. Hatte Pelzer seine Recherche-Künste neuerdings nicht nur der Bild-Zeitung angeboten? War der Mörder ein Opfer seiner Bespitzelungen?

Oder hatte der Auftraggeber den lästigen Mitwisser Pelzer nach getaner Arbeit aus dem Weg geräumt?

Woran hatte Klaus-Hinrich Pelzer zuletzt gearbeitet?

Vielleicht fand sich die Antwort in dem rechten Stapel auf ihrem Schreibtisch. Antonia Dix atmete einmal tief durch und nahm sich den nächsten Ausdruck vor.

In dem großen braunen Umschlag befanden sich ein kleinerer weißer Umschlag und außerdem 50 000 Euro in bar. 500-Euro-Scheine, fünf Bündel zu je zwanzig Scheinen. Während Hurl das Geld auf der Drehbank in Theos Werkstatt ausbreitete und zählte, öffnete Max den weißen Umschlag. Er enthielt ein Farbfoto in DIN-A5-Größe und einen Brief. Ein abfotografiertes Gemälde, dem ersten Anschein nach Öl auf Leinwand. Rechts das Meer. Links ein schlanker junger Mann im Profil, der mit dem Rücken an einem Felsen lehnte und versonnen über die Bucht zum Horizont blickte. Der junge Mann war nackt. Er hatte das rechte, dem Betrachter zugewandte Bein angewinkelt und den Fuß gegen die rückwärtige Felswand gestemmt. Sein Rücken, seine Arme und seine Fingerspitzen schienen mit dem Gestein zu verschmelzen.

«Kaffee?»

Max und Hurl nickten Theo geistesabwesend zu, dessen Kopf daraufhin wieder in dem aus Spanplatten gezimmerten Büro hinter der Hebebühne verschwand.

Max reichte Hurl das Foto und nahm sich den Brief vor.

Sehr geehrter Herr Maifeld,
bitte unterschätzen Sie in Ihrem eigenen Interesse künftig weder meine Intelligenz noch meine Großzügigkeit. Die 50 000 Euro sind als Vorschuss gedacht und bei Misserfolg nicht rückzahlbar. Mehr noch: Sollten Sie den Auftrag ablehnen, den ich Ihnen im Folgenden skizziere, dann betrachten Sie diese Summe als großzügige Entschädigung für die vergebliche Observierung des Doms und für mein zweifellos unhöfliches Benehmen, dort nicht zum vereinbarten Zeitpunkt zu erscheinen.

Sollten Sie den Auftrag aber annehmen wollen und ihn binnen zwei Wochen erfolgreich abschließen, so erhalten Sie unverzüglich weitere 100 000 Euro als Erfolgsprämie.

Das beigelegte Foto zeigt ein Gemälde, das vergangene Woche bei einem Einbruch in mein Haus aus meiner Privatsammlung gestohlen wurde. Ich möchte, dass Sie das Gemälde auftreiben und mir zurückbringen. Nähere Angaben zum Diebstahl dürfen Sie derzeit nicht von mir erwarten. Mir geht es nicht um den Dieb, sondern ausschließlich um dessen Beute. Das Gemälde ist weniger von bedeutendem materiellem als vielmehr von unschätzbarem ideellem Wert: Mein Vater hat es mir vererbt, der es wiederum von seinem Bruder, meinem leider viel zu früh verstorbenen Onkel, geerbt hatte. Diese Angaben müssen Ihnen einstweilen genügen. Ich kenne weder den Maler noch den Marktwert des Bildes. Ich will auf keinen Fall die Polizei einschalten, weil ich mir nicht sicher bin, ob dieses Gemälde einst völlig legal in den Besitz meiner Familie gelangte.

Dies ist der zweite, nicht minder wichtige Teil des Auftrags: Ich will, dass Sie in Erfahrung bringen, wie das Gemälde in den Besitz meiner Familie gelangte, außerdem erwarte ich eine lückenlose Auflistung aller Vorbesitzer. Ich bin sicher, Sie sind dieser Aufgabe gewachsen. Sie genießen einen hervorragenden Ruf in der Branche und sind mir empfohlen worden. Ich werde mich im Wochenturnus telefonisch bei Ihnen melden, das nächste Mal am kommenden Dienstag um 10.30 Uhr.

Viel Glück.

Keine Unterschrift. Max und Hurl tauschten wortlos Foto gegen Brief. Hurl fingerte eine Lesebrille aus der Brusttasche seines Leinenhemds, während Max die an der Drehbank befestigte Lampe auf die nur 15 mal 20 Zentimeter große fotografische Reproduktion des Gemäldes richtete.

Das Bild trug keine Signatur. Vielleicht war es nie zum Verkauf bestimmt gewesen. Impressionismus. Das unverwechselbare Licht des Südens war mit leuchtend fetten, unverdünnten Ölfarben auf die Leinwand getupft worden, mit sattem Strich. Nicht schon im Auge, sondern erst im Gehirn des Betrachters entstand eine vollendete Harmonie von Form und Farbe, Raum und Zeit. Das träge Licht des späten Nachmittags kurz vor Beginn der Abenddämmerung spiegelte sich in unzähligen gelben und roten Farbperlen auf der nur schwach gekräuselten Wasseroberfläche.

Mittelmeer. Frankreich? Italien?

Welcher Impressionist hatte nackte Männer in freier Natur gemalt? Manets *Frühstück im Freien* zeigte eine nackte Frau beim Picknick inmitten vollständig bekleideter Männer. Aber das war eine provokante, damals skandalöse Ausnahme gewesen.

Nein, dieses Bild musste später entstanden sein. Vermutlich Anfang des 20. Jahrhunderts. Die zweite Dekade vielleicht. Die erste sexuelle Befreiung, bevor der Faschismus in Europa sie im Keim erstickte. Der Maler war jemand, der die einst revolutionäre Technik der Impressionisten des ausgehenden 19. Jahrhunderts perfekt kopierte, aber mit eigenen, seiner Zeit, seinem Lebensalter und seinem Lebensgefühl entsprechenden Inhalten füllte.

Warum hatte er keine zeitgenössische Technik gewählt? Warum malte er nicht expressionistisch, kubistisch, futuristisch? Warum kopierte er? Um zu lernen? Ein perfektionistischer Eiferer, ein noch junger Maler, der sich gleichsam im Zeitraffer durch die Epochen der Kunstgeschichte arbeitete, in der Hoffnung, so eines Tages seinen eigenen, unverwechselbaren Stil zu finden?

Die Impressionisten malten niemals, wie zuvor üblich, im Atelier aus der Phantasie, sondern zogen mit der geschulterten Staffelei, mit ihren Farben und Pinseln hinaus in die Natur. *En plein air.* Sie malten nur, was sie in diesem Augenblick, an diesem Ort tatsächlich sahen und empfanden. Alles andere wäre für sie Verrat an der Natur, Verrat an der Schöpfung gewesen.

Das Modell. Der junge Mann wirkte eigenartig verstört, seine Körperhaltung signalisierte Unsicherheit. Ganz so, als würde er sich dafür schämen, nackt zu sein. Ganz so, als hätte ihn der Maler erst überreden müssen, verführen müssen. Die Körpersprache des jungen Mannes wirkte alles andere als souverän. Als müsste er sich an dem Felsen festhalten, an dem Stein erden, um sich nicht zu verlieren. Als hoffte er, der Fels möge ihn aufsaugen, unsichtbar machen, noch bevor die Abenddämmerung die Küste verdunkelte. Das rechte Bein schien er angewinkelt zu haben, damit der Maler sein Geschlecht nicht sehen konnte. Das schwarze Haar und die orientalischen Gesichtszüge deuteten darauf hin, dass er aus einem Teil der Welt stammte, in der die Sonne oft schien. Doch seine bleiche Haut verriet auf den ersten Blick, dass sie nur selten der Sonne ausgesetzt war.

Die Scham dominierte eindeutig, war aber nicht die einzige Emotion, die aus dem Bild zu lesen war. Da war noch etwas. Der Stolz darauf, als Modell auserwählt worden zu sein? Eine mühsam unterdrückte sexuelle Erregung?

Der junge Mann war jedenfalls ein schlechter Schauspieler. Seine widerstrebenden, widersprechenden Gefühle ließen sich in seinem Gesicht ablesen wie in einem offenen Buch, und der Maler genoss ganz offensichtlich diesen Augenblick, genoss die Rolle des Voyeurs. Mehr noch: Voyeure wollen nur beobachten, aber sie nehmen gewöhnlich keinen Einfluss auf die Szenerie. Ebenso wie die Impressionisten. Dieser Maler aber war sich darüber bewusst, dass er die Szenerie allein schon durch sein Dasein formte, veränderte, nach seinen Bedürfnissen gestaltete, Schicksal spielte, die Schöpfung manipulierte. Interaktion. Reaktion. Das Modell spiegelte den Maler. Und genau das beabsichtigte der Schöpfer dieses Bildes. Er spielte ein Spiel mit dem jungen Mann, der seinen Körper und damit zugleich seine Seele entblößte.

Er benutzte ihn.

Ein Manipulator.

«Und? Was hat mein großer Bruder rausgefunden?»

Max hatte Theo gar nicht kommen gehört, so sehr war er in das Bild eingetaucht. Theo stellte das Tablett mit den drei randvoll gefüllten Kaffeebechern auf die Drehbank, trat hinter ihn, umarmte ihn mit seinen kräftigen, ölverschmierten Armen, wie er das seit über 40 Jahren tat, nur dass diese Arme vor 40 Jahren noch nicht wie Schraubstöcke gewirkt hatten. Max blieb die Luft weg. Theo bohrte sein Kinn in die rechte Schulter seines Bruders und betrachtete neugierig das Bild.

«Und?»

«Weiß noch nicht. Eigenartig.»

«Hurl? Hast du das gerade gehört? Mein Bruder sagt, er weiß noch nicht. Also weiß er was.»

Hurl schleuderte den Brief auf die Drehbank, als habe er sich soeben daran verbrannt. «Ich für mein Teil weiß nur, dass ich diesem Typen nicht über den Weg traue.»

«Also? Lassen wir die Finger davon?»

Theo hob die Augenbrauen, wartete auf Hurls Antwort und hoffte sehnsüchtig auf Zustimmung. Aber er wusste, dass die Hoffnung vergebens war, als er sah, wie Hurl die Stirn in tiefe Falten legte, während er nach einem der dampfenden Kaffeebecher griff. Hurls breite, von Falten zerfurchte Stirn sah jetzt aus wie die eines ausgewachsenen Mastiffs, und Theo seufzte bereits schicksalsergeben, noch bevor Hurl nach dem ersten, vorsichtigen Schluck aus dem Kaffeebecher antwortete:

«Nein, Theo. Im Gegenteil. Ich will jetzt verdammt nochmal wissen, wer dieser Typ ist, der meint, Verstecken mit uns spielen zu können. Und dafür brauchen wir das Bild.»

Der Mann in dem weißen Arztkittel schloss behutsam die Tür hinter sich und ignorierte den Lichtschalter, um den Patienten nicht zu wecken. Die Notbeleuchtung in dem zum Einzelzimmer umfunktionierten Dreibettzimmer tauchte die Wände, das Krankenbett, den Nachttisch, die auf ihren nächsten Einsatz wartende Dialysemaschine in der Ecke sowie die beiden Infusionsflaschen an dem Ständer in ein mattes Blau. Der Mann in dem Arztkittel trat nahezu geräuschlos an das Bett, regulierte die Zuflussgeschwindigkeit der Infusion und wollte gerade behutsam die Kanüle kontrollieren, die mit Pflaster an der auf dem Bettlaken ruhenden Hand befestigt war, als der Patient die Augen aufschlug.

«Guten Abend, Herr Doktor.»

«Oh, guten Abend, Herr Hillesheim. Habe ich Sie geweckt?»

Karl Hillesheim schüttelte in Zeitlupe den Kopf. «Sind Sie neu hier auf der Station, Herr Doktor?»

«Ja. Nur vertretungshalber. Wie geht es Ihnen?»

Der Patient nickte in Zeitlupe. Die Frage war ihm in den vergangenen Tagen zu oft gestellt worden, als dass sie ihn noch zu einer differenzierten Antwort motivieren konnte. Der Mann im Arztkittel nahm eine Spritze aus der Kitteltasche, schloss sie an die Kanüle und jagte den Inhalt in Karl Hillesheims Vene. Der alte Mann schloss für einen Moment die Augen, als koste ihn bereits das Zusehen zu viel Kraft.

«Herr Doktor, hab ich noch eine Chance?»

«Nein», entgegnete der Mann im Arztkittel kühl.

«Aber der Herr Professor hat mir doch erst gestern bei der Visite gesagt, die Dialyse könnte vielleicht…»

«Blödsinn. Der Herr Professor will doch nur seinen Reibach machen. Die Dialyse bringt richtig Geld. Die Blutwäsche unterstützt und entlastet doch jetzt lediglich die Niere, weil sie durch den Totalausfall der Leber zu viel leisten muss.

Aber das zögert Ihren Tod lediglich um ein paar Tage hinaus.»

«Aber vielleicht eine Transplantation ...»

«Zu spät, Hillesheim. Da hätten dein spendabler Gönner und der Herr Professor früher draufkommen müssen. Jetzt ist es sowieso zu spät, weil ich dir gerade diese Spritze verpasst habe.»

Karl Hillesheim verstand kein Wort. Er spürte nur, wie auf einmal seine Kehle austrocknete. Mit zitternden Händen griff er nach dem Trinkbecher aus Plastik in der Halterung am Bettrahmen und zog das abgestandene, lauwarme Mineralwasser über den Strohhalm gierig in sich hinein. Als er den Becher zurück in die Halterung schieben wollte, fiel er zu Boden. Seine Hand war taub.

Seine Füße waren taub.

Seine Zunge war taub.

Was war nur plötzlich los? Dicke Schweißperlen sammelten sich augenblicklich auf seiner Stirn. Angst. Todesangst. Doktor, tu doch endlich was. Hilf mir. Sprechen konnte er nicht mehr. Er konnte seine Zunge nicht mehr bewegen.

«Leberzirrhose im fortgeschrittenen Stadium. Der sichere Tod. Aber ein schmerzfreier Tod. In ein paar Tagen würdest du einfach so ins Koma wegdämmern. Aber einen so harmlosen Tod hast du nicht verdient, Hillesheim. Du hast Schmerzen verdient. Du erinnerst dich nicht mehr an mich?»

Hillesheim hatte die Augen weit aufgerissen, als könnte das die Erinnerung beflügeln. Er atmete hastig über das Zwerchfell. Inzwischen waren seine Arme und Beine vollständig gelähmt. Der Mann im Arztkittel schaltete die Leselampe über dem Bett ein, beugte sich vor und hielt sein Gesicht in den Lichtkegel, ganz dicht vor Hillesheims Gesicht. Hillesheims Blase entleerte sich, er hatte keine Kontrolle mehr über seinen Unterleib.

«Schau her! Na? Hast du das schon einmal gesehen?»

Ja, das hässliche Feuermal hatte Karl Hillesheim schon einmal gesehen. Ein einziges Mal. Vor 47 Jahren.

Eine halbe Stunde vor Mitternacht packte Antonia Dix die Papiere aus Pelzers Wohnung und die Ausdrucke aus Pelzers Computer in zwei Aldi-Tüten, die sie in Morians Aktenschrank fand, und verließ das Präsidium. Zwanzig Minuten später parkte sie neben dem dunklen, verlassenen Rex-Kino im Parkverbot, stieß das Tor zum Hinterhof auf, schaltete die Außenbeleuchtung ein, klemmte die Einkaufstüten zwischen ihre Füße und öffnete den Briefkasten. Werbung für ein neues Pizza-Taxi, das sich in der Lage sah, außer Pizza und Pasta auch chinesische, kroatische und mexikanische Gerichte zu liefern. Die neue Ausgabe der «Zeit», die sie Anfang des Jahres in einem Anflug von Bildungseifer abonniert, aber schon seit mindestens sechs Wochen nicht mehr gelesen hatte, weil sie abends meistens zu müde und das Zeitungsformat so unhandlich war, sodass sie im Bett lieber ein Buch las. Ihre Handy-Rechnung. Ihre Stromrechnung.

Und ein Brief von Claude.

Antonia stopfte alles in die linke der beiden Aldi-Tüten und stieg die Treppe hinauf zu ihrer Wohnung neben dem Vorführraum.

Sie machte Licht, legte die druckfrische Zeitung auf den Stapel mit den älteren Exemplaren, kontrollierte kurz die Beträge der beiden Rechnungen, die ohnehin von ihrem Konto abgebucht werden würden, warf den Brief aus Paris ungeöffnet auf die Kommode, stellte die Aldi-Tüten neben ihrem Sofa ab, nahm die angebrochene Flasche Rotwein aus dem Kühlschrank, platzierte sie zusammen mit einem Glas neben den Aldi-Tüten auf dem Fußboden, streifte die Jacke ab, die

Schuhe, das Schulterholster, die Socken, schlüpfte aus der Hose und ließ sich in T-Shirt und Slip rücklings in das weiche Polster fallen.

Vielleicht sollte sie sich eine Katze anschaffen. Oder einen Wellensittich. Oder wenigstens einen Goldfisch. Dann hatte man jemanden, mit dem man reden konnte. Und der sich vielleicht freute, dass man nach Hause kam.

Antonia goss sich ein Glas mit dem viel zu kalten Rotwein ein, nahm einen Schluck, griff in die erste Aldi-Tüte, legte die Beine hoch, ließ den Kopf in die Kissen fallen und tauchte ein in Klaus-Hinrich Pelzers trauriges, kümmerliches Leben, in dürre Einkommensteuererklärungen und abgelehnte Buchprojekte, in erfolglose Bewerbungen und wirres Recherche-Material, in Rechnungen, Zahlungserinnerungen, Mahnungen. Dokumente seiner ebenso verzweifelten wie gescheiterten Bemühungen, ein erfolgreicher Journalist zu sein.

Nirgendwo in den Papieren fand Antonia Dix auch nur eine Andeutung von Privatleben. Offenbar hatte Klaus-Hinrich Pelzer kein Privatleben besessen.

So wie sie. Was würde ein Ermittler finden, wenn er das Leben des Mordopfers Antonia Dix durchleuchtete?

Einen ungeöffneten Brief von Claude.

Drei Stunden später fielen ihr mitten in der Lektüre die Augen zu, und sie schlief bereits tief und fest, als die Papiere ihren Händen entglitten, vom Sofa rutschten und zu Boden raschelten.

Um kurz nach sechs klingelte das Telefon.

Um zwanzig vor sieben hetzte sie den Cooper über die Serpentinen durch den Wald den Venusberg hinauf, passierte die Einfahrt zu den Uni-Kliniken, bog nach links ab und parkte neben Erwin Keusens Passat Kombi.

Kurz nach neun saß Antonia Dix mit Erwin in der Klinik-kantine, schüttete dünnen Kaffee in sich hinein, um den ekligen Rotweingeschmack auf der Zunge loszuwerden, der sie ständig daran erinnerte, dass sie nach der kurzen Nacht auf dem Sofa und dem abrupten Aufwachen bei der hastigen Katzenwäsche vergessen hatte, sich die Zähne zu putzen. Sie hasste vieles an sich, aber kaum etwas mehr als ungeputzte Zähne.

Außerdem wünschte sie, Morian wäre nicht verreist, sondern säße jetzt hier. Neben ihr.

Der Tote hieß Karl Hillesheim, war vor einer Woche mit Leberzirrhose im Endstadium und unter Verdacht auf ein bereits weit fortgeschrittenes Karzinom eingeliefert worden und hätte nach Auskunft der Ärzte maximal noch zwei Wochen zu leben gehabt. Irgendjemand war offenbar der Ansicht gewesen, dies sei viel zu lang.

Die Nachtschwester hatte um vier Uhr morgens nach ihm gesehen. Sie dachte zuerst, er schlafe, sah beziehungsweise roch dann aber, dass die Bettwäsche völlig durchnässt war, von Schweiß und von Urin. Sie holte rasch frisches Bettzeug, brachte eine Kollegin zum Wäschewechseln und Bettenmachen mit und stellte dann erst fest, als sie den Patienten behutsam wecken wollte, dass der 82-Jährige nicht mehr atmete.

Der herbeigerufene Assistenzarzt untersuchte den Leichnam. Als ihn augenblicklich Zweifel an einem natürlichen Tod des Todkranken beschlichen, alarmierte er unverzüglich die Polizei. Er wolle sich nicht den Ruf einhandeln, möglicherweise einen Todesengel unter dem eigenen Pflegepersonal zu decken, hatte er Antonia Dix gesagt. Dafür sei in jüngster Zeit in deutschen Krankenhäusern und Altenheimen zu viel passiert.

Der Assistenzarzt war noch jung und unerfahren. Vermutlich ahnte er noch gar nicht, welchen Ärger er sich mit dieser Bemerkung bei seinen Chefs einhandeln würde.

«Antonia, in spätestens einer Stunde wissen wir mehr. Die Fledermaus hat versprochen, die rechtsmedizinische Untersuchung vorzuziehen. Ich mach mich schon mal vom Acker.»

Antonia Dix nickte. Erwin Keusen erhob sich ungelenk und ging. Für ihn gab es hier jetzt nichts mehr zu tun.

Tausende unterschiedlicher Fingerabdrücke und DNA-Spuren im Krankenzimmer. Typisch für öffentliche Räume. Hoffnungslos. Erwin würde dennoch das gesamte medizinische Personal der Station checken müssen.

Niemandem war in der Nacht eine fremde Person aufgefallen. Allerdings war der Tatort eine der größten Universitätskliniken Deutschlands und nicht ein kleines Provinzkrankenhaus, wo jeder jeden kannte. Dutzende Gebäude auf dem weitläufigen, abgelegenen, von Wald umsäumten Gelände. Es gab zwar eine zentrale Zufahrt mit einer Schranke, aber keine Pförtner in den einzelnen Institutsgebäuden. Kostengründe. Wer garantiert unbemerkt bleiben wollte, der musste nur einen der nach Anbruch der Dämmerung verlassenen Parkplätze für Wanderer und Jogger ansteuern und sich über die brusthohe Mauer schwingen.

Erwin Keusen hatte es vor einer halben Stunde ausprobiert. Sogar am helllichten Tag konnte man das unbemerkt tun.

Antonia Dix hatte sich die Patientenakte angesehen, kaum dass die Klinikverwaltung vor einer Stunde geöffnet hatte. Rentner. Zuletzt ausgeübter Beruf: Knecht.

Tatsächlich stand da nicht landwirtschaftliche Hilfskraft oder agrartechnischer Facharbeiter oder dergleichen, sondern einfach Knecht. Karl Hillesheim hatte als Adresse denselben Ort angegeben, in dem er vor 82 Jahren geboren worden war. Ein Eifeldorf namens Roggenrath. Noch nie gehört. Antonia hatte den Autoatlas aus dem Kofferraum genommen, auf dem Tisch in der Kantine aufgeklappt und nachgesehen. Roggenrath lag unmittelbar an der Grenze zu Belgien. Schätzungsweise knapp 90 Kilometer von Bonn entfernt. Landstraße. Da Roggenrath noch gerade so am westlichen Rand des Landkreises Euskirchen lag, gehörte das Dorf zum Einzugsgebiet der Mordkommission des Bonner Präsidiums. Kostenspargründe. Aber das spielte jetzt ohnehin keine Rolle. Schließlich war der Mann in einem Bonner Krankenhaus gestorben. Tatort Bonn. Ihr Job.

Der AOK-Patient hatte keine private Zusatzversicherung besessen. Wie kam ein Kassenpatient an ein Einzelzimmer mit Anspruch auf Chefarztbehandlung?

Die Rechnungen wurden privat bezahlt, erklärte ihr die Sekretärin des Verwaltungsdirektors.

Von wem?

Da müsse sie erst mal nachfragen, hatte die Sekretärin geantwortet, war im Büro ihres Chefs verschwunden und hatte die gepolsterte Zwischentür hinter sich geschlossen. Der Verwaltungsdirektor war nicht da, das Büro verwaist, hatte Antonia Dix schon registriert, als die Verbindungstür noch nicht verschlossen war. Offensichtlich hatte die Sekretärin Order, ihn bei solchen Anfragen anzurufen.

Zwei Minuten später war die Sekretärin wieder aufgetaucht: Sie bedaure außerordentlich, aber der Direktor behalte sich vor, solche Auskünfte selbst zu erteilen oder auch nicht, wegen des Datenschutzes, der Direktor sei aber gerade in einer ganztägigen Besprechung im Düsseldorfer Wissenschaftsministerium, mit den Verwaltungsdirektoren der anderen nordrhein-westfälischen Universitätskliniken, und wünsche nicht gestört zu werden. Morgen sei er wieder zu sprechen.

Die Frau machte nur ihren Job.

Das Handy klingelte.

Die Fledermaus.

«Die Vermutung hat sich bestätigt. Der Mann ist keines natürlichen Todes gestorben. Unnatürlicher geht's gar nicht.»

«Was heißt das?»

«Das heißt: Schlangengift.»

«Schlangengift?»

«Spreche ich so undeutlich? Sie kommen besser mal vorbei. Ich hasse Telefonate. Bis gleich.»

Antonia Dix verließ die Kantine. Im Flur, auf dem Weg zum Ausgang, klingelte das Handy erneut. Eine vorbeieilende Krankenschwester warf ihr einen missbilligenden Blick zu.

«Stimmt das? Pelzer ist tot?»

Morian.

«Ja. Woher weißt du das?»

«Aus der Bild-Zeitung. Stell dir vor, die gibt es sogar hier im Hotel zu kaufen. Ich sitze gerade beim Frühstück auf der Terrasse, denke an nichts Böses und stoße auf den Bericht. Wenn ich dem verlogenen Nachruf Glauben schenke, dann hat Deutschland mit Klaus-Hinrich Pelzer soeben die Speerspitze des kritischen Journalismus verloren. Was ist denn passiert?»

«Erklär ich dir später. Ich rufe dich zurück. Genieß derweil deinen wohlverdienten Urlaub. Ich bin in Eile.»

«Kann ich dir helfen, Antonia?»

«Nein. Bis später.»

Sie legte auf. Sie startete den Cooper und lenkte ihn die Serpentinen hinab in die Stadt. 9.52 Uhr. 28,7 Grad Celsius. Im Schatten. Jetzt schon, um diese Uhrzeit. Schönen Tag noch. Die Klimaautomatik lief auf Hochtouren.

Kurz vor elf kletterte das Thermometer im Belgischen Viertel unweit der Kölner Universität über die 30-Grad-Marke. Giancarlo hatte ihm einen Tisch im Schatten reserviert, abseits des Trubels. Max Maifeld nahm die Sonnenbrille ab, bestellte einen Espresso und ein Wasser und begann, den Kölner Stadt-Anzeiger zu studieren. Er kam nicht weit.

«Schön, Sie zu sehen, Herr Maifeld.» Dr. Wolfram Melzer ließ sich auf den zweiten Stuhl fallen. Auf die Minute pünktlich. Max klappte die Zeitung zu und gab Giancarlo ein Zeichen.

«Ich freue mich auch, Herr Dr. Melzer. Wie lange ist das jetzt her? Fast ein Jahr, schätze ich. Danke übrigens, dass Sie so kurzfristig Zeit für mich gefunden haben.»

«Ich habe alle Zeit der Welt. Abgesehen von dem Job, den mir das Arbeitsamt vermittelt hat. Ich packe jetzt morgens von sechs bis halb neun bei Aldi die angelieferten Kartons aus.»

«Immer noch nichts in Aussicht?»

«Herr Maifeld, leider unterscheidet sich die deutsche Universitätslandschaft durch nichts von den Strukturen der sizilianischen Mafia. Wenn Sie bei einer der grauen Eminenzen in Ungnade gefallen sind, dann unterliegen Sie lebenslang dem Bannstrahl, auch wenn Sie vorher mit *summa cum laude* promoviert haben und Ihre Habilitationsschrift überall im Ausland zitiert wird. Egal, wo ich anklopfe: Die Tür bleibt zu. Kommen wir zu etwas Erfreulicherem. Was kann ich für Sie tun?»

Max Maifeld betrachtete Wolfram Melzers feingliedrige, fast feminine Hände, die bewegungslos auf der Tischplatte aus poliertem Edelstahl ruhten, und stellte sich die Kartons bei Aldi vor. Wolfram Melzer war 39 Jahre alt, hatte zu Hause einen dementen, schwer pflegebedürftigen Vater, eine Ehefrau aus Peru, deren Diplom als Zahnarzthelferin hierzulande nicht anerkannt wurde, und außerdem seit vier Monaten Zwillinge.

«Ihre Kontonummer hat sich nicht geändert, Herr Dr. Melzer?»

«Herr Maifeld, ich erwarte keine Bezahlung, nur weil Sie mir auf angenehme Art die Zeit vertreiben.»

«Ich sitze nicht hier, um Ihnen die Zeit zu vertreiben, sondern weil ich dringend Ihre Hilfe benötige. Und wie üblich beteilige ich Sie am Gewinn, der ohne Ihre Hilfe nicht zustande käme. So einfach ist das. Was möchten Sie trinken, Doktor?»

«Ach, im Augenblick nichts, danke.»

Max Maifeld ignorierte die Antwort. Zwei Minuten später stellte Giancarlo zwei Tassen Espresso und zwei Gläser Mineralwasser auf den Tisch. Max ignorierte Melzers dankbaren Blick und wartete, bis Giancarlo wieder verschwunden war, bevor er das Foto auf dem Tisch ablegte, dicht vor Melzers Fingerspitzen.

«Was ist damit, Herr Maifeld?»

«Das würde ich gerne von Ihnen wissen. Ich vermute, das Werk eines großen Manipulators.»

«Ja. Und das Werk eines großen Masturbators.»

«Ich kann nicht ganz folgen, Herr Dr. Melzer.»

«Nur ein kleiner Scherz. Sie waren schon auf der richtigen Spur, Herr Maifeld. Ein großer Manipulator, in der Tat. ‹Der große Masturbator› aus dem Jahr 1929 ist eines der wichtigsten Werke des Surrealisten Salvador Dalí. Sie kennen es sicherlich …»

«Ja. Es hängt in Madrid, im Museo Nacional Reina Sofía. Aber was hat das mit diesem …»

«Lassen Sie mich einen Moment nachdenken, Herr Maifeld.»

«Natürlich. Solange Sie wollen.»

Wolfram Melzers Hände hatten das Foto immer noch nicht angerührt. Aber sein Kopf arbeitete auf Hochtouren. Dafür brauchte er seine Hände nicht. Max Maifeld wartete geduldig und betrachtete den Mann, den er für den besten Kunsthistoriker Deutschlands hielt und der dennoch nicht den Hauch einer Chance auf eine Professur hatte, nur weil er einmal vor Jahren der Kunstzeitschrift *Art* in einem Interview unbedacht freimütig und wahrheitsgemäß Auskunft über die seltsamen Strukturen in geisteswissenschaftlichen Fakultäten gegeben hatte.

«Ja. Ich bin mir sicher, Herr Maifeld.»

Melzer lehnte sich zurück und lächelte zufrieden.

«Schießen Sie los, Doktor.»

«Es ist zweifellos ein Dalí. Sie werden das Bild allerdings in keinem Werkverzeichnis finden. Auch ich kannte es bisher nicht. Dieses Bild existiert offiziell gar nicht.»

«Wie kann das sein?»

«Mich überrascht das nicht. Dalí hat viele seiner Bilder bewusst nicht signiert, vor allem in seiner Frühzeit, und er hat umgekehrt später, um die hysterische Kunstszene zu foppen, leere Blätter und Leinwände signiert, dann verschenkt und es unbekannten Künstlern überlassen, sie nach Gutdünken zu bemalen.»

«Aber Dalí war Surrealist. Und das hier ist ...»

«Dalí war Dalí. Er hat mit allem gespielt. Mit der Malerei. Und mit den Menschen. In seinen Jugendjahren hat er sich im Zeitraffer durch die gesamte Kunstgeschichte gemalt, um zu lernen. Zuerst hat mich die Technik darauf gebracht. Dann die Küstenlandschaft. Diese bizarren Felsformationen gibt es so nur einmal auf der Welt, und auch in Dalís späteren weltberühmten Werken tauchen sie immer wieder auf, wenn auch surrealistisch verfremdet ...»

«Cap de Creus.»

«So ist es. Die Felsenlandschaft zwischen Cadaqués und der französischen Grenze. Hundertprozentig sicher war ich mir aber erst, als ich den nackten Mann erkannte ...»

«Sie kennen das Modell?»

«Ja. Sie kennen den Mann auch. Wenn Sie mir nicht glauben, dann sehen Sie sich nachher im Internet alte Schwarz-Weiß-Fotos zum Vergleich an. Der Mann auf dem Bild ist zweifellos Federico García Lorca, der berühmte spanische Dramatiker.»

«Ein Andalusier aus Granada und ein Katalane aus Figueras. Ich wusste nicht, dass sie sich kannten ...»

«Kennen ist eine Untertreibung. In Cadaqués besaß Dalís Vater, ein wohlhabender Notar aus Figueras, ein Sommerhaus. Dort hielt sein Sohn Hof, schon bevor der Maler später gleich in der nächsten Bucht, in Port Lligat, sein berühmtes Domizil errichtete. Die damalige künstlerische Avantgarde Europas ging jeden Sommer bei Dalí ein und aus: Picasso, Max Ernst, Marcel Duchamp, Joan Miró, André Breton, Man Ray, der berühmte Fotograf, oder Luis Buñuel, der Regisseur.»

«Und García Lorca?»

«So ist es. Im Jahr 1925. Dalí, den man aus der Madrider Kunstakademie geworfen hatte, weil er sich bei den Professoren darüber beschwert hatte, dass sie sein Genie nicht genügend würdigten, hatte den Schriftsteller eingeladen, den Sommer mit ihm in Cadaqués zu verbringen. Sie hatten sich 1922 im Studentenwohnheim in Madrid kennengelernt.»

«García Lorca war homosexuell ...»

«Ja. Sie können sich vorstellen, Herr Maifeld, was es in den zwanziger Jahren im erzkatholischen Andalusien bedeutete, homosexuell zu sein. Seine emotionalen Bedürfnisse ständig vor der Außenwelt verstecken zu müssen, nie ausleben zu dürfen, nicht einmal mit jemandem darüber sprechen zu können. Dalí war in jenem Sommer 1925 gerade mal 21 Jahre alt. Er machte sich einen großen Spaß daraus, den knapp sechs Jahre älteren Schriftsteller permanent sexuell zu irritieren.»

«Was heißt das?»

«Nun, Dalí spielte gerne mit Menschen. Er spürte instinktiv García Lorcas tief verborgene Homosexualität. Er flirtete mit ihm, er machte ihm Komplimente, er animierte ihn zum gemeinsamen Nacktbaden, er nannte ihn seinen Bruder.»

«Hatten sie eine Beziehung?»

«Natürlich nicht. Dalí war beziehungsunfähig. Unfähig, eine partnerschaftliche Sexualität zu leben. Der große Masturbator. Der Titel seines berühmten Werkes sagt alles über Dalís Sexualität.»

«Und Gala? Seine Frau?»

«Auch das war keine partnerschaftliche Beziehung. Das war sklavische Abhängigkeit, vermutlich sogar weitgehend ohne Sex, jedenfalls ohne eine Sexualität, wie wir sie verstehen. Die Russin war die Domina, Dalí lebenslang ihr ergebener Sklave. Ihre regen sexuellen Bedürfnisse stillte Gala nicht bei Dalí, sondern bis ins hohe Alter bei den jungen Fischern in Cadaqués, die sie zum erotischen Bootsausflug antreten ließ oder auf ihr Schloss in Púbol kommandierte, das Dalí für sie gekauft hatte. Notfalls bezahlte sie ihre Liebhaber, vor allem als sie älter wurde. Manchmal durfte Dalí zuschauen, wenn er brav war. Wenn er fleißig Bilder gemalt hatte, die Gala gewinnbringend verscherbeln konnte, um ihr luxuriöses Leben zu finanzieren.»

«Und was wurde aus der Freundschaft zu García Lorca?»

«Freundschaft? Das war keine Freundschaft. Herr Maifeld, Freundschaft ist etwas anderes. Etwas Unverbrüchliches. Die sogenannte Freundschaft war auf der Stelle beendet, als Gala in Dalís Leben trat. Aus heiterem Himmel machte sich Dalí in der Künstlerszene öffentlich lustig über García Lorcas Arbeiten als Dichter und Dramatiker. García Lorca zog sich verletzt zurück, und Dalí suchte sich neue Freunde. Und neue Opfer.»

«Sie haben keine hohe Meinung von Dalí.»

«Als Künstler war er ein Jahrhundertgenie. Als Mensch ein niederträchtiger, asozialer Opportunist. Federico García Lorca hingegen war ein aufrichtiger, ein gutgläubiger, ein engagierter Menschenfreund mit einer empfindsamen Seele. Wussten Sie, dass er in seiner Heimat eine Theaterschule und eine Leihbücherei gründete, um den Kindern der bettelarmen Landarbeiter etwas Bildung als Rüstzeug mit auf den Lebensweg zu geben?»

«Nein.»

«Aber Sie wissen sicher, wie sein Leben im Sommer 1936 abrupt und gewaltsam endete.»

«Ja. Er wurde gleich zu Beginn des Spanischen Bürgerkriegs in der Nähe seiner Heimatstadt Granada von den Faschisten aus dem Haus gezerrt und erschossen.»

«So war es. Ein alter Schulfreund hatte ihm seinen Schutz angeboten und ihm Unterschlupf gewährt. Aber der Dichter wurde verraten. Den Faschisten waren sowohl seine Homosexualität als auch sein sozialpolitisches Engagement ein Dorn im Auge. Und die aufklärerischen Botschaften seiner Gedichte und Theaterstücke sowieso. Und was macht Dalí unterdessen?»

«Keine Ahnung.»

«Er lobt bei jeder sich bietenden Gelegenheit öffentlich den Putschisten Franco, weil er Spanien endlich von der Demokratie befreit habe, er preist ihn als bedeutendsten Staatsmann der Welt, er schickt Glückwunschtelegramme, wenn Franco Todesurteile gegen Andersdenkende vollstrecken lässt, und er distanziert sich öffentlich und in unverstellbar gehässigen Schmähreden von seinem ermordeten Freund.

Das war kein surrealistischer Spaß, Herr Maifeld. Das war der ganz reale Schrecken. Dalí ergeht sich sogar in Lobeshymnen auf Hitler. Er denunziert alte Weggefährten wie Luis Buñuel. Anders als Picasso, der seine spanische Heimaterde bis zu Francos Tod nie wieder betreten hat, macht sich Dalí um der Karriere und damit letztlich um Galas willen zum Marketing-Instrument der Diktatur. Er gibt den klerikalen Eiferer und lässt sich 1964 das Großkreuz Isabellas der Katholischen umhängen, die höchste Auszeichnung, die das Regime an gefügige Mitläufer … entschuldigen Sie, Herr Maifeld. Ich rede mich in Rage und komme wohl etwas vom Thema ab …»

Dr. Wolfram Melzers zarte Pianistenhände, die soeben noch einen wilden Tanz durch die Luft vollführt hatten, ruhten nun wieder bewegungslos auf der Tischplatte.

Vor dem Foto.

«Das Bild. Sie suchen das Bild, Herr Maifeld.»

«Ja, ich suche das Bild.»

«Sie wissen, gestohlene Kunstwerke prominenter Urheber sind nicht gleich an jeder Straßenecke zu verkaufen. Aber wem sage ich das. Da sind Sie der Experte. Wenn es kein Auftragsdiebstahl war, dann braucht der Dieb einen guten Hehler mit großem Sachverstand, viel Erfahrung und hoher Risikobereitschaft. Da kommen in Deutschland nicht viele Namen in Frage. Leute, die das Risiko eingehen, es dem Dieb abzukaufen, in der Hoffnung, es für die dreifache Summe an einen Liebhaber irgendwo auf der Welt loszuwerden. Dieser Liebhaber muss ein schwerreicher Mensch sein, dem es genügt, das Werk in seinen Safe zu sperren oder in einen gesicherten Raum, um es dort von Zeit zu Zeit betrachten zu können, alleine, ohne Zeugen. Also ein uneitler Mensch ohne übersteigertes Geltungsbedürfnis, denn er wird für immer über den Besitz schweigen müssen.»

«Also müssen wir das Bild sehr schnell finden … bevor es

der Hehler an einen anonymen Käufer veräußert. Erfahrungsgemäß sinken die Chancen dann erheblich, Doktor. Gute Hehler verkaufen nur an Kunden, von denen sie wissen, dass sie niemals Anlass zu polizeilichen Ermittlungen geben werden. Was ist das Bild Ihrer Meinung nach wert?»

Dr. Wolfram Melzer schloss die Augen. Giancarlo erschien und hob fragend die Augenbrauen. Max Maifeld schüttelte den Kopf. Er wollte den Kunsthistoriker jetzt auf keinen Fall stören. Giancarlo verschwand.

«Der Reiz, dass es sich um einen Dalí handelt, den die Welt nicht kennt ... die künstlerische Frühreife des Werks ... außerdem der pikante zeithistorische Kontext ... die sexuelle Komponente des Bildes ... die Prominenz des dargestellten Modells ...»

«Also? Nur eine ungefähre Hausnummer, Doktor.»

«Ohne Gewähr, Herr Maifeld. Ich gehe mal davon aus, dass der Hehler dem Dieb schätzungsweise 300 000 Euro zahlen wird und dass er die Hoffnung hegt, es für eine Million Euro an einen anonymen Liebhaber irgendwo auf der Welt verkaufen zu können. Der wahre Verkehrswert aber, wenn es nicht aus einem Diebstahl stammen würde und man es von Sotheby's oder Christie's versteigern ließe, könnte locker bei bis zu zehn Millionen Euro liegen. Der Hehler spielt in diesem Fall hohes Risiko. Ein der Kunstwelt völlig unbekanntes Werk kann viel Geld einbringen ... oder gar nichts. Denn der Liebhaber, der es dem Hehler abkauft, wird sich niemals offiziell bestätigen lassen können, dass es sich tatsächlich um einen echten Dalí handelt.»

«Das schränkt den Kreis der Käufer ebenso wie den Kreis der potenziellen Hehler erheblich ein.»

«So ist es. Ein Pluspunkt für Sie, Herr Maifeld.»

«Doktor, mein Problem ist: Ich muss nicht nur das Bild finden, sondern alle Vorbesitzer lückenlos auflisten.»

«Ach du meine Güte. Na, dann überlegen wir mal. Also: Wenn Gala das Bild gekannt hätte, dann würden wir es heute ebenfalls kennen. Dafür hätte sie schon gesorgt.»

«Weil sie es verkauft hätte.»

«Sie hätte es garantiert zu Geld gemacht, und es würde heute mit Sicherheit in irgendeinem Museum hängen. Nein, ich bin mir ganz sicher, Dalí hat es gemalt, bevor er Gala kennenlernte.»

«Was könnte damit passiert sein?»

«Das ist jetzt natürlich nur eine These, Herr Maifeld. Er hat es höchstwahrscheinlich in jenem Sommer 1925 gemalt, um es García Lorca am Ende des gemeinsamen Cadaqués-Urlaubs zu schenken. Um ihn restlos zu verstören. Es würde mich überhaupt nicht wundern, wenn er das Gemälde auf der Rückseite der Leinwand mit einer bewusst anzüglichen Widmung versehen und diese dann Federico noch schnell gezeigt hat, bevor er es rahmte und die Rückseite mit Packpapier versiegelte. Ich vermute, dass der zutiefst gerührte Dichter das Geschenk als ein Zeichen echter Freundschaft völlig missverstand und es mit nach Hause nahm.»

«Nach Granada?»

«Ja, nach Granada. Dort müssen Sie die Spur aufnehmen, wenn Sie wissen wollen, wem es als Nächstem gehörte. Ich bin mir ganz sicher: Das Bild war bis zu seinem Tod in García Lorcas Besitz. Niemals hätte er das Geschenk zu seinen Lebzeiten weggegeben.»

Die Fledermaus trug ausnahmsweise nicht die Gummischürze und die Metzgerstiefel. Dr. Ernst Friedrich empfing Antonia Dix ausnahmsweise auch nicht an seinem rostfreien Stahltisch in den Katakomben, um während des Gesprächs einem namenlosen Leichnam die Schädeldecke aufzusägen.

Vielleicht lag es daran, dass Josef Morian in Urlaub war und Dr. Friedrich so um das Vergnügen gebracht war, zuzuschauen, wie der Leiter des KK 11 Tötungsdelikte, Brandstiftung, Sexualstraftaten, Vermisstensachen die Gesichtsfarbe wechselte.

Heute saß der Rechtsmediziner ausnahmsweise in seinem Büro im ersten Stock, hinter seinem Schreibtisch. Dr. Friedrich trug einen hellbraunen Cordanzug, der schätzungsweise so alt war wie der Schreibtisch, hinter dem er saß. Er grübelte über seinen Akten und sah nicht einmal auf, als Antonia Dix ins Zimmer trat und auf dem einzigen Besucherstuhl Platz nahm.

«Seltsame Sache, Frau Dix.»

Antonia nickte nur, um ihn nicht in seinem Gedankenfluss zu stören. Die Fledermaus blätterte noch eine Weile in den Papieren. Dann faltete er die Hände wie zum Gebet und sah ihr über den Rand seiner Brille hinweg in die Augen.

«Der Tigerhai soll gegen das Gift der Seeschlangen immun sein, sagt man. Bewiesen ist diese Annahme aber nicht. Außerdem gibt es Erzählungen von Fischern, die beobachtet haben wollen, wie Seeadler mit großer Geschicklichkeit Seeschlangen aus dem Meer fischten, um sie anschließend zu töten und zu verspeisen.»

«Aha.»

«Jede andere Spezies auf dem Erdball hingegen ist chancenlos. Das Gift der Seeschlangen gilt als eines der stärksten und gefährlichsten Schlangengifte überhaupt. Der Biss ist beinahe schmerzfrei, die Hautverletzung wegen der Feinheit der Zähne kaum zu sehen, auch Blutungen treten kaum auf. Das Gift selbst aber besitzt einen extrem hohen Anteil an Neurotoxinen, die eine nicht mehr umkehrbare Dyspnoe hervorrufen.»

«Doktor, bitte sprechen Sie Deutsch mit mir.»

«Entschuldigen Sie. Ich vergaß, dass an Polizeischulen weder Altgriechisch noch Latein gelehrt wird. Nervengift, das eine Lähmung hervorruft. Die ersten Anzeichen der Nervenlähmung zeigen sich beim Menschen nach etwa 30 Minuten. Anfangs kommt es zu einem Trockenheitsgefühl im Hals und zu einer Zungenlähmung. Den ersten Anzeichen folgen oft Panikattacken. Nachfolgend werden die Extremitäten gefühllos. Es folgen Bauch- und Brustmuskulatur. Schließlich kann nur noch das Zwerchfell die Atmung leisten, bis auch diese aufhört. Kurzum: Das Opfer erstickt langsam. Ein qualvoller Tod. Bis dahin bleibt der Gebissene bei vollem Bewusstsein, macht aber auf Beobachter einen friedlich schlafenden Eindruck. Das Opfer erlebt also einen grausamen Todeskampf, während Sie, Frau Dix, selbst wenn Sie unmittelbar neben dem Opfer am Krankenbett gesessen hätten, nichts davon mitbekommen hätten.»

«Aufgrund der vorangegangenen Muskellähmung.»

«So ist es. Bei Bissopfern tritt der Tod frühestens nach acht Stunden, spätestens nach drei Tagen ein, wenn kein Serum zur Hand ist. Das hängt ganz von der Dosis des Giftes ab. Seeschlangen verwenden ihr Gift sehr sparsam und können es beim Biss sehr sorgfältig dosieren.»

«Und wie war das bei Karl Hillesheim?»

«Der hatte eine Dosis im Leib, da hätten ihn mindestens drei dieser Schlangen gleichzeitig beißen müssen. Ich gehe davon aus, dass sein Todeskampf alles in allem etwa vier Stunden dauerte. Das Gift gelangte auf künstlichem Wege in seine Blutbahn. Es wurde ihm über die Kanüle an seiner Hand injiziert.»

«Wo gibt es diese Seeschlangen?»

«Sie wollen aus dem geographischen Verbreitungsgebiet Rückschlüsse auf den Täter ziehen? Da muss ich Sie enttäuschen. Seeschlangen bewohnen die Küstengewässer der gesamten tropischen Meeresregionen des Indischen Ozeans und des Pazifischen Ozeans. Man trifft sie also entsprechend vom Persischen Golf bis in die japanischen Küstengewässer sowie an den Küsten der südostasiatischen Inseln bis nach Australien. Pelamis platurus, die Plättchen-Seeschlange, deren Gift höchstwahrscheinlich in diesem Fall verwendet wurde, hat sich außer in den genannten Gebieten bis an die Küsten Madagaskars und Südostafrikas sowie an die Westküste des tropischen Amerikas ausgebreitet, wobei sie auch schon im Panama-Kanal angetroffen wurde. Die Experten befürchten, dass sich diese Art über den Panama-Kanal auch in die Karibik ausbreiten und dort als Neozoon in naher Zukunft ein schwerwiegendes ökologisches Problem auslösen könnte…»

«Das heißt mit anderen Worten, das Gift könnte praktisch von überall her stammen.»

«Von überall her ist sicherlich zu weit gefasst. Aber es lässt sich jedenfalls nicht lokalisieren, um auf diese Weise Rückschlüsse auf die Biographie des Täters zu ermöglichen.»

«Doktor, wenn der Patient Karl Hillesheim ohnehin nicht mehr lange zu leben hatte …»

«… etwa zwei Wochen noch, nehme ich an. In spätestens einer Woche wäre er ins Leberkoma gefallen. Ein wünschenswert schmerzfreier Tod übrigens …»

«… und der Tod durch das Gift der Seeschlange hingegen äußerst schmerzhaft und grausam ist, dann …»

«Ja, dann können wir annehmen, dass der Mörder sich nicht nur den Tod des Opfers wünschte. Nein, der Mörder wollte unbedingt sicherstellen, dass sein Opfer noch ein letztes Mal große Qualen erleidet. Wahre Höllenqualen. Seien Sie vorsichtig, Frau Dix. So ein Mensch ist zu allem fähig.»

Sie brach das Siegel mit ihrem Taschenmesser und öffnete die Tür mit dem Schlüssel, den sie sich im Präsidium besorgt hatte. Die Hitze und die große Fensterfläche, die fast die gesamte Kopfseite einnahm, hatten Pelzers Apartment in einen Backofen verwandelt. Antonia Dix öffnete die Terrassentür und trat hinaus auf den Balkon. Sieben Stockwerke tiefer suchten sechs uniformierte Beamte die Londoner Straße ab, in der Hoffnung, ein winziges Stück Metall zu finden, das Klaus-Hinrich Pelzer das Leben gekostet hatte. Antonia atmete tief durch, trat zurück in die Wohnung, schob einen Stuhl gegen die offene Balkontür, damit sie nicht wieder zuschwang, und machte sich an die Arbeit.

Sie ging systematisch vor. Sie nahm sich erst die Wände im Uhrzeigersinn vor, dann die Decke und schließlich den Fußboden. Wütendes Geschrei drang von der Straße hoch. Kinder, die sich sieben Stockwerke tiefer zankten. Eine Frau rief von einem der Nachbarbalkone die Kinder zur Ordnung. Vergeblich. Das Geschrei hörte nicht auf. Verzweiflung und Tränen in den Kinderstimmen. Blankliegende Nerven in der unerträglich grellen, sich hysterisch überschlagenden Stimme der Frau.

Antonia Dix verstand kein Wort.

Nichts. So eine Schnapsidee. Warum sollte ausgerechnet Erwin Keusen etwas übersehen haben?

Als Nächstes nahm sie sich die winzige Küche vor.

«Was machen Sie da?»

Antonia Dix zuckte zusammen.

«Meine Güte. Haben Sie mich vielleicht erschreckt. Wie sind Sie hereingekommen?»

«Durch die Tür. Die steht sperrangelweit offen. Obwohl sie von der Polizei versiegelt worden ist. Wer sind Sie?»

«Ich bin von der Polizei. Kripo Bonn. Antonia Dix. Hier, mein Ausweis. Und wer sind Sie?»

Die Frau, die misstrauisch den Dienstausweis studierte, als könne sie es einfach nicht fassen, wer heutzutage so alles Aufnahme bei der Polizei fand, war weit über siebzig. Sie trug ein wallendes Etwas aus einem bonbonfarbenen Stoff, der sich von der schroffen Klippe des balkonförmig aufgestauchten Busens wasserfallartig bis zu den Knien hinabstürzte, was wohl ihrer Figur schmeicheln sollte, es aber nicht tat, weil der textile Wasserfall rückwärtig jäh von den breiten, ausladenden Hüften gestoppt wurde. Darunter trug die misstrauische Frau eine weiße Hose mit Bügelfalte, weiße Socken und weiße Gesundheitsschuhe.

«Ich bin Frau Luksch. Ich wohne nebenan.»

«Luksch? Wir haben Sie gar nicht auf der Vernehmungsliste. Wohnen Sie allein?»

«Ja. Ich war verreist. Ich habe meine Tochter in Mannheim besucht. Mit der Bahn. Ich habe eine BahnCard. Mein Mann ist vor sechs Jahren verstorben. Bauchspeicheldrüsenkrebs.»

Die breite Frau in der engen Diele ließ die Todesart ihres Mannes in die Küche wabern und wartete auf eine Reaktion.

«Das tut mir leid», sagte Antonia.

«Ich bin erst gestern Abend nach Hause gekommen. Ich habe mir am Hauptbahnhof ein Taxi genommen. Wegen der Koffer. Aber ich bin bereits im Bilde. Schreckliche Geschichte.»

Sie schüttelte den Kopf, dann warf sie einen neugierigen Blick in das spärlich möblierte Zimmer am Ende der Diele.

«Komischer Kerl, der Pelzer. Wissen Sie, Frau Kommissar, mit dem wurde hier keiner richtig warm.»

Antonia Dix dachte kurz darüber nach, wie das Urteil wohl ausfallen würde, wenn sie statt Pelzer Frau Lukschs Nachbarin gewesen wäre. Dann fuhr sie fort, die Küche zu untersuchen.

«Was suchen Sie denn?»

Antonia Dix ignorierte die Frage. In ihrem Rücken hörte sie das Quietschen der Gesundheitsschuhe auf dem Linoleumboden der Diele. Eine Weile verschluckte der Teppichboden des angrenzenden Zimmers ihre Schritte, doch nach einer Weile kehrte das Quietschen zurück.

«Interessant. Ich habe nämlich zwei Zimmer. Nicht nur eines wie hier. Aber der Rest ist gleich. Diele, Küche, Bad: alles identisch. Sogar die Fliesen. Gibt Schlimmeres.»

Das brachte Antonia Dix auf eine Idee. Sie drehte sich um und zwang sich zu einem Lächeln.

«Frau Luksch, vielleicht können Sie der Kriminalpolizei ja bei den Ermittlungen behilflich sein.»

«Ja? Wie denn?»

«Wenn die Wohnungen doch fast identisch sind: Wo würden Sie etwas verstecken, das niemand finden soll?»

«Was denn? Geld?»

«Ja, zum Beispiel. Oder Ihr Sparbuch.»

Frau Luksch guckte so misstrauisch, als stünde sie kurz davor, sich den Dienstausweis ein zweites Mal zeigen zu lassen.

«Was soll mit meinem Sparbuch sein?»

«Nichts, Frau Luksch. War doch nur so ein Beispiel.»

Frau Luksch schwieg und dachte angestrengt nach, als versuchte sie sich ein Bild davon zu machen, ob man dieser Person in den klobigen Bauarbeiterschuhen und der Militärhose und dem Männerhaarschnitt wohl trauen könne. Sie zupfte eine Weile an ihrer Perlenkette herum.

«Wie gesagt, ich habe zwei Zimmer, nicht wie hier.»

«War ja auch nur so eine Idee, Frau Luksch.»

«Also, bei mir im Bad, genau unter dem Waschbecken …»

«Ja?»

«Da sind vier Fliesen in so einem Metallrahmen, die kann man rausnehmen, weil dahinter, da ist ein Absperrhahn, wenn mal das Wasser für die ganze Wohnung abgesperrt werden muss. Das passiert selten. Wenn aber mal der Installateur kommt, um was zu reparieren, die kündigen sich ja vorher an, wer sich bei mir nicht ankündigt, den lasse ich nämlich erst gar nicht rein in die Wohnung, man sieht ja, was heute alles passieren kann, jedenfalls, wenn der Installateur kommt, dann verstecke ich das Sparbuch solange woanders. Vielleicht…»

Antonia Dix versuchte, sich an Frau Luksch vorbei aus der Küche zu quetschen. Unmöglich. Frau Luksch begriff schließlich und trat zwei Schritte zur Seite.

Unter dem Waschbecken befand sich ein Unterstellschrank, vollgestopft mit Aspirin, diversen Schlafmitteln, Salben, drei Zahnpastatuben als Reserve. Vermutlich waren Erwin Keusens Kriminaltechniker nicht auf die Idee gekommen, den Unterstellschrank mal wegzuschieben.

«Sie brauchen aber einen Schraubenzieher.»

«Geht schon, danke.»

Antonia Dix kniete sich unter das Waschbecken, löste die Schraube mit ihrem Taschenmesser, fing den Rahmen mit den vier Fliesen auf, legte ihn vorsichtig ab und bückte sich noch tiefer, die Wange fast in den dicken Staubflocken auf dem Fußboden, um in die Vertiefung sehen zu können, aus der es modrig nach feuchtem Putz roch.

«Und? Hat der Pelzer da was versteckt?»

Ein Wasserrohr. Ein Absperrhahn. So wie Frau Luksch prophezeit hatte. Und ein Gefrierbeutel. Antonia Dix zog sich die Latexhandschuhe über, nahm den Beutel heraus, öffnete ihn und ließ den Inhalt in ihre Hand gleiten.

«Was ist denn das?»

«Ein USB-Stick.»

«Ein was?»

«Ein Speicherstift. Ein elektronisches Gedächtnis. Das kann man in einen Computer stöpseln, Frau Luksch. Auch wenn das Ding nicht größer ist als ein Wegwerffeuerzeug, passt da der komplette Brockhaus rein.»

«Von Computern verstehe ich nichts. Aber mein Schwiegersohn, der hat zu Hause in Mannheim sogar ...»

«Frau Luksch, wären Sie vielleicht so freundlich und würden mich noch einmal vorbeilassen?»

«Ja, wohin wollen Sie denn jetzt?»

«Ins Zimmer.»

Frau Luksch parkte rückwärts in die Küche ein.

Antonia Dix schaltete Pelzers Computer ein, wartete schweigend, bis das Betriebssystem hochgefahren war, bevor sie den Stick in den freien USB-Slot schob, während Frau Luksch ausparkte und ohne Unterlass redete.

Die abgespeicherten pdf-Dateien mit den Dokumenten würde sie sich später vornehmen. Die Word-Datei war vor nicht ganz einer Woche verfasst worden. Pelzer hatte auf etwa einem Dutzend Seiten die Ergebnisse einer Recherche zusammengetragen. Antonia überflog beim schnellen Scrollen der Seiten den Inhalt, auf dessen Bedeutung sie sich noch absolut keinen Reim machen konnte. Allerdings elektrisierte sie augenblicklich der Name des Mannes, dem Klaus-Hinrich Pelzer offenbar hinterherspioniert hatte:

Max Maifeld.

Der Fahrtwind verschaffte zwar in Wahrheit kaum Linderung, nährte aber zumindest die Illusion von Kühle. Also langte Hurl über den Beifahrersitz und kurbelte auch noch die Seitenscheibe der rechten Tür herunter. Nicht mehr lange, und die Kurbel würde ihren Geist aufgeben. Wie so vieles andere an dem Wagen. Der Ford Mustang Shelby GT 500 schnurrte auf dem Rückweg vom Flughafen nach Köln auf der rechten Autobahnspur bei Tempo 80 aus acht Zylindern wie ein verschmustes Kätzchen. Auf der linken Spur verrenkten sich die Autofahrer beim Überholen die Hälse angesichts des zeitlos schönen Meisterstücks der Designer-Generation der Sechziger, angesichts des zu diesem Wagen unpassenden Schneckentempos und angesichts des glatzköpfigen schwarzen Riesen hinter dem Steuer.

Als Sportwagenkonstrukteur Carroll Shelby sich 1967 im Auftrag von Ford den Mustang vornahm und in eine preiswerte Rennmaschine verwandelte, dachte er noch nicht an Klimaanlage und elektrische Fensterheber. Leider. Hurl verließ die Autobahn und steuerte den Shelby durch die verstopften Straßen nach Ehrenfeld. Jetzt fehlte auch noch der Fahrtwind.

Mitten auf der Venloer Straße wurde ihm klar, warum er so sehr an diesem vorsintflutlichen Fortbewegungsmittel hing – mal abgesehen davon, dass Theo ihm den Wagen geschenkt hatte, nachdem er einem Schrotthaufen an zahllosen Feierabenden in seiner Werkstatt neues Leben eingehaucht hatte, und Hurl das Geschenk eines guten, treuen Freundes stets in Ehren halten und niemals weggeben würde.

Nein, es gab einen tieferen Grund, warum er dieses Auto so mochte: Der Shelby stammte aus einer Zeit, als Gut und Böse noch trennscharf zu unterscheiden waren.

Als Hurl noch ein Kind war, da waren in Gottes gelobtem Land der Präsident, die Medien und die Bürger stets einer Meinung gewesen: In Amerika wohnten die Guten, und jenseits des Atlantiks und des Pazifiks lauerte das Böse. Dabei lauerte das Böse längst in den Schaltzentralen des gelobten Landes: 1969, als Hurls Mustang Shelby das Fließband in Detroit verließ, gab FBI-Präsident Hoover die Order aus, die Frauenbewegung zu bespitzeln, und Kaliforniens Gouverneur Ronald Reagan ließ in San Francisco friedfertige Hippies von der Nationalgarde aus der Stadt knüppeln.

Dennoch war auch er lange Zeit der Illusion erlegen, sein Vaterland sei auserwählt, Frieden, Freiheit und Gerechtigkeit in die Welt zu tragen. Woran sollte er als schwarzer Bastard aus dem Ghetto auch glauben? An das Paradies im Jenseits? Oder an das an jeder Straßenecke erhältliche Heroin als Paradiesersatz im Diesseits? Nein, er hatte damals an das Amerika geglaubt, das ihm, dem schwarzen Bastard, beim Militär eine Chance gab. Wenigstens dort. Es gab eine Zeit, da tötete er sogar für diesen Glauben an das gute Amerika. Bis ihm der Gestank des Todes endgültig jede Illusion genommen und er begriffen hatte, für wessen Interessen er in Wahrheit kämpfte.

Hurl hatte das Gute für sich neu definiert, indem er desertiert war. Aber er hatte den Glauben an das Gute nie auslöschen können. Das machte das Leben nicht eben einfacher. Aber es gab seinem Leben wenigstens ein vages Ziel.

Er warf einen Blick auf die Uhr an seinem Handgelenk. Denn auch die Uhr im verchromten Armaturenbrett des Wagens funktionierte schon lange nicht mehr.

Soeben hatte die Maschine nach Madrid abgehoben.

In der spanischen Hauptstadt würde sich Max mit Miguel in der Redaktion der Tageszeitung «El País» treffen und noch am selben Abend weiter nach Granada fliegen, um mit Tomás zu sprechen.

Währenddessen würde Hurl nach dem Hehler suchen.

So einfach war ihr Plan.

So einfach und idiotisch klang jeder ihrer Pläne. Erstaunlich war nur, wie oft die Rechnung aufging. Seit acht Jahren sicherte die Wiederbeschaffung gestohlener Kunstwerke ihm und Max ein materiell sorgenfreies Leben. Denn ihre Erfolgsquote lag bei fast 80 Prozent. Ein Vielfaches der Quote der Polizei. Und an Kundschaft gab es keinen Mangel: Seit dem Fall der Mauer und des Eisernen Vorhangs hatte sich die Bundesrepublik zum internationalen Drehkreuz des weltweiten Kunstschwarzmarkts entwickelt. Die osteuropäische Mafia hatte Kunst als Instrument der Geldwäsche und als Zahlungsmittel entdeckt: Siebenstellige Eurobeträge lassen sich kaum unauffälliger transportieren als in Form eines zusammengerollten Picassos.

Aber welcher Hehler würde schätzungsweise 300 000 Euro für einen der Fachwelt völlig unbekannten Dalí vorfinanzieren und das Risiko eingehen, darauf sitzenzubleiben?

Nicht viele.

Er und Max hatten sich am Vorabend auf eine vorläufige Liste geeinigt: eine Adresse in Düsseldorf, eine in Frankfurt und zwei in Köln. Vier Namen. Die vier wichtigsten der wenigen Vabanquespieler unter den deutschen Hehlern, die nicht einmal vor hochriskanten Aufkäufen von bereits im Londoner Art-Loss-Register der internationalen Versicherungsbranche als gestohlen gebrandmarkten Kunstwerken zurückschreckten.

Mehr als 180 000 Werke waren derzeit im ALR als vermisst registriert. Weltberühmte Gemälde wie Manets «Selbstporträt mit Palette» oder die «Rennpferde» von Edgar Degas oder Renoirs «Badende», das ihnen vergangenes Jahr in Marseille nur durch die Lappen gegangen war, weil ihr Taxi auf dem Weg zum Hafen im Stau steckengeblieben war.

Natürlich musste es kein deutscher Hehler sein. Es gab gute Adressen in Amsterdam, in Antwerpen, in Moskau. In den vergangenen Jahren machten einige New Yorker Hehler gute Geschäfte, seit am 11. September 2001 das komplette Fahndungsarchiv der Kunstabteilung der US-Zollbehörde im Nebengebäude Nr. 6 des World Trade Center zerstört worden war. Dort waren auch die verschwundenen Rembrandts und Vermeers des bisher größten unaufgeklärten Kunstraubs aller Zeiten gelistet: Boston im Jahr 1990. Schätzwert: 300 Millionen Euro.

Doch die Wahrscheinlichkeit war groß, dass der Dalí-Dieb einen Hehler in Westdeutschland im Visier hatte. Kunstdiebe wollten ihre Ware möglichst schnell loswerden.

Oder war es ein Diebstahl auf Bestellung? Das kam immer mehr in Mode, ebenso wie Art-Napping: Die Diebe boten die gestohlenen Werke den Museen zum Rückkauf an – zum Vorzugspreis von zehn Prozent des offiziellen Verkehrswertes. Die Versicherungen kam das billiger, als den Museen den vollen Preis zu erstatten. Vor ein paar Jahren hatte die Londoner Tate Gallery für fünf Millionen Euro ihre beiden gestohlenen William Turners zurückgekauft. Und die Hamburger Kunsthalle hatte wenig später für die Rückkehr eines Caspar David Friedrich 250 000 Euro an anonyme Diebe gezahlt.

Kunstraub war zwar ein riskantes, aber ein lohnendes Geschäft. Solange man die Spielregeln beachtete.

Dennoch spielten die Medien kritiklos mit, wenn die deutschen Staatsanwaltschaften die Öffentlichkeit gern mit dem Hinweis beschwichtigten, geraubte Kunst sei nicht verkäuflich. In Wahrheit waren derzeit alleine in Deutschland 33 000 Gemälde und Zeichnungen als gestohlen gemeldet, darunter «Der arme Poet» des Biedermeier-Malers Carl Spitzweg, vor achtzehn Jahren im Wendeherbst aus dem Berliner Schloss Charlottenburg verschwunden und bis heute nicht wiederaufgetaucht.

Wenn es keinen Markt gäbe, dann gäbe es auch keine Diebstähle.

Wer erhoffte sich mit dem Dalí ein gutes Geschäft?

In wenigen Minuten würde er mehr wissen. Hurl steuerte den Shelby über das Pflaster des Hinterhofs und parkte neben dem zitronengelben Ferrari vor dem Eingang seines Dojo.

Der Ferrari gehörte dem Mann mit der verspiegelten Sonnenbrille und dem cremefarbenen Armani-Anzug, der breitbeinig mit verschränkten Armen vor dem Tor der ehemaligen Fabrikhalle aus Backstein wartete. Zwischen seinen Füßen stand eine Sporttasche, die so wenig zu Alfons Ossendorf passte wie deren schrille Neonfarben zu dem teuren Anzug. Aber Alfons Ossendorf konnte tragen, was er wollte: Er sah immer verkleidet aus. Selbst in Meisners purpurroter Kardinalstracht würde Ossendorf den Betrachter spontan an einen billigen Zuhälter erinnern. Dabei war der Eigentümer des Ferrari gar kein Zuhälter.

Alfons Ossendorf war Hehler. Spezialisiert nicht auf Kunst, sondern auf Unterhaltungselektronik. Im großen Stil. Komplette Lastwagenladungen oder Schiffscontainer, die zufällig ihr Ziel verfehlten. Der Mann, der gar nichts dagegen hatte, als Zuhälter verkannt zu werden, war in seinem Fach immerhin so erfolgreich, dass er seit zwanzig Jahren keinen Knast und seit acht Jahren keinen Gerichtssaal mehr von innen gesehen hatte.

«Meister, wenn du Theo nicht hättest, wäre deine nachtblaue Diva längst reif für die Schrottpresse.»

«Korrekt, Alfons. Ich habe schon immer deinen messerscharfen Verstand bewundert. Ohne Theo wäre ich aufgeschmissen. Aber die Farbe dieses Shelby ist nicht nachtblau. Sondern indigoblau. Und noch eins: Nenn mich gefälligst nicht Meister.»

Das Dojo beherbergte im Erdgeschoss zwei Übungshallen, vier Umkleideräume mit Duschen und außerdem Hurls Büro. Über eine Treppe gelangte man auf eine Galerie, die zu Max Maifelds Büro und zu den Privaträumen führte. In der ersten Übungshalle trainierte ein Dutzend Frauen in gewöhnlicher Sportkleidung Selbstverteidigung, und Alfons Ossendorf verrenkte sich fast den Hals, während er Hurl zur nächsten Tür folgte. Mitten in der zweiten Übungshalle kniete ein alter Chinese auf einer Matte aus Kokosfasern. Er trug einen schwarzen Kampfanzug, der ihm um die Schultern viel zu weit war, und hielt die Augen geschlossen. Seine Hände ruhten bewegungslos auf seinen dürren Oberschenkeln. Auf die Entfernung wirkte er kleiner und schmächtiger als jeder zwölfjährige Mitteleuropäer. Hurl blieb auf halber Strecke stehen und verneigte sich. Der Chinese erwiderte den respektvollen Gruß, indem er kurz und huldvoll den Kopf neigte, ohne auch nur ein einziges Mal die Augen zu öffnen. Hurl öffnete die Tür zum Büro und ließ Ossendorf den Vortritt. Alfons ließ sich auf das jägergrüne Sofa aus Kunstleder fallen, Hurl nahm hinter dem Schreibtisch Platz und überflog die Post.

«Wer ist denn der Scheintote?»

«Das ist mein Sifu.»

«Dein was?»

«Sifu ist kantonesisch und bedeutet *mein Lehrer und mein Vater.*»

«Ich dachte immer, man sagt Meister?»

«Alfons, du guckst zu viele schlechte Filme.»

«Ich steh nun mal darauf. Welche Richtung macht ihr denn hier? Doch hoffentlich nix mit Meditation oder so.»

«Nichts für dich, Alfons. Was wir hier machen, ist Kampfkunst und keine Show-Artistik. Effektiv und unspektakulär.»

«Und wie heißt das Ganze?»

«Es hat keinen Namen. Es braucht keinen Namen.»

«Aber ihr müsst doch irgendwie …»

«Wir müssen gar nichts, Alfons. Wir sind kein Sportclub. Wir haben eine Synthese entwickelt aus Aikido, Otshuka-Karate, Chung-Kung-Fu, Ninjutsu und Thai-Boxen. Nur die straßentauglichen Elemente. Wir trainieren hier nicht für Sportwettkämpfe. Wir simulieren alltägliche Konfliktsituationen und üben das Überleben. Wenn es geht, ohne Gewalt. Wenn es nicht geht, dann mit Gewalt.»

Hurl hatte insgeheim gehofft, allein die Aufzählung und die Komplexität würden Alfons schon so weit abschrecken, dass er sich nicht weiter dafür interessierte. Aber das Glänzen in dessen Augen verriet Hurl, dass er sich gründlich geirrt hatte.

«Und dein … Sifu … macht der auch schon mal die Augen auf und leitet dann die Seniorengruppe?

«Alfons, er müsste kein einziges Mal die Augen öffnen, um dich zu töten. Er müsste sich dafür nicht einmal von den Knien erheben. Können wir jetzt zum Thema kommen?»

Alfons griff in sein Jackett und entfaltete das Papier, das Max ihm am Vortag gefaxt hatte.

«Also, ihr habt gar nicht so falsch gelegen mit eurer Liste. Respekt. Es gab nämlich tatsächlich anonyme Kontaktaufnahmen zu allen vier Namen. Aber eure Auserwählten haben abgelehnt.»

«Ihnen wurde also ein Dalí angeboten?»

«Jawoll, Meister.»

«Nenn mich nicht schon wieder Meister. Ein unsignierter und bisher unbekannter Dalí wurde angeboten. Ist das korrekt?»

«Jawoll.»

«Das heißt, der Dieb hat schon vorher ganz genau gewusst, was er da stiehlt. Er wusste, dass es sich bei der Beute um einen Dalí handelt. Er kennt sich also aus. Oder er hat es schon vorher gewusst. Weil er eine Beziehung zum Opfer oder zum Tatort hat. Und unsere Kandidaten haben allesamt abgelehnt?»

«Jawoll.»

«Begründung?»

«Keine Begründung. Aber du weißt ja, es gibt immer dieselben drei Gründe, ein solches Geschäft abzulehnen: Die Ware klingt nicht koscher, der Verkäufer wirkt nicht koscher, oder das Verfahren ist nicht koscher. In allen drei Fällen wird in der Branche aus dem Bauch heraus entschieden.»

«Bist du sicher, dass sie dir die Wahrheit gesagt haben?»

Alfons legte eigens die Sonnenbrille ab, damit Hurl das Ausmaß der Entrüstung, Empörung und Kränkung, das er mit der Frage angerichtet hatte, mühelos in seinen Augen ablesen konnte.

«Entschuldige, Alfons. Blöde Frage. Und jetzt?»

«Und jetzt könnte ich dir einen fünften Namen nennen.»

«Einen fünften Namen?»

«Einen fünften Namen. Ich weiß nämlich, wer am Ende den Dalí gekauft hat und jetzt darauf brennt, damit den großen Reibach zu machen. War allerdings etwas Glück dabei, muss ich zugeben. Ist nämlich zufällig jemand von hier. Köln ist ein Dorf, mein lieber Hurl. In dieser Stadt wird keine geklaute Eieruhr verticktt, von der ich nicht über kurz oder lang erfahre.»

Alfons Ossendorf lehnte sich zurück, breitete die Arme auf der Lehne des Sofas aus und genoss den Triumph.

Hurl ahnte, was nun kommen würde. Er hatte mit Max ein Limit für das Informationshonorar festgelegt. 10 000 Euro, wenn die Information stimmte. Alles andere hätte die Preise für alle Zukunft verdorben. Sie würden den Hehler auch ohne Ossendorfs Hilfe finden. Es würde nur etwas länger dauern.

«Sag mir deinen Preis, Alfons.»

Ossendorf grinste. «Kein Geld.»

«Kein Geld? Was denn?»

Ossendorf klopfte mit der flachen Hand auf die Sporttasche, die er neben sich auf dem Sofa platziert und deren Existenz Hurl bisher geflissentlich ignoriert hatte.

«Ich will so werden wie du.»

Hurl betrachtete Ossendorfs rachitische Figur und die dazu

völlig unpassende Kugel unter dem Hemd, etwa so groß wie ein Basketball, gleich über der Gürtelschnalle, die von ungesunder Ernährung und mangelnder Bewegung zeugte. Hurl begriff immer noch nicht ganz. Vielleicht wollte er auch nicht begreifen. Deshalb half ihm Alfons auf die Sprünge.

«Mach aus mir eine Kampfmaschine.»

Hurl konnte nur mit Mühe ein Lachen unterdrücken. Abgesehen davon, dass er in seinem Dojo grundsätzlich nur Bewerber aufnahm, von deren Charakterstärke und moralischer Integrität er sich zuvor persönlich ein Bild gemacht hatte. Bei Alfons Ossendorf musste er sich kein Bild mehr machen.

Hurl hätte jetzt stundenlang davon erzählen können, dass fernöstliche Kampfkunst ein lebenslanges Lernen bedeutete, einen Kampf gegen die eigene Unvollkommenheit, eine Suche nach innerer Heilung und der Balance von Körper, Geist und Seele und dass ein Dojo kein Fitnessstudio war, auch kein Boxkeller, sondern ein heiliger Ort der energetischen Meditation. Aber das hätte Alfons Ossendorf nur gelangweilt, so wie ihn jetzt bereits Hurls Schweigen furchtbar langweilte.

«Hurl … wenn der alte, klapprige Chinese dein Sifu ist … heißt das etwa, er ist noch besser als du?»

«Ich hätte nicht den Hauch einer Chance gegen ihn.»

«Aber du warst doch sogar bei den Navy Seals.»

Hurl entgegnete nichts. Er redete nicht gerne, und schon gar nicht mit Alfons Ossendorf, über seine Zeit als Schwarzer bei der weißen Eliteeinheit der US-Marine, über die Zeit des Selbstbetrugs, bis er desertiert und nach Europa abgetaucht war.

Ossendorf deutete Hurls Schweigen falsch.

«Du glaubst mir nicht, oder? Ich weiß sogar, dass morgen der erste Kaufinteressent anrückt. Ein schwerreicher Japaner.

Fliegt morgen aus Tokio ein, um sich das Bild anzusehen. Ich kann dir sogar sagen, wann und wo seine Maschine landet. Du wirst dich beeilen müssen. Also? Ist der Handel perfekt?»

Hurl blieb nicht viel Zeit zum Nachdenken. Er hatte noch nie gegen seinen Kodex verstoßen, und er hatte auch nicht die Absicht, wegen Alfons eine Ausnahme zu machen. Aber eine vage Ahnung sagte ihm, dass Alfons Ossendorf den heutigen Tag sehr bald und früh genug verfluchen würde, wenn er erst einmal den Ernährungsplan und das Konditionsprogramm zu Gesicht bekäme. Hurl würde seine Regeln nicht verletzen müssen, weil Alfons sich spätestens nach dem ersten Muskelkater ein neues Hobby suchen würde. Vielleicht bei einem Sportschützenverein.

«Einverstanden. Aber es geht nach meinen Regeln.»

Ossendorf grinste.

«Du unterwirfst dich völlig meinem Trainingsplan.»

Ossendorf grinste nicht mehr, sondern nickte ernst und stumm. Ein Anflug von Misstrauen huschte über sein Gesicht und zog seine Mundwinkel nach unten. Hurl musste sich also beeilen.

«Also? Wer ist es?»

«Du wirst es nicht glauben: Friedrich Ludwig …»

«Der Raubritter?»

«… Ritter von Berlepsch. In der Tat.»

«Alfons, der Raubritter ist raus aus dem Geschäft.»

«Er war raus. Jetzt ist er wieder drin.»

«Friedrich würde es nie wagen, hier noch einmal …»

«Hurl. Hier nicht, das ist richtig. Dafür hat er viel zu viel Angst vor euch, nach der Geschichte mit dem Renoir. Er ist nicht mehr in Köln. Hat sich in die niederrheinische Provinz verzogen, wo ein Cousin von ihm gleich an der holländischen Grenze einen Gutshof besitzt und ihm vorübergehend Asyl in Form eines Möbliertzimmers gewährt. Er ist pleite, er ist am Ende. Aber jetzt wittert er das ganz große Geschäft seines Lebens.»

«Wenn er pleite ist: Wo hat er das Geld her?»

«Er hat sich 300 000 Euro von seinem Cousin geliehen.»

«Und der Kunde?»

«Ein Japaner, wie gesagt. Den Namen habe ich mir auf die Schnelle nicht merken können. Sitzt im Aufsichtsrat irgendeines Elektronikkonzerns. Uralt. Schwerreich. Morgen landet die Maschine aus Tokio in Amsterdam. Aber ich habe leider keine Ahnung, wo sie sich treffen. Der Ritter ist jedenfalls schon seit gestern aus seinem Möbliertzimmer verschwunden. Habe ich schon für dich recherchiert. Hier. Nimm! Ich habe dir alles, was ich weiß, auf diesen Zettel geschrieben, mein Sifu.»

Ulrike Strehle hielt sich erst gar nicht mit höflichen Grußformeln auf, als Antonia Dix ihr Büro betrat. Sie nickte, deutete auf den Stuhl vor ihrem Schreibtisch und legte los.

«Also? Was wissen wir bisher?»

Wir? Du weißt gar nichts, dachte Antonia Dix, während sie vor dem Schreibtisch der Staatsanwältin Platz nahm. Und ich weiß inzwischen ein wenig. Viel zu wenig.

Wir! Die Staatsanwältin sprach gern im Plural, wenn es in ihrem Interesse lag, sich mit der Polizei gemeinzumachen, sich scheinbar auf eine Stufe zu stellen, um Kollegialität zu demonstrieren. Spätestens bei der nächsten Pressekonferenz würde ihr im strahlenden Scheinwerferlicht der Singular schon wieder einfallen. Doch all das dachte Antonia Dix in diesem Augenblick nur und sagte es nicht laut, weil die Staatsanwaltschaft, ob dies einer Oberkommissarin des KK 11 Tötungsdelikte, Brandstiftung, Sexualstraftaten, Vermisstensachen nun passte oder nicht, bei einem Verbrechen stets und automatisch Herrin des Ermittlungsverfahrens war. Stattdessen sagte Antonia:

«Ich fasse mal zusammen. Wir gehen von einem Einzeltäter aus. Der Mörder des Patienten Karl Hillesheim stellt seinen Wagen abends außerhalb, aber in unmittelbarer Nähe des Klinikgeländes auf einem tagsüber von Wanderern und Joggern frequentierten Parkplatz auf dem Venusberg ab. Nach Einbruch der Dunkelheit ist dieser Parkplatz gewöhnlich völlig verwaist. Er könnte natürlich auch als Besucher aufs Klinikgelände fahren. Aber er will vermeiden, dass sich später jemand an seinen Wagen oder gar an das Kfz-Kennzeichen erinnert. Er klettert also über die Mauer, die das weitläufige Gelände einfriedet, und setzt sich jenseits der Mauer, im Park, in aller Ruhe auf eine durch Hecken sichtgeschützte Bank. Dort wechselt er die Schuhe, streift sich den mitgebrachten Kittel über, vielleicht hängt er sich auch noch ein Stethoskop um den Hals, lässt seinen Rucksack unter der Bank zurück und spaziert im perfekten Arzt-Outfit ins Gebäude …»

«Moment! Sind das Spuren oder Vermutungen?»

«Frische Kratzspuren von Schuhen an beiden Seiten der Mauer in unmittelbarer Nähe dieser Parkbank …»

«Ein Indiz, aber kein Beweis. Okay. Weiter!»

«Seeschlangengift ist hier kaum zu kriegen und schon gar nicht legal. Wir gehen davon aus, dass er sich das Zeug im Ausland besorgt hat. Er muss genauestens über die zeitlichen Abläufe in der Klinik informiert sein. Er weiß, zu welcher Uhrzeit er ungestört ist, und er weiß ebenso, wann man den Patienten finden wird. Er weiß ferner sehr genau, wie er das Gift zu dosieren hat, damit sein Opfer leidet und nicht zu schnell stirbt, andererseits aber garantiert schon tot sein wird, wenn die Schwester das nächste Mal um vier Uhr morgens das Krankenzimmer aufsucht. Stellt sich die Frage: Wer könnte ein Interesse daran haben, einen alten Mann, der ohnehin nur noch wenige Tage zu leben hat, so furchtbar zu quälen?»

«Und? Wie lautet die Antwort?»

Antonia Dix zuckte mit den Schultern und verfluchte sich im nächsten Augenblick für die hilflose Geste. Die Frau hinter dem Schreibtisch schob mit der Außenhand eine Schüssel zur Seite, als könnte die Schüssel den Gesprächsfluss beeinträchtigen. Oder zu viel Privates preisgeben. Das Porzellan machte beim Schieben über die Schreibtischplatte ein hässliches Geräusch. Aus der Schüssel ragte ein Löffel. Noch bevor die Schüssel hinter einem Aktenberg aus ihrem Sichtfeld verschwand, hatte sich Antonia Dix ein Bild gemacht. Offenbar hatte sie die Staatsanwältin beim Mittagessen gestört. Joghurt. Der Farbe nach zu urteilen, Natur. Garantiert fettarm. Ohne Zuckerzusatz. Probiotisch. Aus dem Joghurt ragten einzelne Fruchtstücke. Wie Eisberge. Gelbe Eisberge. Mango vermutlich. Gesund. Eine Antwort. Die Frau Staatsanwältin wollte eine Antwort. Wäre das Leben tatsächlich so einfach, würde das Leben mühelos zwischen die Deckel des Strafgesetzbuches passen, das neben dem Aktenberg auf dem Schreibtisch der Strehle lag. Oder in die 45 Minuten des Bauch-Beine-Po-Kursus, den Ulrike Strehle zweimal wöchentlich in ihrem Fitnessstudio absolvierte. Das wusste Antonia Dix von einem geschwätzigen Kollegen der Personenschutztruppe, der dort fast jeden Abend verbrachte, um Gewichte zu stemmen.

Eine Antwort.

«Ich bin noch nicht so weit. Karl Hillesheim arbeitete zeit seines Lebens als Knecht in einem winzigen Eifeldorf kurz vor der belgischen Grenze. Er hat nie woanders gewohnt als in diesem Dorf, in dem er vor 82 Jahren geboren wurde. Keine Vorstrafen, nicht einmal ein Ampelverstoß. Vermutlich weil es in Eifeldörfern gar keine Verkehrsampeln gibt.»

Ulrike Strehle zuckte nicht mal mit der Wimper. Entweder hatte sie keinen Humor, oder sie gönnte Antonia Dix nicht einmal ein Lächeln. Auch gut. Wie du willst, du blöde Kuh.

«Kassenpatient. Die AOK hätte ihm natürlich nie und nimmer das Einzelzimmer und die Chefarztbehandlung bezahlt. Musste sie auch nicht. Jemand kam für alle Rechnungen auf.»

«Wer?»

«Ich weiß es noch nicht. Aber das kriege ich noch raus. Der Verwaltungsdirektor der Uni-Klinik stellt sich momentan noch quer. Datenschutz. Die übliche Leier.»

Ulrike Strehle zog einen Schreibblock heran und machte sich eine Notiz. Mit ihrem Füllfederhalter. Grüne Tinte. Grünes Gift. Die Feder kratzte über das Papier, als flösse überschüssige Energie statt Tinte aus ihr. Das verschaffte Antonia Dix etwas Zeit, um über die Antwort auf die nächste Frage nachzudenken.

Über die Lüge.

«Ist ja nicht gerade viel, was wir zum Fall Hillesheim haben, Frau Dix. Und was gibt es Neues im Mordfall Pelzer?»

«Nichts. Im Augenblick gibt es da nichts Neues.»

Der Trampelpfad zerschnitt den halbkugelförmigen Hügel in zwei Hälften. Kein Baum, kein Strauch, nur verdorrtes Gras. Fünf, sechs neugierige Jungziegen verließen die Herde im Galopp und scherten sich den Teufel um die Pfiffe ihres Hirten. Die Neugier war stärker. Tomás, der Sternengucker, beachtete sie nicht weiter. Der alte Zigeuner legte ein mörderisches Tempo vor. Gelegentlich warf er einen Blick über die knochige Schulter, nur um sich zu vergewissern, dass ihm der schweißüberströmte Deutsche noch folgte. Tomás verlor keinen Tropfen Schweiß.

«Alles in Ordnung, Max?»

«*Sí, claro.* Kannst du nicht mal die Heizung abstellen?»

Der kleine, hagere Mann lachte und kletterte weiter. Er trug einen breitkrempigen schwarzen Hut, der ihn vor der unbarmherzigen Sonne der Sierra schützte, ein schneeweißes Leinenhemd mit weiten Puffärmeln, eine Hose aus speckigem braunem Wildleder und außerdem seine obligatorischen spitzen Stiefel mit den silbernen Sporen, die bei jedem Schritt klirrten. Dabei besaß Tomás, der Sternengucker, gar kein Pferd. Der Alte besaß nichts außer den drei alten Teleskopen aus stumpfem Messing, durch die er ausländische Touristen in den Abendhimmel schauen ließ.

Wenn sie dafür bezahlten.

«Max, wir hätten natürlich auch dein Auto nehmen können. Von Granada aus führt jetzt eine neue, breite Straße durch die Berge hinauf zum Barranco. Aber man muss diesen Weg unbedingt zu Fuß gehen, um zu begreifen.»

Max Maifeld nickte nur. Er wusste zwar noch nicht, was es zu begreifen galt, aber er hatte soeben beschlossen, während des restlichen Aufstiegs auf das Reden zu verzichten und den Atem zu sparen. Vor nicht ganz einer Stunde hatte er den Alten in Granada aufgelesen, vor einem Café an der Plaza Nueva. Sie waren nach Nordosten gefahren, die sieben Kilometer hinauf bis in das Dorf namens Víznar, am Fuß der Sierra de Huétor. Sie ließen den Seat, den Max Maifeld am Flughafen gemietet hatte, mitten im Dorf stehen, neben dem Schild, das für die Besichtigung des ehemaligen erzbischöflichen Barockpalastes warb, und machten sich zu Fuß auf den Weg in die Sierra.

Auf dem Gipfel des halbkugelförmigen Hügels blieb Tomás stehen und wartete auf ihn.

Die Aussicht war atemberaubend. Hinter ihnen duckten sich die winzigen Häuser der 750 Einwohner von Víznar ängstlich in den von der Sonne verbrannten Hang. Noch tiefer thronte die alte Universitätsstadt Granada auf ihren Hügeln. Die Alhambra leuchtete rostrot in der Morgensonne, links daneben waren deutlich die weißen Häuser des *Albaicín* zu erkennen. Aus der Ferne sah das Maurenviertel aus, als hätte ein Kind mit weißen Bauklötzen gespielt. Tomás tippte Max auf die Schulter und deutete nach rechts: Im Osten ragten die schneebedeckten Gipfel der Dreieinhalbtausender der Sierra Nevada in den kornblumenblauen Himmel. Dann zeigte Tomás nach vorne. Vor ihnen erstreckte sich ein zerklüftetes Tal, eingeschnürt von den steil ansteigenden Bergen der Sierra de Huétor. Das gesamte Tal war dicht mit Pinien bewachsen.

«Siehst du den Pinienwald, Max?»

«Ja.»

«Sieht er nicht schön aus? So friedlich!»

«Ja … ist das …»

«Der Wald wurde erst nach dem Bürgerkrieg angelegt. Auf Francos Befehl. Außerdem erklärte Franco das Tal zum Nationalpark. 12 000 Hektar. Damit die Massengräber niemals gefunden und ausgehoben werden. Man müsste den kompletten Wald abholzen und die Wurzeln ausbaggern, um die Toten zu finden. Tausende wurden da unten in der Erde verscharrt. All jene Menschen aus Granada und Umgebung, die 1936 gegen den Putsch und gegen den Faschismus gekämpft haben. Sie wurden hierhergebracht, sie mussten ihr eigenes Grab schaufeln, dann mussten sie sich an den Rand der Grube stellen, immer gleich mehrere, manchmal ein Dutzend. Dann wurden sie erschossen und verscharrt. Ihre verwesenden Körper düngten die frischgepflanzten Bäume. *Vamos, amigo.* Noch eine gute halbe Stunde, dann sind wir am Ziel.»

Die Maschine aus Tokio landete pünktlich auf dem Flughafen Schiphol. Hurl ließ den Mustang Shelby im Parkhaus zurück und mietete bei Hertz das unscheinbarste Auto, das er finden konnte: einen dunkelgrauen Opel Vectra. Selbstverständlich mit Klimaautomatik. Er vertrieb sich die Zeit mit der Lektüre einer niederländischen Zeitschrift, die das Familienglück des Thronfolgerpaares in bunten Bildern zeigte.

Er musste nicht lange warten.

Zwei große, kräftige Japaner im Einheitsanzug aller Bodyguards dieser Welt traten an den Avis-Schalter und orderten auf Englisch Schlüssel und Papiere eines vorab gebuchten Wagens.

Eine halbe Stunde später folgte der graue Opel einem großen schwarzen Mercedes über den Amsterdamer Autobahnring in Richtung Küste. Der Mercedes hielt sich exakt an das Tempolimit. Sie brauchten dennoch nur knapp zwanzig Minuten bis nach Noordwijk aan Zee. Am Leuchtturm des Badeortes bogen sie auf den Koningin Wilhelmina Boulevard ein.

Die knallgelben Windfänge am fußballfeldbreiten Strand waren ordentlich nach Nordwesten ausgerichtet und stemmten sich gegen den Wind, der die Kraft der Sonne zwar vergessen ließ, aber keineswegs schmälerte. Davon zeugten die verbrannten Gesichter, die verbrannten Bäuche und die verbrannten Schenkel, die zwischen den Apartment-Silos und dem Meer pendelten und die Promenade querten, quengelnde Kleinkinder im Schlepptau. Die vier Japaner hatten für die Fahrt nicht einmal ihre schwarzen Jacketts abgelegt. Der Käufer, ein kleiner, alter, zerbrechlich wirkender Mann, saß im Fond zusammen mit einem Brillenträger mittleren Alters. Vermutlich der Gutachter des Industriellen. Vorne saßen die beiden Bodyguards.

Am Ende des Koningin Wilhelmina Boulevard bogen sie nach links ab, folgten der Straße ein Stück den Hügel hinauf bis zum Picképlein. Vor dem Palace Hotel flatterten Fahnen an langen Masten aufgeregt im Wind. Mit Schwung nahm der Mercedes die Auffahrt. Die vier Männer stiegen aus und verschwanden in der Lobby, während der uniformierte Türsteher den Kofferraum öffnete und den Boy heranwinkte.

Sie würden zunächst ihre Zimmer beziehen und sich ein wenig frischmachen wollen. Japaner wickelten ein Millionengeschäft grundsätzlich nicht mit verschwitzten Achselhöhlen ab. Hurl wusste: Ihm blieb nicht viel Zeit. Er musste improvisieren.

Auf dem Waldweg parkte ein von feinem ockerfarbenem Staub und verkrustetem Schlamm überzogener Toyota Landcruiser älteren Baujahrs, dem man schon aus der Entfernung ansah, dass er nicht zum Angeben, sondern zum Arbeiten benutzt wurde. Am vorderen Kotflügel lehnte ein Mann in Max Maifelds Alter und rauchte. Er war nicht besonders groß, wirkte aber außergewöhnlich kräftig. Als er Tomás und Max durch den Wald stapfen sah, ließ er die filterlose Kippe zu Boden fallen, zermalmte sie mit dem Absatz seiner schmutzigen Arbeitsschuhe, verschränkte die Arme und kniff die Augen zu schmalen Schlitzen, als habe ihn das Leben gelehrt, gegenüber Fremden misstrauisch zu sein.

Tomás stellte sie einander vor. Der Mann hieß Francisco Galadí und verzichtete darauf, Max Maifeld die Hand zu reichen. Er verzichtete auch aufs Reden, sondern befahl mit einem Nicken, ihm zu folgen, und ging voran in den Wald.

Nach etwa zehn Minuten gelangten sie in eine Schlucht. Max drehte sich zu Tomás um. Der nickte. «Ja, Max. Das ist sie, die Schlucht. El barranco de Víznar.»

Nach einer Weile blieb Francisco Galadí stehen und wartete auf sie. Erst als er ihrer ungeteilten Aufmerksamkeit sicher sein konnte, deutete er mit seiner schwieligen rechten Hand auf den von Piniennadeln übersäten Waldboden vor seinen Füßen: «*Aquí.*»

Max Maifeld hob fragend die Augenbrauen.

«Hier, Señor. Genau unter diesem Baum liegt Federico. Die Bäume gab es damals noch nicht. Hierhin haben sie am frühen Morgen des 19. August 1936 Federico und drei andere Männer gebracht, an den Rand der Grube gestellt und erschossen.»

Der Mann neigte den Kopf und bekreuzigte sich. Tomás nahm seinen Hut ab und nickte bedächtig.

«Francisco, erzähle dem *alemán* vielleicht doch noch, wieso du das alles so genau weißt.»

«Weil einer der drei Männer, die hier mit Federico umgebracht wurden, mein Großvater war. Lasst uns gehen. Das ist kein guter Ort, um zu erzählen. Lasst uns hier verschwinden.»

Friedrich Ludwig Ritter von Berlepsch hatte den Ort seiner gesellschaftlichen Wiedergeburt mit Bedacht gewählt. Noordwijk aan Zee erinnerte ihn an seine Kindheit. An eine bessere Zeit. So wie auch das Seebad bessere Zeiten gesehen hatte. Als Isadora Duncan hier Hof hielt. Und Maria Montessori Stammgast war. Und Thomas Mann das Seebad aufsuchte, um die letzten Wochen seines Lebens zu genießen, bevor ihn ein Ambulanzwagen von Noordwijk zum Sterben nach Zürich brachte.

Friedrich Ludwig Ritter von Berlepsch war noch ein Kind gewesen, als ihnen auf der Promenade diese beiden winzigen, strahlend weißen, aber vom Wind arg zerzausten Hündchen entgegenhüpften. Sie waren noch kleiner als er, und das gefiel ihm, auch wenn ihm die Wildheit der winzigen Hunde

Angst machte. Am anderen Ende der doppelten Hundeleine hing ein schaukelndes Paar. Guckt mal, guckt doch mal, der Mann und die Frau schaukeln vom Wind, hatte er zu seinen Eltern gesagt, die ihn sorgsam in ihrer Mitte fest an beiden Händen hielten, damit ihm nichts passierte. Ja, die schaukeln ganz schön, aber nicht vom Wind, sondern wohl eher vom Alkohol, hatte sein Vater über seinen Kopf hinweg zu seiner Mutter gesagt, und seine Mutter hatte gelächelt, damit sein Vater zufrieden war.

Die beiden seltsam schaukelnden Menschen, die ihre Gesichter hinter schwarzen Sonnenbrillen verborgen hatten, waren Liz Taylor und Richard Burton gewesen.

Die Zeit der Grandhotels. Tafelsilber und Etagenkellner, gepflegte Gespräche und vornehme Blässe. Teestunde im Wintergarten, mit windgeschütztem Blick aufs wilde Meer. In den Bars gab es Pianisten, die Gershwin spielten. Schneeweiß, in einfältig unbescheidener kolonialarchitektonischer Pracht, thronten die Grandhotels auf ihren Dünenhügeln und trotzten lange Zeit erfolgreich Wind und Wetter, aber auf Dauer nicht dem schnelllebigen Markt. Mitte der 70er Jahre wurden die meisten abgerissen, um den gesichtslosen Apartment-Silos des modernen Massentourismus Platz zu machen.

Auch das Palace Hotel, in das sich Friedrich Ludwig Ritter von Berlepsch für zwei Nächte einquartiert hatte, war ein gesichtsloser Neubau. Es war okay, aber er hätte es sich für das Geschäft seines Lebens vorher mal anschauen und nicht blind buchen sollen. Aber dafür war die Zeit zu knapp gewesen.

Das Palace Hotel hatte sich auf große Tagungen spezialisiert. Fast das gesamte Erdgeschoss nahmen Konferenzsäle ein, manche so breit wie der Strand. Der Teppichboden, die variablen Wandmodule, die Tischdecken und Polster der stapelbaren Stühle: alles Ton in Ton und unerträglich einfallslos. Ein Tagungshotel war ideal, weil es Anonymität garantierte. Niemand würde sich später an ihn oder an die Japaner erinnern können.

Heute und morgen und übermorgen tagten die Westeuropa-Vertreter von Nike im Palace Hotel und verstopften seit zwei Stunden die Lobby. Zum gedeckten Anzug trugen sie weiße Sportschuhe, pastellfarbene Polo-Shirts und Baseballkappen mit dem Nike-Emblem. Vier junge Frauen hatten ihr Lächeln auf Dauerbetrieb gestellt und versorgten den nicht versiegenden Strom kofferschleppender Sales-Manager mit auf langen Tischen drapierten und alphabetisch sortierten Namensschildern.

Friedrich Ludwig Ritter von Berlepsch trat ans Fenster seines Zimmers. Er hatte bei der telefonischen Buchung aus Kostengründen auf Meerblick verzichtet. Das war vielleicht ein Fehler gewesen. Denn das Hotel war im Hang gebaut. Offiziell lag sein Zimmer zwar im dritten Stock, aber gleich unter seinem Fenster, keine drei Meter unter ihm, erstreckte sich der Parkplatz eines hinter dem Hotel gelegenen Supermarktes.

Du machst dir zu viele Gedanken. Was soll schon passieren? Er verriegelte das Fenster sorgfältig und betrachtete sich ein letztes Mal im Spiegel. Der dunkelblaue Zweireiher spannte etwas um die Hüften. Du musst abspecken, dringend, mein Guter. Das burgunderrote Einstecktuch machte sich gut.

Jemand klopfte laut und energisch an die Zimmertür. Von Berlepsch sah auf die Uhr. Zehn Minuten vor der Zeit. Aber Japaner waren ja für ihre Pünktlichkeit bekannt. Von Berlepsch trennte sich von seinem Spiegelbild, atmete zweimal tief durch, straffte die Schultern und öffnete.

Statt in das stereotyp lächelnde Gesicht eines Japaners

starrte von Berlepsch auf einen gewaltigen Brustkorb. Von Berlepschs Blick wanderte nach oben, auf der Suche nach dem Gesicht. Das breite Grinsen unter der Nike-Kappe kam ihm irgendwie bekannt vor.

«Lange nicht gesehen, Friedrich.»

«Hurl! Was zum Teufel …»

Weiter kam er nicht. Der Leberhaken nahm ihm die Luft zum Atmen, der Schlag auf den Solarplexus ließ ihn rücklings auf das Kingsize-Bett kippen. Seine Finger zuckten unkontrolliert, sein Mund öffnete und schloss sich stumm und rhythmisch wie das Maul eines aus dem Wasser gezogenen Fisches.

«Das geht vorüber, Friedrich. Mach dir keine Sorgen. Tut mir leid, dass ich dich so hart angehen musste.»

Hurl sah sich einmal kurz im Zimmer um, bis sein Blick an der Wand über dem Bett haftenblieb.

«Mensch, Friedrich Ludwig, der Trick ist mittlerweile so alt, damit kann man doch nicht einmal mehr das Zimmermädchen hinters Licht führen.»

Hurl seufzte, stieg über den nach Luft schnappenden Ritter hinweg aufs Bett und nahm den Dalí vom Nagel.

«Die Matratze ist etwas zu weich, findest du nicht? Das ist gar nicht gut für den Rücken.»

Hurl öffnete den Kleiderschrank und nahm den dort deponierten, sorgsam gefalteten Anzugsack heraus. Er steckte den Dalí hinein und schloss den Reißverschluss.

«Den Anzugsack leihe ich mir mal aus. Friedrich, du bist ein wahrer Freund der Kunst. Ein Liebhaber alter Schule. Du glaubst gar nicht, wie viele Barbaren sich mittlerweile in unserer Branche tummeln, denen es ausschließlich ums schnelle Geld geht. Diese Idioten schneiden mit dem Teppichmesser einen Sisley brutal aus dem Rahmen und rollen die Leinwand einfach auf. Denken die gar nicht daran, dass die feinen Farbpartikel brechen können? Was meinst du? Oder ist denen das völlig egal? Ich glaube, Leute wie du und ich sterben aus, Friedrich. Geht's wieder?»

Von Berlepsch sagte kein Wort. Hurl bückte sich, schaute unters Bett, grinste zufrieden und zog ein gerahmtes Ölbild hervor, das eine Windmühle neben einer Gracht zeigte. Hurl hängte es wieder an seinen Platz, genau dort, wo eben noch der Dalí gehangen hatte. Dann sprang er vom Bett, trat einen Schritt zurück, verschränkte die Arme und kniff die Augen zusammen.

«Was meinst du? Hängt es gerade? Friedrich, weißt du eigentlich, warum ich so gerne mit dir Geschäfte mache? Du bist so berechenbar. Du hast mich noch nie enttäuscht.»

Hurl ging nach nebenan ins Bad und kehrte Sekunden später mit dem weißen Frotteegürtel des Hotel-Bademantels zurück. Er verknotete das Ende mit dem Anzugsack.

«So! Friedrich, du musst mir jetzt nur noch verraten, wer dir den Dalí angedreht hat, und schon bist du mich wieder los.»

Hurl beugte sich über das Kingsize-Bett. Von Berlepsch presste die Lippen aufeinander und schüttelte den Kopf. Hurl sah die Angst in den aufgerissenen Augen und spürte deutlich, dass der Ritter sich weniger vor ihm ängstigte als vielmehr vor dem Mann, der ihm den Dalí verkauft hatte.

«Friedrich, sag mir jetzt nicht, der Dalí steckte eines Morgens in deinem Briefkasten. Ist ziemlich sperrig, das Teil.»

«Ich kenne den Mann nicht. Ich habe ihn nur ein einziges Mal gesehen. Das Bild, das Geld in bar: Das dauerte keine halbe Stunde. Ich weiß noch nicht mal seinen Namen. Das ist jedenfalls keiner aus der Szene, so viel steht fest.»

«Was hast du bezahlt?»

«Zweihunderttausend.»

«Lüg mich nicht an!»

«Dreihunderttausend.»

«Was will der Japaner zahlen?»

«Fünfhundert …»

«Friedrich! Ich sagte doch, du sollst mich nicht …»

«Eine Million.»

«Wie sah er aus?»

«Wie er aussah?»

«Der Verkäufer. Mach schon, Friedrich. Ich bin in Eile.»

«Schlank. Sportlich. Von einer unaufdringlichen, ja unauffälligen Attraktivität. Gepflegt. Gut gekleidet. Der Manager-Typ, der weiß, was er will, und dem der Erfolg recht gibt. Ziemlich untypisch für einen klassischen Kunstdieb. Aber wie gesagt: Ich habe ihn ja nur ein einziges Mal gesehen. Vorher lief alles über Telefon.»

«Du hast seine Nummer?»

«Nein. Er rief stets an. Aber mit Rufunterdrückung.»

«Rief er auch auf deinem Handy an?»

«Ja.»

Hurl knöpfte von Berlepschs strammsitzenden Zweireiher auf, griff in die Innentasche und nahm das Telefon an sich.

«Mein Handy!»

«Ja, dein Handy. Muss leider sein. Alter? Nationalität?»

«Deutscher. Gute Ausdrucksweise. Sauberes Hochdeutsch, keine erkennbare Dialektfärbung. Obwohl …»

«Was?»

«Mir schien, als schwang da ein ganz schwacher französischer Akzent mit. Er erinnerte mich an meine Tante, die lange in Frankreich gelebt hat. Die hatte auch diesen …»

«Wie alt?»

«Ende vierzig vielleicht. Schwer zu schätzen. Graue Haare. Ganz kurz geschnitten. Das ist alles. Mehr weiß ich nicht.»

Von Berlepsch verschränkte die Arme, um seinem letzten Satz Nachdruck zu verleihen. Aber seine Augen verrieten ihn. Das heftige Blinzeln signalisierte deutlich, dass er soeben gelogen hatte, als er sagte, er wisse sonst nichts.

Hurl richtete sich auf und griff nach dem Dalí.

«Mein lieber Friedrich, mir fehlt einfach die Zeit, dir alles mühsam aus der Nase zu ziehen. Dieser alte Japaner, mit dem du verabredet bist, der hat nicht nur einen Sachverständigen dabei, sondern außerdem zwei Burschen, die so aussehen, als könnten sie sehr, sehr unangenehm werden. Das sind jedenfalls nicht so zwei sanftmütige Menschen wie wir beide, nein, sondern so richtig grobe Kerle. Ich habe sie vorhin gesehen, Friedrich. Ganz üble Schläger, wenn du mich fragst. Weißt du, was die mit dir machen, wenn die gleich an der Tür klopfen und feststellen, dass der Dalí nicht mehr da ist? Meinst du, die glauben dir aufs Wort, dass er soeben gestohlen wurde? Dass er überhaupt jemals existiert hat? Kannst du dir vorstellen, wie verärgert die sind, weil ihr betagter Chef die lange, beschwerliche, zeitraubende Reise von Tokio nach Europa vergebens unternommen hat?»

«Hurl, ich …»

«Da draußen am Fenster steht eine Leiter, Friedrich. Die werde ich jetzt benutzen. Der Fensterputzer des Hotels hat sie mir freundlicherweise geborgt. Es gibt zwei Möglichkeiten: Entweder gebe ich sie dem Fensterputzer zurück, sobald ich unten bin, oder ich lasse sie einfach stehen. Für dich, Friedrich. Nur für dich. Aus alter Freundschaft. Na? Ist das ein Angebot?»

Friedrich Ludwig Ritter von Berlepsch dachte angestrengt nach. Die Bilanz der Angst. Wie er die Rechnung auch drehte und wendete: Sie ging nicht auf.

Jemand klopfte an die Zimmertür.

«Oh, du hast Besuch, Friedrich. Ich muss leider gehen.»

Hurl schulterte den Anzugsack und schlenderte zum Fenster.

«Alles Gute, Friedrich.»

«Moment! Mir fällt noch was ein.»

Von Berlepsch richtete sich auf und krabbelte umständlich vom Bett. Er schwankte. Sein Kreislauf spielte verrückt. Hurl öffnete das Fenster.

An der Zimmertür klopfte es erneut. Diesmal deutlich weniger zaghaft als beim ersten Mal.

«Da ist nur noch eine Sache, an die ich mich erinnere. Aber sonst weiß ich wirklich nichts, glaub mir. Ehrlich!»

Hurl nahm den Gürtel des Bademantels zwischen die Zähne und schwang ein Bein über die Brüstung.

«Nur eine einzige Sache, Hurl. Sein Gesicht. Daran erkennt man ihn unter tausend anderen. Es ist entstellt.»

Das Klopfen wurde heftiger. Als benutzte nun jemand die Faust statt der Fingerknöchel.

«Entstellt? Was heißt das, Friedrich?»

«Ein hässliches Feuermal. Es zieht sich vom Haaransatz über die halbe Stirn und über das linke Auge.»

Der Renault Clio verließ den Parkplatz der Uni-Kliniken in einem Tempo, als hätte es die junge Frau am Steuer heute ganz besonders eilig. Das Radio war bereits bis zum Anschlag aufgedreht, und das Schiebedach wurde gerade geöffnet, als der himmelblaue Kleinwagen die Schranke und Sekunden später den am Straßenrand parkenden Cooper passierte. Antonia Dix sah auf die Uhr, während sie den Motor startete. Kurz nach sechs. Der Clio schoss in Feierabendlaune die Serpentinen des Venusbergs hinab, bog am Marienhospital nach links und anschließend, am alten Hochbunker, nach rechts ab, hüpfte dann frohgemut über den belebten Clemens-August-Platz und fand auf Anhieb eine Lücke, in der das Parken nicht verboten war.

Antonia Dix hatte weniger Glück und wartete in der zweiten Reihe, bis die junge Frau in einer Buchhandlung verschwunden war. Okay, die Zeit musste reichen. Antonia gab Gas, kurvte in die nächste Seitenstraße, fand dort einen Platz im Parkverbot, sprang aus dem Wagen und sprintete zurück.

Die junge Frau stand bereits an der Kasse und bezahlte. Antonia Dix blieb nicht viel Zeit, sie durch die Schaufensterscheibe zu beobachten, während sie noch ein paar Sätze mit dem netten Buchhändler wechselte und die Geldbörse zurück in ihre Umhängetasche steckte. Ohne die klinisch weiße Arbeitsmontur, in der knallengen Jeans, dem knappen, himmelschreiend neongrünen Top und den Flip-Flops an den nackten Füßen wirkte sie noch jünger, als sie vermutlich ohnehin war. Antonia Dix hatte sie zuvor nur ein einziges Mal gesprochen. Vorgestern, bei der Vernehmung. Da hatte sie einen Pferdeschwanz getragen. Jetzt trug sie die pechschwarz gefärbten Haare offen.

Die junge Frau winkte dem Buchhändler fröhlich zu und schob sich, während sie den Laden verließ, eine riesige Sonnenbrille vor die Augen. Dann bahnte sie sich einen Weg durch die auf dem breiten Bürgersteig versammelten Tische, Stühle, Menschen, Hunde, Kinderwagen, bis sie ein freies Tischchen vor dem Havanna-Café fand. Der einzige freie Tisch in gut einem Dutzend Straßencafés links und rechts der Clemens-August-Straße. An Sommerabenden wie diesem wollte ganz Bonn draußen sitzen. Das Quartier zwischen dem Kurfürstlichen Jagdschloss und dem Venusberg war vor allem bei den Medizinstudenten und jungen Assistenzärzten der Uni-Kliniken sehr beliebt. Und vielleicht deshalb auch bei Krankenschwestern.

Die junge Frau hatte soeben die drei gekauften Bücher aus ihrer Umhängetasche gezogen und sich in das oberste vertieft, als sich Antonia Dix in den Stuhl neben ihr fallen ließ.

«Ja, wenn das kein Zufall ist. Sie sind doch die Kranken-schwester, die sich um den alten Herrn Hillesheim gekümmert hat. Frau Drössler, nicht wahr? Erinnern Sie sich noch an mich? Antonia Dix. Von der Kripo. Ich war vorgestern…»

«Ja natürlich.» Ein Strahlen ging über Judith Drösslers Gesicht. Sie nahm die Sonnenbrille ab. «Sie waren mir sofort aufgefallen. Weil Sie gar nicht so aussehen wie eine Kommissarin.»

«Ist das ein Kompliment?»

«Jedenfalls … wenn Sie im Fernsehen eine Kommissarin spielen müssten, dann würden vermutlich alle sagen, das ist aber ganz schön unrealistisch, so wie die aussieht.»

«Und Sie? Sind Sie die typische Krankenschwester?»

«Nicht mehr lange.» Judith Drössler grinste breit. «Nur noch bis Ende des Monats.»

«Verreisen Sie? Oder wandern Sie aus?»

«Wie kommen Sie denn darauf?»

«Ich kann lesen, auch wenn die Schrift auf dem Kopf steht. Das bringt der Beruf mit sich. Sie haben also drei Reiseführer gekauft. Einen über die Ostküste der USA, einen über die Karibik, einen über Mexiko. Ganz schön strammes Programm für einen zweiwöchigen Urlaub.»

«Sehr gut! Alle Achtung! Aber es geht nicht um zwei Wochen Urlaub. Ich habe nämlich meinen Job gekündigt. Wissen Sie, wie lange mein Dienst heute ging?»

Antonia Dix wusste es zufällig sogar ganz genau, sagte aber nichts, sondern schüttelte den Kopf.

«Ich sage es Ihnen: Geschlagene zwölf Stunden. Ohne Pause. An einem Samstag, während andere Menschen das freie Wochenende genießen. Und wenn Sie glauben, ich könnte das als Überstunden angeben: Fehlanzeige. Überstunden abfeiern oder ausbezahlen? Dann könnten sämtliche Krankenhäuser Deutschlands dichtmachen. Wenn sie die dreijährige, knüppelharte Ausbildung endlich überlebt haben, wenn sie dann auch noch das viertägige Staatsexamen bestanden haben, bei dem jeder Medizinstudent im sechsten Semester garantiert in die Knie ginge, und wenn sie dann auch noch einen Job gefunden haben, ja was glauben Sie, Frau Dix, warum Krankenschwestern dann im Schnitt nur noch fünf Jahre in ihrem Beruf arbeiten? Sagt jedenfalls die Statistik. Wissen Sie, was eine Krankenschwester im Monat verdient? Noch viel weniger als Polizeibeamte, und die verdienen schon nicht viel. Ich kannte mal einen vom Bundesgrenzschutz, daher weiß ich das. Die heißen jetzt anders, oder? Bundespolizei oder so. Ist schon eine Weile her. Außerdem war's der Typ echt nicht wert.»

«Und jetzt? Was machen Sie jetzt?»

«Jede Wette: Da kommen Sie nie drauf. Selbst Sie nicht mit Ihrem kriminalistischen Scharfsinn.»

Judith Drössler grinste breit. Antonia Dix legte folgsam die Stirn in Denkerfalten und schüttelte nach fünf Anstandssekunden resigniert den Kopf.

«Okay. Ich gebe mich geschlagen.»

«Sie werden's nicht glauben: Ich fange nächsten Monat auf einem Kreuzfahrtschiff an.»

«Auf einem ... das glaub ich nicht!»

«Wenn ich es Ihnen sage! Zuerst mal ein halbes Jahr auf Probe. Zeitvertrag. Da verdient man zwar auch nicht die Welt, aber wenigstens sieht man mal was von der Welt. Außerdem gebe ich ja kaum Geld aus in der Zeit auf dem Schiff. Unterkunft und Verpflegung an Bord sind frei, meine Wohnung hier habe ich gekündigt, so spare ich auch noch die Miete. Und wenn's schiefgeht, krieche ich nach dem halben Jahr erst mal bei meiner Freundin unter. Ist schon alles geregelt.»

«Ich beneide Sie! Wo gehen Sie an Bord?»

«Halten Sie sich fest: In N-E-W YO-O-O-R-K. Die bezahlen sogar den Flug. Und das Taxi vom JFK rüber nach Downtown Manhattan, zum Hafen. Was sagen Sie jetzt?»

«Klingt phantastisch.»

«Na ja, mal sehen, wie's wird. Ich freue mich jedenfalls riesig. Außerdem ist wirklich jeder Job besser als dieser Drei-Schicht-Dienst. Das geht an die Substanz, das können Sie mir glauben. Außerdem können Sie sich in dem Job jedes Privatleben abschminken. Welcher Typ will schon eine Frau, die morgens um fünf zur Arbeit muss? Oder abends um neun!»

Antonia entgegnete nichts. Welcher Typ will schon eine Frau, die sich von Kriminellen diktieren lässt, ob sie das Wochenende durcharbeitet? Wer will schon eine Frau, die mittags noch nicht weiß, ob sie abends die Verabredung zum Kino einhalten kann? Wer will schon eine Frau, die zwar pünktlich erscheint, aber völlig geistesabwesend Händchen hält, weil ihr die Leiche eines Kindes nicht mehr aus dem Kopf geht?

Claude vielleicht?

Vielleicht.

Claude, du verdammter Hund. Warum bist du nach Paris abgehauen? Und warum hörst du nicht auf, mir zu schreiben? Du hattest mein Herz wärmen sollen, in der regnerischen, stürmischen Herbstnacht im Vorführraum, und es nicht stehlen.

«Aber ich rede die ganze Zeit nur von mir, Frau Dix. Was ist mit Ihnen? Haben Sie den Kerl denn schon geschnappt, der den armen Herrn Hillesheim auf dem Gewissen hat?»

Antonia Dix schüttelte den Kopf, bevor sie das Glas Mineralwasser, das der Kellner ihr zusammen mit dem Espresso gebracht hatte, in langen, gierigen Schlucken leerte.

«Nein. Die Ermittlungen in dem Fall gestalten sich als extrem mühselig. Und das liegt nicht zuletzt an Ihrem Arbeitgeber.»

«Wieso denn das?»

Antonia Dix beobachtete die junge Krankenschwester aus den Augenwinkeln, während sie Zucker in den Espresso rührte. Nein, Judith Drösslers Nachfrage ließ nicht auf Ablehnung und Widerstand, sondern auf pure Neugierde schließen.

«Ganz einfach: Dieser Bürokraten-Typ von Verwaltungsdirektor blockt. Gestern war er schon wieder nicht zu erreichen. Ich vermute, er lässt sich von seiner Sekretärin verleugnen. Deshalb weiß ich zum Beispiel immer noch nicht, wer eigentlich dem AOK-Patienten Karl Hillesheim das Einzelzimmer und die Chefarztbehandlung bezahlt hat...»

«... und außerdem dafür gesorgt hat, dass es dem alten Mann an nichts fehlte. Nur damit Sie es wissen... nur so ein Beispiel: Der Herr Hillesheim hat nicht etwa unser Kantinenessen bekommen. Der wurde komplett extern versorgt.»

«Extern?»

«Ja. Von der Küche einer Seniorenresidenz hier in Bonn. Alles vom Feinsten, kann ich Ihnen sagen. Das kommt übrigens gar nicht selten vor bei uns, dass die Angehörigen...»

«Aber Hillesheim hatte laut unseren Ermittlungen keine Verwandten. Keine Kinder, er war nie verheiratet, die Eltern längst tot, die ältere Schwester unverheiratet gestorben...»

«Stimmt. Hat er mir doch alles erzählt. Die Schwester ist schon vor zwanzig Jahren oder so gestorben. Wissen Sie, der Herr Hillesheim war so ein richtig netter Patient. Immer zufrieden, immer freundlich. Sie können sich gar nicht vorstellen, was man sonst gerade mit alten Patienten so alles erlebt. Die werden manchmal unausstehlich, nörgeln an allem rum...»

«Also? Wer hat...»

«Wissen Sie, der Verwaltungsdirektor macht immer so einen Zauber, weil sich bei uns so viele Prominente behandeln lassen. Politiker. Industriebosse. Oder schwerreiche arabische Ölscheichs oder deren Frauen oder deren Kinder, die werden dann mitsamt ihrem kompletten Hofstaat eingeflogen, und die Großfamilie wird dann so lange in den Suiten im Dorint oder im Maritim oder im Bristol einquartiert. Und all diese Leute, die so richtig Geld in die Kasse der Uni-Klinik bringen, die legen natürlich größten Wert auf Diskretion.»

«Aber Karl Hillesheim war 82 Jahre alt, alleinstehend, ohne Schulabschluss und von Beruf Knecht.»

«Stimmt. Karl Hillesheim war nicht prominent. Aber der Mann, der alles für ihn bezahlt hat, der ist prominent.»

Tomás trommelte auf seinen Knien unermüdlich den *compás*, den Zwölf-Takt-Rhythmus des Flamencos, und sang dazu mit leiser, klagender Stimme von Liebe und Hass, von Schmerz und Tod. Er sang den *cante jondo* wie in Trance. Max schwieg und starrte durch die Windschutzscheibe des Seat Ibiza in die Nacht, konzentrierte sich auf den Lichtkegel der Scheinwerfer, der in den engen Kurven die Straßenränder abtastete, mitunter für den Bruchteil einer Sekunde die schreckstarren Augen eines Tieres streifte, die einer Katze oder eines Rehs, um sich dann wieder, auf den kurzen Geraden zwischen den Kurven, in das endlose Schwarz zu bohren, bis das Schwarz sie verschlang.

Bis kurz nach Mitternacht hatten sie mit Francisco Galadí um den winzigen Tisch in der Bar in Víznar gehockt, misstrauisch beäugt von den Dorfbewohnern an der Theke. Männer mit schwieligen Händen und ausgetrockneten Kehlen. Männer, denen die drei an dem Tisch da in der Ecke nicht geheuer waren: weder der Fremde mit dem deutschen Akzent noch der alte Zigeuner aus Granada, der aussah wie ein Cowboy ohne Pferd, ein Piratenkapitän ohne Schiff, und schon gar nicht Francisco Galadí, natürlich, unser Francisco, der ewig verbohrte Francisco. Er war zwar einer von ihnen, einer von hier, aber einer, der die Toten nicht ruhen ließ, der die Vergangenheit nicht ruhen ließ, und deshalb war er wohl doch keiner von ihnen. Francisco, der Ewiggestrige, Francisco, der Unbelehrbare, Francisco, der Anarchist.

Francisco Galadí war kein Anarchist. Er wählte die PSOE, die sozialistische Partei, und seine Frau verehrte mit einer geradezu religiösen Inbrunst den König wie einen Heiligen, ohne den es nach Franco keine Demokratie gegeben hätte.

Aber Franciscos Großvater war ein überzeugter Anarchist gewesen. Ein Anarchist und ein Stierkämpfer. Ein hervorragender Stierkämpfer, behauptete Franciscos Vater, der von Politik nichts wissen wollte. Francisco wusste es inzwischen besser. Der Großvater war als Stierkämpfer allenfalls durchschnittlich gewesen. Aber bereit, für seine politische Überzeugung zu kämpfen. Gegen die Eroberung Granadas durch die Faschisten. Mit der Waffe. Aber Franciscos Großvater verstand vom Stierkampf doch noch mehr als vom Krieg, und so nahmen ihm die franquistischen Truppen das verrostete Gewehr aus der Hand und zerrten ihn zusammen mit Federico García Lorca, der als überzeugter Pazifist niemals eine Waffe in die Hand genommen hätte, im Morgengrauen hinauf in die Sierra.

«Sehen Sie die Männer an der Theke, Señor Maifeld? Den Dicken in der Mitte, der unablässig redet? Da stand am Abend des 19. August des Jahres 1936 sein Großvater, zu Lebzeiten einer der ehrbaren Bürger dieses Dorfes, Juan Luis Trescastro, in seiner schmucken Uniform der Falange, und prahlte damit, wie er am Morgen Federico García Lorca ermordet hatte. Wissen Sie, was er damals gesagt hat, Señor

Maifeld? Dort, an dieser Theke? Er hat gesagt: Weil er ein Schwuler war, wollte ich ihm noch eine Freude machen und habe ihm zuerst eine Kugel in seinen Arsch gefeuert, als er zitternd wie ein Weib am Rand der Grube stand.»

Den letzten Satz schrie Francisco Galadí in Richtung Theke. Aber die Männer reagierten nicht. Sie starrten in den Fernseher über dem Kopf des Gastwirts. Fußball. Real Madrid gegen FC Barcelona. Immer noch 0:0. Ronaldinho traf nur die Latte. Der Kommentator schien kurz vor einem Herzinfarkt zu stehen. Der Gastwirt schüttelte den Kopf, ohne hinzuschauen. Weder auf den Fernseher noch auf Galadí.

«Federico war vor den Faschisten aus Granada geflüchtet, hier hinauf nach Víznar. Er hatte sich in Granada nicht mehr sicher gefühlt. Er hatte Angst. Denn am 20. Juli hatten sie schon seinen Schwager Manuel Fernández Montesinos verhaftet und ermordet. Der war der sozialistische Bürgermeister von Granada gewesen und außerdem der Ehemann seiner Schwester Concha. Federico kam nach Víznar, weil hier ein alter Schulkamerad von ihm wohnte, der Federico sein Haus als Versteck angeboten hatte. Allerdings hatte der Schulkamerad die Rechnung ohne unseren Herrn Pfarrer gemacht. Der hatte nämlich nichts Besseres zu tun, als hinüber zum erzbischöflichen Sommerpalast zu laufen, dem Hauptquartier der Falange, und Federicos Versteck zu verraten. Dieser Judas. Señor Maifeld, Federico García Lorca war 38 Jahre alt, als sie ihn umbrachten. Federico war einer der wichtigsten Schriftsteller unserer Nation. Und ein Wohltäter. Er hat sein Geld in den Aufbau einer Schulbücherei gesteckt, für die Kinder der armen Tagelöhner, und in ein Theater zur geistigen Erbauung der Landarbeiter. Federico glaubte an die Macht der Bildung. An Veränderung durch Bildung …»

«Und er war eine Schwuchtel.»

Der Satz zischte wie eine giftige Schlange von der Theke

durch die Bar zu ihrem Tisch. Francesco Galadí sprang auf. Sein halbvolles Weinglas kippte vom Tisch und zerschellte auf dem Steinfußboden. Max Maifeld packte ihn am Ärmel und zog ihn zurück auf seinen Stuhl. Die Männer hielten allesamt die Köpfe über die Theke gebeugt und kicherten albern. Halbzeit. Immer noch 0:0. Werbung. Reklame für Zahnpasta. Der Wirt schaltete den Fernseher leiser und spülte Tapas-Tellerchen.

«Sie sind ein mutiger Mann, Señor Galadí.»

«Unsinn. Unsere Vorväter, die gegen Franco gekämpft haben, die waren mutig. Das hier hat nichts mit Mut zu tun. Was soll mir schon passieren? Dass sie mir wieder die Reifen zerstechen? Na und? Letzte Woche haben sie die Katze meiner Jüngsten ertränkt. Das war allerdings wirklich schlimm. Sie hat viel geweint, die arme Kleine. Aber ich gebe nicht auf.»

«Was wollen Sie erreichen?»

«Ich will ein würdiges Grab für meinen Großvater, wo wir ihn betrauern können. Nichts weiter.»

«Das hieße, das Massengrab in der Schlucht zu öffnen.»

«So ist es. Das ist das Problem. Das hieße nämlich auch, die Bäume zu fällen. Da sind nämlich nicht nur die Franquisten dagegen, sondern auch die Grünen im andalusischen Regionalparlament in Sevilla. Wegen des Naturschutzes. Diese gottverdammten, geschichtslosen Idioten. Wir haben an der Universität von Granada sehr tüchtige Wissenschaftler auf dem Gebiet der Genanalyse. Die haben mir gesagt, sie hätten kein Problem damit, die Gebeine meines Großvaters zu identifizieren. Aber dann würden sie automatisch auch Federicos Gebeine entdecken, und das wollen die Behörden nicht, und deshalb bekomme ich keine Genehmigung, im Naturschutzgebiet zu graben, verstehen Sie? So ist das!»

«Weil Federicos Gebeine erneut an Francos Terror-Regime erinnern würden. Und das will man vermeiden.»

«*Sí, claro.* Wissen Sie, unsere erste Demokratie hatten sich unsere Vorfahren selbst erkämpft. Und sie haben sie später im Bürgerkrieg mit Händen und Klauen verteidigt, wenn auch vergeblich, weil Franco massiv von Hitler und Mussolini unterstützt wurde. Sie hatten keine Chance. Aber die zweite Demokratie, zugegeben die ungleich bessere und stabilere, die wurde uns auf dem Silbertablett serviert. Allerdings zu einem sehr hohen Preis. Dem Preis des Vergessens. Das sterbende Franco-Regime hatte sich noch schnell eine Amnestie genehmigt. Und dem Volk eine Amnesie verordnet. Wir leiden bis heute unter einem kollektiven Gedächtnisschwund. Und das ist nicht gesund. Sehr ungesund für die Seele, Señor Maifeld.»

Tomás nickte Max über den Rand seines Weinglases zu. Das Zeichen, zum Thema zu kommen. Der alte Tomás war des Zuhörens müde, weil er all die Geschichten schon kannte.

«Señor Galadí, könnte sich das Gemälde, das ich suche, vielleicht im Besitz der Familie des Mörders befinden?»

Francisco Galadí lachte schallend und zeigte verächtlich auf den schwadronierenden Dicken an der Theke, der inzwischen Mühe hatte, sich auf den Beinen zu halten. Eine Viertelstunde vor Abpfiff stand es immer noch 0:0.

«Schauen Sie sich diesen Kretin an. Können Sie sich ihn oder einen seiner debilen Vorfahren als Kunstsammler vorstellen? Nein, Señor Maifeld. Sein Großvater hatte Federicos Habseligkeiten beschlagnahmt und noch vor der Hinrichtung brav und ordnungsgemäß bei der Kommandantur im erzbischöflichen Sommerpalast abgeliefert. Dort gab es einen Capitán, einen gewissen José María Nestares. Der war für seine Brutalität und seine Willkür gefürchtet, und deshalb machte er Karriere in der Falange und wurde bald befördert und noch im Herbst 1936 nach Cádiz versetzt. Dort wurde er Francos Verbindungsoffizier zur Legion Condor, die dort stationiert war.»

«Die deutsche Luftwaffe?»

«Genau. Als die Deutschen schließlich von Cádiz nach Sevilla verlegt wurden, nutzte Nestares die Gelegenheit für ein paar Tage Heimaturlaub und prahlte hier, an dieser Theke, damit, dass er das Schwulen-Bild, wie er es nannte, an einen Deutschen verkauft hat, an den Nachschub-Feldwebel der Legion Condor in Cádiz. Was hat dieser Feldwebel wohl für das Bild bezahlt, werden Sie nun wissen wollen, Señor Maifeld. Ich kann es Ihnen sagen. Kein Geld. Auch kein kostenloser Bordellbesuch, was durchaus denkbar gewesen wäre. Die deutsche Luftwaffe unterhielt damals in Spanien selbstverständlich ihre eigenen Bordelle. Die geplante Bombardierung von Guernica sollte schließlich nicht an einer Tripperepidemie scheitern. Nein, der Nachschub-Feldwebel in Cádiz hatte seine eigene Währung. Er ging in sein Kühlhaus und holte einen Serrano-Schinken. Nicht irgendeinen. Sondern einen echten *Pata Negra*. Sie schütteln nun vielleicht verwundert den Kopf, Señor Maifeld. Ein Schinken für einen Dalí! Aber Leute vom Schlage des Capitán José María Nestares hätte man mit einem Goldbarren nicht glücklicher machen können.»

Cádiz. Ein Feldwebel der Legion Condor. Ein Schinken für einen Dalí, von dem damals vermutlich weder Käufer noch Verkäufer wussten, dass es ein Dalí war. Die Lichter Granadas rückten näher. Ein Lastwagen blinkte auf und verschaffte sich laut hupend Platz. Tomás erwachte aus seiner musikalischen Trance.

«Max, du bist schon ein ulkiger Kerl, *es verdad.*»

«Tatsächlich? Wieso?»

«Weil du immer in der Vergangenheit unterwegs bist. Du

111

lebst gestern statt heute. Die Vergangenheit zieht dich magisch an.»

«So ein Blödsinn.»

Tomás lachte leise in sich hinein und schwieg den Rest der Fahrt bis zur oberen Plaza Nueva. Max schaltete den Motor aus.

«Danke für deine Hilfe, Tomás.»

«*De nada*, Max. War schön, dich mal wiederzusehen. Ich nehme an, ich kann dich nicht mehr zu einem Gläschen Fino überreden. Ich kenne hier gleich um die Ecke ein …»

«Nein, Tomás. Ich fahre gleich weiter nach …»

«… nach Cádiz, vermute ich. Die richtige Stadt für dich.»

«Wieso das?»

«Nun, Cádiz ist die älteste Stadt Europas. Mehr Vergangenheit kriegst du nirgendwo auf dem Kontinent.»

Tomás lachte, stieg aus und klopfte zum Abschied einen wilden Rhythmus auf das Wagendach.

«*Vaya con Dios* … falls es einen guten Gott gibt.»

Wie ein übermütiges Kind hüpfte der alte Zigeuner über den nur jetzt, mitten in der Nacht, für einige wenige Stunden verlassenen, menschenleeren Platz und verschwand in einer der angrenzenden Gassen. Max wartete, bis die Dunkelheit das Klirren der Sporen auf dem Pflaster verschluckte. Dann startete er den Motor des Seat und machte sich auf den Weg.

Dr. Walther Brandesser. Geboren am 26. Dezember 1935 in Roggenrath. In demselben abgelegenen Eifeldorf unweit der belgischen Grenze wie zehneinhalb Jahre vor ihm, am 4. April 1925, Karl Hillesheim, das Mordopfer aus der Klinik.

Vom Geburtsort abgesehen, gab es kaum Übereinstimmungen in der Vita der beiden Männer, soweit Antonia Dix dies nach der kurzen Internet-Recherche, die sie über Brandesser angestellt hatte, überblicken konnte. Über einen Menschen wie Karl Hillesheim war natürlich nichts im Internet zu finden. Über Karl Hillesheim wusste sie nichts als das Geburtsdatum, den Geburtsort, die Krankenkasse und den Beruf: Knecht.

Und die Todesart. Schlangengift.

Antonia Dix packte das ausgedruckte Material über Brandesser zusammen, stopfte es in eine der Aldi-Tüten, die sie nun schon eine Weile zum Transport von Ermittlungsakten zwischen Büro und Wohnung benutzte, und verließ das Präsidium.

Sie brauchte mehr Personal.

Sie hatte schließlich gleich zwei Mordfälle am Hals.

Profis als Täter.

Keine erkennbaren Motive.

Die wenigen Spuren wurden langsam kalt.

Sie musste mit dem Präsidenten reden.

Sie redete nicht gerne mit dem Präsidenten.

Warum war Morian nicht da und kümmerte sich darum?

Morian kümmerte sich sonst immer um diesen Kram.

Herr Präsident, kaum ist mein Chef mal in Urlaub, fühle ich mich gleich überfordert und brauche mehr Personal.

Klar doch, Frau Dix, schließlich sind Sie nur eine Frau und zudem noch sehr jung und unerfahren.

Sie brauchte dringend eine Dusche.

Sie lenkte den Cooper über die Rheinbrücke.

Der 71-jährige Walther Brandesser besaß eines der größten Catering-Unternehmen Deutschlands. Nicht ganz so bekannt, vielleicht auch nicht ganz so glamourös wie Käfer in München. Doch was den Jahresumsatz betraf, hatte Brandesser seinen schärfsten Konkurrenten inzwischen eingeholt. In aller Stille. Seit Nahrung nicht nur stilvoll satt machen sollte, sondern zudem auch noch gesund sein musste und nicht dick machen durfte, spielte der Vollwertkost-Papst und promovierte Agrarwirt Walther Brandesser ganz oben in der Premium-Liga mit.

Brandesser besorgte inzwischen nicht nur das Catering, sondern organisierte komplette Events, von der VIP-Lounge auf dem Nürburgring über Konferenzen und Kongresse bis zur Party anlässlich des 18. Geburtstages der ältesten Tochter des Konzernmanagers. Oder der Hochzeit des Stammhalters. Die Firma kümmerte sich, wie auf der Brandesser-Seite im Internet nachzulesen war, einfach um alles: Dekoration, Licht und Ton, Künstlerengagements, Feuerwerk. Um alles, was sich mit Geld beschaffen ließ.

Gelungene Events folgen ihrer eigenen Dramaturgie. Wir inszenieren großartige Momente. Unvergessliche Momente. Kommunikative Momente, die Menschen zueinanderführen. Denn wir wissen, wie man Emotion weckt. Wir schaffen in sensibel abgestimmter und perfekt arrangierter Harmonie genau jene Atmosphäre, die Ihre individuelle Botschaft authentisch und nachhaltig transportiert. Als Full-Service-Agentur bieten wir Ihnen ein schier grenzenloses Leistungs-Portfolio.

Sprechen Sie mit uns.

Brandesser. Ihre Gäste sind unsere Gäste.

Brandesser unterhielt Kontakt-Büros in Köln, Frankfurt und Berlin, war dem Internet-Auftritt der Firma zu entnehmen. Aber der Muttersitz des Unternehmens war nach wie vor Roggenrath. In seinem Heimatdorf hatte Dr. Walther Brandesser den Bauernhof seines Vaters übernommen, als der 1976 starb, und rigoros auf ökologischen Landbau umgestellt. Seine Ehefrau Edith, zwanzig Jahre jünger als Walther Brandesser und von Haus aus Kunsthistorikerin, hatte 1985 ein exklusives Landhotel in Roggenrath eröffnet, für Reiter, inzwischen auch für Golfer, und stattete die Räume, wie man ebenfalls im Internet nachlesen konnte, mit erlesener Kunst aus, vorwiegend Gemälde und Skulpturen zeitgenössischer Künstler.

Der Golf & Country Club Gut Roggenrath im Herzen der Eifel verfügt mit seiner 27-Loch-Anlage in einem von Wasserläufen durchzogenen, so weit wie möglich naturbelassenen grünen Paradies in frischer, unbelasteter Höhenluft über einen der schönsten und anspruchsvollsten Golfplätze Deutschlands. Neben dem Reiterhof mit eigenen Stallungen, exzellenten Ausbildern und hochqualifiziertem Pflegepersonal entwickelte sich das 1992 als Vier-Sterne-Superior-Anlage eröffnete Golf-Resort mitsamt dem Fünf-Sterne-Hotel ebenfalls zu einem Dorado für Menschen, die wissen, dass ein paar Stunden oder ein paar Tage vollkommener Entspannung in urwüchsiger Natur nicht mit Gold aufzuwiegen sind. Verkehrsgünstig gelegen zwischen den Ballungsräumen Rhein-Ruhr und Rhein-Main ...

Antonia Dix warf die Aldi-Tüte, den Schlüsselbund und die Dienstwaffe samt Holster auf den Esstisch, kickte die Schuhe Richtung Flur und die Hose aufs Bett, schleuderte T-Shirt und Tanga in den überquellenden Bastkorb neben dem Klo und ließ, nur 18 Sekunden nachdem sie ihre Wohnung betreten hatte, unter der Dusche das Wasser auf ihren Körper prasseln.

Knecht.

Karl Hillesheim hatte als Knecht auf dem Brandesser-Hof gearbeitet. Sein Leben lang. Also schon unter Walther Brandessers Vater.

Genügte das?

War dies das Motiv für Brandessers Großzügigkeit?

Antonia, es gibt vermutlich noch gute Menschen auf dieser

Welt, häufiger als du glaubst, auch wenn du in deinem Job ständig den bösen Menschen begegnest und du dir deshalb ein völlig verzerrtes Bild von dieser Welt machst.

Gut. Böse.

Dass sie die Waffe nicht mehr mit ins Bad nahm, war noch gar nicht so lange her. Und erst seit drei oder vier Monaten konnte sie nachts schlafen, ohne der Erinnerung an diesen wahnsinnigen Stalker in ihren Träumen zu begegnen. Dieser Soziopath, der eines Abends vor zwei Jahren in ihrer Wohnung auf sie gewartet hatte, nachdem sie ihn wochenlang vergeblich gejagt und sich ihm schließlich als Lockvogel präsentiert hatte.

Morian hatte ihr damals ans Herz gelegt umzuziehen. Nachdem er sie aus dem Krankenhaus abgeholt hatte. Aber sie wollte nicht umziehen. Sie liebte ihre Wohnung im Hinterhof des Rex-Kinos, gleich neben dem Vorführraum.

Der Vorführraum, in dem Claude gearbeitet hatte.

Sie nahm ein Messer aus der Küche, sie nahm den Brief von der Kommode und schlitzte ihn auf.

Liebste Antonia,
  auch wenn du meine Briefe nie beantwortest, so hege ich doch die leise Hoffnung, dass du sie wenigstens liest ...

In diesem Moment klingelte das Telefon. Sie warf den Brief zurück auf die Kommode.

«Ich bin's.»

Morian.

Sie hatte ihm versprochen, ihn anzurufen. Und es immer noch nicht getan. Sie wusste sehr genau, warum sie dies ständig aufschob.

«Hallo, Josef.»

Jetzt könnte er fragen: Warum hast du mich nicht angerufen, obwohl du es versprochen hast? Aber Josef Morian stellte niemals Fragen, die mit dem Wort *warum* begannen.

«Wie geht's?» Das war eine Original-Morian-Frage.

«Es geht. Und dir?»

«Kommst du voran?» Das war eine Original-Morian-Antwort auf die Frage, wie es ihm gehe.

«Könnte schlimmer sein. Ich hoffe, du erholst dich gut. Wie ist das Wetter bei dir? Gehst du oft ins Meer baden?»

«Wenn du mir nicht sofort erzählst, was los ist, setze ich mich in die nächste Maschine und ziehe dir die Antworten auf meine Fragen höchstpersönlich einzeln aus der Nase.»

«Er hat Max nachgeschnüffelt.»

«Was?»

«Du hast richtig gehört. Dieser Pelzer hat ein Dossier über deinen Freund Max Maifeld angelegt. Ich habe es gefunden. Es war so gut versteckt, dass sogar Erwins Kriminaltechniker es übersehen hatten. Eine elektronische Kopie auf einem winzigen USB-Stick, versteckt in einem Loch in der Wand unter dem Waschbecken in Pelzers Badezimmer. Das heißt: Pelzer legte großen Wert darauf, eine Kopie zu besitzen, und er hatte zugleich große Angst, dass jemand die Kopie finden könnte.»

«Wieso denn über Max?»

«Woher soll ich das denn wissen?» Sie ärgerte sich über seine penetrante Fragerei. Sie wollte gelobt werden, nur ein bisschen gelobt werden. Stattdessen löcherte er sie, als müsste sie den Fall bereits längst gelöst haben. Zugleich ärgerte sie sich darüber, dass sie gleich so aus der Haut fuhr. Seine Reaktion war verständlich. Max war schließlich sein bester Freund.

«Was steht drin?»

«In dem Dossier? Überhaupt nichts Aufregendes. Seltsam belangloses Zeugs, das überhaupt kein Bild ergibt. Nichts Aktuelles. Ich meine damit, nur Biographisches. Aus der Kindheit von Max und Theo. Geburtsdaten. Die Namen und Lebensläufe von Vater, Mutter, Großmutter und solche Sachen. Überhaupt nichts, was irgendeine Brisanz für Pelzer oder für dessen Auftraggeber erkennen lässt. Und vor allem nichts, was einen Mord erklärbar machen könnte.»

«Antonia, welcher Mord ist erklärbar?»

«Du hast recht, Josef. Blöder Satz.»

«Es ist nur, weil Max …»

«Weil er dein Freund ist. Sonnenklar.»

«Seltsame Geschichte.»

«Kann man wohl sagen.»

«Kannst du mir den Text ins Hotel faxen? Die Faxnummer steht in dem Prospekt, den ich dir gegeben habe. Gleich unter der Adresse und der Telefonnummer.»

«Kein Problem. Wird sofort morgen früh erledigt.»

«Morgen früh erst?»

«Josef! Ich habe das Dossier nur als Papierausdruck hier. Ich besitze weder einen Scanner noch ein Fax-Modem. Nur um deine Neugierde zu befriedigen, fahre ich jetzt nicht nochmal zurück ins Büro, in dem ich schon den ganzen Sonntag verbracht habe. Wenn ich dich daran erinnern darf: Du hast Urlaub, Josef.»

«Hast du eigentlich genug Leute?»

«Geht so.»

«Also nicht. Wie viele?»

«Ein Team für diesen Fall und ein Team für den anderen Fall. Plus Erwin Keusens Leute natürlich.»

«Was für einen anderen Fall?»

«Mord an einem 82-Jährigen.»

Sie hatte keine Lust, auch noch über den anderen Mordfall zu reden und sich seine Ratschläge anzuhören.

«Erwins Kriminaltechniker helfen dir jetzt auch nicht mehr weiter, wenn erst mal alle Spuren gesichert und dokumentiert sind. Also vier Leute für zwei Fälle. Viel zu wenig. Hast du mit dem Präsidenten gesprochen?»

«Noch nicht. Mach ich morgen.»

«Soll ich dir das vielleicht abnehmen?»

«Kommt nicht in Frage, Josef. Du hast Urlaub. Außerdem untergräbt das meine Autorität. Als hätte ich dich angerufen und um Hilfe gebeten. Lass mal. Das Problem ist nur: Es klemmt im Augenblick im Präsidium sowieso schon an allen Ecken und Enden, was Personal angeht.»

«Mord hat Priorität. Wer ist bei der Staatsanwaltschaft ...»

«Die Strehle.»

«Auch das noch. Ermittler-Anmut im Doppelpack. So schön kann Verbrecher-Jagd sein.»

«Sehr witzig, Josef.»

«Aber das hatte der Pelzer doch damals wortwörtlich geschrieben über euch beide, oder nicht?»

«Ja. Hatte er. Ich bin sehr beeindruckt, dass du das noch wortwörtlich parat hast. Eigentlich gehöre ich deshalb automatisch zum Kreis der Mordverdächtigen. Schließlich hatte ich ein starkes Motiv, Pelzer allein schon wegen dieses Artikels umzubringen.»

«Hast du schon mit Max gesprochen?»

«Ich hab's versucht. Aber er ist nicht da. Hurl sagt, er ist verreist. Und ich wollte das nicht am Handy mit ihm ...»

«Ich verstehe.»

«Er ist übrigens irgendwo in deiner Nähe.»

«In meiner Nähe?»

«In Andalusien. Er war wohl zuerst in Madrid und in Granada und ist jetzt in Cádiz. Er will morgen von Jerez de la Frontera aus zurück nach Köln fliegen, sagt Hurl.»

«Ich werde gleich versuchen, ihn von meinem Hotel aus über sein Handy zu erwischen. Verdammt nochmal, warum habe ich nur mein Handy nicht dabei?»

«Du hast dein Handy nicht dabei?» Fast empfand sie die Fehlbarkeit ihres Chefs als Triumph. Bis ihr einfiel, dass er ihr das schon auf dem Weg zum Flughafen gebeichtet hatte.

«Ich habe es in der Hektik bei der Abreise zu Hause auf dem Küchentisch liegen lassen. Vielleicht kann sich Max ja einen Reim darauf machen, wer sich so brennend für seine Familiengeschichte interessieren könnte. Vielleicht kann ich Max ja noch morgen früh treffen, bevor er abfliegt. Ist nicht weit von hier bis nach Cádiz, steht jedenfalls in meinem Reiseführer.»

Es gab Orte auf dieser Welt, die mochte man einfach nicht im Laufschritt durchqueren. Magische Orte. Da wollte man ganz still sitzen und eine Weile nichts tun; nur zuschauen, wie die Zeit verging. Die Plaza Topete in Cádiz gehörte zweifellos dazu. Die kleine Bar vor dem Markthallen-Portal westlich der engen Gassen des *barrio populo* hatte die besten gefüllten *chocos* und den besten *arroz negro* der Stadt und außerdem einen phantastischen, auf die perfekte Temperatur gekühlten *Manzanilla*. Max Maifeld saß draußen, im Schatten, gleich neben dem Eingang der Bar, auf dem ersten der entlang der Hauswand aufgereihten Aluminiumstühle. Er verspürte keinen Hunger. Nur Müdigkeit. Er trank seinen dritten *Cortado*, um die Müdigkeit zu vertreiben. Er hatte wenig geschlafen in den letzten Tagen.

Jemand hatte Cádiz einmal spöttisch das spanische Havanna genannt. Max interpretierte den Vergleich mit Kubas Hauptstadt keineswegs als Abwertung, sondern als Auszeichnung. Er mochte den verblichenen Glanz, die schäbige Schönheit der Häuser und Straßen, die morbide Eleganz der von den Phöniziern auf einer von drei Seiten vom Atlantik umtosten Halbinsel errichteten ältesten Stadt Europas, die drittgrößte Stadt der antiken Welt, der zentrale Hafen der Alten Welt während der Eroberung der Neuen Welt, einst der Verkehrsknotenpunkt der spanischen Weltmacht, im 16. Jahrhundert so bedeutend wie im 21. Jahrhundert der Dulles-Airport in Washington D. C. und der Containerhafen von Rotterdam zusammengenommen.

Dieguito El Cigala, der in Cádiz geborene und aufgewachsene *gitano*, die große Hoffnung der modernen Flamenco-Szene, schrie seinen Weltschmerz aus den winzigen Boxen über dem Tresen der Bar, hinreißend unterstützt vom fast 50 Jahre älteren kubanischen Pianisten Bebo Valdés. Alte und Neue Welt. *Lágrimas Negras*. Schwarze Tränen. Der salzige Geruch von in der Nacht frisch Gefangenem wehte aus den Markthallen und mischte sich auf der *plaza* mit dem verwirrenden Duft der üppig überquellenden Verkaufsstände der Blumenhändler.

Max Maifeld sah auf die Uhr.

In zehn Minuten musste er los, wollte er seine Maschine noch kriegen. Nach Jerez war es zwar nur ein Katzensprung, aber er musste am Flughafen vor dem Einchecken noch den Mietwagen loswerden. Und er wollte kein Risiko eingehen. Er brannte darauf, so schnell wie möglich nach Deutschland zurückzukehren und dort seinen Job zu Ende zu bringen. Dalís Lorca-Porträt dem Eigentümer zurückzugeben. Dem Eigentümer, der jetzt kein Unbekannter mehr war, dessen Namen er seit einer Stunde kannte.

Morian war nicht zu sehen.

Vor einer halben Stunde wollten sie sich hier, an der Plaza Topete, in der Bar vor den Markthallen treffen.

Es war phantastisch gelaufen. Dank seiner Kontakte zu einigen desillusionierten Historikern am Militärgeschichtlichen Forschungsamt in Potsdam aus der Zeit, als das Institut noch in Freiburg saß. Und dank Miguel, der ihm von Madrid aus auf Anhieb den richtigen Kontaktmann in Cádiz besorgt hatte. Miguel schien die komplette Politik-Redaktion von «El País» für die Recherche eingespannt zu haben. Miguel war ein Schatz.

Seit einer Stunde wusste Max Maifeld, wem Capitán José María Nestares aus Granada an jenem Spätsommerabend 1936 in Cádiz den echten Dalí aus dem Besitz des zuvor ermordeten Dichters Federico García Lorca im Tausch gegen einen geräucherten Schinken aus der Kühlkammer der Legion Condor überlassen hatte: Oberfeldwebel Heinrich Brandesser, 1902 in Roggenrath / Eifel geboren, *am 31. Dezember 1936 gefallen in Cádiz / Südspanien im heldenhaften Kampf gegen den Bolschewismus,* wie die deutschen Buchhalter des Todes ebenso euphemistisch wie säuberlich verzeichnet hatten.

Die näheren Umstände des Ablebens des für den Nachschub der Legion Condor zuständigen Oberfeldwebels waren in den Archiven der Wehrmacht nicht erwähnt. Wie dort so vieles über die Legion Condor nicht verzeichnet war. Weil diese Einheit offiziell gar nicht existiert hatte. Weil sich Deutschland offiziell überhaupt nicht im Krieg befunden hatte. Weil Deutschland laut Versailler Vertrag gar keine Luftwaffe besitzen durfte und deshalb 1936 offiziell auch keine besaß.

Da es in Cádiz, als die Legion Condor dort ihren ersten Stützpunkt einrichtete, gar keine Kampfhandlungen mehr gegeben hatte und da Hitlers 6500 Mann starke illegale Freiwilligen-Terrorbande wenig später nach Sevilla verlegt worden war, bevor sie im Folgejahr die baskische Stadt Guernica in Schutt und Asche legte, konnte Miguels Kontaktmann durchaus recht haben: Der erste und einzige Nachschub-Feldwebel der Legion in Cádiz war bei einer Messerstecherei im Rotlichtviertel östlich des Frachthafens ums Leben gekommen.

Das versicherte jedenfalls der 96-jährige, schwerhörige, aber geistig noch beeindruckend frische ehemalige Funktionär der anarchistischen Dockarbeiter-Gewerkschaft an diesem Morgen dem fremden Deutschen, der größte Mühe hatte, ihn zu verstehen, weil der Alte in seinem melodischen westandalusischen Singsang auf nahezu sämtliche Konsonanten verzichtete.

Knapp eine Stunde später bestätigten ihm die Potsdamer Militärhistoriker am Telefon: Oberfeldwebel Heinrich Brandesser hinterließ weder Frau noch Kinder; lediglich Vater und Mutter sowie einen Bruder namens Franz. Der Leichnam des Gefallenen, sein letzter Sold, sein Erspartes, seine Habseligkeiten inklusive eines Ölgemäldes sowie sein posthum verliehener Orden für den Heldentod im Kampf gegen die jüdisch-bolschewistische Weltverschwörung wurden der Familie Brandesser auf Kosten der deutschen Reichsregierung, die auch die Kosten für die anschließende feierliche Beerdigung übernahm, von Spanien via Reichshauptstadt Berlin nach Roggenrath in der Eifel überstellt.

Max zahlte und verließ das Café.

So schnell und so reibungslos ließ sich selten ein Auftrag erledigen. Auf dem Weg zum Parkplatz wählte er ein letztes, vergebliches Mal Morians eingespeicherte Handy-Nummer.

«Guten Tag. Sie sind verbunden mit dem T-Mobile-Anschluss von … JOSEF MORIAN … Nach dem Ton können Sie eine Nachricht aufsprechen. Bitte vergessen Sie nicht …»

Max verzichtete darauf, eine Nachricht aufs Band zu sprechen. Schließlich wusste Morian, wann sein Flieger ging. Seltsam, dass er sich nicht wenigstens über Handy gemeldet hatte

Schade. Wäre nett gewesen, Morian zu treffen.

Morian und Strandurlaub. Seltsame Vorstellung.

Max Maifeld hätte zu gerne gewusst, was Morian so Dringendes von ihm wollte. Als Josef ihn von seinem Hotel aus angerufen und das Treffen vereinbart hatte, wollte er nicht mit der Sprache herausrücken. Max Maifeld drückte das Gaspedal des Seat Ibiza durch. Die Maschine in Jerez würde nicht auf ihn warten.

Warum nur hatte er sein Handy auf dem Küchentisch seiner Wohnung vergessen? Und warum ging an diesem Morgen wirklich alles schief, was nur schiefgehen konnte?

Das hatte schon damit angefangen, dass der Mietwagen, den er vorsorglich schon gestern Abend an der Hotelrezeption für heute geordert hatte, mit zwanzigminütiger Verspätung eintraf. Das beunruhigte ihn noch nicht weiter, weil er ein großzügiges Zeitpolster eingeplant hatte. Während er also auf den Mietwagen wartete, studierte er ein zweites Mal das Fax, das Antonia ihm am frühen Morgen geschickt und das er das erste Mal beim Frühstück studiert hatte. Was er da las, beunruhigte ihn allerdings sehr; beim zweiten Lesen noch mehr als beim ersten Mal.

Nachdem er die Formalitäten erledigt hatte, dem Mann von der Mietwagenfirma seinen Führerschein, seinen Personalausweis und seine Kreditkarte gezeigt hatte, zottelte er auf der schmalen Küstenstraße nördlich von Zahara de los Atúnes einem Omnibus hinterher, der sich mit dem hoffnungslos untermotorisierten Polo beim besten Willen nicht überholen ließ.

Erst kurz vor Barbate war er zwar zu seiner Erleichterung den Omnibus vorerst los, verpasste aber, ohne es zu merken, bei dem waghalsigen Überholmanöver in einer Rechtskurve die Abzweigung nach Vejer de la Frontera, weil der Omnibus ihm im entscheidenden Moment die Sicht auf das einzige

Hinweisschild weit und breit genommen hatte. Nach etwa zwei Kilometern begriff er, dass etwas nicht stimmen konnte, bremste, wendete und raste laut fluchend zurück.

Als reichte das alles noch nicht, geriet er, kaum dass er endlich die Schnellstraße nach Cádiz gefunden hatte, in diese Verkehrskontrolle der Guardia Civil.

Die Zivilgardisten winkten ihn auf den Parkplatz einer Tankstelle und ließen sich anschließend alle Zeit der Welt, ohne ihn weiter zu beachten. Das Spiel der Macht. Die Insignien waren austauschbar. Hier waren es die schwarzen, undurchdringlichen Sonnenbrillen, die eine grenzenlose Arroganz der Macht spiegelten, wie man sie in Deutschland seit der Zeit der auf Hochglanz polierten Reitstiefel und Koppelschlösser nicht mehr kannte.

Morians Polo war das vierte Auto in der langen Reihe der noch zu kontrollierenden Fahrzeuge. Morian öffnete das Seitenfenster, blinzelte in die Sonne und wischte sich den Schweiß von der Stirn. Er hätte wohl doch besser einen Wagen mit Klimaanlage nehmen sollen. Vor ihm stand der Omnibus, den er erst vor einer Viertelstunde vergeblich überholt hatte. Davor wartete ein einheimischer Lastwagen, und ganz vorne ein altersschwacher VW-Bus der zweiten Generation. Surfbretter auf dem Dach. Junge Leute mit wilden Mähnen, die noch nicht geboren waren, als der VW-Bus in Wolfsburg vom Band gerollt war.

Die langen Haare und die Surfbretter, das Alter des Fahrzeugs und das Alter der Insassen boten offenbar Anlass genug, den VW-Bus komplett auf den Kopf zu stellen. Was genau die Guardia Civil suchte, konnte Morian auf die Entfernung nicht feststellen. Drogen, baskische ETA-Terroristen, vielleicht auch illegale Wirtschaftsflüchtlinge aus dem greifbar nahen Nachbarkontinent Afrika. Vielleicht auch alles zusammen.

Alles in einem VW-Bus.

Die Zivilgardisten hatten kräftige, nervöse Hunde dabei, die an den kurzen Leinen zerrten. Morian schüttelte den Kopf. So viel selbstherrliche Arroganz und kaltschnäuzige Verachtung konnte man sich als Polizeibeamter in Deutschland nicht mal leisten, wenn man mit einem richterlichen Durchsuchungs- und Haftbefehl in der Tasche an der Wohnungstür eines des Serienmordes dringend Verdächtigen klingelte. Die vier jungen Leute, drei Männer und eine Frau, waren dennoch bester Laune, als handele es sich um eine willkommene Abwechslung, als sie auf Anweisung die Schaumstoffmatratze aus dem VW-Bus zerrten und den Inhalt ihrer Reisetaschen auf den Asphalt leerten.

Wie lange würde sich die Guardia Civil anschließend mit dem Lastwagen beschäftigen? Und dann noch mit dem vollbesetzten Omnibus? Morian warf einen Blick auf die Uhr, fluchte leise, stieg aus dem Wagen und schlenderte auf den Zivilgardisten zu, der ihm am nächsten stand und die Aufgabe hatte, die frisch von der Straße dirigierten Autos mit autoritärer Geste zu stoppen.

«*Buenos días.*»

Damit war Morians spanischer Wortschatz auch schon weitgehend erschöpft. Die verspiegelten Gläser der Sonnenbrille waren zwar jetzt auf Morian gerichtet, aber ansonsten verrieten nicht einmal die Mundwinkel des Zivilgardisten, ob er ihn überhaupt verstanden hatte.

«Do you speak English?»

Keine Reaktion.

«Oder sprechen Sie vielleicht Deutsch? Wir sind übrigens Kollegen. Hier, mein Ausweis. Josef Morian. Deutsche Kriminalpolizei. *Policía alemán.* Ich bin auf dem Weg nach Cádiz, um dort einen wichtigen …»

Der Uniformierte ließ ihn einfach stehen. Er hatte nicht

mal einen Blick auf Morians abgegriffenen Dienstausweis geworfen. Er widmete sich dem nächsten Wagen, der die Schnellstraße verlassen musste. Der Zivilgardist baute sich breitbeinig hinter Morians Polo auf, hob die linke Hand und winkte den Lieferwagen mit herrischer Geste so weit heran, dass die Stoßstange des Lieferwagens fast die Bügelfalten seiner Uniformhose berührte, während die rechte Hand lässig auf der an einem Lederriemen über der Schulter hängenden Maschinenpistole ruhte.

Aufgeblasener Macho-Gockel.

Morian sah sich um. Vor der Tankstelle, neben der Glastür zum Kassenraum, kaum mehr als zehn Meter von ihm entfernt, gab es doch tatsächlich ein öffentliches Telefon.

Er musste Max erreichen.

Auf dem Weg durch die Reihen der Zapfsäulen zückte er sein Notizbuch. M wie Maifeld. Privat. Handy.

Er nahm den klebrigen Hörer von der Gabel und griff nach den Münzen in seiner Hosentasche.

Er spürte das kalte Metall in seinem verschwitzten Nacken und hörte im selben Augenblick das Brüllen, als sei er taub:

«*Manos arriba!*» Hände hoch!

Antonia Dix hätte beinahe schon aufgelegt. Doch nach dem sechsten Klingeln nahm tatsächlich jemand ab.

«Hallo?» Eine Frauenstimme. Zögerlich. Nicht ängstlich, nein, keineswegs ängstlich. Aber zögerlich und misstrauisch.

«Guten Morgen. Antonia Dix, Kripo Bonn. Ich hätte gerne Herrn Brandesser gesprochen. Dr. Walther Brandesser.»

«Woher haben Sie unsere Privatnummer? Die steht nicht im Telefonbuch. Das ist eine Geheimnummer.»

Die Stimme klang keineswegs unsympathisch, eher ernsthaft besorgt. Dennoch hatte Antonia Dix nicht die geringste

Lust, die Frau am Telefon in die kleinen Geheimnisse kriminalpolizeilicher Ermittlungsarbeit einzuweihen. Aber mit der Frage waren auf einen Schlag drei Dinge geklärt. Erstens: Die Frau am Telefon war Walther Brandessers Ehefrau. Antonia Dix warf einen Blick auf ihren Notizblock: Edith Brandesser. 51 Jahre alt, studierte Kunsthistorikerin und Mutter eines 23-jährigen Sohnes namens Clemens Brandesser. Zweitens: Im Hause Brandesser kuschte man nicht vor Autoritäten. Auch nicht vor der staatlichen Obrigkeit in Gestalt der Kriminalpolizei. Das würde das weitere Gespräch nicht unbedingt erleichtern. Drittens: Die private Geheimnummer der Familie Brandesser war mehr als nur ein Statussymbol. Dafür sprach das Misstrauen in der Stimme.

«Frau Brandesser, ich ziehe es vor, Ihren Mann privat zu kontaktieren statt im Büro. Erfahrungsgemäß ist es vielen Menschen angenehmer, wenn nicht gleich die ganze Firma mitkriegt, dass die Kripo anruft. Sie wissen sicher, wie hässlich die Menschen tratschen, selbst wenn es sich wie in diesem Fall lediglich um eine harmlose Zeugenbefragung handelt.»

«Eine Zeugenbefragung? Was soll mein Mann denn bitte schön bezeugen, wenn ich fragen darf?»

«Natürlich dürfen Sie fragen. Aber ich darf Ihnen leider keine Antwort auf Ihre Frage geben. Diese Frage kann Ihnen nur Ihr Mann beantworten, anschließend. Wenn er das möchte. Könnte ich ihn also jetzt bitte sprechen?»

«Tut mir leid. Er ist nicht da. Er ist nach Berlin geflogen und wird erst wieder am Abend zurück sein.»

«Dürfte ich denn später …»

«Nicht mehr heute Abend. Ich möchte nicht, dass er nach einem anstrengenden Geschäftstag an seinem Feierabend zu Hause belästigt wird. Rufen Sie morgen früh wieder an. Um neun.»

«Kein Problem. Ich rufe also morgen …»

Sie sparte sich den Rest des Satzes. Denn Edith Brandesser hatte längst aufgelegt. Antonia Dix lehnte sich auf ihrem Bürostuhl zurück und verschränkte die Hände hinter dem Kopf.

Irgendwas …

Sie schloss die Augen.

Irgendwas war da …

Sie versuchte, Ordnung in ihren Kopf zu bringen.

Irgendwas war da, was sie die ganze Zeit übersehen hatte. Hier.

Gleich hier auf ihrem Schreibtisch. Vor ihrer Nase.

Links die Ermittlungsakten zum Mordfall Hillesheim.

Rechts die Akten zum Mordfall Pelzer.

Der Name.

Natürlich. Der Name.

Wo hatte sie den Namen schon einmal gelesen?

Antonia öffnete den rechten Aktendeckel.

Nur oberflächlich, kurz überflogen, lediglich im Unterbewusstsein abgespeichert.

Das Dossier.

Klaus-Hinrich Pelzers Dossier.

Das Dossier über Max Maifelds Kindheit.

Die Fotokopie einer Blaupause oder eines Durchschlags per Kohlepapier aus der Zeit, als es noch keine Fotokopien gab.

Antonia blätterte die Seiten durch.

Da. Natürlich. Das war's.

Ihr Gedächtnis hatte sie nicht getäuscht.

Die Kopie einer Rechnung. Lange her. *Krankenhaus der Augustinerinnen, Severinsklösterchen zu Köln, Jakobstraße 27–31.* Die Rechnung stammte vom Oktober 1963. Der Patient: Max Maifeld. Da war Max also drei Jahre alt gewesen. Eine Operation offenbar. Antonia verstand allerdings kein Wort von den lateinischen Fachbegriffen, deren Buchstaben auf der Kopie der Kopie ohnehin kaum zu entziffern waren.

Die Rechnung ging nicht nach Köln.

Der Adressat hieß nicht Maifeld.

Die Rechnung ging an einen gewissen Franz Brandesser.

In Roggenrath / Eifel.

Antonia Dix brauchte keine zwei Minuten, um aus dem Computer auf ihrem Schreibtisch zu erfahren, was sie wissen wollte. Kein Zweifel: Dieser Franz Brandesser war Dr. Walther Brandessers 1976 verstorbener Vater.

Durch die Glasscheibe in Hurls Büro im Erdgeschoss konnte man sehen, wie im benachbarten Trainingsraum zehnjährige Kinder Selbstbewusstsein übten.

Wenn man der Glasscheibe nicht den Rücken zukehrte, so wie Theo und Max und Hurl. Sie saßen zu dritt nebeneinander auf dem grasgrünen Sofa, dessen Lehne knapp unter der Scheibe endete, und betrachteten schweigend den jungen andalusischen Dichter Federico García Lorca, der an der Stehlampe auf Hurls Schreibtisch lehnte und sich seiner Nacktheit schämte.

Dienstagmorgen, 10.28 Uhr.

Noch zwei Minuten.

Sie schwiegen und warteten, bis das Telefon klingelte.

Eine Minute vor der Zeit.

Max ließ es dreimal klingeln, bevor er abnahm.

«Wir haben Ihren Dalí, Herr Dr. Brandesser.»

Der Name irritierte den Anrufer nur den Bruchteil einer Sekunde.

«Mein Kompliment, Herr Maifeld.»

«Mehr Wert als auf Komplimente lege ich auf eine zügige Begleichung der Rechnung, Herr Dr. Brandesser.»

«Keine Frage, Herr Maifeld. Ich zahle immer prompt. Sie haben also nicht nur mein Bild gefunden, sondern Sie haben auch, das schließe ich mal aus der Tatsache, dass Sie meinen Namen als letzten Namen in der Kette herausgefunden haben, Sie haben auch sämtliche Vorbesitzer ausfindig machen können, so wie der zweite Teil meines Auftrags lautete.»

«Es ist eine überraschend kurze Liste, wie Sie feststellen werden. Sie erhalten die Namen bei der Übergabe des Bildes. Dann sind auch die restlichen 100 000 Euro fällig. Da Sie die Summe wohl nicht steuerlich absetzen wollen, bitte in bar.»

«Selbstverständlich. Wie wäre es, wenn wir das Ganze noch heute Abend abwickeln? Darf ich Sie um 20 Uhr zum Abendessen erwarten? Meine Frau würde sich freuen, Sie kennenzulernen. Sie wissen ja vermutlich längst, wo Sie mich finden.»

Antonia Dix hatte nach Morians überraschendem Anruf augenblicklich einen alten Freund beim Bundeskriminalamt in Wiesbaden alarmiert. Der informierte einen Kollegen aus der Abteilung IK Internationale Koordinierung, mit dem er sich gelegentlich in der Kantine zum Mittagessen traf, der wiederum setzte sich mit der Deutschen Botschaft in Madrid sowie mit dem für die Guardia Civil zuständigen BKA-Verbindungsmann in der spanischen Hauptstadt in Verbindung.

Knapp zwei Stunden nachdem er Antonia angerufen hatte und gut sechseinhalb Stunden nachdem er auf dem Parkplatz vor der Tankstelle festgenommen worden war, durfte Josef Morian seine Arrestzelle verlassen.

Man händigte ihm seinen Hosengürtel, seine Schnürsenkel, den Schlüssel des Mietwagens, seine Geldbörse sowie seine Papiere aus und ließ den Arzt ein letztes Mal nach der Platzwunde an seinem Hinterkopf und nach den Abschürfungen auf seiner Stirn schauen, die der raue Asphalt verursacht hatte.

Widerstand gegen die Staatsgewalt. Tatsächlich hatte Morian Widerworte gegeben und die Zivilgardisten gefragt, ob sie noch alle Tassen im Schrank hätten, ihm den Lauf einer MP in den Nacken zu bohren, nur weil er mal schnell telefonieren wollte. Sie hatten den Sinn seiner Worte zwar nicht verstanden, aber sehr wohl die Lautstärke und vor allem die zornige Entschlossenheit, mit der er seinen Arm aus dem Griff eines Gardisten befreit hatte. Danach war alles sehr schnell gegangen.

Widerstand gegen die Staatsgewalt und dringender Verdacht auf Vorbereitung einer terroristischen Handlung. So stand es im Einsatzbericht der Guardia Civil. Er hatte noch Glück gehabt, dass er überhaupt telefonieren durfte. Denn nach dem spanischen Anti-Terrorismus-Gesetz hätten sie ihn unter diesem Vorwurf bis zu zehn Tage in dieser Zelle im Keller behalten können, nach Belieben rund um die Uhr verhören können, ohne dass er das Recht gehabt hätte, jemanden anzurufen, einen Anwalt einzuschalten oder einen Richter zu sehen.

Der Militärarzt bescheinigte ihm auf Englisch eine leichte Gehirnerschütterung und riet ihm, sich die nächsten Tage zu schonen sowie möglichst bald einen zivilen Kollegen zu konsultieren. Anschließend empfing ihn der Kommandant in seinem Büro, entschuldigte sich in weitaus schlechterem Englisch, aber wortreich für die Unannehmlichkeiten und das zerrissene Hemd, lobte die deutsch-spanische Zusammenarbeit auf dem Feld der Kriminalitätsbekämpfung, bot ihm einen Brandy an, den Morian ebenso wortkarg und mürrisch ablehnte wie den Kaffee, klopfte ihm auf die Schulter und führte ihn persönlich zu dem vor der Kommandantur geparkten Mietwagen.

Kopfschmerzen. Auf dem Rückweg stoppte Morian den Polo vor einer Apotheke, kaufte eine Schachtel Aspirin und wunderte sich über die spottbilligen Preise deutscher Arzneimittel in Spanien. Er bat den Apotheker um ein Glas Wasser und schluckte zwei Tabletten. Dann machte er sich auf den Weg ins Hotel.

An der Rezeption gab er den Mietwagenschlüssel zurück. In einer Ecke der Lobby, vor einem provisorischen Schreibtisch zwischen zwei künstlichen Palmen, stand eine Frau, die Morian unschwer als Vertreterin seines deutschen Pauschalreisen-Veranstalters ausmachte: Sie war jung, sie war braungebrannt, sie war auf eine beliebige, eine austauschbare Art hübsch, und sie trug eine blaue Uniform mit einem unvorteilhaft kurzen Rock, der ihrer geringen Körpergröße schmeicheln sollte, aber das Gegenteil tat. Vermutlich hatte sie ihn eigenmächtig gekürzt. Sie packte gerade ihre bunten Prospekte in einen ledernen Aktenkoffer.

«Guten Abend. Mein Name ist Josef Morian.»

Die Frau sah von ihrem Aktenkoffer auf, registrierte mit einem Blick das zerrissene, verdreckte Hemd und das zerschundene Gesicht, schenkte ihm ein gestanztes Lächeln, hinter dem sie nur mühsam ihre Abscheu verbergen konnte, und fragte, als sei das eigentlich vollkommen unmöglich:

«Haben Sie bei uns gebucht?»

«Ja, natürlich. Sonst stünde ich nicht hier.»

Sie seufzte und setzte sich hinter den Schreibtisch.

«Ich wollte gerade Feierabend machen.»

Morian sah auf die Uhr an seinem schmerzenden Handgelenk. Fünf vor acht. Dann sah Morian auf die Tafel an der Wand hinter dem Schreibtisch. *Sprechstunde 19–20 Uhr.*

«Ihre Sprechstunde endet in fünf Minuten. Die fünf Minuten reichen mir völlig. Es geht um Folgendes: Ich möchte …»

In diesem Moment schob sich, als wäre er Luft, eine große,

magere Frau zwischen Morian und den Schreibtisch. Sie war gut zehn Jahre jünger als er, schätzte Morian. Sie trug eine gestufte Pagenfrisur, ein rot-gelb geringeltes T-Shirt, das ihr fast bis zu den Knien reichte, darunter eine weiße Dreiviertelhose und derbe Survival-Sandalen, mit denen man vermutlich den Amazonas durchwaten konnte, ohne dass sie Schaden nahmen. Morian starrte in ihren ausrasierten, blassen Nacken, während sie einen Wortschwall auf den Schreibtisch ergoss:

«Das klappt übrigens immer noch nicht mit dem grünen Tee. Unmöglich. Und das bei einem Vier-Sterne-Haus. Da wird mir beim Frühstück schon die Laune für den ganzen Tag verdorben. Ich erwarte, dass Sie etwas unternehmen.»

Morian hörte nicht weiter zu, sondern sah sich interessiert um. Seine vage Vermutung bestätigte sich augenblicklich: Der Rest der Familie verharrte in respektvollem Abstand. Ein Vater, ebenfalls Ende dreißig, ebenfalls in Survival-Sandalen, ebenfalls in Dreiviertelhosen, wenn auch in beige und in der schlabberweiten Work-out-Version mit aufgesetzten Seitentaschen. Auf sein knallrotes T-Shirt war in schwarzer Schrift etwas gedruckt, das Morian auf die Entfernung ohne Brille nicht entziffern konnte, aber mit Sicherheit eine politisch korrekte Botschaft transportierte. *Wir haben diese Welt nur von unseren Kindern geborgt.* Oder: *Alle Menschen sind Ausländer, fast überall.* Zwei Kinder, das Mädchen vielleicht fünf, der Junge etwa drei Jahre alt, allesamt in Survival-Sandalen, T-Shirts, Dreiviertelhosen, guckten mit großen, neugierigen, unschuldigen Augen in diese Welt, die sie, ohne es zu ahnen, dummerweise an ihre Eltern ausgeliehen hatten. Dem Mann schien die Szene peinlich zu sein. Sowohl die Sache mit dem Frühstück als auch das Vordrängeln. Deshalb lächelte er verlegen. Morian lächelte freundlich zurück, um dem Mann einen kleinen Moment des Friedens zu gönnen.

Die magere Ausländerin aus Deutschland, die in einem Land der Kaffeesüchtigen morgens schlechtgelaunt grünen Tee verlangte, war fertig und drehte ab und rempelte Morian dabei an der ramponierten Schulter, ohne ihn eines Blickes zu würdigen. Morian schaute ihr ins Gesicht und sah die herabhängenden Mundwinkel, die er bei durchschnittlich acht von zehn der deutschen Hotelgäste registrierte, als befänden sie sich allesamt nicht im Urlaub, sondern auf einer Trauerfeier. Hinter seinem Rücken vernahm Morian augenblicklich allerlei Gezerre und Gemaule, aber er konzentrierte sich nun wieder auf die uniformierte Vertreterin seines Reiseveranstalters.

«Also, ich kann das nicht bestätigen. Ich war bisher mit dem Essen und auch mit dem Service sehr zufrieden.»

«So?» Die Uniformierte sah demonstrativ auf die Uhr. «Also, ich bin jetzt wirklich in Eile. Könnten wir das Gespräch vielleicht auf die nächste Sprechstunde morgen Abend...»

«Nein!»

«Nein?»

«Nein! Denn ich möchte längst nicht mehr hier sein, wenn Sie Ihre nächste Sprechstunde haben. Ich möchte morgen vorzeitig abreisen und zurück nach Deutschland fliegen und möchte, dass Sie das jetzt für mich arrangieren.»

Die Frau starrte in ihre Unterlagen. «Herr...»

«... Morian.»

«Herr Morian, Sie haben aber zwei Wochen gebucht, steht hier. Also ich weiß nicht, ob das so ohne weiteres... wenn unsere Maschinen ausgebucht sind...»

«Es gibt ja sicherlich noch andere Maschinen.»

«Also das ist auf alle Fälle mit erheblichen Kosten verbunden, wenn Sie nicht eine spezielle Reiseversicherung... außerdem müssen Sie einen triftigen Grund vorweisen...»

«Ja. Verstehe. Der Grund ist: Das ist ein Notfall.»

«Ein Notfall.»

«Ja. Eine dringende Familienangelegenheit.»

«Oh. Ein Todesfall?»

«Ja, das auch. Um ganz genau zu sein: Es geht um Mord. Das ist doch sicher ein Notfall, oder?»

Sie schwiegen den Großteil der Fahrt von Köln nach Roggenrath. Es gab niemanden auf der Welt, mit dem man so phantastisch schweigen konnte wie mit Hurl. Max Maifeld lehnte den Kopf zurück und schloss die Augen.

Morgen hatte er Geburtstag.

47 würde er morgen.

Du meine Güte. Als Kind hatte er Science-Fiction-Geschichten geliebt und sich ausgerechnet, dass er dieses nach Raumschiffen und fremden Planeten und Außerirdischen riechende Jahr 2000 wohl noch erleben werde – wenn auch als alter Mann. Alles, was über 30 war, galt damals, in seinen Kinderaugen, als alt, uralt.

Sie-ben-und-vier-zig!

Tempus fugit, hatte der Lateinlehrer in der Schule geklagt, wenn der Pausengong seinen Monolog jäh stoppte und seine Schüler aus dem kollektiven Koma riss. Auch Oma Alwine hatte regelmäßig darauf hingewiesen, dass die Zeit davonrase. Als Kind hatte Max das nie verstanden: Die Zeit verrann doch unendlich langsam! Das quälende Warten auf die nächsten Schulferien. Auf Weihnachten. Auf den Geburtstag. Oma Alwine hatte ihm und Theo immer einen Geburtstagskuchen gebacken, mit Kerzen drauf. Max konnte sich gar nicht mehr erinnern, ob er und Theo das damals, als sie noch Kinder waren, eigentlich zu schätzen wussten: Oma Alwines wundervolle Zeichen grenzenloser, bedingungsloser, verschwenderischer Liebe.

Die Landschaft veränderte sich von Kilometer zu Kilometer, wurde bergiger, einsamer. Und schwerer, ja, schwerer, als wöge die Erde der Eifel mehr als die im Rheinland und drücke mit Macht auf die Seele. Auch die Farben veränderten sich. Braun verdrängte Grün, und das verbliebene Grün, das Grün der Wälder, wirkte seltsam düster und abweisend.

Oma Alwine.

Alwine Maifeld war die Mutter seines Vaters. Jupp Maifeld hatte seine beiden Söhne bei ihr abgegeben, als seine Frau gestorben war, und erst sieben Jahre später wieder abgeholt, als Alwine Maifeld starb. Wann hätte er sie wohl abgeholt, wenn Oma Alwine nicht den Schlaganfall bekommen hätte?

Max war drei Jahre alt gewesen, als seine Mutter starb, und Theo ein wenige Monate altes Baby. Die beiden Söhne waren zehn und sieben, als Jupp Maifeld sie zurück nach Köln holte.

Sieben glückliche Jahre in Nürburg.

Max betrachtete nachdenklich die Landschaft, die an seinem Seitenfenster vorbeiglitt, die Felder, die Weiden, die Wälder, die vereinzelten Dörfer, die ihn an das winzige Eifeldorf erinnerten, in dem er aufgewachsen war, nur dass Nürburg von einer Rennstrecke umgeben war, die das Dorf für ein paar Wochenenden im Jahr mit der restlichen Welt in Kontakt brachte. Das Asphaltband der alten Nordschleife, 1927 feierlich als «Gebirgs- und Prüfstrecke für Kraftfahrzeuge» und als Entwicklungshilfe für eine der ärmsten Regionen Deutschlands eingeweiht, umgab das Dorf seit acht Jahrzehnten wie ein Festungswall.

«Du bist doch hier aufgewachsen, oder?»

Als könnte Hurl Gedanken lesen.

«In der Nähe, ja. Unser Ziel liegt gut 80 Kilometer südwestlich von Köln. Und Nürburg liegt schätzungsweise 30 Kilometer südöstlich von unserem Ziel. Luftlinie. Aber auf dem

Zickzackkurs durch die Berge bist du von Roggenrath aus nochmal gut und gerne eine halbe Stunde bis Nürburg unterwegs.»

«Wann warst du zum letzten Mal dort?»

«Ist schon eine Weile her.»

«Keine Lust?»

«Keine Lust auf was?»

«Nachher mal vorbeizufahren.»

«Keine Ahnung. Heute jedenfalls nicht. Da vorne musst du rechts abbiegen. Richtung belgische Grenze.»

Die Landstraße, auf die sie abbogen, war schmal und schmiegte sich an den Nordhang eines eng eingeschnittenen Tals.

«Schön hier. Was ist das da links für ein … Fluss … oder Bach … oder wie sagt man richtig dazu auf Deutsch?»

«Das ist die Kyll. Die geht wohl noch als Bach durch. Schau mal da vorne. Wir sind am Ziel.»

Sie passierten das gelbe Ortsschild, dem sich ein Straßendorf anschloss. Links die Kyll, rechts eine Reihe einfacher, aus grobbehauenem Bruchstein gemauerter Häuser, die sich auf dem schmalen, schattigen Streifen zwischen der Landstraße und dem steil aufragenden Hang duckten. Arbeiterhäuser, keine Bauernhäuser. Eines der nur anderthalbgeschossigen Gebäude beherbergte einen Kiosk im Erdgeschoss. Vor dem altmodischen Schaufenster standen zwei Tische und vier zusammengeklappte Gartenstühle, die an die Tische gekettet und mit einem Vorhängeschloss gesichert waren. Über der Eingangstür hing schlaff ein ausgebleichtes Langnese-Fähnchen.

«Interessant. In diesem trostlosen Kaff residiert also Deutschlands größter Catering-Unternehmer und erholt sich von des Tages Müh. Max? Bist du sicher, dass wir hier richtig sind?»

«Fahr doch mal bis zum Ende des Dorfes, Hurl. Vielleicht wartet da ja noch eine Überraschung.»

Aber es gab keine Überraschung. Keine Villa, kein Firmenschild. Unmissverständlich zeigte der rote Diagonalbalken über dem gelben Ortsschild das Ende des Dorfes an. Die Straße verschwand mit einer scharfen Linkskurve im Wald.

Auf der Höhe des Ortsschildes, welches das Ende von Roggenrath markierte, führte links eine schmale steinerne Brücke über die Kyll zu einer Art Halbinsel, auf der hufeisenförmig drei Gebäude standen. Zwei waren völlig verfallen. Die Reste von Fabrikschornsteinen aus verwittertem, bröckelndem Ziegelstein ragten aus den Ruinen wie faule Zähne. Nur das dritte Gebäude am Kopf schien intakt und bewohnt zu sein, soweit dies durch das dichte Grün der Bäume, die das Ufer säumten, erkennbar war. Bunte Wäsche hing zum Trocknen auf der Leine. Der Weg aus Kopfsteinpflaster jenseits des Flusses mündete offenbar als Sackgasse im Innenhof des Anwesens. Während das enge Kylltal im Schatten lag, sorgte ein sich am jenseitigen Ufer öffnendes Seitental dafür, dass die Halbinsel von der Abendsonne beschienen und in warmes Licht getaucht wurde.

«Sieh mal, Max.»

«Ja. Gott ist uns Verirrten gnädig und schickt uns ein Zeichen. So wie der Stern von Bethlehem.»

«Also fahren wir jetzt dahin und fragen nach dem Weg», entschied Hurl und schlug das Lenkrad ein.

Der Shelby rumpelte im Schneckentempo über die Brücke. Der Weg endete tatsächlich in einem gepflasterten Innenhof. Durch die Fugen des Kopfsteinpflasters spross knöchelhoch das Gras.

«Wer hätte das gedacht, Max.»

Zwischen den Fabrikruinen hatte sich jemand ein Paradies geschaffen. Als ob jemand einen völlig verrückten, kunterbunten Traum geträumt und sich am nächsten Morgen entschieden hätte, den Traum Wirklichkeit werden zu lassen. Die schmiedeeiserne Einfassung der Veranda vor dem halbwegs intakten Backsteinhaus am Kopfende war in die unterschiedlichsten Farben getaucht, ebenso wie der Tisch, die Stühle, die Haustür, die Fensterläden. In verschwenderischer Pracht säumten Pflanzen den Innenhof und wucherten die Fassaden der beiden Ruinen empor. Aus den dunklen, glaslosen, umwucherten Fensterhöhlen der beiden Fabrikruinen streckten geschmiedete und geschweißte Fabelwesen neugierig ihre eisernen Köpfe. Rostige Drachen bevölkerten den Innenhof, als sei ihnen die Flucht geglückt, weil jemand vergessen hatte, das Märchenbuch zuzuklappen.

Wie auf ein stummes Kommando kurbelten Max und Hurl gleichzeitig die Seitenscheiben herunter, als erhofften sie sich von etwas Frischluft die nötige Klarheit darüber, ob sie nun träumten oder wachten. Doch die Frischluft blieb aus. Es war zwar bereits halb acht Uhr abends, doch die Hitze war immer noch unerträglich und stand unverrückbar in dem Innenhof. Stille. Nur das Gurgeln und Glucksen der nahen Kyll war zu hören.

«Wer wohnt hier, Max? Pippi Langstrumpf?»

«Auf alle Fälle eine Frau, so viel ist klar.»

«Richtig geraten!»

Max erschrak fast zu Tode. Die Frau lehnte im offenen Fenster der Beifahrertür und grinste ihn frech an.

«Ja, hier wohnt eine Frau. Kann ich helfen?»

Sie war um die vierzig, hatte schulterlange, lockige rostrote Haare, Sommersprossen im ganzen Gesicht und seltsamerweise blaue Augen, was Max irritierte und dazu führte, dass er sie, ohne dass ihm dies bewusst wurde, mehr anstarrte als anschaute. Außerdem konnte Max sie riechen, so nahe war sie ihm. Sie roch gut. Kein Parfüm, nein, sie roch angenehm und leicht salzig nach frischem Schweiß. Auch ihre geröteten Wangen sowie die schmutzigen Hände und Unterarme, die sie auf die Beifahrertür stützte, ließen darauf schließen, dass sie von dem unerwarteten Besuch bei der Arbeit gestört worden war. Sie trug einen weiten blassroten, vom vielen Waschen ausgebleichten Overall. Sie hatte die Ärmel bis zum Bizeps nach oben gekrempelt und den Reißverschluss so weit geöffnet, wie es der Hitze und dem Wissen, völlig unbeobachtet zu sein, angemessen gewesen war. Sie folgte seinem Blick, schloss den Reißverschluss mit einem energischen Ruck bis zum Hals und blies sich eine verirrte Locke aus der Stirn.

«Ich bin Anne. Und ihr?»

«Max. Und das ist Hurl. Wir haben uns wohl verfahren. Wir suchen das Haus von Dr. Walther Brandesser.»

«Ach, so arg verfahren habt ihr euch da gar nicht. Ihr fahrt einfach zurück über die Brücke, biegt nach links ab, in Richtung St. Vith, also in Richtung Belgien, Linkskurve, Rechtskurve, und direkt hinter der Rechtskurve biegt ihr auf die kleine Nebenstraße ab, die steil die Serpentinen hinauf auf den Berg führt.»

«Brandesser wohnt gar nicht hier in Roggenrath?»

«Doch. Aber das hier ist nur das Unterdorf. Der Brandesser wohnt natürlich im Oberdorf. Roggenrath ist zweigeteilt.»

«Ich verstehe. Ein Neubaugebiet...»

«Nein. Im Gegenteil. Das Oberdorf entstand im Mittelalter. Ich glaube, im elften Jahrhundert. Da oben sieht es auch noch genauso aus wie im Mittelalter. Roggenrath war schon immer zweigeteilt. Hier unten wohnten die Arbeiter aus den Eisenerzhütten und den Bergwerken rundherum. Das mit der Eisenindustrie fing erst später an. Aber das ist ja auch schon lange vorbei...»

«...außer bei Ihnen hier...»

«Ja. Gefällt's euch? Eisen ist mein bevorzugtes Material. Ich liebe Eisen. Das hier ist übrigens die letzte Eisenerzhütte weit und breit gewesen, die noch in Betrieb war. Ich weiß gar nicht, wann genau die zugemacht wurde. Ende des 19. Jahrhunderts oder so. Die anderen Hütten sind längst abgerissen. Wenn ihr an Kunst interessiert seid, dann führe ich euch gerne rum und zeige euch meine Arbeiten. Ich kann auch einen Kaffee …»

«Danke für das Angebot, aber wir sind leider etwas in Eile. Wie findet man denn da oben Brandessers Haus?»

«Kommt darauf an, welches seiner Häuser ihr meint. Eigentlich gehören ihm so ziemlich alle Häuser in Roggenrath. Nein, ich übertreibe etwas. Aber das hier zum Beispiel gehört ihm ebenfalls. Er ist mein Vermieter. Er hat was für Kunst übrig. Er kennt sich echt aus. Seine Frau auch. Die ist sogar Kunsthistorikerin. Vielleicht zahle ich deshalb nur 150 Euro Kaltmiete.»

«Welche seiner Häuser kommen denn in die engere Wahl für uns, wenn wir ihn finden wollen?»

«Also da gibt es zunächst mal auf halbem Weg die Serpentinen rauf den Country Club. Gar nicht zu übersehen. Für Reiter, Golfer und so weiter. Sehr edel. Aber um das Hotel kümmert sich vorwiegend Edith Brandesser. Seine Frau.»

«Und Brandesser selbst?»

«Also, oben auf dem Berg kommt eine Gabelung. Nach rechts geht es zum Golfplatz, der sich über das Hochplateau erstreckt, dann führt der Weg wieder den Berg hinunter, auf der anderen Seite, am Friedhof vorbei, und endet schließlich am alten Brandesser-Hof. Den hat der Dr. Brandesser von seinem Vater geerbt, da ist er aufgewachsen. Aber da ist er eigentlich nie.»

«Aha. Wo finden wir ihn dann?»

Max merkte, dass er nervös wurde. Im Kofferraum lag ein

echter Dalí, für den es gleich 100 000 Euro in bar geben würde, von dem Max aber nicht wusste, wie das Gemälde die Affenhitze vertrug. Max warf einen Blick auf ihr rechtes Handgelenk. Tatsächlich: Sie trug keine Armbanduhr. Sie folgte seinem Blick und lachte, als sie begriff. Ihr Lachen war ansteckend.

«Ich brauche keine Uhr. Uhren machen einen nur zum Sklaven der Zeit. Also: Ihr fahrt oben auf dem Berg nicht nach rechts, also nicht Richtung Golfplatz, Friedhof oder Brandesser-Hof, sondern nach links auf den Kirmesplatz. Das ist ein Parkplatz, wenn keine Kirmes ist. Da müsst ihr aussteigen und zu Fuß weiter.»

«Zu Fuß?» Max dachte an den Dalí im Kofferraum.

«Ja. Autos sind im Oberdorf verboten. Wegen der Optik. Ihr geht einfach durch das Tor und folgt dann der einzigen Gasse bis zum Ende. Es gibt zwar noch ein paar abzweigende Gassen links und rechts des Hauptweges, aber das sind alles nur kurze Sackgassen. Das Haus der Brandessers ist das letzte Haus am Ende der Hauptgasse. Gar nicht zu übersehen. Das einzige Gebäude im Dorf, das erst in der Barockzeit entstanden ist.»

«Danke. Und vielleicht…»

«… ja, vielleicht. Gute Fahrt.»

Sie schenkte Max ein Lächeln, sie schenkte Hurl ein Lächeln, dann stieß sie sich von der Tür ab und schritt auf die Veranda zu. Sie war barfuß. Und sie hatte alle Zeit der Welt.

Hurl startete den Mustang Shelby.

«Max?»

«Ja?»

«Ich denke, du solltest dir vielleicht mal wieder ein Auto anschaffen, bei Gelegenheit. Damit du auch mal ohne mich ein bisschen durch die Gegend…»

«Hör auf zu grinsen und fahr endlich los.»

Der Shelby kletterte brummend den Berg hinauf, zwängte sich durch die engen Haarnadelkurven, passierte die Lichtung mit dem Hotel und den Pferdestallungen und erreichte schließlich den Gipfel. Sie bogen nach links ab und erreichten zwei Minuten später den beschriebenen Parkplatz, an dessen Ende sich ein Wehrturm mit einer engen Durchfahrt erhob.

«Max, was ist das? Ein Dorf oder eine Burg?»

«Das nennt man Wehrdorf. Man suchte sich im Mittelalter ein geeignetes Terrain, das die Verteidigungsabsicht unterstützte. In diesem Fall wurde das Dorf auf einer Felsnase angelegt, die ohnehin schon von drei Seiten Schutz bot. Dann baute man zu zwei Seiten einer Gasse Haus an Haus, mit stabilen, meterdicken, fensterlosen Außenmauern und einem einzigen Tor, das sich bequem von den Zinnen des Wehrturms aus verteidigen ließ. Von der Funktion erinnert das an eure hölzernen Forts im Wilden Westen. Dorf und Burg zugleich.»

Auf dem mit Bänken unter sorgsam gestutzten Zierbäumen gesäumten Kirmesplatz waren ein halbes Dutzend Fahrzeuge abgestellt, darunter zwei Trecker. Auf einer der im Schatten liegenden Bänke saß ein kleiner, alter, hagerer Mann in Blauzeug und staubigen Arbeitsschuhen. Aus dem Hemdkragen quoll ein Büschel eisgrauer Haare. Eisgrau war auch die Farbe des ungekämmten und für sein Alter ungewöhnlich dichten Kopfhaars. Das Arbeiten im Freien bei jedem Wetter hatte seine von tiefen Falten zerfurchte Gesichtshaut gegerbt.

Der Alte zog einen Tabakbeutel aus der Hosentasche, öffnete ihn, zog ein Blättchen hervor und drehte sich eine Zigarette. All das tat er mit nur einer Hand. Die linke Hand hatte nur noch drei Finger und ruhte die ganze Zeit bewegungslos auf seinem knochigen Oberschenkel. Er drehte sich die Zigarette, ohne hinzuschauen. Denn seine ganze Aufmerksamkeit galt Max.

«Guten Abend», sagte Max laut und deutlich.

Der Mann sagte nichts und starrte nur. Sein Gesicht blieb dabei völlig ausdruckslos.

«Ganz schön heiß heute», sagte Max, diesmal noch lauter, in dem Glauben, der Mann, der die achtzig schon hinter sich gelassen haben musste, sei vielleicht schwerhörig, so wie der alte Gewerkschaftsfunktionär in Cádiz.

Der Alte erwiderte nichts, starrte ihn aber weiter an.

Hurl holte das in Luftpolsterfolie verpackte und zusätzlich in braunes Packpapier eingeschlagene Gemälde aus dem Kofferraum und ging über den Platz auf das Tor zu. Max schickte sich an, ihm zu folgen, blieb aber nach zwei Metern stehen und drehte sich abrupt um. Nein, er hatte sich vorhin nicht getäuscht: Der schwarze Zwei-Meter-Riese mit den beeindruckend breiten Schultern, dem kahlgeschorenen Schädel und dem auffälligen eierschalenfarbenen Anzug mit Stehbündchen schien den Alten nicht weiter zu interessieren, auch wenn der letzte Afroamerikaner, der Roggenrath aufgesucht hatte, vermutlich ein GI kurz nach der Ardennen-Offensive und dem Ende des Krieges war. Das war immerhin mehr als sechs Jahrzehnte her. Nein, das Interesse des alten Mannes galt nicht dem schwarzen Riesen, sondern ausschließlich ihm: Max Maifeld.

Ein Schild neben dem offenen Tor des Wehrturms wies darauf hin, dass die Durchfahrt verboten und für Anlieger lediglich zum Be- und Entladen erlaubt war.

Der Fußweg durch Roggenrath glich tatsächlich einer Reise ins Mittelalter. Was nur noch fehlte, waren übers Pflaster kriechende Bettler, an den Pranger gestellte Sünder und der Gestank der Gerbstoffe und der geschabten Häute, der Fäkalien und der faulenden Schlachtabfälle. Nein, Roggenrath war die klinisch steril konservierte Sicht auf das Mittelalter.

Die gepflasterte Gasse war allenfalls drei Meter breit. Die unter Denkmalschutz stehenden Häuser erweckten allesamt den Eindruck, als seien die blühenden Geranien in den Blumenkästen vor den Fenstern soeben erst frisch gesetzt und gegossen, als sei das Fachwerk der Häuser erst gestern frisch gestrichen worden. Das Dorf war das reinste Museum. Als diene es in erster Linie nicht zum Leben und Arbeiten, sondern zum bloßen Anschauen. Als bestünden die Häuser nur aus schöner Fassade. Wie ein potemkinsches Dorf. Nicht auf der Krim, sondern an der Kyll. Und der Fürst hieß nicht Grigori Potjomkin, sondern …

«Max, bei uns in Amerika bezahlen die Leute viel Eintritt, um so etwas in Disneyland zu sehen. Die Version aus Gips und Styropor.»

«Hurl, du trägst unsere Eintrittskarte unterm Arm.»

Sie begegneten keiner Menschenseele. Max sah auf die Uhr. Punkt acht. Tagesschau. Vermutlich deshalb. Sie passierten eine wie ausgestorben wirkende Gaststätte zur Rechten und bald darauf eine spätgotische Kirche zur Linken, deren Rückwand ebenfalls zum Festungswall gehörte. Als sie das nächste Wohnhaus passierten, bewegte sich kurz ein Vorhang im einzigen Fenster des Erdgeschosses. Das war fast schon beruhigend. Also gab es wohl doch noch Leben hinter den toten Fassaden.

Die Gasse endete schließlich vor einer Toreinfahrt. Die von steinernen Säulen gehaltenen schmiedeeisernen Torflügel standen weit offen. Jenseits des gepflasterten Vorplatzes erhob sich ein großes, dreistöckiges Gebäude, eines jener Barockschlösschen, wie sie in dieser vergleichsweise schlichten Ausführung bis Mitte des 18. Jahrhunderts beim niederen Adel Mitteleuropas populär waren. Das Gebäude war in zartem Gelb gehalten, die Einfassungen der Türen und der 21 Sprossenfenster an der Frontseite waren aus blassrotem Sandstein gefertigt.

Auf dem Kopfsteinpflaster parkten drei Autos: ein nachtblauer Mercedes der S-Klasse, ein schwarzer Porsche Cayenne und ein silberfarbenes Audi-TT-Coupé. Auf ihrem zehnmütigen Fußmarsch durch Roggenrath waren sie bisher keinem einzigen Auto begegnet. Offenbar galten die am Wehrturm angeschlagenen Verkehrsregeln doch nicht für alle Bewohner.

Eine Gravur im Sandstein des Türsturzes verriet, dass der Bau 1766 errichtet worden war. Also erst Jahrhunderte nach der Errichtung des Wehrdorfes. Es gab keinen einzigen Hinweis auf die Bewohner des Hauses. Hurl drückte den Klingelknopf neben der gewaltigen Holztür, die ein geschnitztes Wappen zierte, und schickte ein Lächeln hinauf in das im Türsturz versteckte Video-Auge. Sie warteten geduldig auf eine Stimme aus der hinter einem messingfarbenen Gitter über dem Klingelknopf verborgenen Gegensprechanlage.

Stattdessen öffnete ein junger Mann die Tür. Er war vielleicht Anfang zwanzig und trug ein grünes Polo-Shirt, sandfarbene Chinos sowie an den nackten Füßen hellbraune Wildleder-Slipper. Er war mittelgroß, sehr schlank und hatte ein apartes Gesicht. Sein blondes Haar trug er nur eine Spur zu lang und nur einen Hauch zu ungekämmt, um das zufällige Ergebnis unbewusster Nachlässigkeit zu sein. Das Lächeln des jungen Mannes signalisierte sowohl Freundlichkeit als auch Wohlerzogenheit, die braunen Augen verrieten ein waches Interesse an der Welt.

«Guten Abend. Wir haben uns leider ein paar Minuten verspätet. Wir sind mit Herrn Dr. Brandesser verabredet.»

Max reichte dem jungen Mann seine Karte und vermied so, Hurl als Mann ohne Nachnamen vorstellen zu müssen.

«Das ist mein Vater. Er hat mir gar nicht gesagt, dass … bitte entschuldigen Sie meine Unhöflichkeit. Ich bin Clemens Brandesser. Treten Sie doch bitte ein.»

Die Eingangshalle hatte in etwa die Ausmaße eines Basketballspielfeldes. Eine hölzerne, auf Hochglanz polierte Freitreppe, breiter als die gepflasterte Dorfgasse, kletterte drei Wände entlang bis hinauf in die nächste Etage. Die beiden Flügeltüren in der linken und in der rechten Wand waren geschlossen. Nur die Tür exakt gegenüber der Eingangstür war weit geöffnet. Sie führte unter der Treppe auf eine Terrasse, die kaum kleiner als die Eingangshalle sein konnte und, so mutmaßte Max, einen phantastischen Blick gewähren musste über das tiefeingeschnittene Kylltal, vielleicht sogar auf die kleine Halbinsel tief unten in der Krümmung des Bachlaufs, auf die alten, verfallenen Fabrikgebäude, auf die eisernen Fabelwesen und auf …

«Bitte, warten Sie doch hier einen Augenblick, meine Herren. Ich hole nur schnell meinen Vater.»

Der junge Mann verschwand durch die offene Terrassentür und bog draußen um die Ecke.

«Max, sieh mal, was hier so rumhängt.»

An den mit blutrotem Satinstoff tapezierten Wänden hingen, von unsichtbaren Punktstrahlern perfekt ausgeleuchtet, unter anderem ein Gainsborough, ein Turner, ein Boucher, ein Tiepolo. Max brach die Identifizierung und Katalogisierung der in der Halle versammelten Gemälde ab, weil in diesem Augenblick der Hausherr in der Terrassentür erschien.

Vom Alter her hätte er problemlos der Großvater seines Sohnes Clemens sein können. Dr. Walther Brandesser war 71 Jahre alt, das wusste Max aus der bescheiden knappen Vita auf der Internet-Seite des Unternehmens. Aber hätte er sich dort als 61 ausgegeben, hätte Max auch das geglaubt.

Brandesser war phantastisch in Form. Schlank und drahtig,

mit gestrafften Schultern und federnden Schrittes durchmaß er die Eingangshalle. Er war kleiner als sein Sohn, vielleicht 1,75 Meter, trug ebenfalls ein Polo-Shirt, eine leichte Baumwollhose und Slipper, allerdings komplett in Schwarz. Das wenige noch verbliebene, fast weiße Haar trug er so kurz, dass es attraktiv mit dem gebräunten Teint kontrastierte. Außerdem trug er einen ebenfalls fast weißen Drei-Tage-Bart, der sein feines Gesicht mit den fast schon femininen Zügen, die sein Sohn von ihm geerbt hatte, wohl maskuliner erscheinen lassen sollte.

Dr. Walther Brandesser verlangsamte seinen Schritt und legte die Stirn in Falten. Mimik und Gestik signalisierten überdeutlich drei Gefühlsregungen: Vorsicht, Anspannung und Misstrauen. Bevor er etwas sagen konnte, kam Max ihm zuvor und deutete auf das Gemälde gleich rechts neben der Haustür:

«Pelzhändler auf dem Missouri. Ich hätte geschworen, das hängt im Metropolitan Museum in New York.»

«Oh, Sie kennen sich aus. Ja und nein. Was kaum jemand weiß: George Kaleb Bingham hat zwei fast identische Bilder gemalt. Die Flusslandschaft ist völlig identisch, auch bei den beiden Menschen in dem Kanu werden Sie nicht den geringsten Unterschied feststellen können. Es ist eine Winzigkeit: Vorne im Bug des Kanus sitzt in New York eine schwarze Katze, auf diesem Bild aber ein kleiner schwarzer Hund.»

Die Stimme!

Dr. Walther Brandesser hielt inne, als habe er in diesem Moment begriffen, dass er überrumpelt worden war, dass er, nur weil er sich geschmeichelt fühlte, wildfremden Menschen erzählte, welche Schätze sein Haus beherbergte. Er warf rasch einen Blick auf die Visitenkarte, bevor er abrupt das Thema wechselte:

«Meine Herren, Sie sind bestimmt nicht gekommen, um

sich mit mir über Kunst zu unterhalten, sosehr ich dieses Thema auch schätze. Mein Sohn behauptet, wir seien verabredet. In der Regel vergibt meine Sekretärin keine Abendtermine an Tagen, an denen ich von einer Geschäftsreise zurückkehre. Und in der Regel informiert sie mich über meine Termine. Also: Bitte helfen Sie meinem Gedächtnis auf die Sprünge.»

Die Stimme war viel zu hoch, viel zu weich! Das war nicht die Stimme des Mannes am Telefon.

«Wir hatten heute miteinander telefoniert, Herr Dr. Brandesser. Sie hatten mich angerufen.»

Telefone können täuschen. Am Telefon klingt eine Stimme manchmal anders. Aber das Erstaunen in Brandessers Augen war echt. Da war nichts Gespieltes. Brandesser sagte augenscheinlich die Wahrheit. Und der Mann machte nicht den Eindruck, als leide er unter Gedächtnisverlust.

Was war hier los?

Irgendetwas war fürchterlich schiefgelaufen.

«Tut mir leid. Ich habe Sie nicht angerufen. Ich kann mich auch nicht erinnern, jemals Ihre Dienste ...»

Brandesser warf erneut einen skeptischen Blick auf Max Maifelds Visitenkarte. Diesmal jedoch glaubte Max zu beobachten, wie für den Bruchteil einer Sekunde ein Schatten des Erinnerns über sein Gesicht huschte.

«Um was geht es denn überhaupt, Herr ... meine Herren?»

«Es geht um den Dalí.»

«Den ... Dalí?»

Die Nachfrage kam zu zögerlich. Das Stirnrunzeln war diesmal nicht echt. Das Erstaunen war jetzt eindeutig gespielt.

Die Frage hing noch in der Luft. Dalí war offenbar das Zauberwort. Max schaltete also um.

«Herr Dr. Brandesser, heißt das mit anderen Worten, Ihnen wurde kein Dalí gestohlen?»

Brandessers Blick glitt für den Bruchteil einer Sekunde zu dem in Packpapier eingeschlagenen Gemälde, das Hurl unter dem Arm trug, als sei es ein handlicher Briefumschlag. Wieder zögerte er eine Spur zu lange. Er straffte die Schultern und richtete seinen Blick fest auf Max, bevor er antwortete:

«So ist es. Ich habe nie einen Dalí besessen. Ich interessiere mich nicht für Surrealismus. Er langweilt mich. Wie Sie hier unschwer mit einem Blick feststellen können, konzentriere ich mich auf das Sammeln von Arbeiten aus dem 18. und 19. Jahrhundert.»

«Herr Dr. Brandesser, als Ihr Onkel 1936 in ...»

«Meine Herren, ich hatte einen langen und anstrengenden Tag. Ich denke, ich habe mich vorhin klar genug ausgedrückt: Ich habe Sie nie beauftragt, und mir wurde auch kein Bild gestohlen. Würden Sie jetzt bitte auf der Stelle mein Haus verlassen?»

Die Maschine aus Jerez de la Frontera landete pünktlich um 11.40 Uhr. Vom Flughafen zum Polizeipräsidium brauchte man, wenn der Verkehr sich in Grenzen hielt und wenn Antonia Dix am Steuer saß, nicht länger als eine halbe Stunde. Sie wollten keine Zeit verlieren. Also redeten sie in Antonias Cooper mit keiner Silbe über Morians eigenartigen Kurzurlaub, sondern nutzten die Fahrt für ihr Spiel, ihr altbewährtes Punkt-um-Punkt-Spiel, das ihre Ermittlungen schon in so vielen Fällen beflügelt hatte.

«Wer fängt an?»

«Fang du an, Josef.»

«Also gut. Punkt eins: Klaus-Hinrich Pelzer ist tot.»

«Jede Menge Leute wurden Zeugen, wie er auf seinem Balkon um Hilfe rief, weil es in seiner Wohnung lichterloh brannte, und wie er schließlich vom Balkon in die Tiefe stürzte. Aber Pelzers Tod war weder ein Unfall noch ein Suizid.»

«Davon zeugt das Loch in seiner Stirn, exakt zwischen seinen Augen. Die Fledermaus hat zweifelsfrei festgestellt, dass Pelzer schon tot war, bevor sein Körper sieben Stockwerke tiefer aufschlug. Er wurde also auf seinem Balkon erschossen.»

«Ja, mit einer Makarov.»

«Einer was, Antonia?»

«Mit einer Makarov. Das ist ein russisches Fabrikat. Ich habe den Ballistikbericht erst vor einer Stunde bekommen. Wir haben also einen neuen Erkenntnisstand, Josef.»

«Ich dachte, wir hätten weder Hülse noch Geschoss und könnten deshalb gar nicht feststellen …»

«Wir haben tatsächlich immer noch keine Hülse. Keusen sagt, der Täter muss sich so postiert haben, dass nicht einmal seine Waffe zur Balkontür hinausragte. So wurde er einerseits von unten, vom Grillplatz aus, nicht gesehen, und er konnte außerdem sicher sein, dass die Hülse, die bei dem Schuss von der halbautomatischen Pistole seitlich ausgeworfen wurde, nicht über die Brüstung des Balkons fliegen konnte, sondern in der Wohnung landen musste. So konnte er sie anschließend in Ruhe suchen und aufheben und einstecken, bevor er Pelzers Wohnung wieder verließ.»

«Und das Geschoss?»

«Abgefeuert aus dem siebten Stock. Waagerechte, vermutlich sogar leicht ansteigende Schussbahn. Die genaue Schussbahn war durch die zusätzlichen Schädelverletzungen, die durch den Aufprall des Körpers auf der Straße entstanden, leider nicht mehr zu rekonstruieren. Jedenfalls fliegt so ein Projektil trotz der Bremswirkung des Schädels dann noch gut und gerne 600 bis 800 Meter weit, auch wenn die effektive, sprich zielgenaue Reichweite der meisten Handfeuerwaffen nur 50 Meter beträgt.»

«Und da das Gebäude am Kopfende einer Sackgasse steht, konnte das Geschoss so schnell auch nicht durch eine Mauer oder ein anderes Hindernis gestoppt werden.»

«So ist es. Also haben wir einen Vermessungstrupp der Stadtverwaltung anrücken lassen, den Winkel vermessen und uns auf diesen Radius konzentriert. Die Straße und die Bürgersteige abgesucht. Die Mülltonnen konfisziert und durchsucht. Sogar die Gullys geöffnet. An sämtlichen Wohnungstüren in der Londoner Straße geklingelt ... das sind übrigens nicht gerade wenige ... und die Bewohner eindringlich um Mithilfe gebeten. Gestern haben wir das Geschoss endlich gefunden. Beziehungsweise eine alte Dame, die am anderen Ende der Straße im Erdgeschoss einer dieser schrecklichen Mietskasernen wohnt, hat es gefunden. Als sie den Geranien in dem Blumenkasten auf ihrer Fensterbank etwas Dünger gönnen wollte. Das Geschoss steckte in der Blumenerde. Die alte Dame schaltete zum Glück sofort und erinnerte sich an die Telefonnummer, die ich ihr hinterlassen hatte.»

«Respekt, Antonia. Gute Arbeit.»

«Das Glück hielt dann noch eine Weile an. Denn für die Makarov haben die Russen eigens diese Patrone entwickelt, hat Erwin Keusen herausgefunden. Das heißt: Die Munition kann für keine andere Waffe verwendet werden, und die Waffe kann mit keiner anderen Munition verwendet werden. Frag mich nicht, warum die Russen das so gemacht haben. Erwin Keusen weiß es auch nicht. Aber es ist so. Schön für uns. Kaliber 9,2 x 18 Millimeter. Der Lauf der Makarov hat vier Züge mit Rechtsdrall. Der ballistische Fingerabdruck auf dem gefundenen Geschoss passt ebenfalls eindeutig zu dieser Waffe. Der Mörder von Klaus-Hinrich Pelzer benutzte also eine russische Makarov.»

«Und wer benutzt diese Dinger noch?»

«Das russische Militär und die russische Mafia.»

Auch das noch.

«Antonia, wir sollten jetzt keine voreiligen Schlüsse daraus ziehen und lieber später noch einmal mit Erwin darüber reden. Wir müssen aufpassen, dass wir uns gedanklich nicht einengen und so versehentlich eine Möglichkeit außer Betracht lassen.»

«Gut. Der Mörder weiß, wie man kaltes Feuer macht.»

«Ein interessanter Aspekt. Er ist kreativ und handwerklich versiert. Er versteht sich auf Inszenierungen. Wir müssen nur den Zweck der Inszenierung herausfinden.»

«Und außerdem schauen, wo er das gelernt haben könnte.»

«Richtig.»

«Der Mörder hinterlässt keine Spuren.»

«Ja und nein, Antonia. Der Mörder hinterlässt keinerlei Spuren, die seine Anonymität gefährden könnten. Ansonsten aber hinterlässt er eine Menge Spuren, die dafür sorgen, dass Pelzers Tod möglichst schnell entdeckt und als Mord erkannt wird.»

«Worauf willst du hinaus, Josef?»

«Später. Der Reihe nach. Nächster Punkt: Der Mörder weiß alles über sein Opfer. Er hat sich zuvor gründlich informiert. Das kalte Feuer deutet darauf hin, dass er sogar über Pelzers Feuerphobie Bescheid wusste. Dass er wusste, dass dieses Kindheitstrauma sein Opfer unweigerlich auf den Balkon treiben würde, sobald es in der Wohnung brannte. Bleibt allerdings eine Frage offen: Warum hat Pelzer nicht sein Telefon genommen und über die Notrufnummer die Feuerwehr alarmiert?»

«Ganz einfach, Josef: Seine Leitung war gesperrt, weil er zum wiederholten Mal seine Rechnung nicht bezahlt hatte.»

«Hat sein Mörder etwa auch das gewusst?»

«Nur ein Profi bereitet sich so gründlich vor.»

«Allerdings.»

«Aber warum die Sache mit dem Balkon? Warum knallt er Pelzer nicht einfach in seiner Wohnung ab? Er hat vermutlich ohnehin einen Schalldämpfer benutzt, meint Erwin. Warum also knallt er ihn nicht in der Wohnung ab? Die Leiche wäre erst nach Wochen gefunden worden. Pech für den Mörder, Glück für uns.»

«Pech? Glück? Oder hat der Täter Schicksal gespielt und wollte in Wahrheit, dass wir die Leiche möglichst schnell finden? Du hast es eben selbst gesagt, Antonia: Der Mörder ist ein Profi. Also hat er wohl nichts dem Zufall überlassen, oder?»

«Aber wer in Gottes Namen könnte ein Interesse an Pelzers Tod haben? Am Tod eines abgehalfterten Journalisten, eines Alkoholikers, der seine Miete nicht...»

«Die Frage kommt noch zu früh, Antonia. Denn die Antwort wäre rein spekulativ. Die Frage lenkt uns im Augenblick nur ab.»

«Was meinst du damit?»

«Ganz einfach, Antonia. Merke: *Es ist ein kapitaler Fehler, Schlussfolgerungen zu ziehen, bevor man über gesicherte Anhaltspunkte verfügt. Unmerklich beginnt man die Tatsachen so zu verdrehen, dass sie den Theorien entsprechen, anstatt die Theorien aus den Tatsachen abzuleiten.*»

«Josef, ich bin schwer beeindruckt, wie geschliffen du dich ausdrücken kannst, wenn du dir nur Mühe gibst.»

«Die beiden schlauen Sätze sind gar nicht von mir. Genau das lässt der Schriftsteller Sir Arthur Conan Doyle seine Romanfigur Sherlock Holmes sagen.»

«Du hast im Urlaub ein Buch gelesen? Ich hätte nie geglaubt, dass du freiwillig ein Buch liest... außer den Büchern, die ich dir ab und zu schenke. Aber auch bei denen bin ich mir nicht sicher.»

«Hab ich auch gar nicht in einem Buch gelesen. Sondern eben erst im Flugzeug zufällig in einem Zeitungsartikel. Über Jack the Ripper und das viktorianische Zeitalter. Mir war langweilig.»

«Angeber. Okay, dann eben zurück. Wo waren wir? Das kalte Feuer. Pelzers Trauma. Der Balkon. Diente die ganze Nummer etwa nur dazu, uns…»

«Ja, ich glaube schon. An diesen heißen Sommertagen wird da unten am Wendehammer in der Londoner Straße jeden Abend gegrillt. Der Mörder, der sich doch so gründlich vorbereitet hat, musste also wissen, dass es mindestens ein Dutzend Augenzeugen geben würde, wenn Pelzer auf dem Balkon rumschreit, dann aus Angst vor dem Feuer auf die Brüstung klettert und in die Tiefe stürzt. Der Mörder hingegen musste selbst gar nicht auf den Balkon hinaus, er musste selbst gar nicht in Erscheinung treten, er konnte unerkannt bleiben, er musste nur bis zur offenen Balkontür gehen, den Arm strecken, ausatmen und den Zeigefinger bis zum Druckpunkt krümmen.»

«Der Mörder hätte Pelzer stattdessen genauso gut im richtigen Moment mit einem Besenstiel oder einem Schrubber schubsen können. Das stand alles in der Küche zur Verfügung. Aber dann hätte Pelzer keine Kugel im Kopf gehabt, und wenn die Augenzeugen am Grill aus der großen Distanz den Besenstiel nicht gesehen hätten, dann hätten wir den Fall Pelzer vermutlich als Unfall zu den Akten gelegt. Oder als Suizid.»

«So ist es, Antonia. Pelzer hätte genügend glaubhafte Motive für einen Freitod gehabt. Also…»

«…wollte der Mörder genau dies vermeiden. Er wollte nicht, dass wir Unfall oder Suizid in Betracht ziehen. Aber warum?»

«Er will, dass wir uns mit dem Fall beschäftigen. Er will

uns auf eine ganz bestimmte Spur locken. Vielleicht ist Max der Schlüssel zu allem. Denn die Sache hat, wie auch immer, mit Max zu tun.»

«Das Dossier.»

«Genau. Der Mörder musste einkalkulieren, dass Pelzer eine Kopie besaß. Aber er machte sich erst gar nicht die Mühe, sie zu suchen. Denn sonst hätte Pelzers Wohnung garantiert völlig verwüstet ausgesehen, als Erwin Keusens Leute auftauchten. Wollte der Mörder, dass wir eine Kopie finden?»

«Max ist also der Schlüssel. Warum und in wessen Auftrag spionierte Pelzer ausgerechnet Max hinterher?»

«Weil der Mörder es wollte. Weil der Mörder damit Pelzer beauftragte. Wir müssen mit Max reden. Nächster Punkt.»

«Karl Hillesheim wurde ermordet.»

«Antonia, ich hätte mir gewünscht, du hättest früher mit mir über diesen zweiten Mordfall geredet.»

«Entschuldige. Du hattest Urlaub. Ich wollte dich nicht am Telefon mit meiner Arbeit belästigen.»

«Was geht dir bei dem Fall als Erstes durch den Kopf?»

«Das Opfer ist ein alter Mann, der ohnehin nur noch zwei Wochen zu leben hatte.»

«Das ist der Schlüssel. Irgendwelche Vorstrafen?»

«Nichts. Wer hasst einen alten Mann so sehr?»

«Antwort: sein Mörder. Aber auch diese Frage lenkt uns im Augenblick nur ab, Antonia. Weil wir über das Motiv nur spekulieren können. Genau wie bei Pelzer. Der alte Hillesheim war mal ein junger Hillesheim. Wir müssen seine Vita durchforsten. Vielleicht findet sich in seiner Biographie der Grund, warum ihn der Mörder so sehr hasst, dass er ihm einen qualvollen Tod wünscht.»

«Einverstanden. Wie kriegst du eigentlich immer diese Ordnung in deinem Kopf hin? Nächster Punkt: Das Mordwerkzeug. Schlangengift. Warum? Damit das Opfer vor dem Tod noch einmal Höllenqualen erleidet.»

«Vielleicht erfüllt das Tatwerkzeug, also das Schlangengift, auch mehrere Zwecke gleichzeitig. So wie das kalte Feuer. Menschen neigen immer dazu, monokausal zu denken. Eine Wirkung, also eine Ursache. Das schränkt aber unser Denken ein, weil die Welt selten so einfach funktioniert.»

«Wer ist in der Lage, sich Schlangengift zu beschaffen? Auch das gibt es nicht an jeder Straßenecke.»

«Richtig, Antonia. Ebenso wenig wie diese ... wie hieß diese russische Pistole noch gleich?»

Verdammt. Diese Kopfschmerzen machten ihn wahnsinnig. Er hatte Mühe, sich zu konzentrieren.

«Makarov.»

«Makarov, genau. Wo waren wir?»

«Das Schlangengift ... Josef, mit einer Gehirnerschütterung ist nicht zu spaßen. Du musst unbedingt zum Arzt.»

«Blödsinn. Ich bin nur ein bisschen müde. Das geht vorbei. Ja, das Schlangengift. Man muss sehr genau Bescheid wissen, wie man mit dem Schlangengift umgeht, wie man eine Injektion setzt, wie man sie dosiert, wie die Abläufe auf der Station in der Klinik sind, um nicht entdeckt zu werden. Wieder ein Profi, der sich gründlich vorbereitet. Wie im Fall Pelzer.»

«Warum wurde eine Substanz verwendet, die zwar äußerst wirkungsvoll ist, die sich aber nach dem Tod so einfach nachweisen lässt? Es ist doch nicht so schwer für einen Profi, einen todkranken alten Mann zu töten, ohne dass dies Spuren hinterlässt und sofort den Argwohn der behandelnden Ärzte erregt. Wollte der Mörder sein Opfer nur quälen? Oder wollte der Mörder etwa, dass der Tod als Mord erkannt wird?»

«Schon wieder eine Parallele zu Pelzer. Kaltes Feuer, Schlangengift. Da hat ein Täter natürlich unsere völlige Aufmerksamkeit. Und die der Medien.»

«Die wissen im Augenblick nur, dass es in Pelzers Wohnung vorher gebrannt hat, und vom Schlangengift ist bisher noch gar nichts durchgesickert. Vermutlich ist ein alter Mann als Mordopfer für die Medien nicht so interessant.»

«Gut so, Antonia. Es ist besser, wir können selbst entscheiden, wann wir die Öffentlichkeit brauchen. Solange wir noch nicht wissen, ob der Täter die Öffentlichkeit vielleicht für die Befriedigung seiner Eitelkeit benötigt. Außerdem haben wir bei einer Bekanntgabe an die Medien sofort mehrere Dutzend selbsternannter Experten am Bein.»

«Josef, da wäre noch etwas. Ich habe dir doch erzählt, dass ein gewisser Brandesser die teure Klinikrechnung für Karl Hillesheim bezahlt hat. Dr. Walther Brandesser.»

«Ja, sein Arbeitgeber. Der Catering-Unternehmer.»

«Ich habe ihn heute Morgen angerufen.»

«Was sagt er?»

«Für einen erfolgreichen Unternehmer wirkte er ganz schön durch den Wind. Nervös. Fahrig. Die Stimme ging ständig in die Höhe. Der wirkte überhaupt nicht souverän. Inhaltlich kam nicht viel dabei rum. Er sagt, Karl Hillesheim habe schon als Knecht auf dem Hof seines Vaters gearbeitet, Karl Hillesheim sei stets ein loyaler und engagierter und zuverlässiger Mitarbeiter gewesen und deshalb habe er es als seine Pflicht betrachtet, in seiner Eigenschaft als Unternehmer, der seine soziale Verantwortung ernst nehme, bla, bla, bla.»

«Solche Leute soll es tatsächlich geben, Antonia.»

«Ich weiß. Ich habe mich umgehört. Brandesser zahlt seinen Leuten generell mehr Geld als in der Branche üblich, und zwar all seinen Leuten. Von der Küchenhilfe bis zum Event-Manager. Das bringt die Konkurrenz regelmäßig in Rage, weil es ihrer Ansicht nach die Preise auf dem Arbeitsmarkt verdirbt. Gute Leute gehen natürlich lieber zu Brandesser. Und so kriegt er die Besten.»

«Scheint ein kluger Mann zu sein.»

«Keine Frage. Nur sagt mir mein Gefühl, dass seine Beziehung zu Karl Hillesheim weit über das Verhältnis eines Arbeitgebers zu seinem langjährigen Mitarbeiter hinausging. Außerdem gibt es zu Brandesser noch etwas …»

Antonia rangierte den Cooper rückwärts in eine Lücke auf dem Besucherparkplatz vor dem Haupteingang des Präsidiums, auch wenn der für das Personal tabu war.

«Josef, wir haben am Telefon noch nicht darüber reden können, worauf ich erst jetzt gestoßen bin. Ich weiß nicht, ob du in dem Faxausdruck diese uralte Krankenhausrechnung in Pelzers Dossier entziffern konntest …»

«Das Klösterchen.»

«Nein, ich meine das Krankenhaus der Augustinerinnen im Kölner Severinsviertel. Jakobstraße.»

«Dann meinen wir dasselbe. Bei den alten Kölnern heißt dieses Krankenhaus allgemein nur das Klösterchen. Den Briefkopf konnte ich entziffern. Aber alles andere war unleserlich. Die Faxausdrucke, die ich von der Hotelrezeption bekommen habe, waren nämlich eine einzige Katastrophe. Schwarze Streifen übers ganze Papier, weiße Flecken und …»

«Die Vorlage war schon eine Katastrophe, Josef. Die schlechte Fotokopie eines mehr als 40 Jahre alten, völlig vergilbten Kohlepapierdurchschlags. Ich habe das überprüft. Ich war im Archiv des Krankenhauses. Dort muss Pelzer die Kopie hergestellt haben, wie auch immer er das geschafft hat. Jedenfalls war er offenbar so in Eile gewesen, dass ihm die Zeit gefehlt hatte, den Kopierer richtig einzustellen.»

«Was ist denn mit dieser Rechnung?»

Zwei Uniformierte hetzten aus dem Präsidium und sprinteten vor der Windschutzscheibe des Cooper vorbei. Sekunden später jagte ein Streifenwagen mit eingeschaltetem Blaulicht und Martinshorn in Richtung Südbrücke davon.

«Was ist mit dieser Rechnung, Antonia?»

«Eine Operation nach einem Unfall. Max war drei Jahre alt gewesen. Oktober 1963. Er lag nach der Operation noch einige Zeit in dem Krankenhaus. Das Seltsame ist nur ...»

«Ja?»

Antonia spürte förmlich Morians Anspannung.

«Josef, die Rechnung ging nicht an die Familie Maifeld. Auch nicht an eine Krankenkasse. Die Rechnung war adressiert an einen gewissen Franz Brandesser in Roggenrath in der Eifel. Dr. Walther Brandessers Vater. Ich habe den Namen überprüft. Er ist 1976 gestorben. Schon wieder eine Verbindung zwischen den beiden Morden: Der Sohn bezahlt die Rechnung des Mordopfers Karl Hillesheim, der Vater bezahlte vor mehr als vier Jahrzehnten Max Maifelds Rechnung. Und diese Rechnung besorgte sich das Mordopfer Klaus-Hinrich Pelzer im Archiv des Krankenhauses, um sie in sein Dossier zu packen.»

Antonias letzte Sätze tropften wie geschmolzenes Blei in Morians Gehirn. Er atmete tief durch. Aber auch das half nicht beim Nachdenken. Er wischte sich mit dem Handrücken den Schweiß von der Stirn. Er musste sofort raus aus dieser Hitze. Außerdem hatte er rasende Kopfschmerzen. Ihm fiel die Empfehlung des Arztes der Guardia Civil ein: viel Ruhe, die Beine hochlegen, die Augen schließen. Und bald einen Arzt aufsuchen.

«Okay. Als Erstes gehe ich jetzt zum Präsidenten, bringe ihm möglichst schonend bei, dass ich meinen Urlaub eigenmächtig verkürzt habe, und leiere ihm zusätzliches Personal aus dem Kreuz. Dann entwickeln wir aus den eben gestellten Fragen und Schlussfolgerungen einen Arbeitsplan. Wir müssen nach Schnittmengen suchen. Mit dem Plan fahre ich dann rüber zur Staatsanwaltschaft, um unserer Freundin Ulrike Strehle das beruhigende Gefühl zu vermitteln, dass sie immer noch Herrin des Ermittlungsverfahrens ist. Damit sie uns in Ruhe lässt. Anschließend fahre ich rüber nach Köln und rede mit Max. Vielleicht hat er ja eine Ahnung, weshalb …»

«Nicht nötig, Josef. Wir sehen ihn ohnehin heute Abend. Theo hat nämlich gestern angerufen und uns für heute Abend eingeladen. Er veranstaltet in seiner Werkstatt eine kleine Überraschungsparty für Max. Der weiß allerdings noch nichts davon. Sonst wäre es ja auch keine Überraschung. Dein Freund Max hat nämlich heute Geburtstag. Vergessen?»

Nach dem dritten Espresso ging es ihm nicht viel besser als vor dem ersten. Er hatte vergangene Nacht wenig und unruhig geschlafen, war schließlich am frühen Morgen nach langem Wachliegen entnervt aufgestanden, kurz nach halb sechs, hatte am Computer gearbeitet, sich in die einschlägigen Datenbanken eingeloggt, hatte schließlich, als es dafür spät genug war, ein paar Telefonate geführt und war dann, so gegen halb zehn, noch einmal ins Bett gegangen und sofort eingeschlafen, bis ihn nur eine halbe Stunde später die Müllabfuhr aus dem Schlaf riss, weil er wegen der mörderischen Hitze das Fenster nicht geschlossen hatte.

Seither hatte er Kopfschmerzen.

Max Maifeld stellte sich unter die Dusche, schloss die Augen, stand bewegungslos da und ließ etwa zehn Minuten lang kaltes Wasser über Kopf und Körper rinnen. Als er sich anschließend mit dem Handtuch die Haare trocken rubbelte, fiel sein Blick in den Spiegel über dem Waschbecken. Der Spiegel bestätigte, was er fühlte. Er fühlte sich alt und müde und ausgelaugt. «Heute ist dein 47. Geburtstag, Junge», sagte er zu sich selbst, ohne zu wissen, was er eigentlich damit sagen wollte, und betrachtete die feine, haarlose, schneeweiße Linie, kaum breiter als ein Garnfaden, die sich von unterhalb des Brustbeins bis wenige Zentimeter oberhalb des Schambeins zog und sich nur im Sommer, wenn sein Oberkörper Sonne abbekommen hatte, sichtbar abhob.

Jetzt war sie sichtbar. Max hatte keine Ahnung, woher die Narbe stammte. Sie musste alt sein, sehr alt. Max löste sich vom Spiegel, füllte in der Küche ein Glas mit Wasser, warf zwei Aspirin-Tabletten hinein und kehrte zurück in sein Büro.

Wenn er es recht besah, hatte er in der Nacht so gut wie gar nicht geschlafen. Zuerst mit Hurl viel zu lange geredet und viel zu viel getrunken. Sich dann im Bett hin und her gewälzt. Und schließlich wirres Zeug geträumt. Erinnerungsfetzen aus der Kindheit, die sich mit phantastischen Hirngespinsten unheilvoll verknotet und ihn ein halbes Dutzend Mal in der Nacht geweckt hatten.

Max schaltete den Computer aus, stützte sich mit den Ellbogen auf der Tischplatte ab, massierte die Schläfen und rieb die müden Augen, bis sie schmerzten.

Sie waren dann doch noch in Nürburg gewesen. Gestern Abend, nachdem sie Roggenrath verlassen hatten.

Sie waren auf dem Friedhof von Nürburg gewesen. Er hatte vor dem Grab seiner Großmutter gestanden, bis es dunkel wurde, aber nicht mehr gewusst, was er ihr sagen wollte. Da gab es so viel zu sagen. Dann waren er und Hurl zurück nach Köln gefahren.

In der Nacht hatte er von Oma Alwine geträumt. Zunächst, warum auch immer, von ihrem Kaffeewärmer.

Immer wenn Besuch kam, wurde der weißen Porzellankanne mit dem frischaufgebrühten Kaffee dieser plüschige, gesteppte Wärmer übergestülpt. Wenn kein Besuch da war, stibitzte er den Kaffeewärmer heimlich aus dem Schrank in der Küche, wenn sie draußen im Wald Cowboy und Indianer spielten. Denn der Kaffeewärmer diente der Ein-Mann-Yankee-Kavallerie als Kopfbedeckung. Normalerweise wollten immer alle Indianer sein. Aber wenn der Kaffeewärmer ins Spiel kam, mussten sie darum losen, wer Yankee-Captain sein durfte.

Und von Theo hatte er geträumt.

An den Wochenenden lief Max mit seinem kleinen Bruder rüber zur Rennstrecke. Das ohrenbetäubende Jaulen der Motoren beim Zurückschalten, der Geruch von verbranntem Benzin und von auf dem heißen Asphalt schmorenden Gummireifen zog sie magisch an. Sie kannten jedes Schlupfloch in und unter dem Maschendrahtzaun, sie wussten, wie man sich ins Fahrerlager schlich, um die Rennwagen anzugucken und die Rennfahrer mit ihren bunten Helmen und schillernden Anzügen zu bewundern, und natürlich die wunderschönen Frauen in den Hippie-Klamotten, die so ganz anders aussahen als die Frauen im Dorf. Sie hatten Jochen Rindt gesehen, der hatte ihnen saure Bonbons geschenkt, und Jackie Stewart, der mit der karierten Schottenmütze und der langen Matte und den buschigen Koteletten. Neben ihm stand diese blonde Frau mit den unglaublich langen Beinen, den weißlackierten Stiefeln und den zitronengelben Hot Pants.

Max und Theo wussten ganz genau, wo an der Strecke sie sich bäuchlings im hohen Gras verstecken und die Rennwagen an sich vorbeirasen lassen konnten, so nah, dass man sich die Ohren zuhalten musste. Theo behauptete damals, die Fahrer würden ihm, wenn er dort im Gras lag, im Vorbeirasen zulächeln. Quatsch, sagte Max jedes Mal. Aber sosehr Max es versuchte, es hatte keinen Zweck, seinem kleinen Bruder das auszureden. Es hatte noch nie Zweck gehabt, Theo etwas auszureden.

Max riss die Augen auf, als er den schwachen Luftzug auf seinem Gesicht verspürte. Hurl stand in der Tür des Büros.

Unter dem linken Arm trug er den nackten Federico García Lorca, in der rechten Hand hielt er sein Springmesser und einen weißen Briefumschlag.

«Mensch, hast du mich erschreckt. Warum musst du dich nur immer so anschleichen, Hurl?»

«Ich schleiche mich nicht an, sondern ich trample einfach nicht wie ein Elefant durch die Gegend. Wie geht's dir?»

«Es geht.»

«Es war ziemlich heiß diese Nacht. Da schläft man ohnehin schlecht. Außerdem haben wir zwei Flaschen Bordeaux geleert und den ganzen Abend nichts Anständiges gegessen. Wie das eben so ist, wenn man zum Abendessen eingeladen ist, aber dann bei Erscheinen sofort wieder rausgeschmissen wird.»

Max wusste, dass Hurl urmenschliche Bedürfnisse wie Essen, Trinken oder Schlaf einfach abstellen konnte, ohne unter Hunger, Durst oder Müdigkeit zu leiden. Wie eine Maschine. Egal, wie heiß oder wie laut es war: Hurl konnte auf der Stelle einschlafen und genauso schnell wieder hellwach sein, so wie er es gerade für richtig hielt. Es musste irgendetwas mit seinem ganzen fernöstlichen Kampfkunstkram zu tun haben.

Oder mit seinem früheren Leben.

«Hurl, kannst du dich an Brandessers Satz erinnern, er sammle nur 18. und 19. Jahrhundert und er besitze keine surrealistischen Werke, weil ihn der Surrealismus furchtbar langweile? Ich habe heute Morgen ein bisschen rumgeforscht. Vor ziemlich genau acht Monaten hat Dr. Walther Brandesser bei Sotheby's in London einen Magritte ersteigert, zu einem völlig überteuerten Preis. Er hat sich wie ein blutiger Anfänger von einem amerikanischen Mitbieter hochtreiben lassen. Nur weil er unbedingt ein Bild des Wegbereiters des europäischen Surrealismus besitzen wollte. Außerdem sammelt er seit Jahren Frühwerke von Max Ernst und Giorgio de Chirico. Hurl, dieser feine Herr Dr. Brandesser hat uns von vorne bis hinten belogen.»

«Nicht ganz. Denn am Anfang war er ehrlich überrascht, uns zu sehen. Brandesser ist jedenfalls nicht unser anonymer Auftraggeber, so viel ist klar. Aber dieses Bild hier hat ihm einmal gehört, so viel ist ebenfalls klar. Als du am Schluss seinen Onkel erwähntest, ist er ja völlig ausgetickt.»

«Du hast recht. Was hast du da in der Hand?»

«Ich habe etwas entdeckt. Ich erinnerte mich an den Satz, den dein Kunsthistoriker gesagt hat. Dieser Professor.»

«Wolfram Melzer?»

«Ja. Er hat doch bei eurem Treffen neulich gesagt, es wundere ihn nicht weiter, dass Dalí das Bild nicht signiert hat. Aber es würde ihn ebenso wenig wundern, wenn Dalí auf der Rückseite der Leinwand eine ganz persönliche Widmung hinterlassen hätte.»

«Stimmt.»

«Eben fiel mir das wieder ein, und deshalb guckte ich mir den Rahmen nochmal genauer an. Die Rückseite war mit Packpapier versiegelt, so wie das früher üblich war, damit der Hohlraum hinter der Leinwand, der durch den Rahmen gebildet wird, wenn das Bild an der Wand hängt, nicht einstaubt.»

«Ja … und?» Seine geröteten Augen wanderten zu dem Springmesser in Hurls Hand.

«Das Packpapier ist aber nicht alt. Das ist nagelneu, darauf gehe ich jede Wette ein. Außerdem wurde das Papier auf den Rahmen getackert. Mit einem elektrischen Tacker, mit einem dieser modernen Akku-Tacker, sonst würden die Klammern im Holz nicht so tief und so präzise sitzen.»

Mit einer blitzschnellen, schlackernden Handbewegung ließ Hurl die Klinge des Springmessers im Schaft und das Ganze in seiner Hosentasche verschwinden.

«Du hast es herausgeschnitten.»

«Ja. Und dein Professor hatte recht.»

Hurl drehte das Bild um. Die Schrift war nicht zu übersehen. Groß und schwungvoll, wie gemalt, glitten die wenigen schwarzen Buchstaben über die Leinwand:

TE QUIERO, FEDERICO, MI HERMANO, MI AMANTE.
SALVADOR

«Ich will dich, Federico, mein Bruder, mein Geliebter. Habe ich das so richtig übersetzt, Max?»

«Dein Spanisch ist besser als meines.»

«Max, mein Spanisch ist lateinamerikanisches Vulgär-Spanisch. Das Pidgin-Spanisch, das Söldner aus aller Herren Länder zur Verständigung benutzen. Das klingt etwas anders als vornehmes Kastilisch. Erst recht weiß ich nicht, wie das so klingt, wenn ein Katalane einem Andalusier schreibt. Also?»

«Ja, das ist so weit korrekt. Beziehungsweise ... *te quiero* heißt zwar streng wörtlich übersetzt tatsächlich *ich will dich* ... bedeutet aber in Spanien im übertragenen Sinne auch *ich liebe dich* ... es liegt etwas Besitzergreifendes in der Formulierung ... außerdem ... wenn er es ehrlich gemeint hätte, dann hätte er für *Geliebter* das Wort *amado* gewählt ... *amante* hingegen ist in Spanien die despektierliche, die spöttische Variante. Der große Masturbator fühlt sich magisch angezogen von der tief verborgenen Homosexualität seines Freundes ... und zugleich muss er sie mit diesem einen Wort der Lächerlichkeit preisgeben, wohl um für sich selbst Distanz zu wahren ...»

«Das passt ja.»

«Ja, das passt zu Dalí.»

«Max … ich habe noch etwas entdeckt, nachdem ich das Packpapier entfernt hatte …»

«Was denn?»

«In dem Hohlraum befand sich ein Briefumschlag. Der Brief ist an dich persönlich adressiert. Deshalb habe ich ihn natürlich auch noch nicht geöffnet. Hier.»

Zögernd nahm Max den Briefumschlag entgegen. Er hatte Hurls Worte noch gar nicht begriffen. Er begriff auch noch nicht sofort, als er las, was da auf dem Umschlag stand, in blauer Tinte, in ungelenker Schrift, als habe jemand den Füllfederhalter mit der Faust umfasst und die Buchstaben ins Papier gestanzt:

FÜR MEINEN BRUDER MAX

Hurl verließ das Büro so lautlos, wie er gekommen war. Er wusste, wann es Zeit war zu gehen.

Und wann es Zeit war zurückzukommen.

Kurz vor acht verließen sie das Bonner Präsidium und fuhren in Antonias Cooper nach Köln. Im Kofferraum lag immer noch Morians Urlaubsgepäck. Die abgewetzte Sporttasche. Mit einer Kopfdrehung und einem Blick auf den Rücksitz vergewisserte sich Morian, dass da auch immer noch sein Trenchcoat lag, den er schon beim Abflug in Köln dort zurückgelassen hatte. Er war seit seiner vorzeitigen Abreise aus Spanien noch nicht zu Hause gewesen. Keine Zeit. Außerdem wartete zu Hause niemand auf ihn. Außer der Einsamkeit. Auf die verzichtete er gerne.

Morian hatte dem Präsidenten zwei weitere Teams abgeschwatzt und sich sogar bei der Wahl, welche vier Beamten denn nun für die SoKo abgezogen und ab morgen früh ihm unterstellt sein würden, durchsetzen können. Die betroffenen Kommissariatsleiter würden stinksauer sein, weil sie die nächste Zeit nicht nur mit weniger Personal auskommen, sondern auf vier Spitzenleute verzichten mussten, ihre besten Ermittler, deren Arbeit bei der Sitte, beim Raub, beim Staatsschutz und bei der Drogenfahndung nun zwangsläufig liegenblieb, und sie würden fluchen, weil ihre mühsam zu Jahresbeginn aufgestellten Dienstpläne und Urlaubslisten mit einem Schlag Makulatur waren. Nur weil der verehrte Herr Kollege Morian wieder mal mehr Leute brauchte. Morian wusste genau, was sie dachten.

Verbrechensbekämpfung in Deutschland war inzwischen nichts anderes als eine von ignoranten Politikern verursachte und verantwortete personelle Mangelverwaltung, die zunehmend das Arbeitsklima in den Präsidien vergiftete.

Die Kopfschmerzen meldeten sich zurück. Vielleicht hätte er doch mal zum Arzt gehen sollen.

Antonia war zum Glück wieder wie ausgewechselt. Morian atmete innerlich auf. Als hätte sie die Bleigewichte an ihren Armgelenken und Fußknöcheln abgelegt, die sie stets beim Joggen trug. Und versehentlich nicht nur beim Joggen, sondern auch die letzten Tage während der Arbeit getragen hatte.

Morian hatte sie vor einer Viertelstunde fast schon mit Gewalt von ihrem Schreibtisch zerren müssen. Er konnte sich keine bessere Mitarbeiterin vorstellen. Er mochte sich auch gar nicht mehr vorstellen, wie das einmal ohne sie gewesen war, bevor sie der Mordkommission zugeteilt worden war. Wie lange war das inzwischen her? Vier Jahre.

Sie war auf der Polizeischule die Jahrgangsbeste gewesen, sie war klug und feinfühlig und hartnäckig, sie hatte Humor, sie konnte sich festbeißen an einem Fall, sie hatte Phantasie, und sie hatte mit ihrer Begabung, unkonventionell zu denken, schon in vielen Fällen für den Durchbruch gesorgt.

Warum nur schrumpfte ihr Selbstbewusstsein, sobald sie eine Weile ohne ihn klarkommen musste?

Zwei Mordfälle. Da hätte sie sofort beim Präsidenten mehr Personal anfordern müssen. Sie hatten bereits wertvolle Zeit verloren, Zeit, die vielleicht gar nicht mehr aufzuholen war. Spuren in einem Mordfall erkalten schneller als eine Tasse Kaffee.

Warum nur mangelte es ihr so sehr an Selbstbewusstsein, sobald er nicht als Leitwolf zur Verfügung stand? Was andere zu viel hatten, das hatte sie eindeutig zu wenig.

Morian kannte sie lange genug, um zu wissen, wie sie stets versuchte, diesen Mangel an Selbstbewusstsein zu kaschieren: durch ihre burschikose, mitunter schnoddrige Art, mit der sie nicht selten die Kollegen vor den Kopf stieß, durch ihre Kleidung und ihren Haarschnitt, als befände sie sich auf dem Weg zu einem Kriegseinsatz, mit ihrem Kickbox-Training, das sie eisern dreimal die Woche durchzog, oder mit ihrem Drang zum Perfektionismus in Dingen, die andere Kollegen einschließlich Morian als lästige Pflichtübung betrachteten, ganz gleich, ob es darum ging, sich eine neue Software für den Computer im Büro anzueignen oder sich im Schießkeller mit der Dienstwaffe die verlangten Punkte abzuholen. Antonia scheute weder Drecksarbeit noch Überstunden. Oder war es der falsche Ehrgeiz gewesen zu beweisen, in seiner Abwesenheit alles alleine hinzukriegen, ohne fremde Hilfe?

War es zu voreilig gewesen, sie zu seiner Stellvertreterin zu ernennen? Hatte er einen Fehler gemacht, als er sie beim Präsidenten vorschlug, obwohl einige dienstältere Beamte aus anderen Kommissariaten scharf auf den Vize-Posten im KK 11 gewesen waren? Die waren mit Sicherheit erfahrener, durch die Berufsjahre. Aber sie konnten Antonia nicht das Wasser reichen, was Ermittlungsarbeit betraf. Er hatte sie, seine Antonia, für die Stellvertretung gewollt und sonst niemanden.

War er damit zu egoistisch gewesen? Hatte er gar ihrer Karriere geschadet, indem er ihr nicht genügend Zeit gelassen hatte, an den Anforderungen zu wachsen?

«Josef?»

«Ja?»

«Ich sagte, wir sind da. Wollen wir nicht reingehen?»

«Entschuldige. Ich war in Gedanken.»

Was Theo für seinen Bruder arrangiert hatte, war einfach nur rührend. Die gesamte Werkstatt war mit Girlanden und Luftballons geschmückt, die Neonlampen an der Decke waren mit buntem Krepppapier verkleidet, sodass die Illumination verdächtig an eine improvisierte Dorfdisco während der Kirmes erinnerte.

«Sieht doch gar nicht so übel aus, oder?»

«Sieht sogar phantastisch aus, Boris. Ist das dein Werk?»

Boris Hahne nickte, grinste und schüttelte erst Antonia, dann Morian die Hand. Sein Händedruck war fest, sein Blick offen und klar. Er hatte sich schon wieder verändert, seit sie ihn das letzte Mal gesehen hatten. Nicht nur äußerlich. Unter Theos Obhut entwickelte sich Boris zu einem unglaublich charmanten jungen Mann. Theo war nicht nur sein Chef, sondern auch sein Ersatzvater. Es war noch keine zwei Jahre her, da hatte Josef Morian einen gegenüber aller Welt misstrauischen und höchst aggressiven jugendlichen Schulversager namens Boris Hahne in letzter Sekunde daran gehindert, den Mann zu töten, der seine Mutter und seine Schwester auf dem Gewissen hatte.

«Was macht der Job, Boris?»

«Nächstes Jahr bin ich mit der Lehre fertig. Theo hat schon gesagt, ich kann bleiben. Wenn ich die Prüfung schaffe.»

«Natürlich schaffst du die. Schließlich hast du ja sogar meinen alten Volvo wieder hingekriegt.»

«Das Praktische ist nicht das Problem. Die Theorie. Aber Theo übt mit mir. Ich muss jetzt aber mal weiter. Das Bierfass holen und anschlagen. Wir sehen uns noch.»

Boris verschwand in der Menge.

«Meine Güte, Josef. Die Mädels müssen doch schon Schlange stehen. Wenn ich mir vorstelle, dass der Junge vor zwei Jahren beinahe im Knast geendet wäre …»

An der Kopfwand hatte Paolo Granatella ein Büfett aufgebaut, außerdem einen Gasherd für die Pasta und einen Grill, auf dem bereits frischer Fisch brutzelte. Denn Morian und Antonia waren nicht die ersten Gäste. Wer all die anderen Menschen waren, die bereits vor Paolos improvisierter Küche Schlange standen, weil der Duft einfach zu verlockend war, wollte Morian gar nicht mehr so genau wissen, seit er die dicken Motorräder und die protzigen, in den unmöglichsten Bonbonfarben lackierten Schlitten auf dem Hof vor der Werkstatt gesehen hatte.

Fehlte nur noch das Geburtstagskind.

Aus den mannshohen Boxen in den vier Ecken der Halle dröhnten die Doors und die Allman Brothers und Lou Reed in voller Lautstärke. *Riders On The Storm. Stormy Monday. Walk On The Wild Side.* Als wäre die Zeit stehengeblieben. Als wären sie nicht Ende vierzig, sondern Anfang zwanzig. Die Halle war bis auf die vier Boxen, die seit jeher zum Inventar der Werkstatt gehörten, zumindest seit Theo die Werkstatt nach dem Tod seines Vaters übernommen hatte, und den mit Hilfe einiger Holzbretter zu Sitzgelegenheiten umfunktionierten Reifenstapeln komplett leergeräumt. Nur mittendrin stand noch etwas im Weg, etwas, das von einer feuerroten Satindecke komplett verhüllt war, den Umrissen nach aber ein Auto sein musste.

«Das ist das Geburtstagsgeschenk», sagte Theo, als er sich zwischen Morian und Antonia quetschte, seine Arme über ihre Schultern legte, Morian und Antonia mit einem Ruck an sich zog und beiden jeweils einen fetten, feuchten Kuss auf die Wange drückte, was Antonia mit einem Lachen und Morian mit einem Kopfschütteln quittierte. «Der wird vielleicht staunen.»

«Wo ist er denn?»

«Auf dem Weg. Hurl hat vor einer Viertelstunde angerufen. Mein großer Bruder weiß doch von nichts. Er hat keine Ahnung, wo Hurl ihn hinschleppt. Alles läuft nach Plan.»

Seine Wangen glühten vor Aufregung. Als hätte nicht Max, sondern Theo Geburtstag. Er rüttelte und schüttelte Morian und Antonia ein letztes Mal, was Morian schmerzhaft an seine Gehirnerschütterung und seine geprellte Schulter erinnerte, dann eilte er davon, um sich um die anderen Gäste zu kümmern.

«Josef, alle hier nennen dich nur Jo. Außer mir.»

«Außer dir, Antonia.»

«Wäre es dir vielleicht lieber, wenn ich auch …»

«Nein, Antonia. Bitte nicht. Ich mag das, wie du mich nennst. Als Kind habe ich meinen Namen immer gehasst, weil er so altmodisch klang. Aber wenn du ihn sagst, klingt er schön.»

Antonia lächelte verlegen. Dann stellte sie sich auf die Zehenspitzen und drückte ihm einen dicken Kuss auf die schlecht rasierte Wange. Da wurde Morian verlegen.

Eine Viertelstunde später erschien Hurl in der Tür, gab Theo ein Zeichen, verschwand wieder für eine Minute und kehrte mit einem völlig verdatterten Max zurück. Perfektes Timing: Jimi Hendrix legte mit *All Along The Watchtower* los. Max kämpfte tapfer, aber für alle unübersehbar mit den Tränen, als sein Bruder grinsend auf ihn zumarschierte. Sie verharrten minutenlang in der Umarmung. Niemand hätte es gewagt, die beiden Brüder zu stören. Erst als Eric Clapton schließlich Jimi Hendrix mit *Layla* ablöste, trat Theo einen Schritt zurück. Augenblicklich stürzte sich die Meute auf Max. Bärtige Männer ließen ihre baumstammdicken, tätowierten Arme auf seine Schultern krachen, fragile Schöne der Nacht beiderlei Geschlechts hauchten ihm zärtlich Glückwünsche ins Ohr. Und Antonia kam aus dem Staunen nicht heraus.

«Was sind das alles für schräge Leute, Josef?»

«Das ist der vollständig angetretene Adel der Kölner Nebenwelt. Wobei man in Köln nie ganz sicher sein kann, wer zur Hauptwelt und wer zur Nebenwelt gehört. Jedenfalls hatte die Maifeld-Sippe stets schon einen Hang zum Halbseidenen. Aus rein geschäftlichen Erwägungen, versteht sich. Seit der alte Maifeld damals das Geschäft aufgebaut hatte. Vergiss einfach für die nächsten Stunden, was für einen Beruf du erlernt hast. Das könnte sonst beim Plaudern mit den Gästen hinderlich sein.»

Am anderen Ende lehnte Hurl entspannt an der Wand, grinste und zwinkerte Antonia quer durch die Halle und über die Köpfe hinweg zu, als könne er ihre Gedanken lesen.

Antonia und Morian reihten sich in die Schlange der Gratulanten ein. Als sie an der Reihe waren, küsste Max erst Antonia und umarmte dann Morian.

«Cádiz hat leider nicht geklappt, Max. Ist was dazwischengekommen. Schön, dich zu kennen, Alter.»

«Ganz meinerseits, Jo. Wie lange kennen wir uns eigentlich schon? Das müssen mindestens hundert Jahre sein, oder?»

«Hundert Jahre, das haut schon hin.»

«Junge, was hast du nur mit deinem Gesicht gemacht? Bist du gegen eine Wand gelaufen?»

«Kleiner Zwischenfall mit spanischen Kollegen. Aber das ist eine ganz langweilige Geschichte, nicht der Rede wert. Und du? Du siehst übrigens nicht so aus, als wärst du tatsächlich anderthalb Jahre jünger als ich. Was ist los mit dir, Max?»

«Ich hatte die letzten Nächte etwas wenig Schlaf.»

«Das ist alles?»

«Ja.» Morian sah ihm an, dass es eine Lüge war. Morian beschloss, das Gespräch auf morgen zu verschieben.

«Du wolltest mich doch sprechen, Jo. Was gibt's denn?»

«Hat Zeit bis morgen.»

«Gut. Lass uns doch morgen einen Kaffee trinken. Soll ich bei dir vorbeikommen? Um die Mittagszeit?»

«Nein, ich komme besser zu dir.»

Für einen liebevoll restaurierten 65er Stingray, eines der schönsten Autos, die je entworfen und gebaut worden waren, wäre mancher bereit gewesen, ein Vermögen zu bezahlen.

Max Maifeld hatte eines der wenigen noch auf dieser Welt existierenden fahrtüchtigen Exemplare von seinem Bruder zum Geburtstag geschenkt bekommen.

Theo musste monatelang Feierabend für Feierabend daran gearbeitet haben.

Max trat ans Fenster seines Büros und sah hinunter in den Hof. Ein Traum aus schwarzem Lack und glänzendem Chrom stand da unten und funkelte in der Sonne. Durch die zweigeteilte Heckscheibe hindurch leuchtete das rote Leder, mit dem Theo sogar das Armaturenbrett ausgeschlagen hatte.

Stingray. Das zweisitzige Coupé mit seinem tropfenförmigen Dach, den elegant geschwungenen Kotflügeln und den versenkten Schlafaugen-Scheinwerfern erinnerte in seiner verblüffend schlichten Linienführung von hier oben tatsächlich an einen Stachelrochen. Als ob man dessen gleichmäßig fließende Bewegungen eingefroren und in Stahl gegossen hätte.

Früher, als er noch ein Kind war, da war ihm das nie aufgefallen. Zu den Zeiten, als er genau dieses Auto noch täglich betrachten konnte, da war ihm gar nicht klar gewesen, dass *Stingray* übersetzt Stachelrochen bedeutete.

Stachelrochen. Mit den Haien verwandt. Rautenförmiger Körper. 2,50 Meter mal 1,50 Meter. Der peitschenartige Schwanz ist an seinem Ende mit scharfen Stacheln bewehrt. Das Gift in den Stacheln ist für Menschen tödlich.

So stand es im Lexikon.

Das passte ja zum Vorbesitzer.

Was für ein Abend. Theo strahlte übers ganze Gesicht, als er das Tuch von dem frischpolierten Wagen riss. Und Max blieb die Luft weg. Eine Sekunde lang dachte er tatsächlich, er müsse ersticken. Aber er fasste sich wieder, erstaunlich schnell, schaffte es, seinen Puls unter Kontrolle zu bringen, und er spielte den restlichen Abend brav mit, spielte das glückliche Geburtstagskind, um Theo nicht die Freude zu verderben.

Dieses Auto hatte seinem Vater gehört.

In den frühen Achtzigern bekam Jupp Maifeld, der Autokönig von Köln, zunehmend Probleme mit der Bandscheibe. Max wusste auch das nur von Theo, weil Max damals längst jeden Kontakt zu seinem Vater eingestellt hatte.

Jedenfalls parkte Jupp Maifeld daraufhin den bildschönen, aber engen und unbequemen Sportwagen im hintersten Winkel seines Schrottplatzes und ließ ihn verrotten. Er wurde nicht verkauft, er wurde nicht verliehen, er wurde nicht verschenkt. Nein: Wenn Jupp Maifeld seinen Traumwagen nicht mehr fahren konnte, dann durfte ihn niemand anders fahren.

Das passte zu ihm. So war er gewesen, der Autokönig von Köln, solange sich Max an ihn erinnern konnte.

Als Jupp Maifeld 1995 starb, an einem Herzinfarkt, mit erst 59 Jahren, einsam mitten in der Nacht, da war über den Stingray buchstäblich längst Gras gewachsen.

Jetzt stand er da unten auf dem Hof, als käme er frisch vom Fließband. Jetzt durfte ihn also doch noch jemand außer dem Alten fahren. Ausgerechnet er, Max.

Was hatte sich Theo dabei gedacht? Wollte er seinen Bruder mit seinem Vater versöhnen, so spät? Zu spät.

Max sah auf die Uhr. In einer halben Stunde wollte Morian kommen, zum Kaffee.

Max konnte sich daran erinnern, als sei es gestern gewesen. Ein Jahr nachdem Jupp Maifeld seine beiden Söhne aus der Eifel zurück nach Köln geholt hatte. Da war Max elf Jahre alt gewesen. Jeden Nachmittag nach der Schule und jedes Wochenende hatte er Autos von Kunden zu waschen. Später, als er älter war, kamen Reifenwechsel und Ölwechsel dazu. Ja, es war ein Samstag gewesen, ein heißer Samstag im Sommer, er war elf, und alle Freunde waren natürlich im Schwimmbad, als er Vaters Stingray waschen und auf Hochglanz polieren sollte. Weil er noch so klein war und sich so weit vorbeugen musste, um mit dem Schwamm über die Motorhaube zu gelangen, hinterließ er mit der Schnalle seines Hosengürtels versehentlich einen Kratzer im Kotflügel. Als er seinem Vater den Kratzer beichtete, prügelte der ihn mit genau diesem Gürtel windelweich.

Max hatte als Kind immer das Gefühl gehabt, dass sein Vater ihn nicht liebte, sondern ihn abgrundtief hasste. Erst mit 16 Jahren hatte er es aufgegeben, sich nach seiner Liebe zu sehnen, und stattdessen damit begonnen, seinen Vater ebenso abgrundtief zu hassen. Mit 18, am Tag seiner Volljährigkeit, packte er seine Sachen und verließ wortlos das Haus.

Der Hass war im Lauf der Jahre schwächer geworden. Der Hass brannte nicht mehr wie Feuer. Zeit heilt tatsächlich Wunden. Aber die Liebe war nie zurückgekehrt.

Von der Straße her näherte sich Hurls Sifu, der kleine alte, klapperdürre Chinese. In respektvollem Abstand folgte ihm ein junger Chinese über den Hof. Der Alte hatte fast schon den Eingang des Dojo erreicht, als der Jüngere neben dem Stingray stehen blieb, sich hinabbeugte und mit der zwischen Stirn und Seitenfenster eingeklemmten flachen Hand die Augen abschattete, um ins Innere sehen zu können.

Der Alte blieb abrupt stehen, als hätte er auch im Hinterkopf Augen, und sagte etwas in verärgertem Ton, ohne sich dabei umzudrehen. Der Jüngere erwiderte kleinlaut etwas, das Max auch bei geöffnetem Fenster nicht verstanden hätte, und deutete mit sehnsüchtigem Blick auf den Wagen. Der Alte schwieg und wartete, drehte sich aber nicht zu seinem Schüler um. Stattdessen wanderten seine Augen nach oben. Er nickte Max zu, Max nickte zurück. Der Junge trottete ihm schließlich in devoter Haltung, aber sichtbar widerwillig hinterher, und beide verschwanden unter dem Bürofenster im offenen Tor zu Hurls Dojo.

Der Autokönig von Köln.

So hatten sie ihn bei der Beerdigung genannt.

Der Autokönig mit den besten Beziehungen zur Kölner Halbwelt. Das personifizierte Wirtschaftswunder, allerdings in der nach unten offenen Spielklasse. Import, Wartung und Tuning von exotischen Luxusautos, die nicht nur viel Geld kosteten, sondern auch nach viel Geld aussehen mussten. Eben das, was jeder ordentliche Zuhälter zwischen Düsseldorf und Frankfurt für sein Ego benötigte. Das gab es bei Jupp Maifeld.

Ein König, der seine beiden Söhne mit Strenge und Schlägen und mit gnadenloser Härte aufzog und ihnen ihre Jugend

178

raubte, indem er sie in jeder freien Minute als Billigkräfte schuften ließ.

Aber Theo hatte er wenigstens geliebt.

Als Jupp Maifeld starb, versammelte sich die komplette Zunft zur Beerdigung des Autokönigs auf dem Friedhof Melaten. Am Grab hielt Ferrari-Hein, der Altgeselle des Autokönigs, eine schöne Rede, für die er später, in der Kneipe, viel Schulterklopfen erntete. Die Rede endete mit dem Satz: *Jong, maach et joot, du warst der Beste.* Max Maifeld hatte keine Ahnung, für wen außer für Ferrari-Hein sein Vater der Beste gewesen sein könnte.

Der Herrgott gibt, der Herrgott nimmt, und das Leben geht weiter, im Hinterzimmer der Kneipe, wo Berge von Mettbrötchen mit dicken Zwiebelringen auf die Trauergäste warteten, verhärmte Kellnerinnen in Gesundheitsschuhen den Trauergästen Bienenstich und Schwarzwälder Kirsch aufdrängten; und dünnen Kaffee, der sich aus Warmhaltekannen in schneeweiße Krankenhaustassen ergoss. Das erste Kölsch nach der zweiten Tasse, so jung kommt man nicht mehr zusammen, stimmt's, oder hab ich recht, die Schlipse gelockert, die Jacketts über der Stuhllehne, *Mensch, Max, wir haben uns ja eine Ewigkeit nicht mehr gesehen. Ich weiß noch, als du sooo klein warst, du bist schon damals immer mit dem Kopf durch die Wand. Jaaaa. Anders als dein Bruder. Ja, der Theo ist mehr dem Jupp nachgeschlagen. War 'ne schöne Beerdigung, Max. Ehrlich. Hätte ihm gefallen, deinem Alten.*

Max rieb sich die Schläfen, löste sich vom Fenster und von den Erinnerungen und setzte sich hinter seinen Schreibtisch.

Er öffnete die Schublade und nahm den Brief heraus, den Hurl im Rahmen des Gemäldes gefunden hatte. Max hätte nicht sagen können, zum wievielten Mal er ihn nun las.

Mein geliebter Bruder,

du wirst mir sicher verzeihen, dass ich diesen ungewöhnlichen und umständlichen Weg wählen musste, um mit dir in Kontakt zu treten. Es war der einzig mögliche Weg. Oder hättest du mir geglaubt, wenn ich vor deiner Tür gestanden hätte, du in ein wildfremdes Gesicht geblickt hättest und dieser wildfremde Mensch behauptet hätte, er sei dein Bruder?

Nein! Natürlich nicht! Ich musste zunächst deine Neugierde wecken, deine berufliche Neugierde. Denn nun, da bin ich mir ganz sicher, wirst du nicht mehr ruhen, bis du die ganze Geschichte kennst. Die ganze Wahrheit. Ich bin mir sicher, ich schätze dich richtig ein. Denn schließlich fließt in deinen Adern wie in meinen Adern das Blut unseres Vaters.

Vielleicht ersparst du Theo besser den Schock, dass in seinen Adern das Blut eines anderen Erzeugers fließt. Solange du und ich auf einer Seite stehen, muss er es nicht erfahren. Noch nicht. Solltest du mich aber enttäuschen, solltest du nicht auf meiner Seite stehen, was ich nicht hoffe und nicht glaube, muss er es allerdings erfahren. Schmerzlich erfahren.

Ich war lange weg. Ich habe mich erst verändern müssen, viel lernen müssen, um endlich bereit zu sein, den Kampf aufzunehmen und die Wahrheit ans Licht zu bringen. Wir fordern nicht viel für uns, wir beide, du und ich. Keine Reichtümer, keine materiellen Güter, die unseren Schmerz ohnehin nicht lindern könnten. Wir fordern nichts als Gerechtigkeit. Wir fordern Genugtuung für das Unrecht, das uns widerfahren ist. Wir fordern, dass alle Welt die Wahrheit erfährt. Koste es, was es wolle. Wer dies Rache nennen will, soll es tun. Das ist nur Wortgeklingel.

Du, mein geliebter Bruder, du bist nun Teil des großen Plans. Du musst noch etwas Geduld haben: Erst wenn wir am Ziel angelangt sind, werden wir uns Aug' in Aug' gegenüberstehen.

Dein dich liebender Harald

Max faltete den Brief und steckte ihn zurück in den Umschlag.

Sein Kopf war voller unfertiger Gedanken.

Sein Herz war schwer.

Seine beiden Kinder hatten gestern Abend versucht, ihn über sein Handy zu erreichen. Er hatte es nicht gehört, bei dem Trubel und der infernalischen Lautstärke in Theos Werkstatt. Vera war ihre Glückwünsche zum Geburtstag schließlich per SMS losgeworden, Paul per E-Mail. Beide Nachrichten hatte er erst heute Morgen entdeckt.

Max sah auf die Uhr, dann wählte er die Büronummer seiner Tochter in Amsterdam. Eine Kollegin im Rijksmuseum, deren Namen er nicht kannte, teilte ihm mit, dass sich Vera Maifeld in einer Besprechung befinde. Ob es dringend sei?

«Nein, nicht so wichtig.»

«Soll ich ihr etwas ausrichten?»

«Nicht nötig. Ich melde mich wieder. Vielen Dank.»

Er wählte die Nummer seines Sohnes in London. Der Anrufbeantworter teilte mit, dass Paul Maifeld den Anruf derzeit leider nicht entgegennehmen könne.

Wahrscheinlich war er im Studio. Max verzichtete darauf, eine mündliche Nachricht auf Band zu hinterlassen. Stattdessen antwortete er Paul per E-Mail und Vera per SMS und bedankte sich für die Glückwünsche.

Draußen fuhr Morians Volvo auf den Hof.

Antonia Dix brachte den Brief im Laufschritt hinunter ins Labor, zusammen mit den Fingerabdrücken von Max und Hurl, die sie ihnen von allen zehn Fingern abgenommen hatte. Damit man sie vergleichen und unterscheiden konnte von den weiteren Abdrücken, die sie auf dem Papier oder auf dem Umschlag zu finden hofften. Zuvor hatte Antonia den

Brief noch rasch gescannt und eine Kopie per E-Mail als pdf-Datei zum Landeskriminalamt nach Düsseldorf geschickt, versehen mit ein paar freundlichen Zeilen an eine junge Psychologin, die dort zwar nicht in der Fallanalyse arbeitete, sondern bei der Prävention, der Antonia jedoch mehr traute und zutraute als den meisten Profiling-Spezialisten in Düsseldorf. Dort gab es wie in jeder Abteilung fähige, weniger fähige und unfähige Kollegen. Aber wenn sie dort eine offizielle Bitte um Amtshilfe gestellt hätte, wäre es ihr aus der Hand genommen worden, welcher der Profiler sich mit dem Bonner Fall befassen würde. Und wie schnell. Und wie gewissenhaft. Da war ihr dieser inoffizielle Weg lieber.

Auf dem Rückweg besorgte sie zwei Becher Kaffee und öffnete die Tür zu Morians Büro mit dem Ellbogen.

«Danke. Der Kaffee kommt gerade richtig.»

«Wo sind die Teams? Seid ihr etwa schon durch?»

«Ja. Seit zwei Minuten. Die sind jetzt alle auf Tour oder zu den Telefonen und Computern in ihren Büros. Die sind jetzt alle beschäftigt. Alle sind darauf geeicht, nach Schnittstellen zwischen den beiden Mordfällen zu suchen. Das ist unsere einzige Chance. Die Jagd hat begonnen, Antonia.»

«Was macht Beyer?»

«Interessant, dass du immer ausgerechnet an dessen Arbeit Anteil nimmst. Ludger kümmert sich darum, wer mit einer russischen Makarov rumläuft. Als Drogenfahnder hat er Kontakt zu Informanten, die mit der russischen Mafia in Verbindung stehen. Vielleicht ergibt sich ja was.»

«Aha», sagte Antonia und nahm vorsichtig einen Schluck aus ihrem Kaffeebecher. Morian sah ihr dabei zu und spielte einen Augenblick mit dem Gedanken, sie zu ermahnen, ihre Abneigung gegenüber Oberkommissar Ludger Beyer wenigstens bis zum Ende der Ermittlungen zurückzustellen. Dann entschloss er sich, noch nichts zu sagen und abzuwarten.

«Außerdem werde ich wohl mal zum Kölner Großmarkt fahren und meinen alten Freund Sergej besuchen.»

«Den russischen Gemüsehändler?»

Morian musste grinsen. Sergej war in der Tat offiziell Gemüsehändler. Wenn man davon ausging, dass man es mit Gemüsehandel nicht so ohne weiteres zum Multimillionär brachte, dass ein Gemüsehändler normalerweise nicht dauernd im Brioni-Anzug samt Einstecktuch herumlief und gewöhnlich auch kein halbes Dutzend Leibwächter benötigte, dann musste man zwangsläufig daraus schließen, dass Sergej nicht ausschließlich mit Gemüse handelte. Aber das war nicht Morians Problem, sondern das Problem der Kölner Kollegen. Für Morian war Sergej seit Jahren ein zuverlässiger Informant.

«Josef, wie kommt Max damit klar?»

«Er redet nicht viel darüber. Aber er ist völlig durch den Wind. Kann man sich ja auch in etwa vorstellen. Zu erfahren, dass sein geliebter kleiner Bruder Theo vielleicht gar nicht sein Bruder ist, und das auch noch auf diesem eigenartigen Weg zu erfahren. Von einem wildfremden Menschen namens Harald, der in dem Brief behauptet, sein Bruder zu sein.»

«Und Max sagt der Name nichts?»

«Überhaupt nichts.»

«Ein DNA-Test, und die Sache wäre …»

«Will er nicht. Weil er nicht will, dass Theo etwas von der Sache mit dem Brief erfährt. Vorerst jedenfalls nicht. Max will es aber auch nicht heimlich machen. Er sagt, er käme sich wie ein Schwein vor, wenn er ein benutztes Wasserglas oder ein Haar aus Theos Werkstatt mitgehen lassen würde.»

«Josef, falls in dem Brief die Wahrheit steht, dann gibt es zwei Möglichkeiten: Entweder ist Theo weder mit Jupp Maifeld noch mit der Mutter … wie hieß sie noch gleich?»

«Katharina.»

«Katharina. Ein schöner Name. Also entweder ist Theo weder mit Jupp Maifeld noch mit Katharina Maifeld blutsverwandt, sondern in Wahrheit adoptiert worden ...»

«Habe ich bereits beim Einwohnermeldeamt, beim Jugendamt und beim Familiengericht überprüfen lassen. Jupp und Katharina Maifeld haben kein Kind adoptiert. Außerdem ist Katharina Maifeld 1963 nachweislich hochschwanger und mit Wehen ins Krankenhaus und eine Woche später mit dem kleinen Theo wieder aus dem Klösterchen rausgekommen.»

«Also dasselbe Krankenhaus, in dem der dreijährige Max ein halbes Jahr später operiert wurde?»

«So ist es.»

«Vielleicht wurden nach Theos Geburt auf der Säuglingsstation zwei Babys vertauscht. Kommt schon mal vor.»

«Und kommt in der Regel nie raus.»

«Richtig, Josef. Es kommt nicht raus, wenn es versehentlich geschieht. Aber stellen wir uns einmal vor, es gäbe Gründe, von denen wir nichts wissen, zwei Babys männlichen Geschlechts bewusst zu vertauschen. Dann gäbe es auch Zeugen, und die könnten sich später verplappern ...»

Morian schüttelte energisch den Kopf und klappte seinen Notizblock auf. «Die Theorie klingt verlockend. Aber wir können sie ausschließen. Ich habe auch das überprüft. Das Klösterchen war bei den Bombenangriffen im Krieg stark beschädigt worden und deshalb 1963 immer noch nicht wieder auf Vorkriegsstand, was die Bettenkapazität betrifft. Deshalb war auch die Gynäkologie noch entsprechend überschaubar. Wie es der Zufall wollte, gab es während jener Woche, die der kleine Theo dort verbrachte, auf der gesamten Säuglingsstation außer ihm nur Mädchen. Theo war der einzige neugeborene Junge. Ich habe das im Archiv des Krankenhauses überprüfen lassen. Weil Hebamme und Arzt bei der Geburt feststellten, dass es ein Junge war, und Katharina Maifeld später mit einem Jungen entlassen wurde, können wir also ein Vertauschen ausschließen.»

«Josef, dann läuft es wohl auf die zweite Variante hinaus: Katharina Maifeld ist die leibliche Mutter von Theo. Aber Jupp Maifeld ist nicht der leibliche Vater. Das heißt: Ein anderer Mann hat neun Monate zuvor mit ihr das Kind gezeugt. Und sie hat das Ergebnis des Seitensprungs dann kurzerhand ihrem Mann untergejubelt. Ein Kuckuckskind.»

Morian schwieg und kratzte sich nachdenklich am Kopf.

«Josef, das passiert übrigens häufiger, als man denkt. Ich habe mal nachgeschaut. Experten schätzen, dass in Deutschland jedes zehnte Kind nicht von dem Mann gezeugt wurde, der als Vater im Standesregister eingetragen ist.»

«Allerdings liefert uns diese Theorie noch keinen Ansatz dafür, wie das zu einem angeblichen Blutsverwandten namens Harald passt, von dessen Existenz Max bis gestern nichts wusste. Und wir beide hier wissen übrigens nicht, ob wir hinter einem Spinner her sind, der sich nur wichtigmachen will.»

Morian schlug mit der flachen Hand auf den Schreibtisch, sprang von seinem Stuhl auf und trat ans Fenster. Antonia hatte ihn selten so aufgebracht erlebt.

«Josef, das glaubst du doch wohl selber nicht. Was denn nun: ein Profi oder ein Spinner? Gestern hast du noch selbst die beiden Mordfälle miteinander verknüpft, und jetzt ...»

«Ja, du hast völlig recht. Ich bin sogar felsenfest davon überzeugt, dass dieser Briefschreiber unser Mörder ist. Der Mörder von Klaus-Hinrich Pelzer und der Mörder von Karl Hillesheim. Und dieser Harald, falls er in Wahrheit so heißt, ist kein harmloser Spinner, sondern sehr gefährlich. Und ich bin so wütend, weil wir noch nicht die geringste Spur haben.»

Sie schwiegen eine Weile.

«Josef?»

«Ja?»

«Kannst du dir vorstellen, dass Max jetzt tatenlos zu Hause sitzt und mit Hurl Löcher in die Decke starrt und darauf wartet, dass wir hier endlich zu Ergebnissen kommen?»

Max Maifeld stopfte seine Reisetasche in den Fußraum vor dem Beifahrersitz des Stingray, während Hurl seinen Koffer und den verpackten Dalí in seinem Mustang Shelby verstaute. Hurl hatte sich für die lange Autofahrt entschieden, auch wenn ein Flug viel Zeit gespart hätte. Allerdings hatte Hurl keine Lust auf unnötige Formalitäten wegen des Sondergepäcks. Und keine Lust auf misstrauisches Flughafenpersonal.

«Viel Glück», sagte Max, als es nichts mehr zu verstauen gab, und legte seine Hand auf Hurls Schulter.

«Melde dich, wenn es Ärger gibt, Max. Versprochen? Hast du dort überhaupt Handy-Empfang?»

«Hurl, wir leben im 21. Jahrhundert, und die Neuzeit ist selbst an der Eifel nicht spurlos vorübergegangen.»

«Pass auf dich auf.» Hurl tätschelte Max die Wange, sah auf die Uhr, stieg in den Shelby, startete den Motor und verließ den Hof. Es war kurz vor sieben, und die Kraft der Morgensonne ließ bereits erahnen, wie unbarmherzig heiß auch dieser Tag werden würde. Max stieg in den Stingray, folgte Hurl zum Autobahnring und verabschiedete sich wenig später per Lichthupe, als er die A61 verließ und auf die A1 abbog. In Richtung Eifel.

In Richtung Vergangenheit, hätte Tomás, der Sternengucker, wohl jetzt mit einem diabolischen Grinsen ergänzt, säße der alte Zigeuner neben ihm auf dem Beifahrersitz: *Max, du bist immer in der Vergangenheit unterwegs, die Vergangenheit zieht dich magisch an.*

Ludwig Schemmerl war jemand aus der Vergangenheit. Jemand, der ihm vielleicht helfen konnte, sie zu verstehen. Max hatte ihn gestern Abend angerufen, seinen Besuch am frühen Morgen angekündigt und ihm lediglich mitgeteilt, er habe ihm soeben per E-Mail eine kurze Zusammenfassung sowie ein paar gescannte Dokumente geschickt.

Ludwig war sein Volontärsvater gewesen, damals, vor einem Vierteljahrhundert, in dieser winzigen Lokalredaktion in der winzigen Kreisstadt mitten im Niemandsland der Eifel.

Die Redaktion gab es schon lange nicht mehr. Gleich nachdem Ludwig Schemmerl in Rente gegangen war, hatte man in der Geschäftsführungsetage des fernen Mutterhauses beschlossen, sie aus Kostengründen zu schließen und die Lokalseiten von der Nachbarredaktion in der nächstgrößeren Kleinstadt produzieren zu lassen. Für anständigen Lokaljournalismus war das tödlich, nicht mehr in der Nähe der Leser zu sein. Max wusste nicht einmal zu sagen, ob es die Zeitung noch gab oder ob sie sich inzwischen zu Tode gespart hatte. Gab es heutzutage überhaupt noch Volontärsväter? Und nannte man die noch so?

Von Ludwig hatte Max Maifeld alles über Journalismus gelernt. Das Recherchieren. Das Katz-und-Maus-Spiel bei der Suche nach Quellen und Informanten. Ludwig war darin ein Meister gewesen. *Für Ludwig. Dir allein habe ich alles zu verdanken.* Das hatte Max 15 Jahre später als Widmung in sein Buch mit den in vier Kriegsjahren entstandenen Reportagen aus dem eingekesselten Sarajevo drucken lassen und seinem ehemaligen Volontärsvater ein Vorabexemplar in die Eifel geschickt. Vier Tage später fand Max eine Postkarte in seinem Briefkasten. Die Karte zeigte auf der Vorderseite ein historisches Foto des Nürburgrings, im Vordergrund Juan Manuel Fangio in seinem Maserati, im Hintergrund die Ruine der Nürburg. Auf der Rückseite der Postkarte stand: *Das ist natürlich absoluter Blödsinn, was du da in der Widmung schreibst. Aber das Buch ist sehr gut. Danke.*

Ludwig war nicht nur sein Volontärsvater, sondern so etwas wie ein echter Vater für Max Maifeld gewesen. In einer schwierigen Zeit. So, wie er sich einen Vater erträumt hatte. Vielleicht hatte sich Ludwig ebenso sehr einen Sohn erträumt. Er und seine Frau Agnes hatten keine Kinder bekommen können.

«Hab gerade Kaffee gemacht.»

Ludwig hatte immer gerade Kaffee gemacht, solange sich Max erinnern konnte. Das war Ludwigs Standardbegrüßungssatz an der Haustür, um Besuchern zu signalisieren, dass sie willkommen waren. Ludwig stapfte voran in die Küche.

Kaum hatte Max das Haus betreten, spürte er schmerzlich, wie sehr Agnes darin fehlte. Alles sah aus wie immer. Was aber fehlte, war ihre Wärme, die einst das Haus durchflutet hatte.

«Ja, sie fehlt mir sehr», sagte Ludwig, als könne er Gedanken lesen. «Immer noch. Obwohl sie jetzt schon fast zwei Jahre tot ist. Wir waren halt ein echtes Liebespaar, bis zum Schluss. Was für ein beneidenswerter Mensch ich doch bin, dass ich diese wunderbare Frau kennenlernen, so lange mit ihr leben durfte. Mensch, Max, wir haben uns ja seit der Beerdigung nicht mehr gesehen. Junge, wie die Zeit vergeht …»

Ludwig war alt geworden, dachte Max, während Schemmerl die Tassen, die Zuckerdose, den Untersetzer und schließlich den Topf mit der heißen Milch auf den Tisch stellte. Ludwig legte ihm einen dicken braunen DIN-A4-Umschlag vor die Nase.

«Hier. Das konnte ich auf die Schnelle zusammentragen. Du hast mir ja nicht viel Zeit gelassen. Lies es später in Ruhe. Reden wir lieber über die wichtigen Dinge.»

Er trug immer noch diese weiten, ausgebeulten Breitcordhosen, immer noch die ledernen Hosenträger, immer noch Hemden in den unmöglichsten Farben und bizarrsten Kragenformen, als hätte er den gesamten Restbestand eines DDR-Textilkombinats aufgekauft. Daran hatte sich nichts geändert.

Aber seine Augen waren alt geworden.

Alt und müde.

«Echte Kuhmilch. Direkt vom Bauern. Nicht dieser Dreck, den du in Köln im Supermarkt bekommst.»

«Ja. Unbestreitbar bietet das Landleben auch Vorteile.»

«Mach dich ja nicht lustig über uns, du arroganter Städter. Die zwei Jahre haben dir damals verdammt gutgetan. Den wirren Kopf freigemacht. Ich weiß noch genau, wie du das erste Mal hier aufgekreuzt bist. Zurück zu deinen Wurzeln wolltest du, hast du getönt. Das einfache, ehrliche Leben auf dem Land, weit weg von der vom Geld vergifteten Stadt. Und wenn wir nach der Arbeit noch einen trinken gingen und du einen zu viel getrunken hattest, was übrigens ziemlich schnell ging bei dir, dann hast du Bakunin und Erich Mühsam zitiert, wie so ein intellektueller Angeber, und von deinen anarchistischen Heldentaten bei der Besetzung der Stollwerck-Fabrik schwadroniert.»

«Meine Güte, Ludwig, ist das lange her. Der verrückte Sommer 1980. Das Severinsviertel im Ausnahmezustand. 600 Besetzer drinnen, ungefähr eine Million Polizisten draußen.»

«Ja, Max, so ist das oft mit den Dingen, die lange her sind: Sie sind fast schon gar nicht mehr wahr.»

«Dummerweise erschien dann dieses Foto auf der Titelseite der Bild-Zeitung. Riesengroß. Ami-Parka und Palästinenser-Tuch, und ich schmeiße gerade einen Pflasterstein gegen die Panzerung des Wasserwerfers. Mit dem Foto aus seiner Lieblingszeitung war der Alte dann gleich zur Uni marschiert und hatte dafür gesorgt, dass die mich exmatrikulierten. Bakunin? Ludwig, war ich damals wirklich so ein neunmalkluger Arsch gewesen?»

«Du warst zwanzig. Wie man halt so ist mit zwanzig, wenn man noch glaubt, mit der Besetzung einer leerstehenden Fabrik die Welt verändern zu können. Aber du hattest was in der Birne. Das hatte mir gleich gefallen. Deshalb hast du ja auch das Volontariat gekriegt. Weshalb hattest du dich eigentlich ausgerechnet bei mir beworben? Hier, in der Provinz?»

«Keine Ahnung. Und du, Ludwig? Du bist doch damals auch zurück. Von der Landeshauptstadt in die Kreisstadt. Und privat sogar von der Kreisstadt zurück in dein winziges Heimatdorf. Von Düsseldorf nach Nürburg. Vielleicht gibt es ja so etwas wie die Sehnsucht nach den geographischen Wurzeln. Manche Menschen sehnen sich nach ihren genetischen Wurzeln, andere nach ihren geographischen Wurzeln.»

«Jedenfalls: Was dein Vater damals gemacht hatte, das mit dem Foto und der Uni, das war nicht richtig. Sein eigen Fleisch und Blut verraten … so etwas tut man nicht.»

«Das war ja dann auch das Ende. Wir sind uns bis zu seinem Tod nie wieder begegnet. Was war er für ein Mensch?»

«Dein Vater?»

Max nickte.

Ludwig kratzte sich nachdenklich am Kopf. Max bemerkte erst jetzt den Fleck auf dem orangefarbenen Hemd. Eigelb. Außerdem fiel ihm auf, dass der alte Mann sich schon seit ein paar Tagen nicht mehr rasiert hatte. Früher, als Agnes noch lebte, da hatte Ludwig immer sehr auf sein Äußeres geachtet.

«Bitte sei ehrlich zu mir, Ludwig.»

«Deine Tasse ist leer. Willst du noch Kaffee?»

Max schüttelte den Kopf.

«So gut habe ich ihn ja gar nicht gekannt. Derselbe Jahrgang 1936, in Nürburg geboren und aufgewachsen, da kannte man sich natürlich in so einem kleinen Dorf. Wir haben nebeneinander in der Schulbank gesessen, die ersten fünf Jahre in der Volksschule, in dieser gottverdammten Zwergschule, die erste bis achte Klasse in einem einzigen, engen Raum, ein stinkender Kohleofen, jedes Kind musste morgens von daheim ein Brikett mitbringen. Und dann dieser einarmige Nazi-Lehrer. Schon wegen lächerlicher Kleinigkeiten musstest du nach vorne kommen, die Hände aufs Pult legen, dann ließ er dich eine Weile zittern, er genoss deine Angst, weil du ja schon wusstest, was gleich passieren würde, und dann schlug er dir mit seinem Holzlineal auf die Finger. Mit aller Kraft. Und dabei hatte er immer dieses hässliche Grinsen im Gesicht. Es tat jedenfalls höllisch weh. Dein Vater musste übrigens ziemlich oft nach vorne kommen, öfter als alle anderen, aber er verzog nie das Gesicht. Keine einzige Träne. Im Gegenteil: Er grinste immer frech zurück. Vorher und nachher. Mit Todesverachtung im Blick. Wie ein Freiheitskämpfer kurz vor der Hinrichtung. Das trieb diesen alten Nazi jedes Mal zur Weißglut. Aber so war er, der Jupp. Immer hart gegen sich selbst.»

«Und hart gegen andere.»

«Ja, leider. Vermutlich lag es daran, dass sein eigener Vater so früh gestorben war. Und er als einziger Sohn so früh die ganze Verantwortung aufgebürdet bekam. Deine Großmutter stand ja plötzlich allein da mit allem. Sie hatte keine andere Wahl. Die Milchkühe. Die Schweine. Die Hühner. Der Jupp war zwar so alt wie wir, aber irgendwie war er immer schon älter, erwachsener. Schweigsam. Verschlossen. In sich gekehrt. So war er.»

«Wie lange hielt euer Kontakt?»

«Nicht lange. So lange, bis mich meine Eltern gleich nach dem Krieg ins Internat nach Trier schickten, damit ich das Gymnasium besuchen konnte. Jupp blieb und hat die Volksschule beendet und danach die Autoschlosserlehre hier am Nürburgring gemacht. Da hat man sich nur noch selten gesehen, nur in den Ferien.»

«Und später?»

«Nach dem Abi bekam ich das Zeitungsvolontariat in Düsseldorf. Da haben wir uns noch seltener gesehen. Zufällig, auf der Kirmes oder so, wenn ich mal zu Besuch bei meinen Eltern war. Als ich dann Jahre später die Stelle als Lokalredakteur hier in der Kreisstadt bekam, da war der Jupp ja schon längst weg und hatte sich in Köln selbständig gemacht. Seitdem war er nicht mehr oft hierhergekommen. Eigentlich so gut wie nie.»

«Ich weiß. Auch in den sieben Jahren, die Theo und ich hier bei Oma Alwine verbracht hatten, kam er so gut wie nie.»

«Es war sicher nicht leicht für ihn in dieser Zeit, Max. Ohne Frau, der Stress mit der Firma, die noch nicht richtig lief …»

«Red keinen Unsinn, Ludwig. Er hatte keine Lust, seine Söhne zu sehen. So einfach war das.»

«Deine Großmutter habe ich übrigens sehr gemocht, Max. Bei ihr fühlte man sich immer gleich wie zu Hause. Alle Kinder des Dorfes mochten sie. Eine herzensgute Frau.»

«Ja, Ludwig. Oma Alwine war ein wahrer Engel. Wie war meine Mutter eigentlich?»

«Du hast wahrscheinlich keine Erinnerung mehr an sie, nicht wahr, Max? Du warst … wie alt?»

«Drei, dreieinhalb, als sie starb.»

«Ein schönes Paar. Dein Vater war groß und kräftig und hatte diese feurigen Augen und diesen energischen Blick. Und die Katharina war eine echte Schönheit. Du glaubst gar nicht, wie sehr sämtliche Männer deinen Vater um diese schöne, anmutige Frau beneideten. Aber du wirst sie ja sicher von Fotos kennen.»

«Nein.»

«Nein?» Ludwig starrte ihn ungläubig an. «Aber es müssen doch noch alte Fotos von ihr existieren.»

«Ludwig, es gibt keine Fotos. Ich wusste nicht einmal ihren Vornamen, bevor ich von Morian das Dossier bekam, das dieser Pelzer zusammengetragen hat. Mein Vater hatte nach dem Tod meiner Mutter systematisch alle Erinnerungen an sie gelöscht. Wir Kinder hatten das zunächst gar nicht begriffen. Als Kind glaubt man, dass die Welt nur so sein kann, wie sie ist.»

«Ich erinnere mich jetzt, dass du das mal in einer deiner Reportagen über ein Flüchtlingslager im Kosovo geschrieben hast: Kinder, die frohgemut im Dreck spielen, während die Erwachsenen daran verzweifeln, was sie verloren haben.»

«Genauso ist es, Ludwig. Genauso fühlt sich das an. Kinder glauben, dass die Welt, so wie sie ist, auch so richtig ist. Als gäbe es keine Alternativen. Später, als wir größer wurden, als wir wieder in Köln waren, da haben wir natürlich gefragt. Nicht unseren Vater, das hätten wir uns nie getraut. Aber zum Beispiel unseren Altgesellen. Ferrari-Hein. Der arbeitete schon so lange in der Werkstatt, wie es die Firma gab. Und der hatte uns nach langem Drängen und dem vierten spendierten Bier mal erzählt, dass der Alte gleich nach dem Tod unserer Mutter nicht nur sämtliche Fotos verbrannt hatte, sondern schlichtweg alles, was auch nur entfernt an sie erinnern konnte. Und warum? Niemand konnte oder wollte uns die Frage beantworten. Auch Ferrari-Hein nicht. Achselzucken. Schweigen. Niemand durfte sie im Beisein des Autokönigs auch nur erwähnen. Die Maifeld-Söhne hatten einfach keine Mutter, nicht einmal in ihrer Erinnerung.»

«Das tut mir leid, Max. Das wusste ich nicht.»

«Schon gut. Ich wusste es ja fast selbst nicht mehr.»

Max betrachtete das gerahmte Foto an der Wand, gleich neben dem Küchenschrank. Es zeigte Ludwig und Agnes, fröhlich lachend, Hand in Hand, auf einem Platz vor einem Straßencafé. Ludwig trug einen schicken Sommeranzug und eine Sonnenbrille, Agnes ein weißes Kleid, rote Schuhe und einen roten Hut mit weißen Tupfern. Das Foto hing über dem Lichtschalter. Als hätte Ludwig es bewusst so platziert, damit er es zwangsläufig betrachten konnte, sobald er das Licht einschaltete.

«Das ist ein schönes Bild von euch beiden.»

«Das ist in Bologna. Der Kellner hat das Foto gemacht. Gleich nachdem ich in Rente gegangen bin, haben wir eine Rundreise durch Italien unternommen. Im Frühherbst war das. Mir kommt es manchmal so vor, als sei es erst gestern gewesen. Erinnerungen führen ein Eigenleben. Man kann sie nicht steuern.»

«Ludwig, in den letzten Tagen ist so viel zurückgekommen an Erinnerungen, die scheinbar längst aus meinem Gedächtnis gelöscht waren. Vielleicht hatte ich Theo zuliebe nie mehr nachgeforscht. Er konnte es ohnehin kaum ertragen, dass ich mit dem Alten endgültig gebrochen hatte beziehungsweise er mit mir, damals, nach der Sache mit der Stollwerck-Besetzung.»

«Und Theo?»

«Theo hatte die Hoffnung nie aufgegeben, das wieder kitten zu können. Aber da biss er sich bei dem Alten die Zähne aus. Da hätte ich schon zu Kreuze kriechen müssen. Auf allen vieren über die Severinsbrücke, *mea culpa* brüllend und mich dabei selbst geißelnd. *Mea culpa, mea culpa, mea maxima culpa.* Theo war geradezu süchtig nach Harmonie und heiler Familie. Deshalb hatte er sich auch stets an den Alten geklammert, an den kärglichen Rest unserer Familie, und sich ihm widerspruchslos untergeordnet. Kein Abi gemacht, was der Alte schon bei mir für völlig überflüssig gehalten hatte, sondern die Lehre in seiner Werkstatt, dann die Meisterprüfung und später die Firma übernommen, als er tot war. Ist das nicht seltsam? Theo wohnt in genau jener Wohnung über der Werkstatt, in der er schon als Baby gewohnt hatte, mit Papa und Bruder und Mama, die ihn zwar gebar und stillte, die er aber nicht in seinem Gedächtnis verankern durfte. Nicht mal ein Foto hatte uns der Alte gelassen. Nicht ein einziges Foto.»

«Hat Theo etwa die ganze Zeit in der kleinen Wohnung zusammen mit deinem Vater gehaust?»

«Nein. Als die Firma irgendwann aus dem Gröbsten raus war und bombig lief, und das war ja schon so, noch bevor er uns nach dem Tod von Oma Alwine zurück nach Köln holte, da ließ er sich so einen furchtbar hässlichen Bungalow in Rodenkirchen bauen, direkt am Rhein. Jupp Maifeld stand nun mal darauf, seinen Wohlstand zu demonstrieren. Theo ist dann aber gleich nach der Lehre zurück in die alte Wohnung über der Werkstatt. Für den Alten war das geschäftlich gesehen ungeheuer praktisch: So war Theo für die Kundschaft des Kölner Autokönigs rund um die Uhr an sieben Tagen die Woche greifbar.»

«Vielleicht ist Theo ja ebenfalls aus Sehnsucht nach seinen Wurzeln ausgerechnet in diese Wohnung gezogen. Und eure Großmutter? Hat sie euch nie etwas über eure Mutter erzählt? Ich kann das kaum glauben, Max.»

«Theo und ich haben Oma Alwine viel zu verdanken. Aber eine Sache habe ich ihr nie verziehen. Sie war stets absolut solidarisch mit ihrem Sohn. Sie hatte mitgespielt. In den sieben Jahren, die wir bei ihr lebten, hat sie wirklich alles getan, damit die Maifeld-Söhne ihre Mutter vergaßen. Und es funktionierte tatsächlich. Mir ist das erst viel später klargeworden: Nicht vom Kopf, nicht vom Verstand, aber vom Bauch, vom Gefühl her ist es tatsächlich so, als hätten wir nie eine Mutter …»

Max versagte die Stimme. Er drehte hastig den Kopf weg, damit Ludwig seine nassen Augen nicht sah, und schaute aus dem Küchenfenster, über die Weide jenseits des verwilderten Gartens und des verwitterten Zauns, bis sich sein Blick im makellosen Blau des Himmels über der Hügelkette verlor.

Ludwig Schemmerl griff über den Küchentisch nach Max Maifelds Hand, drückte sie, ließ sie aber gleich wieder los, als sei er unsicher, ob ihm diese intime Geste zustehe.

«Max, ich habe gestern Abend wieder und wieder über dieses Dossier nachgedacht, das du mir geschickt hast. Die dürftigen Recherchen dieses drittklassigen Journalisten. Hast du einen Verdacht, wer ihn beauftragt haben könnte?»

«Ja, habe ich. Dieser Mensch, der sich Harald nennt und behauptet, mein Bruder zu sein.»

«Aber wenn ich mir das recht überlege, Max, dann ist dieses Dossier eine einzige Ansammlung von Banalitäten. Die Urkunde des Kölner Standesamtes, aus der nichts weiter als das Datum der Eheschließung von Jupp und Katharina hervorgeht. Und dass deine Mutter Manderscheid mit Mädchennamen hieß. Deine Geburtsurkunde. Theos Geburtsurkunde. Die Patientenakte aus dem Klösterchen, die in ihrem Fachchinesisch andeutet, dass du als Dreijähriger mal operiert worden bist. Wer in Gottes Namen mag sich nur für all diese Banalitäten interessieren, Max?»

«Ich zum Beispiel, Ludwig. Für mich waren das keine Banalitäten, sondern echte Neuigkeiten.»

«Eben! Darauf will ich hinaus, Max. Nur für dich ist das alles interessant. Für Außenstehende sind es Banalitäten. Ich habe einen Verdacht, Max: Dem Auftraggeber war das konkrete Ergebnis von Pelzers Recherchen ziemlich egal.»

«Worauf willst du hinaus?»

«Ich glaube, dass es Pelzers Auftraggeber gar nicht darum ging, für sich selbst neue Erkenntnisse zu gewinnen. Sondern nur darum, dich an die Angel zu kriegen. Dich dazu zu bringen, dich mit deiner Familiengeschichte zu beschäftigen.»

«Das wäre doch Wahnsinn: Nur um meine Neugierde zu wecken, tötet jemand zwei Menschen?»

«Vielleicht ist er ja ein Wahnsinniger. Andererseits: Warum morden Menschen? Um ein ganz egoistisches Ziel zu erreichen. Ohne Rücksicht auf das Opfer. Ich sehe da keinen großen Unterschied zu anderen Morden und Mördern.»

Max dachte darüber nach, was es bedeutete, dass ein Mörder behauptete, sein Bruder zu sein.

«Ludwig, hast du noch einen Kaffee für mich?»

«Natürlich, mein Junge. Einen Schnaps dazu?»

Max schüttelte den Kopf und wartete, bis Ludwig die Tasse gefüllt und sich wieder gesetzt hatte.

«Ludwig, aus den Dokumenten geht hervor, dass meine Mutter gleich nach meiner Operation starb.»

«Ja, so erzählte man sich das damals im Dorf.»

«Ludwig, wie ist meine Mutter gestorben?»

«Ich weiß das nur vom Hörensagen, was man sich damals so im Dorf erzählte, wenn ich mal zu Besuch in Nürburg war.»

«Und was erzählte man sich da?»

«Es war in Köln passiert. Auf der Straße vor der Werkstatt deines Vaters. Du lagst im Krankenhaus, frisch operiert. Dein Vater kam nach Hause, und es gab einen fürchterlichen Streit. Keiner weiß genau, wo dein Vater vorher gewesen war, vermutlich zunächst bei dir im Krankenhaus. Und dann in der Kneipe. Denn er war völlig betrunken, was gar nicht zu ihm passte, so wie ich ihn kannte, der Jupp hatte nie viel getrunken, und wenn es mal passierte, dass er zu viel trank, wurde er deswegen nie aggressiv.»

«Ich habe nie gesehen, dass er Alkohol trank.»

«Man erzählt sich, dass er seit der Sache damals nie wieder einen Tropfen Alkohol angerührt hatte. Jedenfalls kam er an jenem Tag betrunken nach Hause, kletterte die Stiege hinauf in die kleine Wohnung über der Werkstatt und brach auf der Stelle einen fürchterlichen Streit vom Zaun. Er schrie, er tobte. Möbel fielen um, Glas splitterte. Sie hatten sich sonst nie gestritten, hieß es. Nie während der ganzen Zeit ihrer kurzen Ehe. Auch das Baby schrie wie am Spieß. Dein kleiner Bruder Theo. Nur deine Mutter war die ganze Zeit nicht zu hören. Dein Vater brüllte so laut rum, dass es die beiden Gesellen und der Lehrling in der Werkstatt hörten und raus auf den Hof liefen und Zeuge dessen wurden, was dann passierte: Deine Mutter lief die Stiege hinab, sie trug Theo auf dem Arm, in der anderen Hand trug sie einen kleinen Koffer. Sie lief über den Hof zu dem VW Käfer, den der Jupp ihr zum Geburtstag geschenkt hatte, und verstaute den Koffer und das schreiende Baby auf dem Rücksitz. Währenddessen tobte Jupp weiter in der Wohnung herum, schleuderte Sachen gegen die Wände. Doch dann tauchte er plötzlich auf dem Hof auf, wie aus dem Nichts, wutschnaubend und mit stierem, irrem Blick. Katharina sah ihn kommen, stieg hastig in den Wagen, schloss die Fahrertür, startete den Motor, drückte das Gaspedal durch und raste durch die Toreinfahrt hinaus auf die Straße.»

Ludwig machte eine Pause und trank einen Schluck Kaffee. Max starrte auf Ludwigs Hände. Sie zitterten, während er die Tasse zurück auf den Tisch stellte. Draußen fuhr ein Trecker vorbei. Mit Vollgas durch die enge Gasse. Ludwig wartete, bis der Lärm des Dieselmotors endlich verhallt war.

«Der Lastwagen, der von links kam, hatte nicht die geringste Chance, den Unfall zu verhindern. Katharina Maifeld war auf der Stelle tot. Das Baby auf der Rückbank, dein kleiner Bruder Theo, hatte nicht den kleinsten Kratzer abbekommen.»

Jemand klingelte an der Tür.

Ein zweites Mal.

«Willst du nicht an die Tür gehen, Ludwig?»

«Das ist nur der Briefträger. Der will jetzt sein Schwätzchen halten. Da muss er sich bis morgen gedulden. Vier Wochen nach der Operation wurdest du aus dem Krankenhaus entlassen. Deine Mutter war bereits beerdigt, auf Wunsch von Katharinas Eltern auf dem kleinen Friedhof ihres Heimatdorfes. Dafür hatten sie Jupp Maifeld, ihrem Schwiegersohn, versprechen müssen, niemals auch nur den Versuch zu wagen, Kontakt zu ihren beiden Enkelkindern aufzunehmen. Zu den Kindern ihres einzigen Kindes. Wie Jupp das geschafft hatte, ihnen dieses Versprechen abzunehmen … keine Ahnung, womit er ihnen gedroht haben könnte. Der Jupp erschien übrigens nicht mal zur Beerdigung.»

«Mein Vater kam nicht zur Beerdigung meiner Mutter?»

«Nein. So erzählten es sich jedenfalls die Leute damals im Dorf. Den Rest der Geschichte kennst du ja: Jupp brachte zuerst Theo und nach deiner Entlassung aus dem Krankenhaus auch dich zu eurer Oma, der Witwe Alwine Maifeld.»

«Mein Vater kam nicht zur Beerdigung meiner Mutter!»

«Es tut mir leid, Max.»

«Das heißt, meine Mutter ist hier beerdigt, wo auch Oma Alwine beerdigt ist, und ich bin wohl schon unzählige Male, wenn ich das Grab von Oma Alwine besucht habe, am Grab meiner Mutter vorbeigelaufen, ohne es zu wissen?»

«Nein, Max. Katharina wurde nicht hier beerdigt.»

«Aber du sagtest doch eben …»

«Sie wurde nicht hier beerdigt, sondern, wie ich schon sagte, auf Wunsch ihrer Eltern in ihrem Heimatdorf. Katharina Maifeld stammte nicht aus Nürburg. Sie hatte den Jupp damals nur zufällig auf dem Nürburgring kennengelernt. Als dein Vater dort als Mechaniker arbeitete. Ihr Heimatdorf liegt gut 30 Kilometer Luftlinie nordwestlich von hier. Richtung belgische Grenze. Roggenrath. Das Dorf der Brandesser-Sippe.»

Der Friedhof lag tief versteckt im Wald, auf einer Lichtung unterhalb des Golfplatzes. Fast hätte Max Maifeld das schlichte, von Tannenzweigen verhängte Schild übersehen, das den geschotterten Weg durch den Wald zu einem verwaisten, knapp 200 Meter von der asphaltierten Straße entfernten Parkplatz wies. Dort ließ Max den Stingray stehen, mitten auf dem geschotterten Platz, und ging zu Fuß weiter. Das hüfthohe schmiedeeiserne Tor kreischte in den verrosteten Angeln, als er es entriegelte und aufstieß, und es kreischte erneut, als er es hinter sich schloss. Als wollte es so den Eindringling davon abhalten, die ewige Ruhe zu stören. Der kleine Friedhof war von mächtigen hohen Tannen umschlossen, die einen großen Teil des Tages die Sonne von der Waldlichtung fernhielten. Gras und Moos wucherte auf den schmalen Wegen zwischen den Gräbern.

Gleich in der ersten Reihe entdeckte Max das Grab des Mannes, der vor mehr als 70 Jahren in Cádiz einen geräucherten Schinken gegen einen frühen Dalí getauscht hatte.

Gefallen im heldenhaften Kampf
gegen den Bolschewismus
OBERFELDWEBEL HEINRICH BRANDESSER
Träger des Spanienkreuzes in Bronze mit Schwertern
1902–1936

Eine Familiengruft. Ein gewaltiger Engel aus weißem Marmor sah gnädig auf Max herab und hob seine ausladenden Schwingen schützend über die fünf Toten, die dort begraben lagen: außer Heinrich Brandesser sein zwei Jahre jüngerer Bruder Franz, der 1976 beerdigt worden war, ferner Franz Brandessers Frau Hedwig, 1914 geboren, 1935 gestorben. 1936 waren laut Inschrift die Eltern der beiden Brüder gestorben und in der Familiengruft beigesetzt worden, im selben Jahr also, als auch Heinrich Brandesser im Hafen von Cádiz ums Leben gekommen war.

Abgesehen von der Grabplatte des Spanien-Legionärs waren die vier anderen Grabplatten extrem schlicht gehalten. Name, Geburtsjahr, Todesjahr. Max nahm seinen Notizblock und notierte die Inschriften. Binnen zwei Jahren hatte Franz Brandesser also seine erst 21-jährige Ehefrau sowie seinen Bruder und beide Eltern verloren. Und stand als alleinerziehender Vater da.

Und als Alleinerbe.

Max blätterte in seinen Notizen zurück, um sicherzugehen, dass ihn seine Erinnerung nicht täuschte: Hedwig Brandessers Todesjahr war tatsächlich zugleich das Geburtsjahr ihres einzigen Sohnes: Dr. Walther Brandesser.

Gleich links neben der Brandesser-Gruft türmte sich die braune Erde eines frisch ausgehobenen, aber noch leeren Einzelgrabes auf. Max vermied es, länger als nötig in das dunkle Loch zu sehen, und suchte weiter, Reihe für Reihe, Grab für Grab.

Seine Mutter fand er schließlich in der hintersten Reihe, dicht an den Stämmen der Tannen. Das zweite Grab von rechts.

Wer unter euch ohne Sünde ist,
der werfe den ersten Stein.

KATHARINA MAIFELD
geb. Manderscheid
1940–1963

Max stand da und wusste nichts zu sagen. Da lag also die fremde Frau, die drei kurze Jahre seine Mutter gewesen war. Die ihn geboren und gestillt und liebkost und getröstet hatte.

Bis sie starb.

Mit 23 Jahren.

Auf der Flucht vor seinem Vater.

Wer unter euch ohne Sünde ist, der werfe den ersten Stein.

Wer hatte sich nur diesen Grabspruch ausgedacht?

Ihre Eltern?

Seine Großeltern?

Das Grab war ordentlich gejätet und von Unkraut befreit. Jemand musste es regelmäßig gießen, bei dieser Hitze. Frische Blumen standen in einer Vase vor dem Grabstein.

Er schrak jäh aus seinen Gedanken, als das Kreischen des Tores die Friedhofstille zerriss. Zwei Kinder. Sie trugen Messdienergewänder. Ein junger Pfarrer. Ein Sarg aus heller Eiche, den vier kräftige Männer in schwarzen Anzügen auf ihren Schultern durch die Pforte balancierten, die kaum breit genug für einen einzelnen Menschen war. Nach wenigen Metern stellten die vier Männer den Sarg neben dem frisch ausgehobenen Grab ab und senkten die Köpfe. Auch der Pfarrer verharrte mit gesenktem Kopf vor dem Grab neben der Brandesser'schen Gruft. Seine Lippen bewegten sich stumm, als flüstere er ein Gebet, als wolle er so die Zeit überbrücken, bis alle Mitglieder der Trauergemeinde die Pforte passiert hatten, damit niemand den Anfang des Zeremoniells verpasste.

Roggenrath hatte laut Ludwig Schemmerls Recherchen bei der Kreisverwaltung derzeit 436 Einwohner. Max zählte die allesamt schwarz gekleideten Frauen und Männer nicht.

Aber so wie sich allmählich die gesamte untere Hälfte der Waldlichtung füllte, mussten wohl sämtliche erwachsenen Bewohner des Dorfes zu dieser Beerdigung erschienen sein. Max sah sich um, entdeckte aber keine Möglichkeit, den Friedhof zu verlassen, ohne die Trauernden zu stören.

Der Pfarrer begann mit seiner Rede. Die Entfernung von der ersten zur letzten Grabreihe war zu groß, um auch nur einen einzigen zusammenhängenden Satz zu verstehen. Die Trauergemeinde schien der junge Pfarrer jedenfalls mit seinen Worten nicht fesseln zu können. Denn fast alle der schwarzgekleideten Männer und Frauen blickten jetzt hinauf zu dem Fremden im Schatten der Tannen. Bildete er sich die Feindseligkeit in den Augenpaaren nur ein? Eben noch war er mutterseelenallein mit seiner toten Mutter gewesen, und jetzt starrte ihn das gesamte Dorf über die Gräber hinweg an.

«Machen Sie sich nichts daraus, Herr Maifeld. So sind hier die Leute. Alle. Ohne Ausnahme.»

Max bemerkte erst jetzt die ältere Frau neben sich. Sie hatte sich zwar dicht neben ihn gestellt, aber sie sah ihn nicht an, sondern verfolgte mit konzentrierter Miene die Beerdigung. Ihr Alter war unmöglich zu schätzen. Sie war zierlich und reichte ihm trotz der hochhackigen Riemchenschuhe nicht einmal bis zur Schulter. Wie alle anderen war auch sie ganz in Schwarz gekleidet, aber abgesehen von der Farbe wirkte ihr Kostüm für eine Beerdigung auf dem Friedhof eines Eifeldorfs denkbar unpassend. Die altmodisch geformte Sonnenbrille in ihrem zeitlos schönen, in Würde gealterten Gesicht verlieh ihrer Augenpartie etwas Katzenartiges. Das Oberteil des Kostüms war tief dekolletiert und endete eng tailliert knapp über den Hüften. Der Rock war zwar wadenlang, aber ebenfalls extrem figurbetont geschnitten. Zwischen dem Rocksaum und den eleganten Schuhen erkannte

Max schwarze Netzstrümpfe an den schlanken Fesseln. Außerdem schien die Frau zur Feier des Tages ihren gesamten Schmuck angelegt zu haben. Überall glitzerte und klimperte es, an ihrem Hals, an ihren Handgelenken, an ihren Fingern. Ihr gesamter Auftritt hatte etwas Mondänes. Als sei sie ein alternder Filmstar, der zur Beerdigung eines Kollegen erschienen war.

Max kannte diese Frau nicht.

Aber offenbar kannte sie ihn.

Woher sollte sie sonst seinen Namen wissen?

«Entschuldigen Sie … müsste ich Sie kennen?»

«Nein, Herr Maifeld. Sie können mich nicht kennen. Und ich habe einfach nur geraten: Wenn ein Mann Ihres Alters am Grab von Katharina steht und außerdem dieses Auto fährt …»

«Sie kannten meine Mutter?»

«Ja, natürlich kannte ich Ihre Mutter.»

«Sie sind also von hier?»

Die Frau, die demnach bereits auf die siebzig zugehen musste, lächelte still in sich hinein, sah ihn aber immer noch nicht an, sondern beobachtete unentwegt die Zeremonie am entgegengesetzten Ende der Waldlichtung.

Sie ließ sich Zeit mit der Antwort.

«Nein. Wenn ich es mir recht überlege, Herr Maifeld: Nein, ich bin wohl doch nicht von hier.»

Sie schwieg und verfolgte hochkonzentriert die Beerdigung, als sei die kurze Audienz, die sie ihm gewährt hatte, nun beendet. Doch nur Sekunden später drehte sie plötzlich den Kopf und sah ihm erstmals durch ihre undurchdringliche Katzenaugen-Sonnenbrille ins Gesicht. Sie studierte ihn eine Weile, dann lächelte sie und sagte: «Sie haben den schönen Mund Ihrer Mutter geerbt, Herr Maifeld. Übrigens: Hatte ich vorhin recht mit meiner Vermutung? Dieses schicke Auto da draußen war damals schon eine Rarität, und heute sieht man so etwas gar nicht mehr auf den Straßen. Ist das tatsächlich der Wagen vom Jupp?»

«Ja, das ist er.»

«Dachte ich es mir doch.»

«Sie kannten also auch…»

«Den Jupp? Ja, ich kannte den Jupp.»

Der Sarg wurde hinab ins Grab gelassen. Das erforderte nun ihre gesamte Aufmerksamkeit. Die Sargträger traten zurück und machten dem Pfarrer Platz und wischten sich verstohlen mit dem Handrücken den Schweiß von der Stirn, und die kleine Frau neben Max Maifeld flüsterte kaum hörbar:

«Tschüs, Karl.»

«Entschuldigen Sie … wer wird da eigentlich beerdigt?»

«Der Karl Hillesheim.»

«Der Knecht, der in der Bonner Uni-Klinik …»

«Leberzirrhose. Mit dem Alkohol hat der Karl sein Leben lang zielgerichtet auf seinen Tod hingearbeitet. Dafür ist er allerdings noch ganz schön alt geworden. Der Karl hat zeitlebens gesoffen, was das Zeug hielt. Jeder andere Arbeitgeber hätte ihn achtkantig rausgeschmissen. Aber der alte Brandesser hing an ihm. Und der junge Brandesser hat eh immer genau das gemacht, was der Alte wollte. Auch als der Alte schon längst tot war.»

Jetzt erst bemerkte Max in der Menge der Trauernden zwei Gesichter, die er kannte: Dr. Walther Brandesser und sein Sohn Clemens traten als Erste an das offene Grab, zwischen ihnen eine Frau um die fünfzig, die Edith Brandesser sein musste. Die drei verharrten lange und mit gesenkten Köpfen vor dem Grab, bevor sie sich schließlich wie auf ein stilles Kommando hin abwendeten. Die Männer hakten die Frau unter. Die Trauergemeinde machte ihnen ehrfurchtsvoll Platz, die Menge teilte sich, bildete eine Gasse bis zum Tor.

Erst als die Brandessers die Waldlichtung in Richtung Parkplatz verlassen hatten, schloss sich die Gasse wieder, und die gesichtslose Menge der Schwarzgekleideten rückte Schritt für Schritt zum Grab vor, um eine Schaufel Erde oder Blumen auf den Sarg zu werfen.

«Ich muss jetzt gehen», sagte die Frau neben Max.

«Wissen Sie zufällig, wer diesen Spruch auf den Grabstein meiner Mutter meißeln ließ?»

«Na, ihre Eltern natürlich.» Die Frau deutete auf das letzte Grab rechts neben Katharina Maifeld. Ein Doppelgrab. Im Vergleich zum Grab der Tochter wirkte es verwahrlost. Es war von Tannennadeln übersät, und der Grabstein war inzwischen so vermoost, dass die Schrift kaum noch zu erkennen war. «Die Manderscheids, Ihre Großeltern, Herr Maifeld, das waren sehr fromme Leute. Sehr, sehr fromme Leute. Der alte Manderscheid war der Organist und Küster der Pfarrgemeinde.»

«Wer unter euch ohne Sünde ist, der werfe den ersten Stein. War meine Mutter eine Sünderin?»

«Fragen Sie besser die Steinewerfer, Herr Maifeld. Ich muss jetzt wirklich gehen. Leben Sie wohl.»

«Ich weiß gar nicht Ihren Namen.»

«Ist der so wichtig?» Sie beobachtete die Männer und Frauen, die sich nach und nach anschickten, den Friedhof zu verlassen, gemessenen Schrittes, aber erhobenen Hauptes, um besser sehen zu können, was sich da am anderen Ende der Lichtung abspielte. Sie erwiderte trotzig die misstrauischen Blicke. Sie schaute Max erst wieder an, als sich die Trauergemeinde endgültig aufgelöst hatte, als sie und er alleine waren mit den Toten.

«Jeschke. Marlene Jeschke.»

«Frau Jeschke, dürfte ich Sie vielleicht noch irgendwo auf einen Kaffee einladen?»

«Sie sind ja genauso hartnäckig wie der Jupp.» Sie sagte es eher amüsiert als verärgert und berührte dabei seinen Arm mit ihren Fingerspitzen. «Aber hier gibt es kein Café, Herr Maifeld. Hier gibt es nur eine ekelhafte Bierkneipe für die Einheimischen im Oberdorf und natürlich das schicke Bistro im Golfclub. In beide Einrichtungen setze ich keinen Fuß. Aber Sie können ja mal auf ein Eis bei mir vorbeikommen. Falls es Sie jemals wieder nach Roggenrath treiben sollte.»

«Ein Eis. Gerne. Wo finde ich Sie?»

«Ich besitze den Kiosk im Unterdorf, gleich an der Hauptstraße nach St. Vith, nicht zu verfehlen.»

«Ich komme gerne. Schon bald. Ich habe nämlich noch ein paar Tage in der Gegend zu tun. Können Sie mir vielleicht eine Unterkunft empfehlen, Frau Jeschke?»

Ihr Lächeln verschwand schlagartig.

«Es wäre besser für Sie, wieder nach Köln zu fahren, Herr Maifeld. Lassen Sie die Vergangenheit ruhen.»

«Umgekehrt wird ein Schuh daraus, Frau Jeschke. Die Vergangenheit lässt mich nicht ruhen.»

Sie entgegnete nichts, sondern legte behutsam ihre Hand auf die Oberkante von Katharina Maifelds Grabstein. Die Geste war von fast intimer Zärtlichkeit.

«Frau Jeschke, wer kümmert sich eigentlich um dieses Grab? Sind die frischen Blumen von Ihnen?»

Marlene Jeschke ging wortlos. Max warf einen langen, letzten Blick auf das Grab seiner Mutter, dann folgte er ihr. Er hatte sie noch nicht ganz eingeholt, da blieb sie in der zweiten Grabreihe kurz stehen und sagte, ohne sich dabei umzudrehen:

«Das Country-Hotel ist wohl nichts für Sie.»

«Wenn Sie es sagen …»

Er hielt das Tor auf und ließ ihr den Vortritt. Sie bedankte sich mit einem charmanten Lächeln.

«Ansonsten gibt es hier leider nichts im Umkreis von etwa zehn Kilometern, Herr Maifeld. Außer vielleicht…»

«Ja?»

«Die Anne hatte vor, zwei, drei Fremdenzimmer herzurichten. Ich weiß gar nicht, ob sie damit schon fertig ist. Manchmal verirren sich nämlich Wanderer hierher, auf großer Eifel-Ardennen-Tour, oder Radrennfahrer beim Training, weil es hier so schön bergauf und bergab geht, oder Motorradfahrer auf der Durchreise nach Belgien, ans Meer, an die Nordsee. Die Leute machen dann schon mal Rast an meinem Kiosk, und manche fragen dann auch, ob man hier irgendwo übernachten kann. Das hatte ich mal der Anne erzählt. Gute Idee, hatte die Anne gesagt. Sie wolle das mal versuchen. Von der Kunst alleine kann sie nämlich noch nicht leben.»

«Anne? Wer ist Anne?»

«Anne Wolanski. Die Künstlerin. Sie lebt in der ehemaligen Eisenerzhütte, in der alten Fabrik unten an der Kyll. Wenn Sie im Unterdorf am Ende der Hauptstraße links über die Brücke fahren. Ist eigentlich gar nicht zu verfehlen. Eine nette Frau … so, da wären wir. Das hier ist mein Auto. Nicht gerade eine Augenweide, aber Hauptsache, er läuft. Klein und fein. Er hat mich noch nie im Stich gelassen, der Gute. Oje! Was ist denn nur mit Ihrem schönen Wagen passiert, Herr Maifeld?»

Der Verdacht hatte sich erhärtet, nachdem sie gestern am späten Abend, zu Hause in ihrem Bett, noch einmal Blatt für Blatt Klaus-Hinrich Pelzers Dossier studiert und dabei ein Fremdwörterbuch sowie ein Vergrößerungsglas zu Hilfe genommen hatte. Die lateinischen Fachausdrücke waren das eine Problem.

Die Handschrift von Ärzten das andere. Grauenvoll.

Entstanden war der Verdacht bereits am späten Nachmittag. Durch ein Missverständnis am Telefon.

Die nette Psychologin vom Düsseldorfer Kriminalamt hatte überraschend angerufen. Antonia Dix hatte so schnell gar nicht mit einem Ergebnis gerechnet. Nein, nein, schränkte die Psychologin gleich ein, sie sei tatsächlich noch nicht so weit, sie rufe nur an, weil sie dringend noch ein paar Informationen brauche, in aller Kürze einen Stammbaum der Familie Maifeld, um den Inhalt dieses anonymen Briefes, den Antonia Dix ihr gemailt habe, besser einordnen zu können. Je mehr sie über die gesicherten familiären Umstände wisse, desto eher seien verwertbare Rückschlüsse auf die Psyche des Verfassers möglich. Also berichtete Antonia Dix ihr am Telefon alles, was sie über die Familie Maifeld wusste.

... denn schließlich fließt in deinen Adern wie in meinen Adern das Blut unseres Vaters. Vielleicht ersparst du Theo besser den Schock, dass in seinen Adern das Blut eines anderen Erzeugers fließt ...

«Wenn ich Sie also richtig verstanden habe, Frau Dix, dann gehen Sie davon aus, dass dieser Theo der leibliche Sohn von Jupp Maifeld ist, während der ältere Bruder, dieser Max, mit einem anderen Mann gezeugt wurde, der zugleich ...»

«Nein, nein, das haben Sie missverstanden. Genau umgekehrt natürlich: Max ist der leibliche Sohn, und Theo ...»

«Das kann man aus dem Brief allerdings je nach Laune so oder so herauslesen, verehrte Kollegin ...»

Ja. Das konnte man tatsächlich so oder so herauslesen. Wieso hatten sie und Morian automatisch nur in die eine Richtung gedacht und die andere Lesart völlig außer Acht gelassen?

Wie konnte man nur so dämlich sein?

Seit sie das Pelzer-Dossier um Mitternacht auf den Fußboden neben ihrem Bett fallen gelassen, das Licht gelöscht und zu schlafen versucht hatte, war sie nicht wesentlich schlauer.

Sie brauchte Hilfe.

Antonia Dix hätte natürlich einen der Mediziner des städtischen Gesundheitsamtes, mit denen die Bonner Kripo bei ihren Ermittlungen gewöhnlich zusammenarbeitete, befragen können. Allerdings wäre das Ergebnis dann automatisch in den offiziellen Ermittlungsakten aufgetaucht, und das wollte Antonia Dix zu diesem Zeitpunkt unter allen Umständen vermeiden.

Aus alter Freundschaft.

Sie hätte auch die Fledermaus fragen können, Dr. Ernst Friedrich von der Rechtsmedizin. Der hätte zwar ihr zuliebe geschwiegen, ganz sicher sogar, aber sich anschließend von seinem schlechten Gewissen plagen lassen. Oder gar von vornerein die Auskunft verweigert, sobald er die Tragweite für den Fall aus den Papieren herausgelesen hätte. Dr. Ernst Friedrich war mitunter von einer geradezu kindlichen Rechtschaffenheit.

Also rief Antonia Dix am frühen Morgen in der Uni-Klinik auf dem Venusberg an, ließ sich zu Judith Drössler durchstellen und fragte sie, wann sie Feierabend habe. Ihre Frühschicht hatte um sechs begonnen und endete um zwei. Um halb drei trafen sie sich am Clemens-August-Platz.

Judith Drössler nahm die Sonnenbrille ab und studierte sorgfältig Fotokopie für Fotokopie. Antonia Dix studierte derweil die Gesichter der übrigen Gäste an den Bistro-Tischen vor dem Havanna-Café, um ihre Ungeduld zu zügeln. Schließlich setzte Judith Drössler ihre Sonnenbrille wieder auf, nippte bedächtig an ihrem immer noch zu heißen Milchkaffee, atmete einmal tief durch, lehnte sich in ihrem Stuhl zurück und legte die Stirn in tiefe Sorgenfalten.

War wohl doch keine gute Idee gewesen, schoss es Antonia durch den Kopf. Das Schlimmste war jetzt Schweigen. Während des Schweigens würden ihre Bedenken reifen. Und die Argumente dafür, diesen Bedenken nachzugeben.

«Was macht die Kreuzfahrt, Frau Drössler?»

«Was? Ach so. Alles bestens. Jetzt kann ich ja schon die Tage zählen. Gestern habe ich mein Visum abgeholt. Das braucht man, wenn man nicht als Tourist, sondern als Arbeitnehmer in die USA reist. Das Ticket für den Flug nach New York hat mir mein neuer Arbeitgeber schon per Post geschickt. Und einen Stadtplan, damit ich dem Taxifahrer den richtigen Anleger im Hafen zeigen kann.»

«Super. Dann scheint ja alles …»

«Hören Sie, Frau Dix, ich tue Ihnen gern einen Gefallen, weil ich Sie echt gut leiden kann. Aber ich bin nur eine Krankenschwester und kein Arzt. Vielleicht sollten Sie besser …»

«Was steht in den Papieren?»

«Also … soweit ich daraus schlau werde, sind das zum Teil die Fotokopien einer formellen Patientenakte … die waren damals wohl anders aufgebaut als heutzutage … zum Teil sind das aber auch handschriftliche Notizen.»

«Von wem könnten die Notizen stammen?»

«Schwer zu sagen. Ich vermute aber mal, von einem der behandelnden Ärzte. Vom Operateur, vom Chefarzt, ich habe keine Ahnung. Der Schreiber hat seine Notizen zwar paraphiert, aber da müsste man schon das Kürzel kennen, und das Ganze ist ja nun schon ein paar Jährchen her und derjenige sicher längst im Ruhestand, wenn nicht gar tot. Ob diese Notizen damals offiziell der Patientenakte als Ergänzung beigefügt wurden oder aber versehentlich da mit hineingerutscht sind oder aus einer ganz anderen Quelle stammen, kann ich Ihnen natürlich nicht sagen. Diese Akten werden ja später in der Regel nie wieder angefasst. Die wandern in den meisten Fällen auf Nimmerwiedersehen ins Archiv. Und heute läuft das ja im Gegensatz zu früher alles über Computer. Warum fragen Sie nicht einfach in dem Krankenhaus nach? Sie fahren schnell mal rüber nach Köln, ins Krankenhaus der Augustinerinnen im Severinsklösterchen, und schon…»

«Und dann?»

Sie lachte so laut und herzhaft, dass die anderen Gäste verstört aufsahen. Das ließ sie sofort wieder verstummen. Nun beugte sie sich weit vor und flüsterte über den Tisch, als sei ihr Gegenüber keine Kriminaloberkommissarin, sondern eine Komplizin bei der Vorbereitung eines Banküberfalls:

«Ich schätze mal, wenn die im Kölner Klösterchen so drauf sind wie unser Verwaltungsdirektor an der Bonner Uni-Klinik, dann machen die zunächst mal einen Aufstand wegen Datenschutz und so. Und Sie, Frau Dix, warten und warten…»

«Genau. Ich habe fürs Warten keine Zeit.»

«Hat das hier denn ebenfalls mit Karl Hillesheim zu tun?»

«Vielleicht. Wir sind noch nicht sicher, aber wir müssen natürlich jeder Spur nachgehen.»

Antonia Dix begriff erst in diesem Moment, dass sie höllisch aufpassen musste, was sie sagte. Die Gefahr war zwar gering, weil Judith Drössler bald als Bord-Krankenschwester auf große Kreuzfahrt ging, aber sie brauchte an Bord nur einem einzigen deutschen Touristen, der zufällig Staatsanwalt oder Richter von Beruf war, abends an der Bar von ihrem kleinen kriminalistischen Abenteuer zu erzählen, und Antonia hätte ein Disziplinarverfahren am Hals, das sich gewaschen hatte.

«Vielleicht übersetzen Sie mir einfach nur mal in groben Zügen dieses schreckliche Fachchinesisch.»

Judith Drössler machte ein Gesicht, als sei sie immer noch

nicht restlos überzeugt, und Antonia Dix fragte sich erneut, ob sie nicht einen Riesenfehler gemacht hatte.

«Wissen Sie, Frau Drössler, diese Papiere kriegt sowieso noch ein von der Staatsanwaltschaft bestellter medizinischer Gutachter in die Finger, und der hat mindestens einen Professorentitel. Aber natürlich nur, wenn an der Sache auch tatsächlich etwas dran ist. Und nur um das möglichst schnell beurteilen zu können, habe ich Sie um Ihre Hilfe gebeten. Damit ich mich nicht blamiere.»

Antonia Dix registrierte befriedigt, wie sich die Sorgenfalten auf Judith Drösslers Stirn allmählich glätteten.

«Okay. Sie haben gewonnen. Vielleicht fangen wir mit der offiziellen Patientenakte an. Das ist einfacher zu erklären. Also ... dieser Patient namens ... Max Maifeld ... 1960 geboren ... hatte 1963 einen Unfall. Einen schweren Unfall. Über die Ursache steht hier natürlich nichts ...»

«Das ist inzwischen geklärt. Ich habe mir das Unfallprotokoll der Kölner Polizei von damals besorgt. Der Dreijährige ist mit seinem Fahrrad auf dem elterlichen Hof herumgeflitzt, mit hohem Tempo in die Halle gerast und dort in eine nicht abgedeckte Montagegrube gestürzt. Der Vater hatte eine Autowerkstatt.»

«Akutes Abdomen.»

«Wie bitte?»

«In der Akte steht: *Patient präsentiert sich bei Einlieferung mit Symptomen eines akuten Abdomens.* Das bedeutet übersetzt: plötzlich einsetzende starke Bauchbeschwerden, bretthartе Bauchdecke. Der Kleine war bei der Aufnahme kaltschweißig, somnolent, also eingetrübt, und hatte einen systolischen Blutdruck von 90 mmHg ... der Puls war nur noch fadenförmig ... das Notfall-Labor ermittelte einen Hb von 4,3 mg/dl ...»

«Und das bedeutet?»

«Höchste Alarmstufe. Akute Lebensgefahr. Not-OP. Sofortige Laparotomie unter ITN, also Öffnen des Bauchraumes unter Intubationsnarkose, um eine Splenektomie …»

«Frau Drössler, ich verstehe kein Wort!»

«Entschuldigung. Dem Kleinen wurde die Milz entfernt.»

«Und was bedeutet das?»

«Gar nichts. Die sofortige Operation hat sein Leben gerettet. Man kann ganz prima ohne Milz leben. Ohne Einschränkungen. Der Junge blieb anschließend noch vier Wochen zur Beobachtung im Klösterchen, da sein Krankheitsbild einen komplikationslosen postoperativen Verlauf nahm. Abgesehen von den wahnsinnigen Schmerzen in den ersten Wochen nach der OP. Damals war die postoperative Schmerztherapie bei Kindern in dem Alter nämlich noch eine absolute Katastrophe.»

«Das heißt, unter Umständen weiß der Patient heute gar nichts mehr von der Operation, weil das Entfernen der Milz keine körperlichen Einschränkungen zur Folge hat.»

«So ist es. Das Einzige, was ihn heute noch an dieses Ereignis erinnern dürfte, ist eine Narbe von unterhalb des Brustbeins bis zu einigen wenigen Zentimetern oberhalb des Schambeins, die bei einem … wie alt ist er jetzt … die bei einem 47-Jährigen nur noch schwach erkennbar sein sollte. Aber wie ich bereits sagte: Ich bin Krankenschwester und kein Arzt.»

Judith Drössler nahm einen Schluck Kaffee.

Antonia Dix nickte und ahnte, dass dies noch nicht alles war. Aber sie schwieg und wartete geduldig.

Judith Drössler nahm ihre Sonnenbrille ab und beugte sich erneut über die Papiere auf dem Tisch.

«Spannend wird das Ganze allerdings erst, wenn man die unterschiedlichen Dokumente zueinander in Bezug setzt. Vor allem wenn man die offiziellen Papiere und die handschriftlichen Notizen parallel liest. Hatte … hat der Patient Geschwister?»

«Ja. Einen jüngeren Bruder.»

«Dann wird mir die Sache allmählich klar. Dieser Arzt drückt sich in seinen handschriftlichen Anmerkungen nämlich etwas kryptisch aus. Als wolle er sich einerseits rechtlich absichern für das, was passiert ist, andererseits aber dennoch nicht so richtig mit der Sprache rausrücken. Einen Moment … Theo Maifeld?»

«Ja. Drei Jahre jünger als Max.»

«Alles klar. Ich fasse nochmal kurz zusammen: Der kleine Max strampelt also mit seinem Fahrrad in die Werkstatt und stürzt ungebremst in diese Montagegrube. Die Folge: ein sogenanntes stumpfes Bauchtrauma, das zu einem Riss der Milz führt. Der Riss wiederum führt zu einem plötzlichen und lebensbedrohlichen Blutverlust. Die einzig sinnvolle Therapie: sofortige OP und Entfernung der Milz. Wegen des hohen Blutverlustes ist Fremdblut erforderlich. Eine Notfall-Transfusion. Der Vater, der den Jungen nach dem Unfall selbst ins Krankenhaus gefahren hat, statt einen Rettungswagen zu rufen … ganz schön leichtsinnig, würde ich mal sagen … besteht ausdrücklich darauf, selbst das Blut zu spenden. Das passiert übrigens gar nicht so selten, manchmal aus religiösen Gründen oder seit den achtziger Jahren auch aus Sorge, das Kind könnte HIV-verseuchtes Fremdblut kriegen.»

«Frau Drössler, mir reicht im Moment die Kurzfassung.»

«Okay. Ich will nur, dass Sie alles richtig verstehen. Das Notfall-Labor macht also einen Test, um festzustellen, ob die Blutgruppen harmonieren, der Vater also überhaupt als Spender für seinen Sohn in Frage kommt. Kein Problem: Beide haben die Blutgruppe A, wie etwa 40 Prozent aller Mitteleuropäer.»

«Gut. Jupp Maifeld spendet Max also Blut.»

«Korrekt. Aber jetzt wird es erst richtig interessant. Kurz noch einmal zurück zur grauen Theorie, Frau Dix. Lässt sich leider nicht vermeiden. Also: Es gibt zwei verschiedene Tests, die es zusammengenommen erlauben, das Blut eines Menschen zu beschreiben: der ABO-Test und der Rhesusfaktor-Test. Je nach Sachlage ist in manchen Fällen nur einer der beiden Tests nötig, in anderen Fällen sind beide Tests vonnöten. Ich habe nicht die geringste Ahnung, wie der übliche Routine-Check vor einer Transfusion im Jahr 1963 aussah. Aber der Rhesusfaktor-Test, der damals im Notfall-Labor gemacht worden ist, war jedenfalls im Hinblick auf die anstehende Operation völlig überflüssig. Nur der ABO-Test war wichtig, um die Verträglichkeit des Spenderblutes für den Empfänger sicherzustellen. Vielleicht gab es in der Hektik … ein Kind drohte zu verbluten … ein Verständigungsproblem, und die Leute im Labor sagten sich, lieber ein Test zu viel als einer zu wenig. Oder aber der Vater hat irgendwas getrickst, damit der zusätzliche Test gemacht wurde.»

«Getrickst?»

«Na ja … man geht zum Labor, macht ein freundliches Gesicht …»

«Jupp Maifeld?»

«Ja. Vielleicht hatte er ja schon vorher was geahnt und nutzte jetzt die günstige Gelegenheit und das allgemeine Durcheinander, um ganz sicherzugehen.»

«Was hatte er denn geahnt?»

«Jetzt aber mal der Reihe nach, Frau Dix. Ich komme ja ganz durcheinander. In dem Kölner Krankenhaus, also im Klösterchen, war ein halbes Jahr zuvor ein Geschwisterkind zur Welt gekommen. Theo. Entbunden hat dieses Kind Katharina Maifeld, die Mutter unseres dreijährigen Notfall-Patienten. Vor der Geburt von Theo konnte man bei der Mutter auf einen Rhesusfaktor-Test verzichten, steht hier, weil man den im Krankenhaus ja schon kannte: von der Erstgeburt drei Jahre zuvor. Das ist bei Entbindungen wichtig, den Rhesusfaktor zu kennen. Man hatte also in den Akten den Rhesusfaktor der Mutter. Drücke ich mich insoweit verständlich aus, Frau Dix?»

«Absolut.» Absolut verständlich und umständlich.

«Gut! Die Akte aus der Gynäkologie erlaubte also einen Abgleich der Rhesusfaktoren. Sozusagen ein primitiver Vaterschaftstest auf einen Blick. Im Gegensatz zum heutigen DNA-Test, der eine Vaterschaft individuell nachweisen kann, konnte ein Bluttest damals lediglich bestätigen, dass bei bestimmten Kombinationen eine Vaterschaft nicht auszuschließen war, und nur bei einigen wenigen Kombinationen die Vaterschaft definitiv ausschließen. Das gilt übrigens genauso für den ABO-Test, aber der hatte offensichtlich kein konkretes Ergebnis gebracht, und so kam der Rhesusfaktor-Test jetzt wie gerufen.»

«Und welches Ergebnis hatte der Rhesusfaktor-Test?»

«Etwa 85 Prozent aller Europäer sind Rhesus-positiv, und nur 15 Prozent sind Rhesus-negativ. Katharina Maifeld ist negativ, Jupp Maifeld ist ebenfalls negativ. Max Maifeld ist aber positiv.»

«Das heißt?»

«Das heißt ganz einfach: Eltern, die beide Rhesus-negativ sind, können unmöglich ein Rhesus-positives Kind zeugen.»

«Und das heißt mit anderen Worten…»

«Max Maifeld ist auf keinen Fall der Sohn von Jupp Maifeld.»

Immerhin fuhr der Stingray noch. Sie hatten ein paar hässliche Beulen ins Blech getreten, außerdem rundum den Lack zerkratzt. Vermutlich mit Schlüsseln oder Schraubenziehern. Vor allem die Motorhaube hatte es ihnen angetan: *VERSCHWINDE* war dort jetzt eingraviert. Die eingeklappten Schlafaugen-Scheinwerfer waren unerreichbar für sie geblieben, aber das Glas der beiden Rücklichter hatte ihren Schuhspitzen nicht standgehalten. Sie hatten den Außenspiegel auf der Fahrerseite abgebrochen, ebenso den rechten Scheibenwischer, und beides achtlos neben dem ramponierten Wagen zu Boden fallen lassen.

Das war alles.

Offenbar hatten sie es eilig gehabt, oder sie wollten größeren Lärm vermeiden. Oder ihnen fehlte schlicht das richtige Werkzeug, weil man zu Beerdigungen gewöhnlich keine Vorschlaghämmer mitnahm. Oder Jagdmesser, um die Weißwandreifen zu durchstechen.

Ein Racheakt?

Wer wollte sich an ihm rächen? Und für was?

Blinde Wut?

Wer war so wütend auf ihn? Und warum?

Eine Warnung? Ein Denkzettel?

Max Maifeld parkte den zerbeulten Stingray auf dem Kirmesplatz. Erst beim Aussteigen bemerkte er den Alten auf der Parkbank im Schatten der sorgsam gestutzten Zierbäume. Der Alte, der auch vor drei Tagen dort gesessen hatte, als Max und Hurl aus dem Mustang Shelby gestiegen waren. Der Alte trug wieder das Blauzeug und dieselben ungeputzten Arbeitsschuhe. Aber diesmal starrte er Max nicht ausdruckslos an. Diesmal stand in seinem zerfurchten Gesicht ein breites Grinsen, und aus seinem faltigen, fast zahnlosen Mund drang ein albernes Kichern.

Max ging auf ihn zu.

Das Kichern verstummte augenblicklich, aber das Grinsen blieb.

«Was gibt's?»

«Nix.»

«Und was gibt's zu grinsen?»

«Die Quittung.»

«Die Quittung?»

«Die Quittung dafür, wenn man seine Nase zu tief in die Angelegenheiten anderer Leute steckt.»

«Sag dem Kerl, der hier die Quittungen verteilt, ich würde ihn gerne mal kennenlernen. Und sag ihm, er muss sich gar nicht abhetzen. Ich bleibe sowieso noch eine Weile in der Gegend.»

Das Grinsen verschwand.

Max passierte das Tor des Wehrturms, folgte der schmalen Gasse und erreichte wenig später die Kirche.

Die Tür stand offen.

Spätgotik. Ein Hauptschiff, keine Seitenschiffe. Der Kirchenraum war kaum größer als eine Kapelle.

Eine einzige dicke Säule aus rotem Sandstein in der Mitte des quadratischen Grundrisses stützte vier Gewölbe, die wie ein vierblättriges Kleeblatt den Raum überspannten. Vor der Säule stand ein Taufstein aus schwarzem Marmor.

War seine Mutter in diesem Becken getauft worden?

Bankreihen mit gepolsterten Kniebänken links und rechts des schmalen Mittelganges, der auf halbem Weg zum Altar von der zentralen Säule und dem Taufstein unterbrochen wurde. War seine Mutter als Kommunionkind durch diesen Mittelgang geschritten, in ihrem weißen Kleid, stolz wie eine Prinzessin?

An der linken Wand klebte eine Predigtkanzel aus dunklem, fast schwarzem Holz, an der rechten Wand eine schmale Treppe, die hinauf zu einer Galerie mit der Orgel führte. Unter der Galerie befand sich ein mit verspielten Schnitzereien versehener Beichtstuhl aus ebenfalls fast schwarzem Holz. Alles in dieser Kirche inklusive des steinernen Altars in der

Apsis wirkte winzig und zugleich unerwartet prachtvoll, wie in einem kostspieligen, aber zu voll gestopften Puppenhaus.

All das nahm Max Maifeld mit Verzögerung wahr. Seine Augen mussten sich nach der grellen Sonne erst an die Dunkelheit gewöhnen. Nirgendwo brannte Licht, weder eine Glühbirne noch eine Kerze, obwohl der Geruch von verbranntem Wachs noch in der abgestandenen, leicht modrigen Luft hing. Die Kirche war zu drei Seiten fensterlos. Nur in der Apsis spendeten drei spitzgiebelige Fensterchen etwas Licht, soweit die Sonne das Buntglas der Bleiverglasung zu durchdringen vermochte.

«Möchten Sie beten?»

Max hatte den Pfarrer gar nicht bemerkt. Wohl wegen des schwarzen Anzugs, den er jetzt trug und der ihn mit der Dunkelheit verschmelzen ließ. Der Pfarrer trat aus dem Schatten der Galerie. Er war noch jünger, als Max ihn vom Friedhof in Erinnerung hatte. Mitte dreißig vielleicht.

«Eigentlich wollte ich gerade abschließen. Aber wenn Sie beten möchten, warte ich selbstverständlich.»

«Eine Einstützenkirche.»

«Wie bitte?»

«Eine absolute Seltenheit in Westeuropa. Nicolaus Cusanus hatte solche Einstützenkirchen bei seinen Reisen durch Böhmen und Schlesien gesehen und anschließend eine an der Mosel nachbauen lassen. Wann wurde diese Kirche hier gebaut?»

«Oh. Sie kennen sich aus. Tut mir leid, aber da kann ich Ihnen leider nicht weiterhelfen. In Kunstgeschichte war ich schon in der Schule der absolute Versager. Das Einzige, was ich über diese Kirche weiß, ist die Tatsache, dass die rückwärtige Mauer ebenfalls Bestandteil der Wehrbefestigung ist, die das komplette Dorf umgibt. Eine wahrhaft wehrhafte Kirche also.»

Er lachte schallend. Max lächelte höflich.

«Ich habe Sie eben bei der Beerdigung gesehen, auf dem Friedhof, und deshalb gehofft, Sie noch hier anzutreffen. Meine Mutter liegt dort begraben, auf dem Friedhof, seit langer Zeit. Katharina Maifeld. Geborene Manderscheid. Ihr Vater soll hier Küster und Organist gewesen sein.»

«O ja, der Name Manderscheid ist mir noch ein Begriff, wenn auch im Wesentlichen nur vom Hörensagen. Die Eheleute sollen sehr fromme und anständige Leute gewesen sein, erzählt man sich. Die Manderscheids haben sich um diese Pfarrei verdient gemacht. Ihr Großvater ist, glaube ich, Mitte der achtziger Jahre gestorben, Ihre Großmutter Anfang der neunziger Jahre. Im Altenheim der Kreisstadt. Sie litt die letzten Jahre unter Demenz. Ein Pflegefall. Ich war in dem Altenheim eine Zeit lang als Kaplan tätig. Die Manderscheids hatten ja keine weiteren Kinder, die sich um sie kümmern konnten. Aber das wissen Sie als Enkel sicher besser als ich. Als dann vor drei Jahren der Pfarrer dieser Gemeinde starb, entschied die Diözese, die Pfarrei Roggenrath aufzulösen. Bei knapp 400 Einwohnern rechnet sich das nicht. Auch die Katholische Kirche muss kostengünstig arbeiten. Wie sagt man dazu auf Neudeutsch? Per Arbeitsverdichtung Synergieeffekte nutzen, um den Workflow zu optimieren.»

Der Geistliche grinste und machte eine Pause, um die Wirkung seines kleinen, weltlichen Scherzes zu testen. Max quälte sich ein müdes Lächeln ab, um ihn nicht zu enttäuschen.

«Seither bin ich als Vikar und Mitarbeiter des Dechanten der Kreisstadt für sechs ehemals selbständige Pfarreien zuständig. Leider bleibt durch diese Gebietsreform auch vieles auf der Strecke, gerade auf dem Feld der Seelsorge.»

«Benötigten die Menschen in diesem Dorf denn vielleicht eine besondere Form der Seelsorge?»

«Wie meinen Sie das?»

«Was sind das für Menschen, die hier leben?»

«Sie sind … wie soll ich sagen … vielleicht etwas eigen. So als hätte die jahrhundertealte Geschichte eines Wehrdorfes hoch oben auf diesem Felsen, die Abgeschiedenheit im Niemandsland weit weg von jeder Großstadt die Bewohner über Generationen geprägt. Aber im Grunde sind es liebenswürdige Leute, meiner Erfahrung nach.»

«Ich weiß leider gar nichts über meine Großeltern. Deshalb fragte ich Sie vorhin nach ihnen. Ich wusste gestern noch nicht einmal, dass meine Mutter hier beerdigt wurde. Vermutlich ist Ihnen der Spruch auf dem Grabstein meiner Mutter nicht in Erinnerung.»

«Leider nein. Wie lautet er?»

«Er lautet: Wer unter euch ohne Sünde ist, der werfe den ersten Stein. Was sagt Ihnen das?»

«Johannes 8,2 – 11. Jesus entgegnet das den Pharisäern, als sie ihm eine Frau bringen, die man des Ehebruchs überführt hatte. Die übliche Strafe war damals die Steinigung.»

«Ich meinte: Welche Eltern lassen das auf den Grabstein ihrer Tochter schreiben?»

«Wann ist Ihre Mutter gestorben?»

«Das ist lange her. 1963.»

«Vielleicht sollten Sie berücksichtigen, dass dies eine andere Zeit war. Mit moralischen Werten, die in der heutigen Gesellschaft anders gesehen und interpretiert werden. Ihre Großeltern suchten sich offenbar vor Anfeindungen zu schützen, könnte ich mir vorstellen. Vor bösem Gerede. Man könnte sogar annehmen, dass sie, von ihrem religiösen Standpunkt aus betrachtet, ihre tote Tochter auf diese Weise in Schutz nahmen. Sie hatte vielleicht tatsächlich gesündigt, auch in ihren Augen, aber sie verziehen ihrer Tochter öffentlich, so wie Jesus dieser Ehebrecherin …»

«Danke. Das genügt.»

«Verzeihen Sie. Ich wollte Ihrer toten Mutter nicht zu nahe treten. Ich weiß ja nichts über sie.»

«Ja. Ich weiß leider ebenfalls nichts über sie. Danke, dass Sie sich die Zeit genommen haben.»

Max verließ die Kirche. Er ging nach links, nicht zum Parkplatz, sondern in die entgegengesetzte Richtung. Er machte erst am Ende der Gasse halt, unschlüssig, was er nun tun sollte. Auf dem gepflasterten Hof des barocken Herrenhauses der Brandessers standen dieselben Autos exakt so geparkt wie beim ersten Mal. Als hätten sie sich in den vergangenen drei Tagen keinen Millimeter bewegt. Der nachtblaue S-Klasse-Mercedes. Der schwarze Porsche Cayenne. Und der silberfarbene Audi TT.

Trauerten sie jetzt, da drinnen, gemeinsam um Karl Hillesheim? Den treuen Knecht?

Er hatte nie um seine Mutter trauern können.

Er und Theo hatten nie die Gelegenheit gehabt.

Er drehte sich auf dem Absatz um und ging zurück. Alles war wie beim ersten Mal. Schmucke Häuser, keine Menschen. Ein Hund, eine undefinierbare Promenadenmischung mit hellbraunem, kurzhaarigem Fell, trottete mit geducktem Kopf an ihm vorbei, machte einen großen Bogen um ihn, wagte kaum, ihn anzusehen, als sich ihre Wege kreuzten.

Das Schild über der Tür war aus braunmeliertem Plastik, das Eichenholz vortäuschen sollte.

ZUR BURGSCHÄNKE

Stimmen.

Musik.

Lärm.

Leben.

So früh?

Es war Freitag.

Ein Bierchen zum Start ins Wochenende, natürlich.

MONTAG RUHETAG

Max Maifeld öffnete die Tür.

Boney M.

Rivers of Babylon.

Entsetzlich laut.

Aus der Musikbox links neben der Tür.

Das Stimmengewirr verstummte auf der Stelle.

Alle starrten ihn an.

Verwundert.

Verärgert.

Der verqualmte Raum war ein schmaler Schlauch. Rechts eine Theke, an der man sich von der Eingangstür bis zu den beiden Toilettentüren am Ende des Raumes entlanghangeln konnte. Hinter der Theke gab es eine vierte Tür. Sie stand offen und führte vermutlich zur Küche und zu den Privaträumen des Wirts. Parallel zur Theke standen in Reih und Glied vier Tische mit jeweils vier Stühlen. Aber dort saß niemand.

Sämtliche Gäste standen dichtgedrängt am Tresen und starrten ihn an. Männer. Ein Dutzend vielleicht. Alte, junge, dicke, dünne. Die meisten noch in Arbeitskleidung. Manche in Jogginganzügen. Und dazwischen eine einzige Frau. In engen, ausgebleichten Jeans und bauchfreiem Top, auf goldfarben glänzenden Stilettos, die dunklen Haare lieblos blondiert. Mitte dreißig vielleicht. Schlechte Zähne. Billiger Schmuck. Zu viel Bier.

«Ein Bier.»

Der Wirt nahm wortlos einen gläsernen Krug vom Haken, zapfte ihn voll und stellte ihn vor Max auf die Theke.

«Danke.»

Der Wirt nickte und schaute weg.

Die Musik war zu Ende. Niemand fütterte die Musikbox.

Max trank einen Schluck.

Und spürte den Atem in seinem Nacken.

Max drehte sich um.

Der Mann war jünger, breiter und auch etwas größer als er, knapp über 1,90 Meter groß. Er trug ein schwarzes T-Shirt, das hauteng geschnitten war, damit seine beeindruckenden Muskelpakete nicht verborgen blieben. Er hatte seine Daumen in den Gürtel der Jeans gehakt. Am Mittelfinger der rechten Hand trug er einen dicken Ring, der aussah, als hätte er ihn aus einem Stück Stahlrohr gesägt. Kantiges Gesicht, kräftiges Kinn. Verachtung im Blick. Breitbeinig stand er da und grinste.

Max grinste zurück.

Schweigen.

«Jürgen, lass doch», sagte der Wirt nach einer Weile. Fast weinerlich, jedenfalls nicht überzeugend. Alle anderen sagten nichts. Die Frau verrenkte sich den Hals, um nur ja alles mitzubekommen. Erregung und Gier im Blick.

«Was denn? Ich will ihn doch nur mal fragen, was er hier immer noch will! Ob er immer noch nicht genug hat!»

Jürgen lachte schallend über seine eigene Bemerkung, wandte den Kopf und sah sich triumphierend um, da lachten die meisten mit. Das Lachen der Frau klang seltsam hysterisch.

Max nutzte den Augenblick der allgemeinen Unachtsamkeit, um den Bierkrug von der linken in die rechte Hand wandern zu lassen und um seinen Standpunkt geringfügig zu verändern. Er machte einen halben Schritt zur Seite. Er brauchte etwas Platz für das, was unweigerlich kommen musste. Denn der Mann namens Jürgen geriet allmählich in Zugzwang, wollte er vor seinen Claqueuren nicht das Gesicht verlieren. Als das Lachen der Umstehenden schließlich verebbte, wandte sich Jürgen wieder seinem Opfer zu. Er plusterte sich auf, pumpte Sauerstoff in seinen gewaltigen Brustkorb, hob das Kinn und tippte Max mit dem spitzen Zeigefinger wieder und wieder gegen die Brust.

«Sag schon! Hast du immer noch nicht genug?»

Stille. Selbst das Klackern der Stilettos auf den hässlichen braunen Fliesen hatte aufgehört. Alle warteten auf das große Finale. Max lächelte.

«Jürgen, mein Lieber, wer kann schon von dir genug kriegen?»

Dann ging alles ganz schnell.

Das brüllend laute Gelächter der Meute auf seine Kosten war zu viel für Jürgen. Der Riese löste seine Daumen aus dem Hosenbund und holte erwartungsgemäß zu einem Schwinger aus. Der Schwinger. Bei jeder Kneipenschlägerei die beliebteste Angriffsform. Kraftvoll. Spektakulär. Und dämlich. Denn der Schwinger brauchte bis zum Ziel die längste Zeit und ließ den Angreifer währenddessen deckungslos. Max trat nicht zurück, sondern drehte seinen Oberkörper in den Angriff, ganz nah, so nah, dass er den Atem des Mannes riechen konnte, winkelte gleichzeitig den linken Arm nach oben, um die Kraft des Schlages hinter seinem Kopf vorbeizulenken, und rammte im selben Moment den Bierkrug von unten auf kürzestem Weg unter Jürgens Nase. Das reichte aus, um dessen Verteidigungsreflexe auszuschalten. Der Riese jaulte auf und holte erneut zum Schlag aus. Max drehte sich zur Seite, nutzte den Schwung des massigen Körpers, packte den Riesen mit einer Hand im Nacken, riss seinen Kopf in Richtung Theke und trat ihm gleichzeitig auf den Fuß, damit er das Gleichgewicht verlor. Der Mann hob die Arme, um sein Gesicht vor dem Aufprall auf den Tresen zu schützen, und schuf so freie Bahn, damit Max ihm das Knie in die Rippen rammen konnte. Der Mann sackte zusammen, würgte und blieb mit vor Schmerz verzerrtem Gesicht in einer Lache aus Bier, Blut und Erbrochenem auf dem Boden liegen.

Niemand sagte ein Wort.

Niemand rührte sich von der Stelle.

Max legte einen Fünf-Euro-Schein auf die Theke, stieg über den Mann hinweg, stieß die Tür auf und verließ die Kneipe.

Frische Luft.

Bis zum Kirmesplatz begegnete ihm kein Mensch. Auch der Alte von der Parkbank war verschwunden.

Max stieg in den Wagen und startete den Motor. Seine Hände waren ganz klebrig von dem verschütteten Bier. Sein linkes Ohr schmerzte und pochte heiß. Während er den ramponierten Stingray mit der rechten Hand den Berg hinuntersteuerte, betastete er mit der linken Hand das pochende Ohr. Warm und feucht. Seine Hand war voll Blut. Der Schwinger musste ihn gestreift haben. Der kantige Stahlring an Jürgens Mittelfinger. Das Blut sickerte aus seinem Ohr und tropfte in den Hemdkragen.

Das Handy läutete.

Max hielt es an das rechte Ohr und steuerte den Stingray mit der linken Hand weiter die engen Serpentinen hinab.

«Ja?»

«Ich muss dich dringend sprechen.»

Morian.

«Um was geht es?»

«Nicht am Telefon.»

«Um was geht es, Jo?»

«Um dich!»

«Ich bin nicht in Köln.»

«Das habe ich schon festgestellt. Wann bist du zurück?»

«So schnell nicht. Ich bin für ein paar Tage verreist.»

«Wo steckst du? Ich komme zu dir.»

Max antwortete nicht.

«Max? Du bist doch wohl hoffentlich nicht in diesem verdammten Roggenrath? Ist Hurl bei dir?»

«Nein.»

«Was nein?»

«Die Antwort auf die zweite der beiden Fragen lautet: Nein, Hurl ist nicht bei mir. Okay, ich muss nur noch schnell meine Unterkunft für die Nacht regeln, dann können wir uns bei Ludwig treffen. In Nürburg. Weißt du noch, wo er wohnt?»

«So ungefähr. Ich finde das. In anderthalb Stunden bin ich da.»

Morian hatte aufgelegt.

Max legte das Handy auf den Beifahrersitz und steuerte den Wagen mit beiden Händen durch die Haarnadelkurven.

Das Ohr pochte.

Das Handy klingelte erneut.

«Was gibt's noch, Jo?»

«Das war ein unverzeihlicher Fehler, ohne meine Zustimmung in Roggenrath aufzukreuzen. Ich sagte dir doch, ich gebe dir rechtzeitig Bescheid, wenn die Zeit gekommen ist. Ich habe dich ausdrücklich um Geduld gebeten. Du gefährdest meinen Plan.»

Das war nicht Morian.

Das war die Stimme vom Telefon in Hurls Büro.

Der Auftraggeber.

Der Briefschreiber.

Der Mann, der behauptete, sein Bruder zu sein.

Harald.

«Ihr verdammter Plan ist mir völlig schnuppe. Sie schulden mir noch einhunderttausend Euro. Schon vergessen? Ihr Auftrag. Der Dalí. Ich hasse es, wenn ich nicht weiß, an welche Adresse ich die Zahlungserinnerung schicken soll. Also werde ich Sie suchen. Und verlassen Sie sich darauf: Ich werde Sie finden.»

«Spar dir die Mühe, lieber Max. Niemand findet mich. Du

nicht und die Polizei nicht. Was sollte diese Kneipenschlägerei? Mit solchen idiotischen Aktionen gefährdest du meinen Plan. Ausgerechnet du. Mein Bruder. Begreifst du nicht, was auf dem Spiel steht? Ich hätte dir mehr Intelligenz zugetraut. Und Solidarität. Das kann ich nicht dulden. Halte dich fern von Roggenrath. Zwing mich nicht dazu, dir ...»

Die Verbindung war unterbrochen.

Max starrte ungläubig auf das Display.

Kein Empfang.

In diesem verdammten Kylltal gab es keinen Empfang.

Max warf das Handy auf den Beifahrersitz und umfasste das Lenkrad fest mit beiden Händen.

Sie zitterten.

Ludwig Schemmerl schüttelte unentwegt den Kopf, während er die Wunde säuberte und anschließend mit einer Schere das Pflaster zuschnitt. «Warum hast du dich geprügelt?»

«Ich weiß nicht. Ich war wütend.»

«So kenne ich dich nicht, Max.»

«So kenne ich mich selbst nicht»

«Wenn man aus Wut handelt, macht man Fehler. So! Fertig! Wenn es sich aber später entzünden sollte, dann musst du zum Arzt damit. Versprichst du mir das, Max?»

«Ja, Ludwig.»

«Willst du nicht doch besser hier übernachten?»

«Nein. Hast du inzwischen noch was rausgekriegt?»

«Es ist nicht gerade das Ritz, aber in meinem Arbeitszimmer gibt es eine ordentliche Matratze, und frische Bettwäsche kriegst du natürlich auch, und morgen früh, das verspreche ich dir, gibt es das beste Frühstück deines Lebens ...»

«Danke für das Angebot. Aber ich werde heute Abend in

Roggenrath übernachten. Ich habe eben noch schnell alles klargemacht. Ich habe ein Zimmer in einer Pension im Unterdorf.»

«Im Unterdorf? Wo gibt es denn da eine Pension?»

«Ist ganz neu. Die alte Eisenerzhütte an der Kyll.»

«Bei der Künstlerin?»

«Kennst du sie?»

«Kennen ist zu viel gesagt. Ich bin da mal zufällig reingestolpert. Meine alte Leidenschaft für Heimatgeschichte. Ich war auf der Durchreise, auf dem Weg nach St. Vith in Belgien, um Fotos zu machen. Da habe ich den Schornstein vom anderen Ufer aus gesehen. Ich dachte, die Fabrik stünde leer. Sie hat mich bereitwillig herumgeführt. Nette Frau. Und hübsch. Verdammt hübsch. Und die hat Fremdenzimmer? Gut zu wissen.»

Anne Wolanski.

In ihrem verblichenen Overall hatte sie in ihrer Werkstatt gestanden, mitten in ihrem selbstgeschaffenen Zoo aus rostigen Fabelwesen, die Schweißerbrille von den Augen in die Stirn geschoben und die Hände in die Hüften gestemmt. *Klar habe ich ein Zimmer frei. Was ist mit dem Ohr? Soll ich mir das nicht besser mal ansehen?* Max hatte abwehrend mit dem Kopf geschüttelt. *Nicht nötig, bis später dann.* Ihr besorgter Blick hatte ihn die ganze Fahrt bis nach Nürburg begleitet und seine Seele gewärmt und war erst in dem Augenblick aus seinem Kopf verschwunden, als Ludwig die Haustür geöffnet hatte.

«Was hast du noch rausgekriegt?»

«Nicht viel mehr als das, was ich dir heute Vormittag schon schriftlich gegeben hatte. In dem Umschlag. Bis auf ... hast du etwa noch gar nicht reingeschaut?»

«Ich hatte noch keine Zeit. Ich habe nur eben während der Fahrt mal kurz einen Blick draufgeworfen. Aber das Lesen war etwas mühselig, bei den vielen Kurven. Kannst du mir nicht eben mündlich eine Kurzfassung liefern?»

«Wie du willst.» Ludwigs Stimme klang deutlich enttäuscht. «Wo soll ich denn anfangen?»

«Am besten ganz von vorne. Hast du noch Kaffee?»

Ludwig erhob sich, ging zur Spüle, füllte den Wasserkessel und entzündete die hintere linke Flamme des Gasherds.

«Roggenrath wurde erstmals 1277 urkundlich erwähnt. In einem Dokument der Abtei des Fürstentums Stablo-Malmédy. Das liegt im heutigen Belgien, das ja damals noch nicht als Staat existierte, sondern erst 1830 eigenständiges Königreich wurde.»

Max bereute schon, dass er Ludwig aufgefordert hatte, von Anfang an zu erzählen. Aber es erschien ihm unhöflich, ihn zu unterbrechen. Da Ludwig ein völlig uneitler Mensch war, hatte er sicher seine Gründe, so ausführlich zu berichten.

Bedächtig füllte Ludwig den Filter mit Kaffeepulver, ohne seinen Volkshochschulvortrag zu unterbrechen.

«Das Wehrdorf Roggenrath wurde also im Mittelalter als uneinnehmbare Festung an einem strategisch bedeutsamen Punkt hoch über dem Kylltal von einem Grafengeschlecht errichtet, dessen männliche Linie aber 1414 ausstarb. Dadurch gelangte das Dorf, das zuvor schon eigene Stadtrechte besessen hatte, in die Lehenshoheit des Herzogtums Luxemburg…»

Wer unter euch ohne Sünde ist, der werfe den ersten Stein. Was hatte seine Mutter getan? Warum war sein Vater so wütend auf sie gewesen? Warum hatte sein Vater ihn so gehasst?

«Hörst du mir überhaupt noch zu?»

«Klar.»

«Als der deutsche Kaiser Karl V. im Jahr 1555 die Niederlande, das spätere Belgien sowie Luxemburg seinem Sohn schenkte, König Philipp II. von Spanien, da war Roggenrath plötzlich eine spanische Enklave mitten in der Eifel. Das spanische Königshaus machte das mit dem geerbten Eifeldorf, was damals alle Fürstenhäuser Europas mit allen Dörfern Europas machten: Sie pressten die Bauern bis aufs Blut aus und kassierten gnadenlos ab. Aber die zahlreichen feindlichen Angriffe auf das Wehrdorf, die ständigen Belagerungen fremder Mächte, die mussten die Bewohner stets alleine und ohne Hilfe durchstehen.»

«Das schweißt vermutlich zusammen.»

«Kann man wohl sagen. Es gibt so etwas wie ein kollektives Gedächtnis über Generationen, sagt die moderne Wissenschaft. Wo war ich stehengeblieben?»

«Die Neuzeit.»

«Die Neuzeit? Einverstanden, du ungeduldiger Mensch. Machen wir einen Sprung in die Neuzeit. Eine kurze Blüte erlebte Roggenrath, als die französischen Revolutionstruppen 1794 bis zum Rhein vorrückten. Die Franzosen waren die Ersten seit langem, die nicht nur plünderten, sondern auch aufbauten. Sie kurbelten die Erzbergwerke und Eisenhütten im Kylltal an und sorgten für Arbeit und bescheidenen Wohlstand in Roggenrath. In dieser Zeit entstanden auch die ersten Arbeiterhäuser an der Kyll.»

«Das heutige Unterdorf.»

Ludwig nickte und stellte die warme Milch auf den Tisch.

«Mit der wirtschaftlichen Blüte war es jedoch bald wieder vorbei, als Roggenrath 1815 an Preußen fiel. Weißt du, wie die Eifel noch während meiner Kindheit genannt wurde? Preußisch-Sibirien. Für die protestantischen Beamten und Offiziere war ein Posten in der katholischen Eifel die reinste Strafversetzung. Entsprechend engagiert waren sie auch, kannst du dir denken. Es wurde abkassiert, aber nicht investiert. So unterließen es die Preußen beispielsweise aus Kostengründen, früh genug eine Eisenbahn zu bauen. Dadurch verlor der Industriestandort Roggenrath bald seine Absatz-märkte. Mitte des 19. Jahrhunderts wurden die ersten Eisen-erzhütten geschlossen. Als es zudem noch zu Missernten und Hungersnöten kam, gab es einen wahren Exodus: Ein Groß-teil der Bewohner verließ Roggenrath. Im Jahr 1800 hatte das Dorf noch mehr als 600 Einwohner, im Jahr 1900 waren es weniger als 300. Viele gingen ins Ruhrgebiet, um als Berg-leute oder Stahlkocher zu arbeiten. Andere wanderten nach Amerika aus.»

Ludwig goss die Tassen voll.

«Max, dein Hemd ist voller Blut. Soll ich dir vielleicht eines von meinen Hemden geben?»

«Lass nur. Ich habe eine Reisetasche mit Wäsche zum Wechseln dabei. Sie steht noch im Wagen.»

«Das bedeutet also, du hast dich auf einen längeren Auf-enthalt in der Eifel eingerichtet?»

«Weiß noch nicht. Kommt deine Dorfgeschichte jetzt all-mählich mal in der Gegenwart an?»

«Immer mit der Ruhe! Weißt du noch, was ich dir damals immer gepredigt habe in der Lokalredaktion? Als du noch mein ebenso ungestümer wie blauäugiger Volontär warst?»

«Ja. Wie könnte ich das jemals vergessen. *Nähere dich bei deinen Recherchen dem Objekt deiner Neugierde nie auf direktem Weg, sondern vom äußersten Punkt einer Umlaufbahn, die sich spi-ralförmig auf den Kern zubewegt. Je weiter entfernt die zu Befra-genden stehen, desto weniger sind sie emotional verwickelt, desto glaubwürdiger sind ihre Auskünfte.* Korrekt?»

«Nein, nein, nein, ich meine die andere Sache, du Dumm-kopf. Wie lautete der zweite Predigtsatz?»

«Ach so. Der zweite Predigtsatz lautete: *Wenn du wissen willst, warum ein Mensch so handelt, wie er handelt, dann schau dir seine Geschichte an.* Meinst du den?»

«Exakt. Gemeint ist aber nicht nur die persönliche Biographie oder die Familiengeschichte. Um das Palästina-Problem zu verstehen, musst du bis in biblische Zeiten zurück.»

«Tut mir leid, dass ich so ungeduldig bin. Du hast dir viel Arbeit gemacht. Wie geht die Geschichte also weiter?»

Ludwig betrachtete Max über den Rand der Tasse, während er an seinem dampfenden Kaffee nippte. Dann lächelte er.

Voller Güte.

Wie ein Vater.

«Diejenigen, die damals nicht gingen, sondern blieben, bildeten bald eine verschworene, allen Veränderungen trotzende Gemeinschaft. Eine Haltung, die sich im Lauf der Generationen verfestigte: abgeschieden von der restlichen Welt, die ihnen im Lauf der Geschichte selten Gutes gebracht hatte, misstrauisch gegenüber allem Neuen, feindlich gegenüber allem Fremden.»

«Bis heute.»

«Ja, bis heute. Man sollte sich nicht davon täuschen lassen, dass die Leute in Roggenrath moderne Autos mit Servolenkung und Zentralverriegelung fahren, einen Computer besitzen, abends die Tagesschau gucken oder schon mal in ihrem Leben nach Mallorca in Urlaub geflogen sind.»

«Und zu denen, die damals blieben, statt auszuwandern, gehörte auch die Brandesser-Sippe.»

«So ist es. Schon seit vielen Generationen sind die Brandessers die Bauern mit dem größten Landbesitz weit und breit. Aber so richtig in Fahrt kam das Familienunternehmen erst mit Franz Brandesser, dem Vater des heutigen Chefs.»

«Dr. Walther Brandesser.»

«Ja. Der Vater war schon ein eigenartiger Mensch. Die Monarchie war in Deutschland längst abgeschafft, als sich Franz Brandesser zum König von Roggenrath krönen ließ.»

«Was heißt denn das?»

«Immer der Reihe nach. Jetzt muss ich aber mal in meinen

Unterlagen nachschlagen, damit ich keine Zahlen durchein-
anderbringe. Mein Gedächtnis ist nicht mehr das allerbeste.
Das Alter. Wo habe ich das denn?»

Ludwig setzte seine Brille auf und blätterte in dem Papier-
stoß auf dem Küchentisch. Er trug immer noch das orange-
farbene Hemd mit dem Fleck auf der Brust. Max sah aus dem
Fenster. Die Sonne war hinter dem Horizont verschwunden.
Nur die Rotfärbung des Himmels kündete noch von ihrer
Existenz. *Wer unter euch ohne Sünde ist, der werfe den ersten
Stein.*

«Da haben wir es doch: Franz Brandesser wurde 1904 als
jüngerer von zwei Söhnen geboren. 1933 kamen die Nazis an
die Macht, und der junge Mann begriff sehr schnell, dass den
Nazis eine Weile die Zukunft gehören würde. Sein älterer
Bruder Heinrich war schon vor der Machtergreifung begeistert in die Partei und in die SA eingetreten. Aber Franz Brandesser wartete erst einmal ab. Er ergriff für niemanden Partei.
Außer für sich selbst. 1934 trat er in die SA ein und heiratete
Hedwig, ein schüchternes, blasses Mädchen aus dem Dorf,
zehn Jahre jünger als er. Zur opulenten Hochzeit reisten
einige regionale Nazi-Größen aus der Kreisstadt an, ferner
ein paar Parteibonzen aus Köln, Bonn, Koblenz und Trier, die
sein Bruder Heinrich kannte. 1935 gebar Hedwig einen Jungen und starb drei Tage später an Kindbettfieber. Franz
Brandesser ließ den Jungen auf den Namen Walter taufen.
Damals, im Taufschein, noch ohne das *h*.»

«Ohne das Ha?»

«Ohne das *h* hinter dem *t* im Vornamen. Das kam erst später, zusammen mit dem Doktortitel. Aber auf die Eitelkeit
von Dr. Walther Brandesser kommen wir später noch zu
sprechen. Wo war ich stehengeblieben, Max?»

«Franz Brandesser. Die Taufe.»

«Ach ja. Die Kindtaufe wurde also gebührend gefeiert,

trotz des Todes seiner Frau, deren Verlust ihn im Übrigen nur schmerzte, weil er nun eine Haushälterin finanzieren musste, die in der Lage war, zugleich als Kindermädchen zu fungieren. Aber die Hauptsache war, dass er nun über einen Stammhalter verfügte. Im Jahr darauf, also 1936, starb der ältere Bruder Heinrich in Spanien, wie du ja schon selbst recherchiert hast.»

«Im Rotlichtviertel von Cádiz. Im heldenhaften Kampf gegen die jüdisch-bolschewistische Weltverschwörung.»

«Genau. Die Berliner Reichsregierung ließ sich nicht lumpen, bezahlte eine schicke Beerdigung samt des pompösen Grabsteins für die Familiengruft, die du ja gesehen hast. Und schickte Heinrichs überschaubares Hab und Gut inklusive des Gemäldes von Cádiz nach Roggenrath. Jetzt wird die Geschichte allerdings etwas spekulativ, mein lieber Max.»

«Inwiefern?»

«Noch im selben Jahr starben auch die Eltern von Franz Brandesser. Vater und Mutter. Am selben Tag. Im Dezember 1936, einen Tag vor Heiligabend. Angeblich aus Gram über den Tod des geliebten Erstgeborenen. Es gab interessante Gerüchte, damals.»

«Was für Gerüchte?»

«Manche redeten von Selbstmord, die meisten jedoch redeten ohne Umschweife von Mord. Rattengift. Aber der Arzt hatte den Totenschein bereits auf Herzversagen ausgestellt, das Ehepaar wurde schnell beerdigt, die nächste Polizeiwache war weit, weit weg, was ja heute noch so ist. Außerdem durfte es im Dritten Reich, das ja den unfehlbaren Herrenmenschen propagierte, so etwas wie Kriminalität aus niederen Beweggründen offiziell gar nicht mehr geben, schon gar nicht, wenn der Verdächtige auch noch der Bruder eines Helden war.»

«Der Todesfall wurde also nie untersucht.»

«Natürlich nicht. Die Gerüchte gab es auch nicht in Roggenrath selbst; das hätte dort niemand gewagt. Sondern nur in den umliegenden Nachbardörfern, sogar noch hier, im 30 Kilometer entfernten Nürburg. Jedenfalls machten der Tod des Bruders und der Tod der Eltern im Jahr 1936 den damals 32-jährigen Franz Brandesser zum Alleinherrscher über den Hof. Und zum Herrscher über Roggenrath. Wenn heute der Name der Catering-Firma Brandesser in Blättern wie ‹Bunte› oder ‹Gala› auftaucht, was ja nicht gerade selten vorkommt, dann erzählen sich die Alten auch hier in Nürburg immer noch diese Gruselgeschichte.»

«Und was glaubst du?»

«Glauben heißt nicht wissen. Eine solche Frage solltest du nicht ausgerechnet einem überzeugten Agnostiker stellen.»

«Aber du hast doch eine Meinung.»

«Meine Meinung ist: Es wäre ihm sicher zuzutrauen gewesen. Hätte nicht Niccolò Machiavelli schon im 15. Jahrhundert sein berühmtes Lehrbuch darüber geschrieben, wie man seine Macht ohne Rücksicht auf Moral mehrt und festigt, dann hätte Franz Brandesser durchaus als Erfinder des Machiavellismus in die Geschichtsbücher eingehen können.»

«Kannst du mir diesen Menschen beschreiben?»

«Ich habe ihn nie selbst erlebt, sondern weiß nur, was mir andere erzählt haben. Aber wer ihn einmal erlebt hatte, vergaß ihn wohl nie mehr. Er ist ja auch schon eine Weile tot. 1976 ist er gestorben. Mit 72 Jahren.»

«Woran ist er gestorben?»

«Die Leute sagen, Franz Brandesser war nie krank gewesen in seinem Leben. Nein, er ist nicht etwa im Bett gestorben. Sein Zuchtstier hat ihn totgetrampelt, nachdem Franz Brandesser mit seinem Ochsenziemer wohl zu lange und zu heftig auf ihn eingedroschen hatte. Den Ochsenziemer hatte er übrigens immer dabei, wenn er wie ein König durchs Dorf schritt. Der gehörte zu seinem Erscheinungsbild, so wie die obligatorische Zigarre im Mundwinkel. Man erzählt sich, er habe den Ochsenziemer nicht nur für das Vieh benutzt. Franz Brandesser war ein Despot, grobschlächtig und cholerisch, der die Arbeiter auf seinem Hof als seine Leibeigenen betrachtete, als herrschte in Roggenrath immer noch das finsterste Mittelalter.»

«Und womit hat er sein Vermögen gemacht? In der Eifel ist noch nie jemand mit Kartoffeln reich geworden.»

«Wohl wahr. Der Boden hier ist zu karg und zu felsig, der Winter dauert zu lange, und eine Landschaft mit der Topographie einer Achterbahn lässt sich nicht mit großen Maschinen kostengünstig bewirtschaften. Franz Brandesser hatte sich im Lauf der Nazi-Zeit ganz andere Einnahmequellen erschlossen. Als neuer Alleinherrscher des Brandesser-Hofes und mit seinen guten Kontakten zum Regime verdiente er ab 1938 zunächst einmal kräftig am Westwall-Bau vor seiner Hoftür, indem er auf Kosten der Berliner Reichsregierung die Arbeiter verpflegte und die Aufseher beherbergte. Dann kaufte er jüdischen Flüchtlingen, die über die grüne Grenze nach Belgien und weiter zum Hafen von Antwerpen wollten, weit unter Wert deren Antiquitäten, Schmuck, Teppiche und Kunstgegenstände ab. Gelegentlich betätigte sich der SA-Mann Brandesser sogar selbst als Fluchthelfer, gegen entsprechende Bezahlung natürlich. Und schließlich ließ er sich billige Zwangsarbeiter zuweisen, Kriegsgefangene aus Osteuropa, die er wie Sklaven hielt. Er ließ den Hof als kriegswichtigen Betrieb einstufen und entging dadurch und natürlich durch den Umstand, dass schon sein Bruder als Held im Kampf gefallen war, selbst der Einberufung in die Wehrmacht. Und er verdiente am Ende sogar noch an der Ardennen-Offensive, erzählte man sich nach dem Krieg zumindest in den Nachbardörfern. Wie gesagt: In Roggenrath hätte niemand gewagt, so zu reden.»

«Dann war dieser Franz Brandesser also bereits bei Kriegsende 1945 ein gemachter Mann.»

«Beziehungsweise spätestens mit der Währungsreform 1948, als er all das, was er zuvor den flüchtenden Juden abgepresst hatte, nun in harte D-Mark umwandeln konnte.»

Ludwig wischte sich mit dem Handrücken über die Lippen, als ekele er sich vor all dem Schmutz, den er hatte aussprechen müssen. Dann nahm er einen Schluck aus seiner Tasse.

«Der Kaffee ist kalt. Soll ich neuen machen?»

Max schüttelte den Kopf. Er trank gewöhnlich nur Espresso. Er war den deutschen Filterkaffee nicht mehr gewöhnt. Sein Magen rebellierte. Er hatte den ganzen Tag noch nichts gegessen, nur literweise Ludwigs Filterkaffee getrunken, am Morgen und jetzt. Und zwischendurch einen einzigen Schluck Bier. In dieser widerlichen Kneipe in Roggenrath.

«Danke, Ludwig. Für mich nicht.»

«Ich trinke ja abends normalerweise auch nie Kaffee. Jedenfalls brauche ich jetzt mal einen ordentlichen Schnaps. Du auch?»

Max schüttelte erneut den Kopf.

Ludwig stand vom Tisch auf und öffnete den Küchenschrank.

«Trester von der Mosel. Den kriege ich direkt vom Winzer. Aus Eichenfässern. Ordentliches Zeug. Besser und lange nicht so teuer wie dieser Grappa, der jetzt so modern ist. Hast du eigentlich keinen Hunger? Willst du dir eine Stulle schmieren?»

«Später. Wie hast du nur so schnell all diese Informationen zusammengetragen?»

«Mein lieber Junge, von einigen kurzen beruflichen Unterbrechungen abgesehen, lebe ich doch seit meiner Geburt in

Preußisch-Sibirien. Also seit nunmehr 71 Jahren. Da lernt man mit der Zeit schon ein paar Leute kennen, vor allem als Lokaljournalist.»

«Erzähl mir noch was über den Sohn.»

«Dr. Walther Brandesser? Ein Jahr älter als ich und dein Vater. Hatte keine erfreuliche Kindheit, bei dem Vater, ohne Mutter. Der Junge entsprach so ganz und gar nicht den Vorstellungen des Alten: ein zartes, sensibles Kind und trotz der kalorienreichen Ernährung, die auf einem Bauernhof selbst in Kriegszeiten möglich war, schmächtig und oft krank.»

«Also nicht gerade das, was sich Franz Brandesser vermutlich als Stammhalter vorgestellt hatte.»

«Was man so hörte, hatte der Alte nie einen Hehl daraus gemacht, dass er seinen Sohn verachtete. Walther war in seinen Augen ein Schwächling, eine Niete nicht nur auf dem Fußballplatz, der sich mehr für Bücher als für die rauen Initiationsriten der männlichen Dorfjugend interessierte. Die anderen Jungen mieden ihn, den Lieblingsschüler der Dorflehrerin, ließen ihn aber in Ruhe, weil sie wie die Erwachsenen im Dorf den Jähzorn und die Rachsucht des alten Brandesser fürchteten. Nach allem, was sich die Leute so erzählten, litt das Einzelkind sehr unter der Ablehnung des despotischen Vaters und fühlte sich abgesehen von der kleinen Dorfschule nur in der Nähe der warmherzigen, resoluten Haushälterin Wilhelmine sicher … also in der Küche, Wilhelmines Reich, wo sie dem Jungen das Kochen und das Kuchenbacken beibrachte. Wilhelmine war auch der einzige Mensch, der sich traute, Franz Brandesser die Stirn zu bieten.»

«Im Gegensatz zu Karl Hillesheim?»

«Karl Hillesheim war als treuer Knecht dem Alten geradezu sklavisch ergeben. Nein, der Hillesheim hätte dem Alten niemals widersprochen. Wo war ich?»

«Wilhelmine …»

«Ach ja: Sicher und geborgen fühlte sich der Kleine nur bei Wilhelmine in der Küche und außerdem in seinem heimlichen Versteck auf dem Dachboden der Scheune, umgeben von den Antiquitäten und Teppichen und Gemälden und Büchern, die sein Vater den Juden abgepresst hatte und die dort lagerten, so gut versteckt, dass sie auch von den amerikanischen Truppen nicht gefunden worden waren. Dort, auf dem Dachboden der Scheune, flüchtete sich der kleine, schmächtige Walther in eine Traumwelt. Auch wenn der Alte den Plunder, wie er es nannte, ab 1948 nach und nach verkaufte und zu harter D-Mark machte, hatte diese für einen Bauernhof höchst ungewöhnliche, ja exotische Umgebung den Jungen bis dahin doch so weit geprägt, dass er begann, sich für Kunstgeschichte und Malerei zu interessieren. Er zeichnete heimlich, er übte jeden Tag. Mit einem einfachen Bleistift kopierte er mit zunehmender Perfektion die wertvollen Gemälde auf dem Scheunenboden. Später hat der Alte sie zwar nach und nach verkauft, aber es gab wohl auch welche, für die sein Vater keine Käufer fand, weil die dargestellten Motive nicht so ganz mit der Sexualmoral der Adenauer-Zeit harmonierten und sich deshalb niemand so etwas daheim an die Wand hängen wollte.»

«So wie der Dalí.»

«Natürlich. Wo du das jetzt sagst: Dr. Walther Brandesser muss dieses Gemälde doch schon als Kind gekannt haben. Jede Wette. Ohne dass der Alte das überhaupt wusste.»

«Wahrscheinlich. Wie geht die Geschichte weiter?»

«Wilhelmine, die Haushälterin, sein Schutzengel, starb bereits im Januar 1945 mit 47 Jahren bei einem Tieffliegerangriff. Der alte Brandesser schickte Walther gleich nach Kriegsende aufs Internat nach Bad Godesberg. Der Junge legte ein glänzendes Abitur hin. Doch seinen Traum, anschließend Kunstgeschichte zu studieren, schlug ihm der

Alte im Wortsinne aus dem Kopf. Also studierte Walther Brandesser an der Landwirtschaftlichen Fakultät der Bonner Universität, belegte nebenbei aber heimlich ein paar Vorlesungen in Kunstgeschichte und schuftete jedes Wochenende brav auf dem väterlichen Hof.»

«Wie war er denn als junger Erwachsener? Hat er nicht rebelliert? Hat er nie gegen den Alten aufbegehrt?»

«Niemals. Niemand wagte das. Auch nicht der Sohn. Walther hoffte auch weiterhin brav auf die Anerkennung und Zuneigung seines Vaters. Doch da halfen weder das Einser-Abitur noch der glänzende Abschluss an der Uni. Dennoch schaffte es der Sohn nach dem Examen im Jahr … lass mich nachsehen … 1959, sich auf dem Hof unentbehrlich zu machen, weil der Alte vor all den Neuerungen im Hinblick auf Buchführung, Steuerrecht und diese neuen Verordnungen der 1957 gegründeten EWG zunehmend kapitulierte. Dennoch blieb der junge Brandesser trotz seines prächtigen Familiennamens ein gesellschaftlicher Außenseiter im Dorf … auch weil er es so wollte.»

«Was heißt das?»

«Er verabscheute die Saufgelage des Junggesellenvereins ebenso wie das Blut-und-Boden-Brimborium des Schützenvereins. Das war eine andere Zeit, Max. Eine völlig andere Zeit. Brandesser junior zahlte brav seinen Jahresbeitrag als förderndes Mitglied des örtlichen Kreisliga-Fußballvereins und stiftete regelmäßig Pokale und Trikots, um wenigstens der Form halber in einem der Dorfvereine aktiv zu sein. Seine nach den Wertmaßstäben des Dorfes mangelnde Männlichkeit kompensierte er, indem er einen flotten Karmann Ghia fuhr und sich schicke, moderne Anzüge und Schuhe aus der Stadt besorgte.»

«Lass mich raten, Ludwig: Aus Wilhelmines schmächtigem Schützling und Kuchenbäcker wurde ein Frauenheld.»

«Richtig geraten. Er machte mächtig Eindruck bei den Frauen, bei denen aus dem Dorf und denen aus den Nachbardörfern. So sehr ihn die jungen Männer im Dorf verachteten, so sehr ließen sich die Frauen von seinem weltmännischen Gehabe, von seinem Charme und seiner Belesenheit beeindrucken. Und Walther Brandesser mochte die Frauen. In ihrer Gegenwart fühlte er sich schon von Kindesbeinen an wohl und sicher, während er die Gesellschaft von Männern stets mied. Walther Brandesser wurde nie in Männerrunden an der Theke gesehen, weil er keine Männerfreunde hatte. Aber man sah ihn nun immer häufiger mit jungen Frauen auf dem Beifahrersitz seines Karmann Ghia, auf dem Weg zum Baden in einem der Eifelmaare oder auf der Fahrt ins Kino nach Bonn oder am Wochenende zum Nürburgring.»

«Aber geheiratet hat er erst sehr spät ...»

«Der Reihe nach, mein Lieber. 1976 verlor Franz Brandesser also die Auseinandersetzung mit dem Zuchtstier. Dr. Walther Brandesser, der einzige Erbe, der inzwischen heimlich promoviert und das vornehme *h* in seinen Vornamen bugsiert hatte, konnte sich endlich seinen Traum erfüllen, den er seit seiner Kindheit in Wilhelmines Küche gehegt hatte, und gründete eine exklusive Catering- und Event-Firma. Außerdem stellte er den Hof radikal auf ökologischen Landbau um.»

«Das war noch vor der großen Öko-Welle. Hat er das etwa aus Überzeugung gemacht?»

«Alles, was man so hört ... ja. Er war vom ökologischen Landbau überzeugt, und er hatte nach anfänglichen Durststrecken großen wirtschaftlichen Erfolg damit. Im Sommer 1983 engagierte der inzwischen 48-jährige, aber immer noch unverheiratete Unternehmer für das von seiner Firma auszurichtende Bonner Kanzlerfest neben anderen jungen, hübschen Aushilfskräften eine 28-jährige, arbeitslose Kunsthistorikerin namens Edith als Hostess. Drei Monate später stellte der Frauenarzt Ediths Schwangerschaft fest, und wiederum drei Monate später hieß Edith fortan Frau Brandesser. 1984 kam ihr Sohn Clemens zur Welt.»

«Blieb es bei dem einen Kind?»

«Ja. Man sagt, Hausfrau und Mutter sei nicht gerade Edith Brandessers Passion. Gleich nach Beendigung der Grundschule wurde der zehnjährige Clemens in ein Elite-Internat in die Schweiz gegeben. Edith Brandesser hatte beruflich noch viel vor, und da wären Kinder vermutlich eher hinderlich gewesen. Der Country Club. Du müsstest den Prachtbau auf dem Weg zwischen Unterdorf und Oberdorf eigentlich gesehen haben.»

«Ja, habe ich.»

«Weißt du, was das Gebäude früher einmal war?»

«Ich habe keine Ahnung.»

«Die Hermann-Göring-Meisterschule für Malerei. Stell dir vor, da wurden in der Nazi-Zeit die Blut-und-Boden-Monumente für Hitlers neue Reichskanzlei entworfen. Mit einer diskreten Anschubfinanzierung ihres Mannes baute Edith Brandesser das idyllisch gelegene Anwesen, das der alte Brandesser gleich nach dem Krieg für einen Spottpreis erworben hatte, aber mangels Phantasie zeitlebens leerstehen ließ, nach und nach in ein exklusives Landhotel für Reiter und Golfer um und stattete die Räume mit erlesener Kunst aus. Gemälde und Skulpturen zeitgenössischer Künstler, da hat sie wohl ein Händchen für, aber auch das eine oder andere, was sie verstaubt und vergammelt auf dem Dachboden der Scheune auf dem Brandesser-Hof entdeckt hatte und restaurieren ließ. Ich fresse einen Besen, wenn nicht ausgerechnet sie sofort erkannt hatte, dass es sich bei dem Bild mit dem nackten Federico García Lorca um einen echten Dalí handelte. Vielleicht hat sie das Modell nicht erkannt. Aber den Künstler allemal. Jede Wette.»

«Vermutlich.»

«Und Dr. Walther Brandesser ließ das komplette Dorf auf seine Kosten umfangreich restaurieren. Die Gasse, die Häuser. Sicher auch aus Image-Gründen. Denn wer als potenzieller Kunde einmal den Weg vom Wehrturm bis zum Brandesser'schen Barockhaus zurückgelegt hat, ist sicher mächtig beeindruckt. Emotional positiv eingestimmt, wie man heute sagt. Aber er hat es vermutlich auch getan, um die Bewohner des Dorfes für sich zu gewinnen, was er nie geschafft hatte, als der Alte noch lebte. Jetzt schafft er es mit Geld. Seine Catering-Firma hat Roggenrath schließlich sichere Arbeitsplätze und Wohlstand gebracht.»

Von draußen drang Motorengeräusch in die Küche.

Unverkennbar ein Volvo.

Außerdem das Knirschen von Reifen auf Kies.

Das Motorengeräusch wurde lauter und erstarb.

Ludwig sah auf die Uhr.

«Nanu? Kriege ich etwa noch Besuch?»

«Wir beide kriegen Besuch, Ludwig. Das ist Morian.»

«Ach, wie schön. Den habe ich ja ewig nicht mehr gesehen. Hoffentlich trinkt der einen Trester mit mir.»

Kleine Schritte. Winzige Schritte. Im Schneckentempo. Das war kriminalistische Ermittlungsarbeit. Unsäglich ermüdend. Kein Job für Ungeduldige. Erster Kriminalhauptkommissar Josef Morian, Leiter des KK 11 Tötungsdelikte, Brandstiftung, Sexualstraftaten, Vermisstensachen des Bonner Polizeipräsidiums, verlor allerdings allmählich die Geduld. Auch deshalb, weil er sich ständig verfuhr auf dem Weg durch die Eifel. Weil er in Gedanken war.

Die Makarov.

Oberkommissar Ludger Beyer hatte gute Arbeit geleistet. Gute Arbeit ohne Ergebnis: Niemand in der Szene wusste etwas über einen Kerl, der mit einer russischen Makarov durch die Gegend lief, um abgehalfterte Journalisten von Balkonen zu schießen. Beyer hatte jeden einzelnen seiner Kontaktleute in die Mangel genommen. Er hatte geschmeichelt und gedroht. Er war bis zum Äußersten gegangen und hatte sich einige Informanten für alle Zukunft verprellt. Wertvolle Informanten, ohne die er als Drogenfahnder einpacken konnte.

Der Mörder war also vermutlich ein Einzelgänger.

So viel hatte Antonia allerdings auch schon über diese Psychologin beim Landeskriminalamt in Erfahrung bringen können. Ein Einzelgänger. Die Analyse des anonymen Briefes an Max ergab nur ein äußerst grobes Bild:

Der Täter ist vermutlich kontaktarm und bindungsunfähig. Sein Denken und Handeln trägt autistische Züge. Er glaubt felsenfest an die göttliche Schicksalhaftigkeit seines Tuns. Er tötet nicht für Geld, sondern aus Überzeugung. Er hat niemals Zweifel, er ist immer im Recht. Er sieht sich als Vollstrecker einer gerechten Sache, für die ohne Rücksicht jedes Opfer zu rechtfertigen ist. Auch Menschenopfer. Mir scheint, notfalls scheut er auch nicht den eigenen Tod. Den glorreichen Märtyrertod.

Ein Irrer also.

Antonia hatte wohl doch recht gehabt. In solchen Dingen hatte sie fast immer recht. Der Expertin vom Landeskriminalamt hätte es gar nicht bedurft. Antonia war eine begnadete Profilerin. Sie verfügte über hochsensible Antennen.

Ein mordender Irrer.

Ein gutaussehender Irrer mit einem hässlichen Feuermal auf der Stirn. Und einem nur schwach erkennbaren französischen Akzent, behauptete jedenfalls Hurls Hehler in Noordwijk.

Wo steckte Hurl jetzt?

Was hatten er und Max vor?

Ein Irrer ohne Namen, der behauptete, Max Maifelds Bruder zu sein. Ein Irrer, der eine russische Pistole benutzte und der wusste, wie man mit Handfeuerwaffen umging. Der keine Patronenhülsen hinterließ. Ein irrer Einzelgänger, der sich auf Diebstahl und auf kaltes Feuer und auf Schlangengift verstand. Und darauf, keine Fingerabdrücke zu hinterlassen und Handys mit Nummern zu verwenden, die man nicht zurückverfolgen konnte.

Natürlich hatte Erwin Keusen keinen einzigen brauchbaren Fingerabdruck auf dem Brief sichern können.

Natürlich.

Er hasste irre Killer.

Er fürchtete sie.

Und er fürchtete sich vor dem, was ihm in wenigen Minuten bevorstand. Noch zwei Kilometer bis Nürburg, sagte das gelbe Straßenschild, das zwischen dem Schwarz der Bäume im Lichtkegel der Scheinwerfer auftauchte.

Wie vielen Menschen hatte Josef Morian im Laufe seines Berufslebens die Nachricht vom Tod eines geliebten Angehörigen überbracht? Er hatte sie nie gezählt.

Sondern möglichst schnell verdrängt.

Antonia hatte auch da recht, als sie ihm ins Gewissen geredet hatte: *Du musst es tun, Josef. Und zwar auf der Stelle. Das bist du deinem Freund schuldig.*

Er musste es also tun. Wer sonst? Möglichst schnell. Auf der Stelle. Einen Freund, seinen besten Freund, darüber in Kenntnis setzen, dass sein toter Vater gar nicht sein Vater war.

Wie machte man das?

Herr Maifeld? Es tut uns schrecklich leid, Ihnen mitteilen zu müssen, dass Ihr Vater …

Das Haus. War das Ludwigs Haus? Morian war ewig nicht mehr hier gewesen, seit dem Herbach-Fall vor sechs Jahren.

Ja, das war zweifellos Ludwigs Haus.

Denn der Stingray parkte vor der Tür.

Morian hatte den Sportwagen nur anders in Erinnerung.

Morian parkte neben dem Stingray, schaltete den Motor und die Scheinwerfer aus und kletterte umständlich aus dem Volvo. Er hatte es nicht besonders eilig. Überhaupt nicht eilig.

Jemand öffnete die Haustür.

Max.

«Schön, dich zu sehen, Jo. Ludwig freut sich schon, seinen Trester an dir auszuprobieren.»

Morian hätte am liebsten gekotzt.

Edith Brandesser goss das bauchige, langstielige Glas randvoll und stellte die Flasche zurück in das Türfach des Kühlschranks. Dann stand sie eine Weile einfach nur so da im grellen Licht der Deckenlampe und dachte nach. Schließlich nahm sie die Flasche wieder heraus und wankte, das randvolle Glas in der rechten Hand andächtig vor sich her tragend wie eine Monstranz, die halbvolle Flasche in der linken Hand baumelnd, als habe sie die Kontrolle über ihren Arm verloren, aus der hellerleuchteten Küche durch die fast stockdunkle Halle hinaus auf die von einem Dutzend Windlichtern illuminierte Terrasse.

Sie stellte die Flasche achtlos auf den Tisch, nahm noch im Stehen einen Schluck aus dem Weinglas, das längst nicht mehr randvoll war, weil sie einiges von dem Wein auf dem Weg durch die Halle verschüttet hatte. Sie hielt das Glas weit von sich, während sie sich rücklings in den Korbsessel fallen ließ. Sie schlüpfte aus den Sandaletten, zog die nackten Füße hoch, auf die Kante des Korbsessels, nahm noch einen Schluck, stellte das Glas bedenklich nahe am Rand des Tisches ab, umarmte ihre Schienbeine und stützte das Kinn auf ihre Knie.

Ihr Mann warf ihr einen missbilligenden Blick zu, den sie ignorierte.

Tief unten im Tal jaulte ein Motorrad der belgischen Grenze entgegen. Dr. Walther Brandesser wartete, bis die Nacht das Tal wieder in die gewohnte Totenstille tauchte.

«Du trinkst zu viel.»

Sie schwieg und zündete sich eine Zigarette an. Sie wusste genau, wie sehr er es hasste, wenn sie rauchte.

«Wo ist Clemens?»

«Auf seinem Zimmer.»

«Was macht er?»

«Er telefoniert.»

«Mit wem?»

«Er will nächste Woche für ein paar Tage verreisen, wenn du ihn nicht brauchst, sich noch etwas entspannen, bevor er sich auf das neue Semester vorbereiten muss.»

«Das ist keine Antwort auf meine Frage.»

«Welche Frage?»

«Mit wem telefoniert er? Mit dieser Schweizerin? Will er etwa mit ihr zusammen verreisen?»

«Was weiß ich, Walther. Er ist schließlich erwachsen.»

«Er ist gerade erst dreiundzwanzig geworden. Und sie ist fünf Jahre älter als er, wenn ich mich recht entsinne.»

«Na und? Dann ist er ja wohl definitiv erwachsen, oder nicht? Und was sind schon fünf Jahre? Vielleicht erinnerst du dich noch: Als ich nicht viel älter als Clemens war, habe ich einen zwanzig Jahre älteren Mann geheiratet.»

«Ich erinnere mich sogar sehr gut. Aber umgekehrt ist das wohl etwas anderes … wenn die Frau jünger ist als der Mann…»

«Ich sehe da keinen Unterschied, Walther. In welchem Jahrhundert lebst du eigentlich?»

«Hast du es bereut?»

«Was?»

«Dass du einen alten Mann geheiratet hast.»

Sie zog gierig an der Zigarette und drückte sie im Aschenbecher aus. Dann leerte sie das Weinglas in einem Zug.

Sie war betrunken. Sie wollte betrunken sein.

«Walther, diese beiden fremden Männer neulich an der Haustür. Sie hatten den gestohlenen Dalí dabei, stimmt's?»

«Wie kommst du darauf?»

«Ich habe die Visitenkarte auf deinem Schreibtisch gesehen. Max Maibaum oder Maifeld oder Maibach. Private Ermittlungen. Kunst und Antiquitäten. Also?»

«Maifeld. Ich habe mir das Bild erst gar nicht angesehen. Es war verpackt. Ich habe sie gleich wieder weggeschickt.»

«Aber …»

«Was aber?»

«Aber du hängst doch so sehr an diesem Bild. Ich verstehe dich nicht. Du hast dich nicht einmal vergewissert?»

Er schwieg.

«Und du hattest diese Männer gar nicht beauftragt, das Bild zu suchen? Ich kann gar nicht glauben, dass da plötzlich wildfremde Leute mit dem Dalí vor der Tür stehen und …»

«Nein, verdammt nochmal!»

«Dann hat Pierre sie beauftragt.»

«Aber das ergibt doch keinen Sinn. Er stiehlt den Dalí, um ihn dann wieder zurückzuschicken?»

«Walther …»

«Ja?»

«Ich habe Angst.»

Walther Brandesser sagte nichts. Er hatte zeitlebens nie gelernt, mit seiner eigenen Angst umzugehen, geschweige denn, anderen die Angst zu nehmen. Angst gehörte nun mal zum Leben. Zu seinem Leben. Von Kindesbeinen an.

«Walther?»

«Ja ... was ist denn?»

«Was will Pierre von dir? Was hat er vor?»

«Ich habe keine Ahnung.»

«Warum hasst er dich so?»

«Ich sagte doch bereits, ich habe keine Ahnung.»

«Lüg mich bitte nicht an!»

«Das sagt ausgerechnet die Meisterin der Lüge und des Betrugs.»

Er wagte es nicht, sie dabei anzusehen.

«Walther, ich dachte, wir hätten das Thema durch. Wenn nicht, dann brauchst du es nur zu sagen, und ich gehe. Du musst dir auch keine Sorgen um deinen wertvollen Besitz machen. Ich komme schon zurecht. Ich hatte dir nach dieser Sache sofort angeboten, auf der Stelle zu gehen. Du wolltest, dass ich bleibe. Aber wenn du vorhast, mich unser restliches Eheleben lang zu quälen, mir Vorhaltungen zu machen ... das halte ich nicht aus.»

«Bitte entschuldige, Edith. Ich weiß nicht, was mit mir los ist. Ich bin einfach mit den Nerven am Ende.»

Es gelang ihr erst nach mehreren Versuchen, eine neue Zigarette anzuzünden. Das Feuerzeug tanzte in ihren Händen.

Sie starrten beide in die Dunkelheit über dem Kylltal und vermieden es, sich anzusehen.

Sie hatten Gütertrennung vereinbart. Damals. Sie hatten noch vor der Trauung einen Vertrag unterzeichnet, beim Notar. Darauf hatte er bestanden. Ihr war das egal gewesen. Sie hatte ihn geliebt.

Damals hätte sie alles unterschieben.

Damals.

«Also, Walther: Sag es mir bitte. Warum hasst er dich so?»

«Ich habe keine Ahnung, Edith.»

Er stand auf, verließ die Terrasse und ließ sie allein zurück. Sie glaubte ihm kein Wort.

Mit einer Vollbremsung stoppte Max den Stingray mitten auf der einsamen Landstraße. Er sprang aus dem Wagen, lief in die Nacht, stolperte die Böschung hinunter und übergab sich in die glucksende Kyll. Er würgte und würgte, obwohl sein Magen längst vollkommen leer war.

Jo und Ludwig hatten die komplette Flasche Trester geleert. Ludwig hatte Jo die Matratze für die Nacht angeboten. Jo hatte dankend angenommen.

Max hatte den Trester nicht angerührt. Keinen einzigen Tropfen getrunken. Seine Kehle war wie zugeschnürt, seit dem Moment, als Jo Morian ihn so seltsam angeschaut hatte. *Max, ich muss mit dir reden. Klar, Jo, was gibt's? Setz dich, Max. Was ist denn los? Mach's nicht so spannend.*

Dann hatte Jo es ihm erzählt. Alles. Über seinen Vater, der nicht sein Vater war. Nun war nichts mehr übrig.

Keine Mutter, kein Vater.

Nur ein Grab mitten im Wald, auf dem frische Blumen standen.

Wer unter euch ohne Sünde ist, der werfe den ersten Stein.

Wer war er?

Das Geräusch schreckte ihn auf.

Ein Uhu. Natürlich ein Uhu.

Und das Plätschern der Kyll. Und das vertraute Brummen des Stingray, oben, auf der Straße. Sonst nichts. Er war allein. Mutterseelenallein auf dieser Welt.

Er wischte sich mit dem Handrücken über die klebrigen Lippen. Was machte er hier? Wo gehörte er hin?

Neumond. Vollkommene Dunkelheit. So dunkel wurde es in der Stadt nie. Max griff suchend um sich und stützte sich schließlich an einem Baum ab, um das Gleichgewicht nicht zu verlieren. Ihm war schwindlig. Er lehnte sich mit dem Rücken an den rauen Stamm, sog die Luft ein und lauschte.

Oma Alwine, seine einzige Großmutter, hatte ihm damals beigebracht, die Spuren und die Stimmen des Waldes zu deuten. Sie brachte ihm bei, welche Pilze und Beeren essbar waren, sie zeigte ihm, wie er aus einem Wald wieder herausfand, selbst wenn sie ihn zuvor mit verbundenen Augen hineingeführt hatte, sie erklärte ihm, wie man an der Rinde der Bäume die Himmelsrichtungen ablesen konnte. Und sie hatte ihm beigebracht, in stockdunkler Nacht mit den Ohren zu sehen. Ein Uhu. Oder ein Kauz?

Es war zu lange her. Viel zu lange her. Er war längst zum Stadtmenschen mutiert.

Er kniete am Bachufer nieder, schöpfte mit den Händen Wasser und spülte sich den Mund aus.

Was hatte er hier zu suchen?

Warum fuhr er nicht einfach nach Hause?

Nach Hause.

Wo war sein Zuhause?

Sein ganzes Erwachsenenleben fühlte sich mit einem Mal an wie eine einzige Flucht.

Wovor war er auf der Flucht?

Schwer atmend, blind und auf allen vieren kletterte er die Böschung hinauf, dem rettenden Lichtkegel der Scheinwerfer entgegen. Erst als er den Asphalt unter seinen Händen spürte, richtete er sich auf, wankte zum Wagen, öffnete die Tür, ließ sich in den Sitz fallen, löste die Handbremse, trat das Gaspedal durch und ließ die Kupplung fliegen.

Auf dem Hof brannte noch Licht.

Nein, nicht auf dem Hof, nur auf der Veranda. Die Öllampe auf dem Tisch erhellte ihr schönes Gesicht und ließ ihre rostroten Haare feuerrot leuchten.

«Du siehst … 'tschuldigung, diese ewige Duzerei muss ich mir als Unternehmerin wohl mal abgewöhnen. Sie sehen müde aus.»

«War ein langer Tag.»

Max setzte seine Tasche ab.

«Als Sie heute Nachmittag kurz hier waren, habe ich mich nicht getraut, so richtig zu fragen. Aber jetzt frage ich einfach mal: Was haben Sie eigentlich mit Ihrem Ohr gemacht?»

«Ein Missgeschick.»

Max setzte sich neben sie auf einen Hocker.

«Und das Blut auf Ihrem Hemd?»

«Das Missgeschick.»

«Verstehe. Soll ich Ihnen jetzt Ihr Zimmer zeigen?»

«Haben Sie extra auf mich gewartet?»

«Kein Problem. Ich lese abends immer lange. Und wenn es so schön warm ist wie jetzt, dann könnte ich die ganze Nacht hier draußen sitzen und der Dunkelheit zuschauen. Außerdem wollte ich meinen ersten Gast gebührend empfangen. Damit er nicht einsam durch die Nacht stolpern muss.»

«Ich bin Ihr erster Gast?»

«Ja. Das Zimmer ist erst letzte Woche fertig geworden. Und die anderen drei Zimmer, die ich herrichten will, sind noch in einem fürchterlichen Zustand. Im Rohbau, sozusagen. Ich bin nicht in Eile. Ich habe auch noch keine Werbung gemacht.»

Sie wippte in ihrem Schaukelstuhl. Max spähte zu dem Buch, das aufgeschlagen neben der Öllampe lag.

«Was lesen Sie gerade?»

«Nuala O'Faolain. Das ist eine irische Autorin. Das Buch heißt: Ein alter Traum von Liebe. Ich habe es wegen des Titels gekauft. Die Autorin kannte ich gar nicht.»

«Ist es gut?»

«Weiß noch nicht. Ich habe gerade erst damit angefangen. Haben Sie Hunger? Soll ich Ihnen ein Brot machen?»

Max schüttelte den Kopf.

Ein alter Traum von Liebe.

«Wo haben Sie denn Ihren Freund gelassen?»

«Hurl? Er hat woanders zu tun.»

«Sein Auto. War das ein Mustang Shelby?»

«Ja.»

«Der da ist aber auch nicht schlecht. Was ist das für einer?»

«Ein Stingray. Interessieren Sie sich für Autos?»

«Etwas. Vor allem für Design. Ich habe Design studiert.»

«Wo haben Sie studiert?»

«In Berlin. Da bin ich auch geboren und aufgewachsen. Genauer gesagt im Wedding. Was sehen Sie mich so an? Wollen Sie jetzt auch noch wissen, wann ich geboren bin? 1965.»

«Nein, nein. Ich fragte mich nur gerade, was Sie wohl von Berlin hierher verschlagen hat.»

«Gar nichts hat mich verschlagen. Das war eine bewusste Entscheidung. Die beste Entscheidung meines Lebens. Ich wollte einfach weg aus der Stadt. Städte fressen Menschen auf. Und seit Berlin Bundeshauptstadt ist, kann man es da überhaupt nicht mehr aushalten. All diese aufgeblasenen Wichtigtuer. Ich hatte einen gutbezahlten Job in Berlin. Von dem Ersparten lebe ich immer noch. Denn der Kunstmarkt hat sich leider noch nicht in meine eisernen Fabelwesen verliebt. Ich habe einfach meinen Kostenapparat auf ein Minimum gesenkt. Seither geht es mir übrigens besser.»

«Und wie sind Sie …»

«Vor zwei Jahren habe ich das hier zufällig gefunden. Obwohl: In Wahrheit gibt es keine Zufälle im Leben. Ich war für meinen Chef bei einem Meeting in Köln. Ich hatte noch ein paar Urlaubstage drangehängt und wollte gemütlich übers Land bis an die belgische Nordsee zockeln. Einfach so. Und dann habe ich auf dem Weg das hier entdeckt. Und mich sofort verliebt.»

«Auf der Durchreise?»

«Ja. Es hatte die ganze Zeit auf mich gewartet, so viel war sofort klar. Wie Dornröschen im Tiefschlaf. Ich musste mich nur noch durchfragen, wem das hier alles gehört. Mit den Brandessers wurde ich schon am nächsten Tag handelseinig. Völlig unkompliziert. Ich habe also meinen Job gekündigt, habe meine Edel-Wohnung gekündigt, mein edles Auto verkauft, meine edlen Möbel verkauft und bin drei Monate später hierhergezogen. Früher hatte ich ein Notebook, einen Palm und zwei Handys. Jetzt habe ich noch nicht einmal ein Telefon. Auch keinen Fernseher. Keinen Computer. Aber wenigstens Strom und fließend Wasser. Wollen Sie das Zimmer jetzt immer noch?»

Mit der Frage entlockte sie ihm das erste ehrliche Lächeln für heute. Sie grinste breit zurück und blies sich eine Locke aus der Stirn. Allein diese Geste war das Zimmer wert.

«Natürlich, Frau Wolanski. Handy-Empfang hat man hier allerdings auch nicht, habe ich festgestellt.»

«Stimmt. Das Tal liegt in einem Funkloch. Aber nur ein paar Kilometer. Die wenigen Touristen, die hier vorbeikommen, Wanderer oder Motorradfahrer, die werden dann immer gleich ganz nervös. Sie könnten ja etwas ganz Wichtiges verpassen. Den Anruf ihres Lebens. Aber bitte nennen Sie mich nicht Frau Wolanski. Einfach Anne. Bitte!»

«Okay. Anne.»

«Gut, Max. Jetzt sind Sie dran.»

«Dran? Womit?»

«Mit Erzählen. Ihr Leben. Alles.»

«Mein Leben?»

«Mein lieber Herr Max, Sie entlocken mir mit Ihrer geschickten Fragerei meine intimsten Geheimnisse, und ich merke es noch nicht einmal. Aber jetzt ist Schluss. Jetzt sind Sie dran. Wo sind Sie geboren? Wie sind Sie aufgewachsen?»

Sie rutschte noch tiefer in ihren Schaukelstuhl, sah ihn mit ihren warmen Augen an und wartete.

Er schwieg.

Sie schwieg mit ihm. Und wartete.

Die Kyll gluckste.

Das Licht der Öllampe flackerte.

Sie wartete.

Schließlich erzählte er.

Alles.

Niemals hätte er das für möglich gehalten.

Sie unterbrach ihn nur selten, stellte allenfalls eine kurze Frage, wenn sie etwas nicht verstand, was er selbst nicht verstand, schwieg ansonsten und hörte aufmerksam zu.

Sie ließ ihn keine Sekunde aus den Augen.

Als er endete, brach der Tag an.

Erst mit dem Morgengrauen kamen die Tränen.

Morian stoppte den Volvo an der Rampe vor Halle 8. Er kletterte aus dem Wagen, richtete sich auf und verzog augenblicklich das Gesicht. Sein Kopf. Rasende Kopfschmerzen.

Ludwig hatte ihm zwar ein Aspirin verordnet, kaum dass er sich von der Matratze erhoben hatte, aber die Wirkung war auf der mehr als einstündigen Fahrt von Nürburg nach Köln schon wieder verflogen. Oder es lag an der furchtbaren Luft im Rheintal. Die Mittagshitze erdrückte die Stadt wie ein unsichtbarer, aber tonnenschwerer Kubus aus Glas. Außerdem setzte ihm die Flut unterschiedlichster Gerüche zu, die das Kölner Großmarktgelände einhüllte wie ein muffiger, alter Mantel.

Auf der Rampe stand vor dem offenen Rolltor ein Typ in einer billigen schwarzen Lederjacke und einer schwarzen Polyesterhose. Die Uniform der russischen Totschläger. Die Uniform kannte er. Den Typ noch nicht. Er musste neu sein. Sergej tauschte sie gelegentlich aus, weil er ihnen nie lange traute.

Der Blick war unmissverständlich: Durchgang verboten.

«Josef Morian. Ich will zu Sergej.»

Der Totschläger sagte nichts, sondern bedeutete ihm mit einem Blick, hier draußen in der prallen Sonne zu warten und sich gefälligst nicht von der Stelle zu rühren. Dann verschwand er in dem schwarzen Loch unter dem Rolltor.

Morian wartete und rührte sich nicht von der Stelle.

Nach drei Minuten tauchte der Mann wieder auf und nickte. Das hieß: Arme und Beine spreizen. Der Mann tastete ihn ab, von den Achselhöhlen bis zu den Fußknöcheln. Morian hatte seine Dienstwaffe erst gar nicht mitgenommen, als er gestern sein Büro im Bonner Polizeipräsidium verließ, um nach Nürburg zu fahren. Der Mann erhob sich wieder aus der Hocke und nickte erneut. Das hieß: Mitkommen und Maul halten! Morian folgte brav und betrachtete dabei das schwarzlederne Kreuz des Mannes.

«Morian! Mein Freund! Willkommen! Wir haben uns ja eine Ewigkeit nicht mehr gesehen. Sag mal, bist du noch dicker geworden? Jetzt bist du ja fast so dick wie ich.»

Immer und ewig derselbe abgedroschene Scherz. Morian unterdrückte ein Gähnen. Aber mehr aus Müdigkeit. Er hatte nur vier Stunden geschlafen. Sergej kam ihm mit ausgebreiteten Armen durch die Lagerhalle entgegen. Er trug einen dunkelgrauen Zweireiher, eine weinrote Krawatte und ein dazu passendes weinrotes Einstecktuch. Das, was er immer trug. Der Totschläger drehte ab und postierte sich wieder im Eingang.

«Was für eine Freude.» Sergej umarmte ihn und klopfte ihm auf den Rücken. Dann packte er ihn mit ausgestreckten Armen bei den Schultern und strahlte ihn an, als sei er der verlorene Sohn.

«Komm mit, mein Freund. Was kann ich für dich tun?»

Sergej wartete die Antwort nicht ab, sondern lotste ihn durch den Mittelgang der Halle. Sein Balzac-Bärtchen war sorgsam gestutzt, doch die Haare waren viel zu lang für sein Alter.

Sergej pflegte das Image des kultivierten Bohemiens französischer Schule. Dabei war er ein russischer Gangster. Mit seiner Import-Export-Firma nutzte Sergej das Steuer- und Zoll-Gefälle zwischen der EU und dem Rest Europas zu seinen Gunsten. Nur wurde dieser Rest dank des Brüsseler Integrationseifers immer kleiner. Es ging das Gerücht, dass er sich das einstige Jagdschloss des Politbüros des ZK der KPdSU im Kaukasus unter den Nagel gerissen hatte, um dort bald seinen Lebensabend zu verbringen.

Als sie schließlich den aus Sperrholz und Plexiglas errichteten Würfel am Ende des Ganges erreichten, öffnete Sergej die Tür seines provisorischen Büros, ließ Morian den Vortritt und deutete auf das rostbraune Ledersofa vor dem gewaltigen Art-déco-Schreibtisch aus Kirschholz. «Setz dich doch. Mach's dir bequem. Was kann ich für dich tun, mein Freund?»

Morian setzte sich und sagte ihm, was er für ihn tun konnte: «Wenn hier im Rheinland jemand mit einer Makarov herumläuft und damit rumballert ... dann wüsstest du davon?»

Sergej hatte die beiden Wassergläser bereits je zur Hälfte mit Wodka gefüllt, noch bevor Morian ablehnen konnte. Er reichte Morian eines davon, stellte das andere auf dem Schreibtisch ab und schloss die grauen Plastikrollos vor den Glasscheiben, sodass nun aus der Halle niemand mehr in das Büro schauen konnte. Dann setzte er sich auf die Schreibtischkante.

«Mein lieber Morian ... dass ich davon wissen sollte ... war das eine Frage oder eine Feststellung?»

«Such es dir aus.»

«Ich fühle mich sehr geschmeichelt. Ehrlich. Aber du überschätzt mich. Früher, ja, da mag das mal so gewesen sein. Aber das ist lange her. Die Zeiten haben sich geändert, Morian. Diese Welt ist unüberschaubar geworden. Sie wird härter. Und brutaler. Und ich bin inzwischen ein alter Mann. Wie sagt man? Ich gehöre längst zum alten Eisen. Nächsten Monat werde ich siebzig. Andere Männer in meinem Alter sitzen längst gemütlich im Lehnstuhl und erzählen der versammelten Enkelschar Märchen.»

«Dann spar dir deine Märchen für deine Enkel auf. Ich zerfließe nicht nur vor Hitze, sondern gleich auch noch vor Mitleid.»

Sergej lachte schallend.

«Sehr gut, du hast deinen Humor noch nicht verloren. Lass uns darauf anstoßen. Prost!»

Morian stellte das Glas unangerührt neben Sergej auf dem Schreibtisch ab.

«Sei mir bitte nicht böse, Sergej. Aber letzte Nacht hat mich jemand randvoll mit Trester abgefüllt. Und du weißt, ich war noch nie ein großer Trinker.»

«Trester?»

«So was Ähnliches wie Grappa. Nur von hier. Von der Mosel. Mir ist hundeelend zumute.»

Sergej hielt sich erneut den Bauch vor Lachen.

«Mit Wodka wäre dir das nicht passiert.»

«Ich glaube dir aufs Wort, Sergej.»

«Wie geht es denn unserem Freund Max?»

«Gar nicht gut. Deswegen bin ich hier. Der Kerl mit der Makarov ist gerade dabei, sein Leben in Fetzen zu reißen.»

«Das tut mir leid. Max ist ein guter Mann. Ein ehrlicher Mann. Ich habe einen Blick dafür. Glaube mir: Die guten, ehrlichen Männer sterben allmählich aus. Kann ich ihm helfen? Soll ich vielleicht ein paar von meinen Jungs…»

«Sergej, um nochmal auf den Punkt zu kommen…»

Sergej unterbrach ihn mit einer ärgerlichen Handbewegung und stellte sein Glas ab. «Morian, wie lange kennen wir uns? Zwanzig Jahre? Wir haben uns noch nie belogen. Und ich belüge dich auch jetzt nicht: Ich habe absolut nichts läuten gehört.»

«Eine russische Waffe, entwickelt für die Rote Armee. Militär oder russische Mafia? Ist das so schwer zu begreifen? Ich brauche nur einen Tipp. Außerdem benutzt der Kerl Schlangengift, um zu töten, er hinterlässt keine Spuren, er ist stets bestens vorbereitet. Er ist gebildet. Er ist unsichtbar. Ein Profi. Ich will nur einen Rat von dir: Wo soll ich suchen, Sergej?»

Sergej zog die Augenbrauen hoch und dachte nach. Plötzlich verzog sich sein Gesicht zu einem breiten Grinsen.

«Makarov! Jetzt kapiere ich erst, worauf du hinauswillst. Du bist auf dem Holzweg, Morian. Hier! So was hier ist heute angesagt.»

Sergej knöpfte den Zweireiher auf, zog eine Pistole hervor und legte sie auf die Tischplatte. Das silbrige Metall glitzerte unter der Schreibtischlampe wie ein Spiegel.

«Das ist eine Beretta Cougar aus poliertem, garantiert rostfreiem Inox-Stahl. Neun Millimeter Parabellum. Obwohl: Parabellum sagt man heute nicht mehr dazu, weil es politisch unkorrekt ist, habe ich gehört. Wie nennt man die Patronen jetzt?»

«*Si vis pacem, para bellum* – Wenn du den Frieden willst, so bereite den Krieg vor. Das ist Lateinisch. Das sagten die alten Römer früher. Das uralte Rezept, Sergej: Frieden durch Abschreckung. Wie später im Kalten Krieg, zwischen den Amis und euch Russen. Ich habe keine Ahnung, wie die Luger-Patronen heute heißen. Ich nenne sie jedenfalls immer noch Parabellum. Diese Sprachdiktatur der politisch Korrekten geht mir sowieso auf die Nerven. Als würde das Ändern von Begriffen die Welt verändern. Als würde die Patrone, nur weil sie jetzt anders heißt, keine Menschen mehr töten.»

«Da bin ich ja beruhigt, Morian. Das hatte ich übrigens gar nicht gewusst, das mit den Römern. Ist immer sehr lehrreich für mich, mit dir zusammenzutreffen, Morian.»

«Weiter, Sergej.»

«Fünfzehn Stück davon sind im Magazin. Schönes Stück, diese Beretta Cougar, nicht wahr? Bildschön, aber nicht gerade billig. Ich habe jedem meiner Jungs eine gekauft. Die sind ganz heiß darauf. Ein Statussymbol. So wie ein Ferrari. Die meisten dieser Russen-Jungs haben zwar keinen Funken Kultur und tragen die letzten Plastikklamotten am Leib, aber so ein schickes Teil unter der Achsel, das muss schon sein.»

«Und was willst du mir damit sagen?»

«Dass du deine dämliche Russen-Mafia-Theorie abhaken kannst, Morian. Die Jungs laufen mit schickeren Kanonen rum. Schon aus Prestigegründen mit moderner Westware. Und außerdem will ich dir damit sagen, dass Max auf der Hut sein sollte. Denn wer mit so einem uralten, hässlichen Schießprügel wie der Makarov herumläuft, der kann kein eitler Mensch sein.»

«Was hat die Eitelkeit damit zu tun?»

«Morian, lass dir von einem weisen, alten Mann sagen: Die gefährlichsten Menschen sind immer die uneitlen Menschen. Denen geht es nicht um Effekthascherei, sondern nur um Effektivität. Und was unsere ehemals glorreiche Rote Armee betrifft, die euren Herrn Hitler vernichtend geschlagen hat … zu deiner Militärtheorie fällt mir noch eine hübsche Variante ein.»

«Und die heißt?»

«Du und Max, ihr solltet euch vielleicht mit dem Gedanken anfreunden, dass da draußen gar kein Russe herumläuft, sondern ein Landsmann von euch. Soll ich dir sagen, wer die russische Makarov in Lizenz hergestellt hat? Der VEB Ernst Thälmann in Suhl. Das liegt in Thüringen. Ein volkseigener Betrieb der DDR. Russen-Ware, aber Made in Germany. Und weißt du, wer in der DDR mit dieser in Thüringen hergestellten Makarov ausgerüstet wurde? Na?»

«Keine Ahnung.»

«Das Wachregiment Feliks Dzierzynski. Weißt du, wer der Namensgeber dieses Regiments war? Nein? Jetzt bin ich wohl der Geschichtslehrer: Feliks Dzierzynski, Spross einer polnischen Adelsfamilie, war 1918 der Gründer der gefürchteten Tscheka. Die Tscheka war die erste kommunistische Geheimpolizei in Russland, gleich nach der Oktoberrevolution, lange vor dem KGB. Die Vorläuferorganisation. Meine Güte, Morian, du weißt zwar, was die alten Römer gesagt haben, sogar auf Latein, aber was die Geschichte des 20. Jahrhunderts betrifft, bist du eine ganz schöne Niete. Also, pass jetzt mal gut auf: Das Wachregiment Feliks Dzierzynski wurde 1954 in der DDR gegründet und bestand bis zum Fall der Mauer im November 1989. Am Ende gehörten mehr als elftausend Leute zu dieser Elitetruppe, die nicht der NVA, der Nationalen Volksarmee, sondern unmittelbar dem MfS unterstellt war. Dem Ministerium für Staatssicherheit der DDR. Begreifst du langsam, worauf ich hinauswill, Morian?»

Ja, Morian begriff langsam. Ihm wurde schlecht. Er wusste nicht, ob vom Trester oder von dem, was sich allmählich in seinem Gehirn zu einem diffusen Bild sortierte.

«Mein lieber Morian, ich fürchte, dein Freund Max hat es mit einem gründlich ausgebildeten Ex-DDR-Agenten zu tun. Denn hinter dem harmlosen Begriff Wachregiment versteckte sich der perfekt getarnte paramilitärische Arm der Stasi.»

Das Brummen des Dieselmotors ließ das Zwitschern der Vögel verstummen. Max erwachte aus einem kurzen, traumlosen Schlaf, rieb sich die Augen und sah sich um. Er brauchte eine Weile, um sich zu vergewissern, wo er war.

Er lag in einem breiten Bett aus Eisen. Honigfarbene Bettwäsche. Neben dem Bett eine Truhe aus altem, rissigem Holz, mit schmiedeeisernen Scharnieren und einem Schloss ohne Schlüssel. Darauf eine vergoldete Schale mit Rosenblättern. Neben der Schale ein gläsernes, bauchiges Windlicht, darin eine dicke Kerze, die in goldgelbem Sand Halt fand.

Das Fenster stand weit offen, doch der geschlossene Vorhang aus orangefarbenem, transparentem Tüll nahm der grellen Sonne die Schärfe. Davor baumelten an der eisernen Vorhangschiene Dutzende feiner Ketten aus Glasperlen, die sich in die Falten des Vorhangs schmiegten, sanft im Wind schaukelten und das Sonnenlicht bei jeder Bewegung in seine Spektralfarben spalteten. Neben dem Fenster stand ein kleiner quadratischer Tisch, davor ein Stuhl, so wie sie bei Oma Alwine in der Küche gestanden hatten. Nur hatte hier jemand Tisch und Stuhl nachträglich geadelt, indem er sie dunkelrot lackierte. Ein samtener Tischläufer, der links und rechts über die Tischkante fiel. Ein Köcher mit Buntstiften. Ein Schreibblock. Oder ein Malblock? Über dem Tisch ein Regal mit Büchern, denen man ansah, dass sie allesamt schon mindestens einmal gelesen worden waren.

Die aus bunten Glassplittern zusammengesetzte Lampe, die an einer Kette an einem der Holzbalken der Zimmerdecke hing, erinnerte Max an die Deckenlampen in Marokko. Jenseits des Fensters umrahmte ein schillerndes Mosaik aus zerschlagenen Fliesen den Spiegel, der über dem Waschbecken in den Putz eingelassen war. Wer dieses vielleicht vier mal vier Meter kleine Zimmer in einen Traum aus Tausendundeiner Nacht verwandelt hatte, war unübersehbar. Denn gleich neben der Tür lehnte ein rostiges Fabelwesen lässig an der grobverputzten, zwischen gelb, orange und rot changierenden Wand.

Das Wesen, das den Türrahmen überragte, war eine Frau. Oder ein Vogel? Ein menschlicher, weiblicher Vogel. Die Vogel-Frau hatte kleine, spitze Brüste und metallene Brustwarzen, die Max an Oma Alwines Fingerhüte erinnerten. Die schönen, muskulösen Oberschenkel des Fabelwesens mündeten unterhalb der Knie in die dünnen Stelzen und die scharfen Krallen eines Vogels. Auch die Hakennase war die eines Raubvogels. Die aus Eisenbändern gebogenen und geschweißten Haare standen ihr in alle Richtungen vom Kopf ab, als sei sie soeben in einen Orkan geraten.

Max schlug das Plumeau beiseite, sprang aus dem Bett und griff nach der zerknüllten Jeans auf dem flauschigen dunkelroten Teppich, der den Dielenboden zur Hälfte bedeckte.

Das blutige Hemd war verschwunden. Und seine Reisetasche mit der Wechselwäsche lag noch immer unten im Wagen. Max kletterte in die Jeans, knöpfte sie zu, trat ans Fenster und schob den Vorhang behutsam beiseite.

Mitten im Hof stand ein alter, in mattem Olivgrün lackierter Land Rover auf dem Kopfsteinpflaster. Zweifellos die Lärmquelle, die ihn geweckt hatte. Der Motor war inzwischen wieder abgeschaltet. Die Motorhaube stand offen. Ihr Kopf und ihre Arme waren tief in den Eingeweiden des Geländewagens verschwunden. Sie musste sich auf die Zehenspitzen stellen. Nicht ahnend, dass sie beobachtet wurde, streckte sie ihm ihren Hintern entgegen. Der dünne Baumwollstoff des blassroten Overalls spannte um ihre wunderschönen, kräftigen Hüften.

Max hätte jetzt gerne die Zeit angehalten.

Geschaut und genossen und nicht mehr nachgedacht.

Wer unter euch ohne Sünde ist, der werfe den ersten Stein.

Was hatte er ihr alles erzählt?

Alles.

Er löste sich vom Fenster, öffnete die Zimmertür und stieg am Ende des Flurs die Stiege zur Wohnküche hinab. Der Traum aus Tausendundeiner Nacht setzte sich im Erdgeschoss fort. Max hatte all das nicht mehr wahrgenommen, als er im Morgengrauen die Veranda verlassen hatte, um sich schlafen zu legen. Er hatte nicht einmal das Licht in seinem Zimmer eingeschaltet.

Sie richtete sich auf, ließ die Motorhaube ins Schloss fallen und wischte sich mit dem Handrücken den Schweiß von der Stirn.

«Guten Morgen. Probleme?»

«Oh. Schon wach? Nur der Ölfilter. Gut geschlafen?»

Er nickte.

«Du siehst übrigens süß aus, wenn du schläfst. Ich habe mir erlaubt, in dein Zimmer zu schleichen und dein Hemd zu holen, um es schon mal in die Waschmaschine zu stecken. Ich bin aber nicht sicher, ob die Flecken rausgehen. Blut ist hartnäckig.»

«Danke. Aber das ist kein Problem. Ich habe Wäsche zum Wechseln dabei. Im Auto. Wie alt ist der Landy?»

«Oh! Landy! Der Fachmann spricht. Baujahr 1978. Ich habe ihn vom Förster im Nachbardorf übernommen. Bisher hat er mich noch nie im Stich gelassen.»

«Alle Achtung. Der sieht ja aus wie frisch aus dem Laden. Der hat ja keine einzige Roststelle.»

«Max, mein lieber Max, jetzt hast du dein eben erst aufgebautes Image als Landy-Experte mit einer einzigen Frage zerstört. Des Rätsels Lösung ist: Als sie 1947 den Prototyp bauten, gab es in England so kurz nach dem Krieg nicht genug Stahl. Deshalb nahmen sie Aluminium für die Bleche. Und das haben sie bis heute beibehalten. Die Dinger können also gar nicht rosten. Ich dachte, so etwas wüssten Männer ...»

Sie blies eine Locke aus dem Gesicht, verschränkte die Arme, ließ ihre blauen Augen über seinen nackten Oberkörper gleiten und verzog schließlich das sommersprossige Gesicht zu einem breiten Grinsen, als bedaure sie die Existenz eines Ersatzhemdes in der Reisetasche außerordentlich. Max wurde verlegen wie ein kleiner Schuljunge, während er so dastand, auf der Veranda wie auf einem Laufsteg, barfuß und lediglich mit seiner Jeans bekleidet.

«Diese feine weiße Linie ... ist die von ...»

«Ja, vermutlich. Ich kann mich nicht mehr an diese Operation erinnern. Ich habe mir auch nie Gedanken darüber gemacht. Für mich war die Narbe schon immer da.»

«Max?»

«Ja?»

«Wie alt bist du eigentlich?»

«Siebenundvierzig. Aber erst seit ein paar Tagen.»

«Alle Achtung. Du hast dich gut gehalten.»

Sie nickte und schaute und grinste und schwieg. Schließlich, nach einer Ewigkeit, erlöste sie ihn:

«Lust auf Frühstück?»

«Gute Idee.»

Sie frühstückten auf der Veranda. Starker Kaffee, frische, alleine schon vom Erhitzen ganz schaumige Vollmilch, geröstetes Brot, Rührei mit Ziegenkäse. Max konnte sich nicht erinnern, wann er das letzte Mal so ausgiebig gefrühstückt hatte.

Sie lehnte sich zurück und zündete sich ihre Zigarette mit einem Streichholz an. Max beobachtete sie. Alles, was sie tat, war Ausdruck von Anmut und Sinnlichkeit. Das Wechseln eines Ölfilters ebenso wie das Anzünden einer Zigarette.

«Danke.»

Anne Wolanski schaute erstaunt auf.

«Danke? Für was willst du mir danken?»

«Dafür, dass du da warst. Dass du mir die ganze Nacht zugehört hast. Dass du mich dazu gebracht hast zu reden.»

«Zeigst du mir irgendwann das Grab deiner Mutter?»

«Du willst es sehen?»

«Ja.»

Er sparte sich die Frage nach dem Warum. Sie sah ihm lange und ernst in die Augen. Dann beugte sie sich über den Tisch und legte ihre Hand auf seine Hand.

«Was hast du jetzt vor, Max?»

«Hier sein, mich sehen lassen … und warten. Auch wenn mir das Warten und Nichtstun schwerfällt. Aber es ist das Vernünftigste, was ich jetzt tun kann. Einfach hier sein. In der Nähe. Sie werden aus ihren Löchern kriechen. Ganz von alleine. Ich muss gar nichts tun. Sie können es nicht ertragen, einfach nur darauf zu warten, dass ich wieder aus ihrem Leben verschwinde. Anne, was ist mit den anderen Gästezimmern, die du noch herrichten willst? Kann ich dir helfen? Hast du etwas zu tun für mich? Ich kann mit Werkzeug umgehen, mit Holz, mit Farbe …»

«Und dein Freund? Der fährt doch nicht einfach nur so in der Gegend spazieren, oder?»

«Hurl? Nein. Hurl bastelt gerade den Wecker. Hurl wird sie aufwecken. Aus ihren dumpfen Träumen reißen. Bald. Kann man hier irgendwo Zeitungen kaufen?»

Gleich nach dem weltberühmten Museo del Prado in der Hauptstadt Madrid ist das Teatre Museu Dalí in der katalanischen Kleinstadt Figueras das meistbesuchte Museum Spaniens. Der dort geborene und gestorbene Meister der Selbstinszenierung hätte sicher seine wahre Freude daran gehabt, heimlich und in aller Ruhe beobachten zu können, wie sie täglich über sein Grab trampelten, ganze Schulklassen, fettleibige, rotgesichtige Touristen in breiten Sandalen und hübsche Kunststudentinnen in atemberaubend kurzen Röcken.

Es hätte ihm gefallen, die Menschheit von unten zu betrachten; eine überraschende, höchst amüsante Sicht auf das Leben, eine ungewöhnliche Perspektive, wie er sie schon zu Lebzeiten mit seinem kolossalen Deckengemälde im ehemaligen Rauchersalon des städtischen Theaters vorweggenommen hatte.

Das Gebäude war das Theater der 35000-Einwohner-Stadt gewesen, bevor Francos Putschisten es im Spanischen Bürgerkrieg niederbrannten. Jahrzehnte später war es dem Bürgermeister eine Ehre, dem großen Sohn der Stadt den Vorschlag zu unterbreiten, nach dessen ureigenen Vorstellungen aus der Ruine ein Dalí-Museum erblühen zu lassen.

1974 wurde es eröffnet, in Anwesenheit des Nazi-Bildhauers Arno Breker, auf dessen Einladung als Ehrengast der Meister bestanden hatte. Eröffnet wurde es unter dem damals noch politisch korrekten spanischen, also kastilischen Namen: Teatro Museo Dalí statt Teatre Museu Dalí, weil Dalís mächtiger Freund, der große Caudillo und Generalissimo Franco, der «intelligenteste Politiker aller Zeiten», wie Dalí gern versicherte, ja noch lebte und die katalanische Sprache verboten hatte.

Franco starb am 20. November 1975, im Jahr nach der Eröffnung. Dalí starb am 23. Januar 1989 – mehr als ein halbes Jahrhundert nach seinem Jugendfreund Federico García Lorca, den Dalís Freund Franco auf dem Gewissen hatte.

Te quiero, Federico, mi hermano.

Ich liebe dich, Federico, mein Bruder. Das hatte Dalí auf die Rückseite des Bildes geschrieben. Des Bildes, das jetzt in Hurls Hotelzimmer im nahen Girona unter dem Bett lag, während Hurl das Museum in Figueras besichtigte.

Was mit seinem Leichnam geschehen sollte, hatte der Meister testamentarisch verfügt. In allen Einzelheiten. Schon zu Lebzeiten ahnend, was dann zwangsläufig passieren würde, in Erwartung des großen, letzten Spaßes, den er sich als Toter auf Kosten der Lebenden gönnen würde, hatte er darauf bestanden, mitten im Foyer beerdigt zu werden, unter einer schlichten grauen Platte im Fußboden, die keinerlei Inschrift tragen durfte, unmittelbar vor dem von einem plüschigen Theatervorhang umrahmten Monumentalgemälde, das die komplette Stirnwand des Foyers ausfüllte. Das riesige Gemälde zog die eintretenden Besucher magisch an. Sie hoben automatisch ihre Köpfe, sodass sie nicht darauf achteten, wo sie hintraten.

Hurl stand am Rand und betrachtete das Schauspiel. Dabei kam ihm eine hübsche Idee.

«Mal schauen, ob dir das gefallen wird, du großer Masturbator, du alter, stinkender Mistkerl.»

Er musste unwillkürlich lachen.

Eine sonnenverbrannte Besucherin musterte ihn empört und schüttelte fassungslos den Kopf.

Hurl ging rasch weiter. Er hatte kein Interesse daran, später von eifrigen Zeugen beschrieben zu werden. Er speicherte die hübsche Idee in seinem Hinterkopf ab. Denn zunächst einmal wartete noch eine Menge Arbeit auf ihn.

Lachen war hier zwar offenbar verboten, Fotografieren aber ausdrücklich erlaubt.

Knapp zwei Stunden später hatte sich Hurl ein Bild gemacht. Er verließ das Museum, überquerte die Ramblas, stieg in den Mustang und nahm die Autobahn in Richtung Süden.

In Girona fand er einen Parkplatz am westlichen Ufer des Rio Onyar, überquerte den Nebenfluss des Ter über die hölzerne Fußgängerbrücke und stieg hinauf in das mittelalterliche jüdische Viertel. Eine Viertelstunde später betrat er sein Hotel in einer abgelegenen Gasse oberhalb der Kathedrale.

Der Portier hinter dem Tresen unter der Treppe starrte angestrengt in eine Zeitschrift und sah nicht einmal auf.

Wunderbar. Das perfekte Hotel.

Hurl betrat sein Zimmer im zweiten Stock, verschloss die Tür, öffnete das bis zum fürchterlich knarrenden Fußboden hinabreichende Fenster sperrangelweit, in der Hoffnung, so den unangenehm modrigen Geruch aus dem Zimmer vertreiben zu können, verkabelte die Digitalkamera mit seinem Notebook, startete die Bildübertragung und betrachtete sich im Spiegel.

Grauenhaft.

Die himmelblaue Baseballkappe mit dem Schriftzug einer französischen Biermarke stammte aus dem Sortiment einer Autobahntankstelle kurz hinter Lyon. Das grelle Hawaiihemd hatte er noch in Köln gefunden, im Schlussverkauf auf dem Wühltisch eines Kaufhauses, ebenso die zitronengelben Bermudashorts mit praktischem Gummizug. Die gewaltigen, aber immer noch mindestens eine Nummer zu kleinen

Badelatschen aus hellblauem Plastik gehörten zum Top-Sonderangebot eines fliegenden Händlers am Strand von Port de la Selva, gleich hinter der Grenze. Hurl hatte sich nach der langen Anreise einen kurzen Abstecher ans Meer nicht verkneifen können. Er hatte noch in der Nacht, nach der ermüdenden Tortur über deutsche, französische und spanische Autobahnen, einen Parkplatz in der Nähe des Hafens angesteuert, hatte ein paar Stunden im Auto geschlafen, bis die aufgehende Sonne ihn weckte, hatte ein erfrischendes Bad im Meer genommen, war weit aus der Bucht geschwommen, durch das spiegelglatte Wasser, bis seine Lebensgeister geweckt waren. Dann hatte er in einer von Fischern frequentierten Bar am Hafen einen Kaffee getrunken, ein Bocadillo mit Serrano-Schinken und Manchego-Käse verschlungen und war auf dem Rückweg zum Parkplatz zudem noch zu passendem Schuhwerk gekommen.

Das Leben konnte so schön sein.

Das Leben konnte so grässlich sein. Hurl schleuderte im hohen Bogen die Badelatschen von den schmerzenden Füßen, riss sich die Touristenverkleidung vom Leib und stopfte alles in seinen Koffer. Dann stellte er sich unter die Dusche und drehte den Hahn auf. Das Wasser war kalt. Das war nicht so schlimm. Ärgerlich war nur, dass das Wasser so spärlich aus dem Brausekopf tröpfelte, als hätte es Angst vor ihm. Der schimmelige Duschvorhang hingegen hatte überhaupt keine Angst vor ihm und schmiegte sich hingebungsvoll um seinen Hintern. Als er mit einiger Mühe den Schaum von seinem Körper geschabt hatte, blieb er gleich an Ort und Stelle stehen, um sich zu rasieren und die Zähne zu putzen, weil er in der engen Nische unter der Dachschräge, in die man das Miniaturwaschbecken platziert hatte, unweigerlich Platzangst bekommen hätte.

Oder einen Tobsuchtsanfall.

Alles in allem war das Hotel eine ziemliche Katastrophe. Aber es hatte einen Internet-Hot-Spot und einen verschlafenen Portier, der bei Vorkasse und entsprechendem Trinkgeld weder einen Ausweis noch einen ausgefüllten Meldezettel benötigte.

Man konnte nicht alles haben.

Hurl unternahm einen vergeblichen Versuch, das winzige Hotelhandtuch um seine Hüften zu schlingen, dann warf er es über die Stange, die den Duschvorhang hielt, setzte sich nackt aufs Bett, nahm das Handy vom Tisch und wählte Miguels Nummer in der Madrider Zentralredaktion von «El País».

«Was für ein Zufall», sagte Miguel. «Ich habe gerade alles per E-Mail losgeschickt.» Zum Glück redete er Spanisch und nicht Katalanisch, sodass Hurl keine Mühe hatte, ihn zu verstehen.

«Das war übrigens komplizierter, als ich anfangs gedacht hatte. Wir sind schließlich im Keller eines pensionierten Architekten in Besalú fündig geworden. *Igual.* Was tut man nicht alles für eine gute Exklusivgeschichte. Danke nochmals. Und liebe Grüße an Max. Viel Glück euch.»

Ja, Glück konnte er jetzt gebrauchen.

Hurl öffnete sein E-Mail-Verzeichnis.

Wenn ein Museum heutzutage als Neubau konzipiert und errichtet wurde, waren die Sicherheitsvorkehrungen fast unüberwindlich. Wenn jedoch ein neues Museum in einem Altbau errichtet wurde, der zuvor einem völlig anderen Zweck gedient hatte, dann musste es zwangsläufig Lücken im Sicherheitsnetz geben.

Die Kunst war nur, eine dieser Lücken zu finden.

Die Nahtstelle zwischen Theater und Museum, zwischen gestern und heute – das war die Chance. Versetzte Wände. Vergessene Versorgungsschächte. Verschüttete Kellerräume. Einstige Transportwege für Kulissen, Requisiten, Kostüme.

Hurl hatte eine vage Ahnung, wo er fündig werden könnte. Die Fotos dokumentierten diese Ahnung und dienten ihm als visuelle Gedächtnisstütze. Und Miguels E-Mails, so hoffte Hurl inständig, sollten die vage Ahnung bestätigen.

Miguel hatte ihm die Originalbaupläne des einstigen Theaters geschickt. Ferner die Umbaupläne des Museums. Außerdem die Liste der am Umbau beteiligten Firmen.

Das für die Sicherheitstechnik zuständige Unternehmen hatte eine eigene Homepage. Aus purer Eitelkeit neigten nicht wenige Security-Unternehmen dazu, in ihren Internet-Auftritten viel zu viel preiszugeben. Wenn man zwischen den Zeilen lesen konnte. Zum Beispiel in der Referenzliste der Kunden, deren Objekte das Unternehmen bereits ausgerüstet hatte.

Zwei Stunden später war Hurl fast am Ziel.

Es war nur noch ein einziges, ein winziges, aber entscheidendes Problem zu lösen.

Er stand vom Schreibtisch auf, rieb sich die ermüdeten Augen und trat an das offene Fenster, vor das ein von Taubenkot bedeckter, nur knapp zwanzig Zentimeter schmaler Zierbalkon samt filigranem Eisengeländer geschraubt war.

Der Balkon gab den Blick frei auf einen schäbigen Hinterhof, auf ein halbes Dutzend Müllcontainer, aus denen der Abfall quoll, auf Wäscheleinen, ausrangierte Matratzen, ausgemusterte Autoreifen. Und auf die rückwärtigen Balkone der Häuserreihe gegenüber. Es dauerte eine Weile, bis er die beiden alten Damen bemerkte, die ihn von ihrem Balkon aus beobachteten. Erst ihr albernes Jungmädchenkichern ließ ihn nach oben sehen.

Klar. Er hatte nichts an.

Jetzt winkten sie auch noch.

Dann kicherten sie wieder und hielten sich verschämt die Hand vor den Mund, als habe sie ihr Übermut erschreckt.

Sie hatten ihn vermutlich schon die ganze Zeit beobachtet, wie er da nackt im Fenster stand.

Hurl grinste verlegen zurück und wollte gerade das Fenster schließen, als er aus den Augenwinkeln unten auf dem Hof, auf den Müllcontainern, eine Bewegung registrierte, die automatisch seine Aufmerksamkeit fesselte.

Das war die Lösung.

Er schloss das Fenster, öffnete den Koffer und nahm eine Jeans und ein weißes T-Shirt heraus.

Der Portier hinter dem Tresen schlief.

Nach knapp zehn Minuten Fußmarsch hatte er gefunden, was er suchte: eine Apotheke und wenige Schritte entfernt einen besseren Tante-Emma-Laden von der Sorte, wie man sie in Spanien noch an fast jeder Straßenecke antraf.

In der Apotheke kaufte er Baldrian und Vetranquil.

In dem Supermarkt kaufte er eine Dose Katzenfutter.

Die Altstadt von Girona war nun, nach der Siesta, voller Leben. Hurl machte sich auf den Weg zurück zum Hotel. Aus den Küchen der Bars strömte der Duft von Rosmarin und Safran und frisch gebratenem Fisch durch die Gassen. Hurl ging weiter und ignorierte das Hungergefühl. Er musste dringend schlafen. Das war jetzt wichtiger. Er musste ausgeruht sein.

Er legte sich aufs Bett und schlief auf der Stelle ein.

Drei Stunden später stand er auf, stieg noch einmal unter die Dusche, ließ das kalte Wasser über seinen Körper tröpfeln, ohne sich einzuseifen, rubbelte sich mit dem Handtuch trocken, öffnete den Koffer, nahm einen schwarzen Rucksack, eine schwarze Hose, ein schwarzes Sweatshirt, eine schwarze, ärmellose Anglerweste und schwarze Sneakers heraus. Er steckte die feinen Handschuhe aus schwarzem Ziegenleder, die Motorradsturmhaube aus schwarzer Naturseide, die Schwimmbrille und die winzige Taschenlampe in die weiten Taschen der Weste.

Alles andere, was er benötigen würde, sein Werkzeug und seine Einkäufe, stopfte er in den schwarzen Rucksack. Er hob den Koffer hoch und kippte den restlichen Inhalt aufs Bett. Er würde den Koffer brauchen, und zwar leer. Dann zog er den Dalí unter dem Bett hervor und machte sich auf den Weg nach Figueras.

Der Kiosk war vielleicht vier mal vier Meter groß. Zeitschriften, Schulhefte, Kugelschreiber, Briefumschläge, Geschenkpapier, Schokolade, Kekse, Fruchtgummis, Zigaretten, Wegwerffeuerzeuge, Eis am Stiel, gekühlte Getränke. Marlene Jeschke stand hinter dem Tresen und lächelte. Hinter ihr führte ein mit einem Perlenvorhang abgetrennter Durchgang vermutlich in ihre Privaträume. Max war der einzige Kunde.

«Guten Abend, Herr Maifeld. Was kann ich für Sie tun?»

«Sie hatten mich zu einem Eis eingeladen.»

«Stimmt. Wie wär's mit einem Milkshake? Mein Milkshake wird weit über die Grenzen der Eifel hinaus gerühmt. Ist genau das Richtige an diesen Hundstagen. Herrlich erfrischend.»

«Gern.»

«Dann nehmen Sie doch schon mal draußen vor der Tür Platz. Da redet es sich angenehmer als hier drinnen.»

Auf dem Bürgersteig standen zwei wacklige Sonnenschirme, gelb mit roten Punkten, die für Sinalco warben, ferner zwei kreisrunde jägergrüne Plastiktische und vier verwitterte Klappstühle. *Bitte ein Bit* war in goldfarbener Schreibschrift auf die Tischflächen gedruckt. In der Eifel kam es wirtschaftlichem Selbstmord gleich, ein anderes Bier als das aus der Bitburger Brauerei in der Südeifel unweit der Grenze zu Luxemburg verkaufen zu wollen. Die aus Kunststoffgranulat gepressten Tische schienen neu zu sein, im Gegensatz zu den Klappstühlen, von deren Holz die Farbe abblätterte, und dem von der Sonne ausgebleichten Langnese-Fähnchen über der Eingangstür. Max setzte sich auf den nächstbesten Stuhl und wartete.

«Was haben Sie denn mit Ihrem Ohr angestellt?»

Marlene Jeschke stellte die Milkshakes auf dem ersten Tisch ab und setzte sich neben Max. Zwei ovale, auf Hochglanz polierte Tabletts aus Edelstahl, darauf Zierdeckchen aus Papier. Eine stilisierte Palme und der Schriftzug *afri cola* schmückten die bis zum Rand gefüllten Gläser.

Erdbeer. Es schmeckte großartig.

«Phantastisch. Ich versichere Ihnen: Ich habe in meinem ganzen Leben noch keinen besseren Milkshake getrunken.»

«Wahrscheinlich haben Sie den letzten Milkshake als Kind getrunken und können sich bloß nicht mehr erinnern. Das Geheimnis ist übrigens frische Milch. Direkt vom Bauern. Und nicht dieser haltbare Mist aus dem Supermarkt. Das Erdbeereis mache ich übrigens selber. Also?»

«Also was?»

«Was ist passiert mit Ihrem Ohr?»

«Ein Missgeschick.»

«Ich nehme an, das Missgeschick hieß Jürgen.»

«Stimmt. Jetzt, wo Sie es sagen, erinnere ich mich wieder an seinen Namen. Kennen Sie ihn?»

«Der Jürgen ist vielleicht etwas beschränkt im Kopf, aber im Grunde ist er kein schlechter Kerl. Da gibt es schlimmere Typen da oben. Nur: Wenn der Jürgen etwas getrunken hat, dann wird er schon mal aggressiv. Und das ist natürlich bei seinen Bärenkräften nicht ganz ungefährlich. Er sieht übrigens ziemlich übel aus, der arme Junge. Er war nämlich heute Mittag hier und hat sich die Auto-Bild gekauft. Er kommt jeden Samstag und kauft sich die Auto-Bild. Im Gegensatz zu sonst war er sehr schweigsam.»

«Er wird es überleben. Und hoffentlich daraus lernen.»

«Hier lernt niemand etwas dazu, Herr Maifeld. Weil immer alle schon alles wissen. Und schon immer gewusst haben.»

«Wovon leben die Leute hier?»

«Da müssen Sie unterscheiden zwischen dem Unterdorf und dem Oberdorf. Das Unterdorf ist ja erst mit der Eisenerzindustrie entstanden. Zugezogene. Einfache Arbeiter. Daran hat sich bis heute nichts geändert, obwohl die Fabriken ja längst zugemacht haben. Hier im Unterdorf sind die Mieten billig. Denn wer will schon in diesen winzigen Häuschen gleich an der Rennstrecke leben? Zwei Zimmerchen im Erdgeschoss, ein Zimmerchen im Dachgeschoss. Wie bei mir hier, nur dass bei mir das vordere Zimmer der Kiosk ist, dahinter habe ich eine Wohnküche und oben das Schlafzimmer. Hier im Unterdorf bleiben die Leute nicht lange. Sie ziehen ein, die Männer sind die ganze Woche auf Montage, und wenn sich was Besseres ergibt, ziehen sie wieder weg. Mittlerweile sind hier auch viele Polen, die als Erntehelfer bei den Bauern im Umkreis von zehn, zwanzig Kilometern arbeiten. Da teilen sich dann sechs Leute so ein Häuschen.»

«Und im Oberdorf?»

«Das sind die Einheimischen, die schon seit Generationen hier leben. Im Oberdorf arbeiten die meisten Leute für Brandesser. Im Hotel, in der Catering-Firma, auf dem Golfplatz, auf dem Öko-Bauernhof. Im Grunde ist das komplette Oberdorf abhängig von einem einzigen Arbeitgeber.»

«Und Jürgen?»

«Er kümmert sich um den Brandesser-Fuhrpark und fährt die großen Kühlwagen mit den Lebensmitteln zu den Veranstaltungen. Er ist sehr geschickt, was Autos betrifft. Er kriegt alles repariert, was vier Räder hat. Er liebt Autos.»

«Allerdings scheint er mein Auto zu hassen.»

«Nein. Das schätzen Sie völlig falsch ein, Herr Maifeld. Das hat nichts mit diesem Auto an sich zu tun. Sondern mit seinem Vorbesitzer. Mit Ihrem … Vater.»

Ihre Stimme ging im Gebrüll der herannahenden Maschinen unter. Sekunden später rasten sechs schwere Motorräder über die Landstraße an dem Kiosk vorbei. Marlene Jeschke wartete, bis die nahen Wälder das Gebrüll verschluckten, ohne ein einziges Mal den Blick von Max abzuwenden.

«Die Alten erzählen die Geschichte den Jungen. Und ich kenne sie auch nur vom Hörensagen. Jupp Maifeld ist mit diesem Stingray hier aufgekreuzt, im Herbst 1963, gleich nach dem Tod von Katharina. Er fuhr zum Brandesser-Hof, marschierte ins Haus, und da gab es dann wohl ein Riesenspektakel, erzählen sich die Leute. Jupp Maifeld und Franz Brandesser haben gebrüllt und getobt und sich angeschrien. Niemand im Dorf weiß, um was es eigentlich dabei ging. Schließlich hat ihn der alte Brandesser von Karl Hillesheim und seinen Leuten hinauswerfen und vor dem Hof zusammenschlagen lassen und ihm angedroht, er werde ihn in der Kyll ersäufen lassen wie einen räudigen Hund, wenn er sich nur noch ein einziges Mal in Roggenrath blicken lasse. Dann machte er Fotos von dem am Boden liegenden Jupp Maifeld und von dem Auto, er ließ sie im ganzen Dorf verteilen und schärfte den Leuten ein, dass dieser Mann eine große Gefahr für das ganze Dorf bedeutete. Den Untergang. Der Alte stellte sogar eine Belohnung in Aussicht. Aber das war völlig überflüssig gewesen. Erstens kam Jupp Maifeld nie wieder ins Dorf. Und außerdem machten die Leute auch ohne eine Belohnung sowieso, was er sagte. Als wären sie seine Leibeigenen. So viel Angst hatten die Leute im Dorf vor Franz Brandesser. Sein Sohn macht das übrigens viel geschickter. Da ist es die wirtschaftliche Abhängigkeit. Zuckerbrot und Peitsche. Bei dem Alten war es die Peitsche, beim Junior das Zuckerbrot. Aber jetzt wissen Sie, warum die Leute so allergisch auf dieses Auto reagieren. Das kollektive Gedächtnis.»

«Und um was ging es damals bei dem Streit?»

«Ich war nicht dabei. Was ich Ihnen gesagt habe, weiß ich nur von den Leuten. Passen Sie gut auf sich auf, Herr Maifeld.»

«Was soll mir denn passieren?»

Sie schwieg und spitzte die Lippen und nippte an ihrem Milkshake. Wie sie ihn dabei mit wachen Augen über den Rand des Glases beobachtete, erinnerte sie ihn nicht an eine alte Frau, die sie war, sondern an ein junges Mädchen.

«Wie lange leben Sie schon hier, Frau Jeschke?»

«Seit 1987. Seit ich den Kiosk übernommen habe. Ich bin deswegen hierhergekommen. Ganz schön mutig, im Alter von … na, wie alt war ich damals … mit 47 Jahren nochmal umzusatteln und Geschäftsfrau zu werden, finden Sie nicht? Ich hatte damals im ‹Kölner Stadt-Anzeiger› zufällig die Anzeige gelesen: Kiosk mit Wohnung zu verkaufen. Der Vorbesitzer war gestorben. 93 Jahre, er hatte bis zum Schluss hier gewohnt und sich selbst versorgt, aber den Kiosk hatte er schon ein paar Jahre früher zugemacht, weil er es alleine nicht mehr schaffte. Können Sie sich vorstellen, wie das hier ausgesehen hat?»

Max hatte eine vage Vorstellung, aber er schwieg.

«Als hätte eine Bombe eingeschlagen. Der alte Mann konnte ja nichts dafür. In dem Alter, und wenn sich niemand um ihn kümmerte. Als er starb, witterten die Tochter und der Schwiegersohn, die in Köln lebten, das große Geld. Ich bekam schließlich den Zuschlag, aber ich habe mich ganz schön über den Tisch ziehen lassen. Ich musste alles übernehmen: das alte Haus, die komplette Kioskeinrichtung, die Möbel, obwohl das alles alter Plunder war. Die ersten Jahre waren sehr hart. Der Kredit. Die monatlichen Zinsen an die Bank.

Die Nebenkosten. Aber seit einem halben Jahr ist jetzt endlich alles abbezahlt. Jetzt bin ich schuldenfrei, Herr Maifeld. Jetzt gehört das alles hier mir: der Kiosk, das Häuschen, alles.»

«Dann sind Sie ja eine richtig gute Partie.»

Sie lachte. Sie hatte ein schönes Lachen.

«Gegen ein paar Streicheleinheiten von einem netten Kerl hätte ich ja nichts einzuwenden. Dafür ist man nie zu alt. Aber auf Dauer mit einem Mann unter einem Dach leben … nichts für mich. Ich habe immer alleine gewohnt. Ist besser so. Außerdem: Schauen Sie sich doch mal die Männer in meinem Alter an. Die lösen bei mir nicht gerade ein erotisches Prickeln aus.»

Sie starrte der verlassenen Landstraße nach, die sich in den Wäldern verlor. Max brannte eine Frage auf den Nägeln.

«Wenn Sie sagen, Sie sind erst 1987 nach Roggenrath gekommen, um den Kiosk wieder flottzumachen …»

«Wie ich dann Ihre Mutter kennen konnte?»

«Ja.»

«Ich war lange fort gewesen. 28 Jahre lang war ich fort gewesen. Weshalb bin ich 1987 zurück nach Roggenrath gezogen? Ich weiß es nicht. Eine seltsame Fügung des Schicksals. Ihre Mutter und ich waren ein Jahrgang. Da kennt man sich natürlich.»

«Das heißt, Sie stammen also doch von hier?»

«Nein!»

Das Nein klang ungewöhnlich scharf.

«Nein. Ich wurde 1940 in Gertlauken geboren. Das wird Ihnen vermutlich nichts sagen. Das liegt in Ostpreußen. Ich war ein Findelkind, wie man damals sagte. Das war nichts Besonderes damals. Eines wie tausend andere. Ich ging auf der Flucht vor den Russen verloren. Ich habe meine Eltern nie wiedergesehen. Ich habe auch kaum eine Erinnerung an sie. Ich war ja zu der Zeit noch keine fünf Jahre alt. Das Rote

Kreuz lieferte mich in einem Waisenhaus in Trier ab. Ein von katholischen Nonnen geleitetes Haus. Und ich war ein protestantisches Kind. Ein protestantisches Flüchtlingskind. Wissen Sie, was das im katholischen Westdeutschland bedeutet hat, ein protestantisches Flüchtlingskind zu sein? Die haben mich schon als Fünfjährige behandelt, als sei ich eine Massenmörderin mit hochansteckender Syphilis. Da gab es niemanden, der einen beschützte. Niemanden, verstehen Sie? Nach den acht Jahren Volksschule arbeitete ich noch eine Zeit in der Wäscherei des Heims, bevor ich im Herbst 1958 von der Caritas als Haushaltshilfe nach Roggenrath vermittelt wurde. Zwölf-Stunden-Tag. Sieben-Tage-Woche. 15 Mark Taschengeld im Monat. Kost und Logis waren frei ... na ja, wenn noch etwas übrig geblieben war, nachdem die Herrschaften vom Esstisch aufgestanden waren.»

Sie verstummte. Sie musste es gar nicht aussprechen. Sie musste Max Maifeld nur ansehen. Augen voller Bitterkeit. Max wusste in diesem Moment auch so, wo sie als moderne Sklavin geschuftet hatte. Auf dem Hof des alten Brandesser.

«Auf dem Friedhof haben Sie gesagt, Sie hätten meinen ... Sie hätten Jupp Maifeld gekannt.»

«Kennen ist zu viel gesagt. Ich habe ihn später mal in Köln getroffen. Nachdem Katharina ... also Ende 1963. Zufall. Wie das Leben manchmal so spielt. Ich schlage den Kölner Stadt-Anzeiger auf und lese die Todesanzeige. Geborene Manderscheid. Geburtsjahr 1940. Da gab es eigentlich keinen Zweifel, aber ich wollte Gewissheit, und da habe ich ihn besucht, ich bin mit dem Bus raus nach Ehrenfeld, zu seiner Werkstatt, um mir Gewissheit zu verschaffen und um ihm mein Beileid auszusprechen. Da habe ich auch das schöne Auto gesehen. Es stand ja mitten auf dem Hof. Danach habe ich den Jupp allerdings nie wiedergetroffen.»

«Was hat er Ihnen denn erzählt?»

«Nicht viel. Dies und das. Was man so sagt.»

«Kannten Sie meine Mutter gut?»

«Nein, das kann man so nicht sagen. Als Flüchtling hatte man keinen intensiven Kontakt zu den anderen Dorfbewohnern. Die waren schon immer für sich. Privat, meine ich. Tagsüber hat man sich natürlich schon mal gesehen. Nach der Volksschule hatte Katharina die Handelsschule in der Kreisstadt besucht, und dann hat sie die Anstellung als Bürokraft auf dem Brandesser-Hof bekommen. Da haben wir uns kennengelernt.»

«Meine Mutter hat für Brandesser gearbeitet?»

«Ja. Wussten Sie das nicht? Nicht sehr lange. Nur so lange, bis sie mit Jupp Maifeld nach Köln ging. Der alte Brandesser hielt eine Bürokraft natürlich für Geldverschwendung. Aber Walther bestand darauf. Wegen der EWG, die 1957 gegründet worden war. Wegen der ganzen neuen Verordnungen und Subventionen. Buchführung, Steuerrecht, da blickte der Alte nicht mehr durch. Der Junior hatte ja Agrarwissenschaft in Bonn studiert. Der konnte das alles. Und nachdem er Anfang 1959 sein Examen gemacht hatte, da hat er sich richtig reingeschafft in den Hof. Sich unentbehrlich gemacht. Jedenfalls, so lernte ich die Katharina kennen. Sie war sehr hübsch. Etwas schüchtern und fromm. Katharinas Vater war ja der Organist und Küster der Pfarrei. Aber sehr nett war sie. Immer sehr freundlich, auch mir gegenüber. Aber ich war ja nur etwas länger als ein Jahr auf dem Hof. Dann bin ich ja schon wieder weg. 1959, kurz vor Weihnachten.»

«Wohin sind Sie gegangen?»

«Nach Hamburg. Später nach Köln.»

«Was haben Sie da gemacht?»

«Dies und das.»

«Alleine? Nach Hamburg? Mit 19 Jahren? Damals war man doch erst mit 21 Jahren volljährig, oder?»

«Ja. Großjährig nannte man das damals. Das war eine andere Zeit damals. Haben Sie Kinder, Herr Maifeld?»

«Ja. Zwei.»

«Sind sie schon erwachsen? Wie heißen sie?»

«Meine Tochter Vera hat in Amsterdam Kunstgeschichte studiert und arbeitet dort jetzt im Rijksmuseum. Mein Sohn Paul lebt als Jazz-Schlagzeuger und Studiomusiker in London.»

«Haben Sie Kontakt?»

«Ja. Wenn auch weniger, als ich mir das insgeheim wünsche. Aber so ist das, wenn Kinder erwachsen sind. Sie gehen ihrer Wege, sie leben ihr eigenes Leben. Und das ist in Ordnung so.»

«Lieben Sie Ihre Kinder, Herr Maifeld?»

«Natürlich liebe ich sie.»

«Das ist gut. Kinder brauchen viel Liebe.»

Wieder verlor sich ihr Blick in der Ferne. Ihre Augen sprachen Bände, doch ihr Mund blieb stumm. Marlene Jeschke hatte soeben beschlossen, das Thema zu beenden.

Die Lichtschranke. Wie vermutet. Sobald die Bewegungsmelder anschlugen, hatte er noch genau sieben Minuten Zeit. Solange würde die Polizei vom Eintreffen des stillen Alarms auf der Wache bis zum Eintreffen am Haupteingang an der Plaza Gala i Salvador Dalí benötigen. Figueras war eine Kleinstadt und die Wache kein Großstadtrevier. Ein entscheidender Baustein des Plans.

Hurl steckte sich die Miniaturtaschenlampe in den Mund, löste die Schrauben über seinem Kopf und schob schließlich das Gitter behutsam zur Seite. Dann stemmte er sich aus dem Schacht, ging in die Hocke, drückte sich in die Nische, stülpte die Motorradsturmhaube über den Kopf, zog die Schwimmbrille über die Augen, nahm den Rucksack vom Rücken, griff in die Tiefe und zog das Gemälde und anschließend den Koffer aus dem Schacht. Er packte das Gemälde aus, stopfte das Verpackungsmaterial in seinen Rucksack, lehnte das Bild gegen den Koffer, holte einmal tief Luft, drückte den Knopf der Stoppuhr an seinem Handgelenk, sprang auf und rannte los.

In dieser Sekunde würde das Alarmsystem des Museums sein Signal zur Polizei schicken. Es war zeitraubend, es war riskant, es war vielleicht sogar dumm. Aber es war einfach zu verlockend. Die Fotografen und Kameraleute würden Luftsprünge machen, und der Meister der sexuellen Symbolik würde sich vor Wut in seinem nun bald unfreiwillig enttarnten Grab umdrehen.

Hurl rannte durch das Gebäude, als sei der Teufel hinter ihm her. Die Stoppuhr gab jede Minute ein kurzes akustisches Signal. Im Salón Mae West sprang er elegant wie ein Hürdenläufer mit einem Satz über das bordeauxrote Seil der Absperrung. Jede seiner Bewegungen wurde von den Überwachungskameras des Museums auf Video aufgezeichnet; da sollte der siebenminütige Kurzfilm, wenn er denn schon um die Welt gehen sollte, durchaus auch ästhetisch-athletischen Ansprüchen genügen.

Hurl schnappte sich das wichtigste Requisit der surrealistischen Inszenierung im Salón Mae West: ein beinloses, ledernes Sofa, das die Form und die Farbe praller, perfekt geschminkter Lippen hatte. Er schulterte es und lief zurück, so schnell dies mit dem zwar federleichten, aber sperrigen Sofa möglich war.

Im Foyer platzierte er das Lippenpaar exakt am Kopfende der unscheinbaren, namenlosen Grabplatte. Er lief zu seinem Gepäck, holte das Bild und rannte zurück zu Dalís Grab. Er stellte den nackten Federico García Lorca auf die Unterlippe und lehnte ihn gegen die Oberlippe. Quälend lange und schweißtreibende 30 Sekunden dauerte es, bis er das Bild auf dem rutschigen, abschüssigen Leder schließlich so ausbalanciert hatte, dass es sicher stand. Er trat ans Fußende des Grabes und betrachtete im schwachen Schein der Notbeleuchtung zufrieden sein Werk.

Die Stoppuhr fiepte. Hurl hetzte ein zweites Mal zu seinem Gepäck und nahm den Koffer. Er öffnete die gläserne Schiebetür zum Kassenraum nur einen Spalt, stellte den Koffer hochkant in den Türspalt und öffnete ihn. Mit einem wütenden Fauchen sprang der Kater aus seinem Gefängnis. Hurl schloss die Schiebetür hinter dem Kater und beobachtete ihn durch das Glas, bis er davon überzeugt war, dass es ihm gut ging und die Wirkung des Schlafmittels nachgelassen hatte.

Der Kater war zuerst noch etwas wacklig auf den Beinen. Aber dann streckte er sich ausgiebig, gähnte hingebungsvoll, spazierte mit erhobenem Schwanz einmal durch den Raum, beschnupperte alles, machte sich zum Sprung bereit, war dann mit einem Satz auf dem Tresen und begann, sich ausgiebig zu putzen.

Perfekt.

Fünf Minuten und 48 Sekunden waren vergangen. Hurl schloss den Koffer, lief entspannt zurück, schulterte den Rucksack, warf den Koffer in den Schacht und verschwand auf demselben Weg, auf dem er gekommen war.

Die Sirene eines Streifenwagens zerriss die Stille der Nacht.

Das bösartige Knistern weckte ihn aus unruhigem Schlaf. Das war kein Albtraum. Max war auf der Stelle hellwach. Das war die Wirklichkeit. Er kannte dieses bösartige Knistern. Es hatte sich in Sarajevo für immer und ewig in sein Gedächtnis eingebrannt.

Das bösartige Knistern von Feuer.

Max sprang aus dem Bett, stürzte zum Fenster und riss den Vorhang beiseite. In diesem Augenblick zerplatzte unten im Hof die Windschutzscheibe des Stingray. Flammen schlugen aus dem Wageninneren, meterhoch.

Gedankenfetzen fuhren Achterbahn durch seinen Kopf.

Er hatte gestern vergessen zu tanken.

Der Benzintank war also fast leer.

Absolute Windstille.

Der Wagen stand mitten auf dem Platz, weit genug weg von den drei den Hof umrahmenden Gebäuden.

Der Land Rover parkte knapp zehn Meter von dem brennenden Stingray entfernt. Die Trockenheit. Die Pflanzen. Der Gastank in der linken Fabrikruine, der das Wohnhaus mit Heizungswärme und warmem Wasser versorgte.

Ein Feuerlöscher. Gab es im Haus einen Feuerlöscher?

Mit drei Sätzen war er die Stiege hinunter.

Im dunklen Erdgeschoss stieß er mit Anne zusammen. Sie trug einen Bademantel und rieb sich die müden Augen.

«Ich war auf'm Klo. Was ist los, Max?»

«Hast du einen Feuerlöscher?»

«Ja, habe ich.»

«Wo?»

«Komm mit.»

Sie riss die Haustür auf, schreckte zurück und schlug sich die Hand vor den Mund. Die Flammen erhellten den gesamten Innenhof, Licht und Schatten zuckten gespenstisch über die Mauern der Fabrikruinen. Mit ohrenbetäubendem Knall zerplatzten die Reifen im Sekundentakt. Max legte Anne die Hand auf die Schulter, um sie zu beruhigen.

«Weiter, Anne. Zeig mir den Feuerlöscher.»

Sie löste sich aus ihrer Erstarrung und rannte hinaus, zu einem Geräteschuppen zwischen dem Wohnhaus und dem linken Fabrikgebäude. Max folgte ihr. Sie verschwand im Inneren und tauchte Sekunden später mit zwei Feuerlöschern auf. Zwei große, mit ABC-Pulver gefüllte 12-Kilo-Dauerdruck-Löscher.

«Hier. Ich hoffe, sie funktionieren. Was soll ich tun?»

«Du übernimmst die Beifahrerseite. Halte drei Meter Abstand. Zieh den Sicherungsstift raus. Denn presst du die beiden Hebel zusammen. Schick das Pulver stoßweise durch die Fensteröffnungen. Alles klar?»

«Und wenn das Auto explodiert?»

«Das gibt es nur im Kino. Die Scheiben und die Reifen sind schon geplatzt, jetzt explodiert gar nichts mehr. Also los!»

Die Feuerlöscher funktionierten.

Eine halbe Stunde später nahm Max den Gartenschlauch und setzte das Areal rund um das Wrack unter Wasser. Für den Fall, dass sich nachträglich ein Schwelbrand entwickeln sollte.

Anne saß auf der Treppe zur Veranda und starrte apathisch vor sich hin. Er setzte sich neben sie.

Sie legte den Kopf auf seine Schulter.

«Ich hab die Feuerlöscher erst vor zwei Wochen gekauft.»

«Ich besorge dir neue. Gleich nächste Woche.»

«Das hat Zeit. Wer war das?»

«Keine Ahnung.»

«Es hat mit dem Auto zu tun. Es ist ein Symbol. Es entfacht Hass. So sind die Leute hier. Marlene sagt, so waren die Leute hier schon immer. Seit dem Mittelalter, als sie ihr dämliches Wehrdorf bauten. Sie hassen alles Fremde, sagt Marlene.»

«Marlene Jeschke?»

«Ja. Eine kluge Frau. Sie weiß viel über die Leute hier.»

«Den Eindruck habe ich auch.»

«Max, ich bin so was von wütend!»

Er betrachtete sie aus den Augenwinkeln. Seine Hoffnung

erfüllte sich Sekunden später: Sie blies sich eine Locke aus der Stirn. Er legte den Arm um ihre Schulter.

«Anne, es ist wohl besser, wenn ich morgen früh meine Sachen packe und von hier verschwinde. Ich suche mir ein Zimmer in einem der Nachbardörfer.»

Sie löste sich ruckartig aus seiner Umarmung.

«Wieso denn das?»

«Weil ich dich in Gefahr bringe.»

Sie schaute jetzt richtig böse.

«Und diese Verantwortung willst du nicht übernehmen, nicht wahr? Und wie steht's mit der Verantwortung für dich selbst? Willst du etwa weglaufen vor denen da? Oder willst du vor deiner Vergangenheit weglaufen? Vor deiner Familiengeschichte? Du machst mich ebenfalls wütend, Max. Sehr wütend sogar. Ich kann sehr gut selber auf mich aufpassen. Außerdem …»

Sie unterbrach sich und starrte auf ihre Knie.

«Was außerdem?»

«Ach nichts. Ich gehe jetzt schlafen.»

Sie stand auf. Max sah ihr nach. Sie humpelte.

«Was ist mit dir, Anne?»

«Nichts, nichts.»

Max sprang auf und war mit drei Schritten bei ihr. Bevor sie überhaupt reagieren konnte, hatte er sie gepackt und auf seine Arme geladen. Er trug sie in die Wohnküche, setzte sie behutsam in ihrem Lieblingssessel ab und richtete die Leselampe auf ihre Füße. Der rechte Fuß war ganz blutig.

«Ich bin wohl beim Löschen in Glassplitter getreten.»

«Wo finde ich, was ich brauche?»

«Die erste Tür rechts. Mein Badezimmer. In dem Schrank neben dem Waschbecken. Aber das ist nicht so dramatisch.»

Max kehrte mit einer Pinzette, einer sterilen Mullbinde, Pflaster, Wattestäbchen und einem aseptischen Wundspray zurück. In der Küche füllte er eine Plastikschale mit lauwarmem Wasser.

«Tauch den Fuß da rein, ohne ihn auf dem Boden der Wanne abzusetzen. Ich bin gleich zurück.»

Er lief die Stiege hinauf und holte das Etui mit der Lesebrille aus der Reisetasche in seinem Zimmer.

«Oh. Steht dir gut. Damit siehst du so klug aus. So intellektuell. Schöne Männer mit Brille finde ich übrigens sehr erotisch.»

«Halt endlich die Klappe. Her mit dem Fuß!»

Er entfernte die Splitter vorsichtig mit der Pinzette. Sie verzog keine Miene. Als er den Fuß schließlich verbunden hatte, hob er sie aus dem Sessel und sah sie fragend an.

«Die Tür neben der Badezimmertür.»

Er öffnete die Tür mit dem Ellbogen. Sie wandte keine Sekunde den Blick von ihm ab. Mit dem Fuß schob er das Plumeau beiseite, legte sie ins Bett und deckte sie zu.

«Normalerweise pflege ich nicht im Bademantel zu schlafen.»

«Dann wirst du heute eine Ausnahme machen müssen.»

«Wo willst du hin?»

«Ich setze mich auf die Veranda. Vorsichtshalber. Nur ein einziger Funke, der in der Sitzpolsterung überlebt hat, und das Feuer kann jederzeit wieder ausbrechen.»

«Im Ernst?»

«Im Ernst.»

«Soll ich dir noch ein letztes Geheimnis verraten?»

«Ich bin gespannt.»

«Schon als du und Hurl damals hier auf den Hof gefahren… also ich fand dich vom ersten Moment an sehr… interessant.»

Er drückte ihr einen Kuss auf die Stirn, verließ das Zimmer und schloss die Tür. In der Küche machte er sich Kaffee. Dann setzte er sich auf die Veranda und dachte nach.

Über das, was er binnen weniger Tage erfahren hatte. Was sein Leben für immer verändert hatte.

Dieser Auftrag.

Theo war von Anfang an dagegen gewesen.

Die Sache im Dom. Fast hätte Hurl ihn erwischt.

Wen erwischt? Den Mann mit dem Feuermal?

Granada.

Die Sierra. Das Massengrab. Federicos namenloses Grab.

Tomás, der weise Tomás.

Weil du immer in der Vergangenheit unterwegs bist, Max. Die Vergangenheit zieht dich magisch an.

Wessen Vergangenheit?

Cádiz. Die Legion Condor.

Onkel Heinrich, der Held mit dem Serrano-Schinken.

Brandesser.

Dr. Walther Brandesser, der Kunstsammler, der seinen Dalí verleugnete. Sein geliebtes Bild. Aus Angst?

Wovor hatte er Angst?

Zwei Tote. Ermordet.

Warum wurden sie ermordet?

Der Brief, den Hurl gefunden hatte.

Mein Bruder. Denn schließlich fließt in deinen Adern wie in meinen Adern das Blut unseres Vaters.

Harald.

Der Mann mit dem Feuermal.

Nein! Theo war sein Bruder. Und sonst niemand.

Ludwig und seine Nachforschungen.

Wenn du wissen willst, warum ein Mensch so handelt, wie er handelt, dann schau dir seine Geschichte an.

Die schöne Katharina. Die Tochter des Küsters.

Die fromme Katharina.

Die Sünderin, die ihren Eltern Schande gemacht hat.

Katharina Maifeld, geborene Manderscheid.

Geboren in Roggenrath. Gestorben auf der Straße.

Roggenrath.

Der zahnlose Alte auf der Parkbank.

Die Quittung. Die Quittung dafür, wenn man seine Nase zu tief in die Angelegenheiten anderer Leute steckt.

Der Friedhof.

Die Kirche.

Der Pfarrer.

Wer unter euch ohne Sünde ist, der werfe den ersten Stein.

Jupp Maifeld. Der Autokönig von Köln.

Rhesus positiv. Rhesus negativ.

Hatte er es geahnt? Hatte er irgendwann geahnt, dass ihm die schöne, fromme Katharina ein Kuckucksei ins Nest gelegt hatte? Hatte er deswegen die Ärzte im Klösterchen ausgetrickst, vielleicht auch den Laboranten geschmiert?

Morian war davon überzeugt.

Der Arzt, der damals die verqueren handschriftlichen Notizen in der Patientenakte hinterlassen hatte, war längst tot.

Morian hatte es überprüft.

Jupp Maifelds Kuckuckskind.

Max konnte sich noch sehr gut daran erinnern, wann und wo und wie seine Tochter Vera gezeugt worden war.

An Pauls Zeugung konnte er sich nicht erinnern.

Paul musste im Mai 1986 gezeugt worden sein. Die ersten beiden Wochen des Monats war Max im Libanon gewesen. Dann eine Woche in Köln. Oder waren es nur fünf Tage? Sie hatten sich gestritten, die ganze Zeit. Kein Sex. Als der «Stern» anrief, weil ein kriegserfahrener Reporter in El Salvador benötigt wurde, hatte er nicht lange gezögert und seine Tasche gepackt.

Das wusste er noch so genau, weil er in El Salvador zum ersten Mal Hurl begegnet war.

War sein Sohn tatsächlich sein Sohn?

Max hatte die Frage seit Pauls Geburt erfolgreich verdrängt. Jetzt war sie wieder da.

Seit er in diesem verfluchten Roggenrath hockte.

Kuckuckskind.

Findelkind.

Er war außerstande, einen klaren Gedanken zu fassen.

Marlene Jeschke, das zurückgekehrte Findelkind.

El Salvador.

Hurl, der Deserteur.

Wie ging es ihm in diesem Augenblick?

Es gab nur zwei Möglichkeiten. Entweder lag Hurl in ein paar Stunden faul am Strand. Oder er saß im Knast.

Als endlich die Sonne aufging, hatten sich seine Gedanken einmal im Kreis gedreht. Aber das Nachdenken hatte ihn keinen Schritt weitergebracht.

Das Tageslicht weckte die Ereignisse der Nacht, tauchte sie in ein unbarmherzig grelles Licht, das kein Vergessen duldete. Max erhob sich aus dem Schaukelstuhl und streckte seine Glieder.

Von dem Stingray war nicht mehr viel übrig. Das Gerippe lag auf dem Kopfsteinpflaster wie ein gestrandetes Schiff.

Max umrundete es einmal.

Neben der bizarr verformten Fahrertür kniete er sich nieder und tastete den Wagenboden ab.

Der flache Metallkasten, den Theo dort eigens angeschweißt hatte, war mitsamt dem Revolver und dem Bodenblech zu einer unförmigen Masse verschmolzen. Der Revolver war zum Glück nicht geladen gewesen. Die nun wertlose Munition befand sich in der Reisetasche in seinem Zimmer.

Max setzte sich auf die Treppe zur Veranda.

Im Handschuhfach hatte die CD gelegen, die er sich in Cádiz gekauft hatte. In dem winzigen Laden gleich hinter den Markthallen. Tomatito im Duett mit Michel Camilo. Die meisterliche Fusion von Gitano-Gitarre und Jazz-Piano. Aufgenommen in den Carriage House Studios in Stamford. *Bésame mucho.* Es wäre jetzt, in diesem Augenblick, die richtige Musik gewesen. Besser als das Glucksen der Kyll.

Es stank nach verbranntem Stoff und geschmortem Gummi.

Es roch nach Kaffee.

Kaffee?

Er hatte sie gar nicht kommen gehört. Sie ging hinter seinem Rücken in die Hocke und hielt ihm den dampfenden Becher direkt vor die Nase. Er spürte ihren warmen Atem im Nacken.

«Kaffee! Wunderbar! Vielen Dank. Guten Morgen.»

«Guten Morgen, mein Held.»

«Was macht der Fuß? Hast du schlafen können?»

«Ich habe gut geschlafen, wenn auch etwas kurz. Wenn du also Lust haben solltest, mich erneut in den Schlaf zu wiegen, hast du jetzt die einmalige Gelegenheit dazu.»

Er spürte, wie sie sich hinter ihm aus der Hocke erhob.

Da erst drehte er den Kopf zu ihr um.

Er konnte gerade noch sehen, wie sie durch die offenstehende Tür im Haus verschwand.

Sie trug ihren Bademantel nicht mehr.

Sie trug auch nichts anderes.

Auf der Wache der Policia Local de Figueras an der Randa Firal 4 spielten sie gerade Karten, als der Alarm losging.

Es ging um viel Geld. 145 Euro lagen auf dem Tisch. Der dienstälteste der drei Beamten, der den ganzen Abend noch kein einziges Spiel gewonnen hatte, nickte den beiden jüngeren Kollegen zu. Die verstauten ihre Spielkarten vorsichtshalber in den Brusttaschen ihrer Hemden, erhoben sich widerwillig vom Tisch, setzten missmutig ihre Mützen auf und warfen einen letzten, sehnsüchtigen Blick auf das Geld.

«*A luego.*»

Der Nachtdienst von Samstag auf Sonntag war nicht sonderlich beliebt. Und traf deshalb in der Regel die unteren Dienstgrade. Der Fahrer gab Gas, sein Kollege schaltete das Blaulicht und die Sirene ein. Die Sirene erinnerte weniger an den Klang der Martinshörner deutscher Streifenwagen als vielmehr an das dramatische Jaulen der Sirenen der Streifenwagen New Yorker Cops. Das Einschalten der Sirene war allerdings in diesem Fall und zu dieser Uhrzeit weder besonders höflich gegenüber den Mitbürgern der beschaulichen Kleinstadt noch polizeitaktisch besonders klug. Aber es half, die Langeweile sowie den Ärger über die jäh unterbrochene Pokerpartie zu vertreiben.

Der Streifenwagen stoppte drei Meter vor dem Haupteingang auf der Plaza Gala i Salvador Dalí. Der Fahrer ließ den Motor laufen und die Scheinwerfer eingeschaltet.

Sie entsicherten ihre Pistolen und öffneten mit ihrem Generalschlüssel die Tür zum Kassenraum.

Eine Katze.

Eine verdammte Katze.

Schon der achte Fehlalarm in diesem Jahr. Und das Jahr war erst zur Hälfte vorbei. Schon der Flügelschlag eines Schmetterlings brachte die sensiblen Sensoren in Stress. Ihre Vorgesetzten hatten das schon unzählige Male beim Hersteller der Alarmanlage moniert. Der kleinere der beiden Beamten verpasste dem Kater einen Tritt, damit er sich in die Nacht verzog, der größere verschloss den Haupteingang wieder. Wäre das sich im Glas der Zwischentür spiegelnde Fernlicht des Streifenwagens nicht gewesen, wäre den beiden Polizeibeamten womöglich das neue künstlerische Arrangement im Foyer aufgefallen. Womöglich aber auch nicht, denn die beiden interessierten sich nicht sonderlich für Kunst. Vorsichtshalber unternahmen sie noch einen Kontrollgang rund um das Gebäude. Aber auch die Nebentüren waren ordnungsgemäß verschlossen und unbeschädigt.

Sollten sie den Polizeichef aus dem Bett klingeln, um ihn über den Alarm in Kenntnis zu setzen?

Wegen einer Katze?

Der Polizeichef hatte einen großen Tag vor sich: Seine älteste Tochter heiratete heute.

Damit war die Frage hinreichend beantwortet.

Während der Rückfahrt vertrieben sie sich die Zeit mit gehässigen Bemerkungen über die Tatsache, dass die älteste Tochter des Polizeichefs erst mit 32 Jahren einen Mann gefunden hatte. Auf der Wache losten sie mit Hilfe eines Würfels aus, wer den Bericht über den Einsatz tippen musste. Anschließend setzten sie die abgebrochene Pokerpartie fort. Der dienstälteste der drei Beamten verlor ein weiteres Mal.

Um sechs Uhr morgens übernahm die Frühschicht.

Um acht Uhr morgens erschien der aus Barcelona angereiste Katalonien-Korrespondent der Madrider Tageszeitung «El País» in Begleitung einer Fotografin auf dem Platz vor dem Museum. Die beiden bestellten einen Kaffee in der Bar gegenüber, die gerade erst öffnete und noch gar nicht auf Kundschaft eingestellt war. Der Wirt wunderte sich über die frühen Gäste am Sonntagmorgen.

Um halb neun erschien ein vierköpfiges Kamerateam des katalanischen Fernsehens auf dem Platz: eine Reporterin, ein Kameramann, ein Lichtassistent, eine Tonassistentin. Der Wirt, der gerade dabei war, Tische, Stühle und Sonnenschirme vor seiner Bar zu verteilen, wunderte sich erneut. Der Korrespondent und die Fotografin zahlten, gesellten sich zu dem Kamerateam und hielten ein Schwätzchen mit den Kollegen.

Um neun Uhr, wie jeden Sonntagmorgen in den drei Sommermonaten vom 1. Juli bis zum 30. September, öffnete das Museum. Sonntags war natürlich die Museumsleitung nicht anwesend, und so waren die beiden jungen Studentinnen hinter dem Kassenschalter reichlich überfordert, als die sechs Männer und Frauen, deren Ausrüstung sie unverkennbar als Medienvertreter auswies, ins Foyer stürmten, ohne den Eintrittspreis in Höhe von zehn Euro pro Person zu entrichten. Eine der beiden Studentinnen wählte vorsichtshalber die private Handy-Nummer, die man ihr für Notfälle genannt hatte, während das Kamerateam Scheinwerfer auf Stative schraubte.

Um halb zehn entdeckte einer der älteren Herren, der sein Leben lang als Fischer gearbeitet hatte, bis ihn das Rheuma zu einem zweiten Berufsleben als Museumswärter nötigte, das entfernte Laufgitter in der Nische über dem Schacht. Er wies die Studentinnen an, sofort die Polizei zu verständigen.

Während die eine Studentin noch mit zitternder Stimme telefonierte, begrüßte die andere die soeben eingetroffene Pressesprecherin des Museums, eine aparte Mittvierzigerin im eleganten, perfekt sitzenden Kostüm. Lediglich die eilig hochgesteckten, noch reichlich zerzausten Haare verrieten, dass sie ihr Bett, das sie seit nicht allzu langer Zeit mit einem jungen, aufstrebenden argentinischen Bildhauer teilte, etwas überhastet verlassen hatte. Sie ließ sich von der Studentin und dem Wärter über den aktuellen Stand der Dinge informieren, warf einen besorgten Blick auf die ledernen Lippen im Foyer, atmete tief durch, setzte ein Lächeln auf und erhob die Stimme.

«Señores, darf ich einen Augenblick um Ihre Aufmerksamkeit bitten? Es hat diese Nacht offenbar einen Einbruch gegeben. Die Polizei ist bereits unterwegs. Mehr kann ich Ihnen zum gegenwärtigen Zeitpunkt nicht sagen. Ich bitte um Ihr

Verständnis. Ich verspreche Ihnen eine Pressekonferenz am frühen Nachmittag. Wenn Sie mir Ihre Handy-Nummern hinterlassen, werde ich Sie rechtzeitig über den genauen Termin informieren. Und jetzt bitte ich Sie, das Filmen und Fotografieren einzustellen und das Gebäude unverzüglich zu verlassen.»

Kein Murren, keine einzige Nachfrage. Seltsam.

Die Pressesprecherin konnte nicht ahnen, dass der umfassende Hintergrundbericht zu diesem Zeitpunkt längst schon geschrieben war. Inklusive Schlagzeile und Bildzeilen. Miguel wartete am Schreibtisch der Madrider Redaktion nur noch auf die Fotos.

Das Museum wurde vorübergehend geschlossen.

Die Justiziare von «El País» hatten den Samstag genutzt und ganze Arbeit geleistet. Sie hatten den Tipp, am Sonntag um neun Uhr morgens vor dem Museum zu erscheinen, sowie ein dürres Gerüst an Hintergrundinformationen an Televisió de Catalunya verkauft und dem Sender zudem großzügig eingeräumt, das Filmmaterial, allerdings keinen O-Ton und keine inhaltlichen Informationen weltweit weiterzuverkaufen. Der Sender hatte sich zudem vertraglich verpflichtet, nicht vor 20 Uhr zu senden und während des Beitrags mindestens fünfmal «El País» namentlich zu zitieren und auf dessen ausführliche Hintergrundberichterstattung in der Montagausgabe hinzuweisen. Die Geschäftsführung von «El País» hatte zudem angewiesen, die übliche Druckauflage von knapp 600 000 Exemplaren für die Montagausgabe auf rund 900 000 Exemplare zu erhöhen, weil mit einer stark erhöhten Nachfrage im Einzelverkauf zu rechnen war.

Der Einbruch sprach sich natürlich bis mittags herum.

Wie ein Lauffeuer.

Miguel hatte keine Zeit zu verlieren. Er telefonierte nacheinander mit den Chefredaktionen von «Il Corriere della

Sera» in Mailand, «De Volkskrant» in Amsterdam, der «Süddeutschen Zeitung» in München, «Le Monde» in Paris, der «Times» in London, der «Washington Post» sowie einem halben Dutzend lateinamerikanischer Blätter, die stets ganz versessen auf spektakuläre Nachrichten aus dem ehemals kolonialen Mutterland waren.

Anschließend jagten die Justiziare die vorbereiteten Verträge über die nationalen Exklusivrechte zum Abdruck eines Fotos sowie einer abgespeckten Textversion per Fax raus. Nur in Spanien erhielt keine einzige Zeitung einen Anruf.

Um 14 Uhr erschienen rund zwei Dutzend spanische Journalisten in dem an das Museum angrenzenden Torre Galatea. Der Turm war der letzte Wohnsitz des bereits dahinsiechenden Meisters gewesen, bevor Dalí dort am 23. Januar 1989 an den Folgen seiner Parkinson-Erkrankung gestorben war. Heute beherbergte der Turm den Geschäftssitz der Dalí-Stiftung und verfügte außerdem über einen geeigneten Konferenzraum.

Die Pressesprecherin erschien mit inzwischen perfekt arrangierter Frisur und brachte einen bei der Stiftung angestellten jungen baskischen Kunsthistoriker im cognacfarbenen Cordanzug mit. Der Polizeichef erschien mit fünfminütiger Verspätung im Frack und vergaß in der Aufregung, den durchaus nachvollziehbaren Grund für seinen feierlichen Aufzug zu nennen. Den Grund für seine Verspätung erwähnte er allerdings ganz bewusst nicht: Er hatte, kaum dass er die Hochzeit seiner ältesten Tochter überstürzt verlassen musste, die drei Beamten der Nachtschicht aus dem Bett klingeln und auf der Wache antanzen lassen, weil er einfach nicht glauben wollte, was da im schriftlichen Bericht stand.

Eine Katze. Das durfte nie jemand erfahren. Niemals.

Die Pressesprecherin übernahm die Begrüßung und bestätigte, dass im Lauf der Nacht in das Museum eingebrochen worden war. Über die genaue Zahl der Täter lasse sich derzeit noch nichts Abschließendes sagen, auch wenn die Videobänder aller Überwachungskameras immer nur eine einzige Person zeigten. Dabei schaute sie den Polizeichef an, der ihren Blick aber nicht erwiderte, sondern stumm und grimmig ins Auditorium starrte, als würde er jeden einzelnen der dort sitzenden Journalisten zu den dringend Tatverdächtigen zählen. Als die Pressesprecherin begriff, dass von dieser Seite keinerlei Unterstützung zu erwarten war, ging sie zum schwierigen Teil der Erklärung über: Nach einer ersten, oberflächlichen Inventarsichtung sei offenbar nichts beschädigt oder gestohlen worden, sondern ...

«Sondern?»

«Es wurde ein Bild hinterlassen.»

«Ein Bild?»

«Ein Gemälde.»

«Nochmal zum Mitschreiben: Die Einbrecher haben nichts gestohlen, sondern ein Gemälde mitgebracht?»

«Es hat den Anschein.»

«Und was ist das für ein Gemälde?»

Die Pressesprecherin gab dem baskischen Kunsthistoriker neben ihr mit einem Kopfnicken zu verstehen, dass er nun seinen Auftritt habe. Der junge Mann sortierte noch rasch seinen Seitenscheitel mit den Fingerspitzen, räusperte sich nervös und beugte sich dann weit über den Tisch, bis seine Lippen fast das vor der Pressesprecherin aufgebaute Mikrophon berührten.

«Es handelt sich auf den ersten Blick um das Werk eines impressionistischen Malers. Mehr können wir im Augenblick noch nicht sagen. Erst muss das Alter der Leinwand sowie das Alter der Farbe auf chemischem Wege festgestellt werden. Das Werk trägt leider keine Signatur. Lediglich eine Widmung auf der ...»

Die Pressesprecherin stoppte seinen ungehemmten Redefluss jäh, indem sie ihm das Mikrophon wegzog.

«Wie gesagt, mehr können wir im Moment nicht sagen. Wir können Ihnen leider auch das Bild nicht zeigen, da es sich bereits auf dem Weg nach Barcelona befindet. Es soll von dortigen Experten der Kriminalpolizei eingehend untersucht und anschließend von Kunsthistorikern der Universität begutachtet werden. Haben Sie noch Fragen?»

Wieso war eigentlich niemand von «El País» da?

Was hatte das wieder zu bedeuten?

Ihr blieb keine Zeit, darüber nachzudenken. Vor ihr erhoben sich die Arme gleich dutzendweise.

«Fangen wir hier vorne an. Bitte schön.»

«Wo haben Sie das Gemälde gefunden?»

«Im Foyer.»

Die Pressesprecherin verschwieg die eigenwillige Dekoration, obwohl sie wusste, dass «El País» und Televisió de Catalunya bereits Fotos und Filmmaterial besaßen.

«Was ist denn auf dem Gemälde zu sehen?»

«Ein Mann.»

«Ein Mann?»

«Ja. Ein junger Mann. Vor einer Küstenlandschaft. Wenn jetzt keine weiteren Fragen mehr … ja bitte?»

«Wie sind die Täter denn in das Gebäude gelangt?»

Die Pressesprecherin sah sich nach dem Polizeichef um. Ihr Blick war ein einziger Hilferuf. Doch der Polizeichef war gerade mit seinen Gedanken weit weg. Am anderen Ende der Stadt. Bei seiner von heftigen Weinkrämpfen geschüttelten Tochter, bei seiner Ehefrau, die ihm wegen der verpatzten Hochzeitsfeier noch an diesem Abend den Kopf abreißen würde, garantiert, und bei seinem wohlverdienten Ruhestand in weniger als zwei Jahren.

Falls jetzt nichts mehr dazwischenkam.

In Form einer Katze, beispielsweise.

«Sicher kann uns die Polizei etwas dazu sagen!»

Der Satz hallte aus den Lautsprechern im Saal und weckte den Polizeichef aus seiner Trance. Mit einem Ruck richtete er sich auf, riss das Mikrophon an sich und sagte viel zu laut:

«Das wird alles noch untersucht. Die Pressekonferenz ist hiermit beendet.»

Gegen Mittag wachte Max auf. Sie lag auf dem Bauch und hatte ihren Kopf in ihren Armen vergraben. Er genoss die Wärme ihres Körpers, küsste sie sanft auf die Schulter, berührte mit seinen Lippen den zarten Flaum auf ihrer samtigen Haut, vergrub seine Nase tief in ihrem Haar, bis seine Nasenspitze zu ihrer Schläfe vorgedrungen war. «Bin noch müde», murmelte sie schlaftrunken in ihr Kopfkissen. Er ließ sie in Ruhe und sah ihr eine Weile beim Schlafen zu. Dann schlich er sich aus dem Zimmer.

Diese Frau hatte es tatsächlich geschafft, ihn für ein paar Stunden alles vergessen zu lassen.

In der Küche heftete er einen Zettel an den Kühlschrank:

Guten Morgen, du wunderschöne Frau.
Bin in einer halben Stunde zurück. Mit frischen Brötchen, falls ich am heiligen Sonntag welche auftreiben kann. Muss nur mal kurz dem Funkloch entfliehen. Ich komme auf dein Angebot zurück und nehme den Land Rover.
Bis gleich.

Er verspürte wenig Lust, den Berg hinauf in Richtung Oberdorf zu fahren und wem auch immer aus diesem verfluchten Dorf zu begegnen. Stattdessen folgte er der sich durch das enge Kylltal windenden Landstraße in Richtung Westen. Er begegnete unterwegs keiner Menschenseele. Er entriegelte das seitliche Schiebefenster und öffnete es, so weit es ging. Der Wald roch gut. Und die unbarmherzige Sonne erreichte die Sohle des tief eingeschnittenen Kylltals nur in den Mittagsstunden.

Nach wenigen Kilometern durch die Einsamkeit meldete das Handy in seiner Hemdtasche mit einem Piepser die Rückkehr in die Zivilisation. Eine Viertelstunde später hielt er vor dem Stoppschild, das der kreuzenden Bundesstraße die Vorfahrt einräumte, ließ einen mit Baumstämmen beladenen Sattelzug passieren, gab Gas, überquerte die Bundesstraße und verließ nach weiteren 30 Metern Deutschland.

Die belgische Staatsgrenze machte nicht mehr mit Grenzposten auf sich aufmerksam, sondern mit einem Dutzend moderner Flachbauten, in denen rund um die Uhr und auch am Sonntag geöffnete Supermärkte und Antiquitäten-Discounter ihre Schnäppchen feilboten. Max parkte vor einem Büro-Container, der die Verkaufsstelle einer Bäckerei aus St. Vith beherbergte, und kaufte ein noch warmes Baguette und zwei Croissants. Er warf die Tüte durch das offene Fahrerfenster auf den Beifahrersitz, zog das Handy aus der Brusttasche und studierte die in den vergangenen 48 Stunden eingegangenen SMS-Nachrichten.

Die erste hatte Morian geschickt, gestern Nachmittag:

Muss dich dringend sprechen.

Die zweite stammte von Paul:

Hi Dad. Habe mit meiner großen Schwester telefoniert. Hatte Sehnsucht nach ihr. Und da kam uns die spontane Idee, uns für ein paar Tage in Köln zu treffen. Haben gleich im Internet mal nach Angeboten geschaut und auch schon gebucht. Morgen in zwei Wochen. Veras Flieger landet um 14.35 Uhr, meiner um 15.10 Uhr. Bist du im Lande? Hast du Zeit und Lust, uns am Flughafen abzuholen und ein bisschen über alte Zeiten zu reden?

Die dritte SMS hatte Theo geschickt:

Bruderherz! Morian sucht dich! Er hat schon zweimal in der Werkstatt angerufen. Gestern Nachmittag und heute Morgen. Er klang ziemlich nervös, wollte mir aber nicht sagen, um was es geht. Bin am Flughafen, langweile mich fürchterlich und schreibe deshalb so ausführlich. Ich fliege in einer Stunde via New York nach Kalifornien. Ersatzteile einkaufen. Größere Tour. Bin schlecht zu erreichen, weil ich die ganze Zeit kreuz und quer durch die Gegend fahre und dummerweise immer noch kein Triband-Handy besitze. Melde mich zwischendurch. Pass gut auf dich auf, Bruderherz. Und denk daran, dass es der Stingray übelnimmt, wenn man nicht regelmäßig nach dem Öl schaut.

Theo, der noch nie in seinem Leben freiwillig ein Buch gelesen hatte, der seine Deutschlehrerin schier zur Verzweiflung gebracht hatte, bevor er von der Schule geflogen war, bei dem man also vermuten sollte, dass ihm die neue Rechtschreibung ebenso wenig vertraut war wie die alte, ausgerechnet Theo schrieb mit Leidenschaft ultralange SMS-Nachrichten. Fehlerlos. Max hingegen hasste es, SMS-Nachrichten schreiben zu müssen, und er vermied es, wann immer es sich vermeiden ließ. Max hätte es auch nicht weiter gewundert, wenn er erfahren hätte, dass Theo seine SMS-Nachrichten blind in der Hosentasche schrieb.

Die vierte SMS kam von Hurl:

Alles klar. Ich bleibe noch zwei, drei Tage am Strand und entspanne ein wenig, dann fahre ich zurück nach Köln.

Noch einmal Morian. Ebenfalls heute Morgen:

Wo steckst du nur? Ruf mich bitte schleunigst an.

Die Rufnummer der letzten SMS, vor weniger als einer halben Stunde verschickt, kannte er nicht. Aber der Inhalt ließ keinen Zweifel daran, von wem die Botschaft stammte:

Mein Bruder. Wir nähern uns unserem Ziel. Es wird am Ende Genugtuung geben für das, was man uns angetan hat. Vorerst aber wird es Genugtuung dafür geben, was man DIR letzte Nacht angetan hat. Feuer wird mit Rauch vergolten. Harald.

Max setzte sich auf das Trittbrett des Land Rover.

Übelkeit übermannte ihn.

Er wählte Morians Privatnummer.

Der Anrufbeantworter meldete sich.

Er unterbrach die Verbindung, sah im Speicher nach und wählte vorsichtshalber noch Morians Bürodurchwahl im Bonner Polizeipräsidium an, obwohl Sonntag war.

Morian ging noch vor dem zweiten Läuten ran.

«Max, wo steckst du nur, verdammt nochmal? Und warum in Teufels Namen rufst du mich nicht zurück?»

«Ich rufe dich doch gerade zurück!»

«Max, mir ist nicht nach Scherzen zumute.»

«Jo, mir auch nicht. Ich konnte dich nicht früher anrufen, weil ich in einem verdammten Funkloch wohne. War nicht so geplant. Ich habe deine SMS gerade erst gelesen. Kannst du bitte eine Handy-Nummer überprüfen lassen?»

«Was ist denn los?»

«Er hat sich wieder gemeldet. Schon wieder unter einer neuen Rufnummer. Kannst du, oder kannst du nicht?»

«Ja, natürlich kann ich.»

«Auch sonntags?»

«Auch sonntags. Gib schon her.»

Max gab ihm die Nummer durch und legte auf, bevor Morian noch etwas sagen konnte. Er lehnte seinen Hinterkopf an das warme Blech der Fahrertür und rieb sich die Schläfen.

Genugtuung dafür, was man dir letzte Nacht angetan hat.

Das bedeutete: Er beobachtete ihn. Tag und Nacht.

Max steckte das Handy in die Hemdtasche, raffte sich auf und holte sich in der Bäckerei einen Kaffee im Pappbecher, um das flaue Gefühl im Magen zu bekämpfen. Der Kaffee war kochend heiß und schmeckte fürchterlich.

Nach knapp zwanzig Minuten rief Morian zurück.

«Wieder dasselbe, Max. Die Nummer lässt sich wieder nicht zurückverfolgen. Beziehungsweise sie lässt sich zurückverfolgen, aber der rechtmäßige Eigentümer des Handys mit dieser Nummer kann nicht unser Mann sein. Diesmal gehört die Nummer einem Zwölfjährigen aus Freiburg, der mit seinen Eltern für drei Wochen nach Australien verreist ist. Der Kleine hat übrigens das Handy samt Chipkarte dabei, Max.»

«Wie macht er das?»

«Unsere Leute haben keine Ahnung. Er ist verdammt gerissen. Und er kennt sich aus mit diesem elektronischen Kram. Er ist ein Profi. Nicht nur was Nachrichtentechnik betrifft. Max, sieh dich vor. Wir haben eine vage Spur, die wir erst morgen verifizieren können. Er könnte ein ehemaliger Stasi-Agent sein.»

«Ein Stasi-Agent? Mach dich nicht lächerlich.»

«Vielleicht schenkst du mir eher Glauben, wenn du hörst, dass der Tipp von unserem lieben russischen Freund kommt.»

«Von Sergej?»

«Ja. Die Waffe hat ihn darauf gebracht. Eine Makarov. Wie gesagt: Morgen wissen wir vielleicht schon mehr. Ich möchte dich nur bitten, auf dich aufzupassen.»

«Ein Stasi-Agent mit französischem statt sächsischem Akzent?»

«Französischer Akzent? Wieso französischer Akzent?»

Er hatte Morian eindeutig auf dem falschen Fuß erwischt. Der Mann, der Informationen so sorgsam abspeicherte, als arbeite sein Gehirn wie die Festplatte eines Computers, Ordner, Unterordner, Zwischenspeicher, der Mann, der nie etwas vergaß, hatte dieses Detail ganz offensichtlich vergessen.

«Jo, du erinnerst dich sicher: Friedrich Ludwig Ritter von

Berlepsch. Der Hehler, der ihm den Dalí abgekauft hat. Deswegen hatte er ein paarmal mit ihm telefoniert und ihn auch ein einziges Mal getroffen. Daher wissen wir doch auch das mit dem Feuermal. Hurl hatte den Ritter in Noordwijk in die Mangel genommen und Friedrichs Handy einkassiert. Der Ritter sagte, unser Mann hat einen zwar schwachen, aber deutlich erkennbaren französischen Akzent. Jo? Bist du noch dran?»

«Ja, ich erinnere mich, Max. Jetzt, wo du es sagst. Verdammt nochmal. Ich hatte es vergessen. Ich kläre das. Morgen wissen wir mehr. Was gibt es Neues bei dir?»

«Nichts weiter.»

«Nichts weiter?»

«Nein.»

«Max, lüg mich nicht an. Ich habe langsam die Schnauze voll von deinen ständigen Alleingängen. Dass ich mir Sorgen um dich mache, ist ja vielleicht noch mein ganz persönliches Problem. Und ich kann auch verstehen, dass das, was da in den letzten Tagen auf dich eingestürzt ist, dir ganz schön an die Nieren geht. Aber wenn du kein Vertrauen mehr zu mir hast, dann sag es mir. Dann versuche auch ich umzuschalten. Dann bin ich für dich eben nur noch der Bulle, der in zwei Mordfällen ermittelt. Dann lasse ich dich abholen, als wichtigen Zeugen zur Vernehmung hierher ins Präsidium bringen, um die Informationen zu bekommen, die ich brauche. Wäre vielleicht ohnehin besser, auch für dich. Was glaubst du eigentlich, warum alle Welt dir helfen sollte?»

Max hatte Morian selten so verärgert erlebt.

Sie schwiegen sich eine Weile durchs Telefon an.

Morian hatte recht.

«Sie haben letzte Nacht den Stingray abgefackelt.»

«Was? Wer?»

Max hörte deutlich, wie das Telefon auf Lautsprecher geschaltet wurde. Also war Morian nicht allein im Büro.

«Hallo, Antonia. Habt ihr kein Zuhause, oder was macht ihr beiden schon wieder sonntags im Büro?»

«Uns um eine unbekannte Wasserleiche kümmern, die uns nicht den Gefallen tun wollte, noch ein Stück weiter rheinabwärts bis zu den Kölner Kollegen zu schwimmen», antwortete Morian an Antonias Stelle. «Außerdem hatten wir hier letzte Nacht eine Brandstiftung im Keller eines Mietshauses, die soeben von zwei Zwölfjährigen gestanden wurde, und außerdem eine versuchte Vergewaltigung und nicht die geringste Spur vom Täter. Deshalb sitzen wir sonntags im Büro. Aber du hast meine Frage noch nicht beantwortet, Max: Hast du eine Ahnung, wer dein Auto angezündet haben könnte?»

«Nur eine Vermutung. Leute aus dem Dorf.»

«Hast du die Polizei gerufen?»

«Hier gibt es weit und breit keine Polizei. Außerdem hätte das auch nichts genützt. Ich hätte zur Wache in die Kreisstadt fahren und Anzeige gegen unbekannt erstatten können. Du weißt besser als ich, was das bringt. Er hat übrigens in seiner SMS angedeutet, dass er sich dafür an dem Brandstifter rächen will. In meinem Namen. Im Namen seines Bruders.»

«An wem will er sich rächen? Hast du eine konkrete Vermutung, wer der Brandstifter sein könnte?»

«Vielleicht … ich hatte vorgestern eine Auseinandersetzung mit einem Dorfbewohner. Ich weiß weder seinen Nachnamen noch seine Adresse. Jürgen heißt er. Mitte dreißig, schätze ich. So groß und so breit wie ein Kleiderschrank. Er wohnt im Oberdorf. Er arbeitet als Fahrer und Kfz-Mechaniker für Brandesser.»

«Antonia kümmert sich darum. Und wo wohnst du?»

«Ich habe ein Zimmer in einer Privatpension im Unterdorf. Die Vermieterin heißt Anne Wolanski. Eine ehemalige Fabrik am linken Ufer der Kyll. Wenn du bis zum Ortsausgang fährst und dann links über die Brücke …»

«Wie ist ihre Festnetznummer?»

«Sie hat kein Telefon.»

«Wie bitte?»

«Ich sagte, sie hat kein Telefon. Sie hat auch keinen Computer, geschweige denn einen Internet-Anschluss. Sie hat nicht einmal einen Fernseher. Aber Strom und fließend Wasser.»

«Warum suchst du dir nicht ein anderes Zimmer?»

Gute Frage. Sollte er Morian und Antonia von dem zauberhaften Morgen erzählen? Von dieser wundervollen Frau?

«Es gibt in Roggenrath keine andere Unterkunft für mich.»

«Wann hattest du das vorletzte Mal Kontakt zu ihm?»

«Am Freitag.»

«Per SMS?»

«Nein. Er hatte mich angerufen. Zwei Minuten nachdem wir beide telefoniert hatten. Knapp zwanzig Minuten nach dem Zwischenfall in der Kneipe. Ich war gerade auf dem Weg hinunter ins Unterdorf. Nur drei, vier Sätze, dann wurde das Gespräch unterbrochen. Das Funkloch im Kylltal …»

«Was hatte er gesagt?»

«Ich kriege das nicht mehr wörtlich zusammen. Er hat mich gewarnt, ihm nicht bei seinem göttlichen Plan in die Quere zu kommen. Er hat mich wegen dieser Schlägerei gerügt …»

«Er wusste schon davon?»

Max hätte sich ohrfeigen können. Wieso war ihm der Gedanke nicht selbst gekommen? Das Feuer letzte Nacht konnte man mühelos von vielen Positionen im Wald auch aus großer, sicherer Distanz beobachten. Aber die Sache in der Kneipe?

«Max? Er muss einen Informanten haben.»

Morian hatte recht. Er musste einen Informanten haben. Jemand, der ihn auf dem Laufenden hielt, was im Oberdorf passierte oder geredet wurde. Jemand, der zufällig dabei war, als Jürgen in der Kneipe auf Max losging. Jemand, der vielleicht sogar, als Max die Kneipe schon verlassen hatte, mitbekommen hatte, wie dieser Jürgen oder einer seiner Kumpels Rache schwor und sich die Sache mit der Brandstiftung ausdachte. Jemand, der Gelegenheit hatte, diesen Harald sofort und unauffällig anzurufen.

«Max? Bist du noch dran?»

«Ja. Du hast völlig recht.»

«Max? Als er dich am Freitag angerufen hat ... ist dir da ebenfalls dieser französische Akzent aufgefallen? Und als er damals in Köln angerufen hatte, um den Termin für die Übergabe des Bildes auszumachen und dich so zu Brandesser zu locken ... hatte er da ebenfalls mit französischem Akzent gesprochen?»

Nein. Hatte er nicht. Mit einem französischen Akzent in der Stimme hätte er sich am Telefon auch nicht glaubhaft als Dr. Walther Brandesser ausgeben können.

«Nein, hat er nicht, oder? Max, dann kann er diesen Akzent offenbar mühelos einschalten und wieder ausschalten. Also ist er vermutlich kein Franzose, sondern doch Deutscher. Warte mal eben ... was hast du gerade gesagt, Antonia?»

Morian hatte den Hörer vom Ohr genommen.

Max überfiel plötzlich Panik.

Er sprang vom Trittbrett des Land Rover auf.

Wurde er auch jetzt beobachtet, in diesem Augenblick, während er mit Morian telefonierte?

Er sah sich in alle Richtungen um. Die Bäckereiverkäuferin stand in der Tür des Containers und zog gierig an ihrer Zigarette, während sie in der linken Hand einen Aschenbecher hielt. Ein Peugeot mit belgischem Kennzeichen hielt vor dem Laden, ein alter Mann mit schneeweißem Haar stieg aus und steuerte auf die Bäckerei zu. Die Verkäuferin nahm einen letzten Zug, drückte die Kippe aus, bückte sich, schob den Aschenbecher zwischen die Vierkanthölzer, die dem Container als Fundament dienten, und folgte dem Kunden in den Laden. Weiter links öffnete sich die automatische Schiebetür des Antiquitäten-Discounters. Ein Mann und eine Frau, beide um die fünfzig, trugen einen Biedermeiersekretär aus Kirschholz zu ihrem Auto, einem nagelneuen Nissan-Pick-up mit Aachener Kennzeichen. Ein Lastzug stoppte am Straßenrand. Mit einem Geräusch, das an ein Ächzen erinnerte, entwich die Luft aus den Bremsen. Der Fahrer, ein kleiner, kahlköpfiger Mann, schaltete die Warnblinkanlage ein, kletterte aus dem Führerhaus, rieb sich die schwitzenden Hände an den Hosenbeinen und verschwand in dem Supermarkt hinter dem Bäckerei-Container. Während sich das Ehepaar über die angemessene Befestigung des Biedermeiersekretärs auf der offenen Ladefläche des Nissan stritt, verließ der weißhaarige Alte mit einer Plastiktüte, aus der sechs Baguette-Stangen ragten, den Container, stieg in sein Auto und rollte vom Parkplatz.

«Max? Hörst du, Max?»

«Ja, ich bin da, Jo.»

«Antonia hat das eben schnell geklärt. Dieser Jürgen heißt mit Nachnamen Bauermann und wohnt noch bei seiner verwitweten Mutter. Adresse: Burgbering 24 in Roggenrath. Das ist wohl im Oberdorf. Antonia hat gerade mit seiner Mutter telefoniert. Jürgen Bauermann hat sich heute Morgen in aller Herrgottsfrühe mit einem von Brandessers Kühlwagen auf den Weg nach Berlin gemacht. Die Firma betreut da einen Messestand. Die Mutter erwartet ihren Sohn am späten Montagabend zurück. Mehr wusste sie auch nicht. Aber sie hat ihn unmittelbar vor Antonias Anruf auf seinem Handy erwischt, um mit ihm zu schimpfen, weil er am Morgen die Stullen vergessen hatte, die sie ihm extra für die Fahrt geschmiert hatte. Da war er noch auf der Autobahn, kurz vor Potsdam. Jürgen Bauermann ist also erst einmal aus der Schusslinie. Ich telefoniere noch mit der zuständigen Polizei in Euskirchen, damit die ab Montagabend zwei Kollegen abstellen, die auf das Haus aufpassen, wenn er zurück ist.»

«Danke, Jo.»

«Ich möchte jetzt wissen, was du vorhast, Max.»

«Ich will rauskriegen, was in diesem verdammten Dorf vor sich geht, Jo. Ich will wissen, was damals mit meiner Familie passiert ist. Ich will wissen, wo ich herkomme. Ich will wissen, warum der alte Brandesser meine Krankenhausrechnung bezahlt hat, als ich drei Jahre alt war. Ich will wissen, wieso dieser Irre namens Harald behauptet, mein Bruder zu sein.»

«Mir wäre wohler, Hurl wäre bei dir.»

«Er kann im Augenblick nicht hier sein.»

«Ich weiß. Ich hatte ihn auf seinem Handy erwischt, kurz bevor du mich eben zurückgerufen hast. Er sagt, er liegt an der Costa Brava am Strand und entspannt sich.»

«So ist es.»

«Ich glaube euch kein Wort. Wo ist Hurl?»

«Es ist die Wahrheit, Jo. Er liegt an der Costa Brava am Strand und entspannt sich. Aber er kommt in ein paar Tagen zurück. Ich muss jetzt Schluss machen. Ich rufe dich wieder an. Wenn du mehr wissen willst, dann schalte heute Abend um acht den Fernseher ein und schau dir die Tagesschau an. Bis dann.»

Max unterbrach die Verbindung, steckte das Handy ein und sah sich erneut um. Er konnte die Blicke spüren. Wurde er beobachtet? Ja. Von der Bäckereiverkäuferin, die wieder vor dem Container stand und rauchte. Erst als er zurückstarrte, schaute sie weg.

In diesem Augenblick durchzuckte ihn ein furchtbarer Gedanke. Er sprang in den Land Rover, startete den Motor, gab Gas und jagte den Geländewagen zurück nach Roggenrath.

«Anna?»

Das Schlafzimmer war verlassen, das Bettzeug zerknüllt.

Max stürzte aus dem Haus und rannte über den Hof hinüber zur Werkstatt. «Anna?»

Nichts.

Max hetzte zurück ins Haus.

«Anna?»

Die Wohnküche sah genauso aus, wie er sie verlassen hatte.

Das Bad.

Er riss die Tür zum Badezimmer auf.

«Hast du mich etwa vermisst?»

Sie lächelte und blies sich eine Locke aus der Stirn. Nur ihr Kopf ragte aus dem gewaltigen Schaumberg in der Wanne. «Max, habe ich dir eigentlich schon gesagt, dass ich dich liebe?»

Tom Buhrow rückte ein letztes Mal seine Krawatte zurecht, setzte sein Lausbuben-Lächeln auf und ging auf Sendung.

«Guten Abend, meine Damen und Herren. Willkommen bei den ARD-Tagesthemen. Gewöhnlich sind Kunstmuseen nach einem Einbruch um einige ihrer Ausstellungsstücke ärmer. Nicht so in Figueras. Seit einem Einbruch in der vergangenen Nacht ist das weltberühmte Dalí-Museum in der nordspanischen Kleinstadt um ein Exponat reicher. Sie haben richtig gehört: Der mysteriöse Einbrecher stahl nichts, sondern brachte ein Kunstwerk mit und machte es dem Museum zum Geschenk. Aus Figueras berichtet unsere Spanien-Korrespondentin Elke Lose …»

Elke Lose betreute vom ARD-Studio Madrid aus zusammen mit einem Hörfunkkorrespondenten des Hessischen Rundfunks die fünf Länder Spanien, Portugal, Marokko, Algerien und Tunesien. Nachdem das katalanische Fernsehen der ARD in Hamburg eine Filmsequenz mit Sperrfrist 20 Uhr zum Kauf angeboten und die Tagesschau-Chefredaktion daraufhin ihre Korrespondentin alarmiert hatte, war sie am frühen Nachmittag mit einem Kamerateam von Madrid nach Barcelona geflogen. Sie hatten sich am Flughafen der katalanischen Hauptstadt bei Avis einen Mittelklasse-Kombi gemietet und noch während der Fahrt telefonisch bei den Kollegen vom katalanischen Fernsehen jeweils zwei Sendeminuten in deren Ü-Wagen gebucht.

Nach der Ankunft in Figueras am späten Nachmittag hatte sie sofort Kontakt zur Pressesprecherin des Museums aufgenommen, die sich zunächst außerstande sah, Näheres über das Gemälde einschließlich seines Schöpfers zu sagen, die aber schließlich, als sie feststellte, dass sich der deutsche Kameramann durchs Objektiv gar nicht sattsehen konnte an ihr, mit der aktuellen Theorie aufwartete, der Einbrecher selbst könnte das Bild gemalt haben, ein psychisch gestörter Hobbymaler also, ein Einzeltäter, der sich auf diese Weise wichtig machen und aller Welt beweisen wolle, was für ein verkanntes Genie er doch sei. Zu dieser Theorie passe auch die sowohl künstlerisch als auch handwerklich allenfalls mittelmäßige Ausführung des Werkes, zitierte die Pressesprecherin gleich mehrere international renommierte Kunstexperten, denen in Windeseile eine hochauflösende Fotografie des Werkes per E-Mail zur Verfügung gestellt worden war.

Ein verrückter Amateur also.

Anschließend sprach Elke Lose mit dem Polizeichef von Figueras, der seltsamerweise einen Frack trug und ihr vor laufender Kamera mit mürrischem Blick versicherte, dies sei nie und nimmer das Werk eines Einzeltäters, sondern die professionelle Arbeit einer wohlorganisierten, vermutlich schwerbewaffneten Bande aus dem Mafiamilieu gewesen, sich aber über die Details des Einbruchs beharrlich ausschwieg.

Die Mafia also.

In knapp einer Stunde musste sie den zweiminütigen Einspieler für die Tageschau abliefern und am späteren Abend noch einmal bei den Tagesthemen live auf Sendung gehen. Und sie hatte immer noch nichts Vernünftiges in der Hand.

In ihrer Verzweiflung rief sie einen spanischen Kollegen der Tageszeitung «El País» in Madrid an. Sie kannte ihn oberflächlich von zahlreichen Pressekonferenzen und zahllosen Champagnerempfängen in der spanischen Hauptstadt.

Miguel hieß der Kollege. Ein netter Kerl.

Der nette Kerl ließ seine deutsche Kollegin in dieser Stunde der höchsten Not nicht im Stich. Miguel erzählte ihr am Telefon in Kurzfassung, was morgen als höchst interessante Theorie in seiner Zeitung stehen würde, und er nannte ihr auch noch den Namen und die Adresse eines Kölner Kunsthistorikers, auf dessen Einschätzung Miguel sich in seinem Bericht stützte.

Das war die Rettung.

Tom Buhrow drehte sich vom Moderatorentisch zu dem hageren Enddreißiger mit der hohen Stirn und den feingliedrigen, fast femininen Pianistenhänden, der soeben vom Kölner WDR-Studio auf den Videoschirm im Hamburger ARD-Studio geschaltet worden war. Am Fuß des Videoschirms wurde der Name des Interview-Partners eingeblendet.

«Dr. Wolfram Melzer, Sie sind Kunsthistoriker in Köln.

Während sich die spanischen Dalí-Experten trotz einer angeblichen Widmung auf der Rückseite der Leinwand bisher entweder in Schweigen hüllen oder aber vom mittelmäßigen Werk eines unbekannten Künstlers sprechen, werden Sie von der spanischen Tageszeitung ‹El País› in der morgigen Ausgabe mit der Behauptung zitiert, es handele sich zweifelsfrei um ein Frühwerk des Meisters. Ein echter Dalí also ...»

«Herr Buhrow, ich bin mir hundertprozentig sicher, dass Dalí dieses Bild gemalt hat. Ich bin mir ebenso sicher, dass er es im Sommer 1925 gemalt hat. Bei dem nackten jungen Mann, der an einem Felsen des Cap de Creus nördlich von Cadaqués lehnt, handelt es sich um Dalís Jugendfreund, den 1936 von Francos Putschisten ermordeten Dichter Federico García Lorca ...»

Dr. Wolfram Melzer.

Morian verstand nicht viel von Kunst. Aber er hatte das Gesicht schon einmal gesehen.

Natürlich. Neulich auf Theos Überraschungsparty in der Werkstatt. Dieser arme Teufel, der mit *summa cum laude* promoviert hatte, dessen Habilitationsschrift überall im Ausland zitiert wurde, der aber leider das Pech hatte, dem Bannstrahl der heimischen Magnifizenzen zu unterliegen, weil er mal einem der ehrwürdigen Professoren auf den Fuß getreten war. Max hatte von ihm erzählt, an jenem Abend, an seinem 47. Geburtstag.

Das Leben konnte verdammt ungerecht sein.

Morian erinnerte sich, jetzt, wo er das Gesicht im Fernsehen sah, wieder an jedes Detail. Dr. Wolfram Melzer hatte daheim einen dementen, schwer pflegebedürftigen Vater, eine Ehefrau aus Peru, deren Diplom als Zahnarzthelferin hierzulande nicht anerkannt wurde, und außerdem seit ein paar Monaten Zwillinge. Jeden Morgen um sechs packte der Kunsthistoriker bei Aldi Pakete aus, um seine Familie durchzubringen. Max hatte erzählt, wie sehr er Dr. Wolfram Melzers Expertisen schätzte und dass er ihn mit Jobs versorgte, wann immer sich die Gelegenheit dazu bot.

Das war wohl mit etwas Glück bald nicht mehr nötig. In diesem Augenblick lernten Millionen Fernsehzuschauer Dr. Wolfram Melzer kennen. Der sympathische junge Mann würde bald schon in den Medien rundgereicht werden. Zu diesem Thema und zu allen anderen Themen, die Kunst betrafen. Der deutsche Experte, der als Erster den unbekannten, bislang verschollenen Dalí identifiziert hatte. Das mit der Professur war dann nur noch eine Frage der Zeit. Denn die grauen Herren in den schwarzen Talaren würden unbedingt etwas abbekommen wollen von dem Glanz.

Das Leben konnte verdammt gerecht sein.

Max, du verfluchter Hund.

Max Maifeld und sein Netzwerk. Geben und Nehmen. Einer für alle, alle für einen. Das Familienersatz-Netzwerk. Und er, Morian, war Teil dieses Netzwerks. Wie könnte das auch anders sein? Schließlich hatten sie sich im Lauf ihrer langjährigen Freundschaft mehr als einmal gegenseitig das Leben gerettet. Sie wären beide längst tot ohne den anderen. Was zählte da sonst noch? Nichts! Der Ärger, den er noch mittags verspürt hatte, als er mit Max telefonierte, jedenfalls nicht.

In diesem Moment schwebte ein weiteres Mitglied des Maifeld'schen Familienersatz-Netzwerks über den Bildschirm. Durch die Schwimmbrille erinnerten die Augen des fremdartigen Wesens im Halbdunkel der Notbeleuchtung an einen zu groß geratenen Frosch. Der restliche Körper jedoch, von Kopf bis Fuß in Schwarz gehüllt, erinnerte dank der Kraft und der Geschmeidigkeit der Bewegungen eher an einen Panther.

Tom Buhrow erklärte den Tagesthemen-Zuschauern gerade, dass die spanische Staatsanwaltschaft diesen Ausschnitt aus den Aufzeichnungen der Infrarotüberwachungskameras des Museums den Medien zu Fahndungszwecken zur Verfügung gestellt habe, als der maskierte Hurl mit der Eleganz eines Hürdenläufers über eine Absperrung setzte, um leichtfüßig wie eine Raubkatze vor dem Sofa mitten im Salón Mae West zu landen.

«Wie alt ist Hurl eigentlich?»

Antonia wartete auf die Antwort, während sie sich in Morians Sofa zurücklehnte und die Bierflasche an den Mund setzte.

«Nächstes Jahr wird er 50.»

«Alle Achtung.»

«Aber das darf keiner wissen. Verpetz mich nur ja nicht.»

Der Rest war wie immer.

Tote im Irak.

Tote in Afghanistan.

Tote in Pakistan.

Tote in Palästina.

Das Wetter.

Gewitter, Regen, sinkende Temperaturen. Endlich. Morian war allerdings so in Gedanken, dass er sich so schnell gar nicht gemerkt hatte, wann der Wetterumschwung einsetzen sollte. Morgen? Übermorgen? Er war kein geübter Fernsehzuschauer. Mit Tagesschau und Tagesthemen hatte er heute Abend mehr ferngesehen als in den letzten sechs Monaten zusammen.

«Josef?»

«Ja?»

«Max ist ziemlich durch den Wind, seit dieser Geschichte. Wer so durch den Wind ist, der macht Fehler.»

«Das ist auch meine Sorge.»

«Ich weiß, wie sich das anfühlt, wenn du nicht weißt, wer

dein Vater ist. Ich habe meinen Vater nie gekannt. Als ich geboren wurde, war er schon weg. Habe ich dir jemals davon erzählt? Ein Brasilianer. Ein schöner Mann. Sagt meine Mutter. Sie ist heute noch verliebt in ihn, die blöde Kuh. Als meine Mutter ihm damals von der Schwangerschaft erzählte, ist er noch in der Nacht aus Deutschland getürmt. Er hatte es so eilig, dass er sogar seine geliebte Lederjacke in Mutters Wohnung vergaß.»

«Die Kradmelderjacke, die du immer trägst?»

«Kradmelder?»

«So nannte man im Zweiten Weltkrieg die dicken, schweren Lederjacken der Motorradkuriere.»

«Ja. Genau die. Er hatte sich die Jacke auf einem Flohmarkt in Köln gekauft, sagt meine Mutter. Das ist alles, was er mir hinterlassen hat: die Lederjacke und meine dunkle Hautfarbe. Ein Super-Vater, was? Und wie war das bei dir, Josef?»

«Was?»

«Hast du deinen Vater gekannt?»

Ja, Morian hatte seinen Vater gekannt. Er wusste seinen Namen, und er konnte sich auch noch erinnern, wie er ausgesehen hatte, der prominente, vielbeschäftigte Kölner Strafverteidiger Dr. Karl-Georg Morian, der seine manisch-depressive Frau verachtete, solange sie lebte, und sein einziges Kind ignorierte, solange er lebte. Manchmal war er zu Hause gewesen. Dann war er in seinem Arbeitszimmer zu besichtigen, durfte aber nicht angesprochen werden. Er saß hinter seinem Schreibtisch, studierte Akten und rauchte dabei Zigarre. Josef Morian erinnerte sich weder an Vertrauen noch an Liebe. Weder von seinem Vater noch von seiner Mutter, die den ganzen Tag stumm im Sessel saß, als sei ihre Seele schon längst woanders. Wie viel Aufmerksamkeit er vor und nach dem frühen Tod der Mutter erhielt, hing von den ständig wechselnden Haushälterinnen ab. Gleich ob sie nett waren oder boshaft, jung oder alt, hübsch oder hässlich: Keine hatte es länger als ein Jahr im Haushalt des Anwalts ausgehalten.

Josef Morians Entschluss, Polizist zu werden, hatte zwar auch damit zu tun, dass ihm nach dem mittelmäßigen Abitur nichts Besseres eingefallen war. Vor allem aber hatte er ganz richtig geahnt, wie sehr dieser Entschluss seinen Vater auf die Palme bringen würde, wenn er nicht Jura studierte, um viel Geld zu machen, sondern sich stattdessen mit einem mittelmäßigen Beamtengehalt zufrieden gab, als bescheidenen Lohn für die Mühe, ein paar Kriminelle hinter Gitter zu bringen. Morian hatte damals davon geträumt, dass sein Vater sie vor Gericht verteidigte und die Prozesse verlor, weil sein Sohn seinen Job gut gemacht und genügend Beweise gesammelt hatte. Mit den Berufsjahren wuchs die schmerzliche Erkenntnis, dass diese schöne Idee nichts weiter als eine Illusion war. Aber da war es zu spät.

Mit seinem vor sechs Jahren an Magenkrebs gestorbenen Vater war Josef Morian fertig. Er machte ihn für den Suizid der Mutter verantwortlich. Heute noch.

«Hörst du mir überhaupt zu, Josef?»

«Was?»

«Ich fragte: Hast wenigstens du deinen Vater gekannt?»

«Ja. Aber es ist nicht unbedingt ein Segen, seinen Vater zu kennen, Antonia. Ich bin nicht einmal zu seiner Beerdigung gegangen. Ich habe sogar sein Erbe ausgeschlagen.»

«Nanu. Genau wie Max.»

«Woher weißt du das?»

«Theo hat es mir mal erzählt. Dass Max erst nach dem Tod des Autokönigs zurück nach Köln gekommen ist. Dass er nichts von dem Erbe haben wollte, bis auf das, was der Alte ihm schuldete: den ausstehenden Lohn für die Kinderarbeit. Ihr seid euch jedenfalls verdammt ähnlich.»

«Wer?»

«Du und Max.»

Morian sah skeptisch an sich hinab und betrachtete seinen Leibesumfang. «Er ist besser in Form.»

Antonia lachte.

«Du bringst mich immer zum Lachen. Ich kapiere nicht, dass du immer noch keine neue Frau gefunden hast. Ich wünschte, ich fände mal einen Liebhaber, der mich ständig so zum Lachen bringt. Er dürfte allerdings ruhig etwas jünger und auch etwas schlanker sein als du.»

«Danke. Können wir das Thema wechseln?»

«Ja. Warum hast du immer nur Bier und keinen anständigen Wein im Haus? Schöne Gläser, Kerzenlicht, nette Musik, dann klappt's auch mit der Nachbarin. Vielleicht sollte ich deine persönliche Erotik-Beraterin werden. Natürlich nur gegen Erfolgshonorar.»

«Antonia!»

«Ja?»

«Wenn du so gut darin bist ... wieso lebst du dann eigentlich noch alleine? Apropos: Wie geht's eigentlich Claude? Ist er immer noch in Paris? Mit seinem Studium müsste er doch wohl langsam mal fertig sein. Habt ihr noch Kontakt?»

«Er schreibt mir. Aber ich antworte nicht. Können wir vielleicht mal das Thema wechseln?»

«Meinetwegen gern.»

«Glaubst du, der Autokönig hat Max als Kind so schlecht behandelt, weil er wusste, dass er nicht sein Sohn ist?»

«Vermutlich.»

«So ein verdammtes Arschloch!»

Antonia stellte die leere Bierflasche auf dem Tisch ab und erhob sich aus dem Sofa.

«Danke für die nette Einladung zum gemütlichen Fernsehabend. Auch wenn die Chips fehlten. Ich bin müde. Gleich morgen früh kümmere ich mich um Berlin.»

«Antonia, wie entsteht eigentlich ein Feuermal?»

«Eine angeborene Fehlbildung der Blutgefäße unter der Haut. Eine Laune der Natur. Man kennt die genaue Ursache nicht. Die feinen Blutgefäße, die unterhalb der Oberhaut verlaufen, sind krankhaft erweitert, aber die Sache ist in der Regel gutartig, habe ich mir von der Fledermaus sagen lassen. Man lebt damit ohne Einschränkungen … außer dass es nicht besonders hübsch aussieht und somit die Psyche belasten kann. Aber nimm dir zum Beispiel Gorbatschow: Der ist mit seinem Feuermal bis an die Spitze der Sowjetunion vorgerückt und galt bei den Frauen als ausgesprochen attraktiver Mann. Aber vielleicht hat ihn auch die Macht so attraktiv gemacht. Darauf stehen manche Frauen.»

«Und die Medizin kann nichts dagegen tun?»

«Dass Frauen auf mächtige Männer stehen? War ein Scherz, Josef. Doch, kann man. Inzwischen besteht die Möglichkeit, Feuermale chirurgisch zu entfernen. Mit Hilfe von Laserstrahlen werden die Blutgefäße künstlich verengt. Allerdings ist die Technik noch nicht ausgereift. Denn bei vielen Patienten, die sich der Prozedur unterzogen haben, ist das Feuermal nach einer Weile zurückgekehrt. Als würde die Natur darauf bestehen.»

Josef brachte sie zur Tür.

«Schlaf gut, Antonia. Bis morgen.»

«Josef, du kennst ihn besser. Was meinst du? Will Max überhaupt wissen, wer sein leiblicher Vater ist? Ich zum Beispiel würde es gar nicht wissen wollen.»

«Ich vermutlich auch nicht. Aber Max ist anders. Deshalb hat er auch die Nummer mit dem Dalí-Museum arrangiert. Um aufzumischen. Unruhe zu stiften. Das Dunkel sichtbar zu machen. Er wird nicht eher ruhen, als bis er alles weiß. Restlos alles.»

Der Rest war wie immer.

Tote im Irak.

Tote in Afghanistan.

Tote in Pakistan.

Tote in Palästina.

Das Wetter.

Gewitter, Regen, sinkende Temperaturen.

Wichtig zu wissen.

Er schaltete den Computer aus. Er hatte genug gesehen. Er stand vom Tisch auf und ging auf und ab. Er musste nachdenken. So konnte er am besten nachdenken. Er hatte einen Verbündeten verloren. Damit hatte er nicht gerechnet. Was hatte sich dieser neunmalkluge Wichtigtuer nur dabei gedacht?

Vielleicht hatte die Bibel ja doch recht: *Und der Herr sah gnädig auf Abel und seine Opfergabe, aber Kain und seine Opfergabe sah er nicht gnädig an. Da ergrimmte Kain sehr und senkte finster seinen Blick.* Erstes Buch Mose, Genesis 4,4 – 4,5. Das hatten sie ihm damals im Heim eingeprügelt: *Du bist Kain. Du bist das ewig Böse. Denn du trägst das Kainsmal auf der Stirn. Sieh nur, du gottloser Bengel: Erstes Buch Mose, Genesis 4,4 – 4,5. Da steht es geschrieben. Hier! Lies!*

Nichts war vergessen von diesen Geschichten. Er kannte sie alle auswendig. Abraham, der bereit war, seinen Sohn zu opfern. Seinen eigenen Sohn zu töten, nur um Gott zu gefallen. Er lachte schallend auf. Ausgerechnet er zitierte die Bibel. Opium fürs Volk. Religion ist Opium fürs Volk, hatte Marx gesagt. Das war seine zweite Religion geworden. Der Marxismus-Leninismus war zwar genauso hohl und verlogen wie alle anderen Religionen, aber er hatte ihm wenigstens eine Chance gelassen.

Abel hatte ihn soeben verraten. Sein Vater hatte ihn schon bei der Zeugung verraten, seine Mutter hatte ihn bei der Geburt verraten. Und jetzt, am Ende seines Lebens, hatte ihn auch noch sein eigener Bruder verraten. Er würde ihn dafür bestrafen müssen. Auge um Auge, Zahn um Zahn. Er würde seinen Plan nur geringfügig ändern, ein wenig den neuen Umständen anpassen müssen, damit das Ziel nicht gefährdet wurde. Darauf war er trainiert: Sein Leben war nicht wichtig; nur das Ziel war wichtig. Wenn es also in dieser Welt nur geborene Verlierer und geborene Sieger gab, dann machte sein restliches kümmerliches Leben nur Sinn, wenn er es vollständig diesem Ziel unterordnete: Gerechtigkeit.

Er kontrollierte die Monitore.

Er checkte die Ausrüstung für den nächsten Tag.

Er öffnete den Kanister und den Tankverschluss des Generators und füllte Diesel nach.

Er stieg die Treppe hinauf und trat hinaus in den Wald, nur um zum wiederholten Mal zu überprüfen, dass man den Generator hier draußen selbst in der Stille der Nacht nicht hören konnte. Doch der meterdicke Beton schluckte tatsächlich jedes Geräusch. Er genoss eine Weile die frische Luft und betrachtete den immer noch klaren Nachthimmel. Wie viele der leuchtenden Sterne mochten längst nicht mehr existieren, weil die Nachricht von ihrem Tod selbst mit Lichtgeschwindigkeit eine Ewigkeit bis zur Erde benötigte?

Ewigkeit.

Alles war endlich.

Er ging zurück und legte sich schlafen.

Die Behörde der Bundesbeauftragten für die Unterlagen des Staatssicherheitsdienstes der ehemaligen Deutschen Demokratischen Republik beschäftigte mehr als 2000 Mitarbeiter, den Großteil davon in Berlin.

Warum nur musste Antonia Dix, wenn es doch rein theoretisch mehr als 2000 Mitarbeiter zur Auswahl gab, an diesem Morgen ausgerechnet an diesen arroganten Pinsel geraten?

«Anfragen nur schriftlich», unterbrach er sie mitten in ihrem zweiten Satz, als sei ihm der Gebrauch von Verben zur Bildung vollständiger Sätze völlig fremd.

«Wie bitte?»

«Die Überprüfung von Personen auf eine frühere hauptamtliche oder inoffizielle Tätigkeit ist auch für öffentliche Stellen ausschließlich auf der Grundlage eines schriftlichen Ersuchens möglich, Frau Oberkommissar.»

Antonia Dix rieb sich die Nasenwurzel. Sie hatte Kopfschmerzen. Sie hatte schlecht geschlafen. Ihr fehlte der Sport. Seit einer Woche, seit Pelzers Tod, war sie nicht mehr beim Kickboxtraining gewesen. Auch das tägliche Jogging war vorerst gestrichen. Bei einem Mordfall war für eine Mordkommission so ziemlich alles an Privatleben gestrichen. Bis zur Lösung. Eine Lösung war nicht in Sicht.

Die Klimaanlage im Präsidium funktionierte wieder, gab aber jetzt zumindest in ihrem Büro ein sirrendes Dauergeräusch von sich, das ihr schon jetzt, am frühen Montagmorgen, gehörig auf die Nerven ging.

So wie dieser Mensch am Telefon.

«Hallo? Frau Oberkommissar? Sind Sie noch dran?»

«Ja, bin ich. Es geht um Mord!»

«Das hoffe ich für Sie. Denn der Kreis der überprüfbaren Personen wurde mit dem Siebten Gesetz zur Änderung des Stasi-Unterlagen-Gesetzes mit Wirkung vom 21. 12. 2006 neu definiert. Ich verweise auf Paragraph 19 ff StUG.»

«Ich kenne Ihre Paragraphen. Die wurden nämlich in Fotokopie vom Düsseldorfer Innenministerium an alle Präsidien in Nordrhein-Westfalen verschickt und hängen hier bei uns sogar am Schwarzen Brett. Damit wir sie niemals vergessen.»

«Das ist sicher von Vorteil und erspart gewöhnlich solche

überflüssigen Anrufe wie diesen. Dann erzähle ich Ihnen wohl auch nichts Neues, wenn ich Ihnen sage, dass die Personen beziehungsweise Personengruppen, die auf eine hauptamtliche oder inoffizielle Tätigkeit für den Staatssicherheitsdienst überprüft werden können, im Einzelnen in den Paragraphen 20 und 21 jeweils Absatz 1 Nr. 6 und 7 StUG aufgeführt sind.»

Den Bruchteil einer Sekunde lang war Antonia Dix drauf und dran, am Telefon zu explodieren. Dann entschied sie jedoch, sich noch eine Weile zu beherrschen.

«Nein, Sie erzählen mir bedauerlicherweise nichts Neues. Allerdings berufe ich mich keineswegs auf die beiden von Ihnen genannten Paragraphen, sondern vielmehr auf Paragraph 23 der siebten Änderung des Stasi-Unterlagen-Gesetzes. Ich zitiere: *Unterlagen dürfen in dem erforderlichen Umfang verwendet werden…Absatz 1…zur Verfolgung von…* Moment, gleich haben wir es…1 b…*Verbrechen in Zusammenhang mit Paragraph 211 und 212 StGB…* das heißt übrigens Strafgesetzbuch, und in den genannten Paragraphen des Strafgesetzbuches geht es um Mord und Totschlag. Ferner zitiere ich aus Ihrem Paragraphen 23 auch noch Absatz 2: *Unterlagen dürfen in dem erforderlichen Umfang verwendet werden zur Abwehr einer drohenden erheblichen Gefahr für die öffentliche Sicherheit, insbesondere zur Verhütung von drohenden Straftaten.* Genau das ist hier der Fall…»

«Ja und?»

«Wie bitte? Ja und? Was soll das denn heißen?»

«Frau Oberkommissar, in dem von Ihnen durchaus korrekt zitierten Paragraphen steht lediglich, dass Sie als Ordnungsbehörde nicht gegen das Gesetz verstoßen, wenn Sie von uns zur Verfügung gestellte Unterlagen einsehen und für Ihre Arbeit benutzen. Aber dafür müssen Sie die Unterlagen ja erst einmal bekommen. Nämlich von uns. Und dafür benötigen wir ein schriftliches Ersuchen. Damit wir prüfen können, ob Ihr Anliegen auch berechtigt ist. Ein entsprechendes Formblatt finden Sie übrigens im Internet auf der Homepage der Bundesbeauftragten für die Unterlagen des Staatssicherheitsdienstes der ehemaligen Deutschen Demokratischen Republik. Dort finden Sie auch ein Merkblatt, was Sie bei der Antragstellung zu beachten haben. So sind zum Beispiel für jede zu überprüfende Person alle Vor- und Familiennamen, auch solche aus früheren Ehen und gegebenenfalls der Geburtsname, ferner die in der ehemaligen DDR verwendete Personenkennzahl beziehungsweise das Geburtsdatum und der Geburtsort anzugeben. Darüber hinaus werden aus dem Zeitraum 1950 bis einschließlich 1989 alle Wohnanschriften ... auch die der Nebenwohnungen ... nach dem vollendeten 18. Lebensjahr unter Angabe der bis zum 3. Oktober 1990 gültigen Postleitzahl benötigt. Noch Fragen?»

«Ja. Können wir den ganzen Mist nicht einfach umgehen?»

«Ich verstehe nicht ganz, was Sie ...»

«Mir läuft echt die Zeit davon!»

«Frau Oberkommissar, wissen Sie, wie viele Anträge auf Akteneinsicht wir im vergangenen Jahr zu bearbeiten hatten? Ich sage es Ihnen: Es waren mehr als 97 000 Anträge. In einem Jahr. Und wissen Sie, was die Bundesregierung plant?»

«Nein, weiß ich nicht.»

«Lesen Sie keine Zeitung? Das war doch erst letzte Woche überall zu lesen. Kulturstaatsminister Neumann hat den Willen der Bundesregierung bekundet, unsere Behörde personell deutlich zu verkleinern. Vor allem in der Forschung.»

Jetzt hatte Antonia die Nase voll.

«Aha. Vor allem in der Forschung. Ich habe zufällig das Organigramm Ihrer Behörde vor mir liegen. Habe ich mich viel-

leicht verwählt? Habe ich versehentlich in der personell aus-
gedünnten Abteilung BF wissenschaftliche Forschung und
politische Bildung statt in der Abteilung AU, Referat AU II.1
Akteneinsicht, Überprüfungen angerufen? Und noch eine
letzte Frage. Wenn ich mir die Nomenklatur Ihrer Behörde so
anschaue: Hat sich bei Ihnen seit den guten, alten, betonköp-
figen DDR-Zeiten vielleicht gar nicht so viel geändert?»

Die letzte Frage hätte sich Antonia Dix sparen können.
Denn der Mann hatte längst aufgelegt.

Anne rüttelte an seiner Schulter. «Max!» Sie beugte sich
über ihn und flüsterte in sein Ohr.

«Max, ich glaube, da draußen ist jemand.»

Max richtete sich im Bett auf und sah die Angst in ihren
Augen.

«Was ist los, Anne?»

«Ich habe ein Auto auf den Hof fahren gehört.»

Annes Schlafzimmer lag nicht zum Hof, sondern zum
Wald. Er hörte durch das offene Fenster nichts als das Zwitschern der Vögel und das Glucksen der Kyll. Er beugte sich
über die Bettkante und warf einen Blick auf seine Armbanduhr, die neben dem Bett auf dem Boden lag. Halb neun. Er
kletterte aus dem Bett, verließ das Zimmer, schlich barfuß
durch den Flur in die Küche und sah aus dem Fenster über
dem Spülstein.

Mitten im Hof, wenn auch in gebührendem Abstand zu
dem ausgebrannten Wrack, stand der schwarze Porsche Cayenne.

«Kannst du was sehen?»

Anne war ihm nachgeschlichen. Sie stellte sich dicht hinter ihn, auf die Zehenspitzen, umfasste seine Taille, drückte
ihr warmes Becken gegen seinen nackten Po und legte ihr

Kinn auf seine Schulter. Offenbar war ihre Angst mit seinem Aufwachen verflogen und machte anderen Gefühlen Platz.

«Ich schätze, es ist …»

«… meine Vermieterin.»

«Ja. Wir sollten uns vielleicht etwas anziehen.»

Edith Brandesser saß auf der Veranda, hatte die langen schlanken Beine übereinandergeschlagen und rauchte eine Zigarette. Sie trug ein lindgrünes knielanges Etuikleid und dazu passende Pumps mit dezenten Sechs-Zentimeter-Absätzen. Das brünette Haar war auf Schulterlänge geschnitten. Sie war schlank und außergewöhnlich groß für eine Frau ihrer Generation, größer jedenfalls als ihr Mann, den langen Beinen nach zu urteilen, auch wenn sich ihre Körpergröße nur grob schätzen ließ, solange sie saß. Sie betrachtete das Autowrack, als Max in Jeans und T-Shirt aus der Tür trat. Max drehte sich wortlos um, ging zurück in die Küche und holte ihr einen Aschenbecher.

«Ist das Ihr Wagen?»

«Guten Morgen. Ja, das war mal mein Wagen.»

«Was ist passiert?»

«Jemand hat ihn angezündet. Jemand aus diesem Dorf da oben. Ihm gefiel der Wagen wohl nicht.»

Sie runzelte die Stirn.

«Haben Sie die Polizei verständigt?»

«Ja. Den Kriminalhauptkommissar und Leiter der Bonner Mordkommission, der auch im Fall Hillesheim ermittelt. Ihr Knecht. Sie sind doch Frau Brandesser, oder?»

«Verzeihen Sie. Ich platze hier unangemeldet herein und stelle mich noch nicht einmal vor. Edith Brandesser, ja. Guten Morgen. Und Sie sind vermutlich …»

«Max Maifeld. Ich mache hier Urlaub.»

Er streckte ihr die Hand entgegen. Sie zögerte einen Augenblick, bevor sie die Zigarette in die linke Hand wechselte und die ausgestreckte Hand ergriff, als müsste sie erst entscheiden, ob diese Geste nicht zu vertraulich wirken könnte. Ihre Hand war trocken und kühl, schmal und feingliedrig, der Händedruck aber kräftig. Sie trug keinen Schmuck. Nicht mal einen Ehering.

«Ich nehme an, Sie wollen Frau Wolanski sprechen, Ihre Mieterin. Sie kommt sicher gleich.»

«Um ehrlich zu sein … ich wollte nicht Frau Wolanski, sondern Sie sprechen, Herr Maifeld.»

«Mich?»

Sie drückte die Zigarette im Aschenbecher aus, öffnete Ihre voluminöse Handtasche, nahm eine gefaltete Zeitung heraus und warf sie so auf den Tisch, dass sie genau vor Max auseinander klappte. Das erinnerte Max an einen Chefredakteur aus seiner Zeit als junger Polizeireporter in Köln. Der hatte das auch drauf. Vor zwanzig Jahren. Mit der Zeitung der Konkurrenz verfuhr er so am Konferenztisch, wenn die Konkurrenz eine Geschichte hatte, die seine Zeitung nicht hatte. Wofür natürlich jemand aus der Runde verantwortlich gemacht werden musste.

Vor ihm lag die aktuelle Montagausgabe der «Süddeutschen Zeitung». Das hochformatige Titelfoto zeigte Hurls Arrangement: die Grabplatte, das Kuss-Sofa, das Gemälde. Max wäre jede Wette eingegangen, dass ein Dutzend der wichtigsten Zeitungen der westlichen Welt genau dieses Motiv als Titelfoto der heutigen Ausgabe gewählt hatten. Es war einfach zu verlockend.

«Das Foto sprang mich heute Morgen in Frau Jeschkes Kiosk an. Als ich mir Zigaretten kaufte. Ich dachte zunächst, ich hätte eine Halluzination. Ich wollte es einfach nicht glauben. Dann bemerkte Frau Jeschke, wie ich das Foto anstarrte, und sagte, das sei gestern Abend auch ein großes Thema in Tagesschau und Tagesthemen gewesen. Mein Mann und ich sehen gewöhnlich nicht fern, wenn es dazu keinen besonderen Anlass gibt. Wir konnten ja nicht ahnen, dass es tatsächlich mal einen wichtigen Anlass gegeben hätte, den Fernseher einzuschalten.»

Max klappte die Zeitung ganz auf und blätterte einmal um. Sie hatten dem Thema fast die gesamte obere Hälfte der Titelseite sowie die komplette dritte Seite gewidmet. Der Text dort war mit weiteren Fotos garniert: eine Vergrößerung der Widmung auf der Rückseite der Leinwand, ein historisches Schwarz-Weiß-Foto, das Salvador Dalí und Federico García Lorca zusammen am Strand zeigte, ferner eine Außenansicht des Dalí-Museums in Figueras sowie ein unscharfes Schwarz-Weiß-Standfoto aus einer der Video-Überwachungskameras.

Hurl mit Froschaugen. Max unterdrückte mit Mühe ein Lachen. Er setzte seine Brille auf und überflog den Text. Miguel wurde fleißig zitiert, ebenso der Kölner Kunsthistoriker Dr. Wolfram Melzer sowie Francisco Galadí aus Víznar bei Granada, dessen Großvater im selben Massengrab in der Sierra verscharrt worden war wie Federico García Lorca. Die Mörder nahmen das Gemälde 1936 an sich, schrieb Miguel. Die Spur verlor sich jedoch in Cádiz. Wie vereinbart.

«Sind Sie jetzt zufrieden, Herr Maifeld? Sie können sich gar nicht vorstellen, was Sie meinem Mann angetan haben.»

«Ich? Was habe ich Ihrem Mann angetan?»

Sie zündete sich eine weitere Zigarette an und inhalierte tief, während sie über die geeignete Antwort nachdachte. Sie sah nicht wie 52 aus. Sie war eine zeitlos schöne und ungemein attraktive Frau, die es nicht nötig hatte, krampfhaft die Zeit anzuhalten und sich mit einer zwanghaften Jungmädchenaura zu umgeben. Sie sähe sogar mindestens zehn Jahre jünger aus, fand jedenfalls Max, hätte sich nicht im Lauf der Jahre diese Verbitterung tief und irreparabel in ihre Mundwinkel eingegraben.

Edith Brandesser wollte gerade antworten, als Anne Wolanski mit einem Tablett auf der Veranda erschien. Sie trug ihren roten Overall. Auf ihrer Stirn saß eine Schweißerbrille.

«Guten Morgen, Frau Brandesser. Kaffee?»

«Guten Morgen, Frau Wolanski. Nein danke.»

Anne goss Max einen Becher voll, ließ ihn dabei nicht aus den Augen und schenkte ihm ein Lächeln. Dann füllte sie sich selbst einen Becher und verließ damit die Veranda.

«Wenn Sie mich brauchen ... ich bin in der Werkstatt.»

Edith Brandesser strich sich fahrig eine Haarsträhne hinters Ohr und wartete, bis Anne außer Hörweite war.

«Sie können sich nicht vorstellen, Herr Maifeld, von welcher emotionalen Bedeutung dieses Bild für meinen Mann war. Mein Mann hatte eine sehr harte Kindheit. Sie machen sich überhaupt keine Vorstellung, wie hart sie war, mit diesem eiskalten, brutalen Vater. Zum Glück habe ich diesen Menschen nicht mehr als Schwiegervater ertragen müssen. Ich habe meinen Mann erst 1983 kennengelernt. Da war dieser Despot schon sieben Jahre tot. Aber noch heute sehe ich fast täglich an meinem Mann die schlechtvernarbten seelischen Wunden. Ganz zu schweigen von den Narben, die seinen Körper bedecken ...»

Sie hielt inne, als hätte sie den Faden verloren.

«Was erzähle ich Ihnen das alles? Einem wildfremden Menschen. Ich muss verrückt sein. Sie sollen allerdings wissen: Das Bild hatte meinem Mann geholfen, seine Kindheit zu überleben. Dieses Bild und die anderen Bilder und die Teppiche und Antiquitäten auf dem Scheunenboden erlaubten meinem Mann, sich als kleiner Junge in eine Traumwelt zu flüchten, wenigstens für ein paar Stunden, weg von der kalten, brutalen Realität ...»

«Frau Brandesser, vor wenigen Tagen waren wir bei Ihrem Mann, um ihm genau dieses für ihn so wichtige Bild zurückzugeben. Er hat es nicht genommen. Er wollte es nicht. Er hat es sich nicht einmal angesehen. Er hat uns hinausgeworfen. Er behauptete, niemals in seinem Leben einen Dalí besessen zu haben …»

«Er hatte seine Gründe.»

Ihre Stimme zitterte.

«Weil das Bild unrechtmäßig in den Besitz seiner Familie gelangte? Weil Blut an diesem Bild klebt?»

«Nein. Ihn trifft ja keine persönliche Schuld. Das ist ja alles eine Ewigkeit her. Das ist nur der Grund, warum er es jetzt, nach Ihrer perversen Aktion in Spanien, niemals mehr zurückfordern kann. Aber das wissen Sie ja ganz genau. Das haben Sie doch fein einkalkuliert. Herzlichen Glückwunsch, Herr Maifeld!»

«Sie wissen sicher, wem all die anderen erlesenen Dinge vom Scheunenboden einst gehörten?»

Sie schwieg.

Natürlich wusste sie es.

Wahrscheinlich war mit dem Wegezoll, den Franz Brandesser den nach Antwerpen flüchtenden jüdischen Familien abgepresst hatte, heute der halbe Country Club dekoriert.

«Also: Warum konnte Ihr Mann nicht anders, als wir an seiner Tür klingelten und ihm das Bild geben wollten? Ich kann nachvollziehen, dass ihn die Situation völlig überrascht haben musste. Schließlich hatte er uns ja gar nicht beauftragt, nach dem gestohlenen Dalí zu suchen. Er kannte uns nicht einmal. Wenn ich das allerdings richtig sehe, hatte er zuvor selbst rein gar nichts unternommen, um sein Bild zu finden.»

Aus der Werkstatt in der rechten Fabrikruine drang deutlich das wütende Fauchen einer Schweißflamme.

«Ich sagte doch: Er hatte seine Gründe.»

Sie drückte die Zigarette im Aschenbecher aus und zündete sich augenblicklich eine neue an, als legitimierte das

Rauchen ihr Schweigen. Max beobachtete sie dabei. Diese Frau hatte gelernt, ihre Gefühle unter Kontrolle zu halten.

«Frau Brandesser, vielleicht finden wir ja einen Weg, uns gegenseitig zu helfen. Wenn Sie ein Problem haben … ich kenne ein paar Leute, die fast jedes Problem lösen können. Die Bonner Kripo ermittelt nicht nur im Mordfall Karl Hillesheim, sondern auch in einem weiteren Mordfall. Beide Fälle haben aus einem mir noch nicht erklärbaren Grund mit meiner Familiengeschichte zu tun. Wussten Sie, dass meine Mutter Ende der fünfziger Jahre als Bürohilfe auf dem Brandesser-Hof gearbeitet hatte? Ich weiß es selbst erst seit zwei Tagen. Dann heiratete sie und zog mit ihrem Mann nach Köln, wo sie eine Autowerkstatt eröffneten. Als ich drei Jahre alt war, hatte ich einen schweren Unfall in der Werkstatt und musste operiert werden. Die Krankenhausrechnung ging an Ihren Schwiegervater. Franz Brandesser bezahlte …»

«Stopp, Herr Maifeld. Stopp. Warum erzählen Sie mir das alles? Ich will das alles gar nicht wissen.»

«Frau Brandesser, aber ich muss endlich wissen, wer der Mann mit dem Feuermal ist. Bitte sagen Sie es mir.»

Bevor sie den ausgefüllten Antrag auf Akteneinsicht aufs Fax legte, hatte sie ihn an den zuständigen Abteilungsleiter in Berlin persönlich adressiert und das Formblatt vom Polizeipräsidenten unterschreiben lassen, in der Hoffnung, dies könnte die Sache beschleunigen. Ihre Hoffnung erfüllte sich lediglich, was die Schnelligkeit der Erledigung betraf: Um 12.35 Uhr traf das Antwort-Fax ein. Unterschrieben war es allerdings nicht vom Leiter der Abteilung AU, sondern ausgerechnet von jenem grauenhaften Sachbearbeiter, der sie schon am Telefon abgefertigt hatte. Der Inhalt war dementsprechend:

Ihrem Eilantrag auf Akteneinsicht kann nicht stattgegeben werden, weil die zur Ermittlung einer gesuchten Person unbedingt erforderlichen Angaben fast vollständig fehlen. Sie haben nicht einmal einen Familiennamen angegeben, sondern lediglich einen Vornamen (Harald), von dem zudem nicht bekannt ist, ob es sich dabei um einen Echtnamen oder um einen Decknamen handelt.

Das Wachregiment Feliks Dzierzynski hatte zuletzt (Stand: 1989; inklusive der Zivilbeschäftigten) 11 426 Angehörige. Es ist richtig, dass die Unteroffiziers- und Offiziersdienstgrade als Dienstwaffe eine russische Makarov trugen, die in Lizenz vom VEB Ernst Thälmann in Suhl (Thüringen) gefertigt wurde. Ferner ist richtig, dass die Patronen vom Kaliber 9,2 x 18 mm eigens für diese Waffe entwickelt wurden und daher zweifelsfrei zu identifizieren sind.

Daraus aber den Umkehrschluss zu ziehen, dass der Benutzer einer in Suhl hergestellten Makarov vor dem Fall der Mauer zwangsläufig Angehöriger des Wachregiments gewesen sein müsse, ist m. E. unzulässig, wenn nicht grob fahrlässig.

Ihr Hinweis auf ein Feuermal auf der Stirn als unverwechselbares Körperkennzeichen sowie der von Ihnen erwähnte französische Akzent sind ebenfalls nicht zielführend, weil die Computerisierung und eine damit einhergehende digitale Verschlagwortung der (Papier-)Akten des Staatssicherheitsdienstes der ehemaligen Deutschen Demokratischen Republik (180 000 Regalmeter, darunter allein 40 Millionen Karteikarten) noch in den Anfängen stecken und somit eine gezielte Suche nach solchen Suchkriterien derzeit nicht möglich ist. Recherchen in der Operativen Hauptablage oder in den Magazinregistrierbüchern sind also nur manuell und entsprechend zeitintensiv vorstellbar, in Ihrem Fall aber aufgrund des verschwindend geringen Datenmaterials faktisch unmöglich. Nicht außer Acht gelassen darf in diesem Zusammenhang, dass durch Vernichtung 1989 im

Nachgang eines Befehls des Ministers für Staatssicherheit (MfS)
Erich Mielke sowie durch Verunordnung im Zusammenhang
mit anschließenden Protestaktionen der Bürgerbewegung unmit-
telbar nach dem Fall der Mauer eine erhebliche Überlieferungs-
lücke entstanden ist. Dies betrifft vor allem Personalakten der
91 000 hauptamtlichen Mitarbeiter (Stand: 1989) des MfS –
nicht zu verwechseln mit den rund 100 000 sogenannten «Inoffi-
ziellen Mitarbeitern» (IM).

   Mit freundlichen Grüßen

Du mich auch. Na wunderbar. Antonia warf das Fax auf ihren
Schreibtisch, ließ sich auf ihren Stuhl fallen, lehnte sich zu-
rück, verschränkte die Hände im Nacken und schloss die
Augen.

Und was jetzt?

Morian konnte sie nicht um Rat fragen. Der hatte sich am
Morgen zum Niederrhein aufgemacht, an die holländische
Grenze, um Friedrich Ludwig Ritter von Berlepsch zu verneh-
men, in der vagen Hoffnung, der Hehler könnte aus seinem
Gedächtnis noch etwas auskramen, was hilfreich sein
könnte. Morian hatte seinen Besuch bewusst nicht vorher
telefonisch angekündigt, um den psychologischen Über-
raschungseffekt nutzen zu können.

Wenigstens hatten sie inzwischen die Wasserleiche identifiziert. Ein Bonner Kneipier. Suizid. Sie hatten einen Ab-
schiedsbrief in der Wohnung gefunden. Ferner Berge von un-
bezahlten Rechnungen und Mahnungen. Der Mann wusste
nicht mehr weiter. Also wählte er den Tod als Lösung. Mit 57
Jahren.

Die beiden zwölfjährigen Brandstifter waren zwar weiter
geständig und auch reumütig, aber noch nicht strafmündig.
Ein Fall fürs Jugendamt. Und die Versicherung.

Bei der versuchten Vergewaltigung waren sie noch keinen

Schritt weitergekommen. Die junge Frau war nachts von einer Party gekommen und vor ihrer Haustür überfallen worden. Offenbar ein Zufallsopfer. Der Täter war jedoch an die Falsche geraten. Die junge Frau hatte ihm ihr Knie in den Unterleib und ihren Hausschlüssel in die Hand gerammt. Als sie dann auch noch aus Leibeskräften schrie, rannte der Täter davon. Er hatte eine schwarze Skimaske getragen, außerdem ein dunkelblaues T-Shirt ohne Aufdruck, ferner eine Jeans und weiße Turnschuhe.

Reichlich vage Personenbeschreibung.

Sie musste einen Weg finden, diesen kleinkarierten, bornierten Aktenschubser in Berlin zu umgehen.

Personalstreichungen vor allem in der Forschung.

Antonia Dix weckte ihren Computer aus seinem Schlaf und rief Google auf. Dann machte sie sich ein Bild.

In der Tat hatte Kulturstaatsminister Bernd Neumann letzte Woche angekündigt, die Bundesregierung wolle die 180 Regalkilometer Stasi-Akten mittelfristig ins Koblenzer Bundesarchiv verfrachten, sofern der Bundestag zustimme. Was bei einer Großen Koalition kein Problem darstellen sollte. Ferner sollte die bisherige Bildungs- und Forschungsarbeit der Birthler-Behörde an die Bundeszentrale für Politische Bildung übertragen werden. Von den Maßnahmen, so Neumann weiter, bleibe aber das Recht betroffener Bürger auf Akteneinsicht unberührt.

Mit anderen Worten ausgedrückt: Die ohnehin unkündbaren Verwaltungsbeamten behielten ihren Job, während die vorwiegend auf Zeitvertragsbasis angestellten Wissenschaftler gehen durften.

Vielleicht war das eine Möglichkeit.

Antonia suchte sich im Organigramm der Behörde die Liste der wissenschaftlichen Mitarbeiter heraus. Sie strich im Geiste die Namen der Projektleiter und den des Leiters der

Abteilung BF. Klar doch, alles Männer. Dann strich sie die Namen der im Westen geborenen und aufgewachsenen Mitarbeiter. Schließlich blieben noch vier Männer und eine Frau übrig.

Dr. Henriette Michalsky.
1955 geb. in Chemnitz (vorm. Karl-Marx-Stadt).
1974 Aufnahme des Studiums der Theologie, Geschichte,
Theater- und Literaturwissenschaft in Warschau und Leipzig.
1978 Examen (Magister Artium) in Warschau.
1985 Promotion in Leipzig.
Veröffentlichungen u. a.:
«Die Anatomie der Stasi. Geschichte, Struktur, Methoden.»

Perfekt. Eine Frau. Eine ehemalige DDR-Bürgerin, die das Ende des Stasi-Staates in Leipzig erlebt hatte, damals die Hochburg des zivilen Widerstandes. Eine kompetente und fleißige Wissenschaftlerin, die es dennoch bisher auf der Karriereleiter nicht sonderlich weit nach oben geschafft hatte.

Das Foto in ihrer Internet-Vita strahlte sowohl Warmherzigkeit als auch Vereinsamung und Resignation aus. Vorsicht, Antonia, nichts vorschnell hineininterpretieren. Unter dem Foto standen sowohl ihre E-Mail-Adresse als auch ihre Telefondurchwahl. Sie hob beim zweiten Läuten ab.

«Ja?»

«Guten Tag, Frau Dr. Michalsky. Mein Name ist Antonia Dix. Ich bin Kriminalbeamtin in Bonn und …»

«Antonia …?»

«Dix. D-I-X. Ich gehöre der Mordkommission des Bonner Präsidiums an und ermittle gerade in einem Fall, bei dem ich echt nicht mehr weiter weiß und inzwischen der Verzweiflung nahe bin. Ein Historiker von der Universität Leipzig hat mir Ihren Namen genannt und Sie als Expertin empfohlen.»

«Uni Leipzig? Wer hat mich denn da empfohlen?»

Ihre Stimme klang keineswegs misstrauisch, aber doch so, als könne sie sich beim besten Willen nicht vorstellen, dass jemand ausgerechnet sie empfohlen haben könnte. Typisch Frau, dachte Antonia Dix. Frau Dr. Henriette Michalsky litt nicht gerade unter übersteigertem Selbstbewusstsein.

«Ich habe den Namen leider schon wieder vergessen. Meine Güte, ich habe die letzten Tage mit so vielen Leuten gesprochen. Ich habe mich von Uni zu Uni durchtelefoniert und bin dann am Schluss in der Uni Leipzig immer weiterverbunden worden. Frau Michalsky, ich weiß genau, dass Sie im Augenblick ganz andere Sorgen haben müssen. Die Stellenstreichungen, die geplanten Personaleinsparungen, ausgerechnet in der Forschung, wie immer, wenn der Staat Geld sparen will. Aber es geht um Mord. Und ich fürchte, der Mörder wird weiter Unheil anrichten und Menschen schaden. Frau Michalsky, Sie sind meine letzte Rettung.»

Der Mann mit dem Feuermal war französischer Staatsbürger und hieß Pierre Rocard. 1960 im belgischen Lüttich geboren. Keine Geschwister. Mutter Deutsche, Vater wallonischer Belgier, beide bei einem Verkehrsunfall verstorben, als Pierre Rocard acht Jahre alt war.

Kindheit und Jugend im Heim. Nach der Schule Ausbildung zum Schiffselektroniker bei einer Werft in Antwerpen. Anschließend arbeitslos. Gelegenheitsjobs. In Paris ließ er sich, weil ihm nichts Besseres einfiel und weil er an einem seelischen Tiefpunkt angelangt war, im Sommer 1978 von der französischen Fremdenlegion anwerben.

Auswahltests und Aufnahmeprüfung in Aubagne bei Marseille, viermonatige Grundausbildung in Castelnaudary in Südfrankreich, anschließend Fachausbildung zum Fallschirmspringer und Einzelkämpfer in Calvi auf Korsika. Aufnahme in die GCP, die Elite-Einheit der Legion. Objekt- und Personenschutz in Dschibuti / Ostafrika und auf der Insel Mayotte im Indischen Ozean. Kampfeinsätze in Beirut, im Tschad und im Kongo. Hervorragende Benotungen. Trotz des extrem starr geregelten Hierarchiesystems der Legion schneller Aufstieg zum Caporal, Caporal-Chef und Sergent. Anschließend Spezialausbildung als Kommunikationselektroniker und Nachrichtentechniker am Weltraumbahnhof Kourou in Französisch-Guayana.

Ehrenhafte Entlassung 1989 als Sergent-Chef, verbunden mit der Verleihung der französischen Staatsbürgerschaft.

Aufbau eines zivilen Security-Unternehmens für Objekt- und Personenschutz in Straßburg. Zuletzt 46 Mitarbeiter. 1999 Verkauf an den französischen Marktführer. Seither arbeitete Pierre Rocard allein, als privater Unternehmensberater in Sicherheitsfragen auf Honorarbasis. Büroadresse in Köln. Vorwiegend beriet er französische und amerikanische Unternehmen bei deren Engagement in Afrika und im Nahen Osten.

Zu einem Tagessatz von 1000 Euro.

So viel hatte auch Dr. Walther Brandesser gezahlt.

Max schloss den Aktenordner und legte ihn vor sich auf den Tisch. Die Aussicht von der Terrasse der Brandesser'schen Villa über das Kylltal war in der Tat atemberaubend. In der brütenden Hitze konnte auch das gewaltige Sonnensegel aus naturfarbenem Leinen, das die halbe Terrasse überspannte, nicht verhindern, dass sich auf seiner Stirn Schweißperlen bildeten. Er trank das Glas Wasser, das er sich von ihr hatte bringen lassen, in einem Zug aus. Währenddessen rauchte Edith Brandesser, nippte gelegentlich an ihrem Cognac und starrte gedankenverloren ins Tal. Die Hitze schien ihr nicht das Geringste auszumachen.

«Wo ist Ihr Mann?»

«Warum?»

«Ich hätte ihm gern dazu noch ein paar Fragen gestellt.»

«Er ist heute früh in unser Frankfurter Büro gefahren. Mit meinem Sohn. Sie kommen heute Abend zurück. Aber mein Mann darf nichts davon erfahren. Und mein Sohn schon gar nicht. Das ist unsere Abmachung, Herr Maifeld. Alles, was Sie wissen müssen, können Sie ebenso gut auch von mir erfahren.»

«Wenn ich die Akten richtig lese, dann war Pierre Rocard nicht fest in der Firma angestellt, sondern fungierte gegen Honorar als Berater. Mich wundert, dass er seinem schriftlichen Angebot einen so detaillierten Lebenslauf beigefügt hat.»

«Das ist in der Tat verwunderlich. Und völlig unüblich. Nur müssen Sie wissen, dass Pierre über eine außerordentliche Gabe verfügte: Alles, was er tat, konnte er auf seine Umwelt so wirken lassen, als sei es das Selbstverständlichste der Welt. Ich nehme an, der ausführliche Lebenslauf erfüllte lediglich den Zweck, meinen Mann zu ködern. Das arme Waisenkind, das sich trotzdem durchs Leben geboxt und seinen Weg gemacht hat. Allein damit hatte er Walther schon in der Tasche. Und schließlich der mit allen Wassern gewaschene Abenteurer, der keine Gefahr scheut … das war dann noch das Sahnehäubchen. Sie kennen meinen Mann nicht. Würden Sie ihn näher kennen, dann wüssten Sie, was zwangsläufig passieren musste. Und Sie kennen Pierre nicht. Er konnte die Leute um den kleinen Finger wickeln.»

«Wann und unter welchen Umständen hat Ihr Mann diesen Pierre Rocard kennengelernt?»

«Ich weiß es nicht. Er hat nie darüber gesprochen. Aber ich nehme im Nachhinein an, dass Pierre sicher einen eleganten Weg gefunden hat, dass dieses Kennenlernen auf meinen Mann ganz und gar zufällig wirken musste. Walther ist für einen erfolgreichen Geschäftsmann überraschend blauäugig in solchen Dingen. Jedenfalls brachte mein Mann ihn eines Abends mit, hierher, zum Abendessen. Das tut er nur in ganz wenigen Ausnahmefällen, und schon gar nicht überraschend. Also wusste ich sofort, er musste einen Narren an diesem Pierre gefressen haben. Ich spürte deutlich, wie sich eine innige Männerfreundschaft anbahnte, trotz des Altersunterschieds von 25 Jahren, und obwohl es doch an diesem Abend nur ums Geschäft ging.»

«Um was für ein Geschäft?»

«Die Ausrichtung einer großen Familienfeier für einen schwäbischen Unternehmer, dessen Tochter in Baden-Baden den Sohn eines israelischen Bankiers heiraten sollte. Es hatte im Vorfeld anonyme Morddrohungen von islamistischen Sektierern gegeben, die von der örtlichen Polizei, so hatte der schwäbische Unternehmer jedenfalls den Eindruck, nicht sonderlich ernst genommen wurden. Walther war so dankbar, dass es nun jemanden gab, der ihm half, die Sicherheit der Gäste mit im Gesamtpaket der Dienstleistung anbieten zu können.»

«Und so war Pierre Rocard im Geschäft.»

«Ja. Alles lief bestens. Die Party war ein Riesenerfolg. Allerdings würde es mich mit dem Wissen von heute nicht weiter wundern, wenn Pierre die anonymen Morddrohungen selbst verfasst hätte, nur um mit Walther ins Geschäft zu kommen.»

«Wann war das?»

«Lassen Sie mich nachschauen …»

Sie beugte sich über den Tisch, zog den Aktenordner zu sich, klappte ihn auf und blätterte in den Papieren.

«Ja. Das muss im Sommer 2004 gewesen sein. Im März hatte es den Terroranschlag in Madrid gegeben. Da waren die Leute natürlich entsprechend sensibilisiert.»

«Arbeitete Pierre Rocard von diesem Sommer 2004 an ständig für die Firma Ihres Mannes?»

«Nicht ständig, aber regelmäßig, wenn auch in den ersten beiden Jahren noch nicht so häufig. Etwa viermal im Jahr, schätze ich.»

«Wann änderte sich das?»

«Möchten Sie noch ein Wasser?»

«Gern.»

Sie verschwand im Haus und kehrte etwa zwei Minuten später zurück. In der einen Hand trug sie eine Karaffe mit perlendem Mineralwasser, in der anderen die Cognacflasche.

«Anfang vergangenen Jahres.»

Während sie die Karaffe vor Max abstellte und die Cognacflasche aufschraubte, sprach sie nahtlos weiter, als hätte sie die Terrasse nie verlassen. Und sie sprach durchgängig druckreif, trotz des stetig steigenden Alkoholpegels.

«Vielleicht hat es mit der speziellen Kindheitsgeschichte meines Mannes zu tun, dass Walther besonders empfänglich für Typen wie Pierre ist und deren Nähe sucht. Als würde er von ihnen magnetisch angezogen. Pierre war stark und selbstbewusst, charmant und schlagfertig. Ein Macher, kein Grübler. Walther genoss Pierres Abenteuergeschichten beim Abendessen. Und Pierre hatte genügend davon auf Lager.»

«Erzählen Sie mir eine?»

«Etwa wie man in manchen afrikanischen Staaten missliebige Oppositionelle wohldosiert mit Schlangengift umbringt, damit sie noch möglichst lange leiden. Besonders beliebt ist wohl das Gift der Seeschlange. Aber Pierre erzählte auch gern Geschichten, die seinen Ruf als Frauenheld untermauerten. So hielt er einmal in München eine Politesse davon ab, ihm einen Strafzettel unter die Windschutzscheibe zu schieben, indem er sie zum Abendessen einlud und zwei

Stunden später in sein Hotelzimmer abschleppte. Während er diese Geschichte erzählte, sah er mir die ganze Zeit in die Augen. Als wollte er meine Reaktion testen. Meine Reaktion auf solche Formen sexueller Kurzweil.»

«Und Ihr Mann?»

«Walther kapierte lange Zeit überhaupt nicht, was für einen Vogel er sich da ins Nest gesetzt hatte. Jedenfalls schaffte Pierre es, Walther davon zu überzeugen, künftig nicht nur in die Sicherheit seiner Kunden, sondern auch verstärkt in die Sicherheit seiner Familie zu investieren.»

Sie lachte auf, verächtlich und höhnisch und hässlich.

«Und wie sah das aus?»

«Zunächst einmal bekam dieses Haus hier von ihm eine hochmoderne Alarmanlage verpasst. Infrarot-Lichtschranken. Bewegungsmelder. So ein Blödsinn. Wir leben in Roggenrath und nicht in São Paulo. Hier fliegen die Leute in Urlaub und schließen zuvor weder ihr Haus noch ihr Auto ab.»

«Wer eine Alarmanlage installiert, hat fortan unbeschränkt Zugang zu einem Haus, wenn er das will.»

«So ist es. Das haben wir aber erst später kapiert. Zu spät. Es war also gar kein großes Kunststück für ihn, den Dalí aus unserem Schlafzimmer zu entwenden. Pierre musste, als wir verreist waren, lediglich die von ihm selbst installierte Alarmanlage deaktivieren, die Treppe ins Obergeschoss hinaufspazieren und das Bild vom Haken über dem Bett nehmen. Später haben uns die Dorfbewohner übrigens erzählt, dass er in unserer Abwesenheit häufiger ins Haus gegangen ist und oft stundenlang blieb.»

«Was hat er wohl in dieser Zeit gemacht?»

«Ich habe nicht die geringste Ahnung. Vielleicht genoss er es, in diesem schönen, prachtvollen Haus zu sitzen und sich für ein paar Stunden der Illusion hinzugeben, es sei nicht unser, sondern sein Haus. Ich spürte immer, dass er tief in seiner

Seele von Neid zerfressen war, auch wenn er sich stets größte Mühe gab, dies zu verbergen.»

«Fehlte mal was?»

«Nie. Alles lag stets ordentlich an seinem Platz, so wie wir das Haus zuvor verlassen hatten. Sonst wäre uns das ja sicher irgendwann einmal aufgefallen, und dann hätten wir festgestellt, dass jemand im Haus war in unserer Abwesenheit.»

«Und die Nachbarn?»

«Die Leute hier im Oberdorf wunderten sich natürlich nicht, dass der Sicherheitschef meines Mannes in unserer Abwesenheit hier ein und aus spazierte. Deshalb haben sie das uns gegenüber nie erwähnt. Erst später. Viel später. Den Dalí stahl er ja erst vor drei Wochen. Aber zu diesem Zeitpunkt hatte mein Mann die Zusammenarbeit mit ihm ja bereits aufgekündigt.»

«Aus welchem Grund?»

Sie füllte den bauchigen Cognacschwenker zum dritten Mal.

«Es fällt mir schwer, darüber zu reden.»

Max wartete.

Der Himmel über dem Kylltal zog sich kaum merklich zu. Die Sonne war hinter einer dicken Schicht milchig grauer Wolken verschwunden. Die unerträglich feuchte Luft schien sich statisch aufzuladen. Wind blähte das Sonnensegel.

«Ich möchte zuvor noch über die Vorfälle sprechen.»

«Welche Vorfälle?»

«Die Vorfälle in der Firma. Niemals wären wir damals auf den Gedanken gekommen, ausgerechnet Pierre könnte hinter all dem stecken. Angefangen hatte es vergangenes Jahr bei der Kieler Woche. Die Open-Air-Party eines dänischen Herstellers teurer Seglermode, gleich unten am Yachthafen. In der Nacht zuvor hatte jemand den Kühlwagen vom externen Stromkreis getrennt und die hintere Tür des Wagens einen

Spalt geöffnet. Es war extrem heiß gewesen, so wie jetzt, und in der Nacht sanken die Temperaturen nicht unter zwanzig Grad. Am nächsten Tag war alles verdorben. Tonnenweise Lebensmittel. Walther war nahe davor, unseren Fahrer aus der Firma zu werfen.»

«Jürgen Bauermann?»

«Ja. Kennen Sie ihn?»

«Kennen ist zu viel gesagt. Ich bin ihm mal begegnet.»

«Jedenfalls war Jürgen kurz nach Mitternacht in Kiel eingetroffen und hatte die restliche Nacht im Führerhaus statt im Hotel verbracht, um auf den Kühlwagen aufzupassen. Das machte er immer so. Man weiß nämlich nie, wer sich nachts so herumtreibt und aus reiner Zerstörungslust Schaden anrichten will.»

«Aber normalerweise haben diese modernen Stromadapter doch ein Schloss. Und die Hecktür …»

«… lässt sich, wenn sie verschlossen ist, ebenfalls nicht ohne Schlüssel öffnen. Deswegen hatte mein Mann ja den Jürgen sofort im Verdacht. Deswegen hatte er auch Pierre beauftragt, der Sache nachzugehen. Pierre fand dann prompt im Handschuhfach eine leere Wodkaflasche. Alkohol während der Arbeit ist unseren Mitarbeitern strengstens verboten. Jürgen gestand dann kleinlaut, dass er in der Nacht eine Prostituierte zu sich ins Führerhaus gelassen hatte. Die habe sich auf der Promenade vor dem Yachthafen die Beine in den Bauch gestanden und sich ihm regelrecht aufgedrängt. Er habe nur einen winzigen Schluck von ihrem Wodka genommen, sei aber daraufhin sofort eingeschlafen. Walther glaubte ihm die Story mit dem Schlafmittel im Wodka nicht. Denn Jürgen vermisste weder seine Geldbörse noch seine Uhr. Am Ende hatte Walther aber Mitleid mit ihm und ließ Gnade vor Recht ergehen. So ist er nun mal. Aber abgesehen von Walthers grenzenloser Langmut war Jürgen bis dahin immer ein fleißiger und absolut zuverlässiger Mitarbeiter gewesen.»

«Aber das blieb nicht der einzige Vorfall.»

«Nein. Von da an riss die Kette der Katastrophen nicht mehr ab, Herr Maifeld. Haben Sie eine Vorstellung, wie schnell ein Catering-Unternehmen der Premiumklasse ruiniert sein kann? Wir leben von unserem guten Ruf. Von unserem erstklassigen Namen. Auf diesen Gesellschaften treiben sich doch immer dieselben Leute rum. Eine Panne macht sofort die Runde in diesen Kreisen. Wir glaubten lange Zeit, eine höhere Macht habe sich gegen uns verschworen. In Stuttgart stürzte mitten während einer Veranstaltung ein Partyzelt um, von einem winzigen Windstoß, weil die Heringe zuvor entfernt worden waren, wie sich dann herausstellte. Im Hamburger Hafen gab der Dieselgenerator seinen Geist auf, weil Sand in den Tank geraten war. Am Silvesterabend flog im Country Club der Heizkessel in die Luft. Ja, hier in Roggenrath, in unserem Hotel. Wir waren ausgebucht. Ich will Sie jetzt nicht mit Beispielen langweilen. Vielleicht noch ein einziger Fall, damit Sie die Dimension erkennen.»

«Kein Problem.»

«Der Frankfurter Opernball im vergangenen Februar. 2300 Gäste. Kein Büfett, sondern à la carte. Alle wollen natürlich gleichzeitig essen. Die Sitzplatzkarte kostet bis zu 650 Euro pro Person. Also können Sie sich vorstellen, dass man es mit extrem verwöhnten Menschen zu tun hat. Walther war so stolz darauf, dass er es geschafft hatte, den Ball in der Alten Oper erstmals Käfer abzuluchsen. Und den Veranstaltern konnte er auch noch sein geliebtes Bio-Food schmackhaft machen. 50 Köche, 140 Servierkräfte, alle von ihm persönlich in Augenschein genommen und ausgewählt. Allein die Vorbereitung erfordert eine logistische Meisterleistung. Ein unglaublicher Nervenkrieg. In jeder Hinsicht. Draußen die üblichen Demonstranten. Steine flogen. Die Polizei rückte mit Wasserwerfern vor. Drinnen kümmerte sich wie üblich Pierre um die Sicherheit. Pierre war natürlich überall. Auch in der Küche. Der Hauptgang wird aufgetragen. Der Kellner hebt die Haube vom Teller der PR-Chefin einer Frankfurter Großbank, und mitten auf ihrem Teller hocken drei dicke, fette Küchenschaben.»

Sie kippte den restlichen Cognac in sich hinein.

«Diese PR-Tussi hatte schon immer den Traum gehabt, sich mit einer eigenen Agentur selbständig zu machen. Der Traum ist dann überraschend schnell in Erfüllung gegangen: Walther hat ihr das Startkapital und die passende Immobilie besorgt und sich so ihr Schweigen erkauft. Der Frankfurter Opernball hätte das Ende unserer Firma bedeuten können, Herr Maifeld. Wir hatten damals riesiges Glück, dass die anderen Gäste am Tisch in diesem Moment vom Geschehen auf der Bühne abgelenkt waren und der Kellner geistesgegenwärtig die Haube wieder über den Teller stülpte und das Gedeck entfernte.»

«Und Sie vermuten heute, dass dies alles keine Zufälle, sondern gezielte Sabotageakte waren, hinter denen Pierre steckte? Was bezweckte er denn damit?»

«Ich habe nicht die geringste Ahnung, was er damit bezweckte. Aber dass er hinter all diesen Pannen steckte, vermuten wir nicht nur, sondern wir wissen es inzwischen. Von ihm selbst. Von Pierre. Und es ist noch nicht vorbei. Es geht weiter. Immer weiter. Er will uns vernichten, hat er geschworen.»

«Uns?»

«Um genau zu sein: meinen Mann. Bitte entschuldigen Sie mich einen Augenblick. Ich bin gleich zurück.»

Sie hatte Mühe, sich aus ihrem Korbsessel zu erheben, und schwankte leicht, als sie die Terrasse verließ.

Die Farbe des Himmels wechselte von milchgrau zu schiefergrau. Windböen zerrten am Leinentuch des Sonnensegels. Die Luft stand unter Strom. Es würde ein Gewitter geben.

Sie kehrte mit einem großen braunen Umschlag zurück. Sie öffnete ihn und nahm ein Blatt Papier heraus.

«Lesen Sie das, Herr Maifeld.»

«Ist das von ihm?»

Sie nickte.

Einfaches weißes DIN-A4-Papier, wie man es für Kopierer oder Drucker benutzte. Das Papier war völlig zerknittert und wies am Kopf ein kreisrundes, an den Rändern gezacktes Loch auf. Der Text war handschriftlich mit einem Kugelschreiber verfasst. Winzige, pedantisch gleichförmige Buchstaben. Die Schrift hatte jedenfalls keinerlei Ähnlichkeit mit der in dem Brief, den Hurl hinter der Leinwand des Gemäldes gefunden hatte.

Du hast meine Kindheit zerstört. Ich hatte von Geburt an keine Chance. Du hast mir keine Chance gelassen. Aber das ist lange her. Jetzt bin ich dir nicht nur ebenbürtig, sondern dir weit überlegen. Deshalb ist jetzt der geeignete Zeitpunkt gekommen, um dich zu zerstören. Das nennt man Gerechtigkeit. Ich werde dir alles nehmen. Dein Haus, dein Geld, deine geliebten Kunstschätze. Ich werde deine Firma ruinieren. Deinen guten Namen in den Schmutz ziehen. Deine wirtschaftliche Existenz zerstören, bis du nicht mehr weißt, wie du das Benzin für deine schönen Autos bezahlen sollst. Deine Frau habe ich mir schon genommen. Sie war nicht der Rede wert. Ich werde dir alles nehmen, was dir lieb und heilig ist. Bis du vor mir zu Kreuze kriechst, bis du dich vor mir im Staub wälzt, bis du mich anflehst, ich solle dir verzeihen. Genau das wirst du tun.
Verlass dich drauf.

Pierre

«Wann und wo haben Sie den Brief gefunden?»

«Er hing in unserem Schlafzimmer über dem Bett. Genau dort, wo der Dalí gehangen hatte.»

«Das Loch im Brief ist also von dem Haken, der das Bild hielt?»

«So ist es.»

«Warum ist das Papier so verknittert?»

«Mein Mann hatte ihn, nachdem er ihn gelesen hatte, wutentbrannt zerknüllt und in den Müll geworfen.»

«Und sie haben ihn später wieder aus dem Müll gefischt.»

«Ja.»

Sie griff nach der Flasche. Max war schneller.

«Ich glaube, Sie haben jetzt genug, Frau Brandesser.»

«Was erlauben Sie sich?»

Die Empörung war schlecht gespielt. Max hielt die Flasche mit eisernem Griff fest, bis sie aufgab und sich wieder zurücklehnte.

«Hat er es geschafft?»

«Was bitte?»

«Die Firma Ihres Mannes zu vernichten?»

«Ehrlich gesagt: Es sieht ernst aus. Es sieht sogar sehr ernst aus. Wir haben im ersten Halbjahr einen 50-prozentigen Umsatzrückgang im Vergleich zum Vorjahr. Vor allem aber brechen uns die A-Prominenten weg. Also die Kunden, die für die lebenswichtigen Schlagzeilen in den Medien sorgen. Davon aber leben wir. Dass in ‹Bunte› und ‹Bild› und ‹Gala› und in den Boulevardmagazinen des Fernsehens in einem Nebensatz beiläufig der Name des Caterers oder des Event-Organisators erwähnt wird. Denn ohne die A-Prominenten in der Referenzliste ist es nur noch eine Frage der Zeit, bis auch das Sommerfest des mittelständischen Unternehmers im Sauerland an die Konkurrenz geht.»

«Verstehe. Man engagiert die Firma Brandesser nicht nur

wegen der Qualität der erbrachten Dienstleistung, sondern auch aus Imagegründen, um sich wenigstens für einen Abend den ganz Großen dieser Republik nahe zu fühlen.»

«Besser hätte ich es nicht beschreiben können.»

«Und wie geht es Ihrem Mann damit?»

«Er ist am Ende. Er ist ein nervliches Wrack. Er ist ohnehin der Typ, der alle Sorgen in sich hineinfrisst. Ich mache mir sehr große Sorgen um ihn. Außerdem ...»

Sie unterbrach sich mitten im Satz.

Sie starrte auf ihre Fingernägel und schwieg.

«Frau Brandesser, vielleicht ist es besser, Sie erzählen mir jetzt einfach, was noch passiert ist.»

Sie zündete sich eine Zigarette an und blies den Rauch hörbar aus. Sie sah ihn nicht an, während sie sprach.

«Ich wünschte, Sie hätten Pierre einmal erlebt. Ein einziges Mal. Dann würden Sie besser verstehen ...»

Während Edith Brandesser das Nikotin inhalierte, verengten sich ihre Augen zu schmalen Schlitzen.

«Es begann nur wenige Wochen nach dem Frankfurter Opernball. Mein Mann und ich hatten uns gestritten, sehr heftig gestritten, unmittelbar bevor er für ein paar Tage geschäftlich nach Hamburg reiste. Wir hatten uns zum Abschied nicht mehr versöhnt. Das hatte es in unserer Ehe noch nie gegeben. Ich kann Ihnen nicht einmal mehr den Grund dieses Streits nennen. Eine Lappalie vermutlich. Wie gesagt, Walther war mit den Nerven am Ende, zugegeben, aber das war ich schließlich auch.»

«Was ist dann passiert?»

«Er reiste also ab, ohne sich von mir zu verabschieden. An jenem Abend fühlte ich mich hundeelend, einsam und verloren, im Stich gelassen, als es läutete und Pierre vor der Tür stand, in der Hand eine Flasche Champagner, noch eiskalt. Er tat völlig überrascht, dass Walther auf Dienstreise sei. Auch das war eine Lüge. Ich hätte sie in diesem Augenblick problemlos als Lüge enttarnen können. Aber ich tat es nicht. Ich bat ihn stattdessen ins Haus und genoss es, den Abend nicht alleine verbringen zu müssen. Ein wenig abgelenkt zu werden, zu lachen statt zu grübeln. Wir tranken den Champagner aus.»

Edith Brandessers Augen suchten nach der Cognacflasche. Ihre Hände zitterten. Max sah weg.

«Dann holte ich eine zweite Flasche aus dem Kühlschrank. Seine Augen ruhten unablässig auf mir, sie tasteten meinen Körper ab. Normalerweise hasse ich es, wenn Männer das tun. Aber als er es tat, an jenem Abend, wärmten seine Augen meine Seele. Als wir auch die zweite Flasche geleert hatten, ging ich in die Küche. Er folgte mir. Ich wusste, dass er mir folgen würde. Er stand ganz dicht hinter mir, als er mich unvermittelt packte. Er zerrte mein Kleid hoch, grob und unbeherrscht. Ich ließ es geschehen. Er riss die Strumpfhose und den Slip in Fetzen, und ich ließ es ebenfalls geschehen. Er sagte kein Wort. Ich hörte nur sein heftiges, vor Erregung beschleunigtes Atmen in meinem Nacken. Er drückte meinen Kopf und meine Arme auf den Küchentisch, und mit seiner Schuhspitze dirigierte er meine Beine, bis ich sie für ihn spreizte, mich auf die Zehenspitzen stellte und ihm mein Gesäß entgegenstreckte. Ja, es erregte mich maßlos, Herr Maifeld, von ihm gleich dort in der Küche genommen zu werden.»

Ihre Wangen glühten. Max schwieg und ließ ihr Zeit.

«Von diesem Abend an war ich süchtig nach ihm. Wie nach einer Droge. Ich aß nichts mehr, ich war unkonzentriert bei der Arbeit, meine Umwelt wurde mir völlig gleichgültig. Meine Gedanken kreisten nur noch um das letzte Mal und um das nächste Mal. Wir trafen uns einmal pro Woche, gelegentlich auch zweimal.»

«Hier?»

«Nicht hier, sondern in Hotels, in Trier, in Koblenz, in Bonn, in Köln. Tagsüber oder, wenn Walther verreist war, auch über Nacht. Billige Absteigen. Man hörte jedes Geräusch durch die Wände. Nutten mit ihren Freiern. Er liebte es, mich auf diese Weise zu erniedrigen. Und mich erregte es seltsamerweise, mich von ihm erniedrigen zu lassen. Ich genoss die Schamlosigkeit seiner Inszenierungen. Das ist wohl das richtige Wort. Dieser Sex mit ihm war völlig schamlos. Kein romantisches Gerede, keine verlogenen Liebesschwüre. Nur Begierde.»

«Und Ihr Mann hat die ganze Zeit nichts gemerkt?»

«Nein. Er war in dieser Zeit vermutlich viel zu sehr mit sich selbst beschäftigt. Wissen Sie, wir sind seit 24 Jahren verheiratet. Mein Mann wird im Dezember 72 Jahre alt, auch wenn man ihm das nicht ansieht. Sex spielt nicht mehr die vorrangige Rolle in unserer Beziehung. Dennoch ist er die große Liebe meines Lebens. Bis das mit Pierre passierte, war ich ihm kein einziges Mal untreu gewesen. Es gab harmlose Flirts, und es gab immer wieder Männer, die sehr deutlich ihr Interesse an mir bekundeten. Aber vor dieser Sache mit Pierre hätte ich geschworen, dass kein Mann eine Chance hätte, mich dazu zu kriegen, meinem Mann untreu zu werden. Das müssen Sie mir glauben!»

Max glaubte ihr. Er wusste nur nicht, warum Edith Brandesser es so wichtig war, dass ausgerechnet er ihr glaubte.

«Wie lange ging das so mit Ihnen und …»

«Vielleicht acht Wochen, vielleicht auch zehn Wochen. Dann begann Pierre plötzlich, sich rarzumachen. Ohne dass etwas vorgefallen wäre. Von einem Tag zum nächsten. Er hatte kaum noch Zeit für mich. Er schob vor, zu beschäftigt zu sein. Ich war schier verzweifelt. Ich verging vor Sehnsucht. Ich benahm mich wie ein dummes 15-jähriges Gör, das zum ersten Mal in seinem Leben verliebt ist. Dabei ging es überhaupt nicht um Liebe, Herr Maifeld. Mir nicht und ihm erst recht nicht. Es ging immer nur um die Befriedigung von Lust.»

«Er machte sich also rar ...»

«Ja. Und ich wurde fast wahnsinnig. Ich verzehrte mich nach ihm. Ich konnte keinen klaren Gedanken mehr fassen. Ich kontrollierte mein Handy alle fünf Minuten. Ich vernachlässigte das Hotel. Meine Mitarbeiter. Meine Familie. Ich vernachlässigte mich selbst. Wenn wir uns dann aber doch wieder heimlich trafen, wenn ihm danach war und er mich zu sich bestellte, nach Wochen, dann war es genauso ungehemmt und aufregend wie immer. Und dann, eines Tages, Ende Juni, ohne dass etwas vorgefallen wäre, schickte er mir eine SMS auf mein Handy, um mir mitzuteilen, dass er nicht beabsichtige, mit mir weiterhin ein intimes Verhältnis zu unterhalten. Ja, genau so hatte er es tatsächlich ausgedrückt, Herr Maifeld, wortwörtlich: *Ich beabsichtige nicht, mit dir weiterhin ein intimes Verhältnis zu unterhalten.*»

Blitzschnell griff sie nach der Cognacflasche, noch bevor Max reagieren konnte. Als bremste sie ihr schlechtes Gewissen, goss sie sich nur einen Fingerbreit von der braunen Flüssigkeit ein. Ohne Vorwarnung trommelten plötzlich dicke Regentropfen auf das Sonnensegel. Sie schien es nicht zu bemerken.

«Er schickte mir freundlicherweise auch noch einen zweiten Satz. Eine Begründung: *Deine Einfallslosigkeit im Bett langweilt mich von Mal zu Mal mehr.* Ich war nicht wütend, Herr Maifeld, ich habe dieses miese Schwein nicht etwa zum Teufel gewünscht, nein, ich begann vielmehr, mich selbst zu zerstören. Ich war nur noch ein Schatten meiner selbst. Als hätte Pierre mir mit diesen zwei Sätzen alle Kraft aus dem Leib gesaugt, bis von mir nichts blieb als eine leere, leblose Hülle.

Ich bewegte mich durch den Tag wie ein Roboter. Ich versuchte, halbwegs zu funktionieren, um nicht aufzufallen. Damit mein Mann nur ja nicht auf die Idee kam zu fragen, was denn mit mir los sei. Ich begann, heimlich zu trinken, mehr als mir guttat. Die Vorstellung, das Leben könnte jetzt einfach enden, etwa durch einen Autounfall, verlor ihren Schrecken, auch wenn ich nichts in dieser Richtung unternahm. Selbst für den Tod fehlte mir die Kraft.»

«Und Pierre arbeitete weiterhin für Ihren Mann?»

«Ja. Wenn auch nicht mehr lange. Aber das hatte andere Gründe. Pierre erdreistete sich sogar, sich zwei Tage nach seiner SMS von meinem Mann zum Abendessen einladen zu lassen. In dieses Haus. Ich habe ihn bekocht, und er machte seine Scherze, erzählte seine Geschichten, als sei nie etwas gewesen mit uns.»

«Und warum wurde sein Job beendet?»

«Ein dummer Zufall. Jürgen Bauermann wäscht unsere Autos, wann immer er das für nötig hält. In der Regel häufiger, als es eigentlich nötig wäre. Er ist sehr gründlich darin, und ich glaube, er genießt es auch, davor oder danach ein bisschen spazieren zu fahren. Er liebt Autos. Eines Tages stand Pierres BMW draußen vor der Tür, ziemlich verdreckt, der Schlüssel steckte, hier in Roggenrath lässt jeder seinen Autoschlüssel stecken, daran hatte sich auch Pierre gewöhnt, und da Jürgen der Ansicht war, Pierre gehöre zur Familie, fuhr er mit dem BMW schnell rüber zum alten Brandesser-Hof, wo er die Autos immer wäscht. Er öffnete auch den Kofferraum, um ihn auszusaugen, und fand darin eine seltsame Box. Er öffnete sie, und da quollen ihm schon die Kakerlaken entgegen. Eine regelrechte Zuchtstation. Uns hätte jedenfalls bei nächster Gelegenheit eine Invasion bevorgestanden. Jürgen packte alles wieder sorgfältig weg und erzählte es am nächsten Tag meinem Mann. In Walthers Unterbewusstsein hatte der Verdacht da schon länger gegärt. Denn Pierre war der Einzige, der ausnahmslos bei allen Katastrophen unmittelbar zuvor in der Nähe gewesen war. Er fehlte kein einziges Mal, er hatte sich sogar bei einigen dieser Einsätze regelrecht aufgedrängt, obwohl seine speziellen Fähigkeiten gar nicht benötigt worden waren. Ich verstehe nur nicht, wie er so dumm sein konnte. Denn das war doch dann nur eine Frage der Zeit, bis …»

«Frau Brandesser, dumm wäre es nur gewesen, wenn es in Pierre Rocards Absicht gelegen hätte, dass es nie herauskommt.»

«Wie meinen Sie das?»

«Ich bin davon überzeugt, dass er wollte, dass es herauskommt. Eines Tages. Auch wenn er den genauen Zeitpunkt lieber selbst bestimmt hätte, statt ihn von Jürgen Bauermann bestimmen zu lassen. Hat Ihr Mann dessen Namen erwähnt, als er Rocard mit dem Verdacht konfrontierte?»

«Ich war nicht dabei, als mein Mann ihn hinauswarf. Aber ich halte es für wahrscheinlich. Walther hält gewöhnlich mit nichts hinter dem Berg, wenn er einmal in Rage ist.»

«Wie hat Rocard auf die Vorwürfe reagiert? Hat er sie abgestritten? Oder hat er sich gerechtfertigt?»

«Nichts dergleichen. So schilderte es mir jedenfalls mein Mann anschließend. Pierre hatte die ganze Zeit geschwiegen und dabei nur arrogant gegrinst und war dann wortlos gegangen.»

«Haben Sie Anzeige gegen ihn erstattet?»

«Nein.»

Edith Brandesser verfügte über die Gabe, dieses Wort so zu betonen, dass sich jede Nachfrage erübrigte. Max wechselte das Thema, damit ihr Redebedürfnis nicht vorzeitig erlahmte.

«Frau Brandesser, sind sich Rocard und Karl Hillesheim irgendwann einmal begegnet?»

«Das ist zwar nicht restlos auszuschließen, aber ich halte es für äußerst unwahrscheinlich.»

«Warum?»

«Warum?» Sie runzelte die Stirn, als erschien ihr die Nachfrage völlig absurd. «Der alte Brandesser-Hof, auf dem mein Mann aufgewachsen ist, liegt zwar nur knapp fünf Kilometer von hier entfernt, aber das sind zwei völlig verschiedene Welten. Dort wird zwar unter ökologischen Gesichtspunkten angebaut, was wir für unser Unternehmen benötigen, aber mein Mann hat schon vor Jahren einen Großteil der Produktion nach Spanien verlagert, weil unsere Küche hauptsächlich mediterran orientiert ist. Außerdem hatte Karl schon vor langer Zeit stark abgebaut, er verließ den Hof seit Jahren kaum noch, und die letzten zwei Jahre hat er sogar sein Zimmer kaum noch verlassen. Dort verdämmerte er seine Tage. Er wartete auf den Tod. Wenn Pierre nach Roggenrath kam, und das war nicht allzu oft, weil er meistens unser Kölner Büro aufsuchte, dann kam er entweder gleich in unser Haus oder aber ins Hotel. Karl Hillesheim hat in den letzten zehn Jahren vielleicht zweimal, höchstens dreimal seinen Fuß über diese Schwelle hier gesetzt, und im Hotel war er kein einziges Mal gewesen, seit wir es eröffnet hatten. Er schämte sich vor den Gästen. Er wollte seine Ruhe haben und niemandem begegnen.»

«Was passierte, nachdem Ihr Mann die Zusammenarbeit mit Rocard aufgekündigt hatte?»

«Wir kamen uns wieder näher ... also mein Mann und ich. Er wurde wieder ruhiger, aufmerksamer, freundlicher. Als sei eine große Last von ihm abgefallen. Auch wenn es ungeachtet dessen mit der Firma weiter steil bergab ging. Und ich konnte endlich hassen, diesen Pierre Rocard aus tiefster Seele hassen. Weil er all das vernichten wollte, was Walther und ich uns im Lauf der Jahre gemeinsam aufgebaut hatten. Fast hatte ich diesen Albtraum schon vergessen, als dann eines Abends …»

Sie stockte. Sie griff nach der Zigarettenschachtel.

«Herr Maifeld, Sie rauchen nicht, Sie trinken nicht. Haben Sie denn gar keine Laster?»

«Frau Brandesser, ich habe bis vor vier Wochen geraucht. Zwei Schachteln pro Tag. Aber ich habe noch nie etwas, was ich in meinem Leben getan habe, als Laster begriffen. Nun geben Sie mir schon so ein verdammtes Ding rüber!»

Sie lachte schallend. Übermütig wie ein junges Mädchen warf sie ihm die Schachtel über den Tisch entgegen.

«Aber behaupten Sie später nicht, ich hätte Sie verführt!»

Verführt. Ihre Augen ruhten auf ihm. Max war sich plötzlich nicht mehr so sicher, ob er ihrem ehelichen Treueschwur, den sie noch vor Minuten abgeleistet hatte, weiterhin Glauben schenken sollte. Er zündete sich eine Zigarette an, was ihm erlaubte, seinen Blick von ihr abzuwenden.

Der erste Zug schmeckte ekelhaft. Der zweite Zug schmeckte schon wieder göttlich. Ihm wurde ganz schummrig von dem plötzlichen Nikotinschub, nach vier Wochen Entzug.

«Was passierte denn eines Abends?»

«Wir kehrten von einer Reise nach München zurück. Walther hatte dort geschäftlich zu tun, und ich hatte ihn begleitet. Es war schon spät, nach Mitternacht. Wir waren beide sehr müde. Wir gingen ins Schlafzimmer. Der Dalí war verschwunden. Und stattdessen hing dieser Brief an der Wand. Und überall auf dem Bett lagen Rosenblätter und dazwischen …»

Max nahm den dritten Zug.

«Fotos, Herr Maifeld.»

«Fotos?»

«Kompromittierende Fotos. Pierre und ich beim … jedes

Mal in einem anderen schäbigen Hotelzimmer. Ich wusste nichts von der Existenz dieser Fotos. Er hatte offenbar bei unseren Treffen regelmäßig eine Kamera mit Selbstauslöser versteckt. Auch unsere Affäre war offenbar nichts weiter als ein taktisches Manöver bei seinem Vernichtungsfeldzug. Seit diese Fotos zwischen den Rosenblättern auf dem Bett in unserem Schlafzimmer lagen, ist meine Ehe nur noch ein Stück Papier.»

«Frau Brandesser, haben Sie wirklich keine Ahnung, warum dieser Pierre Rocard Ihren Mann vernichten will?»

Sie schüttelte den Kopf.

Die Haustür wurde aufgeschlossen.

Sie erschrak.

Einen Augenblick später stand Dr. Walther Brandesser wie angewurzelt in der Terrassentür. Er trug Anzug und Krawatte. Er musterte seine Frau, dann den Mann, den er schon einmal gesehen hatte und der ihm in unguter Erinnerung war, schließlich die Cognacflasche auf dem Tisch unter dem Sonnensegel. Er trat einen Schritt vor. Er ignorierte den Regen, der nun auf seine Schultern prasselte und den Anzug ruinierte.

Aus der Lobby war Clemens zu hören:

«Vater? Komm doch rein. Du wirst ja ganz nass. Mutter? Wo bist du, Mutter? Wir sind zurück.»

«Guten Abend, Herr Brandesser.»

«Verlassen Sie auf der Stelle mein Haus!»

«Aber Walther. Herr Maifeld und ich haben uns nur ...»

«Sei still, Edith!» Er schrie sie an. Dann richtete er seine Augen wieder auf Max. Clemens erschien in der Tür.

«Papa, was ist denn los?»

«Verlassen Sie auf der Stelle mein Haus! Und betreten Sie es nie wieder! Wenn ich Sie noch einmal hier antreffe, werde ich Sie in der Kyll ersäufen lassen wie einen räudigen Hund!»

Dr. Henriette Michalsky meldete sich bereits am frühen Nachmittag per E-Mail aus Berlin:

Liebe Frau Dix,
mir geht seit unserem Telefonat am Vormittag eine Idee durch den Kopf, die ich unbedingt weiterverfolgen möchte. Unsere Arbeit ist übrigens der Ihren gar nicht so unähnlich. Auch wir müssen einzelne Spuren wie die Teile eines Puzzles zusammensetzen. Manchmal funktioniert es, manchmal nicht. Ich habe nach unserem Gespräch versucht, mir ein Bild von diesem Menschen, den sie mir da geschildert haben, zu machen (seine Professionalität, seine Skrupellosigkeit, seine universelle Bildung) und mal ganz unwissenschaftlich spekuliert, wie die passende Biographie dazu aussehen könnte. Wenn wir einfach mal davon ausgehen, dass dieser geheimnisvolle Harald tatsächlich beim Wachregiment Feliks Dzierzynski gedient hat, sich dort bewährt und sich so für entsprechende höhere Aufgaben im Staatssicherheitsdienst empfohlen haben sollte, dann könnte er in eine Spezialeinheit der Stasi aufgenommen worden sein, von der selbst in der SED-Oligarchie nur die wenigsten wussten …

Das Telefon läutete.

Antonia Dix wandte sich nur widerwillig von dem Text auf ihrem Computerbildschirm ab und griff nach dem Hörer.

«Polizei Bonn, Mordkommission, Dix.»

«Hallo, Antonia. Hier ist Max.»

Was für ein Abgang. Und was für eine theaterreife Inszenierung. Szenen einer Ehe. Was hätte er tun sollen? Walther Brandesser die Faust ins Gesicht rammen, mitten in dieses von blinder Wut verzerrte Gesicht, um sein hysterisches Gebrüll zu stoppen?

Vor den Augen seines Sohnes?

Nein. Max Maifeld war einfach gegangen. Er hatte seinen Zorn beherrscht, ausgelöst durch den Satz, den er schon einmal gehört hatte, erst vor zwei Tagen, von Marlene Jeschke, der Kioskbesitzerin im Unterdorf, als sie ihm schilderte, was Franz Brandesser vor 44 Jahren zu Jupp Maifeld gesagt hatte: *Wenn Sie sich noch einmal hier blicken lassen, werde ich Sie in der Kyll ersäufen lassen wie einen räudigen Hund.*

Hätte er vor drei Stunden Annes Land Rover für die Fahrt ins Oberdorf genommen, statt sich von Edith Brandesser überreden zu lassen, in ihren Porsche Cayenne zu steigen, dann müsste er jetzt nicht zu Fuß laufen. Er war klatschnass, noch bevor er den Wehrturm passiert hatte. Das dünne T-Shirt klebte an seinem Körper, das Wasser rann ihm aus den Haaren über die Stirn in die Augen. Hinter dem Kirmesplatz bog er nach rechts ab und folgte der Straße hinunter ins Tal. Sechs Kilometer bis ins Unterdorf, verriet das gelbe Hinweisschild.

Der dunkle Wald dampfte wie eine Waschküche. Der von der wochenlangen Hitze und Trockenheit ausgedörrte Boden konnte die Wassermassen nicht aufsaugen. Auch die Rinnsteine und Gullys entlang der abschüssigen Straße waren überflutet. Max konzentrierte sich auf jeden Schritt, um nicht auszurutschen und der Länge nach hinzuschlagen. Bald musste das verdammte Funkloch kommen. Max nahm das Handy aus der Hosentasche und wählte Morians Nummer im Präsidium.

«Polizei Bonn, Mordkommission, Dix.»

«Hallo, Antonia. Hier ist Max.»

«Max! Wie geht's dir denn?»

«So weit ganz gut. Ist Jo da?»

«Er ist unterwegs. Was ist das für ein Geräusch?»

«Nichts weiter. Ein Unwetter.»

«Hört sich an, als würdest du mittendrin stecken. Kann ich Jo vielleicht was ausrichten?»

«Ich habe ihm versprechen müssen, mich regelmäßig bei ihm zu melden. Gibt's was Neues bei euch?»

«Vielleicht. Vielleicht schon bald. Ich habe endlich jemanden bei der Birthler-Behörde aufgetrieben. Eine Frau natürlich. Wenn dieser Harald irgendwas mit der Stasi zu tun hatte...»

«Antonia, vergiss diese Stasi-Geschichte. Sergej hat uns unwissentlich auf eine falsche Spur gesetzt.»

«Was soll das denn heißen?»

«Unser Mann heißt Pierre Rocard. Hast du was zu schreiben? Ich buchstabiere den Nachnamen. R-O-C-A-R-D. Vorname Pierre. Französischer Staatsbürger. 1960 als Belgier in Lüttich geboren. Eltern früh verstorben. Heimkind. War ein paar Jahre bei der französischen Fremdenlegion, hat sich dann selbständig gemacht. Als Security-Berater. In Straßburg. Arbeitet aber inzwischen alleine. Zuletzt wohnhaft in Köln. Kein Zweifel, er ist es, Antonia. Alles passt. Sogar das verdammte Schlangengift. Er hat für Brandesser gearbeitet. Wenn ihr mehr wissen wollt, dann nehmt diesen Brandesser in die Mangel.»

«Ein Franzose? Bist du sicher?»

«Sonst würde ich nicht anrufen.»

«Ich kümmere mich darum. Pass auf dich auf.»

«Klar. Danke. Grüße an Jo.»

Er unterbrach die Verbindung, steckte das Handy zurück in die Hosentasche und stapfte weiter durch den Regen. Seine Schuhe waren völlig aufgeweicht.

Sie stellte den Schneidbrenner ab, drehte den Gashahn zu, zog sich die Schutzbrille vom Kopf, wischte sich den

Schweiß von der Stirn, schüttelte sich die Haare aus dem Gesicht und wollte nach der Flasche mit Mineralwasser greifen, als dem Blitz, den sie nicht sehen konnte, auf der Stelle ein ohrenbetäubender Donner folgte. Sie schrak fürchterlich zusammen und war froh, dass sie in diesem Moment niemand beobachten konnte. Anne Wolanski, die stets coole Anne, hatte Angst vor einem Gewitter?

Ja, schon immer. Schon als Kind.

«Angst?»

Sie schrak erneut zusammen und fuhr herum.

Am Torrahmen der Werkstatt lehnte ein Mann. Er hatte die Arme vor der Brust verschränkt. Er trug derbe Wanderstiefel, verwaschene Jeans, ein kariertes Flanellhemd und darüber einen olivgrünen Parka. Seine Schirmmütze hatte er tief in die Stirn gezogen.

«Wer sind Sie? Was wollen Sie?»

«Eine kleine Performance veranstalten. Mit Ihnen.»

«Ich weiß nicht, was Sie …»

«Sie sind doch Künstlerin. Ihr Freund wird Augen machen. Okay. Dann wollen wir mal keine Zeit verschwenden.»

Der Mann grinste. Als er sich das Käppi vom Kopf zog und in seinem Parka verstaute, wusste Anne, wer der Mann war.

Antonia legte auf und starrte auf den Zettel vor sich auf dem Schreibtisch. Pierre Rocard.

Ein Franzose.

Sie würde sich gleich darum kümmern. Gleich nachdem sie Dr. Henriette Michalskys E-Mail zu Ende gelesen hatte.

Wäre die Existenz dieser Spezialeinheit publik geworden, hätte dies das von der SED sorgsam aufgebaute und gebetsmühlenartig vorgetragene Image der DDR als Staat, der sich (im Gegen-

satz zum imperialistischen, kapitalistischen Westen) dem Frieden und der Völkerfreundschaft verschrieben hatte, mit einem Schlag zerstört. Erich Mielke, nach dessen Plänen und auf dessen Befehl diese Geheimorganisation 1964 gegründet worden war, sorgte stets dafür, dass von deren jahrzehntelanger Existenz selbst im MfS nur die wenigsten wussten.

Im Ministerium trug die Einheit den unspektakulären Namen «Abteilung zur besonderen Verwendung» (später AGM/S – «Arbeitsgruppe des Ministers für Sonderaufgaben») und war lediglich buchhalterisch der Hauptabteilung XXII im MfS zugeordnet. Auch die etwa 200 Elitekämpfer kannten sich untereinander zum Großteil nicht. Sie waren klassische «Schläfer» ohne Sozialkontakte zueinander. Sie wissen sicher, was der Begriff im Jargon der Geheimdienste bedeutet: Als «Schläfer» bezeichnet man für spezielle terroristische Zwecke ausgebildete Agenten, die auf ihre Aktivierung warten bzw. hinarbeiten und bei Bedarf ohne lästige Anlaufzeit eingesetzt werden können.

Pierre Rocard. Die E-Mail war doch länger, als sie vermutet hatte. Antonia griff nach dem Telefon und wählte Ludger Beyers Durchwahl. Als hätte er nur auf ihren Anruf gewartet, hob der von der Drogenfahndung für die Mordkommission abgestellte Oberkommissar beim ersten Läuten ab. Antonia hielt sich gar nicht erst mit langen Vorreden auf. Sie vermied es ohnehin, mit Beyer, der seine hypnotische Wirkung auf Frauen maßlos überschätzte, jedes auch nur halbwegs privat klingende Wort zu wechseln. Und sei es auch nur eine höfliche Begrüßungsformel.

«Ich brauche Hilfe. Haben wir noch ein Team frei?»

«Nein, liebste Antonia. Alle unterwegs. Aber ich bin zufällig gerade frei. Übrigens beruflich wie auch ...»

«Es geht um eine Personenüberprüfung im Zusammenhang mit den beiden Mordfällen. Der Name ist Rocard. R-O-C-A-R-D. Vorname Pierre. Französischer Staatsbürger. 1960 als Belgier in Lüttich geboren. Letzter Wohnort angeblich in Köln. Adresse habe ich nicht. Der Mann hat für Brandesser gearbeitet.»

«Wird sofort erledigt, meine Liebe.»

«Danke.»

Antonia nahm sich wieder die E-Mail aus Berlin vor.

Die Ausbildung fand in abgelegenen konspirativen Lagern auf DDR-Gebiet statt. Die Kandidaten waren handverlesen. Als vorteilhaft galt eine militärische Vorbildung im Wachregiment Feliks Dzierzynski. Wichtig war Erich Mielke die Anerziehung von «Härte, Mut und bedingungsloser Opferbereitschaft», wie er es in seinem «Geheimbefehl 107/64» formulierte.

«Partisanen» nannte er die in den geheimen Ausbildungslagern herangezüchteten Elitekämpfer: «Unser Partisan wird nicht als verwegener Held mit der umgehängten MP durchs Gelände streifen, sondern er wird als gesitteter BRD-Bürger, aber mit der griffbereiten Pistole und dem Sprengstoff unterm Rock, seinem Ziele zustreben. Er wird wohnen, leben und arbeiten wie jeder normale BRD-Bürger. Der Partisan wohnt in der BRD faktisch mit seinem Feind unter einem Dach. Der Partisan muss allzeit bereit sein, zum Schutze der Deutschen Demokratischen Republik aktive Aktionen gegen den Feind erfolgreich durchzuführen.»

Als Grundlagenwerk für die Ausbildung diente das 3790 Seiten starke «AGM/S-Handbuch». Es stellte detailliert «Ziele, Taktik und Methoden des Kampfes gegen die imperialistische BRD» dar. In diesem Elaborat wurde mit aller Deutlichkeit definiert, was unter «offensiven tschekistischen Kampfmaß-

nahmen» zu verstehen war: Lahmlegen, Zerstören, Verunsichern, Demoralisieren, Ausschalten, Liquidieren. Beim Thema «Sprengung von Eisenbahntunneln» wird zum Beispiel im Handbuch darauf hingewiesen, dass eine Sprengung erst dann durchgeführt werden soll, wenn ein Zug in den Tunnel gefahren ist, um durch die Todesopfer eine «größere demoralisierende Wirkung auf die Gesamtbevölkerung der BRD» zu erzielen. Frau Dix, erinnert das nicht an den islamistischen Terror und an den 11. September? Die Ideologien ändern sich mitunter im Lauf der Geschichte, aber nicht die Methoden. Auch die Anwendung von Feuer war fester Bestandteil des Ausbildungsplans. So ist im Handbuch etwa die Anwendung von Napalmwerfern beschrieben.

Damit wir uns nicht missverstehen, Frau Dix: Ich beschreibe hier kein Szenario aus einem Dritten Weltkrieg zwischen Nato und Warschauer Pakt. Es ging Mielke vielmehr um Terrorismus in einer Zeit der friedlichen Koexistenz der beiden deutschen Staaten.

Das MfS unterstützte in der Bundesrepublik die ihm in diesem Zusammenhang nützlich erscheinenden politischen Kräfte. So wurden beispielsweise unter dem Decknamen «Gruppe Ralf Forster» in der DDR ausgewählte Kader der westdeutschen DKP im Nahkampf und im Sprengstoffeinsatz ausgebildet. Die Unterlagen des MfS zur «Gruppe Ralf Forster» wurden leider unmittelbar vor Zusammenbruch des Regimes auf Mielkes Befehl hin geschreddert und konnten von uns erst kürzlich mit Hilfe von Experten des Bundeskriminalamtes teilweise rekonstruiert werden. Darüber hinaus bildeten DDR-Agenten dieser Einheit in den 80er Jahren westdeutsche Terroristen der Roten Armee Fraktion (RAF) im Umgang mit Waffen und Sprengmitteln aus. Ferner ist durch Akten belegt, dass später nachweislich

mindestens acht Aussteiger der RAF in der DDR Unterschlupf,
Schutz vor westlicher Strafverfolgung sowie eine neue Identität
erhielten. Wegen der politischen Brisanz dieser Operation
wurden die übergesiedelten Ex-Terroristen rund um die Uhr
überwacht und in der DDR getrennt voneinander angesiedelt.
Keiner kannte Wohnort und neue Identität des anderen.

Liebe Frau Dix, ich werde dieser skizzierten Spur einmal nach-
gehen. Vielleicht war dieser Harald ja tatsächlich einer von
Mielkes Elitepartisanen. Und vielleicht haben wir ja Glück, und
ich finde seine Spur. Ach, hätten wir doch nur etwas mehr als
nur diesen Allerweltsvornamen. Aber ich will nicht jammern.
Sonst wäre es ja auch langweilig. Ich halte Sie auf dem
Laufenden.

Mit besten Grüßen aus der neuen in die alte Bundeshauptstadt
Ihre Henriette Michalsky

Was für ein Engel. Antonia hätte sie küssen mögen. Sie
wählte Henriette Michalskys Büronummer.

«Dr. Michalsky am Apparat.»

«Antonia Dix hier. Frau Michalsky, ich habe soeben Ihre
hochinteressante E-Mail gelesen. Ich dachte immer, ich sei in
der Schule ganz gut gewesen in Geschichte, aber was Sie da
beschreiben, war mir alles völlig neu.»

«Aber deshalb rufen Sie nicht an, oder?»

Dieser Frau konnte man nichts vormachen.

«Nein. Frau Michalsky, hier ergibt sich überraschend eine
völlig neue Spur, die scheinbar gar nichts mit unserer Stasi-
Vermutung zu tun hat. Ich möchte also vermeiden, dass Sie
sich jetzt die ganze Arbeit machen, und am Ende ...»

«Scheinbar.»

«Wie bitte?»

«Sie sagten scheinbar. Meinten Sie scheinbar oder anscheinend? Worte sind verräterisch, Frau Dix. Wie Spuren. Machen Sie sich mal keine Sorgen um mich. Ich habe meine Zeit und meine Energie schon in weitaus sinnlosere Projekte investiert. Vielleicht erzählen Sie mir etwas über die neue Spur.»

«Nur ein Name. Pierre Rocard. Ein Franzose ...»

«... der in Deutschland lebt und arbeitet?»

«Ja.»

«Sagen Sie jetzt nicht, er ist als armes Waisenkind aufgewachsen und war später bei der Fremdenlegion.»

Antonia Dix blieb vor Staunen der Mund offen stehen.

«Frau Dix? Sind Sie noch dran? Habe ich etwa recht mit meiner Vermutung? Dann mache ich mich gleich mal an die Arbeit.»

«Wie konnten Sie wissen, dass ...»

«Freuen Sie sich nicht zu früh: Ich kenne keinen Pierre Rocard. Aber ich kenne die Masche. Die Stasi hatte ein Problem mit der Tarnung von Agenten, die nur sporadisch, also für eine bestimmte Zeit, zur Erledigung einer konkreten Aufgabe rüber in den Westen gingen. Beispielsweise um Kontakt zu RAF-Terroristen aufzunehmen. Das perfekte Fälschen von BRD-Ausweispapieren war nicht das Problem. Aber schon bei einer Verkehrskontrolle bestand die Gefahr, dass sich herausstellte, dass der auf dem Führerschein genannte BRD-Bürger in der Realität der westdeutschen Melderegister gar nicht existierte, sondern frei erfunden war. Aber auch das Klonen, also das heimliche Kopieren der Papiere eines echten BRD-Bürgers, barg die ständige Gefahr der Enttarnung. Stellen Sie sich vor, unser Stasi-Agent geriet in eine Verkehrskontrolle, zückte seinen geklonten Führerschein, und die Polizeibeamten stellten per Funk fest, dass dem echten Inhaber dieses Namens der Führerschein gerade wegen Trunkenheit am Steuer abgenommen worden war. Und schon hatte der Stasi-Agent die westlichen Geheimdienste im Nacken.»

«Wenn man aber die DDR-Agenten mit Papieren aus einem westeuropäischen Nachbarland ausstattete, hatte die westdeutsche Polizei gar keine Chance, auf die Schnelle …»

«So ist es, Frau Dix. Nur bei einem dringenden Tatverdacht im Zusammenhang mit einer Straftat wurden die Behörden im Nachbarland um Amtshilfe ersucht. Auch die Masche mit dem Waisenhaus und der Fremdenlegion diente lediglich dazu, ein Aufdecken der wahren Identität zu erschweren. Denn bekanntlich erhalten alle Soldaten der französischen Fremdenlegion, sofern sie lange genug durchhalten und nicht unehrenhaft entlassen werden, auf Wunsch eine neue Identität und die französische Staatsbürgerschaft. Und die Legion rückt aus Prinzip niemals Personaldaten heraus. Mit dieser Legende konnten die Stasi-Agenten mühelos plausibel machen, warum ihre Vita erhebliche Lücken aufwies und warum sie die letzten Jahre nirgendwo im Westen mit einer Postadresse gemeldet waren.»

«Unser Mann spricht übrigens perfekt Deutsch, aber mit einem ganz schwachen französischen Akzent.»

«Frau Dix, das Erlernen einer westeuropäischen Fremdsprache bis zur Perfektion gehörte bei Mielkes Elitepartisanen zur Standardausbildung. Ebenso das Antrainieren von diversen Akzenten, Dialekten und Sprachfärbungen. Oder das Einüben unterschiedlicher Handschriften. Sie glauben gar nicht, was die alles trainiert haben. Das wollen Sie gar nicht alles wissen. Es würde Ihnen die Sprache verschlagen.»

«Jetzt machen Sie mich aber neugierig. Außerdem glaube ich nicht, dass mich so schnell was schocken kann.»

«Ich nenne Ihnen mal ein Beispiel, was die außer Töten so alles trainiert haben: zum Beispiel das zielgerichtete und effektive Gewinnen von Sexualpartnern in kürzester Zeit, um sich in der BRD einen sicheren Unterschlupf zu verschaffen.»

«So was kann man trainieren?»

«Offenbar ja.»

Sehr schön formuliert: *das zielgerichtete und effektive Gewinnen von Sexualpartnern in kürzester Zeit.* Antonia Dix ging spontan durch den Kopf, dass dies wohl die geeignete Spezialausbildung für den Kollegen Ludger Beyer gewesen wäre – unterläge Beyer nicht dem Irrtum, darin ohnehin ein Meister zu sein.

«Also könnte Pierre Rocard ...»

«... durchaus identisch mit diesem Harald sein. Aber grau ist alle Theorie, Frau Dix. Die Personalakten dieser strenggeheimen Unterorganisation der Stasi wurden beim Zusammenbruch des Regimes durch den Reißwolf geschickt. Aber vielleicht finde ich dennoch einen Weg, mehr herauszukriegen. Also denn: An die Arbeit. Bis bald, Frau Dix. Ich melde mich wieder.»

Der Himmel lag tief über dem Kylltal wie eine tonnenschwere, alles erdrückende, grau-schwarz melierte Granitplatte. Vorhin, im Wald, hatte Max nur das ferne Grollen gehört. Jetzt, als er die Landstraße nach St. Vith erreichte, sah er den ersten zuckenden Blitz. Max zählte die Sekunden bis zum Donner.

Das Gewitter war noch etwa drei Kilometer entfernt.

Max stapfte weiter.

Bei jedem Schritt spritzte das Wasser vom Asphalt hoch. Der nächste Blitz, größer, heller. Max hatte erst bis zwei gezählt, als Hagelkörner auf ihn niederprasselten. Eine Sekunde später ging der Lärm der prasselnden Hagelkörner im infernalischen Getöse des Donners unter. Der Sturm zerrte an den Bäumen, die das Ufer der Kyll säumten, und peitschte den Hagel durchs Tal.

Die Eiskristalle schnitten ihm durchs Gesicht. Max zog den Kopf ein und marschierte weiter. In keinem der Häuser im Unterdorf brannte Licht. Auch nicht bei Marlene Jeschke. Wahrscheinlich hatten sie alle Angst vor einem Blitzeinschlag. Max bog in Richtung Brücke ab. Die Kyll schäumte in ihrem Bett. Als er die Brücke überquert hatte, bemerkte Max die schlammigen Spuren der grobstolligen Reifen eines Geländewagens auf dem Kopfsteinpflaster. Sie führten in den Hof und wieder hinaus. Aber sie führten nicht zu dem Land Rover, dessen Heck sich schwach im Dunkel der Toreinfahrt zur Werkstatt abzeichnete.

Sein Magen zog sich zusammen.

Die Spuren stammten nicht vom Land Rover.

Der Schlamm stammte von einem fremden Auto.

Max rannte los.

Er rutschte auf der Treppe aus, stolperte und schlug der Länge nach auf die Veranda. Er rappelte sich hoch und öffnete die nie verschlossene Haustür. Er sah in der Wohnküche nach, in ihrem Schlafzimmer, im Bad. Er sprang die Stiege hinauf in den ersten Stock und öffnete dort jede Tür.

Sie war nicht im Haus.

«Anne?»

Sein Rufen ging im ohrenbetäubenden Grollen des Gewitters unter. Die Werkstatt.

Er rannte hinaus und überquerte den Hof.

«Anne?»

Sie konnte ihm nicht antworten. Der ölverschmierte Lappen, mit dem sie gewöhnlich die Zündkerzen des Land Rover reinigte, hinderte sie daran. Er war ihr als Knebel in den Mund gestopft worden, nur ein Rest hing zwischen ihren Lippen heraus wie eine hässliche blauschwarze Zunge. Sie würgte und atmete schwer durch die Nase. Ihre Augen waren vor Entsetzen geweitet und quollen aus den Höhlen hervor. Sie zitterte, und der gewaltige schmiedeeiserne Engel der Apokalypse, auf dessen Kopf sie in zwei Meter Höhe auf Zehenspitzen balancierte, um das Gleichgewicht zu halten, zitterte mit ihr. Der Overall hing ihr in Fetzen vom Leib. Ihr Kopf. Die Haare waren verschwunden. Die rostrote Mähne. Die dicken Locken. Ihr Kopf war kahl geschoren. Sie streckte die Arme senkrecht in die Höhe. Zwischen ihren gefesselten Handgelenken steckte der Haken der Seilwinde des Land Rover. Das gespannte Stahlseil führte noch zwei Meter senkrecht hinauf, über einen T-Träger der Fabrikhalle, und dann im schrägen Winkel hinab bis zu der auf der Stoßstange des Geländewagens montierten Seiltrommel.

Max riss die Fahrertür auf, sprang hinein und startete den Motor, um die Seilwinde bedienen zu können.

Annes Haare waren fein säuberlich über das Lenkrad drapiert. An der Windschutzscheibe klebte ein mit großen, leuchtend roten Buchstaben beschriebenes Blatt Papier.

Antonia Dix verschloss das Fenster und starrte in den gegen die Glasscheibe trommelnden Dauerregen, als Morian die Tür aufriss und mit mürrischem Blick ins Büro stapfte.

«Du bist ja klatschnass.»

«Hast du vielleicht eine Ahnung, wo mein Trenchcoat sein könnte?»

«Ja. Im Cooper.»

«In deinem Wagen?»

«Ja. Auf der Rückbank. Der liegt da noch, seit du dich auf dem Weg zum Flughafen entschieden hattest, ihn doch nicht mit in Urlaub zu nehmen. Was sagt der Ritter?»

«Gar nichts. Der Ritter hat seine Burg fluchtartig verlassen.

Sein Cousin, auf dessen Hof am Niederrhein er untergekrochen war, sagt, dass Friedrich Ludwig Ritter von Berlepsch letzte Nacht Hals über Kopf verschwunden ist. Sein Cousin hörte ihn mitten in der Nacht vom Hof fahren. Der Kleiderschrank im Gästezimmer ist leer geräumt, und seine beiden Koffer sind weg.»

«Der Ritter ist also untergetaucht.»

«Und sein Cousin ist sauer, weil er ihm das Geld für den Dalí geliehen hatte und er das jetzt abschreiben kann. Der Ritter hatte seinen Cousin dazu überredet, indem er ihm eine abenteuerliche Gewinnerwartung in Aussicht gestellt hatte. Das Geschäft seines Lebens. Der Cousin sagt, dass Friedrich Ludwig schon seit Tagen furchtbar nervös war und in Panik geriet, wenn nur das Telefon läutete, und bei jedem Motorengeräusch zusammenzuckte und ans Fenster lief, um nachzusehen, wer auf den Hof fuhr.»

«Hört sich ganz so an, als sei er nicht vor dir geflüchtet, sondern vor dem Mann mit dem Feuermal. Und jetzt?»

«Wir lassen ihn zur Fahndung ausschreiben. Obwohl ich mir nicht viel davon verspreche. Er wird über die Grenze in die Niederlande gefahren sein. Da gibt es noch keine Meldepflicht für Hotels, und da kennt er sich aus. Wenn er in Amsterdam untergetaucht ist, kann es Monate dauern, bis wir ihn finden. Außerdem heißt das noch lange nicht, dass er uns wesentlich mehr sagen kann, als er Hurl schon gesagt hat.»

«Deine Ex-Frau hat übrigens gerade angerufen.»

«Und? Was wollte sie?»

«Gar nichts. Sie sagte, sie sei gestern am späten Abend mit den Kindern aus dem Urlaub zurückgekommen. Sie sagte, du hättest versprochen, sie alle am Flughafen abzuholen. Deine Kinder hätten dich am Samstag auf deinem Handy erreicht und du hättest es ihnen versprochen. Sie haben sich dann am

Flughafen ein Taxi genommen. Liz wollte sich jetzt nur vergewissern, ob mit dir so weit alles in Ordnung sei.»

«Und was hast du ihr geantwortet?»

«Dass du trotz einer Gehirnerschütterung nicht zum Arzt gegangen bist, dass du derzeit einiges um die Ohren hast und dass du mit zunehmendem Alter häufiger etwas zerstreut bist.»

«Vielen Dank für die Blumen!»

«Keine Ursache.»

Verdammt nochmal. Er hatte es tatsächlich vergessen. Obwohl er sich sogar die Flugnummer aufgeschrieben hatte. Wo hatte er bloß den Zettel? War es tatsächlich das Alter? Vielleicht sollte er mal zum Arzt gehen. Nur sicherheitshalber. Blödsinn! Als die Kinder angerufen hatten, war er gerade auf dem Weg von Nürburg zu Sergej nach Köln gewesen, völlig übermüdet und mit wahnsinnigen Kopfschmerzen von Ludwigs teuflischem Trester. Er nahm sich vor, Liz zurückzurufen. Möglichst bald.

Warum eigentlich nicht sofort?

In diesem Augenblick stürmte Oberkommissar Ludger Beyer ins Zimmer und starrte Morian an wie ein Weltwunder.

«Du bist ja klatschnass!»

«Ja, Ludger. Sehr scharfsinnig bemerkt. Schon mal aus dem Fenster geschaut? Es regnet. Es stürmt. Es gewittert. Da draußen geht gerade die Welt unter.»

«Ich hatte noch keine Zeit, aus dem Fenster zu schauen. Ich habe mich nämlich den ganzen Tag dumm und dämlich telefoniert. Wegen deines Phantoms, Antonia. Pierre Rocard. Wo hast du den Namen eigentlich her? Den gibt's nämlich gar nicht.»

«Was heißt das?»

«Das heißt, dass es in den Melderegistern der französischen Behörden keinen Pierre Rocard gibt, auf den unsere Beschreibung passt. Es gibt einen Pierre Rocard in Lyon, der ist aber 86 Jahre alt und an den Rollstuhl gefesselt. Es gibt außerdem einen Pierre Rocard in einem Kaff in der Bretagne, aber der wurde erst vergangenes Jahr eingeschult. Dann gibt's noch den stark übergewichtigen Präsidenten des örtlichen Rugby-Clubs in Chattelerault, wo das auch immer liegen mag. Aber dieser Pierre Rocard ist vor einer Woche mit seiner fünfköpfigen Familie zum alljährlichen Sommerurlaub auf die französische Karibik-Insel Martinique geflogen, versichert mir der Vizepräsident des Clubs, und ich habe keinen Anlass, an seinen Worten zu zweifeln, schließlich ist er der Bürgermeister des Ortes. Und dann gibt's noch den Küchenchef eines ziemlich noblen Restaurants am Boulevard Roux in der Kleinstadt Cholet. Der war übrigens ziemlich sauer, weil ich ihn mit meiner Fragerei mitten in der Vorbereitung eines Fünf-Gänge-Menüs für eine 40-köpfige Hochzeitsgesellschaft gestört habe. Vorsichtshalber habe ich anschließend noch den Chef der Gendarmerie in Cholet angerufen. Der ist in dem Restaurant zufällig Stammgast und konnte mir Pierre Rocards Küche nur wärmstens empfehlen.»

«Das ist alles?»

«Fast.»

Beyer grinste breit.

«Fast?»

«Ja, fast. Das jedenfalls waren die vier Pierre Rocards, die den französischen Behörden als Staatsbürger bekannt sind. Aber dann dachte ich mir, warum denn in die Ferne schweifen, und habe ein bisschen in Köln rumtelefoniert …»

Ludger Beyer genoss die Aufmerksamkeit, die Antonia ihm zuteilwerden ließ. Nur zog er daraus die falschen Schlüsse. Antonia war nämlich kurz davor zu explodieren.

«Ludger, mach's nicht so spannend.» Selbst Morian verlor

jetzt die Geduld, auch wenn er beeindruckt war, was Beyer in kürzester Zeit erreicht hatte. Im Gegensatz zu ihm und Antonia sprach der Drogenfahnder fließend Französisch.

«Es gibt da noch einen fünften Pierre Rocard, der in Frankreich offiziell gar nicht existiert. Aber hier. In Köln-Chorweiler. Ich habe mit der Hausverwaltung gesprochen. In einem dieser Betonklötze bewohnt ein Mensch namens Pierre Rocard seit Februar 2004 ein Apartment und zahlt jeden Monat pünktlich seine Miete, die vom Konto einer Security-Firma in Straßburg per Dauerauftrag überwiesen wird. Die Firma in Straßburg existiert allerdings nur auf dem Papier, wie mir die französischen Kollegen versichern. Eine Briefkastenfirma. Die waren so nett und sind mal schnell bei der Straßburger Adresse vorbeigefahren: In dem winzigen Büroraum über einem Laden für gebrauchte Waschmaschinen steht nicht einmal ein Schreibtisch.»

«Und der Mieter der Wohnung in Köln? Wie sieht der aus? Hast du eine Personenbeschreibung?»

«Ende vierzig, schlank, sportliche Erscheinung. Ihr wisst ja, wie das so ist in diesen gesichtslosen Legebatterien in Chorweiler. Keiner kennt den Nachbarn, und alle paar Wochen ziehen Leute ein und wieder aus. Der Hausverwalter hat diesen Pierre Rocard in den dreieinhalb Jahren nur zweimal gesehen. Aber er schwört, das Gesicht vergisst man nie, wenn man es einmal gesehen hat.»

«Weshalb?»

«Weshalb, Antonia? Wegen des Feuermals.»

Er hielt sie in den Armen, vielleicht eine halbe Stunde lang, vielleicht auch eine Stunde, bis das Zittern nachließ. Sie sagte die ganze Zeit kein Wort. Er gab ihr ein großes Glas warmer Milch mit Honig, er ließ ihr ein Bad ein und machte ihr, während sie badete, ein Rührei mit Schinken. Er ließ sie nicht aus den Augen, während sie in ihrem Bademantel am Küchentisch saß und aß, langsam und bedächtig, als bereite ihr das Schlucken große Schmerzen. Erst als sie das Rührei zur Hälfte aufgegessen hatte und den Teller zur Seite schob, hob sie den Kopf.

«Er hat mich nicht angerührt. Das war die ganze Zeit meine größte Angst gewesen. Aber er hat mich nicht ...»

Max nickte und nahm ihre Hand.

«Max ... ich glaube, er hat mir den Overall nur zerschnitten, um dich zu schockieren. Mit der Drahtschere, die auf der Werkbank lag. Damit hat er mir auch die Haare ... und dann ist er kurz weg, rüber ins Haus, und kam mit deinem Rasierzeug zurück. Es hat ihm Spaß gemacht, dein Rasierzeug dafür zu benutzen.»

«Anne ...»

«Ich konnte mich nicht rühren, ich konnte mich nicht wehren, ich konnte nicht mal schreien. Er hatte mich gefesselt und geknebelt, bevor er ...»

Max stand auf, ging um den Tisch, nahm sie erneut in den Arm und legte seine Wange auf ihren kahlen Kopf. Dann trug er sie in ihr Schlafzimmer, legte sie behutsam ins Bett, deckte sie zu und hielt ihre Hand, bis sie eingeschlafen war. Später schlich er aus dem Zimmer, setzte sich auf die Veranda und dachte nach. Das Gewitter war nach Osten weitergezogen. Auch der Regen hatte nachgelassen. Max nahm eine Zigarette aus Annes Packung auf dem Tisch. Seine Hände zitterten. Er nahm einen tiefen Zug. Dann erst entknüllte er den Zettel, der an der Windschutzscheibe des Land Rover geklebt und den er ungelesen in seine Hosentasche gestopft hatte:

Du hast mich bitter enttäuscht. Ausgerechnet du. Der Dalí hatte uns beiden gehört, so wie alles andere. Du hattest kein Recht, etwas aus unserem Erbe wegzugeben, ohne mich zu fragen. Dies hier ist dir hoffentlich eine Warnung. Dabei habe ich bisher alles nur für uns beide getan. Ich habe dich sogar gerächt. Nimm die Landstraße nach St. Vith und folge dem Weg, der in der dritten Rechtskurve in den Wald führt. Dann siehst du, was ich meine. Alles nur, damit wir endlich Genugtuung für das erlittene Unrecht erfahren. Zu spät. Du hast meine Anweisungen missachtet. Du hast versucht, meine Pläne zu durchkreuzen. Du bist nicht länger mein Bruder. Du hast es nicht verdient, mein Bruder zu sein.

Von nun an bist du mein Feind.

Sie musste weg von hier.

Er hatte solche Angst um sie.

Du Schwein.

Du verdammtes Schwein.

Was drängst du dich in mein Leben?

In das meiner Familie?

Er hatte die Zigarette noch nicht ganz aufgeraucht, als er ein vertrautes Motorengeräusch vernahm, das durch das Kylltal rasch näher kam. Wenig später rollte der Mustang Shelby über die Brücke und in den Hof. Hurl stieg aus dem Wagen, grinste breit und streckte sich ausgiebig.

«War mir zu langweilig am Strand.»

Dann fiel Hurls Blick auf den ausgebrannten Stingray.

«Was war denn hier los?»

Zwei Minuten nach Beginn der Tagesschau stürmte eine Einheit des Kölner SEK die Drei-Zimmer-Wohnung im achten Stock des Hochhauses 5 am Liverpooler Platz in Chorweiler. Die Ramme durchbrach exakt in dem Moment die Wohnungstür, als zwei der fünf Beamten, die sich vom Flachdach des Mietshauses abgeseilt hatten, mit ihren Stiefeln voran durch die Fenster in Küche und Schlafzimmer brachen, während ihre drei Kollegen auf dem Balkon landeten und die Maschinenpistolen in Anschlag brachten.

Perfektes Timing.

Nur war niemand zu Hause.

Morian konnte sich ein Kopfschütteln nicht verkneifen, als das SEK-Team endlich abrückte und er zusammen mit Erwin Keusen die Wohnung durch die völlig ramponierte Tür betrat. Das hatte er denen in Köln doch gleich gesagt. Natürlich war niemand zu Hause. Das hätte man auch weniger spektakulär mit dem Hausmeister oder mit dem Schlüsseldienst regeln können.

Aber Köln war fremdes Hoheitsgebiet. Er hatte den korrekten Dienstweg über Staatsanwältin Ulrike Strehle nehmen müssen, um eine Wohnungsdurchsuchung zu erwirken, und die hatte die Kölner Staatsanwaltschaft um Amtshilfe bei der Erwirkung eines richterlichen Beschlusses und der Einschaltung der Kölner Polizei ersucht. Von da an war alles einen behördlichen Weg gegangen, den Morian nicht mehr kontrollieren konnte.

Das Kölner Präsidium verfügte im Gegensatz zum Bonner Präsidium über ein SEK. Da war man nun mal für jeden Einsatz als willkommene Ernstfallübung dankbar.

Die spartanisch und anscheinend komplett aus dem Ikea-Katalog möblierte Wohnung wirkte eigentümlich steril und unbewohnt. Der Kühlschrank, dessen Tür einen Spalt weit offen stand, war leer und abgeschaltet. Die Stecker des Fernsehers im Wohnzimmer, des Radioweckers im Schlafzimmer und des Radios in der Küche waren aus den Steckdosen gezogen, der Hauptschalter des Elektroherdes im Sicherungskasten war ausgeschaltet. Im Papierkorb unter dem Schreibtisch lag kein Stück Papier, und im Abfalleimer unter der Spüle gab es keinen Abfall. In den Küchenschränken fanden die Kriminaltechniker des Kölner Erkennungsdienstes etwas Geschirr, aber keine Lebensmittel.

Und keinen einzigen Fingerabdruck.

«Du wirst es nicht glauben», sagte Erwin, als er zu Morian auf den Balkon trat, der jetzt genauso von Glassplittern übersät war wie der Fußboden in der Wohnung. «Aber die Kölner Kollegen haben keinen einzigen Fingerabdruck gefunden. Entweder hat der hier nur mit Gummihandschuhen hantiert, oder er ist ein Putzfreak. Oder beides. Kannst du dich noch an diesen durchgeknallten Typen erinnern, der nur masturbieren konnte, wenn er dabei Gummihandschuhe trug? Den wir letztes Jahr … Hey! Grandioser Ausblick! Was ist das denn da unten für ein See?»

«Der Fühlinger See. Und gleich hinter der Ruderregattastrecke, das sind die Ford-Werke. Und gleich hinter Ford, das ist der Rhein. Und siehst du die Autobahnen? Die A1, die A59, und die A3, die nur sieben Kilometer weiter südlich die A4 kreuzt. Ach ja, und in unserem Rücken haben wir noch die A57. Wenn ich jemals in die Verlegenheit käme, eine konspirative Wohnung in Köln anmieten zu müssen … die hier würde ich sofort nehmen. Hast du die Namen unten auf den Briefkästen gelesen?»

«Ja. Außer Rocard nur Türken und Russen. Explosive Mischung. Hat hier in der Nähe nicht auch dieser Islamistenführer mit seinen heiligen Kriegern residiert?»

«Metin Kaplan? Ja. Gleich um die Ecke. In der Osloer Straße. Auch so ein anonymer Betonklotz. Allahs Krieger und russische Jugend-Gangs. Mit Chorweiler haben sich die Kölner Stadtplaner wirklich ein prächtiges Denkmal gesetzt.»

«Wenigstens haben wir ein paar DNA-Spuren. Das Badezimmer war zwar ebenfalls auf Hochglanz gewienert, aber unter dem Rand der Kloschüssel war unser Franzose doch etwas nachlässig gewesen. Außerdem haben die Kollegen den Siphon unter dem Waschbecken aufgeschraubt und ein paar Haare gefunden. Jetzt musst du also diesen Pierre Rocard nur noch schnappen …»

«… und wir können mit deinen DNA-Spuren beweisen, dass er tatsächlich hier gewohnt hat. Was alleine schon ein furchtbares Verbrechen ist. Lass uns endlich abhauen, Erwin.»

Sie nahmen den Aufzug.

Im Erdgeschoss ging Erwin voraus und hielt die Haustür auf.

Morian blieb wie angewurzelt stehen.

«Was ist, Josef?»

«Der Briefkasten, Erwin.»

Erwin Keusen schlug sich mit der flachen Hand gegen die Stirn, als müsste er sich für seine Nachlässigkeit selbst bestrafen. Er ließ die Haustür von innen zufallen. Dann kramte er in den zahllosen Taschen seiner Weste, bis er fand, was er suchte. Eine halbe Minute später hatte er das Schloss geöffnet.

Im Briefkasten lag ein weißes DIN-A4-Blatt. Morian zog sich die Latexhandschuhe über, obwohl er ahnte, wie überflüssig das auch dieses Mal sein würde. Dann zog er das Blatt heraus und las:

Pure Zeitverschwendung. Sie sollten sich besser auf den Schauplatz meiner großen Offensive konzentrieren.

Unter dem Text war ein Papierschnipsel auf das weiße Blatt geklebt. Nicht größer als eine Zwei-Euro-Münze, ausgefranst an den Rändern, als wäre er mit der Hand ausgerissen statt mit der Schere ausgeschnitten worden.

Morian hatte seine Lesebrille auf seinem Schreibtisch im Büro des Präsidiums vergessen.

«Erwin, schau mal. Kannst du was erkennen?»

Keusen drückte den Schalter der Deckenbeleuchtung, beugte sich über das Blatt und kniff die Augen zusammen.

«Da steht: Pure Zeitverschwendung. Sie sollten sich besser auf den Schauplatz meiner ...»

«Erwin, ich bin noch nicht blind. Den Text kann ich selber lesen. Ich meine das angeklebte Dings darunter.»

«Sieht aus wie eine Landkarte. Das hat jemand aus einer Landkarte gerissen, würde ich mal sagen. Ziemlich detailliert, der Maßstab. Eins zu 25 000, tippe ich mal grob. Aber das müsste ich mir nachher im Büro mal mit der Lupe genauer ...»

In diesem Moment klingelte Morians Handy.

«Ja?»

«Josef? Antonia hier. Keine gute Nachricht. Die Euskirchener Kollegen. Sie sind seit zwei Stunden bei Jürgen Bauermanns Mutter in Roggenrath. Wie vereinbart. Aber Jürgen Bauermann ist nicht aufgetaucht. Er geht auch nicht an sein Handy. Dann haben sie bei Brandesser angerufen. Der hat sich gleich mit seinem Organisationsleiter in seinem Berliner Büro in Verbindung gesetzt. Und der hat gesagt, er hat Bauermann schon früher von der Messe zurückgeschickt. Weil alles wesentlich schneller als erwartet erledigt war und sie ihn nicht länger benötigten. Jürgen Bauermann hätte eigentlich schon um die Mittagszeit mit dem leeren Kühlwagen in Roggenrath eintreffen müssen.»

Morian lehnte sich mit dem Rücken an die Briefkästen.

«Josef? Bist du noch dran?»

«Gib ihn und den Wagen sofort zur Fahndung raus. An alle Autobahnpolizeistationen zwischen hier und Berlin. Und die Euskirchener Polizei soll die Landstraßen von der Autobahnausfahrt bis nach Roggenrath abfahren. Hast du verstanden?»

«Natürlich habe ich verstanden. Sonst noch was?»

«Nein.»

«Wird sofort erledigt. Bis später.»

Morian drückte die rote Taste.

Keusen starrte ihn verständnislos an.

Sonst noch was? Morian fiel nichts ein. Ihm fiel im Moment überhaupt nichts mehr ein. Das war das Schlimmste.

Es war nicht einfach gewesen, Anne davon zu überzeugen, Hurl nach Köln zu begleiten. Aber in Hurls Dojo wäre sie absolut sicher. Und es war nicht einfach gewesen, Hurl davon zu überzeugen, ihn jetzt alleine zu lassen.

Max winkte ihnen nach, als der Shelby vom Hof rollte. Er wartete, bis das Motorengeräusch des Achtzylinders im Kylltal verebbt war. Dann drückte er die Zigarette im Aschenbecher aus, nahm Hurls Taschenlampe und den Revolver, den Hurl ihm überlassen hatte, stieg in den Land Rover und fuhr in die entgegengesetzte Richtung.

Nach einer Viertelstunde bog er in den Waldweg ein.

Es wurde schlagartig dunkel. Der dichte Wald schluckte jedes natürliche Restlicht. Er schaltete das Fernlicht ein und schob das Seitenfenster auf. Die tiefen Schlaglöcher ließen den Lichtkegel tanzen. Er fuhr Schritttempo. Schlammbraunes Wasser spritzte aus den Pfützen gegen die Windschutzscheibe.

Nach drei Kilometern entdeckte er den Kühlwagen.

Er stand im rechten Winkel zum Waldweg auf einer Lichtung, die kaum größer war als der Lastwagen selbst.

Max nahm die Taschenlampe und den Revolver vom Beifahrersitz des Land Rover und stieg aus.

Der Motor des Kühlwagens lief noch. Über das Auspuff-rohr unter der Hecktür war ein Schlauch gestülpt.

Das vordere Ende des Schlauchs verschwand durch einen Schlitz im Seitenfenster ins Innere des Führerhauses. Der Schlitz war von außen mit Packband abgedichtet.

Als Max schließlich die Motorhaube erreicht hatte, richtete er den Lichtkegel der Taschenlampe auf die Frontscheibe.

Jürgen Bauermann war mit Handschellen an das Lenkrad gefesselt. Seine Handgelenke waren ganz blutig. Er hatte offenbar mit aller Gewalt versucht, dem Tod zu entgehen. Erbrochenes klebte an seinen Mundwinkeln, an seinem Kinn und auf seinem durchgeschwitzten Hemd. Vermutlich hatte er sich in seiner Panik übergeben und war an seinem Erbrochenen erstickt, noch bevor ihn das Kohlenmonoxid töten konnte. Mit wundroten aufgerissenen Augen starrte er Max an, als könne er immer noch nicht fassen, was mit ihm geschehen war.

An der Tür hing ein Schild: *MONTAG RUHETAG*. Max probierte die Klinke. Die Tür war nicht verschlossen.

Die Kneipe stank nach kaltem Rauch, verschüttetem Bier und Essigreiniger. Der Fußboden war noch feucht, die Stühle hingen kopfüber von den vier Tischen. Aus der Musikbox dröhnte Marianne Rosenberg. *Er gehört zu mir.* Die beiden Toilettentüren am Ende des schlauchartigen Schankraums standen weit offen. Max erkannte die Frau wieder, die ihm den Rücken zukehrte, während sie die Kloschüssel in der Damentoilette schrubbte. Sie hatte die schlecht blondierten Haare hochgesteckt. Statt der goldfarbenen Stilettos trug sie jetzt Turnschuhe, dazu die engen, verblichenen Jeans, die er bereits zu kennen glaubte, aber dazu diesmal kein bauchfreies

384

Top, sondern ein schlabberiges pinkfarbenes T-Shirt und außerdem grüne Gummihandschuhe, die fast bis zu den knochigen Ellbogen reichten. Ihr Schmuck lag auf der Theke, neben einem Schlüsselbund und einem zur Hälfte geleerten Bierglas, an dessen Rändern der Schaum klebte.

Max zog den Stecker der Musikbox aus der Wand.

Die Reaktion aus der Toilette ließ nicht lange auf sich warten.

«Eeeeeeh! Mach sofort die Musik wieder an!»

In der Tür hinter der Theke erschien der Wirt. Er hatte den Mund voll und kaute. Aber seine erschrockenen Augen sagten genug. Max stöpselte den Stecker der Musikbox wieder ein.

«Sie hat recht. Ist besser, wenn die Nachbarn nicht mitkriegen, wie du gleich schreist wie am Spieß.»

Mit einer Geschwindigkeit, die Max dem übergewichtigen Mann nicht zugetraut hatte, verschwand der Wirt wieder durch die Tür. Max setzte über die Theke, erwischte ihn noch kurz vor dem Ende des Flurs und stieß ihn durch die Küchentür. Der Wirt landete bäuchlings auf dem mit Rechnungen und Essensresten übersäten Tisch. Max beugte sich über ihn, bis zu dem vor Schmerz verzerrten Gesicht, und flüsterte ihm ins Ohr:

«Was hat er dir gezahlt?»

«Ich weiß nicht, wovon …»

Eine winzige Korrektur der Handwurzel genügte.

«Hören Sie auf. Sie brechen mir ja die …»

«Was hat er dir gezahlt?»

«Ich habe Schulden. Die Brauerei sitzt mir im Nacken …»

«Das war keine Antwort auf meine Frage.»

«Fünftausend Euro.»

«Und die Gegenleistung?»

«Ihn jedes Mal anrufen, sobald ich Sie da draußen durch die

Gasse vorbeimarschieren sehe. Oder einer der Gäste an der Theke etwas über Sie erzählt. Ich kriege hier automatisch viel mit, das lässt sich gar nicht vermeiden. Manchmal ruft er auch an, und dann soll ich ins Unterdorf fahren und gucken, ob der Land Rover auf dem Hof steht oder nicht. Es gibt da eine Stelle im Wald, da kann man das ganze Gelände überblicken.»

«Wo ist er?»

«Keine Ahnung.»

«Noch einmal: Wo ist er?»

«Ich weiß es wirklich nicht. Das tut weh. Sind Sie verrückt? Er muss irgendwo im Wald sein. Irgendwo auf der anderen Seite der Kyll. Irgendwo da oben im Wald.»

«Wie haltet ihr Kontakt?»

«Nur telefonisch.»

«Welche Nummer?»

«Er wechselt sie jeden Tag. Er ruft morgens an und gibt die neue Nummer für den Tag durch.»

«Wie kam der Handel zustande?»

«Eines Morgens lag das Geld in einem Umschlag in meinem Briefkasten. Eine halbe Stunde später rief er an.»

«Du kennst ihn also nicht?»

«Doch, natürlich. Die Stimme. Na klar kenne ich Pierre. Der hat doch früher für den Brandesser gearbeitet.»

Max ließ ihn los, verließ die Küche, nahm sich an der Theke ein halbwegs sauberes Glas, fand im Kühlschrank eine noch ungeöffnete Flasche Mineralwasser, füllte das Glas bis zum Rand, nahm sein Handy und wählte Morians Nummer. Morian war beim zweiten Läuten dran. Max beschrieb ihm den Weg zum Kühlwagen mit Jürgen Bauermanns Leiche und außerdem die Adresse der Gaststätte, während Marianne Rosenberg und die Frau mit den Gummihandschuhen *Fremder Mann* im Duett sangen. Max leerte das Glas in einem Zug, während der Wirt in der Tür zum Schankraum erschien und sich das schmerzende Handgelenk rieb. Fast hätte Max sich verschluckt, als er losbrüllte:

«Hör verdammt nochmal mit dem Gekreische auf! Du kannst nicht singen, und du wirst es auch nie lernen!»

«Halt dein dummes Maul, du alter Sack!»

Dann sang sie weiter.

Max stellte das Glas in die Spüle. «Deine Tochter?»

Der Wirt schüttelte den Kopf. «Wenn sie meine Tochter wäre, hätte ich sie schon längst in der Kyll ersäuft.»

«Das Ersäufen von missliebigen Personen scheint in dieser Gegend enorm populär zu sein.»

«Was? Keine Ahnung, wovon Sie reden. Ich bin nicht von hier. Ich habe die Kneipe erst vor fünf Jahren gepachtet.»

«Von wem?»

«Brandesser. Von wem sonst?»

Klar, von wem sonst. Dämliche Frage. Max wusste jetzt zwar immer noch nicht, in welcher Beziehung die Frau zu dem mindestens zwanzig Jahre älteren Mann hinter der Theke stand, aber es interessierte ihn auch nicht weiter.

Ihn interessierte etwas anderes.

«Die Telefonnummer.»

«Was?»

«Bist du schwerhörig? Die aktuelle Telefonnummer.»

«Niemals. Ich bin doch nicht lebensmüde.»

Max ging in die Küche und durchwühlte den Müllberg auf dem Tisch, bis er das Handy fand. Er verglich auf dem Display die Liste der zuletzt gewählten Rufnummern mit der Liste der letzten angenommenen Anrufe. Dann drückte er die Wahlwiederholung.

«Was gibt's? Wo steckt er?»

«Hier. In der Kneipe. Komm doch auf ein Bier vorbei. Damit ich dir die widerliche Fresse polieren kann, du Schwein. Ich kriege dich, darauf kannst du dich verlassen.»

Max unterbrach die Verbindung, warf das Handy zurück auf den Tisch und verließ die Küche. Der Wirt stand wie angewurzelt hinter der Theke und starrte ihn mit halbgeöffnetem Mund und vor Angst geweiteten Augen an.

Max öffnete die Tür zur Straße. Bevor er die Kneipe verließ, drehte er sich noch einmal um. «Vielleicht wäre es gesünder für dich, Roggenrath für ein paar Tage zu verlassen.»

Der alte Brandesser-Hof lag wie ausgestorben da. Keine Menschenseele zu sehen. Aber als Antonia Dix aus dem Cooper stieg, wurde die Tür des Wohnhauses geöffnet. Eine Frau von etwa Mitte dreißig wischte sich die Hände an der Kittelschürze trocken, während sie Antonia in einer Mischung aus Misstrauen und Angst beobachtete. Antonia setzte ein beruhigendes Lächeln auf, das ohne Wirkung blieb. Die Frau verzog weiterhin keine Miene, als sich Antonia Dix dem Wohnhaus näherte. Sie hatte ihr langes brünettes Haar zu einem Pferdeschwanz gebunden. Die strenge Frisur verstärkte ihre slawischen Gesichtszüge. Die hohen, ausgeprägten Wangenknochen und die großen, leicht schräggestellten Augen ließen keinen Zweifel an ihrer Herkunft und erklärten vielleicht ihre Zurückhaltung.

«Guten Tag. Ist ganz schön abgekühlt, nicht wahr?»

Die Frau reagierte nicht.

«Wurde ja auch höchste Zeit nach der Dauerhitze. Und der Regen hat den Feldern sicher gutgetan. Wohnen Sie hier?»

Die Frau zögerte, dann nickte sie.

«Mein Name ist Antonia Dix. Ich bin Polizistin. Keine Sorge, ich bin nicht von der Ausländerpolizei. Es geht um den Mordfall Karl Hillesheim. Verstehen Sie, was ich sage?»

Die Frau nickte erneut.

«Ich würde mir gern sein Zimmer anschauen.»

«Da war aber schon die Polizei. Letzte Woche. Mit dem Doktor. Haben sich alles angeschaut und sind wieder gefahren.»

«Welcher Doktor?»

«Dr. Brandesser.»

«Natürlich. Das waren Kollegen von mir. Aber ich würde mir gerne selber nochmal ein Bild machen.»

Die Frau schaute sich nervös um. Aber da war niemand, den sie um Rat hätte fragen können.

«Sind Sie alleine?»

«Ja. Alle draußen auf dem Feld. Ich mache Mittagessen.»

«Verstehe. Also? Darf ich reinkommen? Es dauert auch nicht lange. Und es bleibt unser Geheimnis.»

«Vielleicht ich muss besser den Doktor anrufen.»

«Woher kommen Sie?»

«Kasachstan.»

«Und die anderen, die hier arbeiten?»

«Auch Kasachstan.»

«Dann wäre der Doktor vielleicht sauer, wenn er erfährt, dass die Polizei hier war und nun weiß, dass hier ...»

Sie begriff schnell. Sie unterbrach Antonia mitten im Satz, indem sie einfach wieder im Haus verschwand und die Tür offen ließ. Antonia trat ein und verschloss die Haustür. Ein langer Flur. Es roch nach gekochtem Kohl.

Antonia fand die Frau in der Küche. Sie drehte ihr den Rücken zu und schälte Kartoffeln.

«Sagen Sie mir noch, wo das Zimmer ist?»

«Letzte Tür rechts. Er konnte nicht mehr Treppen steigen.»

«Danke.»

Die Tür war unverschlossen. Im Zimmer war es stockdunkel. Antonia tastete nach dem Lichtschalter. Die 60-Watt-Birne der Deckenleuchte tauchte das Zimmer in ein unangenehm grelles Licht. Karl Hillesheims Zimmer war nahezu quadratisch und vielleicht vier mal vier Meter groß. Ein schmales Bett, ein Nachttisch, ein Kleiderschrank, eine Kommode, ein Tisch, zwei Stühle, gleich neben der Tür ein Waschbecken, darüber ein Alibert-Spiegelschrank zum Aufbewahren von Medikamenten und Toilettenartikeln. Alle Möbel waren deutlich älter als Antonia. Auch die gemusterte, seidig schimmernde Tapete.

Antonia öffnete das Fenster und stieß die verschlossenen Läden weit auf. Hügelige Weiden, auf denen Milchkühe grasten.

Sie machte sich an die Arbeit.

Nach einer halben Stunde wusste sie, dass Karl Hillesheim drei Paar Schuhe besessen hatte. Sie kannte seine Strümpfe, seine langen baumwollenen Unterhosen, seine Hemden, seine Pullover, seine beiden Arbeitshosen sowie seinen schwarzen Anzug für feierliche Anlässe wie Schützenfeste und Beerdigungen. Aber sie hatte nichts gefunden, was Aufschluss über sein Leben gab. Keinen Schuhkarton mit vergilbten Fotos, keine persönlichen Briefe, nicht mal eine Ansichtskarte. Keine Bücher, lediglich eine abgegriffene Schulbibel in der Schublade des Nachttisches.

Im Kleiderschrank hatte sie einen Aktenordner gefunden, in den er seinen Rentenbescheid, seine Geburtsurkunde, Briefe von der Krankenkasse und ein Glückwunschschreiben des Landrats zu seinem 80. Geburtstag abgeheftet hatte. Der Brief vom Landrat war zerrissen und mit Tesafilm repariert, als hätte er ihn, als er ihn vor zwei Jahren erhielt, schon wegwerfen wollen und es sich dann doch anders überlegt; als habe er erst im hohen Alter, zwei Jahre vor seinem Tod, erstmals den Wunsch verspürt, der Nachwelt ein Zeugnis seiner Identität zu hinterlassen.

Antonia Dix fing nochmal von vorne an. Sie hob die Ma-

tratze aus dem Bettrahmen, sie tastete jede einzelne Holz-
diele nach einem Hohlraum im Fußboden ab, sie rückte die
Kommode von der Wand ab und schließlich auch noch, indem sie sich auf den Fußboden setzte und die Füße gegen die
Seitenwand stemmte, den Kleiderschrank. Nichts. Entweder
hatte schon jemand gründlich aufgeräumt, oder aber Karl
Hillesheim war ein Mensch gewesen, der nichts von dokumentierten Erinnerungen hielt.

Nichts zu machen.

Sie war schon im Flur, als ihr einfiel, dass sie vergessen
hatte, die Fensterläden wieder zu schließen. Erst als sie erneut das Zimmer verlassen wollte und im Hinausgehen die
Hand nach dem Lichtschalter ausstreckte, bemerkte sie den
Spalt zwischen der Wand und dem Alibert-Schrank.

Dass der Spiegelschrank über dem Waschbecken ganz
schwach geneigt war, die oberen Dübelschrauben im Gegensatz zu den unteren Schrauben nicht bis zum Anschlag in der
Wand versenkt waren, konnte man lediglich aus dieser Perspektive wahrnehmen, wenn man schon halb zur Tür hinaus
war und genau in diesem Moment nach rechts schaute.

Sie tastete die Lichtleiste über den drei Spiegeltüren ab.

Ein Stück Kordel lag da.

Sie zog vorsichtig daran, Zentimeter für Zentimeter.

Das andere Ende der knapp zwanzig Zentimeter langen
Kordel war mit Klebeband an einem Umschlag befestigt.
Einem braunen DIN-A4-Umschlag mit Papprückwand. In der
Küche pfiff der Dampfkochtopf. Antonia setzte sich aufs
Bett. Behutsam löste sie die beiden messingfarbenen Draht-
klemmen und ließ den Inhalt des Umschlags auf das schnee-
weiße Plumeau rutschen.

Ein Foto.

Schwarzweiß, allenfalls doppelt so groß wie ein Passfoto,
mit einer weißen, gezackten Umrandung. Das Foto war auf

dem Hof entstanden, auf dem jetzt Antonias Wagen parkte. Das Anwesen hatte sich in mehr als einem halben Jahrhundert äußerlich kaum verändert. Mitten auf dem Hof standen zwei Menschen. Den einen erkannte Antonia sofort wieder, obwohl sie ihn nur ein einziges Mal gesehen hatte: als 82-jährigen Toten im Erste-Klasse-Krankenzimmer der Bonner Uni-Klinik. Falsch: Sie hatte Karl Hillesheim noch ein zweites Mal gesehen; auf einem Farbfoto, das die Familie Brandesser auf Bitten der Kripo für die Ermittlungen zur Verfügung gestellt hatte, aufgenommen an Hillesheims 70. Geburtstag, als die Firma eine kleine Feier für den treuen Knecht ausgerichtet hatte, aufgenommen in dem Moment, als Dr. Walther Brandesser ihm einen Blumenstrauß überreichte.

Das schon leicht vergilbte Schwarz-Weiß-Foto, das sie jetzt in ihren Händen hielt, war wesentlich älter. Der jüngere der beiden Männer war unverkennbar Karl Hillesheim. Aber als Jugendlicher in kurzen Hosen. Er trug eine Heugabel in der Hand. Die abstehenden Ohren, die schiefe Nase, das Grübchen im Kinn, die herabhängenden Mundwinkel; nur die Falten fehlten. Seltsam, wie manche Menschen ihr Aussehen ein Leben lang kaum veränderten. Wie alt mochte er da gewesen sein, als das Foto entstand? 16 oder 17 vielleicht. Auf keinen Fall älter.

Der zweite Mensch auf dem Foto war ein Mann von etwa Mitte dreißig. Er hatte gönnerhaft die linke Hand auf Karl Hillesheims Schulter gelegt, den rechten Daumen ins Koppelschloss gehakt, den Rücken gestrafft, das Kinn gehoben. Der Mann lachte in die Kamera. Er trug Uniform: ein Hemd mit Krawatte und Rangabzeichen auf dem Kragenspiegel, lederner Schulterriemen, Armbinde mit Hakenkreuz, außerdem Breecheshosen und schwarzlederne Reitstiefel. Auch wenn das Schwarz-Weiß-Foto keine Farben zeigte, war sich Antonia sicher, dass es sich um die braune Uniform der SA handelte. Außerdem war sich Antonia sicher, dass der Mann neben Hillesheim Franz Brandesser sein musste, auch wenn die Zigarre und der Ochsenziemer fehlten. Vielleicht hatte er sich diese beiden Insignien seiner Macht erst zugelegt, als er im Frühjahr 1945 die Uniform ausziehen musste.

Antonia drehte das Foto um.

Schade. Die Rückseite war unbeschriftet.

Ein weiteres Foto. Etwas größer und in Farbe. Die unnatürlich schrillen Farben, wie sie die ersten Color-Filme für die Fotoapparate der Nachkriegszeit erzeugt hatten. Zwei junge, attraktive Männer, beide schätzungsweise Anfang bis Mitte zwanzig. Der eine trug eine Sonnenbrille und einen cognacfarbenen Wildlederblouson zum weißen Hemd mit offenem Kragen. Er war offenbar der Eigentümer des feuerroten Karmann Ghia mit den schicken Weißwandreifen. Sein rechter Arm ruhte besitzergreifend auf der offenen Fahrertür, während die linke Hand auf der Schulter des zweiten jungen Mannes im ölverschmierten Blaumann lag. Die flachen, schmucklosen Gebäude im Hintergrund gehörten zweifellos zum alten Fahrerlager der Nürburgring-Nordschleife.

Diesmal hatte sie mit der Rückseite mehr Glück. Jemand hatte dort mit Bleistift die Namen der Abgebildeten notiert:

Dr. Walther Brandesser und Jupp Maifeld

Der Sportwagenfahrer und sein Monteur.

Auch wann dieses Foto gemacht wurde, ließ sich annähernd eingrenzen: in der zweiten Hälfte der fünfziger Jahre. Denn der Karmann Ghia war erst 1955 auf den Markt gekommen; das wusste Antonia ganz genau, weil Erwin Keusen mal einen Karmann Ghia der ersten Generation besessen und jede freie Minute daran herumgeschraubt hatte. Und Ende

1959 hatte Jupp Maifeld seinen Job am Nürburgring gekündigt, um sich in Köln selbständig zu machen.

Antonia Dix legte das Foto zurück aufs Plumeau und nahm sich den Rest aus dem Umschlag vor.

Deutsche Bundesbahn, zwei Fahrkarten und zwei Platzkarten, D-Zug zweiter Klasse, Köln Hbf – Hamburg-Altona. Ausgestellt am 22. Dezember 1959 am Fahrkartenschalter des Kölner Hauptbahnhofs. Außerdem eine Fahrkarte und eine Platzkarte in umgekehrter Richtung, ausgestellt am 23. Dezember 1959 am Fahrkartenschalter des Bahnhofs Hamburg-Altona. Zwei Menschen waren also zwei Tage vor Heiligabend 1959 zusammen nach Hamburg gefahren, aber nur einer von ihnen war am nächsten Tag nach Köln zurückgekehrt.

Antonia legte die Fahrkarten und die Platzkarten aufs Plumeau und machte weiter.

Zwei Zettel, kariertes Papier, aus einem Spiralblock gerissen. Auf jedem der beiden Zettel stand eine mit Bleistift notierte Adresse. Die ungelenke Handschrift ließ darauf schließen, dass der Schreiber nicht viel Übung darin hatte.

Abendroth-Haus
Ehem. Magdalenenstift 1821 gegr. für verführte
und gefallene Mädchen
Hamburg (Bramfeld? Wandsbek?)
Taxi vom Bahnhof!!!

Auf dem zweiten Zettel stand:

Das Rauhe Haus
Rettungsanstalt von 1833
für sittlich verwahrloste
und verwaiste Kinder
Hamburg-Horn (3 km? 6 km?)

Ein drittes Foto, ebenfalls in den schrillen Farben der späten Nachkriegszeit. Auf der Rückseite stand nichts.

Das Foto war leicht unscharf und überbelichtet und zeigte eine Krankenschwester, die ein schlafendes Neugeborenes mit auffällig dichtem pechschwarzem Haar im Arm hielt.

Antonia stockte der Atem.

Sie wusste, wer das Baby war.

Der Säugling trug ein Feuermal. Es zog sich von der Haarwurzel über die halbe Stirn und umrahmte das linke Auge.

Es tat so gut, ihre Stimme zu hören.

«Wie geht es dir?»

«Miserabel. Ich bin nämlich frustriert. Warum hast du mich nicht vorgewarnt, wie gut Hurl Schach spielt? Von fünf Partien hat er vier gewonnen. Und ich werde den Verdacht nicht los, dass er mich beim vierten Mal nur gewinnen ließ, damit ich überhaupt noch bereit war, eine fünfte Partie mit ihm zu spielen.»

«Ich liebe dich, Anne.»

«Und ich liebe dich, Max. Und ich vermisse dich so sehr. Ansonsten geht es mir gut. Ich habe gut geschlafen ... in deinem Bett. Das Bettzeug roch nach dir. Ich kann dich so gut riechen, mein Lieber. Noch schöner wäre es natürlich, dich jetzt bei mir zu haben und dich anfassen zu können.»

«Bald ...»

«Ich weiß. Hurl kümmert sich übrigens ganz rührend um mich. Heute Nachmittag will er mir ein paar Tricks zeigen.»

«Was für Tricks?»

«Na, wie ich mich in Zukunft besser verteidigen kann.»

«Das ist gut.»

Max ahnte, was Hurl vorhatte. Das war seine Spezialität.

Seine Form von Therapie. Er würde ihr im Dojo ein Stück ihres verlorenen Selbstvertrauens zurückgeben.

«Ich habe übrigens gerade mit deiner Tochter telefoniert.»

«Mit Vera?»

«Hurl telefonierte gerade mit seinem Handy. Ich hoffe, das war nicht zu eigenmächtig von mir, einfach abzuheben, als dein Telefon klingelte. Sie ist sehr nett, deine Tochter. Sie wollte nur wissen, wie es dir geht, und Bescheid geben, dass sich ihr Flug etwas verschiebt. Bei ihrem Bruder ändert sich nichts, hat sie gesagt. Ich habe alles aufgeschrieben. Dann haben wir noch etwas geplaudert. Sie ist wirklich sehr nett.»

«Danke. Natürlich habe ich nichts dagegen, wenn du an mein Telefon gehst. Aber es ist im Moment zu gefährlich, Anne. Lass es das nächste Mal bitte einfach klingeln, wenn Hurl nicht rangehen kann. Du weißt, wie ich das meine ...»

«Das hat Hurl auch gesagt. Er hat sogar mit mir geschimpft. Nicht doll. Aber ihr habt ja recht.»

«Ich muss jetzt Schluss machen, Anne. Ich muss zurück. Morian will gleich vorbeikommen.»

«Wo bis du denn gerade?»

«Ich? In der Nähe vom Oberdorf. Ich muss ja ein bisschen rumfahren, um mit dem Handy Empfang zu kriegen.»

«Grüß deine Mutter von mir. Sag ihr, ich komme bald mit dir zum Grab, um sie zu besuchen.»

Diese Frau verblüffte ihn immer wieder. Woher wusste sie, dass er auf dem Friedhof war?

«Mach ich. Ich rufe dich wieder an. Ruh dich bitte aus.»

«Ja.»

«Versprichst du mir das?»

«Ja. Hurl wird heute Abend zu dir kommen.»

«Was? Auf keinen Fall! Er soll bei dir bleiben. Gib ihn mir mal.»

Schweigen. Tuscheln.

Offenbar deckte sie die Sprechmuschel mit der Hand ab, damit er nicht hören konnte, was sie zu Hurl sagte.

«Max? Hörst du, Max? Hurl will jetzt nicht mit dir reden. Er sagt, zum Reden habt ihr heute Abend noch genug Zeit, wenn er zu dir kommt. Max, mir ist es ebenfalls lieber so, wenn Hurl bei dir ist. Der alte Chinese ist die ganze Zeit hier und rührt sich nicht vom Fleck. Hurl sagt, er ist effektiver als eine ganze Armee. Ich habe die beiden heute Morgen heimlich beim Training beobachtet, und seitdem weiß ich, Hurl hat absolut recht damit. Außerdem kommen gleich noch zwei Landsleute des Alten, zwei seiner chinesischen Schüler, und quartieren sich hier ein. Mir kann also überhaupt nichts passieren. Aber ich mache mir weniger Sorgen, wenn ich weiß, dass du da draußen nicht alleine bist.»

«Anne, ich will nicht, dass …»

«Keine Widerrede. Und jetzt lass deinen Freund Morian nicht warten. Bis bald, mein Lieber. Ich küsse dich.»

Die Leitung war tot.

Max warf einen letzten Blick auf das Grab seiner Mutter, dann verließ er den Friedhof, stieg in den Land Rover und steuerte ihn durch den Wald zurück ins Tal.

Heimlich beim Training beobachtet?

Hurl und der Sifu waren tatsächlich nett zu ihr. Denn es war schlechterdings unmöglich, die beiden heimlich zu beobachten, ohne dass sie es bemerkten.

Als er in Annes Wohnküche Kaffee machte, fiel sein Blick auf die Ablage neben der Spüle. Dort lag immer noch der geladene Revolver, den Hurl ihm gegeben hatte. Draußen auf dem Hof war das müde Brummen eines altersschwachen Motors zu hören. Unverkennbar Morians Volvo. Max öffnete die Besteckschublade und ließ Hurls Revolver darin verschwinden.

Morian hatte die Veranda noch nicht erreicht, als hinter seinem Rücken Antonias Cooper beim Zurückschalten nervös aufheulte, über das Kopfsteinpflaster der Brücke rumpelte und schließlich neben seinem Volvo parkte. Morian drehte sich um und ging ihr über den Hof entgegen, obwohl genau in diesem Augenblick der Regen wieder einsetzte und dicke, fette Tropfen auf seinen Kopf klatschten und bis in den Hemdkragen rannen.

«Antonia, liegt mein Trenchcoat immer noch bei dir im Wagen? Den habe ich diese Nacht echt vermisst.»

Antonia beugte sich zurück in den Wagen und griff über den Fahrersitz in den Fond.

«Hier! Vielleicht solltest du dir mal bei Gelegenheit was Neues zulegen. Das Teil sieht jedenfalls genauso alt und schäbig aus wie dein Volvo. Wie steht's da draußen?»

«Da draußen kann man den ermittlungstechnischen Albtraum besichtigen. Das Unwetter hatte sowieso schon die meisten Spuren rund um den Tatort vernichtet, und was noch übrig war, haben die Anfänger von der Einsatzhundertschaft der Bereitschaftspolizei zertrampelt. Ich habe nicht die geringste Ahnung, wer die angefordert hat.»

«Vermutlich die Strehle, um sich wichtigzumachen.»

«Die streitet sich da draußen übrigens gerade mit ihrem Kollegen von der Aachener Staatsanwaltschaft über die Zuständigkeit für diesen Fall. Aachen ist zwar geographisch gesehen tatsächlich zuständig, aber die Strehle argumentiert natürlich, dass man den Fall Bauermann nicht von den beiden Bonner Mordfällen abkoppeln dürfe. Nur macht sie das in ihrer gewohnt arroganten Art so ungeschickt, dass der Aachener Kollege auf stur schaltet.»

«Aber wir bleiben doch …»

«Eben! Der Fall wird ja in Wahrheit gar nicht abgekoppelt, weil nach wie vor die Bonner Mordkommission zuständig ist, wenn auch jetzt nicht mehr die Bonner Staatsanwalt-schaft.»

«Diese arrogante Kuh!»

«Aber das ist noch nicht alles: Die für die Absperrung der Zufahrt zuständigen Uniformierten aus Euskirchen wollten die Fledermaus nicht zum Tatort durchlassen, weil der Doc seinen Ausweis auf seinem Schreibtisch in der Rechtsmedizin vergessen hatte. Das dauerte dann eine Weile, bis sich einer aus der Trachtengruppe bequemte, aus dem trockenen, sauberen, kuscheligen Streifenwagen zu steigen und durch den feuchten, ungemütlichen Wald zu stapfen, um uns mitzuteilen, dass vorne auf der Landstraße einer steht, der aussieht wie eine Fledermaus, aber behauptet, Dr. Ernst Friedrich von der Bonner Rechtsmedizin zu sein. Und mittendrin in diesem morastigen Open-Air-Irrenhaus irrt Erwin mit seinen weißen Gespenstern herum und ist einem Nervenzusammenbruch nahe. Wenn Erwin bewaffnet wäre, hätte er vermutlich schon längst Geiseln genommen. Das Einzige, was die Fledermaus bisher feststellen konnte, ist die vorläufige, noch inoffizielle Todesursache.»

«Und?»

«Jürgen Bauermann ist in Panik an seinem Erbrochenen erstickt, noch bevor ihn die Abgase töten konnten.»

«Was für ein grausamer Tod. Du weißt, du wirst sterben, und du weißt, du kannst nichts dagegen tun, weil du mit Handschellen ans Lenkrad gefesselt bist. Nur wenige Zentimeter von dir entfernt, jenseits des Fensterglases, wartet das Leben.»

«Ein grausamer Tod, ein grausamer Mörder.»

«Und dieser Kartenausschnitt, den ihr im Briefkasten der Wohnung in Chorweiler gefunden habt?»

«Erwin hat ihn tatsächlich identifizieren können. Der Schnipsel zeigt den ungefähr neun Quadratkilometer großen

Ausschnitt eines Waldgebiets westlich von Roggenrath. Jenseits der Kyll. Westlich des Tals. So ziemlich genau der Dschungel, der hier gleich hinter der linken Fabrikruine beginnt. Allerdings lässt sich auf der Karte nichts weiter ablesen, als dass es sich um Mischwald handelt, die Topographie extreme Höhenunterschiede aufweist und die höchste Erhebung 589 Meter über dem Meeresspiegel liegt. Kein Haus, keine Höhle, rein gar nichts.»

«Und was machen wir jetzt, Josef?»

«Wir lassen das gesamte Terrain durchkämmen, sobald die Einsatzhundertschaft mit dem Tatort fertig ist. Wenn wir sie sowieso schon mal hierhaben …»

«Damit die wieder sämtliche Spuren zertrampeln?»

«Hast du vielleicht eine bessere Idee, Antonia? Neun Quadratkilometer. Das ist eine Menge. Wir halten eine SEK-Einheit in Bereitschaft. Sollte die Einsatzhundertschaft etwas finden, sind die ruck, zuck mit ihren Hubschraubern zur Stelle. Und vorher lassen wir das Gelände von Hubschraubern sondieren, bevor wir die Grünschnäbel da hinaufschicken.»

«Dann hoffen wir mal, dass keiner von den Jungspunden den Helden spielen will, bevor die SEK-Truppe zur Stelle ist. Ich werde das Gefühl nicht los, dass uns dieser Kerl ständig nach seiner Pfeife tanzen lässt. Der spielt doch mit uns.»

«Fehlt nur noch, dass wir jetzt hier vor verschlossenen Türen stehen, weil Max nicht da ist. Ich brauche nämlich ganz dringend ein Klo und einen Kaffee.»

«Kaffee ist fertig. Das Klo ist hinter der ersten Tür rechts.»

Max lehnte in der offenen Haustür und gab sich Mühe, ein unbekümmertes Gesicht aufzusetzen.

«Guten Morgen, ihr beiden. Kommt endlich rein. Jo, macht es dir etwas aus, vorher deine Schuhe auszuziehen?»

Morian sah an sich hinab und bemerkte erst jetzt, dass er

sich seine Halbschuhe völlig ruiniert hatte. Das Leder war voll Wasser gesogen und von einer dicken Schlammschicht bedeckt. Er folgte der Aufforderung, obwohl er es hasste, auf Socken herumzulaufen. Warum deponierte er nicht endlich mal so wie Antonia ein Paar Gummistiefel im Kofferraum?

«Antonia? Auch Kaffee?»

Antonia schüttelte geistesabwesend den Kopf.

«Was anderes? Ein Mineralwasser vielleicht?»

«Gute Idee. Ja, gerne.» Sie sah zu, wie Max in der Küche hantierte und schließlich ein Tablett auf dem Tisch abstellte.

«Schön hier, Max. Sehr schön sogar. Die Wohnung einer kreativen Frau. Wie geht es ihr?»

«Es geht. Sie hält sich erstaunlich tapfer.»

«Das kommt erst später, Max. Sie hat ihre Seele verkapselt, um sich zu schützen. Das kann noch Tage dauern, bis die Erinnerung erstmals wieder bis ins Bewusstsein vordringt.»

Antonia wusste, wovon sie redete. Seit ihr vor zwei Jahren dieser psychopathische Stalker in ihrer Wohnung aufgelauert hatte. Sie wartete, bis Morian aus dem Badezimmer zurückgekehrt war, dann erst kippte sie den Inhalt des Umschlags, den sie in Karl Hillesheims Zimmer gefunden hatte, auf den Küchentisch.

«Kann sich jemand einen Reim darauf machen?»

Antonia beobachtete die beiden Männer. Sie sahen beide müde aus. Müde und alt und ausgebrannt. Jede Spannkraft schien über Nacht aus ihren Körpern gewichen zu sein. Morian betrachtete die Fotos, während Max sich die beiden Zettel mit den Adressen ansah. Schließlich schob Morian das Foto mit dem Karmann Ghia quer über den Tisch.

«Max, der junge Mann rechts, das ist doch dein ...»

Er unterbrach sich mitten im Satz und hätte sich ohrfeigen mögen. Schließlich hatte er selbst erst vor vier Tagen Max die Nachricht überbracht, dass Jupp Maifeld nicht sein Vater war.

Antonia überspielte die Situation:

«Der andere Mann ist zweifellos Walther Brandesser. Max, sagen dir die Adressen auf den beiden Zetteln etwas?»

«Nein. Keine Ahnung.» Max vermied es, sie anzusehen. Er vertiefte sich in das Foto mit der Krankenschwester und dem Neugeborenen. Das wirkte nicht gerade liebevoll, wie sie den Säugling dem Fotografen präsentierte. Als habe das hässliche Feuermal den Säugling bereits zum Aussätzigen gestempelt und ihm jedes Recht auf Liebe genommen.

«Max, bist du sicher?»

«Antonia, ich sagte doch bereits, ich kann mit diesen Hamburger Adressen nichts anfangen.»

«Stimmt: Beide Einrichtungen sind in Hamburg!»

«Antonia, ich habe noch nie in meinem Leben von einem Abendroth-Haus für verführte und gefallene Mädchen oder von einem Rauhen Haus für verwahrloste und verwaiste Kinder irgendetwas gehört oder gesehen. Bist du nun zufrieden?»

«Aber du findest es offenbar erwähnenswert, dass die beiden Adressen Hamburger Adressen sind.»

«Antonia, was soll das? Ist das ein Verhör?»

«Nein. Nur der Versuch, sämtliche Informationen zu sammeln, die helfen könnten, einen dreifachen Mörder zu schnappen, bevor dieser Irre vielleicht auf die Idee kommt, noch ein paar weitere Menschen umzubringen!»

Sie zuckte zusammen, als Morian mit der flachen Hand auf den Tisch schlug. «Könnt ihr jetzt bitte aufhören, euch zu streiten? Ich habe die ganze Nacht noch kein Bett gesehen und schon alleine deshalb keine Lust auf diesen Kindergarten. Max, du kennst die Spielregeln. Ich habe sie dir vorgestern am Telefon erklärt: Entweder du legst alle Informationen auf den Tisch, oder ich finde einen Weg, dich aus dem Spiel zu nehmen. Ist das so weit klar? Und du, Antonia: Wir wissen nicht, ob der Mann mit dem Feuermal irre ist oder einfach nur ein abgebrühter Killer. Und solange wir nicht einmal seine Identität …»

«Stopp, Josef. Das wollte ich dir gerade erklären. Wir wissen inzwischen alles über ihn.»

«Was wissen wir? Was weißt du, was ich nicht …»

«Ich konnte es dir noch nicht sagen. Du warst schon auf dem Weg zum Tatort, als gestern Abend die beiden E-Mails eingingen. Die eine kam von meiner Psychologin beim Landeskriminalamt. Ich hatte sie gestern Morgen per E-Mail kurz noch einmal auf den aktuellen Stand der Ermittlungen gebracht. Ich hatte gar nicht damit gerechnet, dass sie noch am selben Tag antwortet. Hat sie aber, die Gute.»

«Und? Was hat sie herausgefunden?»

«Ich lasse mal das ganze Fachchinesisch weg und fasse zusammen: Sie geht fest davon aus, dass sich eine seit seiner Kindheit vorhandene, vermutlich aber nie diagnostizierte psychische Störung durch die langjährige Tätigkeit als Stasi-Agent wesentlich verschärft und verfestigt hat. Die permanente Geheimnistuerei, das Leben als Einzelgänger mit ständig wechselnden Identitäten, das ständige Verleugnen seines wahren Ich … all das war wohl nicht gerade förderlich für seine ohnehin schwer angeschlagene seelische Gesundheit. Der Fall der Mauer zog ihm dann endgültig den Boden unter den Füßen weg. Sein bisheriges Leben, seine Identität, all das geriet im buchstäblichen Sinn in den Reißwolf. Materiell kam er zwar wieder auf die Beine, als Sicherheitsberater namens Pierre Rocard, aber seine Seele schlug da bereits mit Riesenschritten den Fluchtweg in die Psychose ein. Meine Psychologin sagt, der Mann ist jetzt völlig unberechenbar. Seine nächsten Schritte sind für uns nicht mehr kalkulierbar. Er fühlt sich von der ganzen Welt betrogen, sogar von seinem eigenen Bruder, von Max …»

«Ich bin nicht sein Bruder!»

«... er sieht sich als unfehlbar in seinem Urteil, er sieht sich stets im Recht, er ist zudem krankhaft rachsüchtig, und er will alle vernichten, die er für sein verpfuschtes Leben verantwortlich macht. Oder die ihm bei seinem Rachefeldzug im Weg stehen. Seine bisherige Lebens- und Berufserfahrung hat ihm das Gefühl der Unbesiegbarkeit und der Unverwundbarkeit vermittelt. Gepaart mit seiner inzwischen ausgebrochenen Psychose ist das eine teuflische Mischung. Er hat keine Angst um sein Leben. Es ist ihm egal, was am Ende mit ihm geschieht. Er ordnet alles seinem heiligen, selbstgerechten Rachefeldzug unter. Er nimmt auch den eigenen Tod billigend in Kauf. So eine Art erweiterter Suizid, wenn ich das richtig deute, was hier steht. Die Psychologin sagt, dass auch du, Max, jetzt in höchster Gefahr schwebst. Denn du hast ihn verraten, du hast ihn betrogen, und das wird er dir niemals verzeihen. Mit dem dramatisch inszenierten Mord an Bauermann wollte er dir ein letztes Mal demonstrieren, dass er mal auf deiner Seite stand. Als du es noch verdient hattest. Aber jetzt ...»

Max sprang auf. Morian packte ihn am Handgelenk.

«Max, setz dich gefälligst wieder hin. Das alles ist doch nicht Antonias Meinung. Sie versucht dir doch nur klarzumachen, wie dieser Kerl denkt. Antonia, schön und gut, aber die Analyse deiner Psychologin beruht auf der Prämisse, dass an dieser Stasi-Theorie was dran ist und dass Harald und Pierre ein und dieselbe Person sind. Aber das ist noch gar nicht bewiesen.»

«Doch, das ist es inzwischen, Josef. Damit kommen wir zur zweiten E-Mail. Ich gebe zu, dass ich die Psychologin zuvor auch mit Spekulativem gefüttert hatte. Aber seit gestern Abend ist das alles keine Spekulation mehr. Seit mir gestern Abend die gute Frau Dr. Henriette Michalsky geantwortet hat. Sie hat sich wirklich eine Heidenarbeit gemacht. Unglaublich. Wie gesagt: Die offiziellen Personalakten dieser Stasi-Spezialeinheit, von der ich dir erzählt hatte, wurden beim Zusammenbruch des SED-Regimes gleich in den Reißwolf geschickt. Aber sie hat in detektivischer Kleinarbeit die alten, damals dezentral gelagerten Akten der Ausbildungslager mit den Benotungen der Lehrgangsteilnehmer des fraglichen Zeitraums durchkämmt. Es gab damals nämlich so eine Art Stasi innerhalb der Stasi, also eine Truppe, die künftige Agenten noch während der Ausbildung noch einmal gründlich auf ihre Linientreue und auf ihre Vergangenheit durchcheckte.»

«Die haben sich also auch noch gegenseitig bespitzelt?»

«So ist es, Josef. Vor allem diejenigen Stasi-Leute, die im Westen eingesetzt werden sollten, wurden genauestens unter die Lupe genommen. Aus panischer Angst davor, sie könnten später im Westen zu Doppelagenten umgedreht werden. Anschließend hat Frau Michalsky alte Spesenabrechnungen durchforstet, die von Agenten, die im Westen unterwegs waren, bei der Stasi-Buchhaltung abgegeben worden waren. Sie hat sich außerdem die Akten über die in der DDR versteckten ehemaligen RAF-Terroristen vorgenommen. Denen hat man natürlich ebenso wenig über den Weg getraut wie den eigenen Bürgern und sie deshalb ständig observieren lassen. Und schließlich fand sie noch eine sehr aufschlussreiche Akte über die logistische und waffentechnische Unterstützung von Neonazis in der BRD ...»

«Die Stasi hat westdeutsche Neonazis unterstützt?»

«Josef, die Stasi hat so ziemlich alles unterstützt, was dem imperialistischen Westen möglicherweise schaden konnte. Im Krieg geht es nicht um Moral. Und die Stasi wähnte sich in einem permanenten Krieg. Gegen die feindlichen Imperialisten und gegen das eigene Volk. Am Ende hat Frau Michalsky ein Raster über die gesammelten Informationen gelegt und nach passenden Schnittmengen gesucht. Bingo!»

Morian, der gerade dabei gewesen war, Unmengen Zucker in seinen zweiten Kaffee unterzurühren, zog in Zeitlupe den Löffel aus dem Becher, als befürchtete er, jedes noch so geringfügige Geräusch könnte das Erinnerungsvermögen seiner Mitarbeiterin trüben. Max riss unterdessen der Geduldsfaden:

«Mach's nicht so spannend, Antonia.»

«Harald und Pierre sind tatsächlich ein und dieselbe Person. Seit dem Fall der Mauer und dem Zusammenbruch des SED-Regimes ist der Mann mit dem Feuermal allerdings nur noch der in Köln lebende gebürtige Belgier, ehemalige Fremdenlegionär und französische Staatsbürger Pierre Rocard ... eine Identität, die er früher, als DDR-Agent, oft benutzt hatte, die ihm längst zur zweiten Haut geworden war. Auf diese Identität war er regelrecht abgerichtet, inklusive des schwachen französischen Akzents. Seine alte, seine wahre Identität wurde wie die so vieler anderer Agenten rechtzeitig ausgelöscht, unmittelbar bevor das auf den Straßen demonstrierende Volk die Berliner Stasi-Zentrale stürmte. Frau Michalsky hat sogar eine alte Ost-Berliner Klinikakte aufgetrieben, in der ein gescheiterter Versuch dokumentiert ist, das Feuermal per Laserbehandlung zu entfernen. Sie wunderte sich zwar zunächst, dass ein so unübersehbares körperliches Erkennungsmerkmal wie dieses Feuermal auf der Stirn nicht das sofortige Aus-Kriterium für eine Karriere als Geheimagent bedeutete, aber unser Harald-Pierre muss wohl über ganz besondere Fähigkeiten verfügt haben, die das wettmachten: Skrupellosigkeit, Linientreue, exzellente Noten während der Ausbildung, herausragende Fachkenntnisse auf dem Gebiet der Kommunikationstechnik. Ferner das Fehlen jedes ostdeutschen Akzents und das kostbare Talent, sich ganz selbstverständlich und ungezwungen im Westen bewegen zu können. Kein Wunder auch, als waschechter Wessi ...»

«Das heißt, er ist in Westdeutschland ...»

«... geboren und aufgewachsen. Ja, Josef. Frau Michalsky schreibt übrigens, es sei ganz erstaunlich, wie viele Wessis im Lauf der Jahrzehnte den Versuch unternahmen, rüber ins Arbeiter-und-Bauern-Paradies zu machen. Aus den unterschiedlichsten Motiven. Kriminelle, die sich der Strafverfolgung der westdeutschen Behörden entziehen wollten. Pleitiers auf der Flucht vor ihren Schulden und ihren Gläubigern. Leute, die aus allen möglichen Gründen ihr komplettes bisheriges Leben aus ihrem Gedächtnis streichen wollten, mal eben Zigaretten holen gingen, um dem Leistungsdruck in der Firma oder ihrem Privatleben zu entfliehen, der Ehefrau oder den Unterhaltszahlungen. Natürlich gab es auch ein paar überzeugte Kommunisten, die an eine bessere, eine gerechtere Welt glaubten. Im Westen hängte man das natürlich nicht an die große Glocke, ebenso wenig wie man damals im Osten mit den DDR-Flüchtlingen Reklame machte.»

«Dieser ... Pierre ... ist also hier im Westen geboren ...» Max sprach mit belegter Stimme, bis sie ihren Dienst ganz versagte. Er räusperte sich, er kratzte sich am Kopf, er knetete seine Hände, als sträubte sich alles in ihm, der Wahrheit ins Gesicht zu sehen. Antonia kramte den mehrseitigen Ausdruck der E-Mail aus der Seitentasche ihrer Hose und entfaltete das Papier.

«Ja, Max. Am 25. März 1960 im Hamburger Abendroth-Haus für verführte und gefallene Mädchen. Er ist also nur ein paar Monate älter als du. Vater unbekannt. Gleich nach der Geburt wurde er zur Adoption freigegeben. Aber wegen des hässlichen Feuermals wollte ihn wohl niemand haben. Also landete das entstellte Baby im Kinderheim. 13 Jahre später kam Harald ins Rauhe Haus vor den Toren Hamburgs. In die sogenannte Rettungsanstalt für verwahrloste Kinder hatte man ihn gebracht, weil er als extrem schwierig galt. Und gewalttätig. Einem Mitschüler hatte er die Nase gebrochen, nachdem er wegen des Feuermals gehänselt worden war, einem anderen den Arm. Ein Einzelgänger, der zu Gewaltausbrüchen neigte, hochintelligent, aber ein miserabler Schüler, unkonzentriert und undiszipliniert. Noch bevor er strafmündig wurde, hatte er schon vier Einbrüche auf dem Kerbholz. Aber im Rauhen Haus scheint er sich dann doch halbwegs gefangen zu haben. Er machte dort jedenfalls seinen Hauptschulabschluss, anschließend absolvierte er eine Lehre als Fernmeldetechniker bei der Bundespost. Die Prüfung schloss er als Jahrgangsbester ab. Mit 18 ging er dann zur Bundeswehr und verpflichtete sich gleich für vier Jahre.»

«Das alles wusste die Stasi über ihn?»

«Und noch viel mehr, Josef.» Antonia vertiefte sich wieder in ihre Papiere. «Nach dem Grundwehrdienst beim Fernmeldebataillon in Gerolstein … das ist übrigens gar nicht weit weg von hier … kam er zum militärischen Abhördienst der Bundeswehr in Bad Neuenahr, also nur einen Katzensprung vom Verteidigungsministerium auf der Bonner Hardthöhe entfernt. Das hieß offiziell natürlich anders: Amt für Nachrichtenwesen oder so ähnlich.»

«Zurück zum Thema, Antonia.»

«Josef, ich bin schon die ganze Zeit beim Thema. 1981, in seinem vierten Dienstjahr, wurde er vorzeitig entlassen, weil er eines Abends in der Kantine einen Vorgesetzten krankenhausreif geprügelt hatte. Seine Kameraden mussten ihn damals von dem bereits blutüberströmten Oberfeldwebel wegzerren, sonst hätte er ihn wohl noch totgeprügelt. Der Oberfeldwebel verzichtete übrigens auf eine Strafanzeige. Vermutlich auf Druck von oben. Er hatte damals in der Kantine wohl einige Biere zu viel getrunken und im Kreis der Kameraden Harald beleidigt, indem er seine Mutter als Hure bezeichnete und damit prahlte, mit ihr im Bett gewesen zu sein.

Da rastete Harald völlig aus. Mit der Karriere des Oberfeldwebels war es dann aber ebenfalls bald vorbei.»

«Was ist aus ihm geworden?»

«Aus wem?»

«Aus dem Oberfeldwebel.»

Verfluchter Mist. Darauf hätte sie selbst kommen müssen. Ein weiteres potenzielles Opfer.

«Ich kläre das sofort, Josef. Müsste ja über die Personalabteilung des Bundesverteidigungsministeriums rauszukriegen sein. Max, kann ich mal eben das Festnetztelefon benutzen? Mein Handy kriegt hier überhaupt keinen Empfang…»

«Tut mit leid. Es gibt hier kein Telefon.»

«Wie bitte?»

«Ich sagte, es gibt in diesem Haus kein Festnetztelefon. Weil Anne kein Telefon braucht.»

«Ich glaube es nicht. Ist das denn zu fassen? Max, wir leben im 21. Jahrhundert. Josef, dann mache ich mich wohl besser mal gleich auf den Weg zurück ins Präsidium.»

«Ja. Die werden dir ohne offizielle Fax-Anfrage mit Briefkopf sowieso keine Auskunft geben. Wir müssen diesen ehemaligen Oberfeldwebel schleunigst ausfindig machen. Bevor der Irre ihn ausfindig macht. Anschließend rufst du die beiden von Karl Hillesheim notierten Hamburger Adressen an und überprüfst die Angaben deiner Wissenschaftlerin aus der Birthler-Behörde. Aber lass vorher noch schnell den Rest hören.»

«Den Rest?»

«Den Rest der Biographie.»

«Okay. Nachdem die Bundeswehr Harald rausgeworfen hatte, ging er nach Köln, nahm sich dort ein Zimmer und arbeitete als Rausschmeißer in einer Diskothek. Nicht lange. Da hatte er schon die erste Anzeige wegen Körperverletzung am Hals. Seinen Job war er wieder los. Am Tag, als er die Vorladung zur Vernehmung im Kölner Präsidium im Briefkasten vorfand, stieg er in den Zug nach West-Berlin, löste ein Tagesvisum für den Ost-Sektor und kam nicht mehr zurück. Den Rest kennt ihr.»

«War seine Mutter tatsächlich eine Prostituierte?»

«Ich habe keine Ahnung. Und Frau Dr. Michalsky hat auch nichts Näheres dazu gefunden.»

«Wie hieß die Mutter eigentlich?»

«Jeschke. Marlene Jeschke.»

«Wo wohnt sie heute? Lebt sie überhaupt noch?»

«Das muss ich noch rauskriegen, Josef. Ich kann nicht alles auf einmal ... Was ist los, Max? Wo willst du hin?»

Max war aufgestanden und hatte bereits die Haustür geöffnet.

«Nichts», sagte er, ohne sich umzudrehen. «Ich muss nur mal dringend frische Luft schnappen.»

Dann fiel die Tür ins Schloss.

Antonia sprang auf, um ihm nachzulaufen.

«Bleib hier, Antonia. Lass ihn.»

«Josef, ich glaube, er ist irgendwie sauer auf mich.»

«Quatsch.»

«Ich will ihm doch gar nichts.»

«Er kriegt sich schon wieder ein.»

«Ich könnte jetzt doch einen Kaffee vertragen.»

Sie fand einen Becher im Oberschrank über der Spüle. Als sie auf der Suche nach einem Löffel die Besteckschublade öffnete, sah sie den Revolver. Morian folgte ihrem Blick, registrierte ihren ernsten Gesichtsausdruck, erhob sich vom Stuhl, schaute ebenfalls in die Schublade, nahm den Revolver und ließ ihn in der Außentasche seines Trenchcoats verschwinden.

«Ich denke, wir machen uns an die Arbeit, Antonia. Kümmere dich darum, dass die Euskirchener Polizei hier rund um die Uhr einen Streifenwagen auf dem Hof postiert.»

«Josef, die drehen schon am Rad, weil sie die Brandesser-Villa rund um die Uhr bewachen müssen.»

«Es kann doch nicht sein, dass Verbrechensbekämpfung am mangelnden Personal scheitert.»

«Wäre aber nicht das erste Mal, Josef.»

«Okay. Dann sorge ich dafür, dass die Einsatzhundertschaft ihre Leitstelle hier mitten auf diesem Hof aufschlägt, solange sie die neun Quadratkilometer Wald da oben durchkämmt.»

«Max wird sicher begeistert sein.»

«Das ist mir völlig egal. Sein Leben ist mir wichtiger als seine Laune. Wo bleibt er überhaupt? So viel frische Luft auf einmal kann doch gar nicht gesund sein.»

Antonia beugte sich über die Spüle und sah aus dem Fenster.

«Erst recht nicht im strömenden Regen. Ich kann ihn übrigens da draußen nirgendwo sehen, Josef.»

Als Max die Tür zum Kiosk aufstieß, war er nass bis auf die Haut. Marlene Jeschke räumte Schulhefte in die Regale.

«Herr Maifeld! Haben Sie denn keinen Schirm?»

«Sie haben mich belogen, Frau Jeschke.»

Das Lächeln in ihrem Gesicht erstarb.

«Frau Jeschke, Sie sind vor 47 Jahren nach Hamburg gefahren, um ein Kind zur Welt zu bringen.»

«Das ist lange her», antwortete sie kraftlos und ließ sich auf einen Hocker hinter dem Tresen fallen.

«Ihr Sohn läuft da draußen Amok und hat bereits drei Menschen getötet. Warum haben Sie mir nicht …»

«Ich habe Sie nicht belogen», entgegnete sie trotzig. Ihre

Stimme klang schwach und brüchig und müde. «Ich habe Ihnen nie die Unwahrheit gesagt. Ich habe Ihnen nur nicht die ganze Geschichte erzählt. Das ist ein Unterschied. Sie haben doch selbst Kinder, Herr Maifeld. Sagen Sie mir bitte ganz ehrlich: Würden Sie Ihren eigenen Sohn ans Messer liefern?»

Jupp Maifeld hatte ihn eiskalt ans Messer geliefert, damals, bei der Stollwerck-Besetzung in Köln.

Aber Jupp Maifeld war nicht sein Vater.

«Mein Sohn bringt keine Leute um, Frau Jeschke. Also stellt sich die Frage erst gar nicht. Wer ist Haralds Vater?»

Sie erhob sich mühsam von dem Hocker.

«Nicht hier. Kommen Sie mit. Könnten Sie bitte den Schlüssel umdrehen, damit wir nicht gestört werden?»

Sie stieg die drei Stufen hinter dem Tresen hoch, öffnete den Sicherungskasten, löschte das kalte Licht der Neonröhre über dem Tresen, anschließend die Leuchtreklame im Schaufenster und verschwand durch den Vorhang.

Max verschloss die Eingangstür und folgte ihr.

Mit hängenden Schultern stand sie mitten in der Wohnküche, lächelte verlegen und zeigte auf die Eckbank.

«Bitte nehmen Sie doch Platz, Herr Maifeld. Ist alles etwas schäbig und altmodisch hier. Aber ich hatte Ihnen ja schon erzählt, dass ich alles vom Vorbesitzer übernehmen musste. Und für neue Möbel fehlte bislang das Geld. So viel wirft der Kiosk …»

«Frau Jeschke, wer ist der Vater?»

Sie setzte sich ihm gegenüber auf einen Stuhl, ganz vorne auf die Kante, als hätte sie nicht vor, dort lange sitzen zu bleiben.

«Ich stamme aus Ostpreußen, Herr Maifeld …»

«Diese Geschichte kenne ich schon!»

«Sie kennen gar nichts, Herr Maifeld. Sie wissen gar nichts.

Sie haben keine Ahnung, was es in den fünfziger Jahren bedeutete, ein protestantisches Flüchtlingsmädchen in der katholischen Eifel zu sein. Ohne Geld. Ohne Familie. Ohne Rechte. Wie eine Leibeigene dem Brotherrn ausgeliefert. Freiwild. Ich war 19, Herr Maifeld. Damals war man erst mit 21 volljährig. Großjährig nannte man das damals. Aber 1959 war ich 19 und sehr naiv und völlig ahnungslos. Und eines Abends ist es dann passiert.»

«Was ist passiert?»

«Er klopfte an meine Zimmertür. Ich hatte eine winzige Dachkammer auf dem Brandesser-Hof, da passten gerade mal ein Feldbett und eine Waschkommode rein. Es war schon spät, sehr spät, kurz vor Mitternacht. Auf einem Bauernhof geht man früh zu Bett und steht früh auf. Ich lag also schon im Bett, als es klopfte. Ich machte auf, natürlich machte ich auf. Er hatte mir Pralinen mitgebracht. Er grinste und legte verschwörerisch den Zeigefinger auf seine gespitzten Lippen, als sei ich sein Komplize. Niemand im Haus sollte uns hören. Er legte die Pralinenschachtel auf die Waschkommode, dann umarmte er mich und schob seine Hand unter mein Nachthemd. Ich konnte riechen, dass er getrunken hatte. Habe ich mich gewehrt? Nicht sehr, Herr Maifeld. Ich hatte Angst. Ich flüsterte, er solle bitte wieder gehen. Aber er ging nicht. Er lächelte nur. Seine Hände waren überall. Sein feuchter Mund klebte an meinem Nacken. Ich sagte ihm, dass ich das nicht möchte. Dass er bitte aufhören soll. Aber das erregte ihn nur noch mehr. Ich versuchte, seine Hände von mir wegzuschieben. Aber er war viel zu stark für mich. Nicht dass Sie denken, er hätte mich geschlagen, um mich gefügig zu machen. Er hat nur ganz einfach meinen Widerstand ignoriert. Aber das war auch nicht sonderlich schwer, denn nennenswerten Widerstand habe ich nicht geleistet. Dafür hatte ich viel zu viel Angst. Ich hatte keine Angst, dass er mir die Knochen bricht oder mich umbringt. Ich hatte einfach nur Angst, dass er mir meine Arbeit und meine Dachkammer wegnimmt und mich vor die Tür setzt, wenn ich mich nicht gefügig zeige. Also habe ich nichts mehr gesagt, habe mich nicht mehr gewehrt, und nur gehofft, dass er bald wieder geht. War es überhaupt eine Vergewaltigung?»

«Wenn er Ihren Willen ignorierte, war das eindeutig eine Vergewaltigung. Zumindest nach heutiger Rechtsprechung.»

«Ja, heutzutage ist vieles anders. Aber die Sexualmoral der Adenauer-Zeit war genauso verlogen wie die der Nazi-Zeit. Nur dass sie sich nach dem Krieg mit dem Katholizismus gepaart hatte. Ist ja auch egal. Ist ja ohnehin längst verjährt.»

«Und der Täter ist längst tot.»

«Tot? Wie kommen Sie darauf?»

«Sie sprechen doch von Franz Brandesser, oder?»

Marlene Jeschke lachte. Sie schien tatsächlich amüsiert. Ihr Lachen klang wie das eines jungen Mädchens.

«Nein, Herr Maifeld. Ich spreche vom Junior. Von Dr. Walther Brandesser. Ich spreche von dem jungen Mann mit den schicken Anzügen und den schicken Schuhen und den schicken Autos, der sowieso jedes Mädchen kriegen konnte, das er haben wollte. Die Weiber rannten ihm doch alle nach, waren ganz verrückt nach ihm. Aber vermutlich fehlte ich noch in seiner Sammlung.»

Damit hatte Max nicht gerechnet.

«Dann ist Harald also Walther Brandessers Sohn?»

«Ja. Sind Sie schockiert?»

«Überrascht.»

«Sie hätten es unserem noblen Herrn Doktor nicht zugetraut, nicht wahr? Niemand hätte es ihm zugetraut. Deshalb durfte es ja auch nicht wahr sein. Außerdem hatte der alte Brandesser mit seinem Walther ganz andere Pläne. Ein mittelloses, ungebildetes, protestantisches Flüchtlingsmädchen als künftige Schwiegertochter? Auf gar keinen Fall. Das hatte mir der Franz Brandesser ganz unmissverständlich klargemacht. Ich spüre heute noch die Ohrfeige, die er mir damals verpasste, um mich mit einem Schlag auf den Boden der Tatsachen zurückzuholen. Und um mir klarzumachen, dass es meine eigene Schuld war. Als der dicke Bauch schließlich nicht mehr zu übersehen war, verbot er mir, das Haus zu verlassen. Damit niemand im Dorf es erfuhr. Vor allem nicht der Pastor. Der Katholizismus war eine Macht in der Eifel, noch mächtiger als der scheinbar allmächtige Herrscher von Roggenrath. Deshalb wollte der Brandesser-Clan unter allen Umständen die wohlanständige Fassade wahren.»

«Was ist dann passiert?»

«Zwei Tage vor Heiligabend fuhr Franz Brandesser mich und den Karl nach Köln. Zum Hauptbahnhof. Ich hatte einen kleinen Koffer dabei, da passte alles rein, was ich besaß. Karl saß in dem altmodischen riesigen Mercedes auf dem Beifahrersitz, ich saß alleine auf der Rückbank. Während der ganzen Fahrt wurde kein einziges Wort gesprochen. Ich hatte keine Ahnung, wo wir hinfuhren. Erst als Franz Brandesser uns am Hauptbahnhof aussteigen ließ, sah ich den Dom. Er war an diesem Tag genauso grau und kalt wie der Himmel. Karl zerrte mich am Ärmel meines Mantels. Wir müssen weiter, sagte er. Keine Zeit, hier dumm in der Gegend herumzustehen. Am Schalter löste er zwei Fahrkarten nach Hamburg-Altona. Das konnte ich hören. Während wir auf dem Bahnsteig auf den Zug warteten, fragte ich ihn, was wir denn in Hamburg machen. Er gab keine Antwort. Er schwieg auch während der Fahrt. Manchmal lächelte er mir zu, aufmunternd, mitleidig. Hinter Osnabrück machte er seinen Rucksack auf, gab mir ein Butterbrot mit Schinken und kaufte mir eine Limonade. Der Karl war eigentlich eine gute Seele. Aber dem alten Brandesser war er bedingungslos ergeben. Ein treuer Knecht.»

«Dann stiegen Sie in Hamburg aus.»

«Ja. Der Karl winkte ein Taxi. Zum Abendroth-Haus, sagte Karl dem Taxifahrer. Der nickte nur und glotzte mich während der Fahrt dauernd durch den Rückspiegel an. Im Abendroth-Haus brachte der Karl mich in ein Büro, da musste ich Papiere unterschreiben. Dann gab der Karl mir die Hand und ging. Wird schon wieder, sagte er zum Abschied. Bis bald.»

«Und dort sind Sie bis zur Geburt geblieben.»

«Ja. Auch noch eine Weile nach der Geburt. Im März kam der Karl wieder. Ich sagte, Karl, die haben mir mein Kind weggenommen. Das ist schon in Ordnung, sagte der Karl. Es ist zur Adoption freigegeben, Marlene. Ich sagte dem Karl, das will ich aber nicht. Ich will das Kind behalten. Da sagte der Karl nur, du hast es doch unterschrieben, als du gekommen bist. Außerdem hast du nichts zu bestimmen. Du bist doch noch minderjährig. Sei doch froh, dass du das Balg endlich los bist.»

Marlene Jeschke erhob sich, füllte den Wasserkessel und stellte den Herd an. Max begriff, dass sie eine Pause brauchte. Sie nahm eine schneeweiße Porzellankanne aus dem Küchenschrank.

«Möchten Sie auch einen Kaffee?»

«Gern, Frau Jeschke. Für wen hatten Sie sich eigentlich so fein gemacht bei Karl Hillesheims Beerdigung?»

Sie lächelte still in sich hinein. Die elektrische Kaffeemühle veranstaltete einen Heidenlärm. Marlene Jeschke rückte zwei dünne Tassen mit Goldrand, zwei passende Untertassen und zwei zierliche Löffelchen, außerdem Zuckerdose und Milchkännchen auf dem Tisch zurecht. Erst als sie den pfeifenden Kessel von der Herdplatte genommen und den ersten Schwall kochenden Wassers in den mit Kaffeemehl gefüllten Filter gegossen hatte, beantwortete sie seine Frage.

«Ich hätte Walther damals auf der Stelle geheiratet. Ja, ich hätte meinen Vergewaltiger geheiratet, ohne auch nur eine Sekunde darüber nachzudenken. Er war 24 und sah blendend aus, dieser studierte Mann von Welt. Er hätte mir ein sorgenfreies Leben beschert. Materiell gesehen. Schließlich hatte ich mich in der Dachkammer ja schon für eine Schachtel Pralinen prostituiert. Oder nicht? Vielleicht werfen Sie mir nun eine materialistische Lebenseinstellung vor, Herr Maifeld. Vielleicht können Sie das nicht verstehen. Vielleicht muss man zu meiner Zeit geboren und aufgewachsen sein, um das zu verstehen. Im Krieg. Vielleicht muss man dafür erlebt haben, was ich als Kind auf der Flucht aus Ostpreußen tagtäglich erleben musste.»

«Ich verstehe.»

«Tun Sie das wirklich? Oder sagen Sie das jetzt nur so daher? Im Grunde meines Herzens betrachte ich mich heimlich immer noch als seine rechtmäßige Ehefrau. Ich hatte mich bei der Beerdigung für Walther fein gemacht, Herr Maifeld. Nur für ihn.»

«Was ist damals mit dem Kind passiert, Frau Jeschke?»

«Man hatte es mir sofort nach der Geburt weggenommen. Ich bekam mein Baby nicht wieder zu Gesicht. Man hatte mir eine Milchpumpe und kalorienreiche Kost gegeben. Ich verfiel in eine tiefe Depression, aber ich funktionierte brav. So wie man es von mir erwartete. Als Karl mich schließlich abholte und wir wieder im Zug in Richtung Köln saßen, da erzählte er mir, dass man das Kind auf den Namen Harald getauft habe und dass eine Adoption jetzt wohl doch mehr Zeit und Geduld verlangte, weil das Kind nun mal völlig entstellt wäre. Durch ein Feuermal. Ja, so nannte er es: völlig entstellt. Ich hätte zwar ahnen können, was das bedeutete: Mein Kind würde nicht bei netten Adoptiveltern aufwachsen, die es lieben würden wie ihr eigenes Kind, sondern in einem Waisenhaus. Aber ich nahm alles nur noch wie durch einen Nebelschleier wahr. Karls Worte drangen an mein Ohr, als müssten sie sich ihren Weg mühsam durch Watte bahnen. Ich war gar nicht mehr bei mir. Karl erzählte auch, dass der alte Brandesser mich zu einem befreundeten Bauern in Belgien bringen würde. Über die Grenze, zu einem belgischen Bauern, den er noch aus der Kriegszeit kenne. Das sei wohl das Beste für alle Beteiligten. Karl versuchte während der ganzen Fahrt, mir das schmackhaft zu machen. Als hätte das für Franz Brandesser irgendeine Rolle gespielt, ob mir seine Pläne gefielen oder nicht. Als wir in Köln ausstiegen und ich den Franz Brandesser sah, wie er da mit seiner dicken Zigarre im Maul hinterm Steuer seines dicken Mercedes saß und wartete, da bin ich weggelaufen. Gerannt, so schnell ich konnte. Der Karl hatte das so schnell gar nicht mitbekommen. Er war damit beschäftigt, meinen Koffer ins Auto zu laden.»

«Sie sind ohne Ihren Koffer abgehauen?»

«Ohne den Koffer, ohne Papiere und ohne Geld.»

«Sie kannten niemanden in Köln. Was haben Sie dann gemacht in der fremden Stadt? Wovon haben Sie gelebt?»

«Ich glaube, das müssen Sie gar nicht alles wissen, Herr Maifeld. Nein, das müssen Sie nicht wissen.»

Max beobachtete die 67-jährige Frau, wie sie die beiden Tassen mit Kaffee füllte. Ihr Gesicht war wie versteinert.

«Frau Jeschke, Sie haben Schicksal gespielt, als Sie mich bei Karl Hillesheims Beerdigung auf dem Waldfriedhof angesprochen haben. Sie hätten das doch gar nicht tun müssen. Aber Sie wollten unbedingt mit mir in Kontakt treten.»

«Was wollen Sie damit sagen, Herr Maifeld?»

«Dass ich jetzt keine Ruhe mehr gebe. Dass ich jetzt alles über Sie und Harald wissen muss.»

Als der junge Beamte der Einsatzhundertschaft plötzlich und unerwartet dem Mann, der an einer Buche lehnte, Auge in Auge gegenüberstand, kam er entgegen Antonias Befürchtung erst gar nicht in die Verlegenheit, den Helden zu spielen. Auch das SEK-Team konnte getrost am Boden bleiben. Stattdessen transportierten die Polizeihubschrauber den Leiter der Einsatzhundertschaft, ferner Staatsanwältin Ulrike Strehle, ihren Aachener Kollegen sowie Josef Morian, Dr. Ernst Friedrich, Erwin Keusen und ein Dutzend seiner Kriminaltechniker hinauf in den Wald.

Fast zeitgleich landete der Rettungshubschrauber mit dem Notarzt auf der Lichtung unweit der höchsten Erhebung. Denn der junge Beamte stand unter einem schweren hypovolämischen Schock. Die Halsvenen kollabierten, der Puls war nicht mehr tastbar, der große, muskulöse Körper zitterte vor Kälte, und aus dem Gesicht des jungen Beamten war abgesehen von den blauverfärbten Lippen jegliche Farbe gewichen.

Kaum vernahm Ulrike Strehle den selbst die frische Waldluft durchdringenden Ammoniakgeruch, ließ sie sich zurückfallen, ließ die Gruppe weiterziehen und blieb auf sicherer Distanz. Mit Genugtuung registrierte sie, wie ihr Aachener Kollege nach zwei Minuten umkehrte und sich seitwärts in die Büsche schlug, um sich vermeintlich unbeobachtet zu übergeben. Sie steckte sich eine Zigarette an und inhalierte tief. Sie hatte Zeit. Sie konnte genauso gut Morian und Keusen zum Hubschrauber zitieren und sich von ihnen Bericht erstatten lassen. Später.

Der Notarzt hüllte den Beamten der Einsatzhundertschaft in eine aluminiumbeschichtete Plane, um den weiteren akuten Verlust an Körperwärme zu stoppen. Die Fledermaus stapfte an ihnen vorbei und würdigte den jungen Mann in der Plane keines Blickes. Dr. Ernst Friedrich würde nie begreifen, was die Leute immer für ein Theater veranstalteten, sobald sie in engeren Kontakt mit dem natürlichen Kreislauf der Natur traten.

Trotz des fortgeschrittenen Verwesungsprozesses stand der Tote immer noch aufrecht, weil er in Höhe der Schienbeine, der Oberschenkel, des Beckens, der Brust und des Halses mit fingerdicken Seilen an die Buche gefesselt war. Die schwarze Synthetikfaser der Seile hatte sich tief ins nackte Fleisch eingekerbt. Nur der Kopf war leicht zur Seite geneigt. Der Mund war mit einem handbreiten Streifen Packband verschlossen. Etwa einen halben Meter vor den Fußspitzen des nackten Toten lag seine Kleidung. Sie war ordentlich gefaltet und dann auf die Schuhe geschichtet worden.

«So ordentlich wie beim Bund», sagte die Fledermaus.

«Das könnte passen», sagte Erwin Keusen. Er zog sich die Kapuze seines längst nicht mehr weißen Overalls über den Kopf, weniger um Spuren vor Verunreinigung zu bewahren, als vielmehr um sich selbst vor dem Regen zu schützen, und deutete auf das silbrig glänzende, halbmondförmige Stück Blech, das an einer Kette um den Hals des Toten hing. «Siehst du das, Morian? Das ist eine Erkennungsmarke der Bundeswehr. Beziehungsweise nur noch die obere Hälfte davon. Die untere Hälfte wurde an der Sollbruchstelle abgeknickt und entfernt. Vorschriftsmäßig. Wie im Krieg. Wenn ein Soldat im Gefecht getötet wird, bricht man die untere Hälfte ab. Die obere Hälfte verbleibt zur späteren Identifizierung bei der Leiche, die untere Hälfte liefern die Kameraden bei ihren Vorgesetzten ab. Für die Verlustmeldung.»

«Und wo ist die untere Hälfte jetzt?»

«Vermutlich hat der Mörder sie an sich genommen.»

«Also war das Opfer bis zu seinem Tod Soldat?»

«Du hast nicht gedient, oder?»

«Nein, habe ich nicht», antwortete Morian geistesabwesend. Er war damals gleich nach dem Abitur zur Polizei gegangen. Dann brauchte man nicht zum Bund.

«Das muss nicht automatisch heißen, dass er immer noch bei der Bundeswehr war. Viele Ehemalige tragen ihre Erkennungsmarke ein Leben lang unter der Kleidung um den Hals. Wie einen Glücksbringer. Weil sie der ach so schönen Zeit beim Bund immer noch nachtrauern. Siehst du das hier, Josef? Die Ziffern und Buchstaben? Das ist die Personenkennziffer. Sie ist auf beide Hälften eingestanzt. Hörst du mir überhaupt zu?»

«Was sagst du, Erwin?»

«Ich rede von der Blechmarke.»

«Entschuldige. Der Dienstgrad steht nicht drauf?»

«Nein. Dann müssten sie ja bei jeder Beförderung eine neue Marke stanzen. Viel zu teuer. Auch kein Name. Aber mit der Personenkennziffer ist die Identifizierung über das Verteidigungsministerium ein Kinderspiel. Ruck, zuck wissen wir, wen wir vor uns haben. Da hat uns der Mörder ein echtes Geschenk hinterlassen. Diese Personenkennziffer ist jedenfalls als Identifizierungsmerkmal wertvoller als die tätowierte Rose auf seinem linken Oberarm.»

Morian wandte sich der Fledermaus zu.

«Wie lange, Doc?»

«Ich schätze mal grob, so etwa vier bis sechs Tage. Einerseits ist der Körper zwar schon voller Maden, andererseits haben sich die Maden noch nicht verpuppt. Mehr kann ich erst sagen, wenn ich ihn bei mir im Keller auf dem Tisch liegen habe. Ist was anderes, als wenn eine Leiche bei gleichbleibenden, gemäßigten Temperaturen in einer Wohnung herumliegt. Die extreme Hitze der letzten Tage hat den Verwesungsprozess erheblich beschleunigt, auch wenn das dichte Blattwerk der Baumkronen eine permanente direkte Sonneneinstrahlung verhinderte.»

«Deshalb hatte der Polizeihubschrauber auch nichts entdeckt, bevor sich die Einsatzhundertschaft auf den Weg machte.»

«Klar. Wegen der Baumkronen. Das ist ja hier fast wie im Amazonas-Dschungel. Und noch eines ist klar: Die schweren Fleischwunden hat ihm nicht der Mörder beigebracht.»

«Nicht? Wer denn?»

Die Fledermaus pulte eine sich verzweifelt windende Made aus der leeren rechten Augenhöhle des Toten und ließ sie in eine rosafarbene Tupperware-Dose fallen.

«Morian, was glauben Sie wohl, wie viele Vögel sich in den letzten Tagen um diese beiden wunderbar zarten Leckerbissen gebalgt haben? Wir befinden uns in der Natur. Eine geschlossene Nahrungskette. Ein solches Festmahl spricht sich hier schnell rum. Nagetiere, Füchse, Wildschweine. Und unsere lieben Neubürger, die da oben kreisen und darauf hoffen, dass wir Menschen möglichst schnell wieder verschwinden.»

Morian folgte Dr. Friedrichs Blick gen Himmel.

«Was sind das denn?»

«Geier.»

«Was? Geier? In Deutschland?»

«Ja, lesen Sie denn überhaupt keine Zeitung, Morian? Vor allem die Mönchsgeier werden hier im deutsch-belgischen Grenzgebiet inzwischen immer häufiger gesichtet. Sie kommen aus Spanien. Aus zwei Gründen: Der Klimawandel erweitert allmählich ihren Lebensraum nach Norden, und die neuen strengen Gesetze der Spanier zur Kadaverentsorgung in der Landwirtschaft haben den Aasfressern dort eine wichtige Nahrungsquelle entzogen und sie damit ebenfalls nach Norden getrieben.»

«Wie ist er also gestorben?»

«Oh. Jetzt begreife ich erst, worauf Sie hinauswollen, Morian. Manchmal sieht man vor lauter Wald die Bäume nicht mehr. Nein, der Täter hat sein Opfer nicht eigenhändig getötet. Der Mann ist gestorben, weil man ihn an diesen Baum fesselte und seinem Schicksal überließ. Sehen Sie die extrem faltige Haut? Klares Zeichen für Dehydrierung. Ich schätze, der Mann wurde drei bis fünf Tage vor seinem Tod an diesen Baum gefesselt.»

«Er ist verdurstet?»

«Er ist verdurstet, Morian. Er ist verdurstet, noch bevor er verhungern konnte. Dem Mörder war offenbar sehr daran gelegen, seinem Opfer ein möglichst langsames und möglichst qualvolles Sterben zu bereiten.»

22 Jahre nach der Geburt im Hamburger Abendroth-Haus sah Marlene Jeschke ihren Sohn zum ersten Mal. Das war im Dezember 1981, kurz vor Weihnachten. Fast 22 Jahre nach seiner Geburt stand er im Treppenhaus vor der Tür ihres Kölner Apartments. Es klopfte, sie öffnete, und sie wusste auf der Stelle, wer der junge Mann war, der da vor ihr stand.

Das Feuermal war unübersehbar.

Er sagte nichts. Er starrte sie nur an. Schließlich, nach einer Ewigkeit, stieß er sie beiseite, stieß sie mit seinen Fäusten so heftig vor die Brust, dass sie rückwärts aufs Bett fiel.

Sie biss die Zähne zusammen.

Er schloss die Tür und drehte sich einmal im Kreis. Da gab es nichts mehr zu beschönigen, zu verheimlichen, zu vertuschen. Denn die Wohnung verriet auf den ersten Blick, wovon Marlene Jeschke lebte. Er nickte heftig.

«Der Kerl hatte also recht. Meine Mutter ist tatsächlich eine Hure. Kennst du ihn? Oberfeldwebel Kesslik.»

Sie schüttelte den Kopf. Sie kannte keinen Oberfeldwebel. Sie kannte auch keinen der Nachnamen ihrer Kunden. Selbst von den Stammkunden wusste sie nur die Vornamen.

«Hans Kesslik. Ein kleines, fettes, schwabbeliges Schweinchen. Auf dem linken Oberarm hat er eine Rose tätowiert.»

Natürlich kannte sie den Hans. Er kam jeden ersten und dritten Dienstag im Monat. Er war nett, auch wenn er immer streng nach Schweiß roch, selbst nach dem Waschen. Aber er zahlte brav, ohne lange zu diskutieren, und er verlangte nichts, was sie nicht zu geben bereit war. Ein angenehmer Kunde.

«Schämst du dich nicht, deinen echten Namen an die Klingel an der Haustür zu schreiben? Jeschke. Das ist schließlich auch mein Name. Mein Name an der Klingel zu einem Puff.»

Sie sagte nichts.

«Und warum hast du dieser fetten Sau erzählt, dass du einen Sohn hast? Du hast ihm sogar meinen Vornamen und mein Geburtsjahr verraten. Du hast meine Karriere ruiniert, du Nutte.»

Sie wusste nicht mehr, warum sie das getan hatte. Sie konnte sich kaum noch daran erinnern. Vielleicht ein sentimentaler Moment. Das Bedürfnis, einmal mit einem Menschen reden zu können, der aufmerksam und interessiert zuhörte, nur ein einziges Mal. Gewöhnlich erzählte sie Kunden nie etwas über sich.

Sie schwieg, während Harald sie anschrie. Sie hörte gar nicht, was er schrie. Sie wehrte sich nicht, sie ließ es still über sich ergehen, als er sie grün und blau prügelte. Schließlich, als sie die Schmerzen nicht mehr aushielt, erzählte sie alles, was er wissen wollte. Wer sein Vater war. Und warum sie nie seine Mutter sein durfte. Wie Karl Hillesheim sie nach Hamburg gebracht hatte. Sie erzählte ihm alles, damit er endlich ging. Damit er endlich wieder aus ihrem Leben verschwand.

Für die nächsten 22 Jahre.

Als Kriminaloberkommissarin Antonia Dix den Besucherparkplatz des Bundesverteidigungsministeriums auf der Bonner Hardthöhe nach knapp einer Stunde wieder verließ und den militärisch korrekt grüßenden Soldaten neben der offenen Schranke passierte, um über die Stadtautobahn zurück ins Präsidium zu hetzen, wusste sie, dass sich Morians Befürchtung bestätigt hatte: Hinter der Personenkennziffer 140 657 K 40 818 verbarg sich Hans Kesslik, 1957 geboren, ehemaliger Zeitsoldat, der sich für acht Jahre verpflichtet hatte und zuletzt als Oberfeldwebel tatsächlich Harald Jeschkes Vorgesetzter gewesen war. Der Zwischenfall in der Kantine war in den Personalakten nur vage angedeutet. Wesentlich mehr Raum nahmen Hans Kessliks ungelöstes Alkoholproblem und dessen Folgen ein. Man verzichtete daher lieber auf eine weitere Beförderung zum Hauptfeldwebel sowie auf die von ihm angestrebte Verlängerung seiner Dienstzeit nach Ablauf der acht Jahre.

Hans Kessliks weiteres Leben als Zivilist war in den Akten der Bundeswehr natürlich nicht registriert. Auch im Computer auf Antonias Schreibtisch im Präsidium fand sich nicht viel. Ledig, keine Kinder, keine Vorstrafen, derzeit ohne Beschäftigung und arbeitslos gemeldet. Ludger Beyer machte sich auf den Weg, um einen Durchsuchungsbeschluss für Kessliks letzten gemeldeten Wohnsitz in Bad Münstereifel zu besorgen.

Antonia wählte Morians Handy-Nummer.

Morian meldete sich beim ersten Läuten.

«Ist er es, Antonia?»

«Er ist es. Hans Kesslik. Harald Jeschkes Vorgesetzter bei der Bundeswehr. Wohnhaft in Bad Münstereifel. Beyer kümmert sich um die Wohnung. Wie kommt es, dass ich dich erreiche und du mal nicht gerade im Funkloch steckst?»

«Das ist gar nicht so dramatisch. Erwin hat sich schlaugemacht. Das Funkloch umfasst gerade mal einen Abschnitt von drei Kilometern im Kylltal, in dem dummerweise das Unterdorf von Roggenrath liegt. Rundherum ist der Empfang nicht immer brillant, aber völlig ausreichend. Hatte er ein Auto?»

«Ja. Einen dunkelblauen Toyota Corolla. Erstzulassung 1996. Das Kennzeichen ist EU – HK 714.»

«Beyer soll nachschauen, ob das Auto noch irgendwo in der Nähe der Wohnung steht. Ich will wissen, wie der Mann hier auf den Berg gekommen ist ... Moment mal ... Was gibt's?»

Ein paar Sekunden später war er wieder dran.

«Antonia? Hat sich erledigt. Wir haben den Wagen.»

Bloß weg hier. So schnell wie möglich weg hier. Nachdem er sein Gepäck im Kofferraum verstaut hatte, ließ Clemens Brandesser die Heckklappe ins Schloss fallen und warf einen letzten Blick auf sein Elternhaus, in dem sich seine Eltern gerade anbrüllten wie kleine Kinder. Er hasste es, wenn sie stritten, und in jüngster Zeit stritten sie immer häufiger. Er hatte sich nicht einmal von ihnen verabschiedet. Er hätte es nicht ertragen, wieder den netten, zuvorkommenden, höflichen und stets bestens gelaunten Sohn mit den perfekten Manieren spielen zu müssen. Seine ihm zugewiesene Rolle von Kindesbeinen an.

Clemens glitt in den schalenförmigen Ledersitz, ließ die Fahrertür ins Schloss fallen, startete den Motor und genoss für einen Moment die völlige Abschottung von der Außenwelt. Dann wendete er und ließ den Audi TT vom Hof rollen. Die beiden Polizisten vor dem schmiedeeisernen Tor guckten zwar blöd, aber sie unternahmen nichts, um ihn aufzuhalten. Er hatte seine Eltern gefragt, warum das Haus jetzt rund um die Uhr bewacht wurde. Aber sie hatten sich geweigert, ihm eine befriedigende Antwort zu geben. Sie hatten seine Frage schlichtweg ignoriert, und Clemens Brandesser hatte in seinem Elternhaus früh gelernt, dass man eine Frage besser nicht zweimal stellte.

Er passte höllisch auf, dass die Metallic-Lackierung in der engen Gasse keinen Kratzer kassierte. Die stramme Federung gab jede einzelne Fuge des Kopfsteinpflasters ungefiltert an sein Steißbein weiter. Er hasste dieses Dorf, das sein Vater mit viel Geld in ein lebloses Museum verwandelt hatte, und er hasste die Menschen, die es bewohnten, aber nicht belebten.

Im Vorbeifahren sah er ihre toten Gesichter: den fetten Wirt hinter dem Fenster seiner Küche, seine kleine Nutte, die ihm die Treppe und was sonst noch wischte, der zahnlose Alte, der sonst immer auf der Bank am Kirmesplatz saß und Maulaffen feilhielt, aber nun auf ein Bier in die Kneipe wollte, sich aber Zeit ließ, solange die Gelegenheit günstig war, ihr unbemerkt und ungeniert auf den Arsch zu glotzen, während sie die Treppe putzte.

Bloß weg hier.

Kaum hatte der Audi TT das Wehrtor passiert, drückte Clemens aufs Gas. Butterweich zog der Frontantrieb das Coupé am Kirmesplatz vorbei und anschließend durch die engen Kurven. Er liebte dieses Auto. Insgeheim hatte er sich zwar den TT 3.2 quattro mit sechs Zylindern und permanentem Allradantrieb gewünscht, aber sein Vater hatte gemeint, 200 PS seien für den Anfang völlig ausreichend. Waren sie auch. Dank des Turboladers. Und einem geschenkten Gaul schaute man nicht ins Maul.

Als Clemens die Talsohle erreichte, wollte er nach rechts in Richtung St. Vith abbiegen, doch die Straße war gesperrt. Zwei Streifenwagen blockierten die Fahrbahn.

Kein Problem. Der Umweg würde ihn kaum mehr als eine

Viertelstunde kosten, und er hatte genügend Zeit eingeplant. Er hasste es, zu spät zu kommen.

Clemens bog nach links ab und drückte das Gaspedal durch. Der TT flog durchs menschenleere Unterdorf. Das gelbe Ortsschild, die Kyllbrücke, der Kiosk – das alles waren nur noch flüchtige Schatten auf dem Weg ins Licht. Das Licht hieß Juliette und würde in zwei Stunden mit der Maschine aus Zürich in Brüssel landen. Juliette. Vor einer Stunde hatte sie ihn angerufen. Sein Vater hatte ihm im Vorbeigehen, als er telefonierte, einen Blick zugeworfen, der ihm erneut deutlich machen sollte, wie sehr er diese Beziehung missbilligte. Dieser selbstgerechte Moralapostel. War Dr. Walther Brandesser denn nie jung gewesen?

Juliette war nicht aus bestem Haus, wie es seine Mutter gern formulierte, wenn sie Verständnis für die Haltung seines Vaters wecken wollte. Juliette studierte mit einem Stipendium. Juliettes Vater war ein kleiner Bankangestellter und ihre Mutter Hausfrau. Schließlich hatte Juliette noch drei jüngere Geschwister.

Hausfrau. Aus dem Mund seiner Mutter klang dieses Wort wie ein Schwerverbrechen.

Clemens konnte es kaum erwarten, Juliette in zwei Stunden in die Arme zu schließen. Sie würden gemeinsam für ein paar Tage an die Nordsee fahren. Er hatte ein reetgedecktes Häuschen auf halber Strecke zwischen Oostende und der niederländischen Grenze gebucht und vor einer halben Stunde noch einmal bei der netten Vermieterin angerufen und sie gebeten, eine Flasche Champagner in den Kühlschrank zu legen. Das mit dem Regenwetter war nicht weiter tragisch. Sie würden morgens lange schlafen, Arm in Arm, nach dem Frühstück in Ölzeug am Strand entlangspazieren, Hand in Hand, um sich dann wieder ins Bett zu verkriechen.

Juliette. Er konnte einfach nicht genug bekommen von ihr, vom Duft ihrer Haut, von ihrem spitzbübischen Lachen.

Juliette. Er sagte ihren Namen laut vor sich hin, wieder und wieder, Juliette, und berauschte sich am Klang.

Als der TT aus der engen Linkskurve katapultierte, zockelte keine 50 Meter vor ihm ein Unimog über die Landstraße – mitten auf der Fahrbahn. Der Bremsweg war zu kurz, der TT raste auf das Heck, die Stoßstange und die sich bedrohlich schnell nähernde Anhängerkupplung des hochbeinigen Ungetüms zu.

Clemens Brandesser blieb keine Zeit zum Nachdenken und Abwägen. Die Lücke könnte passen. Er riss das Lenkrad nach rechts, er war schon auf einer Höhe mit dem Unimog, als der plötzlich ebenfalls nach rechts zog, den federleichten Sportwagen rammte und von der Fahrbahn stieß. Der TT durchschlug einen morschen Holzzaun. Schlamm spritzte auf und verdunkelte binnen Sekunden die Windschutzscheibe. Die Airbags plusterten sich auf. Die Vorderachse brach. Dann kam der Wagen zum Stehen.

Sein Herz schlug bis zum Hals.

Die Fahrertür ließ sich nur mit größter Kraftanstrengung öffnen. Clemens kletterte aus dem Wagen. Seine Knie waren ganz weich. Seine Schuhe versanken im Morast.

Vor ihm stand der Fahrer des Geländewagens. Er trug grüne Gummistiefel. Einen olivfarbenen Parka. Und eine Mütze.

«Pierre? Was machen Sie denn hier?»

Statt einer Antwort presste Harald Jeschke ihm den mit Chloroform getränkten Lappen aufs Gesicht.

Morian ließ sich von Keusen die Mentholsalbe geben, nach der er die Fledermaus erst gar nicht zu fragen brauchte, weil die Fledermaus so etwas nicht benötigte, also auch nicht besaß. Mit der Salbe rieb sich Morian die Oberlippe und die Nasenflügel ein, atmete noch zweimal kräftig durch, bis der scharfe Mentholgeruch alles übertünchte, machte drei Schritte auf Hans Kesslik zu und stellte sich so dicht neben die Buche, dass er dem Toten über die Schulter schauen konnte.

Sein Instinkt hatte ihn nicht getrogen: Hans Kesslik hatte, solange er hier oben gefesselt und geknebelt auf seinen Tod wartete, durch eine schmale, natürliche Schneise beste Sicht auf Anne Wolanskis Eisenerzhütte tief unten im Tal.

Morian konnte deutlich den ausgebrannten Stingray erkennen, daneben den Bus der Leitstelle der Einsatzhundertschaft. Das Opfer hatte also die ganze Zeit Menschen gesehen, Anne Wolanski, Besucher, den Postboten, ohne sich bemerkbar und auf sein Schicksal aufmerksam machen zu können.

Was für ein elender Sadist musste dieser Mörder sein?

Warum hatte er Hans Kesslik gezwungen, sich auszuziehen, bevor er ihn fesselte und knebelte?

Um ihn zu demütigen?

Damit die Tiere leichteres Spiel hatten?

Morian trat einen Schritt nach links, weg von dem Toten. Das hufeisenförmige Fabrikgelände verschwand wieder hinter dichtem Laubwerk. Dann erinnerte er sich, dass Harald Jeschke tagelang Anne Wolanskis Anwesen beobachtet haben musste. War diese Anhöhe sein Beobachtungsposten gewesen? Hatte er etwa neben seinem Opfer gesessen und ihm Gesellschaft geleistet? Hatte er ihm beim Sterben zugesehen?

Die Einsatzhundertschaft fand Hans Kessliks dunkelblauen Toyota Corolla nur knapp einhundert Meter westlich des Tatorts, am Ende eines notdürftig gerodeten Weges, eines besseren Trampelpfads, den die Waldarbeiter zum Abtransport gefällter Bäume nutzten, gut zweihundert Meter lang und gerade breit genug für den Bagger mit den kräftigen Greifarmen. Zum Wenden war am Ende der im Dickicht endenden Sackgasse kein Platz. Der Weg war nicht einmal in den Karten verzeichnet. In westlicher Richtung gelangte man, wenn man vorsichtig rückwärts fuhr, über die Hochebene zu einem breiten, geschotterten Waldweg, der einen großen Bogen um das Waldgebiet beschrieb und etwa fünf Kilometer südlich von Roggenrath auf eine asphaltierte Landstraße stieß, die wiederum zur Bundesstraße führte.

Das alles wussten sie vom zuständigen, im Nachbardorf ansässigen Revierförster. Der versicherte ihnen auch, dass die sechsköpfige Waldarbeiterkolonne diesen Abschnitt schon seit Monaten nicht mehr aufgesucht hatte.

Der Toyota Corolla war nicht verschlossen, der Schlüssel steckte im Zündschloss. Auf dem Beifahrersitz lag ein vollständig geleerter Wegwerfflachmann, der laut Etikett einen Magenbitter enthalten hatte. Hatte Hans Kesslik sich erst Mut antrinken müssen, bevor er aus dem Wagen gestiegen war?

Im Kofferraum fanden sie einen gummierten olivfarbenen Poncho mit Kapuze, ein Paar Gummistiefel, einen olivfarbenen Schlafsack mit gummierter Außenhaut, einen Pullover, eine noch verschlossene Flasche Whisky, eine randvoll mit Kaffee gefüllte Thermoskanne sowie eine Kühltasche, die zwei große Plastikflaschen Cola, acht in Folie verschweißte Fertig-Sandwiches sowie vier Tafeln Schokolade enthielt.

Ludger Beyer meldete sich wenig später aus Hans Kessliks Wohnung: Nichts deutete darauf hin, dass der Mann geplant hatte, für längere Zeit zu verreisen.

Der Kühlschrank war gefüllt, in der Küche vergammelten Bananen und Birnen in einer Keramikschale. Die Euskirchener Lokalausgabe des «Kölner Stadt-Anzeigers» war nicht abbestellt worden, sondern stapelte sich seit exakt acht Tagen vor der Wohnungstür. Der alleinstehende Rentner aus der Nachbarwohnung kümmerte sich um die Zeitungen, ohne dass Kesslik ihn damit beauftragt hätte.

Der Nachbar hatte keine Ahnung, wohin Kesslik verreist war, versicherte er dem Oberkommissar. Man habe kaum Kontakt im Haus. Schon gar nicht zu Kesslik. Aber die morgens aus Kessliks Briefkasten hängende Zeitung zu nehmen und vor dessen Wohnungstür zu legen, das sei doch wohl eine Selbstverständlichkeit unter Nachbarn, nicht wahr?

Auf Kessliks Küchentisch lag ein Autoatlas, daneben ein aufgeschlagener Notizblock aus billigem grauem Recyclingpapier. Beyer riss das oberste Blatt ab. Er schaltete die Deckenlampe ein, hielt das Blatt in den grellen Schein der Glühlampe und brachte es in den richtigen Winkel, bis Licht und Schatten die Druckspuren des Kugelschreibers sichtbar machten. Beyer konnte nicht alles entziffern, aber es war zumindest klar, dass sich Kesslik stichwortartig eine Wegbeschreibung notiert und den Zettel dann vermutlich eingesteckt hatte.

Außer den vermerkten Straßen und Orten war am Kopf der Seite noch etwas anderes notiert. Beyer entzifferte den größten Teil einer Handy-Nummer und außerdem die Fragmente *Security* und *Straßburg* und *1000,–* und *14.30 h* und *Observ. max. 2 Tage* und reimte sich den Rest zusammen: Der arbeitslose Hans Kesslik war freiwillig zu seiner Hinrichtung erschienen, nachdem Harald Jeschke ihm am Telefon vermutlich unter falschem Namen und über die Straßburger Briefkastenfirma einen lukrativen Auftrag in Aussicht gestellt hatte.

Beyer kannte das aus unzähligen Betrugsfällen: Je höher die Gewinnerwartung, desto höher die Risikobereitschaft der

Opfer. Und für einen 50-jährigen alkoholkranken Hartz-IV-Empfänger waren 1000 Euro ein Vermögen.

Beyer rief Antonia an, die sah in der Liste nach und bestätigte seinen Verdacht: Die von Kesslik notierte Handy-Nummer stimmte, soweit sie lesbar war, tatsächlich mit einer von Harald Jeschkes bisher verwendeten Nummern überein.

Während Morian noch mit Beyer telefonierte, robbte Erwin Keusen rücklings über den matschigen Boden unter den Toyota und machte dort eine interessante Entdeckung. Er zeigte sie einem seiner Mitarbeiter und bat ihn, sich von einem der beiden Streifenwagen der Euskirchener Polizei, die auf dem geschotterten Waldweg die Zufahrt zum Trampelpfad versperrten, rüber zu Jürgen Bauermanns Kühlwagen fahren zu lassen und dort ebenfalls mal unter dem Wagenboden nachzusehen.

Keusen wischte sich gerade die schmutzigen Hände im feuchten Gras sauber, als Morian zu ihm trat.

«Was gefunden, Erwin?»

«Ja. Ein Peilsender. Permanente Stromversorgung über die Autobatterie. Beste Ware. Teurer Spaß. Wo nimmt der Kerl nur das Geld her, um seinen Rachefeldzug zu finanzieren?»

«Aus dem Diebstahl und Verkauf des Dalí. Der Ritter hat ihm doch 300 000 Euro für das Bild gezahlt.»

«Und wieso lässt er das teure Ding unter dem Auto, statt es wieder mitzunehmen? Er muss doch damit rechnen, dass wir den Sender finden und ihm auf die Schliche kommen.»

«Entweder hat er den Peilsender schlicht vergessen, weil auch Mörder zum Glück Fehler machen, oder ihm ist inzwischen alles egal … oder er will, dass wir ihm auf die Spur kommen. Ich halte diese dritte Möglichkeit für die wahrscheinlichste.»

«Verstehe ich nicht.»

«Erwin, ich fürchte, auch wir sind nur ein Baustein seines Plans, Brandesser zu vernichten.»

Keusens Handy klingelte.

«Ja?»

Keusen legte die Stirn in Falten, während er zuhörte. Dann entspannten sich seine Gesichtszüge. Er grinste triumphierend, während er sich den Regen aus dem Gesicht wischte.

«Dachte ich mir doch. Danke.»

Keusen steckte das Handy durch den Seitenschlitz des ehemals weißen Overalls in seine Hosentasche.

«Josef, der Kühlwagen ist ebenfalls verwanzt.»

Der Regen trommelte unablässig gegen das Fenster in Marlene Jeschkes Wohnküche. Max wartete auf eine Antwort.

«Ich weiß nicht, warum ich zurück nach Roggenrath gekommen bin, Herr Maifeld. Ich weiß es wirklich nicht. Als ich 1987 die Anzeige las, dass der Kiosk hier zu haben sei, da habe ich gar nicht lange darüber nachgedacht. Ich hielt es wohl für einen Wink des Schicksals. Offenbar zog mich etwas an. Vielleicht die Illusion, Walther könnte es sich eines Tages noch anders überlegen.»

«Wie oft haben Sie ihn seither gesehen?»

«Oh, ich sehe ihn öfter in den Zeitschriften, die ich hier verkaufe. ‹Gala›, ‹Bunte›, auch in der ‹Bild›. Und schon mal im Fernsehen. Wenn irgendwo in Deutschland die Prominenten feiern. Dann bin ich ganz stolz auf ihn, wie er das hingekriegt hat, was er aus sich und aus seinem Erbe gemacht hat. Da ist kein Neid, Herr Maifeld. Keine Missgunst. Das müssen Sie mir bitte glauben.»

«Was dann? Immer noch Hoffnung?»

«Jetzt nicht mehr. Nur Trauer, ein kleiner Funken Trauer.»

«Was betrauern Sie?»

«Dass ich nicht dazugehöre. Auf der Beerdigung vom Karl habe ich ihn natürlich ebenfalls gesehen, deshalb bin ich ja hin, um ihn sehen zu können, ohne dass sich jemand im Dorf gleich was dabei denkt. Ansonsten sehe ich schon mal seinen Mercedes, wenn er hier draußen vorbeisaust. Dann weiß ich, dass er da drinsitzt, auf dem Weg zu seinen Terminen. Aber durch die dunklen Scheiben kann man ihn nicht erkennen. Ich gehe nie ins Oberdorf, ich will ihn nicht unnötig in Verlegenheit bringen.»

«Hat er vorher gewusst, dass sie den Kiosk übernehmen?»

«Natürlich nicht. Heute glaube ich sogar, er hätte es sicher verhindert, wenn er es damals geahnt hätte. Dieses Haus hier ist eines der wenigen Häuser in Roggenrath, die ihm nicht schon gehören. Nein, er wusste es nicht. Und er hat seither auch nie einen Fuß in meinen Kiosk gesetzt.»

«Aber seine Frau.»

«Ja. Sie kauft hin und wieder die ‹Süddeutsche› bei mir. Und Zigaretten. Solche dünnen, extralangen. Sie weiß ja nicht, was damals zwischen Walther und mir war. Sie weiß nicht, dass ich früher schon mal hier gewohnt und gearbeitet habe, auf dem Hof ihres Schwiegervaters. Aber das war ja auch nicht besonders lange, und es ist ewig her. Selbst die Alten im Oberdorf können sich nicht mehr an mich erinnern, weil man damals keinen Kontakt zu den Flüchtlingen hatte. Und ich sah mich nie veranlasst, ihre Erinnerung aufzufrischen. Wozu auch?»

«Aber Hillesheim muss Sie doch erkannt haben.»

«O ja. Der Karl hat mich natürlich sofort erkannt. Aber er hat nie jemandem davon erzählt. Der Karl kam zum ersten Mal, da hatte ich den Laden gerade erst aufgemacht. Seither kam er regelmäßig einmal pro Woche. All die Jahre. Immer sonntags. Zu Fuß den ganzen Weg vom Berg hinunter. Bei jedem Wetter. Als wäre das seine ganz persönliche sonntägliche Büßerprozession. All die Jahre kam er, bis er so krank wurde, dass er nicht mehr laufen konnte. Das Zeremoniell lief immer gleich ab: Er kam rein und sagte: Guten Morgen, Marlene. Ich sagte: Guten Morgen, Karl. Wie immer? Er nickte. Ich gab ihm die ‹Bild am Sonntag›, eine Tafel Milka-Schokolade, die mit den Mandeln, und eine Flasche Chantré, ich steckte alles in eine Plastiktüte, und er nahm das bereits abgezählte Geld aus der Hosentasche und legte es auf die Theke. Er rundete immer auf und sagte: Der Rest ist für dich. Dann ging er, drehte sich aber, wenn sonst niemand im Laden war, noch einmal in der offenen Tür um und fragte: Mal was von deinem Jungen gehört? Dann schüttelte ich stets den Kopf, was ihn zu beruhigen schien, und er sagte dann immer, während er wie ein Dackel guckte: Es tut mir alles so leid, Marlene. Und manchmal, wenn ich mich entsprechend fühlte und ich es auch so meinte, antwortete ich: Ist schon gut, Karl.»

«Frau Jeschke, Sie haben vorhin angedeutet, Sie hätten Ihren Sohn dann doch noch einmal wiedergesehen.»

«Ja. Aber davon habe ich dem Karl nie was erzählt. Es hätte ihn nur beunruhigt. Ich habe den Harald noch ein einziges Mal gesehen. Ziemlich genau 22 Jahre nachdem er mich in meiner Kölner Wohnung verprügelt hatte. Am 25. Januar 2004. Es hatte den ganzen Tag geschneit, und es schneite immer noch, als er mich aus dem Bett klingelte. Als er so überraschend vor mir in der Tür stand, da hatte ich wieder große Angst vor ihm. Aber diesmal war er freundlicher. Das heißt also: Er verprügelte mich diesmal nicht. Er erkundigte sich sogar, wie es mir gehe, gesundheitlich und finanziell und so. Er sah gut aus. Sehr gepflegt. Wie ein Geschäftsmann. Ich fragte ihn, was er so gemacht habe, die letzten 22 Jahre. Er antwortete barsch, das gehe mich nichts an, ich hätte vor 44 Jahren meine Chance gehabt und sie verwirkt. Da merkte ich, dass seine anfängliche Freundlichkeit nur vorgetäuscht war. Er konnte sie nach Belieben einschalten und wieder ausschalten, wie ein Schauspieler. Er war jetzt nicht mehr der junge Heißsporn, der seine Wut nicht im Griff hatte. Nein. Jetzt war er eiskalt.»

«Was wollte er?»

«Mich ausfragen. Zum Teil fragte er Dinge, die er damals schon gefragt hatte. Ich glaube, er wollte mich testen. Ob ich damals auch wirklich alles gesagt hatte, was ich wusste. Zum Teil fragte er neue Dinge, Einzelheiten, von denen ich den Eindruck hatte, dass er sich die Informationen schon selbst beschafft hatte und nur überprüfen wollte, ob sie auch stimmten. Ich wollte eigentlich gar nicht wieder davon anfangen, ich wollte die Vergangenheit ruhen lassen, aber ich hatte Angst davor, dass er wieder zuschlägt. Aber das musste er gar nicht: Er hatte so eine teuflische Art zu fragen, der konnte man sich gar nicht entziehen. Wie bei einem Verhör. So wie man das aus den Krimis im Fernsehen kennt. Wenn sie einen so lange ins Kreuzverhör nehmen, bis man alles gesteht.»

«Das hatte er inzwischen gelernt, Frau Jeschke.»

«Was? Er war bei der Polizei?»

«Nein. Ihr Sohn war Stasi-Agent.»

«Sie machen Witze. Das glaube ich nicht.»

«Er ist Anfang Januar 1982 in die DDR gegangen, gleich nach seinem ersten Besuch bei Ihnen. Er hatte nach seinem Rauswurf bei der Bundeswehr seinen Job als Rausschmeißer in einer Kölner Disco gleich wieder verloren, weil er es mit dem Rausschmeißen wohl übertrieben hatte. Außerdem drohte ihm ein Strafverfahren wegen Körperverletzung. Deshalb war er in den Osten gegangen. Und hatte bei der Stasi Karriere gemacht. Fast acht Jahre war er drüben. Er ist erst nach dem Zusammenbruch des SED-Regimes Ende 1989 wieder zurück in den Westen gekommen.»

«Und was hat er dann gemacht?»

«Nur ein paar Monate nach seinem zweiten Besuch bei Ihnen, hier im Unterdorf, hat er unter falschem Namen als Sicherheitsberater bei Brandesser angeheuert.»

«Bei Walther?»

«Den Job machte er ungefähr drei Jahre. Offenbar mit einem einzigen Ziel: Er wollte Brandesser zerstören. Seine Firma, sein Privatleben. Und ich fürchte, er ist noch lange nicht am Ziel seines Rachefeldzugs angekommen. Er wird weiterhin das Leben anderer Menschen zerstören. Er hat bereits drei Morde auf dem Gewissen. Er hat Karl Hillesheim auf dem Sterbebett getötet. Er hat Jürgen Bauermann getötet, und er hat in Bonn einen arbeitslosen Journalisten getötet, nur um mich ins Spiel zu bringen und zum ahnungslosen Instrument seines Rachefeldzugs zu machen.»

«Aber der Karl war doch in die Klinik gekommen, weil er nicht mehr lange zu leben hatte. Warum sollte Harald denn einen sterbenskranken Menschen töten?»

«Weil er der Ansicht war, dass Hillesheim bei einem natürlichen Tod nicht genug gelitten hätte.»

Sie faltete die Hände auf dem Tisch und schwieg. Max redete weiter, weil er das Schweigen nicht ertrug.

«Wir haben keine Ahnung, wo er zurzeit stecken könnte.»

Sie gab sich einen Ruck und sah ihm in die Augen.

«Ganz in der Nähe, Herr Maifeld. Ich kann es spüren.»

Die Übelkeit weckte ihn. Sein Magen rebellierte. Er beugte sich über den Rand der Pritsche, soweit die Handschellen dies zuließen, und erbrach sich in den Blecheimer, den er dort entdeckte, als habe ihn jemand genau für diesen Zweck gleich neben der Pritsche auf dem nackten Betonboden abgestellt.

«Das geht vorbei. Das ist ganz normal. Chloroform hat leider diese üble Nachwirkung. Es gibt zwar inzwischen angenehmere Alternativen, aber ich war etwas in Eile.»

Die Stimme.

Woher kam diese Stimme? Clemens Brandesser stützte sich auf dem rostigen Rahmen der Pritsche ab und hob den Kopf. Sofort meldeten sich wieder diese rasenden Kopfschmerzen. Das dumpfe Pochen in seinem Schädel vermischte sich mit dem seltsamen Brummen im Raum. Seine Eingeweide fühlten sich an, als würde jemand mit einem Messer darin herumschneiden.

Als er das erste Mal aufgewacht war, hatte er seine Hand nicht vor Augen sehen können. Er hatte nur die Handschellen ertasten und feststellen können, dass sein linker Arm an die Pritsche gekettet war. Er hatte um Hilfe gerufen, so laut er konnte. Wie lange? Minuten? Eine halbe Stunde? Bis er resigniert hatte, erschöpft zurück auf die Pritsche gesunken und auf der Stelle wieder eingeschlafen war.

Jetzt brannte Licht am anderen Ende des Raumes. Eine Lampe auf einem Tisch, der aus einer auf zwei Böcken abgelegten Holzplatte bestand. Auf dem Tisch stapelten sich elektronische Geräte. Metallene Kästen, die ihn an den Receiver seiner Stereoanlage erinnerten. Kabel, die im Dunkel verschwanden. Monitore.

Vor dem Tisch stand ein Stuhl, und auf dem Stuhl saß ein Mann, der ihm den Rücken zuwandte. Clemens konnte deutlich das Klappern einer Tastatur hören.

«Was wollen Sie von mir?»

Der Mann antwortete nicht.

«Meine Eltern suchen sicher schon nach mir.»

«Das bezweifle ich. Die beiden Autos stehen nach wie vor unangerührt auf dem Hof eurer feinen Villa. Wahrscheinlich haben deine fürsorglichen Eltern bisher noch nicht einmal bemerkt, dass du überhaupt weggefahren bist.»

«Aber meine Freundin wird …»

Clemens schwieg. Wie dumm von ihm, sie ins Spiel zu bringen, sie möglicherweise auch noch in Gefahr zu bringen.

«Juliette heißt sie, nicht wahr? Tut mir leid, dass ich euren gemeinsamen Urlaub streichen musste.»

Clemens antwortete nicht. Wie konnte der Mann nur Juliettes Namen und ihre Urlaubspläne kennen?

Er sah sich um. Soweit er dies im schwachen Licht der weitentfernten Schreibtischlampe erkennen konnte, befand er sich in einem Keller. Wände, Decke und Fußboden waren aus Beton. Es war feucht, es war kalt, und es roch modrig. Der fensterlose Raum war ungefähr vier Meter breit und vielleicht zwölf Meter lang, die Decke war kaum mehr als zwei Meter hoch.

Clemens hatte einmal gelesen, dass sich Entführungsopfer möglichst viel einprägen sollten, damit die Täter später überführt werden konnten. Doch je mehr er sich konzentrierte, desto schlimmer wurden die Kopfschmerzen. Das Klackern der Tastatur, das unbarmherzig durch den Raum hallte, machte das unablässige, gleichmäßig dumpfe Hämmern in seinem Kopf nur noch schlimmer, ebenso wie das unablässige Brummen nebenan.

Ein Dieselmotor. Das musste ein Generator sein, der den Raum mit Strom versorgte, und da er den Generator nicht sehen, sondern nur hören konnte, musste es also einen weiteren Kellerraum geben, dort hinten, wo der Mann saß. Das schwarze Loch.

Keller? Wenn sie sich im Keller eines Hauses befanden, wieso musste der Mann dann hier unten selbst Strom erzeugen?

«Sind Sie auf Geld aus? Mein Vater hat Geld. Er wird es Ihnen gerne geben, wenn Sie mich nur laufenlassen.»

Clemens hatte gelesen, dass Entführungsopfer versuchen

sollten, eine emotionale Beziehung zum Entführer aufzubauen. Dann fiele es dem Entführer schwerer, ihr Opfer zu töten.

«Haben Sie gehört, was ich gesagt habe?»

Der Mann reagierte nicht.

So ein Blödsinn. Die Tötungshemmung funktionierte doch nur für den Fall, dass die Opfer die Täter nicht kannten, und die Täter während der Entführung ständig maskiert waren, damit die Opfer sie später nicht identifizieren konnten.

Der Mann am Schreibtisch trug keine Maske.

Wozu auch? Clemens hatte ihn ja bereits erkannt.

Pierre Rocard.

Der Sicherheitsberater seines Vaters.

Beziehungsweise der ehemalige Sicherheitsberater. Bevor sein Vater ihn hinausgeworfen hatte, im Frühsommer.

Clemens hatte keine Ahnung, warum er gefeuert worden war. Sein Vater war nie besonders gesprächig, wenn es um seine unternehmerischen Entscheidungen ging. *Ich bin ein klassischer Bauch-Entscheider*, hatte sein Vater im Interview mit einem Wirtschaftsmagazin gesagt. Clemens hatte die Zeitschrift aufbewahrt. Dr. Walther Brandesser, der Bauch-Entscheider.

Sein Rücken schmerzte.

Das nackte, kalte Metallgeflecht schnitt ihm durch das dünne Sommerhemd in die Haut. Die Pritsche hatte keine Matratze. Clemens fror. Es war kalt in dem Keller.

Wie lange war er schon hier?

Gleich neben dem Schreibtisch stand eine weitere Pritsche. Die hatte eine Matratze. Auf der Matratze lag ein Schlafsack.

«Pierre? Hören Sie?»

Keine Reaktion.

«Sie sind doch Pierre, oder? Pierre Rocard.»

Das Klackern hörte auf.

Der Mann erhob sich vom Stuhl.

Der Mann nahm eine Taschenlampe vom Tisch, schaltete sie ein und näherte sich Clemens.

Der Mann setzte sich auf den Rand der Pritsche.

Clemens konnte deutlich das Feuermal sehen.

Der Mann lächelte. Aber die Augen des Mannes machten ihm Angst. Clemens nahm all seinen Mut zusammen.

«Sie sind doch Pierre, oder?»

Das Lächeln verschwand.

«Nein. Ich bin dein Bruder, Clemens.»

Die beiden Uniformierten in ihren hauchdünnen Ponchos aus durchsichtigem Plastik standen in der schmiedeeisernen Toreinfahrt wie zwei begossene Pudel. Das hatte nur zum Teil mit dem Dauerregen zu tun.

«Nochmal zum Mitschreiben: Der Audi TT ist weggefahren, und ihr hieltet es nicht für nötig, mich anzurufen?»

«Wir sollen jeden kontrollieren, der reinfahren will», rechtfertigte sich der ältere der beiden Beamten. «Von denen, die rausfahren, war keine Rede.»

Der jüngere schwieg. Er schien begriffen zu haben, dass jedes weitere Wort alles nur noch schlimmer machte.

Morian hatte noch nicht die Haustür erreicht, da lag Erwin schon unter dem Porsche Cayenne. Brandesser öffnete die Tür, machte aber keinerlei Anstalten, ihn hereinzubitten.

«Wo ist der Audi TT?»

«Er gehört meinem Sohn.»

«Das ist keine Antwort auf meine Frage.»

«Ich weiß es nicht.»

Edith Brandesser tauchte hinter ihrem Mann auf. «Clemens ist nach Brüssel gefahren. Wollen Sie nicht hereinkommen, Herr Morian? Sie werden ja ganz nass.»

Sie nahm ihm den Trenchcoat ab. Keine Widerrede.

«Was will er denn in Brüssel, Frau Brandesser?»

«Seine Freundin vom Flughafen abholen. Sie wollen zusammen für ein paar Tage an die Nordsee fahren.»

«Wann ist er los?»

«Ich weiß es nicht, Herr Morian. Er hat sich nicht verabschiedet.»

«Ist das normal?»

«Ich verstehe nicht ...»

«Dass er wegfährt, ohne sich zu verabschieden.»

«Nein. Ganz und gar nicht. Aber im Augenblick ist ja wohl so vieles nicht mehr normal, Herr Morian.»

«Haben Sie seine Handy-Nummer?»

«Natürlich. Soll ich ...»

«Ja.»

«Nein», brüllte Erwin Keusen. «Stopp!» Walther und Edith Brandesser starrten den fremden Mann, der da in der noch offenen Haustür stand, fassungslos an. Erwin in seinem Overall mit der zugeschnürten Kapuze erinnerte Morian an ein weißes Kaninchen, das man durch die Jauchegrube gezogen hatte. Fehlten nur noch die Ohren und der Puschelschwanz.

«Das ist mein Kollege Keusen. Leiter des kriminalpolizeilichen Erkennungsdienstes. Was ist los, Erwin?»

Keusen stapfte unbeholfen in die Halle.

«Sowohl der Cayenne als auch der Mercedes sind verwanzt. Also vermutlich auch der Audi TT. Und wenn der Kerl hier jahrelang nach Belieben rein- und rausmarschiert ist ... dürfte ich mir mal Ihr Handy ansehen, Frau Brandesser?»

Während Keusen das Handy in seine sämtlichen Einzelteile zerlegte, schaltete Morian sein eigenes Handy auf Rufnummernunterdrückung und wählte die Ziffern, die Edith Brandesser ihm nannte. Nach dem ersten Läuten teilte eine

Computerstimme mit, dass der Teilnehmer zurzeit nicht erreichbar sei.

Morian wählte erneut. Antonias Nummer.

«Antonia? Gib Clemens Brandesser zur Fahndung raus. Außerdem soll einer der SEK-Hubschrauber aufsteigen, alle Straßen im Umkreis von 30 Kilometern um Roggenrath abfliegen und Ausschau nach einem silberfarbenen Audi TT halten. Dann setz dich mit der belgischen Polizei in Verbindung und lass auf dem Brüsseler Flughafen seinen Namen ausrufen sowie den Namen seiner Freundin ... Moment ...»

Morian sah Walther Brandesser auffordernd an. Doch der zuckte verlegen mit den Schultern und schüttelte den Kopf. «Moment noch, Antonia.» Morian sah hinüber zu Edith Brandesser.

«Sie heißt Juliette. Den Nachnamen kenne ich bedauerlicherweise nicht. Sie kommt aus Zürich ...»

«Antonia? Sie heißt Juliette. Nachname unbekannt. Eine Maschine aus Zürich. Danke. Bis dann.»

Die Brandessers standen stumm in der Halle und achteten darauf, einander nicht in die Augen zu sehen. Schließlich setzte sich Edith Brandesser auf den linken der beiden Rokokostühle, die unter George Kaleb Binghams *Pelzhändler auf dem Missouri* an der Wand standen und vermutlich jahrelang vergeblich auf einen Benutzer gewartet hatten. Ihre Hände zitterten.

Walther Brandesser räusperte sich.

«Was gedenken Sie jetzt zu tun, Herr Kommissar?»

«Warten», antwortete Morian.

Zwanzig Minuten später war Keusens Vermutung Gewissheit: Sowohl die beiden Handys der Brandessers als auch die Festnetzanlage des Hauses waren verwanzt.

«Soll ich die Dinger entfernen, Josef?»

«Nein, Erwin. Lass sie, wo sie sind. Sowohl in den Telefonen als auch unter den beiden Autos. Sonst weiß der Kerl sofort Bescheid. Was hat er damit für Möglichkeiten?»

«Er kann über die Peilsender exakt jede Bewegung der Autos verfolgen. Auf zehn Meter genau. Außer auf dem kurzen Abschnitt im Unterdorf. Im Funkloch wird er Probleme haben. Außerdem kann er jedes Telefonat mithören. Und die verwanzten Handys kann er ebenfalls als Peilsender benutzen. Ich habe vorsichtshalber noch die Videokameras der Überwachungsanlage überprüft.»

«Und?»

«Die sind seltsamerweise sauber.»

Sie warteten.

Nach zwanzig Minuten meldete sich Antonia. Sie hatte Juliette aufgetrieben. Die junge Frau wartete bereits seit einer Stunde am Brüsseler Flughafen auf Clemens Brandesser. Sie hatte mehrmals vergeblich versucht, ihn über Handy zu erreichen.

Bis zu Antonias nächstem Anruf vergingen nur zehn Minuten. Der SEK-Hubschrauber hatte den Audi TT entdeckt.

Morian unterbrach die Verbindung, steckte das Handy ein und räusperte sich. Edith Brandesser starrte ihn unentwegt an. Walther Brandesser vermied den Augenkontakt und nestelte stattdessen nervös an seinen Hemdknöpfen.

«Wir haben den Wagen Ihres Sohnes gefunden. Der Wagen hatte offensichtlich einen Unfall. Aber Ihr Sohn ist nicht im Wagen. Es tut mir leid, Ihnen das zu sagen: Wir müssen jetzt davon ausgehen, dass Ihr Sohn entführt wurde. Frau Brandesser? Soll ich vielleicht einen Arzt kommen lassen?»

Ihr Gesicht war weiß wie Papier. Morian nahm ihr Handgelenk und tastete nach ihrem Puls.

«Herr Brandesser, haben Sie einen Hausarzt?»

«Ja. Im Nachbardorf.»

«Rufen Sie ihn an! Er soll kommen! Sofort!»

Hurl parkte den Mustang in respektvoller Distanz zu dem grünlackierten Leitstellenbus der Bereitschaftspolizei, schaltete das Licht und die Zündung aus und schüttelte den Kopf angesichts der unerwarteten Polizeipräsenz auf dem von vier Flutlichtmasten unwirklich grell erleuchteten Fabrikhof. Er schlenderte an dem Versorgungszelt der Einsatzhundertschaft vorbei und umarmte Max, der in der offenen Haustür auf ihn wartete.

Max hatte Kaffee gemacht.

Hurl ließ sich auf den nächstbesten Küchenstuhl fallen.

«Roggenrath im Belagerungszustand. Aber das sind die ja hier zum Glück seit dem Mittelalter nicht anders gewohnt.»

«Wie geht es ihr?»

«Sie wird wieder, Max. Mach dir keine Sorgen.»

Max nickte stumm. Aber Hurl spürte, dass Max ihm nicht glaubte. Deshalb wechselte er lieber gleich das Thema.

«Draußen steht der Volvo. Wo ist denn Morian?»

«Er liegt oben in meinem Bett und schläft. Er hat in den letzten 40 Stunden allenfalls zwei, drei Stunden Schlaf abgekriegt.»

«Und Antonia?»

«Hält die Stellung im Präsidium.»

«Und du?»

«Ich? Was soll mit mir sein?»

«Du siehst aus wie der Tod. Solltest du nicht besser auch mal ein paar Stunden schlafen? Könnte nichts schaden.»

«Später.»

«Aha. Was machen wir stattdessen?»

«Wir fahren jetzt rüber nach Nürburg. Zu Ludwig.»

Walther Brandesser ließ den Telefonhörer achtlos auf den Schreibtisch fallen, stützte die Ellbogen auf und bedeckte das Gesicht mit seinen Händen.

«Wer hat angerufen?»

Er sah erschrocken auf. Seine Frau stand in der Tür. Er hatte sie gar nicht bemerkt. Wie lange stand sie schon da?

«Der Arzt hat doch gesagt, du sollst unbedingt im Bett bleiben und dich ausruhen, Edith.»

«Das war nicht die Polizei, oder?»

«Nein.»

«Wer war es denn?»

«Ein Redakteur aus der Wirtschaftsredaktion der FAZ. Du erinnerst dich vielleicht an ihn. Er hatte vor zwei Jahren diese Homestory über uns gemacht.»

«Ich erinnere mich. Ein netter Kerl. Aber woher hat er unsere Privatnummer? Ich dachte, du gibst diese Nummer grundsätzlich nicht an Journalisten weiter.»

«Richtig. Aber in seinem Fall hatte ich damals wegen der Homestory eine Ausnahme gemacht.»

«Und was wollte er jetzt?»

«Er fragte, ob er vorab schon etwas mehr wissen dürfe. Der Inhalt der E-Mail sei so kryptisch und…»

«Was für eine E-Mail?»

«Das habe ich ihn auch gefragt. Er faxt sie mir gerade.»

Walther Brandesser erhob sich schwerfällig wie ein alter Mann aus seinem ledernen Schreibtischsessel. Seine Frau trat zögernd näher, als fürchtete sie sich vor dem, was das Faxgerät auf dem Beistelltisch in diesem Augenblick ausspuckte.

Die gefaxte E-Mail gab als Absender eine korrekte Adresse aus Brandessers Firma an: *info@brandesser-eventur.de.* Im Verteiler waren als Adressaten gut drei Dutzend Zeitungen, Zeitschriften und Fernsehsender aufgelistet.

Der Text war für Edith Brandesser allerdings genauso kryptisch wie für den FAZ-Redakteur:

Zu der Entführung seines geliebten Sohnes Clemens will der geschäftsführende Gesellschafter Dr. Walther Brandesser am morgigen Mittwoch im Rahmen einer Pressekonferenz an seinem privaten Wohnsitz in Roggenrath/Eifel persönlich Stellung nehmen und somit dem ausdrücklichen Wunsch des Entführers nachkommen, das lange Zeit strenggehütete, große Geheimnis seiner Familiengeschichte preiszugeben. Wir würden uns freuen, wenn Sie an dieser Pressekonferenz teilnehmen könnten.

Es folgten das morgige Datum, die genaue Adresse in Roggenrath, eine ausführliche Wegbeschreibung aus Richtung Köln und Frankfurt zum Oberdorf sowie die Uhrzeit: 11 Uhr.

«Walther, was ist das?»

«Das hat der Dreckskerl heute Abend in meinem Namen verschickt. Um 21.46 Uhr. An alle wichtigen …»

«Das ist mir klar. Ich kann ja lesen. Was meint er mit diesem Familiengeheimnis?»

«Ich habe keine Ahnung.»

«Walther, ich habe allmählich genug von deinem Versteckspiel. Wenn du mir nicht mehr traust, muss ich wohl damit leben. Aber begreifst du denn nicht, dass er offenbar kein Lösegeld will, sondern die Wahrheit? Aus deinem Mund?»

«Ich habe keine Ahnung, was er …»

«Walther, was ist dir das Leben unseres Sohnes wert?»

In diesem Augenblick läutete es an der Haustür.

Brandesser sah seine Frau erschrocken an. Sie erwiderte seinen Blick, trotzig und voller Verachtung.

«Na geh schon und mach auf. Hast du Angst? Die Polizei steht doch in der Toreinfahrt und kontrolliert jeden.»

Vor der Tür stand Marlene Jeschke. Sie trug einen Regenmantel und schützte sich mit einem Schirm vor dem Wolkenbruch.

«Was willst du hier?»

«Walther, wir müssen etwas unternehmen. Entschuldige bitte, dass ich nach all den Jahren so unvermittelt in dein Leben platze. Aber ich muss dringend mit dir reden. Jetzt. Wir müssen …»

«Verschwinde!»

Brandesser wollte die Haustür wieder schließen, als seine Frau aus dem Arbeitszimmer in die Halle trat.

«Oh. Guten Abend, Frau Jeschke. Sie werden ja ganz nass da draußen. Walther, willst du Frau Jeschke nicht hereinbitten?»

Brandesser trat stumm zur Seite.

Marlene Jeschke schüttelte den Regenschirm aus und machte erst dann zwei zaghafte Schritte ins Trockene. Sie sah sich schüchtern um, mit eingezogenen Schultern und gesenktem Kopf, als wäre sie völlig sicher, dass ihre Anwesenheit eine einzige Beleidigung für das Haus sein musste.

«Frau Jeschke, kann ich Ihnen den Mantel und den …»

«Nein. Danke. Es dauert nicht lange, Frau Brandesser. Ich muss nur fünf Minuten mit Ihrem Mann reden. Angesichts der besonderen Umstände und auch im Interesse von Clemens bleibt mir jetzt leider keine Zeit mehr für Diplomatie, auch wenn ich mich bisher 48 Jahre lang diplomatisch und rücksichtsvoll verhalten habe und dies auch sicher weiterhin getan hätte. Ich überlasse es also Ihnen, Frau Brandesser, ob Sie bei diesem Gespräch dabei sein möchten oder nicht.»

Edith Brandesser starrte ihren Mann an.

«Edith, bitte geh und lass uns einen Augenblick alleine. Ich kann dir das alles später erklären.»

Edith Brandessers Gesicht versteinerte. Sie ging wortlos und verschloss die Tür zum Salon hinter sich.

«Walther, es tut mir leid, dass ich …»

«Was willst du?» Seine Augen waren voller Hass.

«Wir müssen etwas unternehmen. Gleich morgen früh, wenn es wieder hell wird. Er ist ganz in der Nähe. Ich kann es spüren. Bist du denn noch nicht darauf gekommen? Denk doch mal nach: Es gibt doch nur eine einzige Möglichkeit, wo er sich bei diesem Wetter im Wald verstecken kann, ohne dass die Polizei ihn findet. Du kennst sie, und ich kenne sie.»

«Ich weiß nicht, wovon du redest.»

«Walther, ich dachte mir, wenn wir vielleicht gemeinsam nachschauen und wenn wir gemeinsam versuchen, mit ihm zu reden, als seine Eltern, vielleicht gibt er dann endlich auf. Vielleicht können wir ihn noch rechtzeitig zur Vernunft bringen, wenn er sieht, dass ich dich nicht hasse für das, was du getan hast, und wenn er sieht, dass sein Vater kein Monster ist, kein abstraktes Wesen, sondern ein Mensch aus Fleisch und Blut, sein eigen Blut, das er vernichtet, wenn er nicht …»

Walther Brandesser machte zwei energische Schritte zur Haustür, öffnete sie ruckartig und deutete mit der freien Hand hinaus.

«Nein! Bitte geh jetzt!»

«Bitte, Walther …»

«Ich möchte, dass du jetzt gehst. Sofort!»

Sie ging.

Auf dem Hof spannte sie den Schirm auf und verschwand durch die erleuchtete Toreinfahrt in der Nacht.

Die Landkarte im Maßstab 1:25 000 war wesentlich größer als der Küchentisch. Jedes Mal, wenn sich Ludwig über die Karte beugte, stieß er gegen den abstehenden Rand des steifen Papiers, und die Karte verrutschte. Also schlurfte er hinaus auf die Terrasse und entfernte die Klammern von seinem Gartentisch, während der Regen auf das Wachstuch prasselte.

Ludwig verschloss die Terrassentür, verschob die nagelneue Karte, die er erst am Nachmittag in der Kreisstadt gekauft hatte, bis der Mittelpunkt seines Interesses exakt im Zentrum des Tisches lag, knickte das überstehende Papier um, befestigte die Landkarte mit den noch feuchten Klammern und setzte sich wieder. Dann stieß er mit seinem rechten Zeigefinger hinab.

«Hier. Genau hier.»

Max und Hurl beugten sich gleichzeitig über den Tisch und starrten auf das Gewirr topographischer Symbole.

«Ich sehe nichts, Ludwig.»

«Natürlich siehst du nichts. Es ist nichts eingezeichnet. Deshalb findet die Polizei ja auch nichts. Weil sie nicht den kompletten Wald durchkämmen kann und deshalb natürlich nicht ausgerechnet an Stellen sucht, wo nichts auf der Karte eingezeichnet ist. Und die Hubschrauber können erst recht nichts finden.»

«Und was befindet sich da unter deinem Fingernagel?»

«Max, du hast doch selbst erzählt, dass er all seine Pläne, Entscheidungen, Handlungen fast zwanghaft mit Symbolen verknüpft. Und wie wichtig es ihm ist, dass seine Umwelt diese Symbole auch sieht und erkennt. Wie ein Feldherr, wie ein Staatsmann, der noch zu Lebzeiten späteren Geschichtsschreibern genügend Symbolträchtiges liefern will. Mir scheint, mit der Wahl seines Verstecks will er an seinen Großvater erinnern. Daran, wie Franz Brandesser an sein Geld gekommen ist.»

«Die Juden? Die Zwangsarbeiter?»

«Gut aufgepasst, Max. Kennt Hurl die Geschichte schon?»

Max nickte, während Hurl ehrlicherweise den Kopf schüttelte. Ludwig entschied sich für Hurls Version.

«Er hat in der Tat an den Juden verdient, die er über die grüne Grenze bis in den Hafen von Antwerpen schleuste und sich dafür mit deren gesamtem Hab und Gut bezahlen ließ. Er hat ebenso an den Zwangsarbeitern verdient, die für einen Teller dünner Suppe auf seinen Feldern schufteten und an Hunger und Erschöpfung krepierten. Aber Franz Brandesser hat damals ebenso satt am Bau des Westwalls verdient. Hitlers gigantische Verteidigungsanlage entlang der deutschen Westgrenze. Die Nazis bezahlten den SA-Mann Franz Brandesser fürstlich dafür, dass er die Arbeiter verköstigte und die Aufseher beherbergte.»

«Worauf willst du hinaus?»

«Das da unter meinem Fingernagel, mein lieber Max, das ist ein alter Westwall-Bunker, der in keiner Karte verzeichnet ist.»

Walther Brandesser drehte den Schlüssel von innen zweimal im Schloss um und drückte anschließend die Klinke behutsam nach unten, um zu prüfen, ob die Tür auch wirklich verschlossen war. Dann durchquerte er mit müden Schritten das Arbeitszimmer, setzte sich hinter seinen Schreibtisch und wartete.

Das Knarren der alten Holzdielen über ihm zeigte an, dass seine Frau zu Bett ging. Er hörte das Rauschen der Wasserleitung, wenig später erneut das Knarren, von links nach rechts, vom Bad zum Schlafzimmer. Dann war Stille. Er wartete noch eine Weile.

Er hatte Zeit, viel Zeit.

Schließlich nahm er den winzigen Schlüssel, der vor ihm auf der Tischplatte lag, öffnete damit die untere rechte

Schublade, schob das samtrote Familienbuch beiseite, holte ein Holzkästchen von der Größe einer Zigarrenkiste hervor, stellte das Kästchen vor sich auf den Tisch und strich mit der flachen Hand zärtlich über die wertvolle Intarsienarbeit.

Man musste schon sehr genau hinschauen, um das dargestellte Hakenkreuz zu erkennen. Man erkannte es nur, wenn man das Kästchen ins Licht hielt und leicht neigte, sodass die schimmernden Intarsien die Farbe wechselten. Walther Brandesser hatte als Kind viel Zeit damit verbracht, sehr genau hinzuschauen. Er öffnete das Kästchen und nahm die in roten Samt eingeschlagene Pistole seines Onkels heraus. Heinrich Brandessers Dienstwaffe im Kampf gegen die bolschewistische Weltherrschaft.

Walther Brandesser ließ die alte Pistole alle zwei Jahre von einem Büchsenmacher in der Kreisstadt überprüfen und pflegen. Der Büchsenmacher hatte versichert, aus der Pistole sei noch nie ein Schuss abgefeuert worden, bevor der Neffe sie zum ersten Mal zur Inspektion gegeben hatte. Die letzte Inspektion war gerade mal ein halbes Jahr her. Walther Brandesser hatte keine Ahnung von Waffen, und er hatte die Pistole seines Onkels noch nie benutzt. Aber er hatte sich von dem Büchsenmacher genau erklären lassen, wie sie funktionierte. Vor Jahren schon. Kurz nachdem sein Vater gestorben war. Wie man lud und entsicherte. Die Sache mit dem Druckpunkt. All das rief er sich in Erinnerung, während er die Waffe betrachtete und auf den Morgen wartete.

Der Westwall. Die Nazi-Propagandisten in der Reichshauptstadt hatten sich noch nicht zwischen Führer-Linie, Hitler-Linie und Siegfried-Linie entscheiden können, da nahmen ihnen die Arbeiter die Arbeit ab, indem sie gleich 1938 den Namen Westwall unters Volk brachten. 1938 war mit dem

Bau begonnen worden: mehr als 18 000 Bunker, außerdem Stollen, Gräben und Panzersperren, 630 Kilometer entlang der Westgrenze Deutschlands, von Kleve an der niederländischen Grenze bis Weil am Rhein unweit der französischen Grenze zur Schweiz.

Manche Historiker bezeichneten den von den Nazis eifrig als Verteidigungslinie gepriesenen Westwall später als die größte jemals in Beton gegossene Lüge: Denn Hitler hatte nie der Sinn nach Verteidigung gestanden, sondern nach Angriff, und schon wenig später überrollte seine Wehrmacht die angrenzenden westeuropäischen Nachbarländer.

Erst kurz vor Ende des Zweiten Weltkriegs wurde der Westwall dann doch noch kurzfristig zur Verteidigungslinie, als man dort den stetigen Vormarsch der Amerikaner seit der Invasion in der Normandie stoppen wollte. Aber auch da wurde der Westwall schließlich zum Ausgangspunkt eines Angriffs, nämlich der mörderischen Ardennen-Offensive, die im letzten, bitterkalten Kriegswinter in der Eifel binnen weniger Wochen mindestens 17 000 deutschen sowie mindestens 19 000 amerikanischen Soldaten den Tod brachte. Darüber hinaus wurden 34 000 deutsche sowie 47 000 amerikanische Soldaten schwer verwundet, und 16 000 deutsche sowie 21 000 amerikanische Soldaten wurden von ihren Einheiten vermisst. Ihre Leichen tauchten nie wieder aus dem Schnee und Morast der Eifelwälder auf.

Auch an der Ardennen-Offensive hatte Franz Brandesser noch einmal verdient. Behauptete jedenfalls Ludwig. Er hatte aus seinem umfangreichen Archiv genügend Material für eine Doktorarbeit zusammengestellt. Aber Max und Hurl hatten eine Menge Zeit, um die Fotos und Dokumente in Anne Wolanskis Küche zu studieren und sich so die Stunden bis zum Morgengrauen zu vertreiben, während Morian im ersten Stock tief und fest schlief.

In Ludwigs prallgefülltem Aktenordner fand sich aber nicht nur ein ausführlicher historischer Abriss, sondern auch ein Lageplan und ein Bauplan des Bunkers.

Regelbau 10 verfügte über einen Hauptraum, in dem einst zwölf Soldaten wohnten, ferner über einen vorgelagerten, wesentlich kleineren Kampfraum mit zwei zentralen Scharten für die beiden Maschinengewehre sowie weiteren Scharten für die Karabiner. Jedem Soldaten standen eine Schlafstelle und ein Hocker zu. Nur der kommandierende Offizier hatte Anspruch auf einen Stuhl mit Rückenlehne. Für den Regelbau 10 war das Erdreich so weit ausgeschachtet worden, dass der Betonkubus nur noch zu einem Drittel aus dem Waldboden ragte. Laut Ludwigs sorgfältiger Beschreibung war die Betondecke des weitgehend unversehrten Bunkers, den er vor sieben Jahren zufällig bei einer seiner Waldwanderungen entdeckt hatte, dicht mit Moos überwuchert. Der rückwärtige Haupteingang war durch einen Erdrutsch verschüttet worden. Das zeigten auch die Fotos, die Ludwig damals gemacht hatte: Das Innere des Bunkers war nur noch über den Nebeneingang, eine enge Treppe an der linken Seite des Kampfraumes, zu erreichen. Die einst luftdicht verschließbaren, gegen Giftgasangriffe schützenden Stahltüren fehlten jedoch. Vermutlich hatte schon gleich nach Kriegsende jemand das kostbare Metall gut gebrauchen können.

«Max, hast du schon einen Plan, wie wir da lebend reinkommen, ohne dass er uns vorher wie die Karnickel abknallt?»

«Nein. Aber wenigstens werden wir schon von außen feststellen können, ob Ludwig mit seiner Vermutung recht hat und er sich tatsächlich da drinnen versteckt hält. Decke und Wände sind aus 1,50 Meter dickem Beton. Da aber Handy und Internet ebenso zuverlässig funktionieren wie seine diversen Peilsender, muss er eine Außenantenne angebracht haben.»

Max sah auf die Uhr.

«In einer halben Stunde wird es hell. Wir sollten aufbrechen.»

In spätestens einer Stunde würde die Einsatzhundertschaft draußen auf dem Fabrikhof auf den Beinen sein, um die Suche nach Clemens Brandesser fortzusetzen.

«Klar. Ich komme nur nochmal kurz auf meine Frage zurück: Wie kommen wir in den Bunker rein?»

«Ich habe keine Ahnung. Was hast du denn so im Kofferraum deines Mustang gelagert?»

«Nichts außer einem Basketball. Und in meiner Hosentasche befindet sich lediglich Ludwigs Kompass. Ich hatte schließlich keine Ahnung, dass wir heute in den Krieg ziehen würden. Da fällt mir ein: Meinen Revolver hast du ja noch.»

Max öffnete die Besteckschublade.

Messer, Gabeln, Löffel. Aber kein Revolver.

«Dieser verdammte Mistkerl.»

Max blickte wütend zur Decke.

Hurl folgte seinem Blick.

«Jo meint es nur gut mit dir. Du warst schon immer ein miserabler Schütze. Was machen wir eigentlich mit Jo? Lassen wir ihn einfach weiterschlafen?»

«Jetzt erst recht. Weißt du was? Wir sehen uns den Bunker einfach mal unverbindlich von außen an.»

«Guter Plan. Wenn dir später noch eine Fortsetzung dazu einfällt, lass es mich rechtzeitig wissen.»

Max hatte den Land Rover schon am Abend zuvor vorsorglich jenseits der Kyll im Unterdorf abgestellt. Er hatte keine Lust, die Einsatzhundertschaft vorzeitig aufzuwecken und sich neugierigen Fragen zu stellen. Sie kletterten also aus dem Fenster der Vorratskammer, schlichen durch den Gemüsegarten, durchwateten die knietiefe Kyll und liefen über die stockdunkle Landstraße zurück. Max startete den Land Rover und gab Gas.

Nach nur fünfzig Metern trat er auf die Bremse.

«Was ist los, Max?»

In Marlene Jeschkes Kiosk brannte Licht.

Aber ihr Wagen stand nicht vor dem Haus.

Sie hatte es offenbar eilig gehabt.

Max stieg aus.

Die Tür zum Kiosk war unverschlossen.

«Frau Jeschke?»

Auch in der Wohnküche brannte Licht. Auf dem Tisch stand eine Kaffeetasse. Die Tasse war nur halb geleert und noch warm. Neben der Tasse lag ein Briefkuvert:

Für Herrn Maifeld.

Auch wenn Marlene Jeschkes Auto nicht an seinem Platz stand, wollte Max sichergehen: Er nahm die Treppe, die in den ersten Stock führte. Auch im Schlafzimmer und in dem winzigen Bad brannte Licht. Aber Marlene Jeschke war nicht da.

Max spürte, wie sich ihm der Hals zuschnürte, während er zurück zu Hurl und zum Land Rover rannte, wortlos den ersten Gang einlegte und das Gaspedal durchdrückte.

Es gab nicht viele Möglichkeiten.

Hurl musste nicht nachfragen: «Entweder spielt sie mit dem Gedanken, ihr Leben zu beenden, oder hat es bereits getan ... oder sie sucht ihren Sohn, um ihn umzustimmen ... oder sie sucht ihren Sohn, um ihn umzubringen.»

Max nickte nur. Sie hatten Roggenrath bereits weit hinter sich gelassen, als ihm einfiel, dass er vergessen hatte, Marlenes Jeschkes Brief vom Tisch zu nehmen und einzustecken.

Die kleinen Räder kämpften sich tapfer durch die noch feucht dampfende, vom tagelangen Dauerregen aufge-

weichte Erde, bis sie im frischen Schlamm einer Wildschweinsuhle versanken. Der Motor heulte ein letztes Mal
auf, würgte, ruckte und verstummte. Marlene Jeschke stieg
aus dem Wagen und stapfte zu Fuß weiter bergauf, durch den
Frühnebel, der sich zwischen den Kiefern hielt und den Wald
zu einer scheinbar undurchdringlichen Wand verkleisterte.
Sie orientierte sich an den wenigen Laubbäumen, an den dicken Buchen und an den weißleuchtenden, im täglichen
Kampf ums Licht überschlank gen Himmel strebenden Bir-
ken. Sie trug ihre gelben Gummistiefel und dazu ihr bestes
Sommerkleid, viel zu leicht und viel zu luftig für diesen
feuchtkalten Morgen. Das Regencape hatte sie im Wagen vergessen. Sollte sie nochmal umkehren und es holen? Nein.
Keine Zeit. Weiter. Warum trug sie ein Kleid? Warum hatte
sie nicht zu Pullover und Hose gegriffen? Sie wusste es nicht.
Wusste sie es wirklich nicht? Sie schüttelte den Kopf und
kletterte weiter. Worauf hoffte sie noch?

Nach all den Jahren.

Das erste Tageslicht war noch schwach. Über ihr schlossen
sich die Wipfel zu einem Tunnel. Mit Mühe konnte sie den
Schattenriss des Bussards erkennen, der über den Baumkronen kreiste und nach leichter Beute Ausschau hielt.

Der Bunker lag auf einer von Kiefern umschlossenen Anhöhe. Die letzten Meter waren anstrengend, sie rutschte immer wieder aus und musste schließlich die Hände zu Hilfe
nehmen. Auf allen vieren kroch sie den Berg hinauf, bis ihre
blanken Knie bluteten. Schwer atmend richtete sie sich auf
und kletterte die vermoosten Stufen der engen Treppe hinunter.

Das eigenartige Brummen wurde immer lauter. Im Vor-
raum war es stockdunkel. Sie orientierte sich an den schmalen Lichtschlitzen der Schießscharten und tastete sich an den
glitschigen, kalten Betonwänden entlang. Sie erinnerte sich

schwach, dass eine weitere, kurze Treppe hinunter in den Hauptraum führte. Es stank nach Urin. Und nach Erbrochenem. Sie ließ sich von dem Gestank leiten, bis sie schließlich die Treppe fand.

«Harald?»

Nichts war zu hören außer dem unablässigen Brummen in ihrem Rücken. Schritt für Schritt tastete sie sich abwärts. Die Betonwand fühlte sich nun trockener, rauer an. Nach vier Stufen hatte sie den Hauptraum erreicht. Denn ihre Hände fanden keinen Halt mehr.

«Harald? Ich bin's. Deine ...»

Sie spürte den kalten Stahl an ihrer Schläfe.

«Was willst du? Was hast du hier zu suchen?»

«Ich ... ich will mit dir reden, Harald.»

«Es gibt nichts zu reden zwischen uns.»

«Es gibt auch keinen Grund, mir eine Pistole an den Kopf zu halten. Willst du mich erschießen?»

Der kalte Stahl verschwand.

Ihr Herz schlug bis zum Hals, während sie wartete. Schließlich flammte ein Licht auf. Die Lampe beschrieb ein kreisrundes Feld auf dem Tisch. Daneben konnte sie ein Bett erkennen. Und davor Harald. Er legte die Pistole in den Lichtkegel auf dem Tisch, schloss die Augen und rieb sich die Schläfen. Er sah müde aus. Als hätte er schon lange nicht mehr geschlafen.

«Woher hast du gewusst, dass ich komme?»

«Ich habe es nicht gewusst. Nicht im Traum hätte ich ausgerechnet mir dir gerechnet. Aber ich habe dich auf dem Monitor gesehen. Infrarotkamera. Also: Sag endlich, was du zu sagen hast, und dann verschwinde von hier.»

«Ich will zuerst den Jungen sehen.»

Sie hätte auch sagen können: Wenn der Junge tot ist, gibt es nichts mehr zu reden. Der Mann, der ihr Sohn und ihr doch so fremd war, lachte auf und nahm eine Taschenlampe vom Tisch. Er schaltete sie ein und ließ den zitternden Lichtkegel über den grauen Beton wandern, bis er die Pritsche am Ende des Raumes erfasste. Darauf saß Clemens Brandesser, lehnte mit dem Rücken an der Wand und hielt sich den Handrücken vor die Augen, weil ihn das grelle Licht blendete.

Marlene Jeschke durchquerte energischen Schrittes den Bunker und setzte sich auf den Rand der Pritsche.

«Geht es dir gut, Clemens?»

Clemens Brandesser nickte. Sein schmächtiger Körper zitterte. Vor Kälte und vor Angst.

«Natürlich geht es ihm gut! Und wenn sein Vater mitspielt, dann ist schon heute Mittag alles vorbei!»

Marlene Jeschke riss erschrocken den Kopf herum. Sie hatte ihn nicht kommen gehört. Harald Jeschke stand unmittelbar hinter ihr und schaute von oben auf sie herab.

«Was hast du vor, Harald?»

«Dr. Walther Brandesser wird in wenigen Stunden eine Pressekonferenz geben. Er wird den versammelten, von ihm so geschätzten Medienvertretern alles über sein Leben erzählen. Die ganze verdammte Wahrheit. Nicht wahr, Clemens? Clemens kennt übrigens inzwischen die ganze Wahrheit über seinen großartigen Vater. Und über die Nutte, die sich seine Mutter nennt. Er fand das alles sehr interessant. Nicht wahr, Clemens?»

«Harald, ich bitte dich als deine …»

«Oh. Wie unhöflich von mir. Wo bleibt nur meine gute Kinderstube? Ihr kennt euch zwar sicher vom Sehen, aber ich habe euch noch gar nicht miteinander bekannt gemacht: Clemens, das hier ist die Frau, die dein Vater vergewaltigt hat.»

Clemens starrte verlegen auf seine an den Körper gezogenen Knie. Harald Jeschke packte ihn grob am Kinn und zwang ihn, die alte Frau in dem geblümten Sommerkleid anzusehen.

«Harald, lass ihn zufrieden. Der Junge hat dir doch gar nichts getan. Lass ihn jetzt laufen. Ich flehe dich an.»

«Bist du verrückt? So kurz vor dem Ziel?»

«Siehst du denn nicht, dass es dem Jungen schlechtgeht?» Sie hatte keine Ahnung, ob es möglich war, an Haralds Gewissen zu appellieren. Weil sie nicht wusste, ob ihr Sohn ein Gewissen besaß. Aber sie wollte nichts unversucht lassen. «Du hast ja noch nicht einmal etwas zu essen für ihn hier.»

«O doch. Astronautennahrung aus der Tube. Spart Platz, macht nicht dick, und man hat anschließend keinen Ärger mit dem Abwasch. Nicht wahr, Clemens? Ihm geht es echt gut hier. Wie in den Ferien. Allemal besser als im Waisenhaus, kann ich nur versichern. Gute Gespräche von Mann zu Mann. Jetzt weiß er wenigstens Bescheid über seine noble Familie. Von seinem Vater, diesem Weichei, hätte er das bestimmt nie erfahren.»

Erst jetzt, im Lichtkegel der Taschenlampe, registrierte Marlene Jeschke das verkrustete Blut im Haarschopf des Jungen. Sie betastete vorsichtig die verschorfte Wunde. Clemens zuckte bei jeder ihrer Berührungen zusammen.

«Er ist verletzt. Was hast du mit ihm gemacht?»

«Halb so schlimm. Nicht wahr, Clemens? Als er bewusstlos war und ich ihn in den Bunker tragen musste, da habe ich wohl eine Kurve zu eng genommen. War keine böse Absicht.»

«Die Wunde muss versorgt werden.» Marlene Jeschke blickte hinab in den stinkenden Blecheimer. «Vermutlich hat er auch eine Gehirnerschütterung. Er muss schleunigst zum Arzt. Ich nehme den Jungen mit. Komm jetzt, Clemens. Ich helfe dir.»

Als sie ihn am Arm fasste, bemerkte sie die Fessel.

Marlene Jeschke erhob sich von der Pritsche.

«Harald, gib mir die Schlüssel für die Handschellen.»

Harald Jeschke lachte laut auf. Das Lachen klang schrill und hysterisch und hallte durch den Bunker. Clemens Brandesser schloss zitternd die Augen.

«Gut, dann werde ich die Schlüssel eben selbst suchen. Und du wirst es nicht wagen, mich aufzuhalten.»

Sie ging auf den Tisch zu.

«Bleib stehen, du dämliche Kuh!»

Sie hörte seine hastigen Schritte. Sie ignorierte ihn. Sie hatte den Tisch fast erreicht, als er sie von hinten am Arm packte, sie herumriss und ihr seine Faust ins Gesicht stieß. Sie stolperte rückwärts, ruderte mit den Armen in der modrigen Luft, fand keinen Halt und stürzte. Ihr Hinterkopf wurde vom Holzbock des Tisches gebremst, bevor er auf den Beton schlagen konnte.

Blut sickerte aus ihrer Nase.

Harald Jeschke kniete neben ihr nieder und nahm ihre Hand.

«Mama! Sag doch was!»

Sie kam zu sich. Sie schlug die Augen auf. Sie sah an ihm hoch, bis sich ihre Blicke trafen. Sie entdeckte tiefe Besorgnis in seinen Augen. Ihr Sohn. Sie lächelte. Ihr Sohn war um sie besorgt.

«Harald, ich ...»

Ihre Augen wanderten unwillkürlich weiter nach oben, zu dem flüchtigen Schatten, und ihr Lächeln verschwand. Harald Jeschke folgte ihren Augen und blickte in den Lauf der Pistole, die Dr. Walther Brandesser auf seinen Kopf richtete.

«Hast du tatsächlich geglaubt, du könntest gewinnen?»

Zweige peitschten gegen die Frontscheibe, Äste kratzten über das Dach, Baumstämme huschten gefährlich nahe vorbei. Ein Rehbock ergriff panisch die Flucht vor dem hektisch tanzenden Lichtkegel der Scheinwerfer. Mit jedem Schlagloch heulte der Dieselmotor des Land Rover klagend auf. Die Scheibenwischer hatten keine Chance gegen das schlammige Spritzwasser, das unablässig gegen die Scheiben schleuderte.

«Vorsicht, Max!»

Max riss das Steuer herum und umkurvte die Wildschweinsuhle, in der Marlene Jeschkes Auto bis zu den Radnaben versunken war. Hurl hatte Mühe, bei dem Geschaukel Kompass und Karte im Blick zu behalten. Der Geländewagen geriet ins Rutschen, die beiden linken Räder drehten in der Luft, bis der Allradantrieb sie zurück auf den Erdboden zwang.

Minuten später passierten sie den völlig verdreckten Porsche Cayenne der Brandessers. Die Vorderräder schwebten in der Luft. Eine junge Kiefer hatte den Cayenne aufgebockt, nachdem sie von der Stoßstange gefällt worden war.

Max und Hurl schauten sich nur kurz an.

Noch zweihundert Meter, dann hatte auch der Land Rover keine Chance mehr gegen die Steigung und gegen den aufgeweichten Waldboden. Sie sprangen aus dem Wagen. Max sah sich ungeduldig um, während Hurl die Karte, den Kompass und die Umgebung in Übereinstimmung brachte. Hurl faltete hastig die Karte zusammen. Er hatte sie gerade eingesteckt, als ein dumpfer Knall die Stille zerriss. Die Vögel erhoben sich wild flatternd aus den Bäumen. Der Bussard machte sich bereit.

Erwin Keusen rüttelte Antonia Dix heftig am Arm.

«Antonia! Wach auf!»

Antonia schreckte hoch und warf einen Blick auf die Uhr an

ihrem Handgelenk. Sie hatte sich erst vor zwei Stunden zum Schlafen in eine der Ausnüchterungszellen im Keller des Präsidiums gelegt. Tatsächlich geschlafen hatte sie allenfalls eine halbe Stunde; denn ausgerechnet diese Nacht hatte Hochbetrieb im Zellentrakt geherrscht. Der abwaschbare Kunstleder-Bezug der Matratze hatte dafür gesorgt, dass ihr T-Shirt jetzt feucht an ihrem Rücken klebte und sie frösteln ließ.

«Was gibt's, Erwin?»

«Ich kann Morian nicht über Handy erreichen.»

«Was ist denn los?»

Schlagartig wich die Müdigkeit aus ihren Gliedern, noch bevor Keusen sagen konnte, was los war:

«Ich habe sein Versteck gefunden, Antonia.»

Zwanzig Minuten später stieg der Hubschrauber hinter dem Bonner Polizeipräsidium auf. Zeitgleich starteten in Köln zwei Hubschrauber mit dem SEK-Team an Bord. Erwin beugte sich vor und reichte dem Kopiloten einen handschriftlichen Zettel mit den Koordinaten über die Schulter. Der Kopilot nickte und gab die Koordinaten über Funk an die SEK-Hubschrauber weiter und schaffte es schließlich auch, den Leiter der Einsatzhundertschaft über Funk zu erreichen, der Morian wecken und sämtliche öffentlichen Straßen im Radius von zehn Kilometern sperren ließ.

Der Kopilot drehte sich zu ihnen um und hob fünf Finger. In fünf Minuten würden sie also am Ziel sein. Antonia nickte, zog die kugelsichere Weste über und überprüfte ihre Waffe.

«Antonia, du hast hoffentlich nichts dagegen, wenn ich solange im Hubschrauber bleibe? Das Abseilen aus der Luft ist nichts für einen alten Mann. Außerdem hatte ich seit mindestens zehn Jahren keine Waffe mehr in der Hand.»

«Eine sehr kluge Entscheidung, Erwin. Wie hast du das nur hingekriegt, sein Versteck zu finden?»

«Ist jetzt zu kompliziert, das zu erklären.»

Jetzt und in Wahrheit auch in alle Ewigkeit, dachte Antonia. Aber Erwin packte dann doch der Ehrgeiz:

«Stell dir eine Funkpeilung vor, Antonia. Da gibt es, jetzt mal ganz vereinfacht ausgedrückt, einen Sender und einen Empfänger und als Medium drei Satelliten im Weltraum. Ich habe diese Nacht ein bisschen rumexperimentiert, und zwar mit dem Peilsender, den wir unter Hans Kessliks Wagen gefunden haben, und dem Peilsender, der unter dem Land Rover dieser Künstlerin steckte, mit dem Max schon die ganze Zeit rumfährt ...»

«Da war auch einer?»

«Natürlich. Hatte ich mir gleich gedacht. Josef hatte gesagt, ich solle die Peilsender unter den Autos der Brandessers an Ort und Stelle lassen. Aber den unter dem Land Rover, den hatte ich mitgenommen, um mir mal ein Bild machen zu können. Hersteller, Vertriebsweg und das Übliche. Und dann kam mir diese Nacht die Idee, das Ganze einfach umzudrehen. Und es hat funktioniert: Ich konnte den Empfänger der Signale orten. Ganz in der Nähe von Roggenrath. Nur ein paar Kilometer westlich vom Dorf. Mitten im Wald. Auf der Karte ist dort leider nichts zu entdecken. Ich habe keine Ahnung, was uns dort gleich erwartet, Antonia, aber ich bin mir hundertprozentig sicher: Er ist da.»

Sie lagen flach auf dem Bauch in der aufgeweichten Erde der Kuhle. Ein umgestürzter, halb verfaulter Baumstamm bot ihnen Sichtschutz. Der Bunker war noch knapp zehn Meter entfernt. Aus dieser Perspektive war kaum mehr als die weit überstehende Vorderkante der Betondecke zu sehen.

Hurl berührte Max an der Schulter, hob den Kopf und deutete mit der Nase nach vorn. Max nickte und bedeutete damit, dass er die Videokamera über dem Eingang registriert hatte. Hurl wischte die Kiefernnadeln beiseite, dann malte er mit seinen beiden Zeigefingern zwei Halbkreise in die Erde. Max nickte erneut, um anzuzeigen, dass er begriffen hatte und einverstanden war: Sie würden aus zwei Richtungen einen großen Bogen um den Bunker schlagen und sich dann im Sichtschatten der Betonwände dem Eingang nähern, um so die Zeitspanne bis zur Entdeckung zu verkürzen. Hurl berührte Max zum Abschied an der Schulter, robbte mit der Geschwindigkeit und Leichtigkeit einer Schlange nach rechts davon und verschmolz mit der Umgebung.

In diesem Augenblick fiel ein zweiter Schuss, grausam dumpf und durch die dicken Betonwände seiner grellen Spitze beraubt. Hurl hielt abrupt in der Bewegung inne und warf über die Schulter einen Blick zurück, der besagen sollte: Lass es gefälligst bleiben. Zu spät. Max war schon auf den Beinen und rannte auf den Bunker zu. Hurl fluchte auf Englisch und hastete hinterher. Sie erreichten fast gleichzeitig die Treppe. Max schaltete die Taschenlampe ein, die er aus dem Land Rover mitgenommen hatte, und leuchtete am Fuß der Treppe nur kurz um die Ecke, um die Reaktion zu testen.

Nichts passierte.

Max hastete weiter, Hurl folgte ihm.

Mitten im Raum stand Marlene Jeschke. Sie schien den grellen Lichtschein der Stablampe überhaupt nicht wahrzunehmen. Sie schwankte leicht, ihre Arme hingen schlaff herab, als gehörten sie nicht zu ihrem Körper. Ihr Kleid war voller Blut.

Hurl sprang zum Tisch und drehte die Lampe so, dass sie den Bunker halbwegs erleuchtete. Max ließ den Lichtkegel der Taschenlampe über den Boden gleiten.

Vor Marlene Jeschke lagen zwei Männer.

Harald Jeschke lag auf dem Rücken. Er hatte ein Loch in der Stirn. Als hätte jemand das Feuermal als Zielscheibe benutzt. Unter seinem Hinterkopf hatte sich eine Blutlache ausgebreitet. Neben ihm lag Walther Brandesser, auf dem Bauch, die Arme und Beine von sich gestreckt. Die Kugel hatte ihn mitten in den Rücken getroffen. Die Blutlache unter ihm tränkte das weiße Hemd. Seine rechte Hand umklammerte eine Walther P38.

Max kniete zwischen den beiden nieder.

Er tastete nach Walther Brandessers, dann nach Harald Jeschkes Halsschlagader. Er suchte Blickkontakt zu Hurl und schüttelte den Kopf. Da erst entdeckte er die Pritsche am Ende des Bunkers. Der Lichtkegel traf Clemens Brandessers weit aufgerissene Augen.

«Hurl, schaff ihn hier raus.»

Max fand den Schlüssel für die Handschellen in Harald Jeschkes rechter Hosentasche und warf ihn Hurl zu. Der lud sich den Jungen auf die Arme und verließ den Bunker. Von draußen war schwach das Knattern sich nähernder Hubschrauber zu hören.

Marlene Jeschke hob den Kopf. An ihrem rechten Zeigefinger schlackerte die Makarov.

«Frau Jeschke, geben Sie mir die Pistole.» Max trat einen Schritt vor und streckte ihr seine Hand entgegen.

«Was sollte ich tun? Er hat meinen Sohn erschossen. Einfach so. Seinen Sohn. Unseren Sohn.»

«Es ist vorbei, Frau Jeschke. Geben Sie mir die Pistole.»

«Einfach so. Plötzlich stand er da, sagte etwas Hässliches und schoss ihm mitten ins Gesicht. Ich glaube, es hat ihm gar nichts ausgemacht. Auf dem Tisch da lag noch Haralds Pistole. Ich brauchte sie nur zu nehmen und …»

«Er wollte seinen Sohn Clemens retten.»

«Walther hätte Clemens ohne Blutvergießen retten können, wenn er der Öffentlichkeit die Wahrheit gesagt hätte. In ein paar Stunden wäre alles vorbei gewesen. Harald hatte es mir versprochen.»

Max hatte nicht die geringste Ahnung, wovon die kleine, mit einem Mal so zerbrechlich wirkende Frau redete.

«Manche Menschen können vielleicht nicht mit der Wahrheit leben, Frau Jeschke. Sie können nicht zu ihrer Geschichte stehen, weder zu ihrer eigenen noch zu der ihrer Familie.»

«Ja. Genau wie Sie, Herr Maifeld.»

«Was meinen Sie damit?» Max bereute die Frage, kaum dass er sie gestellt hatte. Am liebsten wäre er auf der Stelle aus dem Bunker gerannt. Aber er konnte sie nicht mit der Pistole alleine lassen. Ihr Blick war auf ihn geheftet, aber ihre Augen waren leer. Ihr Körper schaukelte sanft wie ein Strauch im Wind.

«Herr Maifeld, Sie können doch ebenso wenig der Wahrheit ins Auge sehen, nicht wahr? Sie haben vor allen deutlich sichtbaren Zeichen die Augen zugemacht. Jupp Maifeld konnte 1963 die Krankenhausrechnung nach Ihrer Operation nicht bezahlen, weil er seine private Krankenversicherung gleich nach Theos Geburt gekündigt hatte. Um die monatlichen Beiträge zu sparen. So viel war ihm die Gesundheit seiner jungen Familie wert.»

«Er hatte sich gerade erst in Köln selbständig gemacht. Die Firma lief noch nicht. Das Geld reichte hinten und vorne nicht. Sie sagen mir nichts Neues, Frau Jeschke.»

«Nein? Und warum hat Franz Brandesser die Rechnung bezahlt? Ich kann es Ihnen sagen: Jupp Maifeld hat ihn erpresst. Er hat dem alten Brandesser damit gedroht, andernfalls den Ruf seines Sohnes zu ruinieren. Deshalb hat Franz Brandesser die Rechnung bezahlt. Weil er es nicht ertragen hätte, das sein einziger Sohn im Dorf als Hurenbock dasteht, der minderjährige Angestellte schwängert und dann sitzenlässt und so den Ruf der Familie ruiniert. Ich habe es Ihnen doch schon einmal erklärt: Die katholische Kirche war in der Eifel der Nachkriegszeit noch mächtiger als der König von Roggenrath. Also zahlte der alte Brandesser die Rechnung für die Operation, um sich Stillschweigen zu erkaufen. Aber das reichte Jupp Maifeld nicht. Er gab keine Ruhe. Er kam wieder. Er wollte mehr. Er fuhr nach Roggenrath, um Bargeld zu fordern. Deshalb hat der alte Brandesser ihn auf seinem Hof von seinen Leuten windelweich prügeln lassen und ihn anschließend zum Teufel gejagt. Und ihm gedroht, ihn in der Kyll ersäufen zu lassen wie einen räudigen Hund, wenn er jemals wieder seinen Fuß ins Dorf setzen sollte. Jupp Maifeld war klug genug, den Ratschlag zu beherzigen. Wollen Sie nun wissen, wer Ihr Vater war, Herr Maifeld? Oder wollen Sie weiter wegschauen?»

Max schwieg.

Das Knattern der Hubschrauber wurde lauter.

«Herr Maifeld, mein toter Sohn hat nicht gelogen. Harald war tatsächlich Ihr Bruder. Ihr Halbbruder, um genau zu sein.»

Die Hubschrauber waren jetzt genau über ihnen. Aber Marlene Jeschke schien den Lärm nicht zu bemerken.

«Der Kiosk war meine Alterssicherung, Herr Maifeld. Selbst wenn ein wohlmeinender Gutachter dafür sorgen würde, dass ich nicht als Mörderin ins Gefängnis muss, weil ich im Affekt gehandelt habe, im Zustand der Schuldunfähigkeit, vielleicht sogar in erweiterter Notwehr, so würde doch niemand hier auch nur einen Bleistift bei der Frau kaufen, die einen Brandesser auf dem Gewissen hat. Mir fehlt die Kraft, woanders neu anzufangen. Mir fehlt inzwischen sogar die Kraft zum Weiterleben. Wozu auch? Alles ist getan. Nichts existiert mehr, was meinem Leben noch einen Sinn geben könnte. Auf dem Tisch in meiner Küche liegt ein Brief. Er ist an Sie adressiert, Herr Maifeld.»

«Ich habe ihn gesehen, Frau Jeschke. Ich würde ihn gerne lesen und dann mit Ihnen in Ruhe darüber reden. Frau Jeschke, geben Sie mir bitte jetzt die Pistole.»

«Es gibt nichts mehr zu reden, Herr Maifeld. Jetzt nicht mehr. Ich habe diese Nacht alles aufgeschrieben, was Sie wissen müssen. Leben Sie wohl, Herr Maifeld.»

Sie lächelte. Als sie die Springerstiefel auf der Treppe hörte, hob sie die Makarov an ihre Schläfe und drückte ab.

Marlene Jeschke wurde auf dem Waldfriedhof von Roggenrath beigesetzt, in der letzten Reihe, aber ganz in der Nähe von Katharina Maifeld. Dafür hatte Max gesorgt. Der Regen hatte endlich aufgehört, und als der Sarg in das Grab hinabgelassen wurde, brach die Sonne warm und hell durch die grauen Schleierwolken. Anne Wolanski drückte Max Maifelds Hand. Sie trug eine Mütze auf dem Kopf, die Hurl gleich nach ihrer Ankunft im Dojo aus seinem reichhaltigen Fundus ausgewählt und ihr geschenkt hatte, weil sie sich ihres kahlgeschorenen Schädels schämte. Die Mütze war ihr viel zu groß und rutschte ihr ständig über die Ohren und in die Stirn. Aber das störte sie nicht. Sie wollte die Mütze heute unbedingt tragen.

Außer Anne und Max waren Ludwig, Jo, Antonia, Hurl, Theo, Vera und Paul gekommen. Sonst niemand. Roggenrath blieb der Beerdigung des Flüchtlingskinds kollektiv fern.

Fast allen deutschen Tageszeitungen, vor allem den großen Wirtschaftsblättern und der Boulevardpresse, war die Nachricht heute Morgen eine dicke Schlagzeile wert gewesen: Die Brandesser-Gruppe hatte Insolvenz angemeldet, nachdem die Hausbank des Unternehmens nach Dr. Walther Brandessers Tod und all den hässlichen Gerüchten, die seither die Runde machten, überraschend sämtliche Kredite gestoppt hatte. Harald Jeschkes großer Plan war also in Erfüllung gegangen.

Morgen würde Dr. Walther Brandesser in der Familiengruft beigesetzt werden. Edith Brandessers Anwalt hatte den Polizeichef der Kreisstadt darum gebeten, für die Dauer der Bestattung die Medien vom Friedhof fernzuhalten.

Clemens Brandesser befand sich immer noch in der Klinik. Die behandelnden Ärzte und Psychologen hatten Edith Brandesser empfohlen, nicht auf einer Teilnahme ihres Sohnes an Dr. Walther Brandessers Beerdigung zu bestehen.

Harald Jeschkes Leiche war schon vor zwei Tagen, nach der rechtsmedizinischen Untersuchung und Freigabe durch die Staatsanwaltschaft, verbrannt und an seinem letzten Wohnsitz Köln in einem Urnengrab beigesetzt worden.

Während Max Hand in Hand mit Anne Wolanski an das Grab trat, um von Marlene Jeschke Abschied zu nehmen, fragte sich Morian plötzlich, wo eigentlich Klaus-Hinrich Pelzer seine letzte Ruhe gefunden haben mochte. Vermutlich auf dem Bonner Nordfriedhof. Vielleicht sollte er Antonia danach fragen.

Später.

Vielleicht aber auch nicht.

Max und Anne gingen den kurzen Weg zu Katharina Maifelds Grab. Sie setzten sich auf die steinerne Einfassung und lasen gemeinsam Marlene Jeschkes Brief, den Morian zuvor auf dem Parkplatz vor dem Waldfriedhof Max zugesteckt hatte.

Jo hatte das Original eigenmächtig aus der Akte der Spurensicherung genommen. Erwin würde den Mund halten. Sollte Staatsanwältin Ulrike Strehle dahinterkommen, dass der Leiter der Mordkommission ein von der Polizei sichergestelltes Beweisstück eigenmächtig aus den Akten entfernt hatte, würde sie ihm mit dem allergrößten Vergnügen ein Disziplinarverfahren an den Hals hängen, so viel war sicher. Aber Morian hatte da seine eigene Rechtsauffassung: Es gab in diesem Fall niemanden mehr, der noch im öffentlichen Interesse zu bestrafen wäre; also gab es auch nichts mehr zu ermitteln.

Und die Öffentlichkeit ging dieser Brief nichts an.

Lieber Herr Maifeld,
bitte glauben Sie mir, nicht mir zuliebe, sondern Ihnen selbst zuliebe, wenn ich Ihnen versichere: Katharina, Ihre Mutter, war eine ganz besondere, eine wundervolle junge Frau, so wie ich sie damals kennenlernen durfte: klug und warmherzig, großzügig und freundlich zu jedermann, selbst zu einem unbedeutenden Flüchtlingskind wie mir.

Wer unter euch ohne Sünde ist, der werfe den ersten Stein. So steht es auf Katharinas Grabstein. Bitte bedenken Sie, in welcher Zeit und an welchem Ort Ihre Mutter aufgewachsen war. Als einzige Tochter des Küsters und Organisten in einem katholischen Eifeldorf dieser bigotten Adenauer-Ära.

Als Katharina nach der Handelsschule als Bürokraft auf dem Brandesser-Hof anfing, machte ihr der Juniorchef schon bald den Hof. Sie ließ sich zwar nicht so sehr von dem Karmann Ghia beeindrucken oder von den schicken Anzügen. Das hätte nicht zu ihr gepasst. Aber Walther Brandesser überrollte sie geradezu mit seinem Charme, mit seiner Bildung, mit seinen Aufmerksamkeiten. Er lud sie ins Kino nach Bonn ein, zum Grand-Prix-Rennen auf den Nürburgring. Er zeigte ihr eine Welt, die so viel größer und bunter war als ihre bisherige.

Sie war genauso alt wie ich, also 19 und noch minderjährig, als sie 1959 heimlich in die Kreisstadt zum Arzt fuhr, um sich bestätigen zu lassen, was sie bereits ahnte: Sie war schwanger.

Eine Abtreibung kam für sie ebenso wenig in Frage wie eine Mutterschaft als unverheiratete Minderjährige. Das konnte sie ihren katholischen Eltern nicht antun, die zudem mutmaßlich unverzüglich ihre Anstellung und damit ihre berufliche Existenz verloren hätten. Denn da war die Kirche als Arbeitgeberin gnadenlos. Katharina wagte es noch nicht einmal, ihre Mutter ins Vertrauen zu ziehen und ihr die – in deren Augen – Todsünde des vorehelichen Verkehrs zu beichten.

Da der alte Brandesser der jungen Frau unmissverständlich klarmachte, dass der Erzeuger, sein Sohn Walther, als Ehemann und Vater nicht zur Verfügung stand (auch weil der Senior erst wenige Tage zuvor von meiner Schwangerschaft nach der Vergewaltigung erfahren hatte), tat Katharina das, was schon unzählige Frauen ihrer Generation und früherer Generationen in ihrer Not getan hatten: Sie legte einem ahnungslosen, heiratswilligen Mann ein Kuckucksei ins Nest. Und sie wusste auch schon, wem: Jupp Maifeld, dem jungen Kfz-Mechaniker, den sie bei einem Ausflug mit Walther auf dem Nürburgring kennengelernt und der ihr dort schon die ganze Zeit schöne Augen gemacht hatte, während er den Ölfilter des Karmann Ghia auswechselte.

Als sie ihn bald darauf auf einer Kirmes im Nachbardorf traf, flirtete der 23-jährige Jupp Maifeld mit ihr und erzählte davon, dass er bald nach Köln gehe, um sich dort mit einer kleinen Werkstatt selbständig zu machen. Perfekt.

Er war nett und freundlich. Mehr konnte sie nicht erwarten. Nicht in ihrer Situation. Er war für ihren persönlichen Geschmack sicherlich zu großspurig, grobschlächtig und ungebildet – aber es hätte schließlich schlimmer kommen können. Und sie hatte keine Zeit zu verlieren: Noch am selben Abend, auf einer Bank hinter dem Kirmeszelt, machte Katharina Maifeld den ahnungslosen, glückseligen Jupp Maifeld offiziell zum Vater ihres bereits in ihrem Bauch wachsenden Babys.

So erzählte es mir der Jupp, als ich ihn in seiner Werkstatt besuchte, nachdem ich Katharinas Todesanzeige in der Zeitung gelesen hatte. Und er erzählte mir auch, wie er sich für Katharinas Unfalltod schuldig fühlte und dass er die Brandessers erpresste, um sich zu rächen. Während er mir das alles erzählte, heulte er wie ein Schlosshund.

Alles hätte gut sein können – hätte Jupp Maifeld nicht 1963 auf den Rhesusfaktor-Test geschaut. War es Zufall? Oder hatte Jupp Maifeld Schicksal gespielt? Ich weiß es nicht. Jedenfalls wäre es nicht zu diesem furchtbaren Streit gekommen, und Katharina wäre vermutlich nicht auf der Straße überfahren worden. Sie, Herr Maifeld, wären mit der Liebe Ihrer Mutter aufgewachsen und vielleicht auch mit der Liebe von Jupp Maifeld.

Und hätte mein Sohn Harald nicht dieses Feuermal getragen, dieses verfluchte Kainsmal, dann hätte er damals vielleicht Adoptiveltern gefunden, die ihm die Liebe gegeben hätten, die ich ihm nicht gegeben habe – und die vielleicht sein gesamtes weiteres Leben verändert hätte. Vielleicht.

Mir bleibt jetzt nur noch eines zu tun: Ich werde versuchen, meinen Sohn zur Vernunft zu bringen, zur Umkehr zu bewegen. Sein Vater ist leider nicht bereit, mir dabei zu helfen. So werde ich es eben alleine versuchen.

Ich habe viel zu lange nichts getan.

Ihre Marlene Jeschke

Max faltete den Brief behutsam zusammen und steckte ihn ein. Anne legte ihren Kopf an seine Schulter. Er hob ihre Mütze an und küsste sie sanft auf die Stirn.

«Max, deine Mutter hat einen neuen Grabstein verdient. Einen mit einem anderen Grabspruch.»

Er nickte. Sprechen konnte er nicht.

«Lass uns gehen. Deine Familie wartet.»

Anne deutete auf Hurl, Theo, Jo, Antonia, Ludwig, Vera und Paul, die geduldig neben dem schmiedeeisernen Tor am Ausgang des Friedhofs ausharrten.

«Lass uns jetzt gehen, Max. Deine Familie braucht dich. Und ich brauche dich. Die Lebenden brauchen dich.»

Danke! Viele Menschen haben an diesem Buch wie auch an den drei vorangegangenen Romanen maßgeblichen Anteil. In vielfältiger Form. Manche wissen es nicht einmal. Ich danke euch von Herzen:

Thorsten Adelt (für das zweite Leben des Brian), Andreas Bohne (für den ersten Anlauf), Hanno Brühl (für das zweite Treatment), Ulrich Bumann (für das erste Exposé), Dietmar Buschwa, Franz Peter Ewert, Dr. Ludwig Galun, Paolo Granatella, Wolfgang Kikillus, Thomas von Kreisler, Beate Härig, Bernd Jost (mein Lektor, Entdecker und Mentor), Oliver Lange, Ludwig «Luki» Scheuer †, Horst Schilling, Joachim Schmitz, Georg Simader (mein Agent, für die motivierenden Anrufe aus Farnese am frühen Morgen) und Helga Kaes (meine Frau und meine Fee, für ihre grenzenlose, bedingungslose, verschwenderische Liebe und für die Kraft, die sie mir schenkt. Jeden Tag.).

Für ihr Engagement, ihr Wohlwollen und ihre fruchtbare Schonungslosigkeit danke ich meinen bewährten Testlesern: Marga Burgard, Lutz Feierabend, Claudia Frommen, Vanessa Gutenkunst, meiner Tochter Sarah Kaes, meinem Sohn Pablo Kaes, ferner Claudia Mahnke, Wolfgang Pichler, Dr. Hermann Tengler und Peter Weber.

Ferner danke ich meinen Experten in kriminalistischen, naturwissenschaftlichen, medizinischen und waffentechnischen Fragen: Inga Bertus, Erster Kriminalhauptkommissar

Hans-Georg Classen, Friedhelm K., Dr. Jens-Ulrich Stegmann, Hans-Joachim Wimmeroth, Hans-Josef Wollenweber (für die erste Spur, ohne die alles nichts gewesen wäre) und jenen, die ihre Gründe haben, nicht genannt werden zu wollen. Herzlichen Dank euch allen.